文华之江·第一辑　王学海　主编

薪传

湖笔工匠访谈录

姚新兴　著

浙江工商大学出版社·杭州

图书在版编目(CIP)数据

薪传：湖笔工匠访谈录 / 姚新兴著. -- 杭州：浙江工商大学出版社，2025. 3. --（文华之江 / 王学海主编）. -- ISBN 978-7-5178-6439-4

Ⅰ. K828.1

中国国家版本馆CIP数据核字第2025AF1883号

薪传：湖笔工匠访谈录

XINCHUAN : HUBI GONGJIANG FANGTANLU

姚新兴 著

责任编辑 沈明珠
责任校对 胡辰怡
封面设计 宇 声
责任印制 祝希茜
出版发行 浙江工商大学出版社
（杭州市教工路198号 邮政编码310012）
（E-mail：zjgsupress@163.com）
（网址：http：//www.zjgsupress.com）
电话：0571-88904980，88831806（传真）
排 版 杭州宇声文化艺术有限公司
印 刷 杭州良诸印刷有限公司
开 本 889mm×1194mm 1/32
总印张 37
总字数 788千
版印次 2025年3月第1版 2025年3月第1次印刷
书 号 ISBN 978-7-5178-6439-4
定 价 268.00元（全5册）

序

湖笔相传为秦代蒙恬所创，它是湖州市著名传统工艺品。千百年来，在历代工匠的精心研制、不断创新下，湖笔逐渐形成了“尖齐圆健”的工艺特色。湖笔在我国工艺史和文化史上有着很高的地位。人言：如果没有湖笔，中国书画肯定不会是今天的样子。自宋以来，湖笔被尊为“文房四宝”之首。湖州府志载：“制笔者皆湖人，其地名善琏村。”近代，大量湖笔工人外出谋生，各地著名笔店，如北京戴月轩，杭州邵芝岩，上海李鼎和、茅春堂均为湖州善琏人所开设，湖笔的影响力不断扩大。20世纪80年代以来，湖笔在全国毛笔行业产品质量比赛、评比中屡获大奖，多次作为“国礼”馈赠国际友人，党和国家领导人也多次视察湖州湖笔生产企业。目前，湖笔已列入国家级非物质文化遗产名录。

多年来，党和政府对湖笔的传承与发展非常重视和支持，湖州市人民政府专门设立了湖笔保护发展基金；2022年，湖州市人大常委会颁布了《湖州市湖笔保护和发展条例》。南浔区政府、善琏镇政府对湖笔保护和发展也出台许多优惠支持政策。湖笔生产企业数不断增加，产品销售额逐年提升，产品创新创优明显。目前，湖州湖笔行业共有生产经营企业约100家，从业人员约1500人；共有发明专利200余项，“国之宝”品牌12个；国家级非遗传承人1人，省级2人，市级3人；轻工大国工匠1人，浙江工匠2人；中国文房四宝制笔艺术大师6人；浙江省工艺美术大师6人，市级工艺美术大师12人。湖州市和南浔区分别建立了湖州市湖笔行业协会和善琏湖笔行业协会。

然受市场等诸多影响，湖笔生产目前面临着较大挑战和困难，诸如：制笔工人后继乏人；原材料质量下降；一些传统工序正在简化和丧失；企业规模不大，自产能力下降；行业内部协调力不够，整合力不强；等等。上述种种已严重影响和制约了湖州湖笔的发展。如何在传承中发展、在发展中保护，已是湖州市湖笔行业目前面临的最关键、最亟待解决的问题。

湖州市文史研究馆一直关注湖州市优秀传统产业的发展与振兴。2023年初，市文史研究馆决定对湖笔的历史、现状、发展做一次专题调研，并将此调研列为市文史研究馆传统工艺抢救性项目和2023年重点项目，专门组成调研组。调研组共调研了湖州市主要湖笔生产企业10余家，通过实地考察，召开座谈会，邀请湖笔主要生产企业领导和曾担任过企业负责人的老笔工与会并听取其意见建议。在此基础上，疏理出若干条意见建议，由市文史研究馆上报市政府、市政协，并送相关部门参考。

与此同时，由市文史研究馆馆员、副馆长姚新兴具体负责，采取访谈的形式，采访了湖笔工匠34人。他们大部分为70岁以上笔工，其中90岁以上的有4位。通过访谈口述真实记录了近现代湖笔发展历史、笔工学艺过程、师承、制笔心得、制笔过程中关键环节等，形成了7万余字的采访记录，具有很强的史料价值。在老笔工们的言语中，我们不仅深刻感受到他们对湖笔的热爱，更有他们对湖笔技艺传承与产业发展的期望。这就是今天我们将这部《薪传：湖笔工匠访谈录》正式出版的目的。

是为序。

湖州市文史研究馆馆长 钟鸣

2024年9月

目　录

沈锦华访谈

时　间：2023年2月28日上午、2023年6月13日上午。

地　点：善琏沈锦华寓所。

采访人：姚新兴（以下简称姚）。

受访人：沈锦华（以下简称沈）。

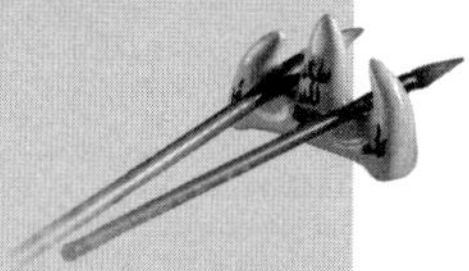

沈锦华，1933年出生，善琏湖笔厂退休职工，羊毫择笔工，曾多次接受中央电视台专题采访。

姚：师父好，1973年1月，我进善琏湖笔厂，厂领导安排您带我，一晃整整50年了。

沈：你是我带的第一个徒弟，后来陆陆续续带了许多，算来有24个。

姚：您为湖笔技艺的传承做出了贡献，据说您在当代笔工中是带徒最多的，这24个徒弟是在厂里时带的吗？

沈：不是，大部分是退休后带的。

姚：这么多徒弟，有几位在技术上您比较满意的？

沈：像杨松源、王小卫两位目前均创立了自己的公司，而且均是浙江省工艺美术大师了。其他一部分徒弟还在从事制

沈锦华（左）访谈

笔工作。

姚：我大概是您的徒弟中最不“出山”的。

沈：那不能这样说，你后来从事其他工作了。

姚：您今年高寿，从事湖笔制作多少年了？

沈：今年91岁了，自14岁当学徒开始，已有70多年。

姚：现在还制笔吗？

沈：现在不做了，但有人请教技术上的问题，我还会与他们交流的。

姚：您学制笔时的师父是谁？

沈：1947年，拜苏州杨永泉为师。杨是善琏人，抗日战争时移居苏州，当时他家在苏州铁平巷22号，我就在他家学技术。

姚：在那里学了几年？

沈：2年。1949年4月，湖州解放，我就回到善琏，在家开始正式择笔了。

姚：当年您主要从事什么工种？

沈：我学的是兼毫择笔。

姚：您的长辈中有制笔的吗？

沈：我的外公管太和是羊毫择笔工，母亲沈阿娥是水盆兼毫工，他们技术均很好。

姚：您是几时正式进善琏湖笔厂工作的？

沈：1956年，国家开展合作化运动，善琏成立了湖笔生产合作社。善琏个体从事制笔的全部参加了合作社，我也进了社。开始时，大家分散在各自家中生产，后来合作社建了厂房，大家就集中生产了，社址就是现在善琏湖笔厂所处的地方。建厂房时大家积极性很高，自发义务参加搬砖运瓦，参与厂区建设。

姚：您当时学的是兼毫择笔，怎么后来从事羊毫择笔了？

沈：当时社里羊毫择笔工人少，我与吴尧臣、费志祥等几位转行了。

姚：虽均为择笔，但兼毫与羊毫技术上还有不同，您是怎么解决的？

沈：当时社里有多位羊毫择笔老师傅，如杨卓民、姚关清等，他们技术高超，我就虚心向他们学习。特别是杨卓民，虽然未正式拜师，但我一直尊他为师。

姚：我记得1973年进厂时，这两位师傅均还在厂里。杨个头高高的，比较严肃；姚则比较风趣。听说杨与姚各自有一套绝活。

沈：是的。杨卓民师傅在抹笔上有自己的风格，他抹好的笔，锋颖明显，笔身毛毫并在一起，几乎看不出一丝丝的毛，如刚扒去蛋壳的鸡蛋，真正达到“光白圆直”。姚关清师父挑披毫特别精细，锋颖肩胛如刀切一般，没有一根杂毛。

姚：“光白圆直”，怎么解释？

沈：我们平时常说“尖齐圆健”，“光白圆直”则包含于其中，主要体现在抹笔技术上。

姚：记得1974年，我上海的书法老师单晓天先生曾与我说过，善琏湖笔厂的“兰蕊羊毫”举世无双。能说一下“兰蕊羊毫”的特点吗？

沈：羊毫“玉兰蕊”是湖笔羊毫笔中的顶尖产品，不仅毛料好，加工时要求也高，当年一位老师傅一天的定额是加工12支，能择“玉兰蕊”属技术最好的。

姚：当时羊毫择笔车间老师傅还有哪几位，你能回忆一下当时厂里有关老笔工的情况吗？

沈：除了杨卓民、姚关清外，还有李荣昌、吴尧臣、费志祥、姚仕林、陈鑫民等。

姚：当年学技术风气很好。

沈：是的。年轻人虚心请教，老师傅认真传帮带，经常有技术比武，如青工之间，学生与师傅之间。我曾“初生牛犊不怕虎”，多次找杨卓民师傅比武。

姚：比武的内容是什么？

沈：主要是做笔的质量与速度。我与杨卓民师傅比，速度上能与他并驾齐驱，但质量上总是他技高一筹。每次比武后，师傅们会帮忙分析问题，自己也找问题，这个时期我的技术提高是最快的。

姚：听说当年还有厂与厂之间的技术比武？

沈：当时善琏主要有3家湖笔企业，善琏湖笔厂、善琏湖笔二厂、含山湖笔厂。善琏湖笔二厂和含山湖笔厂大部分老工人是20世纪60年代初从善琏湖笔厂精简下放的，技术水平也比较高。

姚：听说当时比武还有一个小插曲？

沈：（大笑）是啊。20世纪70年代初，一次我们3家厂进行技术比武，由每家厂提供几个人制作的笔，由其他厂选择，实际上叫“比差”，我们厂的笔由含山湖笔厂厂长钱金龙选。钱在选笔时，看到一作笔，制笔工名为“沈锦华”，心想沈锦华在笔行中没有名气，估计是一位新工，就选了。后来大家一起检验，发现这作笔质量特别好，钱厂长不解，旁人说，沈锦华，小名根法。钱厂长大呼上当。当时笔行中大家只知道我的小名。

姚：现在人们经常说毛笔的质量，影响毛笔的质量主要是什么？

沈：湖笔最大的特色是羊毫，影响毛笔的质量主要是笔毛。当然与制作也有很大关系。

姚：先介绍一下。

沈：制作高档湖笔的羊毛主要为直锋、盖尖、光锋，直锋主要用于笔心部分，盖尖主要用于披毫，光锋主要使锋颖（黑子）平顺饱满。其他还有些短锋主要用于笔的造型。笔锋三分之一为锋，俗称肩，中间为腰，这是毛笔的关键。笔的造型主要有，长锋为“宝剑式”，短锋为“笋壮样”。笔头造型先在水盆工序中完成，择笔时进一步修整。

姚：多次提到披毫和挑披毫，能说一下过程吗？

沈：择笔重要的一环是挑披毫，就是对笔头进行检验整理。其过程是将笔头打开，右手持择笔刀挑起笔头外层毛（拨毫），左手食指垫在毛下，挑去“无头毛”，俗称“胡锋刺”，削去锋颖上的“肩胛”不齐的毛，俗称“削肩胛”。

姚：它的重要性是什么？

沈：披毫是决定笔好坏的关键，披毫用于笔锋的聚拢不散，现在有许多笔已不挑披毫了，这肯定不好写。

姚：为什么不挑披毫了？

沈：一是原材料问题，二是省工时。

姚：现在大家反映毛笔容易掉毛，是什么原因？

沈：从制作来看，以下几个环节是关键：一是水盆制作一定要将毛的底部中起卯，拍平；二是结笔头时，线箍紧，要达到底不偏；三是择笔中要将浮毛去掉。当然与使用也关联，如现在的墨汁胶太重，笔根使用后没有凉干，等等。还有现在山羊毛的质量问题。

姚：我曾是一名笔工，又喜欢书画，所以我一直在使用纯羊毫湖笔。我的老师谭建丞、闵学林先生他们也喜欢使用纯羊毫湖笔。但也有人在说，湖笔纯羊毫不好用，软软的。

沈：软是纯羊毫特点，它柔中带刚，含水含墨量高。现在有许多外地的笔在笔心中拼了许多塑料毛。

姚：我曾见到诸乐三先生有几支用秃的纯羊毫笔，几十年了，舍不得弃之。

沈：纯羊毫笔是越用越健的，因为山羊毛经过长时间使用，毛就自然老化、变硬，有弹性，这是纯羊毫的特点。

姚：当年也有在羊毛中拼其他的毛的。

沈：为了使羊毫笔达到健的效果，当时会在笔头中拼一些其他动物的毛，如狼毫、紫毫、猪鬃等，但这些毛与塑料毛不同，塑料毛与动物毛不能融合，一使用就会开叉。动物毛之间能很好地融合。

姚：我自己一直在使用湖笔，也听老师、朋友反映，感觉现在有的笔锋颖不齐。

沈：主要是毛的关系，气候变化，羊毛变粗，影响了锋颖，还有择笔时，没有很好地挑披毫。

姚：当年有个说法叫“作顶”，指什么？

沈：就是择笔时将顶部毛梳理齐聚，就是“尖齐圆健”中的“齐”。

姚：当年我进厂时，记得您第一个要求是，坐姿挺拔，还不能坐椅子，凳子只能坐一半，为什么？

沈：坐凳子的一半，腰部就挺拔，因为笔工长期坐着，如常年弓着背，压迫心肺，易得职业病。同时，坐姿挺拔，抹笔时便于用劲。

姚：现在好像不讲究了。

沈：是啊。

姚：您好像一度曾离开过湖笔厂？

沈：1958年，湖笔生产经营遇到困难，组织上安排我到湖州电瓷厂工作，担任车间主任和工会主席。但我一直喜欢制笔，1964年申请返回，后来担任过湖笔厂的择笔车间主任，当时择笔车间有200多工人。

姚：记得1973年我进厂时，全厂工人有500人。当年湖笔厂工人最多时达到多少？

沈：厂里最多时近700人。

姚：记得1973年厂里进行青工技术比赛，赛前您曾与我说，要么质量好，要么速度快，两者必须有其一，当然又快又好最好。

沈：手工活这两条很关键，在做笔时既要精工细作，又要出手快。俗话说，出手慢吃不上饭。

姚：我当年出手还是快的，但质量一般。记得当年在一批老师傅中，数您出手最快。

沈：当年我与吴尧臣制笔速度最快。

姚：有什么窍门？

沈：特别是在抹笔时，要做到干净利索，否则，一来浪费时间，二来多反复，羊毛会“熟”，笔头就不显“白”了。

姚：记得羊毫笔制作时有一环节，就是用石灰水将毛沾浸，再用硫磺熏蒸，为什么？

沈：这是一个非常重要的环节。石灰水可脱去羊毛上的油脂，硫磺熏蒸可使羊毛变白。同时对石灰水的浓淡、硫磺熏蒸时间要求非常高，如石灰水浓了或硫磺熏蒸时间过了就会伤到毫，如石灰水淡或硫磺熏蒸时间不够就脱不去羊毛上的脂。这个全凭经验。

姚：对现在湖笔技艺的传承有什么建议？

沈：湖笔的质量和美誉度，是一代又一代笔工的精工细作、不断创新的结果。而现在受到方方面面的冲击，湖笔的质量和声誉受到影响，如当年择笔“兰蕊羊毫”，一天工作定额是12支，而现在每天要100支以上，质量可想而知。湖笔质量的核心是“尖齐圆健”，择笔是最关键的一环。建议相关湖笔生产单位，选择技术好的师傅，多带几个徒弟，按传统工艺方法制作，不要使湖笔制作的关键工艺在我们这一代失传。

李金才访谈

时　间：2023年6月8日上午。

地　点：湖州谭建丞艺术馆。

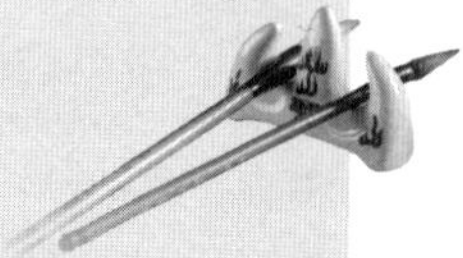

采访人：姚新兴（以下简称姚）。

受访人：李金才（以下简称李）。

李金才，1947年出生，善琏湖笔厂退休职工，羊毫择笔工，长期从事湖笔制作、供销工作，曾任善琏双羊湖笔公司经理、善琏湖笔厂厂长、善琏湖笔行业协会会长。

姚：你是哪一年进湖笔厂的？

李：我1960年进善琏湖笔厂，当年企业名称为“善琏公社湖笔制造工厂”，那年我仅14岁。

姚：是真正的“童工”。你进厂时从事什么工作？

李：当时厂里大部分工人是文盲、半文盲，领导看我上过小学，有点文化，就安排我做记账员，后来有许多老工人与我说，湖笔行业主要凭技术吃饭，年轻人应先学好技术，所以我就师从姚仕林师父学习，姚当时是厂里羊毫择笔的技

李金才（右）访谈

术骨干。

姚：后来你还成了姚家的女婿。

李：他们一家人，包括我妻子、妻妹、岳母均从事制笔，岳母宋富男是羊毫水盆技术骨干，妻子姚丽华师从其母亲，妻妹姚宋华接班父亲学技术，后来她们均成为羊毫水盆、羊毫择笔的技术能手。

宋富男（1925—1991，左）水盆工

姚：记得我1973年进湖笔厂时，你已经在厂部搞经营供销工作了。

李：是的。当时厂里几个搞经营销售的人员年龄偏大了，厂里便安排我做此项工作。

姚：好像当时你如不出差，就在车间择笔。

李：搞经营销售，整天与笔打交道，懂技术是一项基本功，所以我一直没有放弃做笔。建议现在的湖笔经营者，一定要懂制笔技术，最好自己能做笔。

姚：能回忆一下，当年你进厂时，羊毫择笔的老师傅们吗？

李：当年技术较强的老一辈有杨卓民、姚关清、李荣昌、沈文俊、吴尧臣、沈念伯、庄渭阳、姚仕林、费志祥、杨建庭、沈锦华、陈鑫民、钮林芝、钱杏元等。这是羊毫择笔的中坚力量，大货、细货均行。后来大批青工，如邱昌明、童伟荣、沈伟忠、罗松泉、杨松源、姚宋华等，均师从上述这批师傅们。

吴尧臣（1918—？）择笔工

李荣昌（1919—1992）择笔工

姚：在湖笔行业中，还有哪些年长笔工，给你的印象比较深？

李：一位是宋锦康师傅，他几年前过世，活了105岁。20世纪50年代初，宋锦康由善琏湖笔联销处派往上海搞湖笔经销。他曾在上海油画笔厂工作过，退休后他与妻子云娥被邀请到吴江桃源湖笔厂从事湖笔生产经营工作。我认为他是现代湖笔行业中经营销售的代表人物。另一位是沈应珍。她今年103岁了，是目前湖笔行业中年龄最长者，是能做“全套”的代表人物。

姚：湖笔行业中经常会说大货、细货，怎么来区分大货、细货？

李：这是主要以笔的大小来划分的，在制作工艺上也有不同。如制作大笔称为“攻大货”，小笔为“抹细货”。一般制作大笔，要将鹿角菜（一种海草）胶液放在大碗中，笔头放在胶液中，来回蘸拌，进而用手的虎口攻，使之均匀；而小的笔，则用手指蘸着鹿角菜，通过抹的方法使之均匀。

姚：当年有没有在技术方面具有自己特色的师傅？

李：当年许多师傅在技术方面均有自己的特色。我记忆中有一位叫徐贵珍的师傅，当时70多岁了，她有一项“绝活”。

姚：什么绝活？

李：大家知道湖笔中有一品种“羊髯笔”，是用羊的胡髯制成，笔大、毛健，很适合写大字，但羊髯没锋，制作时笔头不易收齐。她在制作过程中，在笔半干时，在笔头上包上一层薄薄丝绵，一是使笔毛聚拢，二是笔头上一层白丝绵如同毛笔的锋颖。

姚：这项技术现在还有吗？

李：现在已很少有人掌握了。记得当年厂里技术顶尖的师傅如杨卓民等也向她学习。当年学技术氛围确实很好，大家相互交流提高。

姚：在我印象中，杨卓民是一位技术顶尖的老师傅，20世纪60年代曾作为手工业代表参加过全国手工业代表大会，受到国家领导的接见。

李：是的。后来的李荣昌、邱昌明也参加过全国工艺美术专业技术代表大会，这是个人的荣誉，也是整个湖笔行业的荣誉。

姚：你是先学了制笔技术，再从事供销工作，特别是制笔的原辅材料的采购工作，制笔技术对你采购工作有什么帮助？

李：当然有。因为你平时在使用你采购的材料时，必须熟知它的特点与性能。

姚：湖笔生产的主要原料有哪些？

李：主要是山羊毛、山兔毛、黄鼠狼尾毛和笔杆。

姚：它们的产地在什么地方？

李：山羊毛产地主要在浙江嘉善、慈溪，还有江苏的南通，上海的枫泾。

姚：其他地方也应有山羊毛吧？

李：对。产山羊毛的地方很多，但就数上述地方的毛的质量最好。

姚：为什么？

李：这是历史传承下来的，我们开始也不清楚，后来慢慢地感悟到，这些地方均靠近海边，与气候和土壤均有关。

姚：这些地方的毛特点是什么？

李：毛挺拔，锋颖好。

姚：湖笔除了羊毫外，另一品种是兼毫。制作兼毫的毛是什么？

李：制作兼毫主要是山兔毛，质量最好的产地是长江以南地区，太湖流域与洞庭湖流域；长江以北的就差些。淮河一带也产，我们俗称“淮兔”。淮兔毛锋短，毛扁，所以当年一般不选用的。

姚：制作兼毫时，外面还有一层山羊毛？

李：须用小山羊毛。

姚：为什么？

李：因为小山羊毛锋颖短而嫩。

姚：笔杆的主要产地在哪里？

李：当年主要在余杭、富阳一带，后来扩大至福建。

姚：记得当年笔杆主要是苦竹，我们称之青杆。

李：我们选用竹笔杆时讲究清白、挺直。当年还有许多珍贵竹品种，如香妃、凤眼、梅鹿。

姚：现在这种材料还有吗？

李：现在这类品种稀少了。

姚：现在的笔杆品种很多，有许多是名贵木材。

李：我认为湖笔主要还是笔头的质量，要选择好的毛，过分在笔杆上花成本，意义不大。

姚：这与后来所谓“礼品笔”有关吧？

李：是的。20世纪80年代后，大量“礼品笔”出现，一味讲究笔杆名贵、包装漂亮，对笔头的质量不够重视，这也是湖笔质量下降的一个原因。

姚：制笔的辅助材料主要有哪些？

李：生漆（骨胶）、洋干漆（虫胶）、鹿角菜（一种海草）。笔头与笔杆粘连是用生漆和洋干漆，抹笔头用鹿角菜。高档笔和大货笔头与笔杆粘连须用生漆。

姚：现在好像均不用了。

李：现在改为化学胶了。

姚：当年湖笔的主要销售渠道是什么？

李：20世纪60年代、70年代尚在计划经济时期，湖笔内销主要归中百公司，外销集中在上海工艺品进出口公司。20世纪80年代后，销售一块主要由企业负责了。

姚：当年内外销比例是多少？

李：从20世纪60年代至80年代，一半对一半吧。

姚：我当年在厂里时，曾感受湖笔制作是“只可意会，不可言传”，能解释一下其中的含义吗？

李：湖笔一直来没有一个统一的标准。千百年来，全凭师傅们“眼看、手摸、心想”，口头传承，每一个师傅有自己一套标准，一套技法，就如同武术界各种流派。

姚：当年你曾参与了全国毛笔部颁标准的制订。能谈一下当时的情况吗？

李：20世纪70年代后期，轻工业部准备起草毛笔制作标准，善琏湖笔厂因为技术门类齐全，部里就委托我们会同北京制笔厂、苏州湖笔厂一起起草。

姚：能谈一下有关情况吗？

李：厂里接受任务后，组织了一个班子，由分管技术的副厂长张海生牵头，羊毫以我为主，兼毫以王培元为主，我们对厂里400多个品种，逐支测量，如笔头的出锋（外露），笔头的直径，笔杆长度，粗细，等等，对每个品种进行了规范，形成了湖笔历史上第一个统一技术标准。

姚：听说这个标准，后来成为轻工业部部颁标准。

李：是的。

姚：记得20世纪80年代初，全国曾多次开展毛笔质量评比，能谈谈当时情况吗？

李：有了部颁标准后，国家轻工业部曾开展了全国毛笔质量评比工作，当时全国有10多家规模以上毛笔生产企业参加，每家企业提供5个品种参评。结果善琏湖笔厂"双羊牌"拿了总分第一。其中羊毫"玉兰蕊"、兼毫"大七紫三羊"得单项第一。

姚：能谈一下这两支笔的特点和性能吗？

李：羊毫"玉兰蕊"、兼毫"大七紫三羊"是湖笔中的顶尖产品。"玉兰蕊"出锋在4.8厘米左右，笔径有0.9厘米，制作时会选最好的羊毛。

姚："大七紫三羊"特点是什么？

李：它是兼毫中比较大的笔，从名称我们就可了解，它用七成紫毫、白毫，三成羊毛制成，紫毫为笔心，羊毛作披毫。

姚：后来好像全国又进行了优质产品的评定。

李：是的。全国质量评比结束后，轻工业部、商业部又在全国范围开展“部优产品”的评定。善琏湖笔厂先后获得了轻工业部、商业部的优质产品证书，在全国毛笔行业中属于第一家。后来浙江省也评定省优产品，善琏湖笔厂也是第一批获评的。

姚：你14岁进厂，到退休，见证了企业由小到大，也经历了21世纪初企业改革。能谈谈当年企业改革的情况吗？

李：善琏湖笔厂是一家劳动密集型企业，到21世纪初，大量老工人退休，新工人招不进来，加上社会上毛笔生产企业和个体户增加，企业生产销售面临较大困难。在主管部门湖州市二轻工业总公司的支持下，企业进行了股份制改造。过了几年，我们深化改革，专门成立了双羊湖笔公司，企业生产经营有了好转。

姚：你后来在企业中担任了什么职务？

李：企业改革后，本人担任了善琏湖笔双羊公司的经理，后来还担任了一年多时间的善琏湖笔厂厂长。

姚：记得2000年左右，善琏成立了湖笔行业协会，你是首任会长，能谈一下有关情况吗？

李：湖笔行业协会成立后，我们主要做了两件事。一是根据当年市场上出现质量很差的毛笔假冒“善琏湖笔”，严重损害善琏湖笔的声誉的情况，协会通过湖州市工商局，专门申报了“善琏湖笔”证明商标；二是为扩大善琏湖笔的知名度，协会积极向南浔区人民政府建言献策，后经中国文房四宝协会考察、考评，由中国文房四宝协会授予善琏“中国湖笔之都”称号。

姚：你作为一个老笔工，又长期担任企业负责人，对湖笔的技艺传承和产业发展，有什么意见建议？

李：我14岁开始从事湖笔事业，对湖笔有感情。当下，湖笔面临诸多困难，如原材料质量下降，新工人招不进来，技术青黄不接。政府在支持湖笔技艺传承和产业发展方面有许多扶持政策，希望这些优惠政策要精准到位，落到最关键点上。同时，要发挥行业协会协调作用，发挥企业主体作用，做好传承文章，首先要保护好湖笔传统技艺不丢失。湖笔行业要形成整体合力。

蒋石铭访谈

时　间：2023年6月8日下午。

地　点：湖州谭建丞艺术馆。

采访人：姚新兴（以下简称姚）。

受访人：蒋石铭（以下简称蒋）。

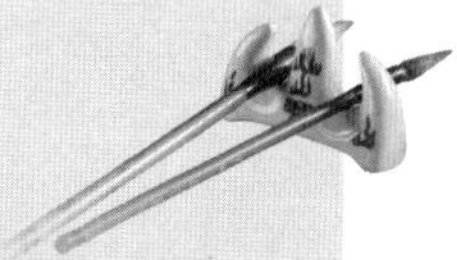

蒋石铭，1946年出生，善琏湖笔厂退休职工，兼毫择笔工，曾任善琏湖笔厂工会主席、党支部书记、副厂长。

姚：你是哪一年进厂的？

蒋：我是1961年进厂，当时的师父是兼毫择笔沈锦轩，他的技术在兼毫择笔中属于顶尖。新中国成立前他曾是苏州茅春堂笔店店主的学徒。

姚：你长辈中有制笔的吗？

蒋：我的两个舅舅均是笔工，大舅许午生，小舅许振声。许振声20世纪40年代在上海周虎臣笔庄，属于笔庄的技术骨干。许振声一直在周虎臣笔庄工作，他带的几个学徒，后来均成为笔庄的经理、书记。许午生是兼毫择笔高手，他

蒋石铭（右）访谈

曾拜著名笔工庄惠清为师，庄是“庄文治笔庄”的老板，笔庄是上海周虎臣笔店的生产基地，对产品质量非常严格。庄惠清逝后，笔庄由许午生把作（专门负责产品质量）。他也带过许多徒弟，如姚金毛、庄积印（两人后来均担任过善琏湖笔厂副厂长）、王振明、罗群华、沈惠兴。

沈锦轩（1920—1981）择笔工

姚：20世纪60年代，当时湖笔厂兼毫择笔的师傅主要有哪些？

蒋：方均奎、邵品生、赵圣男、许午声、沈锦轩、张志珊、朱善发、童如琴、吴如英、马步青、张海生、刘志

赵圣男（1924—？）择笔工

陈爱珠（1923—？）水盆工

陈永林（1917—2010）择笔工

勤、胡祖良、王培元、陈永林等。

姚：这些师傅技术特点是什么？

蒋：他们均有自己的特点，如方均奎在挑盖毛时特别齐。沈文俊擅挑披毫，笔头的黑子特别齐整。再如沈锦轩制作的笔，造型特别好，除了日常制作高档兼毫笔外，他还擅长做稀有的长锋块头兼毫笔，如纯紫毫块头、披白块头、紫白块头、红白块头，还有他的盘头功夫非常好，因为年轻时在茅春堂笔店坐过堂。他带过许多学生，如杨汉民、李六宝、我和马志良等。再如善琏湖笔社中的徐苗清，羊毫兼毫择笔均行。另外有一位做水盆大货的陈友珍，她与杨卓民是同一辈，技术很好。

姚：何谓兼毫笔？

蒋：顾名思义就是由两种动物毛制成的笔，主要有山兔毛与山羊毛。

姚：古人有“千万毛中拣一毫”之说，说明制作毛笔中选择毛是非常重要一环。你能说一下拣毫的内容吗？

蒋：拣毫是制笔工序中关键一环。一张山羊皮、山兔皮不同部位的毛质量性能不同。山羊毛通过拣分，可分为19个品种，高档类的有头尖、顶尖、盖尖（又分正副）、直锋透爪（又分正副）、细光锋（又分长中短）、粗光锋（又分长中短），现在简化了，仅分为3类。山兔皮也一样，可分紫毫、白毫、花毫、三花毫、四花毫、五花毫等。这些分类后的毛毫，在水盆制作笔头时分别使用，其中紫毫为最佳，制成笔后，非常好写，但不耐用，花毫其次，白毫最耐用。白毫中的假白毫，不能做笔的主要原料，只能用做笔的衬口。

姚：经常听到兼毫笔中的“削”，是什么意思？

蒋：它是兼毫的一个品种，是用紫毫与白毫混合制成的笔，紫毫在外，白毫在内，择笔时通过挑削工艺，将混在紫毫中的白毫削去。

姚：山羊哪个部位的毛最好？

蒋：山羊毛中最好的部位是羊的颈背后的一小撮。

姚：你是兼毫择笔。请问兼毫与羊毫择笔的主要区别是什么？

蒋：兼毫择笔时少了“熏”与“清”。另外，兔毫笔对毛的花色排比和配置有特定的讲究，如“披白”笔，须是紫毫包裹白毫。兔毫笔小，对锋的要求更高，所以在抹的过程中增加一个“盘头捉顶”。

姚：何谓“盘头捉顶”？

蒋：“盘头捉顶”就是对已抹好的笔，在手指上进行一次锋的测试（如我们所说的试一下笔），将对锋端不齐的露毛、无头毛、杂毛去掉。

姚：笔行中有“超手段”之说，是什么意思？

蒋：旧时拜师学艺有许多规矩，一般徒弟满师前不离开师父，学徒期满后，师父认为技术尚不过关，学徒可选择再拜其他人为师，称之为“超手段”。

姚：这类情况多吗？

蒋：较多。因为旧时制笔业中学徒年龄均比较小（一般在11岁到15岁间），据老笔工吴尧臣回忆，他从师时间达6年。

姚：记得我20世纪70年代初进厂时，厂里学技术的氛围很浓。能回忆一下吗？

蒋：从20世纪60年代开始，厂里好学技术成一时之风气。厂里经常组织一些技术比武，工人们说，不论收入高低，只讲究技术质量。

姚：我记得20世纪70年代末，厂里好几次与苏州湖笔厂有技术交流和技术比武。

蒋：苏州湖笔厂是全国知名湖笔生产企业，当时有工人300多名，大部分老师傅是新中国成立前从善琏过去的（苏州湖笔厂厂史记载，企业职工有300余人是善琏籍），当时该厂厂长陈管民、技术厂长虞宏海、供销经营负责人叶文彬均是善琏人，两家企业如弟兄一般，所以我们经常会有一些技术方面的交流与比武。

姚：我记得20世纪70年代末，善琏湖笔厂组织几十位青年工人乘坐轮船，去苏州湖笔厂与他们进行技术比武，我也参加了。

蒋：是的。那次是由分管技术的副厂长张海生带队，我协助。

姚：20世纪60年代郭沫若先生还写过诗："湖上生花笔，姑苏发一枝。"

蒋：这是湖州湖笔与苏州湖笔的真实写照。

姚：党和政府对湖笔的产业发展一直非常关心。记得当年有新华社记者曾写过内参。

蒋：20世纪70年代末，湖笔生产面临主要原料山羊毛质量下降和数量减少的问题，新华社驻浙江站两位记者写了"救救湖笔"内参件，得到了中央领导胡耀邦、康世恩的批示。后来浙江省专门建立了山羊毛基地，全国供销总社从出口黄鼠狼尾中专门划出一批，供应善琏湖笔厂。

姚：确实重视。

蒋：当年时任湖州市政府市长的黄坤明在调研湖笔时，专门拨出专款支持。

姚："双羊"湖笔在20世纪80年代后声名鹊起，记得当年厂里经常承担制作"国礼"任务。

蒋：从20世纪70年代末开始，厂里先后为邓颖超等中央领导出访定制湖笔，有一次还接受了中央有关部门为邓小平和7位中央常委定制湖笔的任务。

姚：能回忆一下企业发展过程和历届企业领导吗？

蒋：1956年4月，成立善琏湖笔合作社，善琏镇及周边的个人作坊均参加了合作社，社主任是马步青。到了1957年时，企业党组织负责人是朱亦承。1958年，善琏、含山、石淙、千金四乡合并，成立善琏大公社，企业改名为善琏人民公社湖笔制造厂。书记是朱亦承，厂长陈正林，班子成员有章元荣、沈伯康、沈阿年。1960年，企业200多名工人被“精减下放”，后来成立了“善琏湖笔社”和“含山湖笔社”，这些精减的工人大部分到了这两家企业上班。1963年后企业改名善琏湖笔合作工厂，1978年改名善琏湖笔厂，属吴兴县手工业管理局（二轻工业局）领导。这时期至2016年，企业领导（厂长、书记）分别是朱亦承、徐永顺、黄志成、范建中、邱昌明、我、李金才。

姚：你曾担任企业工会主席多年，能介绍一下20世纪50年代初善琏湖笔基层工会的性质吗？

蒋：1952年后善琏成立善琏湖笔基层工会，会员对象主要是普通做笔工人（经营业主不参加）。

姚：工会的主要任务是什么？

蒋：基层工会主要服务会员，因为普通笔工无销售渠道，基层工会就帮助协调“湖笔联销处”，笔工生产的笔由“联销处”对外销售，卖后结账，俗称“树上开花”。

姚：这与后来的工会性质确有不同。

蒋：当年主要为没有销售能力的笔工服务。

姚：后来企业工会情况怎么样？

蒋：1963年，随着善琏湖笔合作工厂的建立，我们对原基层工会的会员进行重新登记，开放新职工入会申请，工会工作进入新的阶段。

姚：介绍一下历届工会负责人。

蒋：当时基层工会主任是许济根，后来的企业工会主席分别为沈伯康、金桂芝和我。

姚：记得1992年，善琏镇对蒙公祠进行了重建。

蒋：据传秦代大将蒙恬发明湖笔，善琏一带笔工一直尊蒙恬为“笔祖”。据有关史料记载，善琏蒙公祠最早建于明末清初，后毁于抗日战争时期。

姚：介绍一下当时蒙公祠进行重建的情况。

蒋：1992年，善琏镇专门建立了蒙公祠重建筹备委员会，时任善琏镇镇长仰荣根担任筹备委员会主任，我担任副主任，有关湖笔生产经营企业负责人均为成员。

姚：重建在什么时候完成的？

蒋：至1995年完工，当年苏州制笔同仁有50余人集资，赠送了蒙恬、蒙夫人、太子三尊像，善琏的笔工们也纷纷捐款。湖州谭建丞先生题写了“蒙公祠”三字。

姚：记得当时蒙公祠重建后，有个比较隆重的仪式。

蒋：是的。当时浙江省老领导铁瑛和湖州市有关领导也参加了。

姚：我在厂时，记得厂里有一老匾“勋策管城”，大家说是蒙公祠的旧物。

蒋：是的。当年的蒙公祠内有许多匾联，如徐世昌的“弘扬文化”，黎元洪的“千古文明”，还有康有为、郑孝胥等书家的对联。蒙公祠毁后，祠内的匾联也大都随之毁失了。“勋策管城”匾由清代李鸿裔书写。李鸿裔曾任江苏按察使、江宁布政使，他是苏州网师园主人。

姚：“勋策管城”匾后来在什么地方？

蒋：蒙公祠重建后，善琏湖笔厂将“勋策管城”匾捐给了蒙公祠。当时一并捐给蒙公祠的还有一件楠木框大镜子，此物原是民国年间上海周虎臣笔庄赠蒙公祠的。

姚：听说当年蒙公祠的旧址就在现善琏湖笔厂内。

蒋：是的。1995年后，厂里专门在厂内立了一石碑“蒙公祠旧址”。

姚：你对湖笔的传承与发展有什么建议？

蒋：当前湖笔主要面临原材料质量下降和制笔技艺传承人短缺的问题。建议由湖笔行业协会，会同几家技术较强的企业，建立一个湖笔研究组织（所），发挥非遗传承人的作用，精选原材料，按传统工艺制作，同时带好接班人。鼓励年轻人学制湖笔，行业协会每年可组织技术比赛，争取相关部门支持，对成绩优秀者颁发资格证书，对有贡献的传授者给予奖励。

丁阿细访谈

时　间：2023年4月28日下午。

地　点：善琏湖笔四厂。

采访人：姚新兴（以下简称姚）。

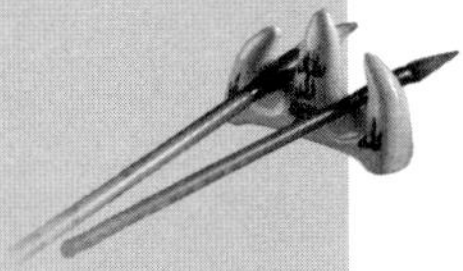

受访人：丁阿细（以下简称丁）。

丁阿细，1954年出生，长期从事湖笔生产管理工作，现任善琏湖笔四厂厂长。

姚：请谈一下企业的发展史。

丁：企业建立于20世纪60年代初，当时的厂名为石淙湖笔厂，1977年改名为善琏湖笔四厂。企业原为社办企业，后改制。1971年国家工商局注册为“玉兰”商标。

姚：你是几时到这个厂的？

丁：我1976年从部队退伍，由石淙公社安排进了企业。开始时担任供销员，1996年担任厂长。

姚：你曾担任供销员，应该对湖笔的原材料比较了解吧？

丁：湖笔的原料主要是羊毛、兔毫和笔杆。山羊毛主要产自江苏南通，笔杆主要产自福建一带。

丁阿细（左）访谈

姚：用于制笔的山羊毛主要品种有哪些？

丁：主要有脚块、脚爪、透爪、黄尖锋、白黄尖、盖尖、短光锋、细光锋、粗光锋、老光锋等。

姚：最好的是什么？

丁：盖尖光锋与细嫩光锋。

姚：请讲述一下当时企业的情况。

丁：1975年是企业的发展高峰期，职工有171人，均是当地的农民。

姚：工人中技术好的有哪些？

丁：杨阿新、倪引娣、钟安庆、陆如松、张巧生等。张是建厂时的第一代笔工，技术较好，能做湖笔全套。

姚：什么是全套？

丁：是指湖笔的主要工种——水盆、结头、装套、择笔。

姚：能做湖笔全套的人不多吧？

丁：是的，在整个湖笔行业中也较少。

姚：企业在技术方面有什么创新举措？

丁：我厂很早就开始在羊毫中拼硬毫了，可以使笔达到软硬兼有的效果。这种加健羊毫笔，一直生产至今，销路很好。

姚：你说的在羊毫中拼兼毫，这兼毫不是现在的塑料毛吧？

丁：不是的，均是其他动物毛。

姚：在质量方面有什么保障措施？

丁：大家知道，影响湖笔质量的关键一环是原料。我们从原来笔工自行采购加工，改为企业集中采购加工，从源头上把好关。

姚：你厂的产品出口情况好像一直较好。

丁：是的。当年经上海周虎臣笔庄介绍，通过上海进出口公司出口，开始时提供一些中档的12、20、36量羊毫笔，后来慢慢地做高档笔，如“玉兰蕊”、“鹤脚”一类，再后来发展到兼毫笔。

姚：当时出口的比重有多少？

丁：50%左右。

姚：相比善琏湖笔厂等规模大的厂，你厂是怎样解决技术问题的？

丁：虚心学习。

姚：具体措施有哪些？

丁：一是在企业内部做好“传帮带”，发挥技术好的老工人作用；二是“走出去，请进来”，如聘请杭州邵芝岩的老笔工沈国良来厂指导，派出水盆工去外地企业学习；三是在经济上对技术骨干倾斜。

姚：请谈一下企业改制情况。

丁：20世纪90年代开始，企业面临诸多困难，如负债多、产量下降。1997年，在当地政府的支持下，企业开始改制，本人继续担任法人代表，同时吸收技术骨干入股。

姚：企业目前经营情况怎么样？

丁：销售额一直保持在每年600万元左右，销售渠道方面60%是电商，出口在25%左右。

姚：现在企业有多少个工人？

丁：26名。包含湖笔的全部工种。

姚：现在面临困难是什么？

丁：制作湖笔是手工活，比较辛苦，工人收入不高，新工人招不进来，现在的工人平均年龄为50多岁，这是我最担心的事。

姚：你办公室有多位上海书法家的作品，企业与他们有交往吗？

丁：当年我厂与上海的一批著名书法家，如任政、单晓天、乔木、李天马、周慧珺均有交往，经常请他们试笔，听取他们对湖笔质量的意见。周慧珺喜欢用我厂生产的“加料条幅”羊毫笔，我们一直提供她使用。

姚：墙上有“光荣在党五十年”锦旗，你入党五十年了，能谈谈如何发挥党员优秀作用吗？

丁：几十年来，我一直以党员标准严格要求自己。无论在部队，还是在企业工作，特别是担任法定代表人后，始终体现正能量，做好本职工作，在本职岗位上发光。去年我还被评为“最美退伍军人”。

姚：最近湖州市人大常委会颁布了湖笔保护发展条例，你对目前湖笔产业的发展有什么想法和建议？

丁：多年来政府对湖笔产业发展支持很大，每年均拨200多万元的经费补助。我认为这些经费要用在刀刃上，应主要用于集中培养后续人才。建议设立新工人培养基金，在善琏镇建立新工人培养基地，集中培养。同时，政府每年在补助湖笔发展资金的时候，有关部门要进行绩效管理，不能一补了之，要建立跟踪考核机制。

姚：当时除了石淙湖笔厂外，周边还有哪几家厂？

丁：当时还有莫蓉湖笔厂，负责人是沈水林。还有荃仁湖笔厂，负责人是范娜宝。当时两家企业均比较好。荃仁厂现在还在，莫蓉厂现在没了。

金桂珠访谈

时　间：2023年6月27日上午。

地　点：湖州新华园寓所。

采访人：姚新兴（以下简称姚）。

受访人：金桂珠（以下简称金）。

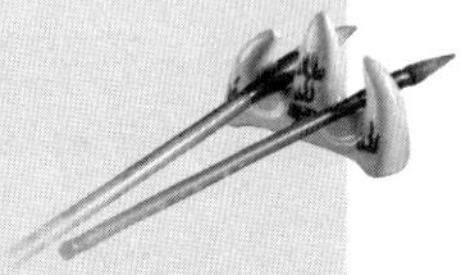

金桂珠，1941年出生，善琏湖笔厂退休职工，兼毫水盆工，后长期从事企业管理工作。20世纪60年代初，担任善琏湖笔厂副厂长、工会主席。

姚：你好。我记得1973年进湖笔厂，你就是厂领导了。

金：1956年，善琏成立湖笔合作社，个体的制笔全部参加了合作社，当年我16岁。

姚：当时的社领导是谁?

金：马步青。

姚：后来湖笔合作社改名了，是几几年的事？你是什么时候开始企业管理工作的?

金：1962年，在原善琏公社湖笔制造厂的基础上，成立善琏湖笔合作工厂，工人近700人，当时的厂领导班子是，

金桂珠（右）访谈

厂长陈正林，书记朱亦承，副厂长有沈伯康、章元荣和我。

姚：当时你几岁？

金：22岁。

姚：你是几岁开始学湖笔制作的？

金：1951年，我11岁，就到吴学金家学兼毫水盆。我是吴学金第一个徒弟，她的技术是一流的。后来湖笔合作社成立试验组，她带了十几个徒弟。吴学金有个弟弟冯克林，从事湖笔装套，技术也很好。

姚：1958年，当时有大量制笔工人离开，转业到湖州其他企业。能谈谈当时的情况吗？

金：1958年，湖笔生产经营遇到困难，湖笔社大量年轻人由吴兴县手工业联社安排到湖州多家企业工作。

姚：当时有多少人？

金：大概有60人。

姚：当时安排在什么企业？

金：有湖州藤器社、综合五金社、制线社、电瓷厂等。

姚：你当时被安排从事什么工作？

金：在综合五金社做过铸工。

姚：当时与你一起的能回忆几位吗？

金：有沈锦华、孙文英、蔡继华、陶怡玉等。

姚：是什么时候重新回到湖笔厂的？

金：1961年，湖笔生产有好转，当年出去的工人全部技术归队。回来后不久，我就从事企业管理工作了。

姚：据说当时合作工厂职工很多，在合作工厂成立后不久又进行了职工大精减。

金：当时厂里工人大概在600多人。1963年，国家经济状况不好，企业进行职工大精减。

姚：有多少工人被精减？

金：有200多人。

姚：当时精减工人按照什么标准？

金：基本上1956年前加入湖笔合作社的留在厂，后来参加工作的一部分人精减了。

姚：这200多人中，肯定有不少技术骨干吧？

金：是的，他们大部分后来进了公社办的善琏湖笔二厂和含山湖笔厂。

姚：能回忆一下老一辈中的技术能手吗？

金：水盆有冯永梅、李梅珍、吴学金、杨妙金、沈松莲、叶美英，择笔有杨卓民、姚关清、吴凤彩、吴尧臣、钱锦荣、朱善发。

李梅珍（1909—2006，左）水盆工

姚：我在厂时有一位老工人叫卜瑞生。20世纪70年代末我与汤建驰采访过他，后来我们写了一篇《蒙公祠的传说》，刊登在《吴兴民间文学》上。

卜瑞生（1900—1994，左）择笔工

金：卜瑞生是兼毫择笔工，因为形象好，又与传说中的蒙恬夫人卜香莲同姓，后来有许多新闻单位的摄影记者喜欢找他拍照，按现在的说法有点“网红”。这大概与你们当年那篇《蒙公祠的传说》有关吧。

姚：听说你曾主持过一段时间的企业领导工作。

金：是的。1963年，厂长陈正林调走后，上级主管部门要我全面负责企业领导工作，我自知年轻，文化水平不高，不敢接手。后来吴兴县手工业管理局朱荣达同志反复做我工作，我便以副厂长身份全面负责了一段时间。当时企业会计是钱安林、出纳是吴学敏，主要依靠这些骨干。

姚：后来的厂长是谁？

金：后来是徐永顺。

姚：你后来分管什么？

金：主要分管企业的内部管理。

姚：记得我进厂时，企业福利条件较好。

金：是的。当时善琏湖笔厂是镇上规模最大的企业。厂内建有食堂、托儿所、医务室等。职工生病，领导会上门慰问。各个车间、班组均建有互助储金会，如职工经济上遇到困难，可向互助储金会借款。

姚：当年企业曾生产过油画笔、排笔等。

金：1960年左右，企业为扩大生产，曾派王金亮、俞宝明等人到上海制笔厂学习。

姚：与苏州湖笔厂也有技术交流吧？

金：当时学习技术的氛围很好，我们厂与苏州湖笔厂经常有技术交流，苏州厂大部分工人是新中国成立前从善琏出去的，技术力量较强。

姚：20世纪70年代末，厂里曾几次组织去北京、上海、杭州请著名书画家试笔。

金：是的。北京之行我参加了，当年请到了一批著名书画家，如李苦禅、启功、董寿平、范曾、李燕、柳青等，他们均试用了我厂的湖笔，也为厂留下许多作品，非常珍贵。上海之行我们没有组织，是委托上海书画社（朵云轩）同志上门请书法家试笔的，记得有翁闿运、单晓天等。杭州之行好像你也参加了。

姚：当年试笔，书画家怎么评价湖笔？

金：他们对纯羊毫类毛笔评价特别高。这批老先生功力深厚，喜欢用羊毫笔。沙孟海先生曾写下了“柔不丝曲，刚不玉折”之评价。上海单晓天先生好像是你老师吧。

姚：是的。单晓天先生曾与我说过：“双羊牌‘玉兰蕊’，是无敌的。”他为厂里题了“尖齐圆健，四德皆备”。

金：湖州的谭建丞先生也为我厂题了“妙到毫巅”。

姚：1970年企业改名为“善琏湖笔厂”，当时的领导班子由哪些人组成？

金：当时支部书记是朱亦承，厂长是徐永顺，副厂长为张海生、庄积印 、范建中和我。

姚：你对湖笔的保护与发展有什么建议？

金：湖笔曾辉煌过，它凝聚了一代又一代制笔人的心血。党和政府一直支持湖笔发展，记得当年几次扩建厂房均有上级部门资金上的支持，现在政府每年对湖笔行业均有资金补助，我们要用好这笔钱。希望新一代经营者和工人们继承优良传统。我们现在有一批各级“湖笔非遗传承人”，更要担当起“传承”这个责任。

沈应珍访谈

时　间：2023年7月4日。

地　点：善琏东山庄沈应珍寓所。

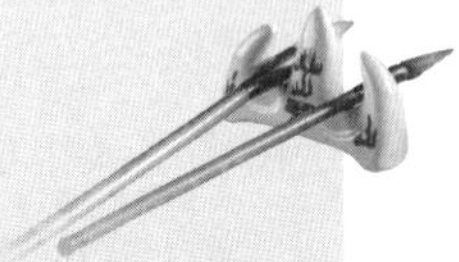

采访人：姚新兴（以上简称姚）。

受访人：沈应珍（以下简称沈）。

沈应珍，1921年出生，含山湖笔厂退休职工，为目前湖州湖笔行业最年长笔工，曾任含山湖笔厂副厂长。浙江省文明办授予其“浙江好人”称号。

姚：你老精神矍铄，今年高寿？

沈：今年103岁了，年龄太大了，太大了（笑）。

姚：你老期颐，祝福！

沈：谢谢。

姚：你从事湖笔制作多少年了？

沈：我12岁开始学制笔，算来90年了。

姚：你当年随谁学的技术？

沈：父母。我的父亲沈炳祥是择笔工，母亲谈仁依是水盆工。

沈应珍（左）访谈

姚：听说你能全套制笔。何谓“全套”？人们常说你“一刀羊毛成支笔”。

沈：“全套”是指一人能完成湖笔主要工序。

姚：这样的人在湖笔行业中不多吧？

沈：很少的。

姚：那你是怎样练就这般功夫的？

沈：我就喜欢做笔。小时候父母要我上学，我也没去。当时择笔主要向祖父、父亲学，水盆向母亲学，向其他师傅学结头和装套。

姚：那平时主要从事什么工种？

沈：水盆与择笔，这是湖笔行业中最关键的工种。

姚：你对湖笔技艺的传承有重要贡献。能说一下你的上辈们和你的徒弟们吗？

沈：我家被人们誉为“湖笔世家”，现在算算已经六代了。听父辈们说，我的太爷爷这一辈就是做湖笔的。

姚：那应该在清中期家里就有人在做笔了。

沈：我的太爷爷和曾祖父的名字已没有记录了。我的祖父叫沈瑞龙，既做笔也做销售。

姚：当时你家的笔销往什么地方？

沈：主要是北京的戴月轩、上海的周虎臣等有名笔庄。

姚：你在90年制笔生涯中，肯定带了许多学生吧？

沈：我有4个女儿——沈影珠、沈林珠、沈金珠、沈明珠，均是做笔的。我主要有6个徒弟——沈水娥、杨美珠、卜珍娥、闻珍凤、虞林妹、沈水娜。徒弟带徒弟那更多啦。现在有一孙女沈爱伟也从事制笔，在善琏湖笔一条街开了一家湖笔店呢。

姚：听说你当初在善琏湖笔厂工作过。

沈：是的。新中国成立后，湖笔行业开始合作化，善琏镇成立湖笔联销处，后来成立了善琏湖笔生产供销合作社，我也参加了。

姚：后来你一直在含山湖笔社工作？

沈：1962年，国家困难时期，我被下放到含山湖笔社（厂）工作。一直干到1999年，那年我已79岁了。

姚：作为技术骨干，当时你在含山湖笔社（厂）主要从事什么工作？

沈：开始时做水盆、择笔，后来主要负责羊毛的“搭料”工作，同时对青工进行技术辅导。

姚：你后来还担任过技术副厂长，是在什么时候？

沈：1985年。

姚：在你屋里墙上有一张“与党同心，与党同龄”的奖状，你是中共党员吧？

沈：是的。我出生于1921年，1987年光荣加入了中国共产党，虽然我入党时已60多岁了，但非常自豪，能与党同龄。

姚：在你屋里有许多证书匾额。

沈：多年来党和政府对我非常关心，中央有关部门、省、市、区领导经常来慰问，给我了许多荣誉，如省文明办授予“浙江好人”，省民政厅授予“福寿康宁”，市里授予“道德模范”。

姚：你是湖笔行业中的老技工、老党员、老寿星。

沈：谢谢！

姚：你有什么长寿秘诀吗？

沈：哪有什么秘诀，就是保持良好心态，适量活动，饮食清淡。

姚：听说你90多岁还在辅导青年笔工。

沈：湖笔需要传承，我喜欢湖笔，也有一种责任感，只要精力体力还行，我会去做的。

姚：非常感谢你为湖笔的发展与传承做出的贡献。

沈：谢谢！

吴学敏访谈

时　间：2023年7月4日上午。

地　点：善琏吴学敏寓所。

采访人：姚新兴（以下简称姚）。

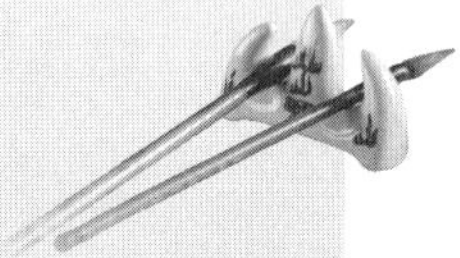

受访人：吴学敏（以下简称吴）。

吴学敏，1931年出生，善琏湖笔厂退休职工，长期从事财务管理工作。

姚：你是几岁时进湖笔厂的？

吴：我是1956年进厂的，当年24岁。

姚：我进厂时，大家均称你为吴老师。

吴：这是大家客气。在笔行中，大家相互尊称师傅、老师。

姚：当时从事什么工作？

吴：原材料保管与财务出纳。

姚：当年企业负责人是谁？

吴：社长是马步青，监事沈锦轩。当时企业管理人员不多，主要有许午生、许济根、沈锦轩、钱安林、王定国和

吴学敏（右）访谈

我。我与王定国是共青团员。

姚：你长期从事企业管理工作，能谈一下，1956年合作社建立时，职工入股情况吗？

吴：当年是合作化，职工参加合作社，均要入股。开始时大家不放心，后来慢慢地接受了。

姚：当时具体是什么情况？

吴：当时规定，50元为一股。大部分人以制笔原材料作价。如没有原材料，就以现金形式缴纳。

姚：全部交吗，如有困难怎么解决？

吴：如有困难，就相互间帮助借款。

姚：当时的管理情况是怎样的？

吴：1956年后，合作社开始统一采购原材料。职工开始时还分散在各家，后来合作社建立了厂房，生产也集中在一起了。

姚：当时销售情况是什么样的？

吴：内销主要是上海茅春堂、周虎臣及苏州贝松泉等笔庄，湖州的王一品斋笔庄也有订单。外销主要通过上海工艺品进出口公司。我们的笔打样比较饱满，很受欢迎。

姚：合作社职工最多时有多少？

吴：1959年，善琏湖笔行业大合并，善琏周边做笔的大部分参加了合作社，最多时有700人左右。

姚：当时技术骨干有什么人？

吴：水盆工有宋富男、冯仲英、钱水芝、冯永梅、沈应珍、李梅珍等，择笔工有杨卓民、姚关清、李荣昌、吴尧臣、沈锦华等。

姚：当时销路最好的是什么品种？

吴：羊毫中“玉兰蕊”笔最好，但量比较少。当时对“玉兰蕊”笔生产要求极高，原料是羊毛中最上品的，水盆与择笔师傅也是最好的。

姚：“玉兰蕊”笔要求这么高，当时的价格是多少？

吴：如笔杆为竹的，每支3.6元。

姚：确实不错了。20世纪70年代，我刚进厂，工资仅15元，4支笔就抵我一个月的工资了。

姚：你家中还有什么人从事制笔的吗？

吴：我姐吴学金是水盆兼毫，技术一流，当时她带了许多徒弟。

姚：对湖笔传承发展有什么建议？

吴：湖笔现在最关键的是后继乏人，要在培养年轻人上下功夫。

翁其昌访谈

时　间：2023年7月4日下午。

地　点：善琏湖笔厂。

采访人：姚新兴（以下简称姚）。

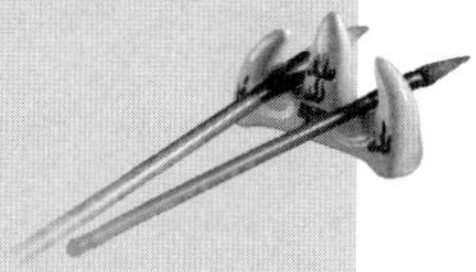

受访人：翁其昌（以下简称翁）。

翁其昌，1957年出生，善琏湖笔厂退休职工，长期从事笔杆刻字。

姚：笔杆刻字为湖笔八大工序之一，你是哪一年开始从事笔杆刻字工作的？

翁：我15岁就随父亲翁林海学刻字，后来下放农村，是1978年进善琏湖笔厂的。

姚：进厂学刻字吗？

翁：对的。继续跟着我父亲学。

姚：令尊我也很熟悉，记得当年他与徐兰亭是厂里最好的刻字师傅了。

翁：我父亲12岁在上海开始学刻字，后来回到善琏，20世纪50年代参加了湖笔合作社，一生从事笔杆刻字。

翁其昌（左）访谈

姚：你父亲刻字的特点是什么？

翁：他在笔杆上刻的字，特别圆活，善用并刀。

姚：当年我与你父亲有较多接触，印象里他不善用笔写字，但在笔杆上刻的字特别漂亮。

翁：父亲虽然没什么文化，但对古代的碑帖非常喜欢，人家用笔在纸上练，他则用刀在笔杆上练。

姚：真正的以刀代笔。他还不耻下问，当时我不到20岁，但因喜欢书法，他就经常与我交流。记得20世纪70年代，厂里制作了一支直径20厘米的笔，送去一个重要的展示会参展，上面三个字"弗律笔"，就是令尊用双刀刻就，如碑帖中的字。

翁：他对行草也擅长。厂里有重要的毛笔生产任务时，笔杆上的字均由他完成。20世纪70年代邓颖超出访日本时带的国礼湖笔，上面的字，就是我父亲刻的。

姚：当时刻字车间还有一位老师傅徐兰亭，能介绍一下吗？

翁：徐兰亭老师与我父亲在技术上齐名。他以刻楷书为主，字特别挺拔，有唐楷的味道。

姚：当时刻字车间有多少工人？

翁：有近20人。老师傅还有朱士兴、潘志祥、杨宗富。年轻一点的，大都是父亲和徐的学生。

姚：他们带了许多徒弟吧？

翁：父亲除了带我和我哥翁雪新外，其他徒弟有赵琴文、王蓉儿、许美华、徐增凤等，徐带的徒弟有张锦生、杨新泉等。张锦生有个徒弟孙育良，也是刻字能手。

姚：什么叫“并刀”？

翁：这是我们刻字中的俗称，即笔划用左右两刀刻成。

姚：是不是就像篆刻中的单刀、双刀？

翁：对。

姚：刻字除了开取外，还有什么刀法？

翁：还有一种叫“划刀”，俗称单刀。划刀中有挺、点、横。

翁林海（1921—1997）刻字工

姚：刻字是用

什么样的刀?

翁:是月牙式的。这是笔杆刻字用的特殊的刀，均是工人自己磨制的。

姚:你现在也是老师傅了，在传承老一辈技艺方面有什么体会?

翁:刻字是一项纯手工活。一是天天练，天天刻;二是认真读字帖，掌握基本字体结构;三是用毛笔练练字，体会笔墨味道。我传承了父亲“双刀”的特点，喜欢刻双刀，40多岁时就刻过《兰亭集序》《心经》及多篇唐诗。一次，湖州市举办湖笔文化节，厂里制作了一套两支装的礼品笔，我在一支上刻了《兰亭集序》、一支刻了《湖笔颂》。后来厂里为中央领导和邓小平同志制笔，笔杆上的字也是我刻的，得到了大家的认可。

姚:谈到湖笔传承，大家首先会想到水盆与择笔。

翁:水盆与择笔是湖笔质量的关键，但笔杆上的字也会影响笔的美感。

姚:现在似乎大都是机器刻字了。

翁:是的，99%是机器刻了。

姚:当年好像有在笔杆上烫字的。

翁:当年一般低档笔的品名采用火烫，中高档的全部是手工刻的。

姚:你认为手工刻字技艺需要传承吗?

翁:当然需要传承，这是湖笔工艺的组成部分。现在一些高档笔，笔杆大都为手工刻字的。

姚：现在还有人学手工刻字吗？

翁：很少了，但有的年轻人出于对书法的喜欢，还会学的。

姚：你现在带徒弟吗？

翁：我前后带了10个徒弟。现在如果有人想学，我是非常乐意教的。

姚：对湖笔的传承与发展有什么建议？

翁：关键是培养年轻人。政府对湖笔一直很重视，要用好湖笔发展基金，要向一线工人倾斜。善琏湖笔，羊毫是最大特色，要保留这一特色。

王晓华访谈

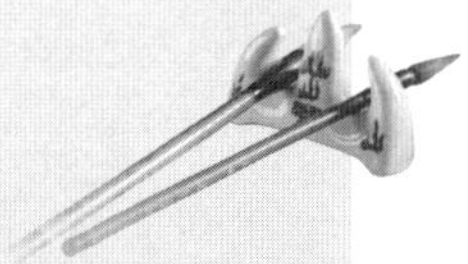

时　间：2023年7月4日下午。

地　点：善琏湖笔厂。

采访人：姚新兴（以下简称姚）。

受访人：王晓华（以下简称王）。

王晓华，1964年出生，善琏湖笔厂退休职工，长期从事湖笔兼毫水盆。浙江省湖笔非遗传承人。

姚：记得20多年前，当时湖州市工艺美术学会等有关部门经常组织湖笔制作比武，你总能拿到好名次。能谈谈你学艺的经历吗？

王：1981年，我17岁，进了善琏湖笔厂，被分配到水盆兼毫车间，师父是刘雅芬。当时车间里有许多老师傅，如刘雅芬、孙文英、沈水珍、俞唐男、冯仲英、钱水珠、沈尉英。沈尉英是我母亲。

姚：怎么不随自己母亲学？

王：母亲有时候会不够严格，所以学技术一般会另选一师傅。

王晓华（左）访谈

姚：你学技术的第一步是什么？

王：我们水盆兼毫，第一步就是拣羊毫。

姚：兼毫怎么从羊毫开始？

王：主要是练一人水盆的基本功。

姚：能谈一下水盆兼毫的几个关键环节吗？

王：主要有三个环节：

一是索毫。一刀毫开始时长短不一，通过索毫，将紫、白毫按长短区分，花毫亦按长短、毫的花肩深浅，可分三花、四花、五花、六花。通过上述工序，理齐毫的顶锋，再根据毫的特点，分出制笔的品种。索毫齐是水盆兼毫的关键。

二是落作。根据材料的品种，制作兼毫笔的品种。落作需用刀，刀的作用是将毫的底部切平，毫锋齐，落作整，笔锋才能做齐。

三是做子亩。

姚：这是什么意思？

王：这是在落作的基础上，将顶锋做齐，然后将修出来的长的锋，重新裁齐。顶锋做工两遍，达到“齐而密”的标准。

姚：如何制成一个笔头？

王：要制成一个笔头，首先要切笔心，就是毫的腰部撑羊毛的根，笔头型就出来了。这个环节撑根非常重要，毫块下面是腰，根撑得好，造型就好，使用时笔才劲健。

姚：兼毫笔的笔样一般要求是什么？

王：达到饱满平整。

姚：兼毫笔一般不大，在制作时重点是什么？

王：兼毫毫少，锋是最重要的。

姚：刚才说了很多兼毫的制作，请问何谓兼毫？

王：兼毫笔一般以山兔毫与羊毛相结合而制成。根据兔毫与羊毛的比例，可分为七紫三羊、五紫五羊等品种。也有一种全部用山兔毫制成的，称之为紫毫。用黄鼠狼尾毛制成的，称之为狼毫。

姚：你作为这一代的技术能手，是如何学习和掌握水盆兼毫这门技艺的？

王：制笔是一项纯手工活，想学好技术，首先是你要想学，要有悟性，但最关键的是勤问、勤练。勤问，当年车间里有许多老师傅，我不懂就问；勤练，就是你要不怕吃苦。

如兼毫水盆最关键的是索毫。索毫就用大拇指与骨梳夹着毫，这中间有个力度问题，重了伤毫，轻了夹不住毫。长时间练，手指会肿，肿了起泡，结成老茧。

姚：我记得水盆是制笔工序中最艰苦的。

王：是的。我们整天手泡在水盆中理毫，夏天手指会腐烂，冬天手指会起冻疮。

姚：是啊，我们在使用毛笔时，真是要珍惜每一支笔。“手握毛笔，不忘笔工”。

王：我想既然学了这门手艺，就一定要做好。只有吃苦，才能掌握技术。如索毫，在一个好的师傅手下，出毫率就高。

姚：现在人们常说，制笔的原材料质量下降。

王：原材料质量下降是客观存在的，兼毫用的山兔毫也一样，但只要精工细作，笔的质量还是能达到原来水平的。

姚：你现在也是老师傅了，你的年龄正处于承上启下的时候，现在带徒弟吗？

王：带了两个。

姚：你对湖笔的传承与发展有什么想法？

王：各级政府和方方面面要采取措施来保护传承这门传统技艺；要扩大宣传，让更多的人了解湖笔，喜欢上湖笔。

姚：你现在还愿意再带徒弟吗？

王：当年学技术会遇到门户之间的问题，现在我非常愿意并将毫无保留地传授。

姚：谢谢！

童伟荣访谈

时　间：2023年7月7日下午。

地　点：善琏湖笔厂。

采访人：姚新兴（以下简称姚）。

受访人：童伟荣（以下简称童）。

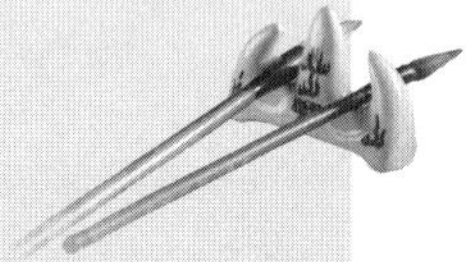

童伟荣，1952年出生，善琏湖笔厂退休职工，羊毫择笔工，曾任车间主任、副厂长。

姚：50年前我与你同车间、同宿舍，一起做笔，一起打球，转眼均成了老翁。你好像是1971年进厂的吧？

童：对的。1971年下半年，我与一批下放知识青年一起进的厂。

姚：当年一起进厂的有哪些人？

童：一起进厂的连我共有14人。

姚：还记得他们的名字吗？

童：记得有：简朴、王国良、金永祥、水卫星、陈玉泉、徐志虎、林云儿、张梅红、钱丽芳、张敏敏、陈永珍、吴云娥、张惠玉。除了陈玉泉、徐志虎、钱丽芳和我外，大部分

童伟荣（左）访谈

是周边菱湖、练市、千金等镇上的人。张梅红是上海下放知青，林云儿是德清新市下放知青。第二年又有几位进厂，如姚育英、张贵山等。后来每年均招收了大量社会青年进厂，你是1973年进厂的吧。

姚：对的。记得当时厂里已多年没有进青工了。

童：我们是“文化大革命”后，善琏湖笔厂第一次集中招收的青工。

姚：这么多青工进厂，你们的工作是怎么安排的？

童：湖笔行业中有一个不成文的规定，学艺需“童子功”，旧时学徒均只有十几岁。与我一起进厂的13位，均是“文化大革命”中下放农村的，进厂时年龄均在20岁以上了，最大的已28岁，但厂里还是让我们先学技术，所以我们大都被安排在水盆、择笔车间学技术。

杨卓民（1909—1976，左四）择笔工

姚：你拜的师父是谁？

童：杨卓民，羊毫择笔顶尖的技术工人。他1909年出生，14岁在善琏陈培清湖笔作坊当学徒。后来进入湖笔合作社，一直是羊毫择笔中的顶尖人才。

姚：当年一下子进了这么多青工，企业有什么变化吗？

童：确实有许多变化。如这批青工，相对来说文化程度高（原来做笔的人，十几岁就学技术了，很少上学），思想比较活，我们男的大都喜欢运动。

姚：喜欢什么运动？

童：如篮球、举重、长跑等。厂里组织了一个篮球队，水平较高，经常代表镇上打比赛，你我均是队员，曾参加过吴兴县篮球比赛。简朴曾是吴兴县10000米长跑冠军；我也曾参加过县里游泳、铅球、短跑比赛。

姚：记得厂里工人的象棋水平也高，一些老师傅喜欢下棋，经常会有老年队和青年队的比赛。

童：厂里会下象棋的人很多，水平在吴兴县有点名气，每次县里比赛均能拿名次。

姚：这些好像与整天坐着做笔的笔工形象有点反差。

童：青年人朝气蓬勃。

姚：这些活动厂里和师傅们支持吗？

童：支持。因为好的身体对工作是有帮助的。

姚：聊了这么多，我们说说当时择笔车间的老师傅们吧。

童：当时择笔车间真是人才济济，老一辈有杨卓民、姚关清、庄渭阳、李荣昌、吴尧臣、姚仕林、沈锦华等，以杨卓民与姚关清最年长。杨卓民师父个头高高，腰板笔挺，话不多，有点严肃，而姚关清师傅喜欢开玩笑。姚关清原姓郑。

姚：能介绍一下他们的技术风格吗？

童：杨卓民与姚关清做的笔，锋颖黑子与肩特别明。杨还擅长笔的造型，如果水盆有缺陷，他能修正好。还有他抹笔的“光白挺”，没人能比肩。庄渭阳挑披毫是绝活，在锋颖上看不到一根杂毛。

姚：刚在看到你家门口不远处有一广告“毛颖之技甲天下”，你说一下毛颖的事吧。

童：湖笔最重要的是锋，锋又称颖。它是笔锋尖上一节半透明的毛锋。锋颖好坏决定笔的好坏。

姚：经常说制笔中的肩是什么？

童：肩是指颖与毛间的分隔，择笔中关键一条，就是要将锋颖挑齐，如切刀一般整齐。高档的笔，如“玉兰蕊”，它的肩是靠毛中本身的锋颖，俗称“真肩”，而大货（大笔）它的肩是用羊毛拉出来，俗称“假肩”。

姚：能谈谈当年学技术的事吗？

童：就是多看，多问，多练。择笔时挑披毫是重点，要反反复复、一层一层地挑，做到将断头毛、竹节毛去掉，且不伤好毛。

姚：满师后能择什么档次的毛笔？

童：高中档。

姚：“玉兰蕊”笔择了吗？

童：当时“玉兰蕊”这类高档笔量很少，我是在满师几年后才开始择的。

姚：我当年也是择羊毫的。择笔的几个主要环节能详细介绍一下吗？

童：第一步是“注面”（将笔头装入笔杆中），这个环节的要点是顶口要齐，长短尺寸统一。当时大货和高档的笔均用生漆“注面”，一般的笔用“洋干漆”。用生漆“注面”的笔，笔头和笔毛不易掉。第二步是“熏笔脱脂”，就是将笔锋蘸上清石灰水，再放入木桶用硫磺熏。石灰水的浓淡和硫磺熏的时间是根据每作笔的情况而定，过了就会伤毛，不足脱不了脂。第三步是“清操”（将鹿角菜泡成糊，抹一次），鹿角菜是生长在海里的一种海草，它有脱脂的功能。上述三个环节好了，便可正式择笔了。

姚：择笔中要注意什么？

童：一作笔（一捆），一般100支左右，先抹出一样子，干后，根据样子和笔头造型进行择笔，这个环节挑披毫是关键。好的师傅能达到一作笔一个样（100支笔每支造型一个样）。

姚：你后来好像到车间工作了。

童：1985年，我调到车间负责质量检验，当时的车间主任是姚金毛、沈锦华，姚负责兼毫择笔，沈负责羊毛择笔，均是技术能手。姚金毛后来当了副厂长。

姚：你后来也担任了车间主任。

童：是的。企业改革后，一度担任副厂长。

姚：你几时退休的？

童：2012年我正式退休。后因需要，厂里返聘我继续工作了6年，主要负责产品质量和生产安排。

姚：作为一名笔工，你也算是“功德圆满”。当年与你一起进厂的13位同志，有几位到退休还在做笔？

童：有多位后来调离了厂。除了我，有陈玉泉、徐志虎、王国良、水卫星到退休时还在做笔。

姚：我与著名画家程良很熟。1987年由我牵线，他在湖州铁佛寺举办过一次书画展览。程良是善琏人，好像与你是亲戚。

童：是的。他父母均是善琏人，也是笔工，后来到了苏州。程良小时候也做过笔，但自幼喜欢书画，18岁拜苏州画家朱竹云为师，1955年被特招入伍，一直在北京，是一位著名的军旅书画家。与启功、董寿平、王雪涛、许麟庐、刘继卣、王森然、胡絜青、刘开渠等艺术大家交情深厚，非师即友。

姚：作为有40年做笔经历的人，你对湖笔的传承和发展有什么建议？

童：多年来，外地的毛笔冲击市场，他们生产一种拼塑料毛的毛笔，价格低，弹性好，而且适应初学者的需求，不能一概评价他们的笔不好。而我们湖笔，千百年来注重锋颖，讲究“尖齐圆健”，一大批书画家还是喜欢用湖笔的。

姚：我们保护传承湖笔工艺的重点是什么？

童：当然是传承传统技艺。特别是水盆、择笔两大工种。现在每年政府有湖笔保护资金，既然是“保护”，这笔钱应向这方面倾斜。

钱建梁访谈

时　间：2023年7月7日下午。

地　点：含山湖笔厂。

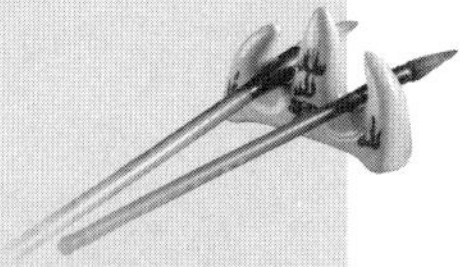

采访人：姚新兴（以下简称姚）。

受访人：钱建梁（以下简称钱）。

钱建梁，1963年出生，笔杆刻字工，含山湖笔厂厂长，湖州市湖笔行业协会副会长兼秘书长，浙江省工艺美术大师、中国文房四宝艺术大师。

姚：你是哪一年进湖笔行业的？

钱：我的经历比较复杂。1979年高中毕业后到含山湖笔社（含山湖笔厂前身）学笔杆刻字。1981年参军服役，1985年转业，先后在法院、乡政府等单位工作。

姚：你以前在公务部门任职，怎么想到来企业工作了？

钱：两个因素。一是我父亲钱金龙是含山湖笔厂的负责人。二是20世纪90年代初，个体经济发展，我也想试试水。

姚：在企业从事什么工作？

钱：先是副厂长，后来担任厂长。

钱金龙（1938—2017）

姚：含山湖笔厂也是老牌湖笔企业了。记得当年有善琏湖笔厂、善琏湖笔二厂和含山湖笔厂。

钱：从企业规模和技术力量看，除了善琏湖笔厂，当数我厂了。1962年善琏湖笔厂工人精减，有108人进入我厂，其中不乏技术骨干。我厂工人最多时有400多人。

姚：当时企业的技术人员主要有哪些？

钱：水盆有沈应珍、卜水金、闻玲女，择笔有徐根珠、朱连珠、章文杰（章文杰分别拜徐根珠和赵圣男为师，兼羊毫均行），装套有沈金贵、沈顺源（沈应珍兄）、邢志发，刻字有王宝兴、朱悦波。朱是我刻字的师父。

姚：现在企业发展情况怎么样？

钱：一直比较稳定，年销售额在500万至600万元。

姚：企业产品品种如何？

钱：我厂品种齐全，主要是三大类：羊毫、兼毫、狼毫。

姚：销售渠道如何？

钱：30%出口，30%供上海、杭州知名经销商，25%电商，15%在厂销售。

姚：现在有人说湖笔羊毫笔质量下降，能分析一下原因吗？

钱：这个问题比较复杂。我认为：一是工序简化。如原来是大车间搭料，会将各类毛分门别类，现在这个工序没有了。二是材料的退化。原来“玉兰蕊”一类的高档笔，笔心一定会有直锋毛。

姚：什么是直锋毛，它的作用是什么？

钱：直锋毛产自母羊，毛根部粗，弹力足，锋顶尖直，如现代建筑柱子中的钢筋。现在这类毛非常少了。

姚：什么原因？

钱：原来羊毛由国家畜产公司统一收购和分配。

姚：还有其他原因吗？

钱：有。如原来每个企业有专人来拔羊毛，用于披毫的毛需经过拔、练、挑，毛料质量能够得到保证。再如，原来笔心毛也是拔的，现在全部是扎把毛。

钱建梁（左）访谈

姚：什么是扎把毛？

钱：扎把毛是皮革厂用药水脱的毛，俗称化干毛。因为使用药水，毛的纤维受到一定影响，弹力差，寿命短。

姚：现在有人反映毛笔在使用过程中会掉毛，这个是否与制作有关？

钱：有一定的关系。原来在择笔过程中要清两次。

姚：怎么解释？

钱：清就是用鹿角菜调成胶状，在笔头抹两次，每次笔头干后，再进行择。这样做的好处，是能清理笔心中的一些断毛。另外还有笔头中的竹节毛，容易断，在择笔中须去掉，但现在这个环节没有了。

姚：其他造成掉毛的因素有哪些？

钱：如制作时，用了根部已发霉的毛；毛笔使用后未及时清洗、凉干，造成毛的根部发霉；现在的墨汁胶重，也容易伤毛。

姚：对湖笔传承与发展有什么建议？

钱：现在湖州市已有了湖笔传承与发展保护条例，政府每年还有资金补助。我们从事湖笔生产经营的，首先要做好传承，重点是对传统技艺的保护和年轻人的培养。

杨松源访谈

时　间：2023年7月7日上午。

地　点：湖州千金湖笔有限公司。

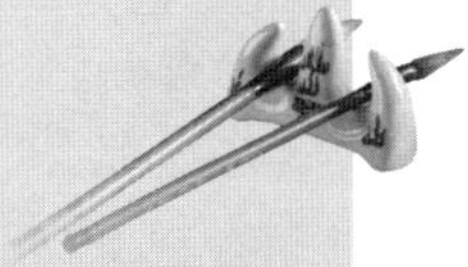

采访人：姚新兴（以下简称姚）。

受访人：杨松源（以下简称杨）。

杨松源，1957年生，羊毫择笔工，高级技师，长期担任企业负责人，湖州市湖笔行业协会会长、中国文房四宝协会副会长、全国轻工“大国工匠”、浙江省工艺美术大师、中国文房四宝制笔大师、湖州市传统工艺领军人才。

姚：你是哪一年开始从事制笔的？

杨：1971年进入千金湖笔社开始拜师学艺。

姚：从事什么工种？

杨：羊毫择笔。

姚：第一位师父是谁？

杨：沈金荣。两年后我又拜善琏湖笔厂退休老技工庄渭阳为师。

姚：记得你在1975年左右到善琏湖笔厂进修。

杨松源（右）访谈

杨：是的。当时千金湖笔社为了提高青工技术水平，选我与杨新泉到善琏湖笔厂进修。我跟的师父是沈锦华，是羊毫择笔的技术骨干；杨新泉跟的师父是徐兰亭，是笔杆刻字的技术骨干。

姚：我也是沈锦华的徒弟，我们还是同门呢。

杨：我应该称你为师兄。

姚：在善琏湖笔厂进修了几年？

杨：一年。回来后作为千金湖笔厂的技术骨干，先后担任质量检验、车间主任、技术厂长。

姚：在进修期间收获大吗？

杨：收获很大。除了沈锦华师父悉心传授外，当时我住的宿舍在湖笔厂老笔工费志祥家隔壁，所以晚上经常去他家玩，也得到了他的指导。

姚：你是什么时候担任千金湖笔厂法定代表人的？

杨：20世纪80年代中期，我承包了千金湖笔厂。当时企业还比较困难，承包第一年，销售额仅3万元。

姚：你是怎么样使企业得到不断发展的？

杨：企业聘请善琏老笔工杨建庭为技术指导，严把产品质量关。特别感动的是杨建庭师傅在企业最困难时，资助了1000元。2000年后湖笔厂改名为千金湖笔有限公司。

姚：当时应该企业规模不大，知名度不高，你采取的措施是什么？

杨：一是走出去。当年网络尚不发达，我几乎走遍了全国，工作和生活均比较辛苦，就为了推销自己厂的产品。二是在湖州先后开设了两家湖笔销售商店。三是加强与著名书画家的交流，经常根据他们的需求定制个性化湖笔。

姚：这几个措施确实不错。当年与哪些书画家有交往，他们对你们的笔评价如何？

杨：有湖州的谭建丞老先生，上海的单晓天、汤兆基、韩硕先生，杭州的闵学林先生，新加坡的陈声桂先生。谭建丞老先生曾专门为我公司题词“尖齐圆健，冬宿纯长，百选得一，千金之珍”。韩硕先生多年来一直用我为他定制的笔，他曾言：宣纸用“红星”，毛笔用“千金”。

姚：毛笔的使用者是书画家，听取书画家的意见，对提高产品的质量是有作用的。这在历史上有许多事例，如智永与笔工交往，赵松雪与笔工交往，等等。

杨：确实是这样。我们听取书画家对湖笔质量的意见，不断改进，对提升品牌知名度和产品质量有很大的帮助。

姚：现在企业的品牌发展如何？

杨：随着品牌知名度不断提升，“千金”湖笔被评为“国之宝”，连续8届获“中国十大名笔”“中国文房四宝品牌产品”称号。

姚：产品知名度提高，你作为制作人和公司法定代表人，其作用和影响肯定也不小吧？

杨：是的。通过努力，我个人也得到社会的肯定。这些年来，我先后担任了《中国毛笔技术标准》的主要起草人，参与了《湖州市湖笔保护和发展条例》起草，担任了《毛笔制作工国家职业技能标准（2022年版）》的编委。

姚：这几年发现你经常在有关高校讲课。

杨：是的。我曾在同济大学、湖州师范学院、全国青少年书法老师培训班讲述湖笔文化与湖笔制作技艺。

姚：讲一下有关湖笔择笔技术方面的问题吧。

杨：择笔是湖笔制作过程中最关键的工序之一。择笔就是将水盆制作后存在的不足，进行再次修整，通俗说法是“将笔头加工成标准化”。

姚：择笔的中间环节有什么？

杨：挑披毫是关键。一般来说，水盆在制作过程中，锋颖中容易存在13个问题。

姚：能详细讲一下吗？

杨：主要有小尖顶、甲鱼头、菩萨头、泡大、喜鹊口、小圆头、一粒谷、珠下扣、先披毫、脱披毫、肩胛扣、小黑子疵、大黑子疵等。这些均需通过择笔进行修整。

姚：对笔的造型有什么要求？

杨：短锋“笋状样”，长锋“叶锋式”“剑形式”。

姚：在制作时有什么诀窍？

杨：择长锋笔时采取长刀法。在修整时，用右手拇指与食指旋转笔头，通过手感来判断笔头形状是否完整。这也是择笔的一项绝活，需多年的体会和积累。

姚：听说你有一册制笔心得日记，能介绍一下吗？

杨：千百年来，湖笔技艺均为师徒口头相传，很少有书面记载。我从1978年开始，把制作心得用笔记记录下来，想通过自己的努力来弥补这方面的缺陷。

姚：记了多少字了？

杨：5万字。

姚：希望有朝一日能公开出版。

杨：争取。

姚：我们在使用羊毫笔时，有一种现象，羊毫笔会越用越好用。这是什么道理？

杨：山羊毛本身有油脂，在制笔中需用石灰水加硫黄熏来脱脂，但不可能完全脱净。随着毛笔的使用，经水、墨不断浸润，毛毫中的油脂完全脱去，毛就变硬顺直，富有弹性。

姚：现在有一种倾向，忽视笔头原材料和加工质量，一味侧重于笔杆的美观性，有时会用许多名贵材料。有许多所谓的创新、专利均在笔杆上做文章，有些展览、评奖也有这种现象。你怎么看这个问题？

杨：的确有这种倾向。一谈到湖笔创新，就在笔杆上做文章，湖笔制作的重心应该在笔头，现在倒过来了，有点中看不中用。

姚：我与一些书画家交往，他们说，毛笔使用时是否“得心应手”，主要在笔头的优劣，与笔杆材质好坏没多少关系。我也认为湖笔的核心是笔头，我们传承保护的关键也是笔头。

杨：将湖笔笔杆及包装进行创新，做出多样性、美观性，无可非议，但笔头质量是湖笔的核心，我认为关键点还要放在提高笔头质量方面。

姚：在继承传统与时俱进方面你有什么想法？

杨：湖笔经过千百年不断传承创新，形成了自己独特的工艺特色。继承与创新，相辅相成，没有继承何来创新？现在湖笔受外部冲击较大，我们不能“自废武功”，要在传承创新两个方面做好文章，彰显当代善琏湖笔的特性，走在全国毛笔行业的前列。

姚：湖笔制作技艺最明显的特征是什么？

杨：最明显的特征是羊毫“配锋技艺”。

姚：怎么讲？

杨：水盆工从山羊毛拔、并、抖、做根、联，到形成刀头毛，每个环节围绕着配锋技艺，根据山羊毛的长短、粗细，锋颖深浅、长相特征，进行配锋。形成的刀头毛，要达到“三齐一清”。

姚：是指什么？

杨：即锋顶齐，肩胛齐，根子齐，锋颖清晰。

姚：这过程有什么具体要求？

杨：水盆笔头造型过程中，根据锋颖深浅，按产品不同规格、种类的要求，进行配锋。每一个品种锋颖深浅均有严格的标准（并不是锋颖越深越好）。择笔工再进行锋颖修整，挑削，剔除杂毛，使锋颖更加整齐透明。整个过程就是“配锋技艺”。

姚：锋颖好坏对书写有什么影响？

杨：锋颖是羊毫笔的核心。锋颖毛毫质量直接影响到书写的舒适性、毛笔的耐用性。

姚：我了解到，现湖笔在生产过程中，有部分笔头是向外地采购来的。长此以往，会不会出现“空壳”现象？

杨：是有这种现象。因为外地产的笔头有价格上的优势，但真正要使湖笔长久发展，必须重视本土化生产。当然，这里面涉及许多问题。

姚：记得10年前中央电视台记者来湖拍摄“湖笔”专题片时，你作陪同。介绍一下当时情况吧。

杨：除了拍摄湖笔的制作外，我们还到安吉山里，拍摄山羊。山中的山羊真是好，个小，体健（原始本土）。我抚摸这些山羊，发现毛的质量非常好，心想政府能支持，通过各方努力，培育一批优质山羊，建立一个山羊毛基地，对湖笔保护与发展肯定有积极意义。

姚：你对湖笔的传承发展有什么建议？

杨：传承最关键是对年轻人的培养。在这方面，企业要有主体责任意识，同时政府在政策扶持方面也要有倾斜。在湖笔特有的技艺方面要注重保护。我在参与起草《中国毛笔技术标准》时，也多次提出这个问题，有许多建议后来被起草委员会采纳。

姚：你夫人徐新莲好像也是制笔的。

杨：是的。她们家三代均是笔工，她奶奶徐阿玉、母亲卜发珍均是水盆工。在第一届湖州市“湖笔世家”评定中，她家获得了“湖笔世家”的荣誉。

姚：现在企业销售情况如何？

杨：现在年销售额在600万元左右。

姚：销售渠道有哪些？

杨：有一半以上通过网络销售。

姚：你亲自负责网络渠道吗？

杨：是我女婿吕炜。他从杭州回来后，负责企业网络销售。

姚：也算后继有人了。

杨：是的。现在年轻人不喜欢这个行业，这也是今天湖笔传承发展中遇到的主要问题。现在40岁以下真正从事水盆、择笔工种的寥寥无几，水盆工种面临断档。有些人只是名义上从事湖笔制作，实际上是在做营销或参与社会活动。湖州市已对湖笔传承与保护进行了立法，现在关键是如何抓好落实。

汤建驰访谈

时　间：2023年7月19日上午。

地　点：湖州竹翠园寓所。

采访人：姚新兴（以下简称姚）。

受访人：汤建驰（以下简称汤）。

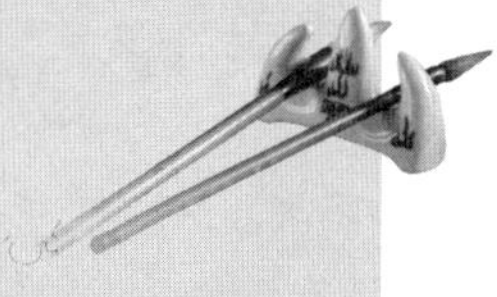

汤建驰，1949年出生，羊毫择笔工，后长期从事新闻工作，曾任《湖州晚报》副总编，高级记者。

姚：你是从哪一年开始从事湖笔制作的？

汤：1976年进了善琏湖笔厂，厂里安排我随吴尧臣学羊毫择笔。吴尧臣是制笔名师。1982年，厂里成立质量管理科，我就从事质量管理工作了。

姚：当时质量管理科有几个人？

汤：3人。张海生是负责人，他是分管技术质量的副厂长，还有邱昌明和我。邱昌明是羊毫择笔的技术骨干。那时，邱昌明负责技术操作方面的工作，我负责产品档案管理、标准化和文字方面的工作。

姚：湖笔行业在档案管理、标准化和文字方面的工作一

汤建驰（右）访谈

直比较薄弱。

汤：是的，特别是文字方面的记载。

姚：质量管理科成立后主要做了哪些工作？

汤：除了在厂里组织技术比赛、强化质量考核等工作外，我们对企业的技术要求进行了梳理，确定了企业的技术标准。

姚：当时企业好像还参与了轻工业部部颁标准的制订？

汤：是的。当时善琏湖笔厂在全国毛笔行业中规模最大，品种最齐，质量最稳定，而且企业的技术标准比较全面，所以轻工业部委托善琏湖笔厂起草部颁毛笔标准。

姚：记得你进厂时已27岁了，进厂前在什么地方工作？

汤：在善琏镇文化站担任站长。

姚：你应该是最早研究湖笔文化的人之一。

汤：我对湖笔的感情，源于对故乡的感情。

姚：听说你在文化站时曾主持排练了“湖笔舞”。

汤：是的。此节目1978年参加吴兴县文艺调演，获得了创作、表演两个一等奖。我无论在文化站还是进了厂，一直注重收集整理有关湖笔的历史资料。

姚：记得你在20世纪70年代曾写过一篇《蒙公祠》文章。这应该是最早以文字形式记录有关湖笔的民间故事。

汤：此文是与你合作完成的。当时我们车间里有一位老师傅卜瑞生，我们经常看他制笔，听他口述蒙公祠的传说，我们用笔记录，又一起商量，便有了这篇文章。后来我俩署名发表于《吴兴民间文学》上。之后有许多写湖笔历史的文章，均引用了我们这篇文章中的内容。

姚：后来你又写了《湖笔》一书。这是第一本湖笔文化的专著了。你是怎么想到要写《湖笔》一书的？

汤：大概在1983年，我参加浙江省包装装潢培训班，认识了一位长期从事工艺美术研究的徐华档先生，在他建议和支持下，我开始撰写《湖笔》一书。1987年此书由中国轻工业出版社正式出版。

姚：后来其他人也写过有关湖笔的书。

汤：有一本程建中写的《湖笔制作技艺》，内容比较全面，而且对历代湖笔笔工、历代文人赞美湖笔方面的诗词考证比较详细。

姚：你什么时候从事新闻工作的？

汤：1985年。我参加工作后一直喜欢写些文字，特别是湖笔方面的文章，在报刊发表后，引起《湖州日报》社编辑的注意。后来在他们的推荐下，我有幸进入《湖州日报》，在政文部担任记者。

姚：到了报社还经常写这类文章吗？

汤：当然，除了自己写，也带动了周围的人。记得1992年慎海雄同志来我们报社实习，他很勤奋，我向他介绍了湖笔，为此他还专门到善琏采访，写了一篇有关湖笔的文章，发表在《新民晚报》。

姚：记得当时《湖州日报》有一个“记者湖笔万里行”活动，影响颇大。你作为主要参与者，能介绍一下吗？

汤：湖州市政府准备在2003年举办第二届国际湖笔文化节，市领导指示要进一步挖掘湖笔文化内涵，扩大湖笔的知名度和影响力，嘱《湖州日报》社策划一个活动，于是便有了2002年夏的“记者湖笔万里行”。在正式出发当天，时任湖州市市长黄坤明同志还专程到善琏向我们授旗。

姚：活动具体是怎么开展的？

汤：《湖州日报》社非常重视，专门派出4名记者，除了我，还有徐惠林、李莉、马红英。我们确定了2条线路。一是毛笔及宣纸、徽墨、歙砚的主要产地：浙江、安徽、江西等地。二是杭州、南京、西安、北京、洛阳、开封等古都。我们4人，有时分2组，有时并1组，历时1个多月，撰写了62篇有关湖笔历史文化的文章。

姚：这个活动确实影响很大，有什么花絮故事吗？

汤：活动前我们准备了册页《百笔图》《湖笔赞美词》，请沿途遇到的湖州籍及当地的著名书画家题写。如北京故宫博物院朱家溍，中国美术学院赵延年、王伯敏，西安邱星等，均是一代名家。一共征集书画名家题写《百笔图》8本册页、《湖笔赞美词》7本册页，共15本，移交《湖州日报》社保管。

姚：这次好像走访了许多著名笔店？

汤：是的。我们走访了北京戴月轩、上海周虎臣、杭州邵芝岩等著名笔店，了解了这些笔店与湖州、善琏的关系，采访了这些笔店的后人，与他们建立了良好关系。如戴月轩后人戴晓莲，她是中央音乐学院教授、博导，著名古琴演奏家，今年她还专程回故乡，湖州市湖笔协会接待了她。她的父亲曾写过一篇《戴月轩传略》，讲述了戴月轩与善琏湖笔的关系，是非常珍贵的湖笔史料。她还分别向中国湖笔博物馆和善琏湖笔文化馆捐赠了家藏的戴月轩图文历史资料。

姚：你出生于善琏，当过笔工，后长期从事湖笔文化的研究，退休后还关注湖笔吗？

汤：我对湖笔有感情。在报社时，我先后写了不少有关湖笔方面的内参，均得到各级领导的批示。2009年，湖州市为庆祝新中国成立60周年组织人员撰写《英雄中国——太湖之州：湖州》（13万字，中国青年出版社出版），我担任3篇文章共2.16万字的写作，其中有一篇专门写湖笔的文章《一管湖笔写天下》。2015年我参加了一个全国文房四宝产品展览活动，有感而发，撰写了一篇《谁抢了湖笔的风头》的文章，获得了2016年度浙江省新闻一等奖。这几年在编著《跨世纪的脚印》一书，书中专门有一章节“湖笔”，有十多篇文章。

姚：谢谢你为湖笔文化的挖掘、弘扬做出的贡献。

汤：湖笔是湖州的，也是中国的。我将继续努力，为湖笔的传承和发展做一些工作。

俞宝明访谈

时　间：2023年7月19日上午。

地　点：湖州俞家漾小区寓所。

采访人：姚新兴（以下简称姚）。

受访人：俞宝明（以下简称俞）。

俞宝明，1928年出生，长期在善琏湖笔厂从事供销、管理工作。

姚：你好。看你身体很好，今年高寿？

俞：我是1928年出生，今年虚岁95岁了。目前除了耳朵有点背外，其他均好。

姚：你是哪一年进入善琏湖笔厂的？

俞：1956年，善琏建立湖笔合作社，我就进了社。后来多次被组织抽调到其他单位帮助工作。

姚：在企业从事什么工作？

俞：我年轻时报名参加了立新会计学校的函授，所以一直从事企业管理工作。

姚：能回忆一下在企业的主要工作吗？

俞宝明（右）访谈

俞：20世纪60年代中期我参加湖笔商标的设计申报等工作。开始我们设想的商标为“长城”，后因与铅笔商标重复，所以改为“双羊”。开始时商标是黑白的，后来改彩色。

姚：从现在看“双羊”的确不错，也符合毛笔的特性。当年商标图案是谁设计的？

俞：是委托省商标局的同志设计的。

姚：商标是产品的牌子，的确非常重要。当年是怎么想到企业要注册商标的？

俞：一直以来，企业的产品外销通过上海出口公司，内销经中百公司。20世纪60年代企业发展较快，销售渠道也多了起来，所以大家讨论决定，必须要有自己的品牌和商标。

姚：的确是这样，“双羊”牌后来成为全国毛笔行业中最有名的商标。

俞：品牌效应得到全厂职工的认同，工人们在提高产品质量上意识很强，也很自觉，大家知道产品质量是企业的命根子。

姚：当年企业是如何来保证产品质量的？

俞：企业做到产品出厂，必须三检。

姚：哪三检？

俞：工人自检，工人互检，车间总检。

姚：强化质量方面还有那些措施？

俞：20世纪70年代，企业多次到北京、上海、杭州请著名书画家试笔，听取书画家对湖笔质量的意见。当年厂里还有意培养你学书法。

姚：有这件事？

俞：厂里工人大都文化程度不高，旧时笔工“只知笔头向上做笔，不会笔头向下用笔”。厂里多次请书画家试笔，均安排你参加。

姚：现在想想确实是。你一度负责供销工作，说说湖笔的原材料问题吧？

俞：当年企业产品质量好，品牌响，所以销售一直由出口公司和中百公司代理。我们的主要精力是采购好的原辅材料，生产出好的产品。羊毛我们是委托嘉兴畜产公司帮助收购，笔杆我们均选用“南路货”，不用石灰岩土地的竹杆。

姚：为什么石灰岩地区的竹杆不用？

俞：石灰岩地区的竹杆，因土质问题，时间一长会发灰，颜色不好。

姚：记得当时厂里有一个技术革新小组，你是主要成员。

俞：1972年厂里专门建立技术革新小组，成员有我和方卓民、林云儿、张贵生、邵学海。我们的第一个任务是研制梳毛机。

姚：梳毛机用于什么工序？

俞：湖笔行业水盆劳动强度最大，工人们的双手整天泡在水盆中，用骨梳来梳理羊毛，时间一长，手指会出现水疱，严重的会出现皮肤溃烂。

姚：后来成功了吗？

俞：通过大家努力，梳毛机正式投入使用。

姚：用梳毛机梳毛会影响毛的质量吗？

俞：用梳毛机仅是初级梳理，关键的工序还是手工完成。

姚：我知道你后来也参与厂区基建工作，真是个多面手。

俞：我工作以来一直服从组织安排，干一样爱一样。

姚：后来你又到了湖州市工艺美术公司，在公司你负责什么？

俞：20世纪70年代末，湖州市二轻工业局成立了湖州市工艺美术公司，组织上调我担任公司的业务科长。公司经理先后是徐振锡和周金元。

姚：主要从事什么？

俞：湖州的工艺美术产品中，湖笔是个大头。我主要负责湖笔的销售。

姚：你家中有其他人从事湖笔生产吗？

俞：我的妻子奚丽文和女儿均是笔工。

姚：奚阿姨今年高寿？

俞：她也90岁了，现在身体欠佳。

姚：我过去看她一下。

姚：奚阿姨好，当年我在湖笔厂工作时，集体宿舍就在你家隔壁，你对我们几个年轻人很是关心，有一次我感冒了，你还为我炒了一碗蛋炒饭。

奚丽文：邻居嘛，我们已几十年未见面了。

姚：您老多多保重身体。

奚丽文：谢谢！

姚：对湖笔的传承和发展有什么建议？

俞：湖笔是纯手工产品，笔工从事制笔付出较大，要学好技术必须靠脑力、眼力、手力。由于产品的特殊性，行业体量有限，你不可能做成现代工业产品。政府已将湖笔制作技艺列为“非物质文化遗产”，湖州市也出台了保护发展湖笔的地方法律。作为从业者，我们主要是搞好传承，在传承的基础上有所发展。

许阿乔访谈

时　间：2023年7月20日上午。

地　点：湖州王一品斋笔庄。

采访人：姚新兴（以下简称姚）。

受访人：许阿乔（以下简称许）。

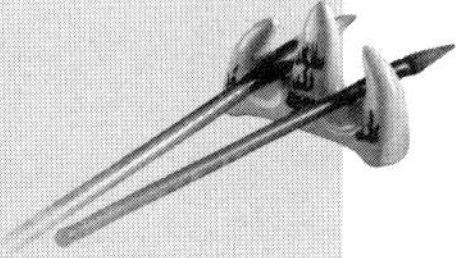

许阿乔，1949年出生，湖州王一品斋笔庄董事长，曾任浙江省老字号协会副会长、湖州市老字号协会会长、中国文房四宝协会副会长、浙江省工艺美术协会副会长。

姚：湖州王一品斋笔庄作为一家知名老字号，能介绍一下它的历史吗？

许：湖州王一品斋笔庄创建于清乾隆六年（1741）。最初是湖州城内一家前店后坊的专业笔店，创办人是姓王的笔工。

姚：听说湖州王一品斋笔庄的名号由来有个故事。

许：据传，清乾隆年间，一次王笔工携自己制作的湖笔上京城，时京城云集各地来的考生，遇广东一考生对自己带的笔不满意，便取出湖笔请其试用，考生试用后感到得心应

许阿乔（左）访谈

手，说："天赐良器，一品上笔。"后来这位考生中了状元。此事轰动京城，人们竞相购买王笔工的笔，称他的笔为"一品状元笔"。

姚："王一品"后来发展怎么样？

许：自清至民国初年，经营情况不错，品牌知名度也高。当年湖州城内有几家湖笔店，后来均并入了"王一品"。

姚：王一品的商标是"天官牌"，历史比较悠久，是哪一年正式注册的？

许："天官牌"商标是在1929年正式注册的。

姚：作为一家前店后坊专业笔店，自己生产产量肯定有限，随着经营销售扩大，它是怎么解决产量不足的问题的？

许：善琏是著名的湖笔生产产地，旧时有大量的湖笔作坊，笔店与他们一直有稳固的经销关系。虽然是"前店后坊”，不过“坊”的概念得到进一步扩大。

姚：新中国成立后，特别是1956年合作化运动后，善琏一带建立了湖笔联销处、湖笔合作社。笔店是怎么解决湖笔销售问题的？

许：当时善琏除了善琏湖笔厂有自己稳固的销售渠道外，其他一些湖笔生产企业，如含山湖笔厂、善琏湖笔二厂、石淙湖笔厂、荃仁湖笔厂等均是王一品的生产基地。

姚：新中国成立后，企业发展怎么样？

许：1949年8月，湖州刚解放，市政府就颁发了“营业牌照”。1956年公私合营时，王一品隶属于湖州中百公司的一个部门，后来划归市手工业联社，后又归市商业局。各级政府对笔店给予支持和关心。如市政府多次协调帮助解决经营场地问题，商业部曾拨300万元用于企业发展。

姚：作为知名笔店，王一品经常有各级领导和著名书画家光临吧？

许：1992年以来，有多位党和国家领导人先后来笔庄视察，有的签名留念，有的题词。书画家更多，如郭沫若、茅盾、叶圣陶、俞平伯、沈尹默、张宗祥、潘天寿、沙孟海、丰子恺、启功、谭建丞等，均为笔庄留下了墨宝。在王一品斋笔庄成立250周年时，谭老先生专门画了《试笔图》为贺。1995年1月，他欣闻笔店新厦落成，产品又获亚太国际贸易博览会金奖，作诗一首：“盛世今朝王一品，亚太国际金奖崇。新厦落成双庆贺，九十九翁喜由衷。”

姚：记得20世纪70年代初至80年代，笔店负责人好像是费在山。

费伟（1915—1997，中）择笔工

范巧根（1920—？）择笔工

许：费在山是1962年从商业局调到笔店，担任经营管理工作，后为负责人，1985年调离。他是个文化人，以笔为友，以笔结缘，广交书画家朋友，笔店许多著名书画家的墨宝均是他经手求得。他自己也经常撰写有关湖笔文化的文章，为宣传湖笔做出了贡献。

姚：笔店是以经营为主，笔店自己的技术力量怎么样？

许：当时驻店的笔工有许多技术很好，如费伟、张松清、范巧根、高金宝、刘玉成等。后来我们为了提高技术水平，专门从善琏调了一位制笔能手朱亚琴担任技术科长。她家三代是笔工。

姚：听说笔店曾根据当代书法大家启功先生的用笔要求，为他定制湖笔。

许：有一次我拜访启功先生，他与我提起宋代曾有“麻

张松清（1916—2000）择笔工

毛笔”。回来后，我与技术科长朱亚琴历时三个月专门研制出“麻毛笔”，后送启老试用，他很欣慰，当场用此笔题写了一首诗：“湖州自古笔之乡，妙制群推一品王。驰誉年经二百载，书林武库最堂堂。”后得启老允许，我们将此笔命名为“元白锋”（启老字元白）。此笔参加亚太国际贸易博览会，获得了金奖，后获得国家发明专利。

姚：在我印象中，笔店的产品信誉度一直来较高，经济效益也不错。

许：是的。多年来，我们坚守老字号品位和“天官”品牌，产品信誉度很高。1993年，“王一品斋笔庄”被国家内贸部认定为“中华老字号”。2006年，笔庄被国家商务部重新认定为“中华老字号”。

姚：当年市有工艺美术学会，你也是主要成员。回忆一下学会在湖笔传承发展方面的工作吧。

许：当时全市湖笔行业中的主要企业均加入市工艺美术学会，你是学会会长，我与善琏湖笔厂厂长邱昌明是副会长。学会在保护传承湖笔文化方面做了许多工作，如组织湖笔技能比赛、“湖笔世家”评定、民间工艺美术大师评定等，其中学会秘书长徐振锡是有贡献的。

姚：你年轻时在部队，转业后在机关单位工作，后组织决定派你到笔店担任负责人，你的体会是什么？

许：我虽不是笔工出身，但我能做到做一行爱一行，虚心请教，从不懂到懂，同时也重视企业产品质量和经营管理。

姚：你对湖笔的传承和发展有什么建议？

许：当年费孝通先生参观王一品斋笔庄后，专门写了一篇题为《老字号需要接班人》的文章。对于我们企业来说，一是要培养好接班人。我于2008年正式退休，我动员我儿子许剑锋过来接班，他原来也在政府部门工作。二是培养新一代笔工，这是湖笔传承的关键。三是要处理好量与质的关系。湖笔是纯手工业产品，不能一味求量，丢了传统轻了质量。四是珍惜品牌。“王一品”成立至今已282周年了，我们要一代代传承下去。

马志良访谈

时　间：2023年7月24日上午。

地　点：善琏湖笔厂。

采访人：姚新兴（以下简称姚）。

受访人：马志良（以下简称马）。

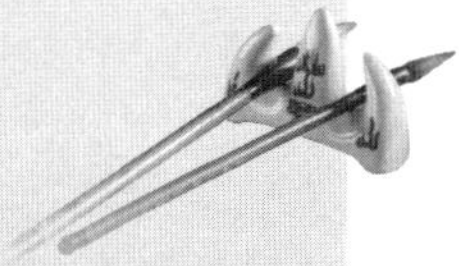

马志良，1962年出生，善琏湖笔厂董事长，善琏双羊湖笔公司经理，善琏湖笔行业协会会长，中国文房四宝协会副会长，浙江省工艺美术大师，浙江省湖笔非遗传承人。

姚：作为善琏湖笔厂法定代表人，请你谈谈企业发展史。

马：善琏湖笔厂最早前身是善琏湖笔联销处。

姚：它是什么时候建立的？

马：新中国成立初期，湖笔的生产销售还属于个体作坊式。1952年，为加强湖笔的销售，善琏建立了湖笔联销处。收购做笔工人和个体作坊生产的湖笔，通过联销处统一对外销售。当时善琏同时建立善琏镇湖笔手工业工会、善琏镇湖笔手工业同业公会。镇上和周边161户制笔作坊主全部加入

马志良（右）访谈

了湖笔联销处，实行分散生产，联合销售。

姚：当时的负责人是谁？

马：沈锦轩，后为冯乃康。

姚：什么时候成立了善琏湖笔生产供销合作社？

马：湖笔手工业联销处是一个松散型组织，为推动湖笔产业的发展，1956年1月，以联销处和同业工会为基础，由基层工会为主体，由三方代表共同参与，联合申请，要求成立湖笔生产合作社，并请求上级部门加强领导。同年4月，经批准，“善琏湖笔生产供销合作社”正式成立。大家以制笔的原材料和半成品折合现金入股。

姚：参股人仅是善琏镇上的人吗？

马：也有善琏周边乡镇含山、石淙的笔工。最多时人员数量达到700人。

姚：当时的负责人是谁？

马：马步青。

姚：他是你父亲？

马：是的。我父亲是兼毫择笔出身，技术很好，在同业人员中有一定的影响力，由他担任社主任，县手工业联社委派朱亦承担任党支部书记。

姚：听说当时要建立善琏湖笔合作社，是15位代表联合发起申请的？

马：厂里有份当年他们要求发起成立湖笔合作社的档案。

姚：15位名字有记载吧？

马：有。每个人均自己签了字，盖了章，他们是马步青、章元荣、许济根、许午生、郑三宝、沈锦轩、冯乃康、钱安林、邵品森、杨永泉、许凤翔、邵凤林、方惠林、陈鑫明、陆开云、张祥林。

马步青（1921—1986）择笔工

姚：后来听说企业有了重大调整。

马：1958年，由于企业扩展太快，加上湖笔销售情况不是很好，大量工人没有活干，经县手工业联社统一安排，有一部分同志被分配到湖州城里的一些单位。到了1960年前后，企业又进行了一次大规模的“精简”，

善琏湖笔制造厂首届职代会（1961年）

有大量的职工回到原籍地。

姚：当时“精简”了多少工人？

马：大概200人。在这批工人中有不少制笔技术骨干。

姚：后来善琏另办了湖笔二厂、含山湖笔厂等。

马：大量的工人离开，也催生了其他企业的发展。如善琏湖笔二厂、含山湖笔厂、石淙湖笔厂、荃仁湖笔厂、莫蓉湖笔厂等。

姚：后来又建立善琏湖笔合作厂，是哪一年的事？

马：1961年1月6日，吴兴县手工业管理局发文批准，同意成立合作工厂，并确定工厂全名为“吴兴县善琏湖笔合作工厂”，由县手工业局直接领导。合作工厂的建立，使企业管理逐渐正规化，当时全厂职工377人，分有水盆、装套、择笔等车间，在行政管理上建有人事保卫、生产技术、行政事务、财务、供销5个科室，制定实施了一套比较完整的管理制度。企业坚持勤俭办企业，事事讲节约，处处精打细算的治厂理念。集体经济进一步巩固和壮大，产量稳定，质量提高，品种增加，销售扩大。1964年，我厂内外销产品均获得有关部门的免检，同时根据形势需要，大家群策群力。为了尽快结束本厂所产湖笔均刻外地客商名称及加贴他们商标的“为他人作嫁衣裳”历史，我厂于1965年向国家商标总局申请注册“双羊牌”商标，并获批准。

姚：是什么时候改名为善琏湖笔厂的？

马：1970年。

姚：记得厂里有多位技术能手，参加过全国有关大会，得到党和国家领导的亲切接见。

马：善琏湖笔厂作为国内最大的毛笔生产企业，“双羊牌”作为毛笔市场上顶尖品牌，是一代又一代笔工努力的结果。他们的努力得到了党和政府的肯定。1962年，我厂的制笔老艺人杨卓民同志，作为湖笔老艺人的代表参加第二届全国手工业合作社代表大会。1978年、1988年，老艺人李荣昌、邱昌明曾分别出席全国工艺美术专业技术人员代表大会，他们都得到了党和国家领导人接见并合影留念。这些老艺人生产的湖笔被称为一绝。此外，厂里还不断涌现出一批批制笔能手，如姚关清、沈杏珍、钱掌林、方均奎、庄引娜、李梅珍等。经过笔工们几十年的精工细作，不断创新，“双羊牌”湖笔深受书画家的喜爱，在国外，如日本、东南亚等地也有良好声誉。

姚：当时的“双羊牌”湖笔已声名鹊起，奠定了市场中的“老大”地位。

马：20世纪70年代末至今，厂里也获得许多荣誉。如1979年“双羊牌”被评为浙江省著名商标、轻工部优质产品，在轻工业部组织的全国首次毛笔质量评比中，名列总分第一；被国家轻工业部授予“轻工业优秀出口产品银质奖”“全国轻工业出口创汇先进企业”。连续多年被中国文房四宝协会评为国之宝——“中国十大名笔”。被浙江省人民政府授予“优质农产品”金奖、“浙江省名牌产品”。“双羊牌”商标被认定为“浙江老字号”。企业被国家工业和信息化部认定为“国家工业遗产”，还被中央有关部门评定为“全国五一巾帼标兵岗”。

顾贵发（1923—1987）结头工

姚：在非物质文化遗产保护方面有什么举措？

马：2014年我厂被确定为国家非物质文化遗产生产性保护示范基地（善琏湖笔厂“湖笔制作技艺”），2019年企业被认定为浙江省非物质文化遗产生产性保护基地。同时，原厂长、技术人员邱昌明被认定为第一批国家级非物质文化遗产湖笔制作技艺传承人代表，我与兼毫水盆工王晓华被认定为浙江省湖笔非遗传承人。

姚：你是哪一年进厂的？

马：1979年，进厂后拜沈锦轩为师，他是兼毫择笔能手，技术很好，早期担任过企业领导。杨汉民是他第一个徒弟。

姚：你是什么时候担任善琏湖笔厂厂长的？

马：2010年。

姚：当时企业经营情况怎么样？

马：当时企业产品受市场冲击比较大。2009年，政府出台了“振兴湖笔计划”，企业生存环境好转，经营慢慢有了起色。2012年后，产品销售额每年在800万元左右。

姚：企业现在外销还多吗？

马：有一定的量。现在我们是自己接单，再通过外贸出口。

姚：主要出口到哪些国家？

马：主要是日本和东南亚国家。

姚：他们对你厂产品的评价如何？

马：高度评价，非常信任。

姚：作为老牌的湖笔企业，受市场冲击大否？

马：那肯定的。现在外地加了化纤毛的笔冲击市场，这类笔第一成本低，第二适合初学者。

姚：为什么？

马：因为笔心中有了化纤毛，毛就硬，受到一部分书画爱好者的喜欢。这类笔，动物毛与化纤毛很难中和，使用后容易叉开，但价格便宜，所以还有较大的市场。

姚：那你们怎么来应对？

马：企业现在也有此类笔，但我们在制作时坚持尽量拼一些动物毛，同时要保持湖笔的传统特色。

姚：现在还生产纯羊毫的笔吗？

马：有的。我们返聘了一些老笔工，选择好的原料，按传统工艺，专门生产高档笔，如“右军书法”“东方红”“玉兰蕊”。这些均是羊毫笔中的顶尖产品，但受原材料制约，数量不多。

姚：现在市场如何？

马：一些有功力的书画家还是十分喜欢用纯羊毫笔的。前几年，北京的著名书画家苏士澍、王成喜来厂参观，专门选购大量的纯羊毫笔。我们还经常接受书画家的定制，如闵学林、刘正成等。

姚：刚在湖笔厂陈列室里看到有许多制作湖笔的工具，能介绍一下吗？

马：湖笔是纯手工制作，制作工具不复杂，但都有鲜明的特色，大多是制笔工自制。水盆工序用到的工具有：水盆（一般为陶器，相关整理笔毛的工序就在盆中完成），竹圈，作板，骨梳（一般为白牛角加工而成），车刀，盖笔刀，盖笔石，撳刀。结头工序用到的工具有：敲笔尺。浦墩工序用到的工具有：蒲墩，拨（篮子），筐。装套工序用到的工具有：压板，车砧，车刀，断刀。择笔工序用到的工具有：择笔刀，晾板。刻字工序用到的工具有：挺刀，划刀，油石，磨石。

姚：在对湖笔的传承和保护方面，厂里有什么措施吗？

马：我们返聘了多位老笔工，如童伟荣、罗松泉、袁伟芬、王晓华等，他们的任务主要在传承与保护上。

姚：现在出现山羊毛质量下降的情况，是什么原因？

马：一是受气候变暖影响；二是源头问题。原来的山羊是本土羊，个小，以放养为主，体重一般在30斤左右，毛的品质好。而现在的山羊品种已改良，一般为圈养，体重增加了1倍，以食饲料为主。

姚：山羊身上什么部位的毛制笔最好？

马：肩胛两侧和腋下毛为最佳，公羊毛胜于母羊毛。

姚：现在有反映，笔头经常会掉毛，是什么原因？

马：从生产的角度分析：一是在择笔时没有将病毛去掉；二是脱脂过度，伤了毛；三是结头时底部没有拍平整。当然也有使用时的问题。

姚：近日市里召开了一个湖笔方面的座谈会，善琏湖笔厂由一位叫马万飚的负责人参加，他是你什么人？

马：是我儿子，前几年我一直动员他进厂工作，参与生产经营事项。现在担任湖笔厂的厂长。

姚：你对湖笔的传承发展，有什么建议和想法？

马：现在湖笔行业中有技艺的一批老笔工还健在，技艺传授应该不是问题，关键有两点：第一新工人招入困难，主要是工人的工资上不去；第二原材料问题，建议政府部门协调支持。我市安吉山中还有本土羊，希望通过各方努力，能建立山羊毛基地。

张海生访谈

时　间：2023年7月24日上午。

地　点：善琏张海生寓所。

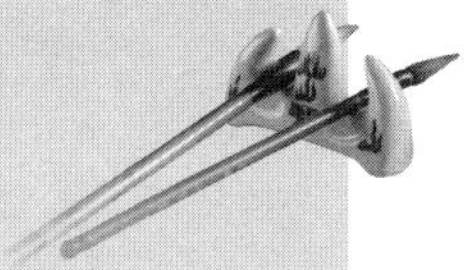

采访人：姚新兴（以下简称姚）。

受访人：张海生（以下简称张）。

张海生，1937年出生，善琏湖笔厂退休职工，兼毫择笔工，曾任善琏湖笔厂副厂长，长期分管技术工作。

姚：你是几岁开始学湖笔制作的？

张：11岁在杨永泉湖笔作坊学习兼毫择笔。过了几年，经胡祖良介绍，又到邵凤林那里“操手段”。

姚：什么叫“操手段”？

张：旧时学徒开始时，学的技术并不多，因为年龄小，往往先在师傅家做一些杂活。“操手段”便是年龄稍长后，找一位师父，再进修技术。当年的小学徒大都有过这个经历。

姚：你是哪一年进湖笔厂的？

张：1956年，当时善琏成立湖笔生产合作社，我就参加了工作。到了1958年，湖笔生产遇到困难，我与其他一批工

张海生（左）访谈

人由县手工业联社安排到湖州的一家企业工作。

姚：哪一年又回到湖笔厂的？

张：过了两年，当时出去的工人大都“归队”，回到湖笔厂后，我担任了车间主任。

姚：我记得你一直负责厂里的技术工作。

张：厂里一直非常重视产品质量。20世纪80年代初，厂里专门建立质量管理科，我是负责人，成员还有邱昌明和汤建驰。

姚：当时主要做了哪些工作？

张：除经常在厂里组织技术比赛、强化质量考核外，也对企业的技术规范进行了梳理，确定了企业的技术标准，同时将大量的技术方面的内容，用文字固化下来。与此同时，我们还协助国家轻工部制订毛笔的部颁标准。

姚：20世纪80年代初，好像厂里获得了轻工部优质产品证书。

张：是的。当时全厂从上至下，质量意识非常强。在全国毛笔行业技术比赛中获得总分第一名。

姚：记得当时厂里与苏州湖笔厂关系密切，经常有技术交流什么的？

张：抗日战争时，大量的善琏笔工到了苏州，在苏州形成了一个制笔群体。新中国成立后，苏州湖笔厂建立，这批工人大都进入这个厂。当时的苏州湖笔厂企业规模仅次于我厂，技术水平比较高。我们两厂经常会组织技术交流。

姚：当时好像经常会请书画家试笔。

张：为提高产品质量，厂里经常上门走访著名书画家，请他们试笔，听取意见建议。

姚：当时你是厂领导，记得你还经常在车间做笔。

张：这是企业的优良传统。制笔出身的领导，虽然担任了行政职务，但有时间还会回车间生产，一是为了不荒废技术，二是能及时掌握处理生产中的有关情况。

姚：这一点确实很好，管理者首先要懂技术。当时兼毫择笔车间技术好的师傅有哪些？

张：有胡祖良、王培元、刘志勤等。

姚：你也带过徒弟吧？

张：带过。

罗松泉访谈

时　间：2023年7月24日下午。

地　点：善琏湖笔厂。

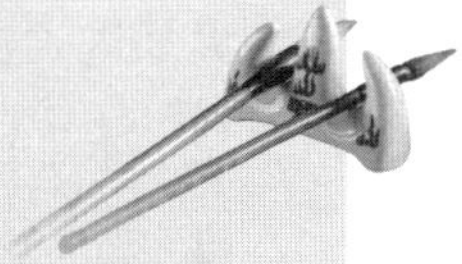

采访人：姚新兴（以下简称姚）。

受访人：罗松泉（以下简称罗）。

罗松泉，1950年出生，善琏湖笔厂退休职工，羊毫择笔工。

姚：我这次做“湖笔工匠访谈录”，在受访人员中，你是第一个还在制笔车间制笔的老师傅，今年几岁了？

罗：74岁，我退休十几年了。因为厂里需要，我一直在车间择笔。

姚：你是哪一年进厂的，学什么技术？

罗：1968年，是“文化大革命”中为数不多的几位新工，一起进厂的还有李新妹、王林芝。我拜了吴尧臣为师，他的技术是一流的，“黑白兼削带大货”。

姚：什么意思？

罗：是指一位师傅在制笔技术上是多面手。“黑”指兼

罗松泉（左）访谈

毫，“白”指羊毫，“大货”是指大笔。

姚：吴的技术特点是什么？

罗：他不仅是多面手，而且在择笔的三个主要环节“挑、择、抹”，均是高手。

姚：你进厂时，择笔车间有许多老师傅吧？

罗：当时有杨卓民、姚关清、李荣昌、庄渭阳、费志祥、沈锦华、陈鑫明、姚仕林、钱杏元，稍年轻些的有邱昌明、李金才。

姚：能介绍一下你当时学技术的情况吗？

罗：动脑筋，仔细观察师傅做笔时的手势、细节，自己慢慢体会。再一个是“偷”。

姚：怎么说？

罗：旧时，师傅们对技术传授比较保守的，后来好了许多，但制笔行业与武术界一样，有行规，每个师傅均有自己的一套制笔方法，只传自己的学生。你做的笔，须先送给自己的师傅看。你要想学其他师傅的技术只能“偷”。武术界中有句俗语叫“偷拳头”，我们也一样。

姚：怎么样“偷”？

罗：我一般中饭后早早到车间，拿出一些师傅们做好的笔，仔细揣摩研究。笔行中，每个师傅均有自己的“看家本领”，如有的挑披毫好，有的抹笔好，有的造型好。吸收他们好的东西为我所用。

姚：对提高技术水平有很大的帮助吧？

罗：当然，博采众长。我满师后，就能制作高档笔了。

姚：20世纪70年代，厂里非常重视技术质量，经常进行技术比赛，你也参加了吧？

罗：当时新工不多，所以技术比武老师傅们也一起参加。有一次，整个车间工人比赛择“兰蕊羊毫”，规定做13支，比速度和质量，我的成绩名列前茅。

姚：你脱颖而出了。

罗：当时高档笔量不多，能择像“兰蕊羊毫”一类笔的就是几位老师傅，能跻入这个行列，自己很高兴。

姚：你认为羊毫择笔中哪几个是关键环节？

罗：挑与削。挑指挑披毫，削指造型。还有作顶要齐，笔的表面要“光白圆”，这是抹笔的功夫了。

姚：你也带过徒弟吧？

罗：带过6人，不过可惜，他们现在大多不做笔了。

姚：为什么？

罗：收入不高。现在一般笔工，一个月收入仅3000元，而且比较辛苦。

姚：你对现在的湖笔质量有什么想法？

罗：大家说湖笔质量在下降，这里的原因是多方面的，如毛源问题，工价问题。只要解决毛源质量问题和提高工价，我认为达到原来湖笔的质量水平没问题。

姚：现在天天来车间制笔吗？

罗：基本上天天过来，厂里有高档笔制作任务均由我来完成。同时车间里一些技术上的问题，需要我把把关。

姚：你旁边有几个制笔的，年龄均不大，他们有技术上的问题，会教他们吗？

罗：我是有问必答，无私传授（旁边几位笔工插话：罗师傅虽不是我们正式师父，但我们一直视他为师父，有什么技术的问题都向他请教）。

姚：我也来做支笔吧。

罗：好。（旁人插话：他也会做笔？罗：他是五十年前老笔工啦。）

邱昌明访谈

时　间：2023年7月30日上午。

地　点：善琏湖笔工坊。

采访人：姚新兴（以下简称姚）。

受访人：邱昌明（以下简称邱）。

邱昌明，1950年出生，善琏湖笔厂退休职工，羊毫择笔工，曾任善琏湖笔厂厂长。湖笔国家级非遗传承人。

姚：你好，你是哪一年开始从事湖笔制作的？

邱：1966年2月。当时由政府统一安排，作为军属，受照顾进了湖笔厂。我是在湖笔厂经历20世纪60年代初“大精简”后招收的学徒。

姚：当时一起进厂的有几位？

邱：我们一批4人，我与韦如敏、倪金莲、章志清。

姚：当时工作是怎样安排的？

邱：韦如敏从事梳毛机工作，倪金莲是水盆工，章志清是笔料工，我是羊毫择笔工。

姚：当时你的师父是谁？

邱昌明（左）访谈

邱：姚关清。

姚：当时羊毫择笔有一批技术顶尖的师傅，介绍一下吧。

姚关清（1904—？）择笔工

邱：羊毫择笔老一辈有杨卓民、姚关清、李荣昌、吴尧臣、钱杏元、钮林芝、姚仕林，稍年轻的有沈锦华、陈鑫民。杨卓民与李荣昌以大货为主，姚关清以高档羊毫为主。杨卓民是中共党员，人很正直，20世纪60年代曾出席中华全国手工业合作社第二次社员代表大会，受到党和国家领导人的接见。李荣昌在20世纪70年代也参加过。

姚：记得你也参加过全国代表会议。

邱：是的。1978年和1988年，李荣昌和我作为湖笔老艺人的代表分别参加全国工艺美术专业技术人员代表大会，得到了党和国家领导人接见并合影留念。

姚：你刚进厂便遇上“文化大革命”，对学技术有影响吗？

邱：1966年6月“文化大革命”开始，厂里也受到冲击，整天开会，生产不正常了。我的师父姚关清悄悄地与我说，会议要参加，但学技术千万不要放松。于是我刻苦钻研技术，不懂就问，师父和其他的老笔工对我很好，我学技术没有因运动而受到影响。

姚：你长辈中有人做笔吗？

邱：我不是笔工家庭出身，但非常喜欢这个行业。

姚：人们常说，喜欢是做成一件事最重要的因素。

邱：是的。

姚：你师父对你很关心吧？

邱：我们有父子之情。师母顾云娥是水盆工，对我也很好。

姚：我进厂时，经常听姚关清师傅称你为“聪明”，大家也一直这么叫着。这个雅号是不是师父取的？

邱：不是。我在家时的小名叫“聪明”，进厂后自己改了“昌明”。

姚：我在厂时经常听老一辈师傅说你学技术非常认真，在你这一辈中是佼佼者，要我们向你学习。

邱：这是师傅们对我的鼓励。

姚：你满师后，能择高档笔了吧？

邱：主要是中档，当时厂里高档一类笔不多，偶尔会轮到择高档的。每逢择高档笔，我会很认真对待。

姚：当时你虽然年轻，但技术与老师傅们已不分伯仲。

邱：主要归功于我的师父和其他师傅们的指导帮助。

姚：记得1975年，你年仅26岁，就带徒弟了。这是湖笔厂首次。

邱：厂里一直培养我，当时厂里一批老师傅年龄偏大，而进厂新工人又多，厂领导要我挑一下担子。

姚：当时好像一下子带了好几个。

邱：当时与杨卓民师傅一起带。第二年杨过世了，厂里安排钱杏元师傅与我一起带。

姚：一共带了几位？

邱：有沈铭玉、王新梅、郑晓英、杨学琴、施新根五位。

姚：原来师徒均是一带一的，这次确实是个改革。

邱：所以厂里安排了两位师傅，除了我，还有杨卓民师傅。

姚：这有点像现在大学里的研究生教学，两个导师同时带几名学生。

邱：当时厂里因为新工多，所以做了一种尝试。

姚：效果怎么样？

邱：效果还是不错的，因为几位新工一同进厂，跟同一个师傅，相互间就有了比较，也促进了他们间的比拼，鼓励他们学技术。

姚：后来没有了吧？

邱：后来新工不集中进厂，这种形式就没有了。

姚：好像你妻子范惠莉也做笔？

邱：是的。她是1971年进厂的。

姚：你制笔几十年，而且技术是顶尖的，这中间有什么体会，可与我们分享一下吗？

邱：一句话总结水盆、择笔的工艺，水盆是“千万毛中拣一毫”，择笔是“万毫之中挑一毛”。毛是总称，凡有锋能做笔的毛称为毫，所以有羊毫、兔毫、狼毫、兼毫之称谓。

姚：何谓“万毫”？

邱：如一个甲级“玉兰蕊”笔头就有一万根左右的毛。曾经有个记者用时三个小时数过。

姚：这真似古人所言“千万毛中拣一毫”。

邱：这是古人的总结。毛毫是我们制笔的根本。当年师父与我说，要做好一支笔，首先要懂羊毛的性能。

姚：一般来说羊毛怎么分？

邱：当年湖笔厂进羊毛是统货，到了厂里先由羊毛组进行分拣，根据山羊身上不同部位毛，可分19个品种。

姚：举个例子。

邱：如“玉兰蕊”，它是羊毫笔中最好的笔，在制作中主要用三种毛：盖尖、直锋、光锋。

姚：这三类毛在制笔中各自的功能是什么？

邱：盖尖在毛锋中有一段三分之一的透明的锋颖，俗称“黑子”，用于笔的披毫，我们常说的“毛颖”就是指这个；直锋与光锋有锋颖但无“肩”，用于做笔的心，直锋毛使毛笔更有弹性。

姚：一支笔，它的锋长、粗细有什么标准？

邱：有一个统一标准的。“玉兰蕊”如是青杆的，笔锋长4.6厘米，其他笔杆的，锋长4.8厘米，其锋颖需达到三分之一。

姚：笔头的口径是多少？

邱：“玉兰蕊”笔头的口径是9毫米。笔杆口在9.3毫米，这样容易将笔头装入。如果口径偏大，笔头容易掉，而口径小了，笔头遇水遇墨，笔杆就会裂口。

姚：原来有一种名叫“鸡丝鹤脚”的笔，现在很少见了。能介绍一下吗？

邱：“鸡丝鹤脚”也是一种高档的羊毫笔，与“玉兰蕊”齐名，名字很形象，锋长为6厘米。

姚：我在厂时经常听师傅们说，“起样子”“择样子”，是指笔头的造型吧？

邱：是的。水盆工造型就叫起样子，一般由择笔工先看样。有一个定律，笔头造型在水盆是“偏浓不偏细”。

姚：为什么？

邱：如笔头偏浓了，抽出一部分比较容易，如果偏细，则比较麻烦。

姚：手工业均是这样，如有句俗语：长木匠，短铁匠。能到水盆车间中看样的，肯定是技术较高的师傅吧？

邱：择笔车间有一位专门负责看样的师傅，有时也会邀请择笔中技术好的师傅帮助看。

姚：择笔中最难的是什么？

邱：我们择笔最怕是笔头中出现“泡块”羊毛。

姚：什么是“泡块”羊毛？

邱：在盖尖毛中，锋颖上有一节透明的，俗称“黑子”，“黑子”下面，俗称“肩”，肩上凹凸不平的毛称“泡”，肩下凹凸不平的毛称“块”，择笔中一定要去掉，不然会影响笔的书写效果。

姚：刚谈了“择”，还有“抹”也很关键吧？

邱：是的。所谓“光白圆直”主要是通过抹来体现。“抹”主要的动作是“刮”“挤”。“刮”是指通过左手大拇指指甲将毛刮平直；“挤”是指用左手大拇指与食指成三角形，挤出笔头中的鹿角菜胶，在制作中应先将笔头上半部挤空，再挤笔头下半部。

姚：现在好像很少这样做了。

邱：用大拇指与食指成三角形，挤出笔头中的鹿角菜胶，是抹笔中的基本功。现在这方面有点荒疏，一次湖笔制笔比赛，有许多人不会这个工序。

姚：现在是怎样制作的？

邱：现在就用一根线，绕着一夹，虽然速度快了，但质量肯定受影响。

姚：现在有人反映，毛笔的锋顶不齐，是什么原因？

邱：水盆工在制作笔头中，切底部毛时，原来用刀切齐，现在改成用剪刀剪了，这样很容易造成底部毛不平，进而使锋不齐。

姚：现在好像在择笔中不挑披毫了，为什么？

邱：主要是毛源问题。严格来说，现在很少有“盖尖毛”。在制作时，只要锋和长度达到，就选作披毫了。

姚：现在好像直锋毛也缺。

邱：是的。如果没有直锋毛，笔的弹性就受影响。

姚：现在这类毛为什么缺？

邱：两个原因。一是山羊的品种变化，供应方向从原来主要供毛，改为主要供肉；饲养方式从放养改为圈养，毛的质量普遍下降。二是原来笔厂进的羊毛是统货，进厂后由专门的技术工人分门别类，前说的可分19个品种。现在这个环节没了，这是影响今天湖笔质量的关键。

姚：湖笔自古有“尖齐圆健”四德之说，能具体介绍一下吗？

邱：尖。主要体现在笔锋尖如锥状，使用时能达到意到笔到的效果，细笔描画能纤毫毕现，笔锋不粗钝。

姚：我们有时用较大的笔写小字。

邱：这就是“尖”的功能，我们常说“大小由之”就是这个道理。

姚：“尖”“齐”，我感觉有一定关联。

邱：是的。“齐”是指笔毛散开后，顶端平齐无参差，聚拢后又要“尖”，这“尖”是在“齐”的基础上达到的。

姚：记得当年在择笔时，师父常说，笔要抹圆。有时笔头干后，显扁就要返工。

邱：这是对笔外形的要求，笔头的“圆”须自上而下，粗细均匀，保证毫尖始终处于正圆圆心。要达到笔的“圆”，须从水盆开始造型，择笔修整，方可造型饱满，不凹不凸。

姚：“圆”与否也会影响使用效果吧？

邱：对的。要达到“圆”它必须“直”，笔心不空鼓，使用时粗细笔画都能丰满、圆润。

姚：经常听写字的人说毛笔使用时不“健”（弹性不好），近年来有许多外地的毛笔在笔心中拼了尼龙毛，来达到“健”的效果。传统湖笔制作是如何来达到“健”的？

邱：传统湖笔是通过毛源的选择，各类毛均匀搭配，笔头造型等来达到的。我理解“健”应是“硬、软、刚、柔”集中体现。

姚：20世纪70年代，著名书法家沙孟海先生在使用善琏湖笔厂所制纯羊毫对笔后，写下了“柔不丝曲，刚不玉折”的赞语。

邱：当年还有许多书画家对纯羊毫湖笔有过很好的评价。

姚：你后来好像走上了企业管理岗位。

邱：20世纪80年代初，厂里成立技术质量科，我就负责全厂的技术质量工作了。

姚：当时这个科室主要做了哪些工作？

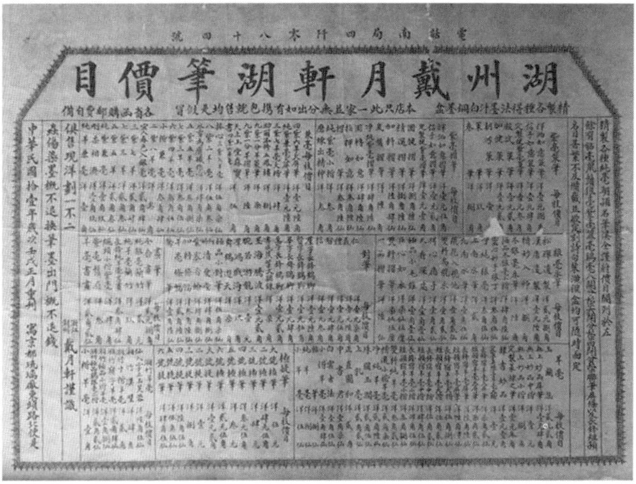

20世纪初湖州戴月轩湖笔价目表

邱：当时负责技术质量的是副厂长张海生，我负责具体工作，后来汤建驰也加入了。厂里经常进行技术比赛，对企业的技术标准进行修订。这个时期企业的产品质量稳定提高，品牌知名度不断提升，在多次全国同行业质量比赛中获得第一，产品也获得了全国轻工业优质产品称号。

姚：你是什么时候担任厂长的？

邱：1985年担任副厂长，当时厂长是范建中，另一位副厂长是姚金毛，我负责生产、经营和技术，姚负责行政管理。1992年担任厂长，我们班子成员有副厂长李金才、方以民、俞一平，支部书记是蒋石铭。

姚：在这个时期，企业发展情况如何？

邱：虽然受到其他毛笔企业的冲击，但企业生产经营还比较稳定，班子团结。

姚：21世纪初，企业进行了改制，能介绍一下吗？

邱：我厂是传统手工业企业，退休工人多，经济负担较重，在上级主管部门湖州市二轻工业总公司的指导和帮助下，企业实行了股份制改造。在此基础上，还成立了善琏双羊湖笔公司。

姚：你是哪一年离任的？

邱：2008年。

姚：我曾到景德镇画瓷器，瓷器计量为100件，200件。湖笔中有“50两玉兰蕊”、“13两条幅”、“2两香块”的说法，这数字是什么意思，是否可以理解为笔的价格？

邱：我也认为是。我曾看到过戴月轩笔店100年前湖笔的价目表，一支笔需多少两银子。大概是以100支笔需多少银子，转化成湖笔品种的几两。如50两“玉兰蕊”笔，指100支“玉兰蕊”笔，需50两银子。

姚：你作为一位湖笔国家级非遗传承人，在湖笔的传承方面有什么建议？

邱：现在湖笔技艺的传承确实遇到很大困难。一是原材料质量下降，特别是毛源问题；二是年轻接班人少，主要是从事制笔经济收入低；三是有许多传统工序在不知不觉中慢慢消失了。

姚：退休后带过徒弟吗？

邱：有过几个。2019年有一位家庭几代做笔的小青年姚玉粼，大学毕业后选择回乡学做笔，要向我请教，我也很感动，应允了。后来她结婚，丈夫小杨是甘肃人，与她是大学同学，随她定居善琏，也学择笔。两人在湖笔街开了笔店，现在他俩还准备学水盆技术。

姚：年轻人能学制笔技术，真是值得鼓励和支持。

邱：现在制笔的人大都已五六十岁，年轻人从事制笔的人太少了。

姚：你现在还制笔吗？

邱：现在自己不做笔了。但有人请教，我会很乐意与他们分享制笔的体会和经验。

张锦康访谈

时　间：2023年8月1日上午。

地　点：湖州湖山府寓所。

采访人：姚新兴（以下简称姚）。

受访人：张锦康（以下简称张）。

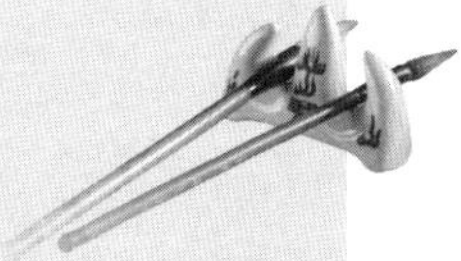

张锦康，1947年出生，善琏湖笔厂退休职工，装套工。

姚：你是哪一年进善琏湖笔厂的？

张：1962年进厂，那年我15岁。

姚：当时与你一起进厂的有谁？

张：蒋石铭、刘志俭。

姚：他们好像均是兼毫择笔工，你是什么工种？

张：我是装套工。

姚：师父是谁？

张：我的第一个师父是王阿毛，一年后他过世了，厂里安排冯克林带我。

姚：冯的技术怎么样？

张锦康（左）访谈

张：在装套车间，他的技术是一流的。在我之前他还有两个徒弟：赵伯生、徐梅庆。

邢桂花（1931—？）装套工

姚：当时车间里其他的师傅有哪些？

张：有钱掌林、邢桂花、方惠林、杨正富。他们的技术也很好。

姚：你也带过徒弟吧？

张：带过。

姚：装套顾名思义就是将笔头装入笔杆中。它虽然不像水盆、择笔直接影响笔的质量，但在湖笔制作中也是一道重要的工序。能介绍一下吗？

张：装套主要有压梗、切笔杆、平头、拉脐口、绞孔、装笔头等工序。

姚：这里面最重要的是什么？

张：绞孔，技术含量最高。就是用一把细长的小车刀，插入笔杆口，在车砧上，来回滚动，使其内孔达笔头大小。其难度在于笔杆口之内径需大小一样。

姚：内径多少是否完全凭师傅们的感觉？

张：对。这是最考验工人技术水平的活。

姚：接下来是装笔头。

张：装笔头就是将笔头装入已开好口的笔杆中，因为笔杆经过绞孔，管壁已经很薄了，装笔头需靠两个手指拧进去，要恰到好处。如装得太紧，笔杆口容易破裂；若太松，笔头使用中容易掉落。

姚：记得当时的高档笔还有笔套。

张：是的。这就是装套中的“套”，它的工艺与绞笔孔一样，但要求更高。

姚：为什么？

张：笔头装入笔杆一般的深度在1厘米左右，而笔套则长得多。如“玉兰蕊”笔，它的笔头在外4.6厘米，笔套内的深度须在5厘米左右。如是“鸡丝鹤脚”，笔锋长6厘米，笔套内的深度要达到6.5厘米，而且内壁须光滑，这样才不伤毫。

姚：怎么来体现装套的精密程度？

张：一般我们在检验时会拔一下笔头和笔套，装得好的，在拔出笔头和笔套时会发出“嘣嘣”的声音，与我们在拔热水瓶盖时，有时出现“嘣嘣”的声音一样。

姚：后来厂里有一种笔杆口扎线的，称为“青梗扎线”。

张：笔杆口薄，在使用中经水泡墨染，毛会出现膨胀，造成笔杆口开裂。在笔杆口扎上一圈线，既美观，又保护了笔杆。

姚：你长辈中有人从事湖笔生产吗?

张：没有。我是因为当时家庭生活困难，受照顾进的厂。但后来，整个家庭中有许多人从事做笔了。如我的弟弟张锦生，他是刻字，拜徐兰亭为师，技术也很好；我的妻子金国英师从姚阿毛，是羊毫水盆工，其弟金国建是刻字工。

姚：你妻金国英正好在旁，她也是水盆老笔工了，我想问一下现在的山羊毛质量下降的原因。

金：原来的山羊个头小，放养在山上，冬天山羊在寒风中，瑟瑟发抖，这一抖，就促进了山羊毛颖的生长。所以我们常说：羊越抖毛越好。

姚：很形象。

蔡继华访谈

时　间：2023年8月3日上午。

地　点：湖州市陌小区。

采访人：姚新兴（以下简称姚）。

受访人：蔡继华（以下简称蔡）。

蔡继华，1941年出生，善琏湖笔厂退休职工，兼毫水盆工，曾任善琏湖笔厂水盆车间主任。

姚：与你已20多年未见了。昨天遇到原湖笔厂厂长邱昌明，他嘱我问你好。

蔡：谢谢。我退休后一直住在湖州了。

姚：你是几岁时开始学做湖笔的？

蔡：11岁就开始在李梅珍家学做湖笔。

姚：兼毫还是羊毫？

蔡：兼毫水盆。

姚：你是第一批进厂的职工吧？

蔡：1956年，湖笔生产合作社成立，我就进厂了，当时年龄与我相仿的有金桂珠、姚凤珠等。

蔡继华（右）访谈

姚：当时水盆车间的师傅们有哪些？

蔡：孙松莲、杨妙金、孙文英、沈金文、林勋英。她们后来均到车间工作了。

姚：记得我进厂时，你已在车间工作了。

蔡：是的。一批老师傅年龄大了，我是20世纪70年代到车间工作的。

姚：你在水盆车间的主要工作是什么？

蔡：组织工人技术比赛，分配生产任务，检查产品质量等。当时经常与一些兄弟单位进行技术上的交流与比赛，由车间负责人带班。

姚：山羊毛、兔毛进入厂时是“统货”，在到水盆车间前，是谁先进行分选拣？

蔡：毛料进厂后先由笔料组进行分类，到了水盆车间后，由车间分配给水盆工，进行“拔拣”。拔拣好后，由车间根据毛的品类，通过“搭料”，再分配水盆工制作。

姚：介绍一下水盆的主要工序有哪些？

蔡：以羊毫为例，有浸、拔、理、并、抖根、做根、联、选、晒、挑、切笔心、绞、圆笔心、盖披毫、揿灰盆等。

姚：你是水盆工又是车间管理者。你认为水盆的什么环节最重要？

蔡：锋要齐，毛的底部一定要切平。还有“圆笔心，盖披毫”。

姚：何谓“圆笔心，盖披毫”？

蔡：从做笔心的毛中，按笔心量的规格，卷出一个圆锥状；从做披毫的毛中分出薄薄的一片，卷盖住笔头，披毫毛与笔心毛顶部一致，披毫均匀。

陆金狗访谈

时　间：2023年8月5日上午。

地　点：善琏湖笔一条街。

采访人：姚新兴（以下简称姚）。

受访人：陆金狗（以下简称陆）。

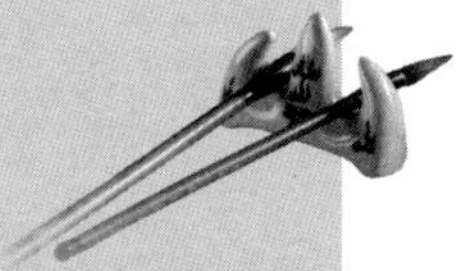

陆金狗，1953年出生，善琏湖笔二厂退休职工，装套工，曾任善琏湖笔二厂厂长。

姚：你是几岁开始学做湖笔的？

陆：我14岁开始做笔。

姚：学什么技术？

陆：装套。

姚：师父是谁？

陆：我外公陆恒康。

姚：家中还有其他人做笔吗？

陆：旧时善琏镇东石塘桥、东山庄、南北湾一带的人主要从事做笔的。我父亲陆安林是羊毫择笔工，母亲陆林囡是羊毫水盆工。我女儿是择笔和刻字工，女婿也是择笔工。

陆金狗（左）访谈

姚：四代人做笔，可称湖笔世家了。

陆：但现在女儿、女婿都不做了。

姚：你曾担任善琏湖笔二厂厂长，当年好像该厂规模仅次于善琏湖笔厂。介绍一下企业有关情况。

陆：20世纪60年代初，善琏湖笔厂进行精简，大量的笔工回乡，后来善琏镇（当时为公社）就成立了善琏公社湖笔社。到了20世纪80年代初，为了区分于善琏湖笔厂，改名为善琏湖笔二厂。

姚：你是几几年进厂的？

陆：1968年。进厂后从事装套，后来先后担任供销、车间主任、副厂长。

姚：是什么时候担任厂长的?

陆：1987年。在1992年一度调离，1994年回厂。

姚：企业什么时候发展最好?

陆：1988年至1990年，当时企业产品销售均比较好，特别是在产品出口方面，比重有百分之六十，我厂曾是湖州市重点出口生产企业。当时产品除了通过上海、浙江工艺品出口公司出口外，还通过江西省工艺品进出口公司出口。

姚：介绍一下企业历届负责人。

陆：冯乃康、沈松青、俞阿毛、沈阿年、吴志芳、倪学贵。

姚：当年也有许多技术骨干吧?

陆：水盆有强阿林、杨彩根、陆翠珍、钱惠清，择笔有杨建庭、沈国良。

姚：企业是从什么时候出现困难，最终歇业的?

陆：进入20世纪90年代，企业面临诸多困难。如外部市场变化，销售额减少；退休职工多，因是社办企业，退休职工享受不了城镇职工养老保险，他们的退休金（补助金）全部由企业负担；招青年职工困难。

姚：是什么时候歇业的?

陆：1997年。

姚：企业歇业后自己还从事做笔吗?

陆：开始时有这个想法，后来在善琏湖笔一条街添置了店面，经营湖笔。

姚：你是装套工出身，能介绍一下湖笔装套的主要技术要求吗?

陆: 装，主要是拉好笔杆的锯口; 套，主要是口径要密，梗子开壁厚薄匀。还有要“三头齐”。

姚: 什么是“三头齐”?

陆: 一是一作笔，在装笔头前，笔杆一样齐; 二是装好笔头后，长短要达到一样齐; 三是套子套好后，整作笔长短要一样齐。

朱亚琴访谈

时　间：2023年8月5日下午。

地　点：善琏。

采访人：姚新兴（以下简称姚）。

受访人：朱亚琴（以下简称朱）。

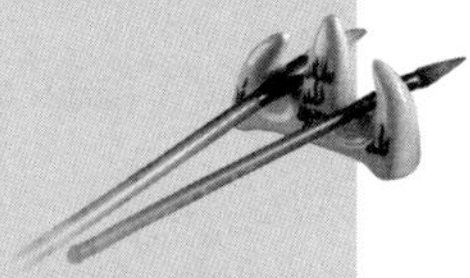

朱亚琴，1953年出生，王一品斋笔庄退休职工，羊毫择笔工，曾任王一品斋笔庄生产技术科长。

姚：你是我的师姐，家中几代人做笔。先介绍一下家中成员从事做笔的情况吧。

朱：我爷爷李连生、奶奶沈阿娥、外公朱广生、外婆陈小英，他们都是做笔的工人。外公朱广生主要从事笔杆的采购，记得我小时候，他经常去余杭一带采购；外婆陈小英是水盆大货工，带过一位叫王友珍的徒弟；奶奶沈阿娥是兼毫水盆工，徒弟有周慧仙、单勤芬。到了我父母一辈，我父亲沈锦华是羊毫择笔工，我的两个姑姑沈金文、李根凤也是笔工，沈金文还是善琏湖笔厂水盆车间主任。我母亲朱品娥是兼毫水盆工。

朱亚琴（右）访谈

姚：除了你，你的兄弟姐妹也是做笔的吧？

朱：是的。我的几位弟妹：国平、铭玉、雅平、国良均是笔工。

姚：全家几代人均从事制笔，这类情况在善琏也常见吧？

朱：是的，在善琏一家人几代人均从事做笔还很多。

姚：你是哪一年开始从事做笔的？

朱：我20世纪60年代下放农村，1972年进善琏湖笔二厂，当了笔工。

姚：喜欢做笔吗？

朱：自小就生活在笔工家庭，耳濡目染，好像我从事做笔是必须的。

姚：你学的工种是什么，师父是谁？

朱：我学的羊毫择笔，师父是茅冬女，善琏湖笔二厂的技术好手。

姚：平时也向父亲请教吧？

朱：当然。

姚：记得当时在善琏湖笔二厂工作好像不转户口，还算下放知青吧？

朱：对的。善琏湖笔二厂是一家社办企业。

姚：记得你有一同事顾新秋也是在这个厂里吧？

朱：对。她也是羊毫择笔。1979年，我们均上调了，她进了善琏湖笔厂，我到了湖州王一品斋笔庄。

姚：在笔店主要从事什么工作？

朱：王一品斋笔庄主要是经营湖笔，但也有工人从事制笔。我进店后主要负责制作、技术辅导和开发新品种。后来担任了生产技术科长。

姚：介绍一下当时开发新品种的情况。

朱：我在王一品斋笔庄工作了26年。在经理许阿乔的领导下，我们先后开发新品上百种，取得很好的社会效益和经济效益。

姚：介绍一下主要的品种。

朱：1994年，我随许阿乔经理到北京拜访启功先生。在交谈中，启老说，古代有“麻毛笔”记载，制作方法已失传。回湖后，在许经理的主持下，我们从江苏进了麻料，我就开始研制。

姚：有什么难度吗？

朱：麻的纤维与羊毛不同，难度主要是麻的梳理与绞。

姚：制作时的具体方法是什么？

朱：先将麻与羊毛绞成一体，做成笔心，披毫选用上好羊毛。

姚：笔的大小为多少？

朱：出锋比“玉兰蕊”稍短，约4厘米。启老喜欢用短锋。

姚：启功先生用后觉得怎么样？

朱：他很满意，还专门写了一首诗称赞。后来我们根据启老建议，还开发了“博古策笔”，一套五支装，选细光锋料，纯羊毫，口径1.3厘米，锋长8厘米。此笔后来在亚太博展会上获得金奖，曾一次订出1000套，取得了良好的经济效益。

姚：你是一位羊毫择笔老技工了，能简单说一下羊毫择笔最关键的几个问题吗？

朱：一是注笔牢固，杜绝“活头子”（笔头从笔杆中掉落），高档笔一般须用生漆注面；二是披毫中杂毛须挑净；三是笔样择正（笔的造型）；四是笔锋整齐；五是抹笔须达到“光白圆直”。

范娜宝访谈

时　间：2023年8月5日下午。

地　点：秦峰湖笔厂。

采访人：姚新兴（以下简称姚）。

受访人：范娜宝（以下简称范）。

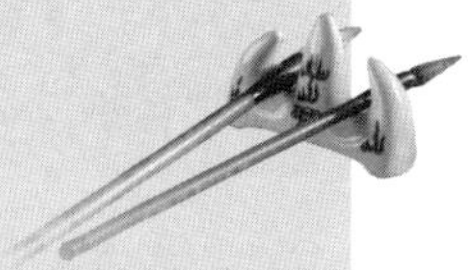

范娜宝，1949年出生，装套、择笔工，曾任荃仁湖笔厂（秦峰湖笔厂）厂长。

姚：我记得当年荃仁湖笔厂与善琏、含山、石淙几家湖笔厂一样，是我市主要湖笔企业。能介绍一下企业有关情况吗？

范：荃仁湖笔厂前身是创办于1957年的政合社湖笔厂，历史可追溯到1951年。1951年，蔡家桥一带的湖笔工人响应政府号召，在“湘溪庙”中成立了湖笔生产合作小组。

姚：听说蔡家桥一带制笔历史很久远。

范：是的。蔡家桥与善琏紧邻。据《练市镇志》记载，清中期，练市镇蔡家桥村已经有许多湖笔作坊和个体制笔者。当地农民亦农亦工，农忙时务农，农闲时做笔，俗称

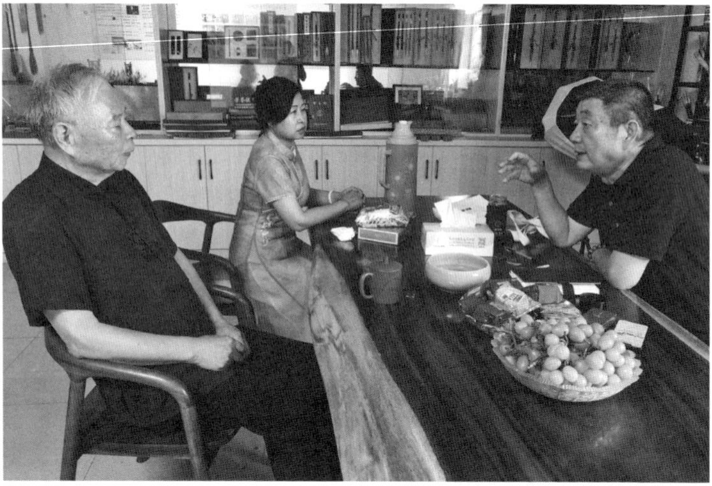

范娜宝（左）访谈

“三分农庄七分毫”。

姚：你是几时开始做笔的？

范：9岁开始，先是随我父亲范成龙学装套，后来学水盆、结头、择笔。

姚：也算是学了湖笔全套工序，这在湖笔行业中不多见。

范：年纪轻时什么都学。

姚：一直在厂里吗？

范：是的。

姚：企业在什么时候发展最好？

范：1979年后，我担任了厂长，当时企业职工曾达到200余人。产品销售额达到几十万元，也有一部分产品出口。

姚：这些工人来自什么地方？

范：就是周边农村的。当时在解决农村富余劳动力、增加农民收入上发挥了较大的作用。

姚：当时企业商标是什么？

范："荃仁"。

姚：当时的骨干笔工有哪些？

范：企业在技术上还是比较强的，水盆骨干有范金凤、蔡阿婉、蔡凤娥、蔡真妮，择笔骨干有范志祥、范全林、范阿虎。

姚：企业是什么时候改制的？

范：2001年，企业由社办集体所有制改为私营企业。名称改为秦峰湖笔厂，商标为"秦峰"。

姚：你继续担任厂长吗？

范：刚开始时是我，到2008年，由我小女儿范玲英担任厂长。她身体虽有点小疾，但非常热爱湖笔事业，对我来说，比较欣慰。

姚：子女能继承前辈的事业，确实是一件欣慰的事。

范：大女儿范玲华和小女儿范玲英的儿子也在厂里从事湖笔生产。

姚：你现在还做笔吗？

范：坚持在做。（范玲英、范玲华插话：我父亲还按传统工艺在做。）

姚：择笔关键是什么？

范：笔毫中的"块"和杂毛必须挑净。

姚：你女儿范玲英正好在，我也采访她一下。

范：好。

范玲英访谈

时　间：2023年8月5日下午。

地　点：秦峰湖笔厂。

采访人：姚新兴（以下简称姚）。

受访人：范玲英（以下简称范）。

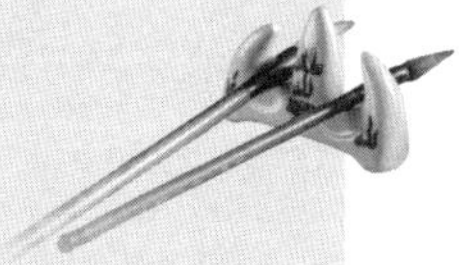

范玲英，女，1970年出生，现为秦峰湖笔厂厂长，湖州市工艺美术大师、湖州市南浔区湖笔非遗传承人。中央文明办授予“中国好人”称号。

姚：今天上午与你联系，你说在进行湖笔网络直播，现在湖笔的销售是否主要依靠网络？

范：网络销售现在是个趋势。

姚：线上销售比例现在占多少？

范：线上已达到80%了。

姚：现在年销售额多少？

范：销售额在600万元左右吧。

姚：现在企业产品品种有哪些？

范：我厂现在羊毫、兼毫、兔毫、狼毫均齐全。

范玲英（左）访谈

姚：现在还有纯羊毫笔吗？

范：纯羊毫笔我们还在坚持做。但现在人们反映，纯羊毫笔不好写。

姚：这里有两个问题：一是书写者的功力，二是毛笔的质量。真正的纯羊毫笔是好的，古今一些书画大家均在用，希望你们坚守传统，当然也要适应市场发展变化。

范：是的。

姚：你是什么时候开始做笔的？

范：20岁时拜王美娜为师，学习择笔和结头。

姚：你身体有小疾，听说你从小以张海迪为榜样，自强不息，刻苦学习制笔技术。

范：一个人总要有点精神。家人和社会对我很关心，给予我很多的帮助，我也要回报社会。

姚：你从事做笔已30多年了。

范：是的。我家几代人均从事湖笔制作，可以说对湖笔非常有感情，尽管收入不是很高，但我一直坚持下来。

姚：你从事过什么工种？

范：开始是择笔与结头，后来在车间，什么都学，初步掌握全套工序。

姚：你是什么时候从父亲手中接班的？

范：1992年我担任水盆车间主任，2008年担任了厂长。

姚：担任厂长后，角色变了，你有什么想法和行动？

范：在父辈们打下的基础上，我要加倍努力，使之不断发扬光大。在销售渠道上，逐步走向网络；在产品开发上，在保持湖笔传统工艺的同时，不断开发新品种。

姚：听说你还开发出“鸡毫笔”，能介绍一下吗？

范：鸡毫笔在历史上曾出现过，后来因制作复杂，很少生产，用料是公鸡的羽毛，制作上要求更高。

姚：你除了自己刻苦努力，同时还乐于帮助别人，传授湖笔技术，帮助残疾人。

范：因为我自小腿有点残疾，深知残疾人工作、生活中的困难。2016年，我们成立了“残疾人湖笔文化创业基地”，帮助残疾人解决就业问题。到目前为止，我们已帮扶30余名残疾人就业。

姚：这确实功德无量。听说你获得了许多荣誉，能介绍一下吗？

范：2017年我被中央文明办评为“中国好人”，2018年获“浙江省十佳魔豆妈妈”“湖州市农村商务示范带头人”，2019年被浙江省政府评为“浙江省自强模范”。

姚：湖笔生产现在遇到了不少困难，最主要的是传承问题。你对湖笔传承与发展有什么意见建议？

范：我自己肯定会一直做下去。为了传承，现在动员儿子也加入湖笔制作行列。

姚：听了你的介绍，我们增强了对湖笔传承与发展的信心。

范：谢谢。

费松泉访谈

时　间：2023年8月5日上午。

地　点：莫蓉。

采访人：姚新兴（以下简称姚）。

受访人：费松泉（以下简称费）。

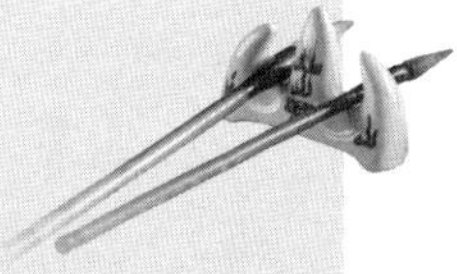

费松泉，1948年出生，刻字工，曾任莫蓉湖笔厂副厂长。

姚：莫蓉湖笔厂当年是湖州湖笔行业五大企业之一。能回忆一下当年企业的有关情况吗？

费：莫蓉湖笔厂的前身是莫蓉花盘兜村湖笔组，负责人是庐秀英，1973年成立了莫蓉湖笔社，后来改为莫蓉湖笔厂。20世纪80年代末，企业发展较快，职工最多时达到140人。当时内销和出口均比较好。出口主要通过上海和浙江两家工艺品进出口公司。

姚：当时企业商标是什么？

费：“凤凰”。

姚：职工来自哪里？

费松泉（右）访谈

费：均是莫蓉一带的。

姚：当时的厂长是谁？

费：厂长是沈水林。

姚：你当时在厂主要从事什么？

费：我是1982年进厂的，开始时刻字，后来从事财务和生产管理，最后担任副厂长。

姚：你是刻字出身，师父是谁？

费：我在1980年拜善琏湖笔厂刻字工翁林海为师。

姚：你对翁师傅印象如何？

费：他是刻字中的佼佼者，平时善于学习，我们一起出去，他看到街面上有好的招牌字，总会记着，反复练习。他在笔杆上刻的楷书和草书很好。他年轻时在上海好像还从事过钢笔杆刻字的工作。

姚：企业后来怎么样了？

费：1993年企业停产了。

姚：主要是什么原因造成的？

费：主要是湖笔产业受其他产业冲击，如当时莫蓉有许多毛纺企业。

姚：企业停产后，你还从事湖笔生产经营吗？

费：我一直在坚持。曾想保留莫蓉湖笔厂原来的品牌，后来此商标被人抢注了，我就重新申请了“云鹤”牌。

姚：你现在的经营模式是什么？

费：原来厂里有一批老职工，我就委托他们定制加工。

姚：有点像家庭模式。

费：是的。湖笔是纯手工业产品，经济发展到现在，大规模集中生产已不可能了。

姚：为什么？

费：因为笔工收入不高，在家庭生产，还可以干一些其他的活。

姚：现在销售额多少？

费：不多，一年大概在几十万元吧。

姚：回忆一下当年莫蓉湖笔厂的老笔工们吧。

费：羊毫水盆工杨林凤，羊毫择笔工庐雪芳、马杏元，兼毫择笔工沈荣林。

姚：听说莫蓉还有其他湖笔生产单位？

费：当年几个韩国人在莫蓉新龙桥办了几家湖笔小厂，聘请我们厂的一些老职工为其生产，最多时有40人。

姚：现在这几个厂还在吗？

费：现在还有一家。原厂里的屠惠芬在为他们加工笔头，韩国人将笔头运回韩国装杆、择笔，直接在韩国销售。

陈鑫明访谈

时　间：2023年8月12日上午。

地　点：石淙镇。

采访人：姚新兴（以下简称姚）。

受访人：陈鑫明（以下简称陈）。

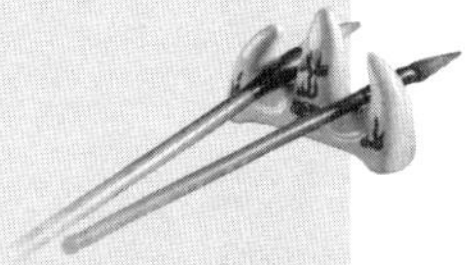

陈鑫明，1938年出生，善琏湖笔厂退休职工，羊毫择笔工。

姚：前番去善琏湖笔厂，在厂史馆看到一份1956年由善琏镇湖笔手工业工会、同业公会和湖笔联销处发起的《关于建立善琏湖笔合作社的申请》，共有15位代表签名、盖章，你是其中一位。这是一份非常珍贵的历史资料，算来已68年了。能介绍一下当时的情况吗？

陈：1952年后善琏湖笔行业先后建立了湖笔手工业工会、同业公会和湖笔联销处，但湖笔从业者还是分散独立生产经营。1956年国家开展合作化运动，我们湖笔从业者也积极响应。于是就有了我们15位代表向善琏区商业改革小组申请，要求建立“善琏湖笔生产合作社”。

陈鑫明（右）访谈

姚：申请后来怎么样？

陈：上级部门不久就同意了。记得在1956年4月，我们召开了“善琏湖笔生产合作社”成立大会。

姚：15位代表应该是当时善琏湖笔行业中的骨干。介绍一下，其他14位当时从事什么工作？

陈：马步青，兼毫择笔，后来担任善琏湖笔生产合作社主任；章元荣，羊毫择笔，后来担任善琏湖笔厂副厂长；许济根，兼毫择笔；许午生，兼毫择笔，他还是善琏湖笔基层小组组长；郑三宝；沈锦轩，兼毫择笔，他是善琏湖笔联销处主任；冯乃康，兼毫择笔，曾担任过善琏湖笔二厂厂长；钱安林，会计；邵品森，兼毫择笔；杨永泉，包装；许凤翔，装套；邵凤林，兼毫择笔，后来担任过湖笔厂副厂长的张海生是他的学生；方惠林，装套；陆开云，水盆看样；张祥林，兼毫择笔。

姚：我发现大部分人是兼毫择笔。

陈：当时从业者做兼毫的比重大，合作社成立后，一部分人从兼毫改为羊毫了。

姚：你好像也是兼毫择笔出身。

陈：是的。我10岁开始学择笔。

姚：师父是谁？

陈：师父是王金鳌，技术很好，对我悉心指导，但他过世早，临终前他将他的择笔刀传给了我。

姚：那你后来改羊毫择笔是否重新拜师？

陈：没有。主要向我父亲学，我父亲汪寿海是羊毫择笔工。

姚：你10岁学艺，到退休应该共计从业50年，有什么体会？

陈：8个字。勤学苦练，熟能生巧。

姚：湖笔兼毫有什么特点？

陈：黑、白、兼、削。

姚：黑、白、兼，我晓得。“黑”指兔毫，“白”指羊毫，“兼”顾名思义是几种毛合在一起的笔，称“兼毫”。“削’是什么？

陈：兼毫披白中稍差一点的称“削”，有“削子兼毫”一说。

姚：这个品种好像没听说过。

陈：这是旧时的叫法，后来没有这种分类了。

姚：从业这么长时间，有什么值得回忆的事？

陈：两件。一是1956年我们15位联名申请成立湖笔合作社，其他14位估计已离世了，当时他们年龄均比我大，我仅19岁。二是20世纪90年代初，时任中央军委副主席刘华清视察湖笔厂，当时与我同辈的师傅大都已退休，所以厂里安排我向领导作湖笔技术方面的介绍，我与刘华清副主席还有合影。这是我的荣誉，也是湖笔行业的荣誉。

姚：你退休后还做笔吗？

陈：有关湖笔生产企业需要，会在技术方面帮一下忙。

孙文英访谈

时　间：2023年8月12日上午。

地　点：善琏镇。

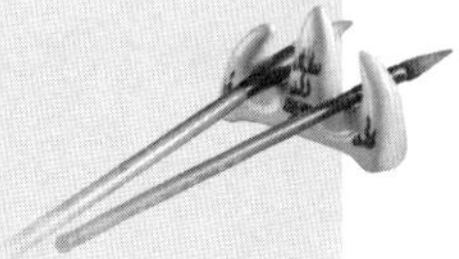

采访人：姚新兴（以下简称姚）。

受访人：孙文英（以下简称孙）。

孙文英，1942年出生，善琏湖笔厂退休职工，兼毫水盆工，曾任善琏湖笔厂水盆车间主任。

姚：你家在善琏镇现存唯一的古桥旁，这房子感觉有点年份了。

孙：是的。这房是祖产，这些地砖均有一百多年历史了。

姚：你祖上从事什么？

孙：在我印象中，好像均是做笔的。太婆是水盆工，外婆陈阿娥是兼毫水盆工，娘舅童国良也是择笔工，他一直在苏州做笔，我母亲孙松莲是兼毫水盆工。

姚：真正的湖笔世家。

孙：我儿范中和孙女范愉晨也是从事湖笔制作的。

姚：这样算来，你家起码是六代做笔了。

孙文英（左）访谈

孙：在善琏，一家几代人做笔的还有很多。

姚：你是什么时候开始做笔的？

孙：我11岁开始学兼毫水盆，是跟着母亲学的。我母亲技术很好，1956年后担任水盆车间主任。

姚：你后来一直在湖笔厂工作吗？

孙：是的，一直在善琏湖笔厂。1958年，湖笔生产低潮时曾由县手工业局统一安排到湖州一家企业工作几年，后来归队了。

姚：你后来也到了水盆车间工作。

孙：20世纪80年代后，我担任水盆车间副主任，后来为主任。

姚：水盆、择笔是湖笔厂最大的两个车间，每个车间有200人左右。车间主任的主要工作是什么？

孙：安排好生产，把握好产品质量。

姚：你认为水盆，特别是兼毫，质量要求主要是什么？

孙：一是笔的顶，二是笔的样子。

姚：顶有什么要求？

孙：顶要修齐，老锋要挑光。挑老锋时，要避免在制作时产生新的老锋。

姚：怎么说？

孙：水盆挑毫是用车刀与大拇指一根一根挑，重了伤毫，就会出现新的老锋（锋颖受到了伤害），轻了挑不出毫。这个工序完全凭手感。

姚：样子有什么要求？

孙：一是平整，二是毛底部平，不能出现码抵脚。

姚：还有一个搭料。

孙：搭料也是水盆的一个中心环节，要根据毛的长短、深浅，分出各个品种。

姚：据了解，兼毫水盆工序与羊毫水盆大体相同，但在具体操作中有什么区别？

孙：是的。如兔毫已经是一根根分离的毛，就没有“拔”和“去皮根”的工序；羊毫中的“联”，在兼毫中称之为“索”和“做顶”。

姚：何谓“做顶”？

孙：就是通过“索”和“挑”，达到锋颖顶端平齐，兼毫的“做顶”要做两遍以上，不使有一根毛和锋颖突出或缩进。

姚：兼毫中的“毫块”是什么？

孙：兔毫、羊毫在一根毛的中部偏上位置有一小段略粗，称之为“毫块”。兔毫更为明显。在水盆制作中，通过衬垫的方法将毫块突出的部位掩饰。

姚：当年邓颖超出访日本，有关部门来善琏湖笔厂定制“国礼”湖笔，有一套“春夏秋冬”4支装的湖笔，听说是你们水盆车间几位师傅做的笔头。能介绍一下吗？

孙：记得。这套笔分别是4个品种，狼毫是吴学金做的，紫毫是陈掌男做的，兼毫是我做的，羊毫是冯永梅做的。

姚：均是一流的水盆羊毫、兼毫技工啊。你对湖笔技艺的传承与保护有什么想法？

孙：湖笔目前确实遇到不少困难，一是原材料问题，二是传统技艺问题。建议有关方面多多重视。

杨芝英访谈

时　间：2023年8月14日上午。

地　点：湖州市陌小区。

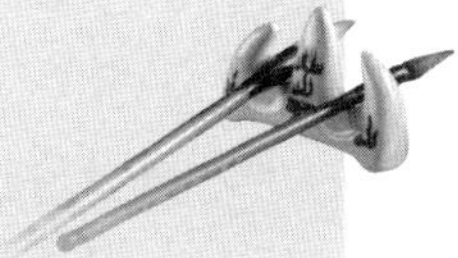

采访人：姚新兴（以下简称姚）。

受访人：杨芝英（以下简称杨）。

杨芝英，1939年出生，善琏湖笔厂退休职工，羊毫水盆工，曾任善琏湖笔厂水盆车间主任。

姚：常听我的老师中国美术学院教授闵学林先生说起你，他非常喜欢用你做的笔。

杨：闵老师也是我儿孙育良的老师，他喜欢用纯羊毫笔，所以我常按传统工艺为他做一些。一次他来，看到桌上有几支黑毛笔，问我是什么毛做的，我说是用狗毛做的，他说他属狗，我就送给他，他用后说非常好。

姚：狗毛笔，我没有听说过。

杨：一直有，不过比较少。

姚：听说动物毛均可制笔。

杨：是的，如鸡毛等。

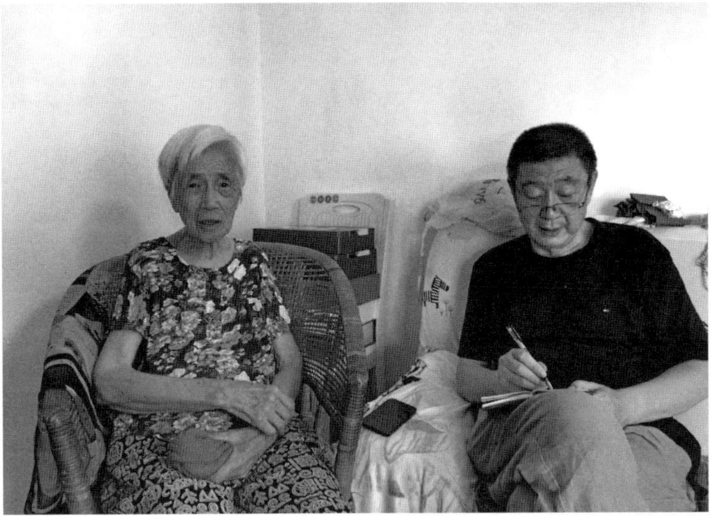

杨芝英（左）访谈

姚：我当年在善琏与你家为紧邻，与你儿同一个书画老师。在我的印象中，你和你母亲冯永梅均是湖笔制笔能手，受人尊敬。你是几岁开始学做笔的？

杨：13岁开始学做湖笔。

姚：当时随谁学的？

杨：在家就跟随母亲学，我母亲是兼毫水盆，技术在笔行中有名。

姚：你学兼毫，后来怎么做羊毫了？

冯永梅（1911—？）水盆工

杨：1956年成立湖笔合作

社，单位考虑到制作羊毫的人员少，我与母亲和许多人便改做羊毫了。

姚：你家中还有什么人做笔？

杨：父亲杨祥发是兼毫择笔工，一直在上海，他与上海著名笔庄“杨振华”的杨氏为同一家族。

姚：你与你母亲兼毫羊毫水盆均擅，技术又好，你们均带过不少徒弟吧？

杨：我母亲带过吴勤美、张丽丽，我带过唐新芳、杨国英。我后来到车间工作，所以不再带徒弟了。

姚：你是什么时候到车间工作的？

杨：20世纪80年代中期。

姚：你曾在生产一线，后又在车间从事技术管理，请你介绍一下羊毫水盆制作的主要工序。

杨：一般是车间开出任务单，工人到笔料组领取羊毛，经过拔、拣，形成片，车间技术人员根据羊毛片的粗细、长短、黑子深浅进行搭配。工人根据生产任务，向车间领取生产品种所需的羊毛片。

姚：水盆的基本流程是怎么样的？

杨：基本流程为：浸、拔、抖、做根、联、选、晒、挑、切笔心搅、盖笔头。兼毫水盆大体相同，也有一些叫法上不同，如羊毫中的“联”，在兼毫中称“索”和“做顶”。同在挑“无头毛”上，羊毫有锋颖，挑时容易区分，而兼毫则通过手指盘的方式来分辨。

姚：听你儿孙育良说，你有几本当年水盆品种规格、毛料搭配的记录本，能介绍一下吗？

杨：我在做笔时，特别到车间后，喜欢将各类品种毛的长度、粗细、深浅标准和料搭配记录下来。这几本资料我一直保留着，因为对湖笔有感情。

姚：湖笔技艺传承历来主要通过言传，文字记录不多，这是一份珍贵的湖笔工艺方面的史料。你小时候上过学吧？

杨：上过三年学。

姚：能具体介绍一下你所记录的内容吗？

杨：主要是一些品种的规格和用料情况。如水盆“玉兰蕊”笔，锋长5.6厘米，笔头粗0.9厘米，深浅（指黑子，即锋颖，下同）1.3厘米；浅肩“玉兰蕊”笔，锋长5.3厘米，笔头粗0.85厘米，深浅1.2厘米。

姚：上面所说是指水盆制作时的笔头吧？

杨：对。

姚：还有搭料方面的记录吗？

杨：如13两市块笔，笔心中放假毫（即兔毫中的边料）；披羊毫大楷，笔心拼黑紫毫；捲中笔，是用三层毫，笔心中紫毫，在紫毫外是羊毫，羊毫外再一层披毫。一般的笔就是二层，笔心与披毫；齐头笔，锋长9厘米，粗1.1厘米，全部选用光锋毛制成，属于高档笔。

姚：原来的羊毫笔，笔心中也有拼其他毛的。

杨：羊毫笔分为两大类，纯羊毫和加健羊毫。加健羊毫笔心拼的均是动物毛，如兔毫、狼毫、猪鬃。

姚：现在市场上有大量加健笔，拼了塑料毛。

杨：这样使用时会出现问题，动物毛与塑料毛不能中和，而且含墨量低。

姚：你儿孙育良也曾是善琏湖笔厂的刻字工，正好在，也采访一下。

杨：好。

姚：你祖辈均是做笔的，后来你也进湖笔厂当了刻字工。

孙：我从小喜欢书画，所以当年进厂时，还想方设法从事这个工种。

姚：你的师父是谁？

孙：张锦生，他是徐兰亭的学生，刻字又快又好。

姚：学技术有什么体会？

孙：当时为了学好技术，除了虚心向师傅们请教外，我还专门买了一册《中国书法大辞典》，认真揣摩各种字体，用于刻字工艺上。

姚：后来好像你经常在笔杆上刻“兰亭序”？

孙：传统的笔杆刻字，字数不多，刻上经典的诗文，也是一种创新，对提高湖笔的附加值有帮助。

姚：你一直还在画画。

孙：刻字画画均是艺术，相互间有促进和帮助。

姚：如果做笔的人，懂点书法，对提升笔的质量肯定有帮助。

孙：是的。

堵振汉访谈

时　间：2023年8月19日上午。

地　点：善琏。

采访人：姚新兴（以下简称姚）。

受访人：堵振汉（以下简称堵）。

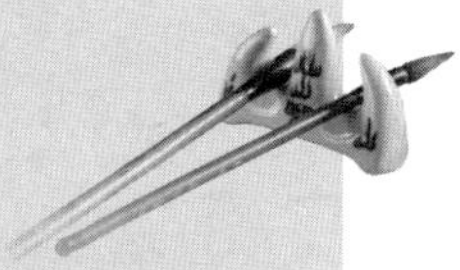

堵振汉，1944年出生，善琏湖笔厂退休职工，牛角镶嵌工。

姚：你好，我家与你家曾为楼上楼下的邻居。记得一次楼上漏水，将你家搞得一塌糊涂，你没有生气。

堵：怎么能生气呢，你母亲曾是我的老师，我上小学时她教过我，我对她印象很深，我们也算师兄弟。当年你家住的房子，现在我租住着。

姚：言归正传，咱们说说制笔的事。你是哪一年从事制笔的？

堵：1959年1月1日，善琏湖笔合作社改名合作工厂，我就是这年进厂的，那年我15岁。

姚：进厂从事什么工作？

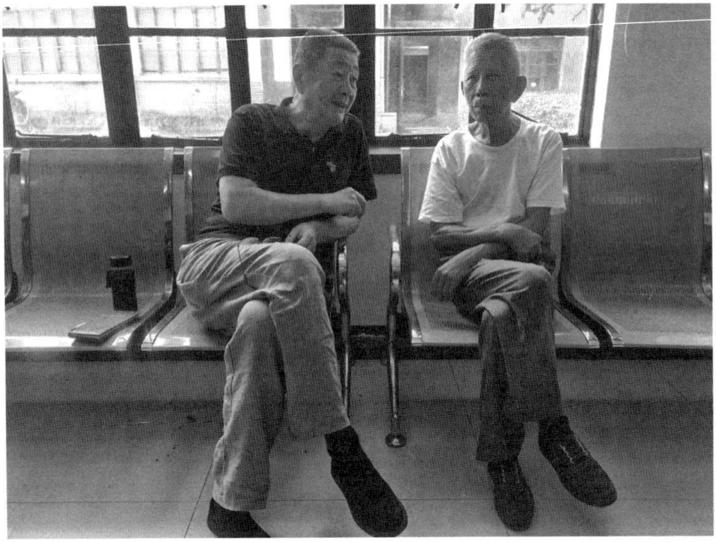

堵振汉（右）访谈

堵：刻字。当时我们一起还有葛明德、赵琴文、方惠良，徐兰亭是我们的师父。

姚：什么时候转行做牛角镶嵌？

堵：我刻字大概一年多，后来厂里需要，就转行了。

姚：我记得当年湖笔笔杆主要是青竹杆。

堵：后来根据市场需要，厂里专门成立了牛角镶嵌组，厂里还生产过油画笔。

姚：在湖笔行业中牛角镶嵌应该是新工种吧。开始时技术问题是怎么解决的？

堵：作为新工种，厂里专门从江苏扬州一带聘请了徐炳泉、王纪生两位师傅。两位师傅技术很好，徐锯料好，得材率高，王车工技术高。我开始随徐炳泉学，后来徐精减下放了，我又随王纪生学习。

姚：能介绍一下牛角镶嵌工艺的主要特点吗？

堵：所谓牛角镶嵌，就是以湘妃、凤眼、梅鹿等竹和红木等作为笔的主杆，再用牛角在笔杆上镶嵌一段，使笔杆更加美观。

姚：牛角镶嵌主要有几个工序？

堵：一般要经过车、锯、刨、镶等六道工序。

姚：牛角镶嵌的品种有多少？

堵：主要有分镶头和镶尾两种。镶头又叫“装斗”，斗的造型有直斗、鬈斗、葫芦斗、橄榄斗、三相斗、羊须斗。镶尾称“装挂头”。

姚：介绍一下你学技术的体会。

堵：多看，多琢磨，多练。要在师父不注意时，偷偷地学。我当时经常主动为师父们做点事，师父一高兴就会在边上指导。

姚：牛角镶嵌核心技术是什么？

堵：“开锯”也称“开料”，是基本功。“开锯”要均匀、达到“一条线”，这样得材率高。

姚：当时牛角镶嵌已用上机械了吧？

堵：刚开始时脚踏小车床，后来改为电动了。

姚：记得当年厂里经常有大批牛角料进来。哪里的牛角料质量好？

堵：内蒙古的牛，角圆圆的，出材率高，一般水牛的角扁。

姚：作为技术骨干，在工作中有什么值得回忆的？

堵：有一次厂里临时任务，加工200支红木整根笔杆，红木与牛角的材质不同，经过反复尝试，达到了“光滑平整”要求；又一次厂里要求我加工一支大笔斗（直径10厘米，杆长40厘米），我采取竹节式，分五节用牛角车出螺丝相接，浑然一体，看不出是五节牛角相接的。

姚：听说你经常进行技术革新。

堵：喜欢在工作中琢磨。如加工牛角斗取线要求高，工效不高，一次我与厂里负责机械和基建工作的俞宝明商量，对车床进行改造，开发出取线机，工效提高了20倍。

姚：当年你组的同事有哪些？

堵：我们组的人员主要有徐志虎、范惠丽、孙其贤、付贵生、胡顺新等，技术均比较好。

姚：现在的湖笔笔杆好像大都采用镶嵌工艺了。

堵：现在百分之八十的笔杆均是牛角、名贵木材镶嵌。

姚：湖笔笔杆原来主要是竹，但至今牛角镶嵌工艺已成湖笔笔杆的一大特色了。

堵：与时俱进。今天我们在保持湖笔传统工艺特色的同时，要吸收外来好的东西，为我所用，以促进湖笔的不断发展。

章志清访谈

时　间：2023年8月19日上午。

地　点：善琏湖笔厂。

采访人：姚新兴（以下简称姚）。

受访人：章志清（以下简称章）。

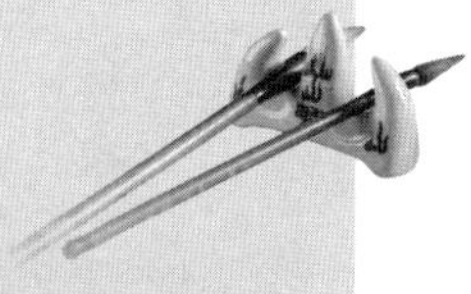

章志清，1951年出生，善琏湖笔厂退休职工。打梗工。

姚：何谓打梗？

章：打梗是指对笔杆进行检验分类的工序。笔工是坐在蒲墩（座位）上进行操作，所以打梗又称蒲墩。

姚：打梗的要求是什么？

章：我们的笔杆进厂是“统货”，打梗就是对这些笔杆的长短、颜色、圆直进行分类。

姚：主要分几类？

章：主要有四大类。采用《易经》中的“乾”卦辞“元、亨、利、贞”分类。“元”为圆度、颜色最好；“亨”为圆度好，颜色稍差；“利”为圆度、颜色均稍差；“贞”基本为废

章志清（右）访谈

品。笔杆根据大小还分为六个品种。

姚：笔杆主要产于什么地方？

章：传统产地在老余杭。后来货源少了，扩展到福建。

姚：哪里的笔杆质量好？

章：余杭产的颜色好，但圆度稍差；福建的圆度好，但颜色稍逊。笔杆的好坏受地域、气候等因素影响，如：石头山的颜色好，但圆度差；黄泥山的圆度好，但颜色差；江西景德镇的最好。

姚：后来有花竹类的笔杆。

章：花竹主要包括湘妃、凤眼、梅鹿等斑竹，福建、浙江缙云有产，福建最多。

姚：你长期从事打梗工作，有什么体会？

章：打梗看似技术要求不高，但同样需要丰富的经验，竹梗的粗细、圆直、色彩，均凭笔工的手感和眼力进行检验。经验丰富的笔工，笔杆在手，不看就知道是老竹还是嫩竹。

姚：你也从事过笔杆采购，有什么经验？

章：要选隔年冬竹，当年竹的竹内营养成分还在，容易虫蛀。还有晒笔杆很重要，要“日晒”，但不能“夜露”。

姚：你是什么时候进厂的？

章：17岁那年因是军属，由镇上照顾进厂。父亲章元荣也是笔工，后来担任了厂领导。我的师父是吴有斌，他常说：我要将人带好，你要技术学好。

王小卫访谈

时　间：2023年8月19日下午。

地　点：善琏永和风笔庄。

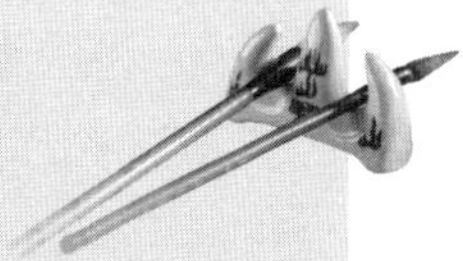

采访人：姚新兴（以下简称姚）。

受访人：王小卫（以下简称王）。

王小卫，1976年出生，羊毫择笔工，湖州善琏永和笔庄经理，高级工艺美术师，浙江省工艺美术大师，湖州市南浔区湖笔非遗传承人。

姚：这次我搞湖笔工匠采访，你是目前我遇到最年轻的一位。

王：也不年轻了，因为湖笔行业现在从业者普遍年龄大。

姚：你是几岁开始学做笔的？

王：20世纪90年代初，我初中刚毕业，我母亲也是湖笔水盆工，她与我说，善琏镇上一位羊毫择笔老师傅沈锦华，问我想不想随他学做笔。我答应了。

姚：沈锦华师父怎样教你的？

王：他说学技艺，要多看，多练，多揣摩。当时我住在

王小卫（右）访谈

师父家，白天向他学做笔的人多，我就做一些普通的笔。晚上，师父有意让我锻炼，交一些高档笔让我择。他在旁，边看边手把手指导。

姚：开小灶。

王：如在攻羊毫大货时，师父反复提醒，手劲到位，笔才能达到“光白”。

姚：在师父这里学了几年？

王：三年。有一件事我印象很深，一次师父带我到苏州的一家湖笔店，我听他们在交流湖笔技艺，感触很大，于是坚定了将湖笔制作作为终身职业的志向。

姚：你的笔店是什么时候开的？

王：满师后，我开始为其他的笔厂、笔店加工湖笔。2000年后创自己的品牌，并开了笔店。

姚：你的店名“永和风”，商标“王右军”，这些似乎均与绍兴有点关系。

王：是的。刚起步时，我遇到绍兴一位书画家沈伟，他不仅自己试用我的笔，同时还介绍其他绍兴书画家试用，他们提了许多好的建议。后来慢慢地，我的笔在绍兴书画界中有一定影响，每年为绍兴“兰亭节”定制湖笔。当时还没有品牌，他们建议围绕绍兴兰亭做文章，便有了“王右军”商标和“永和风”笔店。

姚：湖笔笔工历来喜欢与书画家交往，你这点做得很好。

王：我想湖笔是提供给书画家用的，好坏他们最有发言权。我感到我企业的发展与他们建议和帮助分不开的。

姚：听说你在开发新品上有许多成功的事例。

王：湖笔的发展需要创新。多年来，我每年有新品产出，专利已有40多项。

姚：新品的创新主要在什么方面？

王：开始时主要在笔杆、包装方面，后来我通过查阅史料记载，到博物馆参观了解，对笔的品种进行开发。

姚：主要有哪些？

王：如秦代“行囊笔”，唐代“鸡距笔”，宋代“三副笔”，其中“鸡距笔”、“三副笔”销售一直很好。

姚：听说你还为G20杭州峰会定制过笔？

王：2016年，我遇到了中国美术学院的一位领导，他无意间看到了我做的一套“笔中情”笔，嘱我打样。我将传统的笔套从前套，改为从后套，避免了笔使用后，笔套不容套入的问题，同时达到了顺毛套，不伤毛，后来被选中，定制了26套。

姚：听人介绍，你制作的湖笔多次在国内的一些活动中获奖，介绍一下。

王：多年来，我们注重创新，生产的湖笔分别在第27届、28届“中国兰亭书法节”和第33届“全国文房四宝艺术博览会”获得金奖；2014年，“一帆风顺”套笔，在“全国工艺美术精品博览会”被评为金奖。

姚：你作为新一代笔工，对湖笔传承和发展有什么建议？

王：湖笔的发展，须产销相辅相成，生产者既要精技术，也要懂经营；而经营者在搞好经营的同时，也要懂湖笔技艺。在保护湖笔传统的同时更要有创新。

姚玉粼访谈

时　间：2023年8月31日下午。

地　点：善琏湖笔一条街。

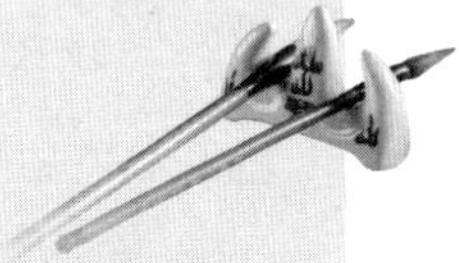

采访人：姚新兴（以下简称姚）。

受访人：姚玉粼（以下简称小姚）。

姚玉粼，1996年出生，善琏湖笔新一代笔工，浙江省“三八”红旗手，浙江省青联委员。

姚：这次我在做湖笔工匠访谈时，大家均表示，湖笔现在最大的困境是后继乏人。在采访邱昌明老师时，他谈起你大学毕业返乡从事湖笔制作的故事，非常感人。能分享一下你的故事吗？

小姚：我太公太婆、爷爷奶奶、父母均是湖笔笔工。我小时候对湖笔印象不深，后来一直在外读书，对湖笔的历史、现状了解也不多。

姚：是什么原因使你选择了当一名笔工？

小姚：我2015年在南京一所大学读书，专业是法学，2018年大学毕业后我在杭州找到了工作。就是那年我回家住

姚玉鄰（中）访谈

了一些时候，恰逢善琏镇上的“蒙恬会”，使我对湖笔的历史有了深入了解。在善琏湖笔一条街，我看到从事湖笔生产的人大都年龄较大，年轻人鲜有。心想千年湖笔，需要我们年轻人来传承发展，就萌发做湖笔的想法。

姚：后来怎么样？

小姚：真的要选择做笔，当时确有难度。

姚：为什么？

小姚：我在上大学时，有男朋友了，他是甘肃陇南人。毕业后他曾想回老家考公务员，或与我在杭州找一工作。

姚：后来呢？

小姚：后来他听说我想回乡从事湖笔生产经营，还是支持了我，也随我到了善琏。

姚：是爱情的力量。几时结婚的？

小姚：我们毕业后就结婚了，定居在善琏，已育有一男孩。

姚：你先生贵姓，他在吗？我邀他也谈谈。

小姚：在的，他姓杨名文。

姚：你好，刚听了你夫人介绍，你也谈一下你的故事。

杨：我与夫人在大学二年级时就交往了，当时彼此对对方家庭均不甚了解。大学毕业后，我随她到了善琏，第一次接触了解到湖笔。当时我们均面临找工作的问题，但她心中已有回乡创业的想法，她说湖笔传承的使命在召唤着她。

姚：后来呢？

杨：后来我们结婚，定居在善琏，再后来就拜著名笔工邱昌明为师学制笔。

姚：你夫人学制笔，有一因素，她家几代人均是笔工，还可理解。而你是甘肃陇南人，从未接触过湖笔，怎么会选择做笔？

杨：我自小喜欢传统手工，在善琏接触到湖笔，为它悠久的历史和精湛的技艺所折服。当然最关键的是我夫人喜欢，我就喜欢。

姚：能介绍一下你们学艺的过程吗？

小姚：我们开始时向我父母学，后来，杨文向翁其昌师父学了刻字。2019年元旦，我俩同时拜著名羊毫择笔工邱昌明为师，几年来湖笔的主要工序均学了个遍，如水盆、择笔等。杨文比我还认真和执着，他能在笔杆上刻几百个字，如兰亭集序等。

姚：遇到过困难吗？

小姚：做笔看似简单，真正学它比想象要难多了。

姚：是啊，看似容易却艰辛。

小姚：邱昌明师父对我们非常好，经常上门来教我们，我们也认真学，慢慢地掌握了湖笔制作的基本技艺。

姚：听说当地政府对你们从事湖笔制作非常支持。

小姚：是的。政府有关部门对我们回乡创业，特别从事湖笔事业非常关心，他们希望我们在传承湖笔技艺上、在宣传推广湖笔上、在带动其他人创业共同致富上带好头，做出自己的成绩。

姚：听说你与杨文近年来获得许多荣誉。

小姚：是的。我们虽然做了自己应做的事，但党和政府给了我们了许多荣誉。我获得了浙江省“三八”红旗手称号，成了杭州亚运会火炬手、浙江省共青团第十五届代表、南浔区青联常委等；杨文是善琏湖笔产业联合团支部副书记、湖州市青年岗位能手、南浔区首席技师。

姚：这是组织对你们的充分肯定。前些天看到一视频，你们好像在香港做湖笔的宣传？

小姚：是的。这次是受香港毛笔博物馆邀请，到香港向市民做湖笔技艺介绍和宣传。博物馆馆长的奶奶是善琏人，也是湖笔笔工，很早到了香港，他们家已有六代人做笔了。

姚：下一步有什么打算？

小姚：学好湖笔制作技艺，做好湖笔传承，是我们新一代人的责任。

姚：作为曾经是一名笔工的我，为你们点赞。

小姚：谢谢。

陈玉英访谈

时　间: 2023年9月7日上午。

地　点: 善琏。

采访人: 姚新兴（以下简称姚）。

受访人: 陈玉英（以下简称陈）。

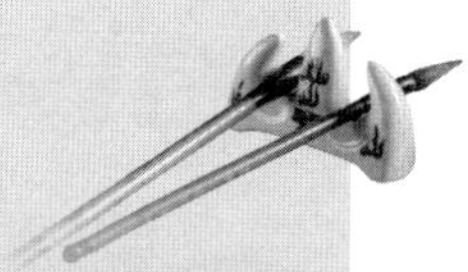

陈玉英，1948年出生，善琏湖笔厂退休职工，笔料工。

姚: 你是几岁进的湖笔厂?

陈: 我1976年进厂，当时已28岁了。当年招工指标少，我下放在农村，后来我母亲提早退休，我算顶班进了善琏湖笔厂。

姚: 你母亲也是湖笔厂的?

陈: 不是，母亲的单位与湖笔厂属同一系统。

姚: 家里人有从事制笔的吗?

陈: 我祖上、父母均不是笔工。

姚: 这在善琏比较少的。

陈: 善琏大部分家庭均从事湖笔生产。到了我这一代，

陈玉英（左）访谈

我与我弟弟陈玉泉均从事制笔了。

姚：你弟陈玉泉在厂里从事什么工作？

陈：他是兼毫择笔工，早我几年进厂。他很用功，技术不错，他的师父是王培元。

姚：你进厂后从事什么工种？

陈：笔料。当时的师父是徐叙法。记得第一天上班，就闹了个笑话。上班后师父拿了一个盘，盘中有一堆山羊毛，与我说，分尖头与钝头。师父是外地人，我将钝头听作短头。干了一天，我悄悄问旁人，只有尖头毛没有短头毛啊。

姚：笔料是什么意思？

陈：就是将进厂的山羊毛，按优劣分成各个等级。

姚：主要分几个等级？

陈：共有40多类。高档类：头尖、顶尖、盖尖（分正副）、直锋、透爪（分正副）、细光锋（分长中短）、粗光锋（分长中短）。中档类：白尖（分正副）、黄尖（分正副）、脚爪（分正副）、长盖毛、短盖毛。低档类：上爪、粗爪、提短、细长锋、长羊毛、羊尾、羊须、黑羊毛。

姚：要干好笔料，你认为主要有哪些要求？

陈：笔料工种虽没有水盆、择笔技术要求高，但关系到羊毛的出材率，所以也是湖笔行业中的一个重要环节。要求工人认真、耐心、细心，眼尖，还要有良好的手感。这手感须是经过多年磨练。好的笔料工，拿起一把毛就能知道它的好坏。笔料就是将优质的毛分拣出来，不遗留一根好毛。

姚：当年的山羊毛质量整体不错吧？

陈：是的。我们挑拣出优质毛时最高兴，如细光锋毛，锋长颖深，光泽好。我们喜欢将它整齐排列在盘中，如同凤凰尾一样。

姚：那山兔毫是怎么样获取的？

陈：山羊毛进厂时已成一簇簇，而山兔毛则连同兔皮一起，需采取用草木灰浸泡，再从皮上获取。这个工序一般外包周边农村进行。

姚：当年笔料组有哪些人？

陈：有唐兆祥、奚丽文、庄爱芳、施连珠、俞国新、章丽英、陈明松、王春英等。

姚：现在好像没有笔料工了。

陈：是的，现在湖笔生产企业都采购已分拣好的毛了。

姚：这对湖笔质量有影响吗？

陈：当然有一定的影响。

后 记

1973年1月，我有幸进入善琏湖笔厂工作，从此与湖笔结缘。

在善琏湖笔厂，我师从技术高手沈锦华学羊毫择笔。三年的学徒生涯，使我基本掌握了羊毫择笔技能，虽后来进入厂里的管理岗位，但还是整天与湖笔打交道。旧时笔行中有“只知笔头向上做笔，不知笔头向下用笔”之说。我父母是教师，他们与我说：“你现在是笔工，何不学学书法？”厂领导和工人师傅们也很支持，于是我开始用自己制作的湖笔习字学画，并先后得到著名书画家单晓天、应金阳、谭建丞、闵学林、王秋野、汤兆基先生的指导。一个笔工能学书法？此事引起《浙江日报》一位记者的兴趣，为此专门写了一篇《从笔工到书法家》的报道，发表在《浙江日报》，对我进行褒奖鼓励。1981年底，经谭建丞先生推荐，我进入湖州书画院工作。1984年10月，我调入湖州市二轻工业局（总公司），与湖笔的关系更为密切。

当时湖州市二轻工业总公司是全市工艺美术行业的主

管部门，善琏湖笔厂是其下属单位。后来我还担任了以全市湖笔生产企业为主体的湖州市工艺美术学会的会长。多年来，学会开展了“湖州市民间工艺大师”评定、“湖笔世家”评定，每年进行湖笔行业技术操作比武等等。记得1987年，上海科教电影制片厂准备拍摄《湖笔》科教片，他们知道我曾从事过湖笔制作，便力邀我参与其中。

2022年，湖州市人民政府成立“湖州市文史研究馆”，我有幸被聘为馆员、副馆长。在馆内分工时，我负责非遗与书画，这样我与湖笔又一次续上了缘。2023年湖州市文史研究馆在确定调研课题时，我便选择了“湖笔工匠访谈”这一项目。

是年7、8月份，正值盛夏，我走巷登楼，做访谈，受访者大多是我的师父辈，也有当年的同事。访谈中，老笔工们结合自己学艺经历，谈了制笔心得和湖笔特色、制作工艺中的关键环节等，同时，还提了许多关于做好湖笔传承与发展的宝贵建议。与他们交流，自己仿佛也回到了往年制笔的时光，倍感亲切。访谈期间，适逢中国文房四宝协会副会长米军先生来访，他对湖州市文史研究馆开展“湖笔工匠访谈”项目给予了充分肯定和赞赏，并提了“可适当安排几位青年笔工做一访谈”等有关建议。是啊，传承湖笔技艺，既需老一辈的“传”，更需新一代的“承”。

这也是这次“湖笔工匠访谈”的初衷和目的。

整个“湖笔工匠访谈”工作，得到了湖州市文史研究馆钟鸣馆长和诸同事的指导和支持，也得到了湖笔行业中的老笔工、老领导邱昌明、许阿乔、蒋石铭、李金才、马志良、杨松源、钱建梁等人的大力协助。张嘉怡和我家属经常随我一起，帮助开车，摄影摄像，在此一并表示衷心感谢。

姚新兴

2024年9月

文华之江·第一辑　王学海　主编

森泉集

牧林铨　著

浙江工商大学出版社·杭州

图书在版编目（CIP）数据

森泉集 / 牧林铨著. -- 杭州：浙江工商大学出版社，2025. 3. --（文华之江 / 王学海主编）. -- ISBN 978-7-5178-6439-4

Ⅰ. I247.7

中国国家版本馆CIP数据核字第2025QL9348号

森泉集

SEN QUAN JI

牧林铨 著

责任编辑	沈明珠
责任校对	胡辰怡
封面设计	宇　声
责任印制	祝希茜
出版发行	浙江工商大学出版社 （杭州市教工路198号　邮政编码310012） （E-mail：zjgsupress@163.com） （网址：http：//www.zjgsupress.com） 电话：0571-88904980，88831806（传真）
排　　版	杭州宇声文化艺术有限公司
印　　刷	杭州良诸印刷有限公司
开　　本	889mm×1194mm　1/32
总 印 张	37
总 字 数	788千
版 印 次	2025年3月第1版　2025年3月第1次印刷
书　　号	ISBN 978-7-5178-6439-4
定　　价	268.00元（全5册）

自 序

我那平地线

这里是没有地平线的，这里只有村中与溪同步的一条平地线，孩提时，我首次独自一人从老屋出发想看看外面到底是个什么样的世界，便沿着这条弯弯的平地线约行一里，看到村口与外面大道接壤处有座石拱桥，当我伫立石拱桥上时，爸爸正推着羊角车回来。爸看到我便嚷道："你胆子真大，一个人会来这桥上。"接着爸说，"那你给我拉车。"说完爸从车柜里拿出一根绳子，系在车前叫我拉。这时，一位路过的老爷子看到了便对我爸说："儿子会替力了，别看这点力，上桥哪怕车前系一只蜻蜓往前飞也会着点力的。"我扭转头看了一下爸，他脸上荡漾起笑容。

听人说村前那山岙叫东坞，咱村就叫后东坞，咱村在中泰这一带还算得上大村，当时整个大队分十个生产队，咱村就占了三个呢！咱村姓欧的居多，于是又叫欧东坞了，人众为势嘛！

从山呑里出来的那条溪水流经前隅杨树坝处转了个弯，便冲积成一方坦荡草滩地。草滩地上有捡不完的地衣、挖不尽的野菜。

记忆里，山村总是醒得特别早，尤其是春夏换季时，天刚蒙蒙亮，杨树坝就人声骚动了，此起彼伏的棒槌捣衣声、车水声、姑娘小伙的泼水声，交织成一首美妙的晨曲。

夏时，要是圆月之夜，则是另一幅图景，月光明晃晃地洒满溪中，清澈的溪水在遍布卵石的溪床上流淌，这里便成了新旧故事的传播源。人声散后，留下的依旧是一方宁静的草滩和一汪清澈的溪水。有次，妈指着溪下那株大杨树说："你出生时剪下的脐带，你爸就把它埋在那棵杨树下。"

那年月，我觉得肚子总是饿的，见到了熟的南瓜、番薯总往嘴里塞。有次我羊草割得多，妈奖给我一个嫩玉米，那份味啊真美！事后一天，见没旁人，我曾向妈提出：嫩玉米可否让我再吃点。妈回答："一根嫩玉米几口就吃光了，可让它长老了，磨成粉就可煮一碗玉米糊了。"噢！我不再向妈要嫩玉米了。

饭都吃不饱，遑论玩呢！顶级享受是夏夜纳凉听爷爷讲故事。长大了，我方知儿时爷爷讲的那些故事出自"三言二拍"呢！

番薯、玉米的岁月还挺催人成长呢！我也上学了，学校就是村口那欧家祠堂，进门的左厢房就是我们的教室，右厢房是陈老师的办公室，天井就是我们列队做操的场所。天井后那大堂等队里的稻谷晒干、分完后，便成了我们室内活动场所。麻雀虽小，五脏六腑倒是俱全的。人一经书的浸润，那脑瓜便会开窍。那年乡中心学校分配给我们村校唯一的少先队员名额，陈老师给了我。记得“六一”儿童节那天，陈老师带我去乡校，我们村校是祠堂，乡校是座庙宇，范围比村校大多了。会堂上，当大学姐往我脖子上挂上红领巾时，我激动得说不出话来，这毕竟是我的初心呀！走在回村的平地线上，似乎全村人都露出赞许的眼光呢！那晚妈是用手挽着我睡的。

我在村校读了两年，又去乡校读了四年，便上古镇读初中了。那时正值三年困难时期，口袋里的饭票少得可怜，每周一就要把饭票怎样用、用多用少计划好，要用到周六中午，周六中饭后便从古镇步行回家。妈过日子会打算，我家还交得出这几斤米，还有很多同学家连米也拿不出，便辍学了。然我家避得了天灾可逃不了人祸。话说我爷旧时家有六十四棵乌株树，又说我妈是妇女队长，是上不了台面的职务，也被划入了走资本主义道路的当权派行列。一时我情绪堕入五峰之底，自然学业也一落千丈，爷说我交了“魔窠运”，我知爷话中有泪。

岁月荏苒，我高中考上了省重高。入学那天，爸用羊角车送我上学，途经邻县一山坡时打了个趔趄，跌了一跤。我问爸疼吗，谁知爸说：“不要紧的，看起来还是你落地这跤跌得好。”想不到我这个老实巴交的父亲，也会说出这含蓄的话来。

人的命运往往要被历史所左右，“文化大革命”时，我被循平地线打回老家。回到老家的第三天，大队书记叫我带三十几个小年轻去区统一组织处疏浚河道，休息时我看华东水利学院讲义被工程指挥部一勘测探员看到了，次日指挥部就与大队协商将我借用去搞土方测量了。三个月工程行将结束时，大队书记陪公社林书记来指挥部找我谈话曰：百业奋新，教育为先。当时口号是初中不出队，高中不出社。林书记还说你是省重点中学的高中生呢！于是我便投入筹建公社高中的工作去了。这讲台一站，便干了一辈子。其实在指挥部那三个月就是我所谓的农民工史，倒是妻这个“知青”，在农村待了八年，原因是她连初中也未读满一年，任何时代，比同龄人多读点书总是占便宜的。

我发现班上有名佼佼者，于是让他担任班长，我长他七岁，在课堂上我是他师长，课余我俩似兄弟。一个初春料峭的午后，我对他说：“明天你拿棵树苗来种在校右边，可与左角那棵相对应。”谁知，次日他拿来的是一棵梧桐树，我问他为何拿这样普通的树来。他倒一派率真地说：“梧桐叶大，前途大。”

时势机玄，他在我班刚读到毕业，正逢那时“工农兵上大学”，他上了广州外国语学院，大二时来信告诉我他能读懂英文版的《青春之歌》了，毕业后他分派到首都一大机关当翻译。一日我与他在长城不期而遇，我一见还真呆了一下，人一有品位，随意的一举手、一投足便光彩照人。

“工农兵上大学”那年，我教的那个班考上大学的有三人。是年正逢县人大代表选举，那时有一人提名，十人附和，可直接从基层推举的条款，由此，我被当时的贫下中农推举上了县人大代表，选票数竟只与区长（放在该选区）差了十八票呢！这使我领受了“人民给予”的含义，想必是我初涉教坛就沾着这三个学生的光，真乃天助我也！

而后“知青”妻回城了，于是我将家搬来古镇营生，自那日起，小山村便没有属于我的一寸土地了。抒写在诗里行间的便被称为乡愁了。

业定了，家安了，自己学的专业是汉语言文学，教的是中学语文和高校的文科。自我感觉似乎有点文学细胞，于是先是爬格子，一个字一个字地刻写人生。后是将方块字输入电脑里，纸质的书是有生命活力的，图一册在握的享受，也算是对命运的一种抗争。因文学说到底就是回应我从哪里来、要到哪里去这一古老的哲学命题，其方式就是记忆的浮现。既然选择了远方，便风雨兼程，不负晨昏了，耕耘出了上省市级报刊的两百余篇什。从事文学是与众不同的，要甘于寂寞，把心交给读者。

日暮凭栏时，夜阑人静间，抚今追昔，平生只干了一件事——教书。正因一生中几乎没打骂过学生，又赶上了高校扩招时从中学抽师资这趟末班车，站了六年高校讲台，晚年赢得了一个大大的师生微信群。有这点微名可为老百姓说几句话。如旧城改造时，古镇西那菜场拆了，这就苦了买菜卖菜的，于是我去街道，尊敬的洪建良书记就协调辟原南湖农场处为临时菜场。镇西那草丛间满是大便，我打“市长热线”，五个工作日内，社区便来电回复我将在镇西原环卫站处建一公厕。因古镇悠了双千年，我在打造历史文化名镇会上发了声，现考古部门已在废墟上挖掘宋时文物。

每当漫步河堤边看到飘逸绿丝绦时，我的潜意识告诉我该去祭扫我爷爷、奶奶和父母的墓了，由此就会梦魂般地跳出那条平地线。随着乡村振兴改造，自然村口那座石拱桥拆了，杨柳湾也平整了，先是有一丝郁郁的伤感，可理智马上告诉我，这是时代进步使然，然留在记忆里的那一朵浮云，总难割舍。好在两地并不遥远，我那《赵钱之合》上了中宣部“学习强国”平台的地方栏目，那日我竟只身一人，单车一辆，直驶到原先的石拱桥处驻车，双脚踏在结结实实的平地线上，这条平地线就是我从家乡出发，最终遥念故乡的漫长旅程。

目　录

岁月牛事

小贺上有两个哥哥，两个姐姐，自然成了一家之宠。那岁月农村哪有幼儿园，小贺每天跟随他爹去放牛。爹把他抱上牛背任老牛慢移，这招来村上小贺同龄人的羡慕，羡慕者中有一个是我，只不过我比他大几岁。但羡慕也羡慕不到哪里去，父贵子也贵，父贱子难尊嘛！到牛吃草处，爹让他骑在牛背上，任他玩，爹便顾自割牛草。赶早的鸟儿有虫吃，那趁早的牛儿有草吃。妖艳诱人的四月天连远处的苍山也其色如黛，太阳的微笑挂在露水打湿的野花上，见此景，小贺一不小心从牛背上摔了下来，一时还醒不过来，爹急送附近医院，头部缝了6针。6是吉数，小贺上学后学习上犯难时，一摸上它便增强了信心，一道平面几何题，摸了3天，终于给他摸出来了（这是后话）。一次，小贺盯住牛吃草，发现牛在吃草时会飞来成群鸟儿在牛背上啄呀啄的，可天热时爹把牛牵入水里，小贺看得清牛头、牛鼻处都是牛虱子。小贺问爹是怎么回事，爹说：“天热牛泡在水里，牛头部总会露出水面，那些虱子便纷纷逃到牛头、牛鼻处来了。噢，小贺懂了，连这么小的虱子也会逃命的。

那牛是越走越慢了，一边走还一边喘着粗气，爹告诉小贺：“这牛太老了。”尤其入夏耕田时，耕着耕着，它会倒在田里。于是爹急忙叫耕田的停一停，爹牵着牛到水里歇一歇，并心疼地对耕田的说：“整个队的田都是靠它耕的，得让它歇一歇。”天太热时牛嘴冒白沫，爹会用草叶抹去那白沫，还摘下头上笠帽给牛扇几下。小贺还看到那牛会朝爹投来感激的眼神，小贺心里想，怎么连牛也知情的。

爹看老牛越来越不行了，便对队长说了。队长就去找大队长，大队长说：“牛有病，那就去找乡兽医来看看吧，我可没那么大权力，杀牛也要请乡兽医来看过，要兽医开出证明，报乡里批准，方能杀，否则我要去坐牢的。”那时，没录音，话说到这份上，够了。

队长请来了乡兽医，人们老远见一乡之兽医飘着衣衫，骑着自行车来了，还不时有双脚插在田里的人向他打招呼呢！近前，见他那衬衫只扣最上面那颗扣子，怪不得在自行车上会那么招风。他站在人们面前，双手插在腰上。他还会阉猪、阉鸡，那时农家为了让养得不多的猪和鸡长得肥壮点，是非阉不可的。听说有次给一户人家阉猪时，那兽医的手指在猪切口掏了很久也掏不着那颗卵，急得他额上直冒汗。然比他汗冒得更多的是这猪家的女主人，过年的猪头肉、油豆腐肉、卤大肠以及出门大人告诉孩子们到亲戚家吃饭最多只能吃一颗的肉圆，还有来年挂着待客的腌肉全靠它呀！乡民们连梦也挂在两扇猪耳上。女人最心疼被兽医左脚踩住脖子，右脚踩住后腿上嗷嗷直叫的猪。突然见兽医用手一下解开只扣一个扣子的衬衫，随手掷给旁人，原来只扣一个扣子还有这么个功能。兽医终将那颗卵取出，让那猪逃走了。这时候兽医在那家捧来的面盆里洗了手，便接过东家的茶杯以胜利者姿态一边喝茶，一边跟东家说："看牢那头猪，不拉尿，不能让它躺下。"又说："我忙着呢"，接过东家递来的阉猪钱，大摇大摆地走了。他走后，就有人叫他阉猪佬老王，更有人说他是村支书的儿子，否则还轮不到当这一乡之兽医，其阉技在本乡也只二三流。胸无点墨，稍有点微权，便忘乎所以。纵然传到他耳里，他还会讥你，你还轮不到呢。

可这次王兽医来看了那牛后说："你们队这牛实在是古稀之年了，我今给牛打一针，牛会干活的话再好不过，实在不行，省得我再来了。我现在就给牛开病危通知单，你们随时报乡政府就可以杀了。

小贺今天蒙了，平日在家里全家人对爹全是敬畏的，可今天在这个乡兽医面前爹会如此唯唯诺诺。一年后，小贺上了学，他才知道，爹在旧时国民党部队里待过。

老牛只要犁套一上颈，迈不出第三步便倒在田里了，于是队长拿到乡里屠斩许可证后便召集副队长、妇女队长、队会计在牛棚场上商讨杀牛的事。人们看见那牛的眼泪大滴大滴地流出来了，老牛也知道自己要死了。有人研究出，人与大猩猩的DNA序列百分之九十八都相同，恰恰是这百分之二的微小差别决定了人类的智慧高于一切生灵。因这牛也太老了，队上几个年轻人一下就将那头老牛推倒在地，将牛脚双双捆住。正在这时，队里一位“五保户”拿来一个面盆要接牛血，这时有人对“五保户”老人说：“这么老的牛血有毒的。”老人说：“我也这么大年纪了，反正牛血流了太可惜了，而我中午就可以开荤了。”

既而，屠桌上的牛肉，连砧台上的碎骨头也不剩一点，人们高高兴兴地拿着牛肉走了。刚才还热闹非凡的牛棚场上一下就静寂下来，队长和队委会几个将牛兜里的牛粪一齐扫进生产队的粪便坑里做肥料，这时来了几只野狗将地上残留的牛血也舔得一干二净。

小贺见爹拿牛肉回家时，紧跟其后，一到家要爹先烧点给他吃吃。爹就先割下一小块牛肉片，切成牛丝，叫小贺在灶下烧火。小贺急于吃牛肉，捡干柴往灶筒里塞，结果火力太旺，爹因牛肉丝少，油少怕牛肉丝烧焦，便放了点水。这真所谓一勺子冰水浇入滚油，不但整个灶间烟雾腾腾，而且那牛肉丝直往锅外爆，锅铲根本不管用了，爹只能用洗帚炒。不一会儿整个灶间弥漫着牛肉香，小贺吃完爹盛在小碗里的那些牛肉，连爆在灶面上的几根牛肉丝也捡进嘴里。

爹刚让小贺解了馋，小贺娘也高高兴兴地回来了，爹便对妻说：“快烧牛肉，我烧会烟雾腾腾的。”等哥姐们全到家了，全家人就吃牛肉！邻居阿婶说：“这牛早几年就该杀了，早杀也不至于肉那么老，也不需要那么多柴。”奶奶听了嗔了她几句：“人最凶，牛给你们辛辛苦苦干了一辈子活，到头来吃完它的肉，还要说什么老的嫩的。”

队里唯一的那头牛被吃了，队长是心急如焚，年一过，开春了全队没牛耕田该怎么办。那时一个生产队也只有一头牛，等自家田耕好，人家才肯借。向人家求爹爹拜娘娘，人家借给你已是莫大面子了，况且一队一队借，太费时，农事是耽搁不起的呀。

正月初三，队长向信用社贷了款就去湖州买牛了。牛是买到了，还是头母牛，肚里怀有小牛，可这么大个家伙，那岁月哪有可运载的工具呀。于是队长只得跟在怀着孕的母牛屁股后走。第一个晚上队长与牛住在一个凉亭里，第二个晚上队长与牛住在一个破庙里。经两个晚上的露宿，队长已咳嗽不止了。第三日拂晓，队长总算把新买来的母牛关进了原来老牛的那间牛棚里。

谁知春分那日，那母牛要分娩了，全队老少全涌向牛棚外场地上看牛分娩。其中一个眼尖的说：“小牛头冒出来了。”于是队长再叫一个小青年，与自己从左右两边托着小犊拉了出来。全队人那个笑啊！蹬脚呀！拍腿呀！就是不知道拍手，拍手多文雅啊！接着场地上的人全注视着那头小犊，只见它想站起来，却跌倒了。再爬起来，又跌倒了。第三次，小牛站立了，继而就站到母牛的前腿前，这是与母体割断了脐带的血缘依附。那母牛便伸出大舌头使劲地舔那小犊。小贺见此，也站到母亲的身边去了。

俱往矣，岁月牛事成了全队人的集体记忆。

一天，在故土与小贺不期而遇，因我每年总要来一次承载集体记忆的这块土地。这就是所谓的乡愁吧！小贺如今一举手一投足便光彩照人，人的精神气质不是装出来的，因为人仿得了形仿不了神。小贺告诉我他已晋升教授了，我握着他的手连声说："小贺，祝贺！大贺！"他告诉我来山里看老人和两个哥哥，两个姐姐已出嫁了。他大哥，当年成绩很好，也想追这个世界，追呀追，由于父亲的历史问题不追了。因他最小，给他赶上了时代。是啊，人的命运往往要受历史的左右。小贺又告诉我："那岁月吃的牛肉，是我这辈子吃到最好吃的牛肉了！"

当个老师真好

想当年的一天，白雪海接到公社打来的电话，说是公社林书记要找他谈话，次日，他应约去了林书记处。见面后，林书记说："小白，你是原来教过你的老校长介绍给我们的，是我公社近几年里唯一一个读完高中的，而且还是省重点中学里出来的。上面要求初中不出队，高中不出社，现在离开学还有一个月，我给你一个月时间筹备，社中那间最大的教室给高中班，以前叫小学附设戴帽子初中，如今叫初中附设戴帽子高中。"就这样，白雪海不但是这个高中班的班主任，还兼任主课教师。

一从教他就任命了一个得力助手——班长。课堂上白雪海是他师长，课余白雪海是他兄长。一个鹅黄浅绿的午后，白雪海对班长说："你明天拿棵树苗来种在校右边。"次日，谁知班长拿来的是一棵梧桐树苗。白雪海问他："你为什么偏拿这么普通的树苗？"班长竟一派率真地说："梧桐叶大，前途大，只要长大，总能成材。”春风吹绿了大地、原野，也吹绿这生命，树苗发芽，长叶。在正午的阳光下，小梧桐像一下窜高了似的。然白雪海更钦佩小梧桐的那种不在名园争春光，只向沃野听鸟语的神韵。

一天，白雪海应班长奶奶的几番盛邀到他家，一餐饭的时间，就听班长爸叫班长奶不下十声妈。班长爸是该村的老支书，一个典型的在长辈面前做晚辈，在晚辈面前做长辈的汉子。是的，什么样的家庭养什么样的孩子。天晚了，因班长家人强留，白雪海便与班长同床而睡了。班长家境清贫，大寒天还垫着篾席，白雪海蜷缩了半个多小时，摸摸自己的肚子，似乎还凉丝丝的。两年后，适逢“工农兵上大学”，白雪海带班长去报考外语学院。一段300来字的文章，考官叫班长读三遍，班长竟能背出大部分内容。后班长被广州外语学院录取了。白雪海生平第一次看见自己的学生从小径走上通途。

一次，学校组织师生到山林除虫，一男生在树上用刀砍枯枝桠。不料，那男生用力过猛，刀柄还在手里，可那刀却飞到了树下一个女生的肩背上。白雪海立即去路边拦了辆手扶拖拉机。白雪海抱住她很快到达医院，他跳下车就直冲院长办公室，因院长是白雪海老乡，白雪海急忙叫：“叔叔救人！”院长说：“我们医院技术条件不够。”于是院长马上联系挂钩的省城医院胸外科，等省院两专家到时，那女生已休克了。只见一专家拿起旁边病床上一被子垫在那女生的背后，让她作坐状，结果那女生就恢复了意识。专家说：“是后背股动脉大出血，血进入腹腔，若平躺的话，则血液浸没心脏，心脏受血液浸没便不能跳动了，需立即手术。”等医生打开抢救室的门时，医生说：“幸亏送得及时，你们看那塑料桶里的半桶血水，都是从孩子腹腔里排出来的。”白雪海送走了医生，回到家，见娘从山里回来，正抱着他的儿子，娘说：“你媳妇打来电话，说孩子病了。”于是白雪海急忙抱着儿子，重回刚才这家医院。

次日一早，白雪海因昨与出事学生家长商量好来校处理医疗事件，天未明就起床，烧稀饭时发现水龙头出水很少，也没在意。等稀饭烧好、吃好，他将碗往水槽里一放，就去学校了，谁知一到校他便上吐下泻。拿出水杯方知是水龙头里那残存的铁锈渣水，怪不得水龙头出水那么少，原来家里停水了。

一次在县人大代表选举时，白雪海的选票竟与林书记只九票之差。这次人大代表选举有一项是选民可自行推荐：只要一人提名，十人附和，便可算最基层推举方案。结果在全社汇总时，白雪海票数高居榜首。这举措当然很符民意，但也有不近人意的，甚至不乏恶搞。其中一个生产队，队长对副队长说：“会也不要开了，咱俩平分，那县代表候选人写上我的名字，乡代表写上你的名字，这样上报就算了。”也有一个基层的，报上去的是个傻子，还有一个生产队报上来的名单里竟有一个死了两年的亡故者。人嘛，各式各样的都有。但对白雪海而言，他连做梦也想不到一下会当上县人大代表。世上是有这种事的，越不想去争，结果荣誉越会上门来。他只知道，凡带学生活动回来，等车开进校门，车上最后一名学生走下，这颗跳动不安的心才放下了。每当考试揭晓，他的学校总是在本地位列前茅。他妻常说，你昨夜又犯梦魇。白雪海说：“是的，连晚上睡觉似乎都处在小跑状态。”其时，白雪海已升任校长了。

有一年夏天，全校午睡纪律不好，有天白雪海亲自去检查，结果发现一个学生不但自己不睡，还用毛笔给一个睡着了的同学画眼圈。这下，白雪海火了，当场批评恐要吵醒其他学生，于是弯起右手食指在那学生头上敲了一下。

一次，在公交车上，有名军人向白雪海打招呼，白雪海愣了一下，那军人说：“白校长，我就是当年午睡被你用右手食指敲了一下的捣蛋鬼呀！”白雪海说：“我平生对学生动手也只有那次，你今还记得，看来我们当老师的是不能打人了。”车厢里荡漾起一片笑声。

白雪海在教师会上，尤其对年轻老师多次强调，孩子是天空中最洁白的云彩，是大地上最灿烂的花朵，万不可对学生动粗，你越亲和学生，你日后越会受到意想不到的待遇。如今，白雪海行走在街上，唤他白老师的，他是应接不暇。后白雪海应聘到高校执教，每接一批学生，总有学生猜他年龄，女生尤甚，他听到只是笑笑，因他也看直播，看得出他对现代文化的认同和追随。

日前，他骑一小电瓶车上街，一时买不到头盔，出门随手拿了孙女那滑冰帽。因帽实在太小了，难受，道口堵人时，白雪海把帽子拿在手上，结果被一交警拦住，说没带头盔，你要去前面登记，原来是去前面帐篷里看安全教育录像。白雪海老老实实地往帐篷处走，推车时又随手将滑冰帽往头上一搁，结果又被一民警一把推出说：“头盔不是戴在你头上嘛！”他又推了白雪海一把：“你给我快走！”白雪海定睛一看，眼前这民警不就是当年被他弯起右食指敲过的，午睡用毛笔画同学眼圈的那名学生嘛！白雪海笑眯眯地推着车走了，心里想：当个老师真好！

同学会

壬寅年，陆斌像是被卷入同学会的漩涡似的。

大学同学会被疫情所隔，这一隔就隔了三年。同窗四载，一起听课，一起参加党团活动，直至论文磋商，间或经济上帮抹。当初大家奔跑在理想的路上，而今回头有一路的故事，低头有坚定的脚步，抬头有清晰的远方，这就是“芳华”呀！一切似乎在昨日，真让人感慨万千。

早在旧年底，同学们就网传鸿雁了！春节是传统节日，大家相约“三亚”！尤其那些从北国来的，下了机，便脱下臃肿的外衣，有些个干脆坐沙滩上了，等最后一位从欧美赶来，真爽啊！是的，大学同学中往往有飘洋过海的。组织者一呼，众一应上了亚龙湾顶层那小宴厅了。那个觥筹交错呀！那个翩翩起舞呀！距离一拉近，备觉亲近。金风玉露一相逢，便胜却人间无数。这可把那些服务员羡慕煞了：书到底要读！席间出现频率最高的话莫过于：放心！放一百个心！！所托乃我份内之事！！！本次活动经费开销，早就说好由三亚那首富同学承担。

万物复苏，春暖花开了！高中同学会组织者年初就与陆斌打了招呼，时间定在清明小长假，同学们也知陆斌年年来故土祭扫祖坟的惯例。本年这“清明宴”既清又明，宴席上摆着的除了苏东坡至爱的春笋外，还有香椿、马兰头、荠菜这些地道山肴野蔬，杂然前阵。席上还有从邻县赶来的老同学，谈话间自然忘不了那场人生难忘的高考，陆斌被邀坐在东道主的右首。这次开场白是东道主的儿子说的：“今天是还我妈夙愿，她多次与我和我弟说，要招待她的高中同班同学，大家尽兴喝吧！饭后我妈还特意安排好附近的摄影景点玩呢！”是的，高中班级同学群里往往有衣锦还乡的体面人。钱是界定一个阶层的硬指标呢！可有几个就那么静静地坐着，在价值孤岛里，小人物是无奈的。

初中同学会定在“五一节”。五一在中国也是上半年特长假呀！如今远超劳动节的含义了！这时令天气乍暖还寒，艳阳高照日，气温会飙升到三十挂零，酷似夏日，一夜冷空气下来，人们又重新穿上羽绒衣了。陆斌姗姗来迟，车一停，便有同学将他引入桌首。同学会气魄大着呢！已满三大桌。酒过三巡，陆斌席间连接了三个电话，而后他站起来向大家拱手道：“同学们，大家慢坐，我先去处理件事，怠慢！怠慢！”世事嘛，总是这样来来往往，熙熙攘攘，每个人都是过客。倒是眼下宴席最热闹，闹在赌酒，划拳不饶人呢！凡人往往愿意和与自己相似的、有共同弱点的人交往。这桌一个和旁桌一个从碰面到此时始终不言一语。他俩的事组织者是知内情的，其中一位是做保险业的，曾要另一位同学买一单，被那同学拒绝了。其实人的一生中，最美好的时光也许是在初中时代，那时纯洁、真挚呢！自陆斌走后，组织者看到几个摆出欲走的样子，最明显的是位朝九晚五、四平八稳的什么长。还有一位，初中也只读了年把，自混了个科级后便忘乎所以了，忘乎得似乎科上面只有处、厅，省部三级呢！结果被原班同学约出来这里轧热闹。于是组织者站起来发话道："谢谢大家光临，本次活动经费实行AA制，平均摊派，照杭州人说法叫敲碗瓣儿。具体账单我都发在微信群上了，望各位将钱转给我好吗！谢谢各位老同学光临！"

小学同学会那个挑头的，也算会挑日子，安排在国庆长假里，风声早在新春伊始就放出了。其中有好几个是儿时在村前那河湾处一同光着屁股嬉水的伙伴呢！本年度首场秋雨过后，那挑头的就与村东那家口碑好的民宿主人说："这次同学会连北京的陆斌也要赶来的。"那民宿主人一听陆斌要来，喜形于色道："好哇！好哇！包你满意！陆斌可是从我们大山里走出去的人呀！"那挑头的连陆斌的电话号码也背得出来。是曾通过两次电话，北京的陆斌也曾在一次电话里含糊其词地回答过"好的"两字。这次那挑头的见旁边有几个人，便马上对他们说："刚才我正与北京的陆斌通电话呢！"

眼看电视里在播国庆长假返程高峰的新闻，这下，挑头的急了，后来干脆连民宿主人的电话也不接了。然最急的莫过于那民宿主人，长假一过，来客稀了，那冰箱里、冰柜里塞得满满的，摊在地上的芋头也蔫了。他只得直接给陆斌娘打电话说：“国庆长假返程高峰也过了，你家陆斌到底什么时候来呢？”陆斌娘说：“我家陆斌国庆会来乡下的。”民宿主人说：“叫我准备的那么多菜如何处理呢？”陆斌娘说：“又不是我家陆斌叫你准备的，谁叫你准备，你就去找谁吧！”此话恰被民宿主人在读幼儿园大班的孙子听到了，他孙子说：“爷爷，我们老师说，我们幼儿园大班也要开同学会了！”民宿主人狠狠地说：“同学会，同学会，同个骨头会呢！”

洞霄名宫　凡间琼馆

出杭城西，沿杭昱线途经古镇老余杭继续行约10公里，便是余杭区与临安区交界处的汪家埠。再向左行2公里许，就抵达南宋行宫——洞霄宫了。

首先展现在人们视野里的标志性建筑是一座石碑坊，石碑正上方的“九峰拱秀”四个隶体字，刚劲有力，两旁还有“文官下轿，武将下马”楹联。毗邻淙淙流水的小溪的沥青公路蜿蜒而上，同行的告诉我：洞霄宫现由余杭区中泰街道九峰村（自然村）与临安区青山镇宫里村（自然村）所辖，两村以一溪为界，历来共饮一涧水，同行一条道。迎面而来的是人称“九锁山”的九重青山。同行者又指着途中一小桥：你看桥边上有一个洞，传说是钱武肃王来洞霄宫时，有凤凰从洞中飞出来伫立在桥上鸣叫迎驾，故名“鸣凤桥”。继前又一桥叫“会仙桥”，一桥又一桥。他特别指点一拱石桥：这可是一座名桥，叫“元同桥”，清嘉庆十七年（1812）重修，至今有八百多年的历史了。跨过元同桥不几步，映入眼帘的便是占地百余亩平地的洞霄宫遗址了。环顾四周群山起伏，林木葱茏，岩壑深秀，清泉潺潺。山水人们见得多，然洞霄宫奇就奇在只有一路出口，群山环拱腹中有偌大一块盆地，正是这风水宝地造就了这“洞天福地”。

传说天有八柱，三柱在中国，而三柱中的一柱就在这北纬30度与东经120度节点处的大柱山。汉崇尚道教，西汉武帝刘彻曾在登封泰山时兴叹过：高矣，极矣，大矣，特矣，壮矣，赫矣，骇矣，感矣。元封三年（前108），汉武帝在大柱山前的大涤洞处设坛投龙简（一种祭天赐福仪式），足见天柱山是非凡之地。唐弘道元年（683）奉敕建天柱观。后乾宁二年（895），钱镠曾改建天柱观，其规模更为宏大。北宋大中祥符五年（1012）宋真宗赐改名“洞霄宫”。宋天圣四年（1026）祥定天下名山洞府，时列全国第五名山。从汉设坛，唐改观，到宋真宗改宫这脉络下来，洞霄宫分明为道教所在地。它比被国家列为重点文物保护单位的华南道教祖庭广东罗浮山冲虚观还早现世一百多年呢！《中国名胜词典》记载，洞霄宫是我国道教中心。历史上的洞霄宫是祠院林立，道士盈众，香火缭绕，洋洋大观，修道者栖隐的大师有许迈、郭文、吴筠、叶法善、闾丘、陆维之等。

小康王到过洞霄宫的传说，在这一带是妇孺皆知的。相传南宋康王逃难至钱塘江，面对滔滔江水边一泥马，康王说了句“若是匹真马多好啊！”顿时那泥马便化为真马了，于是便有“泥马渡康王”之说。

道家名流邓牧心留世的《洞霄宫图志》记载，洞霄宫原有祠院林立的建筑群，有汉宫坛、升天坛、清真道院、演教堂、玉皇阁、山阴斋、剑石室、元同书院、白鹿山房、冲天观、昊天殿等，一派巍巍大观，气宇轩昂。清嘉庆年间《余杭县志》、清乾隆年间《洞霄宫志》均记载南宋赵构迁都定于临安（杭州）后，余杭为畿辅之地，钱塘自古繁华嘛！两志中均记载：通明馆在昊天殿左，宋高宗曾寝食于此。除赵构垂青洞霄宫外，宋理宗还为宫观高墙御书“洞天福地”四个大字。宋宗乾道二年（1166）三月，德寿太上皇洎显仁太白临幸庆成天殿。由此看来洞霄宫已顺理成章地成为南宋皇室的行宫了。这时的洞霄宫是历史上的鼎盛时期，方丈带道众三千余人，分十个斋堂用膳。

洞霄宫是皇室行宫，自然成为高级官员养老、封名之地。据志载，宋大臣退位给予挂职提举洞霄宫，照领俸禄。宋代大臣退位后到洞霄宫挂职奉祀的左右丞相如李纲、范钟等有七十四人，高官如朱熹等有104人，他们或作洞霄宫提举，或作观使，领千薪，借栖洞霄宫清静之地，颐养天年。

何谓“提举”？其实是个闲职，虚衔而已。最初是一些有功臣的官员，因病老赐予清静馆所，敬奉其颐养天年。演亦到后来，成为给一些与朝政相左的贬谪黜职的官员一份俸薪以养老终生体面之举。在洞霄宫这方清静洞天福地里，修身养性的典型者，朱熹也。宋淳熙六年（1179），江南大旱，时为福建地方官的朱熹照实进谏，为民请愿，不料孝宗大怒，将他提举江西。宁宗即位后，命朱熹为焕章阁侍讲，后朱熹被构陷为伪学党，遭罢免，朱熹忿忿不平，上书痛斥奸佞，再度受陷，提举洞霄宫。也罢，后朱熹发愤治学，著《四书集注》，终开理学一派，孰轻孰重，后人自有公论。

前些年有“北漂”一族，近年来有“杭漂”这新名词了，其实历史上早有“京漂”的，白居易当年首上长安，才十六岁，终留“离离原上草”佳句。洞霄宫成南宋皇室行宫后，文人墨客也蜂拥而来，所记载的都是重量级大咖。早在唐代，李白就在洞霄宫留有足迹。到了宋代，苏轼、陆游、范成大、潘阆等均到过洞霄宫游历会友，赋诗写铭。据记载，有关洞霄宫的诗篇达三千余篇。此外还有其他各类名人也到过此地，这里要提一下葛洪。葛洪是魏晋时丹阳句容人，自幼好学，偏爱祖辈葛玄学道，师从郑隐。葛洪到天柱山采集金石，辅之草木，经炉火烧炼成丹，总结经验后到西湖北葛岭写成了《抱朴子》内外篇，对后世中医药起着很大作用。所以天柱山留下了葛洪炼丹的美丽故事。我们这个民族很公平，不管何人，只要做出贡献，人们都会记住他的名和姓的。

黄公望，在元仁宗延祐二年（1315）因张闾一案牵连，被捕入狱，他从此无意再仕，浪迹江湖，寻仙问道，寄情绘画，又入道，自然成了洞霄宫常客。黄公望画作本身撷取的就是山、水、树三种元素，在审美形态上吐纳清逸、苍润、天真、幽深。在一个大雪纷飞之日，面对九锁山，黄公望将心神倾注笔墨，终成《九峰雪霁图》，此画堪称《富春山居图》之二了。无独有偶，生于崇祯三年（1630）的石涛，明亡时虽只有三岁，早慧的石涛深谙自己是明皇室后裔，骨子里有反清复明之意，虽遁入空门，却心系红尘，鱼目不闭。在途宿大涤山之际，闻挚友黄道周被害，其时大柱山已辉煌不再，但余韵犹存，就在他途宿的用片石作瓦的小屋里，一改传统笔法，以大手笔挥成《余杭看山图》，整幅画面写尽峻峭山势，着墨酣畅淋漓。

苏东坡对洞霄宫更是情有独钟，在杭州任太守时数度游览洞霄宫，留下了“前生我已到杭州，到此常如忆旧游，更欲洞霄为史隐，一庵闲地且相留”的诗句。

从汉时的坛到唐时的观，再到宋时的宫，洞霄宫真所谓殿宇深深、楼台重重。然北宋宣和二年（1120）十一月，洞霄宫毁于兵燹。绍兴二十五年（1155）赵构历经十二年重造洞霄宫，宋理宗御书“洞天福地”，此时是洞霄宫鼎盛时期。不料南宋咸淳十年（1274）冬遭大火，洞霄宫被焚烧一空。到元代至元十三年（1276）再兴宫宇，不料在至正二十五年（1365）又被一把火焚为炬灰。后明又重建，到清乾隆十六年（1751）被野火付之一炬，从此洞霄宫便日渐式微了。文明的延续是如此艰难，而毁灭它只需一把火。到近代，好古之人在石瓦砾间幸见哥窑和龙泉窑的碎片。抓在手里是文物，掂在掌心却是历史啊！我们从洞霄宫的兴衰中读到了多少深厚的文化底蕴。大柱山依旧，因人仰视而成峰；水长流，因人喜爱而更加清澈。

历史不能杜撰，但定要拨冗。让我们共同努力，开发这块宝地，让历史遗产重见天日，让后人在享受大自然的同时更多地了解历史，洞霄宫毕竟是极其珍贵的文化遗产！

茶 源

唐上元元年（760）陆羽为避战乱，从湖北竟陵南下，一路寻访名茶、名水，探研茶道。一日，陆游出余杭城北门，沿北驿道来到余杭西北苎山。口渴难熬，便向一老妪讨茶喝。老妪急忙拿出一碗，又从一罐中拿出几片老叶，手中一搓，放入碗中，冲入沸水，端给陆羽，并嘱咐他要吹一下，喝一口。陆羽听老妪之言，吹一下，喝一口，如此三口下肚，顿觉身爽神清了，便赞口道：好茶！好茶！陆羽知此茶系野生。茶者，野者佳，但野生茶毕竟凤毛麟角。此时老妪道：适才，我见你神色不佳，特地告诫你不要猛喝，以免伤身。陆羽见此一脉山水如百千雄狮赴余杭平原似的，便向老妪讨教这脉山水之趣。老妪告诉他：近前那九个小土丘密连的形若一碟田螺的叫田螺山，远观形若马头的叫马头山，那片田叫苎山畈，水叫苎山塘，桥叫苎水桥，尤桥侧那口井中之水煮茶特佳。陆羽见这一脉山水奇特，这一方人缘端贤，于是便隐居这苕溪侧畔的苎山麓了，真可谓灵山秀水隐奇人。人只要清静淡泊，那么他生活在乡野山居就跟生活在都市豪苑里一样心满意足。几度苕溪春草梦，苎山枫叶听秋声，陆羽潜心著《茶经》三卷，全书十节，七千余言。陆羽自号桑苎翁，贞元二十年（804）逝世，享年七十二岁。为纪念这位茶圣，当地为其立庙、塑像、供奉陆羽为苎山大帝。唐左拾遗耿沣称陆羽：一生为墨客，几世作茶仙。今余杭街道仙宅村之名由此而来。

云游之人，自然是足下生风的。诚然，凡取得具有极高价值的东西，都要付出极高代价。苎山与娘娘山、径山一脉相承，径山古刹，闻名遐迩。择日，陆羽五更起身，手提竹篮，暮沉抵达径山寺，但见古柏参天、庙宇轩昂。陆羽步入佛殿，香烛袅袅、暮鼓声声。这时他发现蒲团上参禅的几个后生在打盹。陆羽不觉长叹一声："如此古刹，枉煞茶禅之道。"陆羽这一叹，被背后巡视的一老和尚听到。老和尚见这位施主仪表非凡，大有名士之风，遂借着暮色，尾随其后。见陆羽走出庙门，来到寺右前方那块龙椅石处，找来石头，捡些柴草，支起茶锅，倒入泉水，点火烧水。陆羽又从竹篮里取出茶壶、茶碗，碗中放入茶叶末，等水煮沸后，便向碗中冲入沸水。顿时，茶香扑鼻。陆羽边喝茶，边观赏月下径山图。

老和尚见此大吃一惊，认为此人定是茶道高人。于是老和尚上前双手合一道：阿弥陀佛，敢问施主是何方人士？陆羽回答，吾乃云游之人。老和尚道：既来本寺，快进堂喝茶，免受山风侵袭，有伤体肤。陆羽道：夜已深沉，岂敢惊扰。此时老和尚直入话题：适才听施主说本寺不谙茶禅之道，敬请赐教。陆羽也直言回道：适才我见参禅中竟有打盹的，有失佛面。老和尚连忙说道：施主言之有理，万望不吝赐教，本寺正苦于无人指导茶术，曾三次派僧前往湖北竟陵诚邀茶圣陆羽，可惜陆羽云游四方，不见踪影。陆羽回道：吾也曾去湖北陆羽处学过茶道，略知一二。老和尚大喜道：施主肯教，乃吾寺大幸矣！于是老和尚请陆羽进禅房休息，请他明日讲授品茶参禅之道。

次日，晨钟声后，整寺僧侣早被方丈召入法堂，个个袈裟整整，人人稽首合掌，团坐在蒲团上。众僧侣均见今日之法堂不同往日，四周挂上了名士书画，正桌上供奉着鲜花，边桌上排放天目碗，桌旁炭炉、茶壶、木炭，一应俱全。

此时见陆羽从寺后龙井打来一桶泉水，接着生火煮水。陆羽又从竹篮里取出茶叶末，一一放置天目碗中，等水煮沸后注入碗中，顿见茶叶末在沸水中翻滚，顷刻整个法堂弥漫茶香。又一钟声响起，羽为主师，僧为门生，羽扫除全场后，口念念有词，将碗高举头顶，然后团坐停当，慢慢细品。此时众僧齐声赞陆羽技艺之高。结束后，众僧回到各自禅房，还满口留有茶香。

次日，陆羽又将一整套煮茶、品茶之法重范一遍。第四日清晨，方丈再去陆羽处，可陆羽已不知去向，只留下一套自己带来的茶具作为谢礼。方丈在茶具上见到“湖北陆羽”四字，方知这位施主便是茶圣陆羽了。谁知陆羽竟在一日行程的苎山脚下，也足见陆羽循隐之深！

自从陆羽来径山寺传授整套茶技后，径山寺一来整饬了寺规，二来呢，凡有从远方来径山寺的客人，都以这套仪式宴请。客人们称赞茶香时，住持便谦虚表态，尔后与客人们交谈有关事项。若客人少的时候，住持便就地再邀请几位上品位的陪同，这就是“径山茶宴”。后来“径山茶宴”便传遍神州各处寺院。

南宋端平年间，日本圣一国师来中国师从径山寺无准法师，在径山期间不仅苦修佛学，还学习种茶、制茶、品茶，后将整套茶艺传到了日本。日本人也以此茶艺来接待宾客，其煮、泡、品更具规格，殊途同归，是“径山茶宴”翻版。只不过日本人称之为“茶道”。就连泡茶的天目碗也被一同带回日本，日本的博物馆里至今还藏有这种茶具。日本佛教三大派系之一的“临济宗”也是从径山寺传去的。

过年穿新鞋

过年穿新鞋是那个年代乡间孩子们向往之事。纵然是最贫困的人家，做娘的就是拼了老命也会在年前给孩子赶出一双新鞋，早早放在自家那最显眼的地方，给孩子吃颗定心丸。

诚然，女人做鞋并非只给孩子做一双，也给丈夫、公婆、自己，还有亲朋好友做。鞋子分单棉两种，棉的是冬天穿的，里面衬入棉花，状如蚌壳，叫蚌壳棉鞋，单的其他三季都可穿。那时除了雨天，乡间人大多是穿布鞋的。巧妇们也做成帮上打孔的，就是如今旅游鞋的雏型，任何发明总是有源可循的。

女人做鞋是很苦的，儿时，一觉醒来见妈还在灯影下。女人们先在破碎布上涂麦粉浆，把涂上浆的破布贴在一块木板上，晾干做成褙布，这是制鞋的模型料。女人们用剪子将褙布修啊修，修剪成了各式的鞋样，这是第一道工序。再是用细布一层一层叠起来做鞋底，这是做鞋的重头戏，几乎占据了整双鞋一半以上的工程。女人们用麻绳将鞋底从外到里一圈一圈密密麻麻地纳起来。那时，女人们连出工也会带上一只鞋底，有空便拿出来纳上几针，冬日里暖阳下一边纳底，一边聊天可是一种享受呢！尤其是开大会，领导们在台上手舞足蹈地讲呀讲，台下是众女穿梭地纳呀纳的。别看这纳鞋底，真当是技术含量很高的活儿：初学的，针脚疏，鞋底软，鞋易破，不耐穿；手巧的，整只底，形如腰，一圈圈，既匀称，又细密。所以开大会时，见到佳品，连邻村的女人也会凑过来看巧妇纳的底，啧啧地赞不绝口。真所谓上面开大会，下面评奖赛。尤其是姑娘被赞了，那这个姑娘自然身价提升。要是被家有相仿年龄儿子的女人看到了，女人回家绝对要对自己的儿子说某姑娘的手真巧啊！若有俏皮的儿子说，那姑娘稍黑了点，娘会反唇讥说，你还追不上呢！

那时乡间哪有如今水泥路，晴天是泥尘，雨天是泥泞，所以鞋的布料几乎是黑色的，当然小女孩也有用花布的。鞋帮与底合成后，用木头做的鞋楦楦紧，女人口含水向鞋上喷去，晾干或放在太阳下稍晒一会儿，退下楦，一双新鞋就大功告成了。这时会听到女人唉的一声，松一口气，以示家中一个人的鞋有着落了，再酝酿下一双了。

除夕的下午三时光景，大人们在忙烧年菜，孩子们便早早拿个脚盆，倒上热水，开始洗脚了。大人们一再关照，穿新鞋了，脚要洗干净点，特别是那些臭小子，一整冬了，脚后跟已是黑不溜秋的结成老茧了，要洗干净，绝非易事，仿佛一年到头只有这次把脚洗得最彻底。那时的时令是相当准的，邋遢冬至干净年，孩子们巴不得冬至有雨水，过年便会天晴，好穿上新鞋去亲戚家拜年。所以正月初一村中场地成了鞋子评奖中心，鞋子成了这家女人的标杆。

一次拜年回来，下雨湿鞋了，妈将我的湿鞋放在灶台下烘。妈叫我生火，她在灶上炒菜，我闻到一股焦味，一拨才知我那鞋被烧了。我哭了，妈也不打我，但见她也心痛极了。

新鞋总要穿旧的，旧的布鞋松了，这时妈便在鞋后跟缝上两条带子，系上带，鞋就不会滑脱了。大人们穿旧了的鞋，也舍不得丢掉，干脆将鞋后跟踩平当拖鞋穿。等鞋底穿出了洞，鞋帮也破了，这破鞋便攒起来，等与挑货郎换糖吃，只要人不是破鞋便是了。

有年农业大丰收，年底生产队分红高。分红次日，村里有很多男人特地上城镇去买皮鞋。刚买回来那阵子，皮鞋成了全村人饭前茶后的中心议题，听大人们说，穿皮鞋感觉是冬暖夏凉的。

如今就算在乡间，做布鞋的也是凤毛麟角了。有时外出旅游时见到卖布鞋的，价不菲，我们是知道做鞋的苦，这时会给伙伴们提供个参考，是要这个价的。布鞋啊，尤其是淡暑新秋时分，写文章写累了，穿上它走走，真乃足下生风，特舒适。

我就是穿着妈做的鞋走出山村的，往前翻三代，谁家不是农民。穿上它，去实现当初那一串串小梦想。人不要跟别人比，只跟自己过去比，穿上妈做的鞋，路也走得特稳。

中原文化

长江、黄河两条母亲河孕育了华夏子孙，今春的陕西、河南之行让我对中原文化有了更深的体味。

黄帝陵

黄帝陵位于陕西最北端的黄陵县桥山境内，这是中华民族的龙脉，是中原文化的根，是五千年文化的源头。黄土高原是黄的，甚至连涓涓的细流也是浊的，唯独桥山景区有这样一块风水宝地，周遭青山绿水。山的品貌和江南各处不高不大的山一样明秀。四季常绿的柏树就有八万四千棵，株株挺拔，棵棵苍劲，尤其是号称中华第一柏的树，寿龄有五千年了，如今照样枝繁叶茂。据传是黄帝亲手种植的。黄帝活了110岁升天了，黄帝陵只是一座衣冠冢。葬于青山，青山添彩；埋于绿地，绿地生辉。

唐帝国

八百里秦川指的是潼关至宝鸡这一地域。徽州朝奉，绍兴师爷，闯荡江湖宁波帮，陕西黄土埋皇上。西安唐时称长安，因八水绕长安，历史上曾有十三朝古都建于此。早在汉代，陕西称关中，东有函谷关，西有大散关，南有武关，北有淆关，难怪刘邦要把三百年基业定在此关中。一千一百多年前的唐帝国称雄于世，当今的西安便是唐帝国的首都长安，是当时世界上第一个人口逾百万的大都市。1974年，一个农民在西安临潼发现了世界八大奇迹之一的秦始皇兵马俑。西安还有一绝，那便是华清池所代表的文化。唐玄宗拉着小他三十几岁的杨贵妃沐浴于此。43℃的温泉沐浴过几多达官贵人。难怪当年克林顿访华首站便选西安，可见老外是识货的。

龙门石窟

龙门石窟景区位于九朝古都洛阳城南13公里处，一弯伊水将景区阴阳两分。主景区在伊阳，龙门石窟始凿于公元493年，现存窟龛2345个，佛像10万余尊，碑刻题记2800余品。整个窟群气势恢宏，是凝固的诗、不变的乐章，是一座立体的文化典库，折射出一个民族的智慧。伊水之阴的白园就是白居易陵园。其中弥足珍贵的当推那尊卢舍那大佛，佛像端庄秀丽，千百年来阅尽人间悲喜，静观世事沉浮。千百年来，曾有多少世人向她祈求平和和宁静。洛阳又系中国首建寺庙之地，2000年11月，龙门石窟被列入世界遗产名录。遗憾的是窟区毁损严重，其因有三：一是凿刻年代悠远，长期风化；二是佛道之争，“三五一宗”灭佛而毁；三是20世纪初叶军阀战乱所毁。

革命圣地

中国革命三大圣地之一的延安，早在汉时就建制延州府。延安历来是边关要塞，但毕竟西北闭塞，交通不发达，造成了这一地域万紫千红一笔钩，画栏雕龙一笔消，美味佳肴一笔糊，绫罗绸缎一笔飘，金榜题名一笔了，红粉佳人一笔走，仁义廉耻一笔混。有人曾问过一位陕北高坡上的牧羊童，你放羊为啥？回答说是将小羊养成大羊。羊长大干吗？卖了羊娶媳妇。娶媳妇干吗？生娃嘛！生娃干吗？娃长大了放羊嘛！世世代代，面朝黄土背朝天，日出而作，日落而息。直到近代，延安终成了共产党抗日战争和解放战争的司令部。九层四十三米的巍巍宝塔见证了这一切。老区的民风淳朴，尽管物质生活不富裕，但老区人很知足，说现在吃的是白面馍，过去吃的是窝窝头呀！陕北人民对共产党、对毛泽东感情很深。有次电影摄制组的载着饰演毛泽东演员的吉普车陷到了沟里，摄制组请了几名当地人将车抬起，剧组想给每人两百元钱，可这几个当地人死活不收，说给“毛泽东”抬车还要钱吗！

以河姆渡为代表的长江文化和以仰韶为代表的黄河文化都属我华夏文化体系。那日我伫立壶口时，九曲黄河像一首无字的民谣，使整个高原为之颤抖，我和黄河融为一体了。在返程飞机上看报纸，发现司母戊大方鼎的安阳申遗成功。今春的寻根，我领悟到了中原文化之蕴味。

韩国印象

近年韩国成了出境热线，从萧山机场飞抵济州岛只需一小时十分钟，大家去韩国也大多是选济州和首尔的。

去济州，不妨登一下城山日出峰，它已被列入世界自然遗产名录。山不高，通常人只需四五十分钟便可至巅，至巅虽谈不上一览众山小，可极目远眺所见是海湾。把镜头切换成近景，俯瞰草坪、曲径上涌动的人流。不置身其间你很难体味到大自然对心灵的净化。赶巧的话，还可到“海女之家”去看海女下海表演，亲见她们摸上鲍鱼、海螺。全韩仅存139名海女，最大的已九十几岁了，最小的也上60岁了。海女需具备吃得起苦的精神素质和强壮的身体素质。现代韩女谁愿去干这工作，扪心自问，我国的年轻人也同样厌弃干体力活。

徒步海边的小道，被济州迷人风光所陶醉，此外，这里还是被国人喜爱的电视剧《大长今》的拍摄地。济州还有一处如巨龙般矗立在波涛澎湃海岸边的“龙头岩”，火山爆发的痕迹依存。“龍頭巖”三个繁体汉字刻在入口处的石碑上。

济州号称三无：无小偷，无乞丐，无大门（晚上不用关门）。这无大门说的就是唐代“贞观之治”时的夜不闭户吧！这也许有点夸张了，然我们所见街道整洁，无喧哗嘈杂之声是事实。在济州所见的似乎还是中国人多。平常用餐一般四人一桌，中间一只火锅，旁是几碟小菜，小菜中少不了泡菜。锅内清淡少油，听说韩国人一家子一年也只吃一公斤油。

首尔是韩国的首都，一条汉江穿城而过，三十一座桥维系全城。在首尔的至高点南山公园俯瞰全城，首尔颇像我们的山城重庆。韩国首都原来的中译名叫“汉城”，是2005年应韩国政府的要求变更的。那时是韩国经济最困顿之时，首是第一的意思，他们要赶上去。韩国人是很讲究精诚合作的，当时支撑韩国国民经济42%的三星集团面临破产险境，他们的员工、国民纷纷捐款集资，方使三星集团度过瓶颈期。他们的导游好像不吃力似的，一上车就讲，讲到下车。

来到景福宫，导游说：“对面就是青瓦台，是我们大韩民国的总统府。这景福宫建于1394年，有六百多年的历史，是朝鲜时代的皇宫，可除长安堂外，其他如百官朝政的勤政殿、与韩文出现密切相关的千秋殿等全是新建的，我们做了三十六年的日本殖民地，连宫殿也被日本人烧掉了。”接着说这景福宫不能跟我们的北京故宫比。我们当场说：“这句话你说对了！”我们大家都笑了，一直笑到鞠躬辞别时。

露天电影场

早先我们住在乡下，看电影是一种奢望，总要隔上个把月，公社里才会来放场电影。先是用独轮车把放映机运来，再将一块影布往两根固定的毛竹竿上一挂。那影布便是无字的广告，人们看到便早早去放好板凳，早放的将是最佳座位。逢着农闲时，还将亲朋好友请来看电影。是日的晚饭比平日早点做，被邀来的客人们酒足饭饱后，用手揩一下嘴，端坐在板凳上，这便称得上那时乡下高规格的待遇了。尤其是那些应出嫁的女儿邀来的阿爸阿妈们，赞不绝口说囡孝顺！孝顺！

放电影，也是拿工分的，放完电影还得摸黑回家，这活一般人还轮不到。放映员的晚饭也是这家凑一顿，那家搭一餐的。一次，我路过大队碰上放映员，便邀他来我家吃饭。蔬菜是地里的，一碗打鸡蛋算荤的总不够数，于是急忙去煤矿食堂买块熟肉切开在干菜上一铺，算碗肉了。

可我家这个儿子一叠声地“阿午肉，阿午肉”，那放映员说让他吃，让他吃他干脆吃个精光，结果下面的干菜就一览无余了。

那艺荒的年月，听说周总理的信箱每年总要收到成千上万想看电影的信件。尤其是《红楼梦》开禁那时，有人是一个一个大队去赶场，接连赶了十一场，可见那时艺荒到了何等程度。哪像如今电影院已退居二线了，用电脑、手机上网更胜一筹。然而现代人有现代人的压力。你看凡长假，倾巢出动，车满为患，堵在高速路边打牌，难道他们就是图省几个路费，实乃是出去释放精神压力呀！

要说精神压力，确实那时小得多了。那时是穷开心，因大家普遍困顿。碰上好片子，后排站着看的观众，那人山成波浪似的，此起彼伏，热闹极了。

场内常发生当看到精彩处，隔过好几排的，似打“电话”：“阿毛，这几天你死到哪里去了？”无遮无拦，仿佛在集市似的。

收获最多的莫过于次日人们的谈资，还有几个人模仿戏里的动作，民间大有藏龙卧虎的，有的真仿得活灵活现，听说赵本山未发迹时就被人们称为“活宝”。

随着“知青”妻的回城，我便别了这露天电影场。人在市井，梦系故园。尤其村口那眼泉水，那是我们儿时的乐园，我们会常专注看那泉水从石缝里汩汩地淌出来。出水口上方是一块巨石，巨石上面均是植被，乌桕树与野雀藤共荣，细苦竹和狼萁草同生。工作越累，越会梦到它，它犹如我们的精神家园，这情愫兴许是种乡愁吧！

村左的山塘如今已辟为荷池，村口路边原先的牲口棚改成了猪栏茶室、牛棚咖啡屋了。当年百来号人的山村，至今已盈千余。当年坟溪口、箱子庙这些连白天也不敢去的地方，如今已是别墅点缀，豪宅突起。我是第一个从这山村走出的读书人，当年着实被全村人欣羡过一阵子，如今奢想一角之地也轮不到我了，笑问客从何处来，我充其量只是这个美丽乡村的游客。

近日，我又一次踏上回村之旅，也特意驾车去当年那露天电影场处。那里如今已是村委办公室、老人活动中心、村文化礼堂，几处建筑联成一体，简直成了一个会所。那露天电影场记忆不老，犹如童话似的留在人们的记忆里，如一缕永远抹不掉的乡愁。

安山村传奇

老余杭西隅有个小山村，名唤“安山村”。周遭山温水暖，山的品貌与江南各处不大不小的山一样明秀。民居大多傍山而建，显得错落有致，就在这白云袅袅、清水悠悠深处诉说着一个又一个亘古的传说。

一条大道穿村而过，正是千百年来从娘娘山通往余杭古镇的必经要道。娘娘山原名叫“舟枕山”，相传禹治水舍舟登陆于此，并将舟枕覆于山下，故名“舟枕山”。南宋时，小康王逃难于此。一村姑将康王藏匿于山洞中，康王逃过一劫。康王登基后再次来此，得知那村姑已被金兵杀害，宋高宗感恩她，便赐封此山为“娘娘山”，在山腰建娘娘殿。清乾隆时，香火尤为鼎盛。娘娘山林木茂盛，山民多以砍柴为生，有俗语：康村里山坞，卖柴老师傅。

这安山村口，原有一座庙宇唤“新庙”，庙侧有一财神堂。里山坞这一带山民挑柴去余杭卖柴途经新庙时，会将柴担靠在庙墙边歇脚，进庙喝碗赐茶，吃点干粮。这新庙当年的香火倒是挺旺的，可到1963年彻底毁了，倒是后边的杨乃武墓院修缮得十分齐整。

历史从南宋推移至元末明初，眼看这放牛郎出身的朱元璋已有登基称王之势，辅佐朱元璋的刘伯温发现这一脉风水，自三国出过帅才凌统后还将出一天子。刘伯温观天象，从娘娘山延伸出来的蛇山犹如一条龙脉，大有与朱元璋分庭抗争之势，于是刘伯温便决计要破这风水。

这风水怎么破呢？余杭这一带有叫化子扨蛇说法，于是刘伯温便在安山挖一口池塘曰“叫化池”。再在叫化池上挖一口池称“叫化碗池”，意即叫化子吃饭用具，叫化碗池上方那块田称“凤凰田”（凤凰也吃蛇的）。

刘伯温的大动作是将蛇山截成三段，蛇头就在今安山，山形偏平，活像一个蛇头，而这一带土地也最肥沃。传说凌统营盘处“凌家寨”位于蛇山二截处。照理说凡种水稻的田总是平整的，可这一带田里岩石多，白蛇墩（今大樟树处）、四角庙（今上湖小学处），甚至连池塘底也遍布岩石，如喀斯特地貌似的，活像蛇嘴里吐出的蛇牙。刘伯温破风水后便将蛇山改名为“茶山”。

刘伯温对主尽心，可完成了破风水工程之后他还是心存芥蒂。他发现余杭澄清巷向北直至石凉亭大道的石板是横铺的，犹如龙鳞。而澄清巷口的苕溪大堤处有两座水城门，犹如两只龙眼，于是刘伯温便下令将大道上横铺的石板改成直铺。至此，刘伯温方拂袖而走，任他的相职去了。

传奇归传奇，我们还是来说这现实版的叫化池吧！一般池塘总是呈圆形的，可这叫化池却是中规中矩的长方形。更奇的是海拔397.9米的娘娘山虽在这一带也算一座高山，可离安山林村毕竟有10公里之遥，可在天气晴朗的日子里，叫化池里能现出娘娘山峰呢！安山周围数不清的池塘里不要说娘娘山，就是近在咫尺的小王山、大王山也无影可现。再说娘娘山麓那么多山塘水库也难觅此景。沈阳之怪坡，余杭之怪影，万物有灵，我信。

近年来喜农之情日升，有约尽往。2022年春天，我随校方去了桐庐的荻浦村、环溪村。除了秀丽的自然风光外，荻浦村还将当年的集体牧场改创成猪栏茶室、牛棚咖啡厅。暑期参加了余杭区联合浙江大学在老余杭召开的文化提升工程座谈会。日前，我参加了杭州市作家协会组织的萧山采风活动。戴村的任氏祠堂是明清风格，而义桥的李氏家庙还将共产党早期革命斗争以历史纪念馆形式一同展示于众。而今我站在占地一百余亩的旺帆农庄正对面的村活动广场，面对这条大禹治水时留下来穿村而过的大道，它的前方池子里是“双尖云合”的娘娘山倒影，它的后转弯处是杨乃武墓院。溯历史，久至大禹治水；说传奇，列前清“四大奇案”。诚然，各地农村文化礼堂建设主题虽系同一个梦，可答案是多元的。

我的第一个长篇

我是个教书的，前期教中学时还参与了二十余年的行政事务，为了取得教学上的发言权，故始终不离一线教学。本着以服务学生为天职，工作紧时，可随时搁下写文这杆笔。后期客串大学老师，时间较前宽裕了，但涉及小说，也只写到中篇。曾有许多老师、学生、好友一再催促我，你应该写写长篇了。诚然，怕苦怕累是人之常情，可脑袋里这念头倒是有的，得有气候，没有目的就是最大的目的嘛！近年来，那曾读过的初中、高中搞校庆时竟将我的名字连同相片一并载入了纪念册，各种应酬也多了不少。空标签对于文学本身来说，是毫无价值的，写点东西倒是实在的，况文学是一个可以终身相托的朋友，于是我一头冲入云里雾里去了。

先是一口气写了个4万来字初稿，交挚友看。挚友的话都是“挚”的，我说谢谢你们的谬赞，眼下我要的是帮我挑刺呀！自己几斤几两，冬日里懒在被窝时惦了不知多少回了。最难听的话，也比假话强十倍。这一下，挚友变诤友了，诤友说：“虽则真正的文化以同情和赞美为主，但以我之见，悲剧比喜剧更具文学价值，你文中两个中心人物光荣牺牲一个较妥，这样让人更痛心不已。”对，死亡本是文学母题之一。况作品中人物命运本身就操在作者手中，在写的那一刻，作者需要独断专行。这次我听了朋友的，先让一个抱着炸药包倒在阵地上。

我去过大西北，尽管西部神秘，大凡旅游都是在自己的地方待腻了去看人家待腻了的所在。你不住一段日子，人家哪懂你的心思。去淘第一手材料，人家不懂问的是什么，可我什么都普通，就是说不标准普通话。那我就去找在那里待得久一点的人淘间接材料吧。

以前写短文章时，觉得资料还不够时，随时可前往，采风就像风一样，一下就走了。一篇短文，一周就完成了，然后休息三五日，再酝酿下一篇。谁知写长篇一进入状态，便如高速行驶的列车，不像小车随时可刹车，似一种浑不知有秦汉，无论魏晋的感觉。连吃饭、散步、做事时，作品中那人物也总萦绕脑间，有时还出现在梦境里呢。那阵子，似乎吃饭只是为了消饥，睡觉只是为了赶走疲惫。丁酉年冬天是极冷的，等初稿出来了，天已换季转暖，谁知家人给我准备好的厚袜子我一双也没穿，整个冬天穿的竟是薄型的。难怪那个冬天那么冷，也许是冻麻木了。我伸手打了自己一个巴掌，挺响的，还自语了一句，真脑髓搭牢了。孩提时，知这是句骂人的话，可今天说这句话，是聊以自慰。

以前写短文章时，我还写写笑笑的，有朋友来电话，说有个好去处，召之即往。还胡诌道：现代人为什么活得那么粗糙，就因为不会玩。写长篇则不同了，我写到结婚当天，按本地风俗，新娘子敬酒时姑夫、姨丈给的见面礼，理应作为新娘子的私房钱。而新娘子看到夫家家境不好，将所有收受的礼金悉数交给了婆婆。这边婆婆呢，等打发了客人后，见到那么多钱，于是直冲新房，将老式眠床上那个竹匾及床单下袱条拉出逃出房间滚下了楼。这婆婆心下思忖，这么好的媳妇怎忍她在我手下“扁扁伏伏”地做人。当写到这个情节时，想到天底下还有这么好的媳妇，又想到这个婆婆是那么的荒唐，当时我的眼泪簌簌地流出来了，冬夜里，我似乎觉得那泪是热的。

写文章不在于你写什么，而在于你怎么写。我写文章时，一般总是先在纸上打好草稿再码入电脑的，长文章也是打印出来在纸质稿上修改的，一是长时间盯着屏幕眼吃不消，二是总觉得键盘敲出来的东西感情色彩大大不及纸上写出来的鲜活，为此我麻烦了多少为我这长篇打印的友人。虽说这世界离开谁都可转，但要做成气候的毕竟需要多方协同，否则当下人为何那么关注自家孩子的情商。我这次写书，从申请、审批到出版，得到领导、编委、朋友多少人的关怀和相助。在这里我要感谢你们！——由衷地！眼下这个“孩子”总算出生了！我又傻想了，国家生育政策开放了，可生二胎了，那我还想再生一个哩！

中国高铁

有些事你只稍留意一下，便会留下永恒的记忆。2011年暑期，我的北戴河之行首选高铁。

早闻京沪、京杭高铁30日首发，后媒体正式发播：高铁自6月24日9时起开始售票，想尝鲜的市民，可去窗口买票，也可上网订票，目前杭州进京直达高铁每天5趟，二等座每位635元。

6月24日，我去城站买票，自高铁开售后，大厅内一般只预售3天内的票，高铁票是要在大厅左200米的自动售票机去买的。按键、放身份证、放钱、取票、找回零钱……正当我喜滋滋读票时，一下子被记者们围得水泄不通，被问是否是特意来赶时髦的。我说："我每年暑期都要进京小住几日的，今年适逢高铁开通，那我当然要感受改革开放三十年的成就了。"当晚，我在浙江电视台的"1818黄金眼"节目看到了我的自身形象，也听到了我回答记者们时不标准的普通话。也罢，个人行为本身就具有社会属性，这属性构成社会生活的元素。

7月1日一早，我特意去老余杭菜场买了一袋蔬菜。到时去城站与往常一样过安检，上车，所不同的是这张火车票是G字打头的。既而一车飙驰，车厢内的美眉帅哥们都瞪大双眼，平静下来后盯着车屏上打出的308千米/时、310千米/时等的速度。间或从透亮的车窗望出去，天宇广渺、田原无垠，显示出天地间无比的浪漫与灿烂，高铁车窗正是我们眺望和了解当今中国的一个绝佳窗口。车给人通体感觉是低碳、快速，车行6小时14分，抵达北京南站，家人们与我一样的喜悦。最欣慰的是晚上和在京的亲朋们吃了一顿正宗的家常菜，鲜茭白、嫩鞭笋、毛毛菜、苋菜梗，大家不但把一桌菜一扫而光，而且连电饭煲也刮得个底朝天。

尽管人类仍面临战争、疾病、自然灾害三大威胁，可社会发展就如这飞驰的列车，把我旅途残留的疲乏与困倦一扫而光。回想起2009年暑期在承德山庄，猛然想要赶回杭看日全食，托朋友买到7月21日北京—杭州的J9直快票。7月21日傍晚登车，躺在卧铺上一夜无梦，次日（22日）8:33分抵达杭州，终于给我赶上千载难逢的“日全食”。9:30—9:38的杭城一片漆黑，街道上的感应灯都一齐亮了起来，最令人欣喜的是白日里竟然看到了天际的星星，真乃是必然与巧合的有趣碰撞。这等感觉真叫人快活啊！真感谢火车的提速。J9在2009年已经是最快速的车了，当时我还以为国产火车能达到如此时速已是极限了。

深藏的记忆，犹如花开不败。脑海里又浮现生平首次进京的情景，那时我读高二，坐的是绿皮火车。从杭州上车历经三天两夜，足足56个小时，三个人两张坐票，一张站票，夜间我是睡在行李架上的。大热天，人都馊了。一下车，走路摇晃，一看脚背都浮肿了。那时年轻，什么都受得住，然这个夜晚，至今难忘。

四个年头只弹指一挥间，中国高铁自与俄罗斯首签第一份承建合同后，目前已经与世界上30多个国家签署了高铁承建项目，中国高铁具有耐高温、抗严寒、抗缺氧等应付各种恶劣气候和各种复杂地形的能力。中国高铁已引领世界先进水平了。

大禹谷

老余杭出西门，往长乐径山方向行5里处有个万石村，再往里行到密林深处便是大禹谷了。

相传大禹治水系舟于此，故称之为“大禹谷”。历代留传下来的万余篇章足可佐证禹迹可寻。清王潞的《舟枕山》诗云：“禹历津梁亦已疲，舍舟登陆山作枕。”宋苏轼则更是大声点赞道：“看山识禹功。”

大禹谷实是舟枕山余脉的一片谷地，那舟枕山为何又称娘娘山呢？据传小康王逃难到舟枕山，一村姑将其藏匿于山洞，康王逃过一劫。康王登基后再次来此，得知村姑已被金兵杀害。为纪念她，宋高宗赐封此山为“娘娘山”，在山腰建娘娘殿。

谷地那湖原称“甘岭湖”，是由林间涓涓流水淌成弯弯小溪，在林场原始森林口汇合而成的天然湖。20世纪60年代当地利用其自然地形建成了甘岭水库。这一工程将深厚的文化积淀与大自然杰作珠联璧合了。

海拔397.9米的娘娘山，在这一带算是高山了。欲赏娘娘山，远眺最佳角度在杭徽公路的石鸽处，近观便在甘岭水库处。山势峻峭，双峰插云，连陪衬的群山也一齐“明秀”起来。腹地是长乐林场的广袤森林，娘娘山余脉与湖面接壤，清澜碧绿的甘岭水库宛如镶嵌在群山中的一玉盘。湖面平静，水光潋滟，林木森然，神秘莫测，置身其间，心旷神怡。

大禹谷腹地坦荡，阳光普照。立春一过，宁静的大禹谷醒得比别处都早。近水楼台先得月，向阳花木易为春。别处还料峭瑟瑟，可这里早已春光乍现、暖日融融了。久困一冬的人们，踏青的首选地便是大禹谷。

最早发现此处的是附近的村民和老余杭镇上的洗澡族。先是脚踏出一条通腹地的小径，走的人多了便成了路；有了路，渐渐地，车也钻了进来；而今已是大路朝天了。饱经酷暑难熬之际，畅游湖中，仰视周遭山水，岂一个“爽”字了得！尤其那些女同胞，出了水，个个如仙女似的。

我最初发现这处美景是在一个深秋。我带了一批学生来野餐。我是一个有学生缘的人，路上对学生们说笑，你们所带食物我可是要抽股的。一到景区，面对一湖秀水，周遭层林尽染，我张口结舌，索性将自己的那份食物也给了一个不会生活的学生。而我一人朝里钻，欲穷其林，幸亏理智告诉我：我今日是来工作的。然返回时还傻呼呼地一步三回头。

记不清是哪年11月初，《钱江晚报》一则消息介绍了大禹谷，更是让民众心向往之。景区倒是容纳得了的，可问题出在通往甘岭水库的前山后山那两条路太窄了。11月份凡晴天的双休日，村道上都是车满为患，大客车干脆泊在公路边上了。当今，人们的商业脑袋特别灵，一时间村民纷纷出来招揽私家车进自家院内停放。我想适当收点钱也无妨，可不能一味抬价，眼下先将客人邀进来，等政府部门会同有关商家开发起来，到那时家家搞“农家乐”，岂不是长足之乐呢！眼下的大禹谷充其量只是初步开发而已。

前些年老百姓口袋里的钱权重最大的是投放房地产，继而是将钱投入孩子的择校、家教、艺教等方面了。近年人们又将钱用在让孩子去旅游开发智力方面去了，暑期旅游报价比平时高得离谱！家长对培育孩子更趋理性了，带孩子亲近自然，陶冶情操，为孩子营造一片终生绿色森林更是长足之举。大禹谷也是当下人们释放压力的休闲去处，有的人干脆连帐篷也不支，随地铺一毯便任困倦一周的身体席地而躺。来大禹谷交通便捷，想吃饭的话偌大一个古镇近在咫尺，无须门票，休闲成本不高，这也是大禹谷火热的一个因素吧！

消　夏

儿时，我每年都去外婆家消夏。

外婆家座落在丘陵与水乡交界处，这里是没有地平线的，有山、有田、有河。妈说我是猫投胎来的，很喜欢吃鱼虾，外婆家餐桌上有鲜的鲫鱼、香的鲶鱼干，这些均合我的胃口，而这些都不需花钱买，只要在屋前几十步的小沟里放只篓，过会儿拎起来就有活蹦乱跳的小鱼虾。至于滩里的螺蛳、溪里的黄蟹，只要一弯腰就可抓起好些个。而今那沟填了盖上房，那滩平了建了厂，那鱼自然就贵了。

对孩子来说，吃是次要的，玩才是主要的，因为玩是孩子的天性。

爬上树捉蝉儿，用蜘网罩蜻蜓，将蜻蜓捉来喂蚂蚁，站在池旁看青蛙吐出圆圆的泡泡，然最有趣的莫过于嬉水了。这也是大人们管得最严的一件事。有天，外婆说，你再去凫水，我就要送你回家了。一听回家，我急了，于是我向外婆央求道:“外婆，就让我玩这最后一次吧！”外婆一听，顿时沉下脸，下午叫全家人都不要去干活，管住我。此事直到我为人之父，外婆来我家时还提起过，说这是断头话。我孩子听了笑着说，爸，你小时候也是那么淘气的。

三年困难时期的一个暑期，我交出了“成绩单”就往外婆家奔。中午了，外婆给我端来一碗白米饭，桌上还有泥鳅。我太高兴了，不小心把那饭倒翻在地，还把碗也打碎了。我哭了，结果是外婆、舅舅把自己碗中南瓜缝里的饭拨出来给我吃。以后的日子里，我每餐能吃一碗蒸饭。一次，外婆不在桌时，我那小舅舅还悄悄地向我这大外甥要了一碗饭，傍晚时分小舅舅赏了我三串鲜红的野草莓。可我发觉外婆常待在米桶边，后来，我悄悄看那米桶，米只剩一个底了。那年，我只消了三天夏便回家了，贫困的生活是算着过日子的。

常听人说，时下这代孩子们太幸福了，不愁吃，不愁穿，不愁玩，什么电视、电脑、游戏机都有！其实，这话未免偏颇了，诚然这是社会进步使然，可现在孩子背上书包犹如负着一座山。多少读书人焦灼不安、心力交瘁。人才生态分布本身是呈橄榄形的，出类拔萃的只是橄榄一个尖端，除此之外都是芸芸众生啊！犯愁的不光是读书的，还有那些长辈呀！赚钱来供养孩子难，然这只是经济压力，更有那精神压力。成绩差的孩子家长，单位里的同事问起家里孩子考得咋样，只能用“一言难尽”搪塞过去，问者见状也不好问下去了。不是吗？中考、高考试场里莘莘学子只一人，场外爸爸、妈妈、爷爷、奶奶、外公、外婆等跳心族一大帮。平心而论，还是我们这一代人做孩子时活得痛快淋漓。那时物质是缺了点，可无多大精神压力，考得出最好，考不出也无妨。纵然无电视、电脑玩，可河里就能尽心玩个下午，等玩够了，顺便带点草、摸串鱼便打道回府了。

许多年过去了，我脑海里常闪现出外婆家石桥头红霞接壤的河面上波光潋滟，檐前田头爬满了花与果的藤蔓，星斗满天如春睡少女纤秀动人的阑珊夜色。还有那胆大的牛犊，寄生的螟蛉，更有用鱼网滤去伪善的憨厚的农夫。外婆家的梦真甜啊！

见自家孩子读不出书，那时大人们也不着急，适当找个事将就一辈子就行了嘛！也许是社会必然，千军万马非走这独木桥不可，真难说出个子丑寅卯，昨日的问题，会渐渐变成今日的正统，继而又可能成为明日的经典。

其实现在的孩子与我们那时的孩子一样，是天空中最洁白的云彩，是大地上最灿烂的花朵，都有着一样的爱好、一样的思想、一样的情感、一样的如花似锦、一样的韶华灿烂。

业委会主任

林雪海有意在业委会换届改选那日与朋友们去爬午潮山，他想少几票混个委员在群体里呼噜呼噜地跟着跑，在这个年头最安全。下午2时许，社区主任打来电话：“老林，你是高票当选的，这个业委会主任非你莫属了。”还肉麻一句，“德高望重嘛！”臭！林雪海立马回敬后便关了机。

林雪海心下思忖，人活着本身就要为社会做点事，为家人着想点，况且我平日里本身就在做环保监督类的公益事业。也罢，恭敬不如从命，再自我臭一下，体现人生的价值吧！

林雪海上任的第一件事就是向本小区原房地产商讨回了最后一笔遗留款。先是总经理拖延时日，继后你拿文件来，结果本公司已在人家的旗下了，云云。因已过房产的合同期，想必那笔钱已被抽丝剥茧得差不多了。恰在一次交涉中林雪海发觉这家企业正在申报晋级，于是立马去函这家企业上峰。这下是房地产商老板亲自找林雪海了，说这种事你应该直接来找我，经理嘛，是给我打工的。林雪海深知这是商界“猫腻”，眼下自己能为业主讨回公道，拿回钱就够了。林雪海拿到这笔钱后，立马改建了小区的通道，增添了路灯。商品经济社会里，有钱是第一要务嘛！后这家企业上峰的纪检部门回访，这时的林雪海却利用自己的社会声誉帮衬了房地产商，可以理解嘛，大有大的难处。好个侠骨柔肠的林雪海！林雪海与这位老板虽共小区八载却从未谋过事，自打此事后常见他俩身影出现在古镇江边那条小径上。

林雪海更犯难的是眼下这家物业。这家物业本身就是之前人家干得好好的从中挤进来的。值班的未到立冬便打起暖空调，立秋已过还打冷空调，业主们看看那耗电量都在心疼。保安室边那间常有人与保安用电炉炖不知从哪弄来的山猫野狗。冒出的味正如在公交车厢里饮食，吃者有味，闻者反胃。大门口三五成群在杀鸡宰鸭的，平日里老板连个人影也见不着。于是乎赖交物业费者有之，拒交车位费者有之，至于小区周边店家物管收费几乎全军覆没。费收不齐，便向业委会哭穷。然对林雪海来说，更烦恼的是昨天刚报来的一张发票，一块小小牌子报价盈百。今天又叫放学回家的孩子带来一张单据，一车垃圾装运费本该由物业支付的，恐当面难说圆，故让孩子“空运”来。林雪海一见那单据，是日晚餐的那杯酒便取消了。

林雪海有一次对物业头儿说，你们要以质量求生存，得到的回复是物业这碗饭越来越难吃了。也难怪，这头儿原也只是一家物业的保安。接着这家物业发来一函，要更新小区监控。业委会中有个叫杨昆仲的，就在林雪海上任的次日立马登门造访，林雪海便将此工程委托他去办。可这位杨兄，身为业委会会员，竟哄抬起装价来了。报价的探头高得离谱，这下林雪海不买账了，便亲自跑厂家议价，一元一角总关情。可就在次日，这家物业立马张贴出退出告示，司马昭之心，路人皆知，看你短期内哪能找得到物业来。

当断不断，反受其乱，林雪海利用自己的人脉，很快就找到了一家新物业。说得好好的，可新物业次日来电话说是新近又接了一个楼盘，人手一时凑不齐。眼下正值盛夏，小区只要三天不打扫，便臭气熏天了。于是林雪海便叫当地一农庄主将新物业老总与介绍这家物业的老总邀来庄里打牌，牌局上明了是原物业捣的鬼。进驻后的新物业哪家水管堵了，哪栋楼灯坏了，一经报来，承诺二十四小时内上门维修。业主们也目睹了整洁的地面、明净的路灯、修整的花木。拨正前物业弊端确花了一番功夫，但到了年末各项收费出现了前所未有的好局面。

这里新物业有好局面，可原退出那家物业在另一小区又出状况，甚至有保安穿便衣上岗，成群业主为物业费高吵到社区。八个罐，七个盖，盖来盖去盖不全，物业索性将这里的经费卷走不还。业委会上商讨前物业的遗留问题，杨昆仲一下楼便告诉了对方。听到杨昆仲电话的业主，告诉林雪海他们早已是同浴一口池，共饮一席餐。林雪海告诉那业主，他明天必定去社区告状呢！原物业由妒生恨，这个杨昆仲终于从后台走到了前台，绞尽了脑汁，施出了手腕：一时间小区出现了数起高空抛掷垃圾袋的事；拉拢起一伙赖交物业费的闹剧；撺掇起新物业一周年满意度的测评。测评就测呗，于是林雪海连夜赶出了一份《告全体业主书》。林雪海早已摸准了底层的民众是最善良的这脉搏，也早知道业主们认为如此低廉物业费要做到这个份上，这点钱是该交的想法。但也深知一时人为洗脑也有一定的蝴蝶效应。

因年久失修，小区围墙栅栏损坏严重，于是业主，尤其是近栅栏的楼层业主以不交物业费要挟催修。杨昆仲见之便挑起事端，质问一两户室内水管渗水的为何不给修，俨然摆出一副救世主架势，煽动业主不要在修栅栏单上签名。可这位“仁兄”不知维修基金是外观设施损坏方可申请的。为修栅栏，他林雪海跑派出所盖章，求本地房管部门下来实地查看，上门征得百分之七十以上业主签名，向区维修基金打报告，进行维修方的招投标，工程验收后方可将维修金打入所在物业的账户。自林雪海怀揣报告在那个带着甜味的仲春早晨去派出所盖章起，到栅栏完成维修时已是隆冬三九天了。还是林雪海再三催促工程方，不然小区阳台下的腊肉、酱鸭要被人撩走回家过年去了。这一波折在大多数业主绽放笑容时方息，可这位杨兄却轻描淡写地阴阳了一句：“现在维修基金申批容易了，与上次讨回房产公司款时如出一辙，那笔钱不讨回，可钱总是永远存在的。”让他去说吧，春天往往是从倒春寒里来的，社会上有时恶比善还强着呢！

一次业委会工作例会上，杨昆仲突然提出要公布账目，当会计报到监控费用时，他突然大叫了起来：“哪有这么高的价。”在场一位正直的委员说，这家公司不是你找来的吗？

顿时，他哑口无言了。人的意识出现错乱比光速还快，否则，哪会有祸从口出这事？有次林雪海对新物业老总说：“冤家宜解不宜结，其实这种人是很可怜的，他不懂人家碗里的再好，可拨到他的盆里便是剩饭了。”

新物业老总说：“林主任，你也不妨想开点吧。”

林雪海回答说：“我们心胸开阔，但眼里容不得沙子！”

那日林雪海从医院回来，小区很多业主见新物业老总与栅栏修理商老板一人一只水果篮拎进大门，不多时又见他俩双双拎回。真是心服口服加佩服。每当夏临，小区的枇杷黄了，林雪海定会给他孩子们袋里放点钱，告诉孩子想吃枇杷时就在外面买点吧！哪个孩子不想吃，他也想到别把孩子养得太单纯，否则难适应今后的社会。

一日傍晚，林雪海去江边散步，突然从桥边蹿出一粗汉径直往前走。林雪海事觉蹊跷，便巧妙与其周旋，最后是林雪海跟随其后，见那粗汉消没在原物业的办公处。林雪海心下思忖：水至清则无鱼。想想当初选人大代表时我与区长只29票之差的人气，真要感叹干点实事有多难啊！当今那些民众闹事，不能一味指斥为刁民，其实该追究的是站在办事人员边那唆使的蚊子、苍蝇这类害虫。眼下对付那打手，只要不被他引入阴暗处，坏人的阴谋就不会得逞，因为在中国有的是监控。况我还是被共和国开国大典的礼炮声从母胎中惊醒的人。

鹰有时可能比鸡飞得低，但鸡永远不可能飞到鹰的高度。低调者好品格，逐渐为人所知，要做的事一件一件都能做成，因他见微知著。

同一承诺

余昌高级中学高三（1）班学生今日云集在东站欣欣饭店，个个脸上喜形于色，每个人的内心都怀有诗意。在场的大多已接到了高校的入学通知书，也基本上在近期要去各自心仪的学校寻找各自的诗与远方了！然他们心中都有一根无形的线，线的另一头牵动着那三年的记忆。今天是为先行的几位同学来送行的。因毕竟刚离校就开同学会为时尚早，然念三载同窗情今秋一别，日后也不知何时才能相聚，故老班长牵头开这个为首批入学同学辞行的聚会。此举当然得到大伙的赞同，也算是场华丽转身的开幕式！

平时忙学习，见面点个头就是了，可今日将三载储存心底的话像竹筒里倒豆子那样全倒了出来。说的频率最高的自然是高一进校时的那件事。

那晚林老师去查男生寝室，发现4号宿舍的上下铺的垫花、被子均烧出了好几个又大又黑的洞。幸亏被褥被人用水浇灭了，否则学生宿舍发生火灾，后果是不堪设想的。可问题是明摆着的，失火时间是在星期天的夜间。林老师察看宿舍前后无半点外来人员犯事的迹象。可4号宿舍当晚只有三名同学回校，于是林老师分别找三名同学谈话，口气均一致：我不知道。

三名同学中有一名是本学期新转来的，他说了一句：我是被熏醒的。话语温和，说到失火的情况为何还能微笑？凭林老师多年教学生涯的直觉，是这个同学的可能性极小。

于是林老师便再次找他谈话，说："听你说是被熏醒的，说明你当时已早早睡下了，幸亏熏醒，其实，很多火灾中死去的人，都是先被烟窒息后烧焦的，可怕吗？"他说可怕。林老师说："另两位同学正在写事件报告，那你就告诉我是谁干的。"他说："老师，你不要用侦探小说中那套方式叫我告密。"于是两人好久不说话。

许久，林老师又说话了："我看了你转来的档案，我俩还是同乡人呢！"他笑笑说："我爸早告诉我了。"林老师说："既然是同乡人，乡情浓于酒，那你就给我一份见面礼吧！"他说："老师不要用这种乡情关系难为我了。"于是两人又好久不说话了。

林老师直起身说："你不愿说，那我也不强求你，你走吧！我完全尊重一个高中生的人格，但这不等同于打小报告、告密，更谈不上出卖人格。"如今想想也令人啼笑皆非，大家都是做学生的过来人，青涩本是一种奇美呀！

谁知，当林老师说到这不属于打小报告、告密、出卖人格时，那同学的话便如出闸之水，一泻而出。说是某同学吸完烟，把烟头扔向窗外，很可能碰着墙壁又弹了回来，先烧着上铺被褥，火星又溅到下铺。唉，世间多少事均出于那些精力充沛、不愿意与夜一起睡的人之手。

平日里，林老师总担忧世风日下。物欲横流，理想沉沦，就不可避免地使人的正义感和道德变得迟钝乃至麻木，尤其苦于嫉贤妒能。一名高一学生如此看重“人格”两字，林老师原来总认为他们是“跨掉的一代”，现在顿悟，不管世风如何，总有人坚定做人的准则，固守民族之魂。

值完班回家，洗尽铅华，素面朝天，林老师自言了一句：这个班我一定要带好。是晚，林老师比任何时候都睡得香。

众人谈着，谈着各自的心底里都怀着一个“结”。

小红终于按捺不住地说：“怎么林老师到现在还没来！他在高考前一个月就答应过我，我考取大学，入学那天他会亲自为我送行！而且我三天前就把车次、送行地点都告诉了他。他行事不会误的，他是一个连喝了酒都清醒的人。”

小红此语一出，将在场所有同学纳入心底的“结”解开了。“林老师也对我说过同样的话，我是高考前三个月。”“我是本学期初。”“我是去岁年底。”“我是高二下学期。”“我是高一下学期的期中考后……”最后，陶陶说：“我是高中入学第一天与同桌发生口角时被林老师叫到办公室，他对我说：‘好好守纪，认真学习，团结同学，尊敬师长，三年后考取大学，我亲自为你送行。’这句话在我心底藏了整整三年！”

这时，林老师出现在大家面前，他带着泪激动地说：“人的一生中，最美的时光往往是在中学时代，年轻、纯洁、真挚！其实我对每个在场的同学都做过同样的承诺，当时我是一个一个说的，今天的送别会也是我委托班长策划的，同学们，这是我为你们加的暗劲呀！生活需要仪式，热情需要激发，其实所有人的命运几乎都是被偶然决定的一种必然。一条小径可以变通途！今天的场面是一场特有的彩排！”

这个夏天真热啊

2017年7月10日，散步时路遇一位老友，这是位以耿直著称的人，见着我便嚷："我们都在给你投票了，既然人家把你推上去，你就不要不当作一回事，低调有个屁用。"我原也用过微信的，为少干扰自己的写作，便将那微信删掉了。此时，我想起了早在年初，原单位领导说："看你一辈子不打老K、不搓麻将，你是个典型书虫，我们要借用你来推动全民阅读，望配合我们的工作。"当时我略想一下，我平素信奉的便是人活着，一为社会做点事，二为家人着想点。于是乎回答说："配合。"

一到家，我便翻阅当日的地区小报，可这家报上无半点这方面的文字。正当我纳闷时，手机响了，说是某某网站的，我们能很轻易、安全地帮你拉上票。我当即回道：我是一辈子当老师的，白天教教书，晚上写写字。而后此类电话又来了几个，我均用相同的答复回敬了他们的好意。后原单位值班的老师来电，说："今有好几个电话打进来，听听蛮吓人的，自称是腾讯的、新华网的、人民网的，要你的手机号码。当时我想，不告诉他们，怕真的有事耽误了你，听听对方又是有来头的，心想报个手机号问题又不大，但我有言在先，你们可不能害他。现在想想，我又不放心，请你视情况定吧，怪我当时心一急，报了你的手机号。"大有道歉之意，噢，难怪这么热的天，这么远的距离，会来这么多的电话。于是我告诉她，没关系的，我会应付的。我这时思忖的倒是原单位正是最接地气的乡愁地。

次日，又听到相熟悉的话音。对方说，我就是昨天给你打电话的。这次我便说，我不想干那事。对方说，听听你说话也好。于是我以开车为由，说了声谢谢，便挂了电话。

以后此类的电话是没有了，可短信却多了。有说，我们注意到某个参赛的，刚才还只寥寥数票，突然一下飙升了几千，是目前为止的第一号突击队员。我说随他去飙吧！有人活得粗鄙，就是因为不会玩啊！有说，举办方将你的姓也写错了，叫我们怎么投呢？甚至问我儿子，你这个爸是你亲爸还是干爸。我只能无奈地摇摇头，真乃开国际玩笑（第二天改过来了）。然更多的短信是：我们是某校某届的，现正在为你效力。还有一个学生说，我已发动我的员工们了。年轻人嘛，总认为自己有能力改变这个世界。此时的我，姑且不谈投票这事，但有一点就是我多次对年轻老师们谈起过的：平时你与学生结缘，日后你就活得与众不同了。是日晚间，我重新安装了微信。

一日，在街上碰到一位初中的老同学，一见面便口口声声说抱歉，我说什么抱歉。她说："打开投票页面时，点你大图像毫无反应，再拉到你小图像处，点左边小圆圈出现一小钩，总认为给你投上一票了。今我女儿来，她告诉我还需将页面继续往下拉到二维码上方投票栏上再点一下，你那老同学才算有一票了！"接着又说了一句抱歉，我忙说："要说抱歉的该是我呀！"我在想，在这个科技日益发展的时代，年轻人一学就会，可年老一代的，就难说了。望我们的政府职能部门在搞此类活动时，要设置得便捷、明了，让多层次人参与进去。

我一辈子当老师，从初中教到大学，又发了那么些文章，沾了不少光。据我所知，票少者大有德高望重之人。本次投票，搞个两三天就够了，这么热的天，连续八天，真过意不去。那些热心的投票人，叫我如何感激你们呀，我无法一一知晓你们的名和姓，我只能在这里遥祝你们一生平安！真对不起大家了！尤其在2017年7月17日这天，这小小的一个奖，怎么能让一方社会都拼了命似的投票。读书本身是用来修身养性的，用不着搞得如此沸反盈天的。连着八个高温日，倍觉夏天苦。这个夏天真热啊！

张凌超的胡杨情结

胡杨，是新疆最古老的树种之一，它主要分布在极干旱的新疆塔克拉玛干大沙漠周围，被新疆维吾尔人称为“托克拉克”，意为最美丽的树。根系深扎50多米，抗干旱、斗风沙、耐盐碱，在风如刀的沙漠中勇敢地抗争着。6500万年前就出现在地球上的胡杨，的确可被视为地球上的活化石了。

张凌超原先一直主攻人物画和山水画，2000年，他去西部采风，看到了大片的胡杨，顿时受到了震撼。有人说道：“胡杨有三个一千年的无穷魅力：活着一千年不死，死后一千年不倒，倒后一千年不腐。”这是最能打动画家的心灵的，深受老庄思想熏陶的张凌超思想再度活跃起来，画家就是要有创造力。徐悲鸿画马，齐白石画虾，再早一点的郑板桥画竹，可胡杨在中国画史上鲜有人涉及，是新门路。熟悉的地方是没有景色的，艺术拼到最后都是拼独特性。徐悲鸿曾说艺术家就要“独持偏见，一意孤行”。就像眼下我们走过了太多挂红灯笼的古镇，同质化的现代包装，让古镇失去了历史的沧桑感。当时已从艺30余载的张凌超，经悠悠岁月的磨砺，多年讲台执教，手中那杆通笔墨语言与韵律的笔已入佳境。获得新视点后的张凌超，面对胡杨是生命的象征这一课题，苦苦求索。他非常注重师法自然，他认为只有深入大自然，亲身感受，才能在创作中展现出幽远旷达的意境，他15年16次带学生写生，从中获得感悟，营造出属于自身的精神家园。他以深厚的笔墨功底，非凡的创造力，为推动中国画，倾注毕生精力。张凌超融贯古今，以胡杨画成就最大，终于将“春之韵”“夏之歌”“秋之赋”“冬之魂”“天人合一、天地和谐”等五个篇章百余幅讴歌胡杨精神的系列作品公之于世了，这一完美的答卷，一并将自己的学养与坦荡的胸怀展现出来。

线条是画的第一要素，对线条的描绘是运笔的核心，因此画家大都注重线条的浓淡、干湿的对比，用勾、染、擦的不同方式来展现。张凌超的胡杨画就是先以遒劲的大线条勾勒出胡杨的总体框架，然后用他独特的皴法勾勒，描绘胡杨奇异的生存状态，再运用皴中又皴方法从局部上加以不同的皴擦渲染。或健笔勾擦，或湿笔皴染，树丛画法不拘一格，力避僵直，以“鹿角法”“蟹爪法”描绘，然后聚集老与新、枯与荣，从胡杨的肌理、质感上将其天然野趣纵情刻画。这样画就的整片胡杨便远近、高低、大小搭配得错落有致，疏密相间、动静结合得匠心独具了。再是用笔干湿浓淡富于变化，造型十分严谨，还将自我情感深藏其间。张凌超画胡杨，一方面有着与传统分割不断的艺术血脉，始终坚持传统底线；另一方面也怀有对当今时代的独特感悟。张凌超的画着墨简朴、素净、率真，这又恰到好处地将胡杨的沧桑、幽深、不屈的生命力与恶劣生存环境形成强烈的对比。形神兼备，将胡杨雄浑的气象、高远的意境表现得酣畅淋漓，给人以极强的视觉冲击力，观众也能从酣畅淋漓的笔墨中感受到画家的潇洒之气。如《戈壁绿洲》画卷中，中景以树现云中运笔，画家对景进行取舍和增添，在彰显出博大的胸怀和气息的同时又符合自然规律，从中可看出画家在观察实物物象时认真细致的态度。如此画面既有北方山水之沉雄博大，又有南方山水之苍润秀丽。左上方题款朱印与下方绿洲相映成趣，似将千山美景融于一山之中，整幅画不留边角，整体云雾缭绕。张凌超笔下的胡杨如笑傲江河的斗士，面对呼啸沙暴，毫无惧色，挺身而出，苍蕴其骨，观来使人备感敬畏。又如《大漠长城》以远小近大布局，树以蟹爪法运笔，画面中的树、云一气呵成，既表达了画家激情的内心世界，又表现了大自然的韵律。画面知白守黑，渍黑衬白，恰到好处地留白，既点又渍，烘染气氛，那云雾飘逸得令人叫绝，颇具元人黄公望之姿。另外，皴染手法运用得当，无论画面整体还是局部，都严谨细腻，无散漫之弊，无滞涩之感。在局部的描绘上画家运用多变的画法展现自然之景。画面中，无论中景还是远景，都开合有度，含蓄朦胧，虚实相间，云雾缥缈，处处皆景。如此展现多景绘画技法的运用和处理能力，足见画家胸中有丘壑。端视作品苍茫高古，逸气回荡，线条灵动，黑白苍润兼备，皴擦勾勒皆得古法之妙。作品的大视野、大气象、大格局连同作者豪迈博大的胸襟一并展现。此外，画面如生命的礼赞，干旱的西北，大漠生烟，照样撑起一派绿洲，天人合一，透露出大地无限的生机中蕴含和谐的精神境界。由此观照，张凌超笔下的胡杨岂止是树，更是神。万物有灵，正是一个画家的基本信仰。

绘画是具有感性特征的视觉艺术形式，但在这种艺术形式中，景与情、心与物、意与象往往是对立存在的。画家心物相和，那笔下的物象并非对现实的客观再现，而是在被赋予意象的过程中展现出画家的本真之心。正因此，张凌超笔下的胡杨，如大漠中身处震天鼓角，傲骑在嘶鸣的战马上的卫士，穿越时空，直抵人的心灵。这不是消极的天问，而是时代的响雷。张凌超岂止为胡杨画胡杨，他是要呼唤人们从胡杨身上获得启示，人要像胡杨那样顽强生存。至此我们便明白了胡杨即画家心象。艺术，不是一时兴趣，而是一生情结，对张凌超而言便是胡杨情结吧！物我一体是创作的最高境界，人与人的主要区别不在于职业，而在于内心的境界和价值观。面对窗外，红尘滚滚，金钱、娱乐，声色犬马、利益博弈，将动听歌喉或美丽的外表比内心的修正看得更重。在全民审美普遍缺失的今天，胡杨画因褶皱感太强烈一时难被大众认同。阳春白雪，和者盖寡。远的不说，凡·高如此殿堂级泰斗平生只卖出过一幅画作，还是其叔太可怜侄儿自作主张代售的。前人曹雪芹十年一把心酸泪，为创作《红楼梦》举家食粥赊酒；今人路遥为创作《平凡的世界》数下煤井谋稻粱。凡秉持执念的人，宁被时代所左也要坚守信念，在人家向前跑的时候看看人家丢了什么。张先生生活简单，处世低调，内心安祥，从容淡定，用空灵、清寂的氛围展现出一种对心灵的观照，从而净化、升华自己的心灵，不以再现物象为目的，而是以物象为主要审美符号来寄托生活理想，在作品中隐显对生命的敬畏。这一切都凝聚在静穆与沉静的胡杨树之中。是的，真正的艺术家应该是宁静的。画家后半生为何要呕心沥血画胡杨？他要表达的正是我们这个民族的精髓。诚然，张凌超后半生的胡杨创作值了，健康的人心是没有亏欠的，否则他哪能那样的意气风发、神采飞扬呢？

很多人一旦成名，就忙于应酬，但张凌超老先生不忘初心，固守心湖中的一片蓝天，以洒脱而又扎实沉稳的心态怀抱世界，展现一个画家应有的操守、责任与担当。中国画以宋元为巅峰，也正是从宋元以来，世人把绘画看作一切的寄托，是画家人格思想的再现。张凌超追求格调高雅，这始终是他孜孜以求的目标。人虽古稀，仍深入不毛之地，对胡杨钟爱有加。在社会剧变的当今，张凌超在创作中为心灵、为一方净土孜孜不倦，为纯粹艺术去沙漠煎熬。作品表达了至诚的民族气节与道德操守。同时他又具有深厚的国画功底和灵敏的捕捉艺术形象及撷取生命激情的能力，所以他的作品具有鲜明的个性风格，雄厚大气、昂扬刚健，在中国画坛上独树一炽。

注：此文是为张凌超近期在西泠印社出版社出版画册所

写的序。张凌超，1941年生，毕业于中央美术学院国画系山水画研究班。中国艺术学院教授，中国工艺美术家协会副主席，国家一级美术师，中国美术家协会会员，河南省荥阳书画院院长。作品多次在国内外展出、获奖。系胡杨画派开拓者，中央电视台曾为其录制《灵魂作色彩、生命绘胡杨》专访节目，郑州电视台也邀他录制《古稀岁月承大任》访谈节目。

番薯岁月

每当见到市镇街头，铁桶上放着一圈烤得焦黄的番薯，香味浓浓的，常吸引人买了边咬边走，我脑海里会再次呈现家乡“黄大里”那片绿源。

儿时，年过了初七八还有一大幸事，就是随爹去屋后开番薯窖。看爹先将上面的稻草拆掉，再将上面一层层薄泥捧掉，又看见一层稻草，将它掀掉，奇迹出现了——是一窖长着鹅绒嫩芽的番薯。上面还直冒热气，热气中带有一丁点忍冬的芳香。爹将它们小心地一个一个放在土箕里，不能将芽碰断。但我和弟盯得最牢的是窖底不长芽的那些番薯，拿回家削去皮切成一片片冰清玉洁的生薯，放进嘴里那个味真爽啊！它是那年月孩子们的最佳水果。然有一年，爹打开后看到的是一窖全烂掉的臭番薯，爹叹气，我流泪。

上述的是私家窖藏。

集体的是将出窖的番薯挑到事先准备好的用猪羊粪做

底的土里，然后在上面铺一层细泥，过些日子，便会长出苗来，继而便成绿茵茵一片。等苗长至盈尺后，便剪成一根根的，再把它插进新翻耕的土里。以后的日子里，那番薯沐着阳光、浴着雨露一味地疯长，一直疯长到枝叶繁茂致使贴地的藤越过土畦将根须扎入畦下的沟里。上学了，教科书上说这些须根属无效分蘖，会抑制总根生长，这就要将番薯翻一次藤，这时节也正是番薯的青春期。儿时上学路过“黄大里”时，阳光让露水打湿的叶片发出晶莹的光泽，此时我总要多看上几眼。周末去打猪草，置身其间的伙伴们将与绿野融为一体了。

翻藤这农活两人一畦，双方站在沟里理过去。这活通常由妇女队长带领全队所有女性外加非正男力们干。将在外，君命有所不受，休息呀，干活呀，全由妇女队长说了算。那时正男力一日十个工分，女的最高是七分半，非正男力是八分上下。趁休息时，扯把番薯梗拿回家，晚上炒菜吃，然集体的番薯是不准挖的。那年月，大家普遍困顿，也普遍开心，这是穷开心，穷人也可以笑，这是不屈服于逆境的美德。这种笑就苦了那些半男力呀！几个大嫂，眼睛一刮，一拥而上，将某个半男力摁倒，剥他裤子。弄得半男力大叫讨饶，把绿叶当作遮羞布，速将内裤拉上，再心急火燎拉外裤。为首的大嫂还问他，你今后嘴巴老不老了，再嘴老的话再剥你一次，弄得那半男力一边捂着裤子，一边逃，一边说，不老了，不老了。整片番薯地里成了欢乐的海洋。民间的苦与乐是相互抵消的，正因此生民们才会代代生息下来。

几场秋霜将番薯叶打得蔫蔫的，队里开始收番薯了。分到家的番薯，主妇们将好的放到屋子干燥处慢慢享用，而且越放越甜。寒冬腊月，屋外大雪纷飞，屋内喝番薯汤也不失是一种人间享受。然番薯的价值还在后头呢！先是将最差的、破损的洗净磨成粉，用布沥净，次日倒掉上面的水，缸底便是雪白的淀粉。淀粉可加工成粉皮和粉丝，那渣拌进酒酿，发酵一段日子后便能酿出烧酒，最后挑剩的番薯用锅煮后可制成番薯干。

因此那时过年其实是过番薯年呀！一年忙到头的人们，稀汤干菜实乃刮肠，难得闲下来喝“枪毙烧”（番薯渣酿的酒）、捞粉皮（番薯淀粉加工的）。这也算是把盏放谈，让满舌间的清饮流进心间，润和疲惫的肌体。当做客的孩子们要回家时，主人赠送的是一根甘蔗，外加一包番薯干。一次行将放学，老师将我们集合起来去附近生产队摘番薯藤，说是救灾的。当时我们想这藤怎么救灾，现在有资料可查，当年有一些穷苦的地方连番薯藤也吃不上。

那年月最烦恼的是当老师，一个番薯一个屁，十个番薯唱洋戏，弄得课堂里笑声常作。淘气的学生还会吟出打油诗来：“屁乃肚中之气，哪有不放之理。”引起哄堂大笑，弄得老师很难管好课堂纪律。特别是三年困难时期，人们常吃薯瓜，不进米粒，肠胃就难以服帖了。如今酒席上也常端上一份番薯、玉米、芋艿、南瓜拼盘，离席时鸡、鸭整只不动的也有，可这四件不动是没有的。番薯身份注定做配角，喧宾夺主的番薯岁月那便惨了。

萦怀古镇

我是八岁上学那年去古镇的，那时无车可乘，全靠两条腿走。一早从家出发，穿村过坊，爬上南湖塘时，我情不自禁地叫了起来："啊！大海。"就在这次，我看见城里的姑娘裤子只有一个裤管，男的与女的手拉手在大街上走也不怕难为情，农家的伢子哪能进馆子，在直街一小木屋下吃豆腐脑已是莫大的幸事了。回家后我在小伙伴们中间吹得天昏地暗。因此，我打那时起很羡慕在市井长大的同龄人。

20世纪60年代中叶的一个金秋，我手持一纸"入学通知书"，一脚踏进古镇唯一一所中学的大门。那时口袋里的饭票是从周六倒时算计着吃的。这岁月也滋育了人的个性，让我守得住净土，也耐得了寂寞，以后便选择了一条教书、写字的路。每当途经母校时，我总会条件反射地朝里面望一望那条五四路，好多次，几乎失声地向里面的学生喊，我是你们的师兄呀！可后来那条五四路被拔地而起的教学楼所替代了。我在想，时代进步难道非要将传统美的东西随意冲刷掉吗？！

每次外出参观完一个古镇回来说与长辈们听，长辈们说这些东西我们古镇早年哪样没有，而且比人家多，比人家全。人们赶制出来的东西，充其量只是古镇的赝品。难怪上了年岁的要唠叨，不像不像，一点不像。苍白啊如纸，浮华啊如梦，挥金啊如土，换来的却是无写意、无个性的大路货。

早在中学时代便做了两个很圆很圆的梦：一个是大学梦，一个是娶个城里姑娘的梦。20世纪80年代初趁“知青”妻回城之机，举家搬入古镇，一时找不到住房，就权且栖身在我首次上古镇直街口吃豆腐脑的小木屋里。木屋虽旧，但听人说，三世难修街面人，况这木屋买菜近、落河近，看电影近，然最近的莫过于上厕所了。春秋的日子倒是好过的，冬日里只忧几场厚雪，最难将息便是那个酷暑，毒日钻进青瓦，木屋犹如一口大蒸笼。最难忘那个龙年，持续21天高温，用足3台电扇，也只循环了些热空气而已。当雷雨到来时，把那脸盆、脚盆、拎桶，甚至马桶倾巢出动还不够数，还有更难以忍受的是那屋后厕所里散发出来的阵阵腐臭。

可谁人知晓小木屋中的我，在闷头啃书，在奋笔疾书。因我理解“初级阶段”四字含义，也就在这小木屋里，我的处女作发表了，论文获奖了，也奠定了我如今还能站讲台的基石。7日强台风，一夜苦惨了古镇，于是8日举家搬出了小木屋，可不知为何，每当路过此地，总有莫名的情感萦怀。

要说萦怀，确也萦怀，有人问我，你家省城有房，却为何常住古镇，我便以笑示答。我心里异常明白，这双千年古镇在浙江并不多见。清朝四大奇案之一的“杨乃武与小白菜”的故事就发生在这里，又相传大禹治水舟至镇西搁浅了，镇西那片熟土至今还有“烂船坞”的俗称、“大禹谷”的雅号。

兴许是双千年古镇吧！它的习俗特别多，元宵宫灯、二月风筝、清明扫墓、立夏乌饭、端午五黄、重阳登高、冬至祭祖、岁末送灶……古镇的大妈们特忙，在河埠头淘乌米，洗箬壳，忙完这个节又酝酿下一个节。尤其是周末，古镇就连偏僻的街边都停满了车，想必是在外地营生的古镇后裔或外来购房者来度假的吧！连阳光也像偏袒古镇似的，《杏花春雨》《春草》《杨乃武与小白菜》搬上电视屏幕，镇民们便指着说这是上务弄，那是澄清巷。继章氏太炎先生后，代有企业家、艺术家出，这也许就是底蕴吧！

这底蕴便是风水吧！它源于一条河，这条源于天目的苕溪在此定格，这一停便演绎出那么多异彩纷呈的童话来。澄江如练，穿镇而过，潇洒南流。有如此一水，可谓绝景，镇内还有一条与之平行的运河，与大运河接轨。这一接，接出了“京杭大运河南端”的称号，还有一乳名，曰“龙船头”。

镇的南面便是南湖。在上游未建水库时，天目万山之水全汇于此，低洼处的古镇犹如一个宝盆。每当晨曦拂面时，那湖、那镇便笼罩在轻柔、飘逸的薄纱中；晚霞烧红时，呈现出鸬鹚与野鹜共融、芦苇和蒿草同生的幻景。

世局鼎沸，喧嚣千年，杭城西湖尚为海湾，而南湖已是沧浪平堤、桃柳成荫、芙蓉争妍、渔舟唱晚、有父子而无君臣的世外桃源，故南湖素有“秦源”之说。

西湖的美在于潋滟之姿，而南湖之美则在于水野之趣。白云袅袅，牧草葳蕤，野花争妍。西湖形胜于南宋，而南湖则盛于唐。唐时南湖便有桃源古渡、三贤仰古、仙姥酒墩、伏虎遗亭、滚坝佛阁、岳潭书院、斗牛分野、烟水屏峰、南塘柳浪、鸳鸯卧波、荷塘风月、渔舟晚橹12景。正因此，文人雅集，留下了大量有关南湖的篇章。

西湖直到隋代由于地理运动而彻底脱离钱塘江口岸独立成湖，而南湖是东汉熹平二年（173）县令陈浑筑湖以蓄洪而成。这一筑便终身裁定了南湖滞洪蓄水的功能。从此，为确保杭嘉湖安全，将来自天目山水系的万山之水在古镇上游3里处引入南湖。那入口处的苕溪大堤便是西险大塘首端。所流经3里处的原区农业局基地上所建的雄浑楼郡便是贝利集团承建的。这贝利集团是一家本地新崛起的以房地产为主，涉及建筑、资本投资、生物科技、技术信息、物业管理多元的控股集团公司，总部设在临平南大街255号。该集团正加快从单兵作战向强强联合跨越，从民用商业地开发向城市运营，公司秉承品质才是硬道理的开发理念，以质量立市，以诚信为业。网言：贝利在中国人气可以呀！

常有人在问南湖开发不开发，南湖当然是要开发的。西湖有白堤便知其在唐代就开发了，有苏堤便知其在宋时已成规模了，至今方成世界文化遗产地，罗马也不是一日建成的。南湖工程现重点在其深处的沙溪口加固，筑桥、扩大水域，蓄水是她的天职。西湖只有湖心亭、阮公墩、小瀛洲3个岛，而南湖拟构建8个岛，开启岛上搞旅游、周遭搞房产模式。2010年7月，浙江海外高层次人才创新园在古镇正式成立，2011年，获评国家级海外高层次人才创新创业基地，与天津滨海科技城、武汉东湖科技城和北京未来科技城并列为中央企业集中建设的四大人才基地，四个基地为“未来科技城”，想必这会加快南湖开发的进程吧。眼下“之江实验室”在国内可号称计算机领域唯一的国家技术标准创新基地，其前方的沙滩公园正在筹建中。

上周末，我携宝宝去沙溪口工地观看，宝宝一钻出车就叫了一声：“啊！大海。”便去追赶羊群了。我愕然，莫非人生冥冥之中是有其圆和缘的。不投机、不取巧，靠自身学识吃饭的人生方是最圆的。试想等宝宝长成了，南湖会像西湖那样诱人，而这一声“啊！大海”便会留在宝宝的记忆里。

冷水潭

我的故乡坐落在富（阳）余（杭）临（安）三地交界处中泰乡一个没有地平线的小山村。村口有一眼泉水，村民们称之为“冷水潭”。天越热它却越凉，天越寒它却越冒热气。儿时，我常问村中长辈，为什么，回答的都是同一版本——此乃仙水。

潭左有一平地，潭右孩子们是不敢去的，听大人们说这里曾处决过土匪。听爷爷说，那平地上原先开过三天茶室，第四天就关门了。试想，有如此一潭，还有谁会来光顾茶室呢？于是店主在潭西种棵松树，在潭北种上茄子，便怏怏而去，意为既有冷潭，那茶室便“稀松不介（茄）了”。商机这东西是要主观因素和客观因素一并加以考虑的。也听说过在那平地上开过大办钢铁誓师大会，主席台底座是由几只稻桶搭建成的，乡长过于激动，连稻桶带人都倒在冷水潭里。

那潭水是从石缝中汩汩地淌出来的，出水口的上方是一块巨石，巨石上面均是植被，乌桕树与野雀藤共荣，细苦竹和狼萁草同生。巨石的下部均是岩石，水长年累月地流淌，竟在岩石上流出一条弯弯曲曲的小沟，小沟流向村口的大溪，想必最后流向了外面的世界。潭水长年不干，原先出水是相当丰裕的，后因潭背部山上为架超高压电塔，炸开山口时震动泉脉，出水量少了许多。为此，村民们着实惋惜过好长一阵子呢！盛夏时，村民出工常在此汇集，边歇边等人，即使迟到片刻，队长也不会嗔人；收工回来，尤其是那些“知青”，一到此便会瘫倒在泉岩上。

春天的绿韵，夏日的骄阳，深秋的红叶，冬令的雪花，不但本村人阅读着、丰富着那湾灵水，连外乡人也歆羡着、融合着。因潭水本身就傍依着大道，南来北往的行人路过此处渴了便俯下身掬上几口再赶他的路。也有坐下小憩的，说不定还会与村人聊出一桩媒事来呢！大自然本身是慷慨的，哪像如今有些地方稍有点景便画地为牢，增门设卡，收取门票。

有一年大旱，村里的小溪、村外的大溪，都只剩裸露的圆石，村民饮水均指望冷水潭了。白昼黑夜24小时，水桶排队，漆黑的暮色里摇动着微弱的手电光，村民连做梦也蹚在弯弯的水沟里，煎熬着这吃水贵如油的日子。

儿时，大人们对我下河是管得极紧的，但去冷水潭是放任的，只吩咐一声：吃水不要太猛，大热天吃这水会伤人的。我常会盯着那潭水从石缝中汩汩地流淌，常想石块中怎么会有那么多的水流出来，也就从那时起滋生了我的寻源梦。日后，我寻太湖源、钱江源、三江源，从九寨沟返程时，还特意叫司机驻车去看了岷江源。

人在市井，梦系潭下。工作越累，越会梦潭。它犹如我的精神家园。有一回，我特意赶去冷水潭，从弯曲的水沟中我顿悟了人生本身就是曲折的，随时间的推移，社会会做出公允的评定。次日回讲台讲得更欢了，当年我执教的这班学生考得特好。

那个暑期，我回故土探亲，适闻村中有一位八旬老妪生病，膝下儿孙也尽孝道，有买可乐的，有买鲜荔枝的，可老人弥留之际非要吃村口那潭水。也罢，千孝不如一顺，待儿孙们给她吃下那潭水时，老人便安然仙逝了。

时下追逐黄金梦的年代，开发商来了一批又一批，都说那水堪称极品，可出水量不多，也就偃旗息鼓了。是的，卖真货是赚不到大钱的。

日月轮回，四季更替，那潭水一直在潺潺地流淌，流淌着日月的长与短、岁月的苦和甜，也流淌着人生的春夏与秋冬。当年百来号人的小村，至今已盈千余人，村民已用上自来水了，这水是潭水正前方田里一口大井里打上来的，想必那龙脉是相通的吧！

那潭水就这样哺育着一代又一代的人，潭水长流，记忆不老，这童话将永远留在人们的记忆里。

野三坡

野三坡位于河北省西北部保定市涞水县境内，距北京106公里。每年暑期开通绿皮专列，从北京西站上车只需3个小时就能到达野三坡，软座每票28元，至于返程站票只需8元钱，算得上当今中国最廉价的火车票。

相传明初燕王（朱棣）兴师扫北行至，见道边成群松鼠捧奉松果，燕王拱手施礼，对部下曰：“兽且归顺，况人民乎？”遂颁恩诏免野三坡区域丁粮。时至清代，野三坡人民仍崇敬明朝，于是清政府便不许野三坡人民参加科举，几番派兵镇压，人民生息不得安宁。于是当地山民推举当地殷富、酋长组织武装，一旦闻警，不分村界相抗，山民凭山关隘狭，清政府也奈何不了它，说是穷山恶水多刁民，于是就让当地酋长自治，故清时蔑称其“野三坡”。

“野三坡”其实是总称，分百里峡、拒马河、白草畔等七大景区，而以百里峡最为出名。

酷暑的一个普通早晨，我们一家子踏上去野三坡之旅，下榻一家农家乐。孔明灯徐徐升腾，歌声响彻，宣告一个新夜的到来。日照里的夏日南北方似乎同酷暑，可白日一退去，北方便很凉爽，和24小时前的家里判若两个天地。这时候即便有腼腆的情人，只消一个小小的眼神也自会融入浪漫了。我因旅途太累，终于不知不觉地闭着了眼。

翌晨，我浏览了一下手中的门票：百里峡由十悬峡、海棠峪、蝎子沟三条造型各异的“嶂谷”组成，总长105里。其中十悬峡全长45里，因峡内分布着数十个弧形的悬崖而得名。蝎子沟因沟中遍生蝎子草而得名，全长25里。其中最出名的莫过于海棠峪，因谷内遍布海棠而得名，全长35里。

于是我们便选道海棠峪了，刚入峡口，感觉和单位组织的一次旅游很相似，再一想，我会心一笑，原来是《三国演义》电视里曹操兵败华容道取景于此。真佩服导演们的本领。

百里峡异于他处的便是“嶂谷”，何谓“嶂谷”？就是两壁近于直立，谷底有少量沉积物的峡谷，是长期内外地质作用的结果。凡峡谷总是拾级而上，可游海棠峪给人感觉似在通幽曲径上迈步。故而游海棠峪可乘10里的电瓶观光车。下了电瓶观光车便不分贵贱，一律徒步而行，年轻男女雀跃的笑声在空谷回荡。也有一言不发，默默随着欢腾的人们迎着荫凉，迎着从阳光薄烟里飘落下来的捉摸不定的水滴的。不管是落着的还是没落着的，每个都嗅到了绿色潮气和青石气息。北方粗犷的山野气息将人身上的汗渍和胭脂冲洗得荡然无存了！

峡谷翠壁兀立，丛峦万仞，直插云天，令人望而生畏。峡道直到“海棠女”雕像处才有两个篮球场大的空旷处，雕像边标有《西游记》摄制处，也只有这里出现断层岩坡。岩壁上的植被一律呈现出耀眼的黛绿，粗犷之中现秀媚。那涧水浅处盈寸，深处丈许。只听他们说这是“老虎嘴”，那是“爽心瀑”，那极窄处不用介绍便知是“一线天”了，最惟妙惟肖的莫过于“回首观音”和“天生桥”了，不愧是大自然的鬼斧神工。居身其间，体味到争虚名之无聊。纵然有轻生的，此时也会放弃这份念头，甚至会笑自己的荒唐。人啊，只要肯劳作，安下心，活着多美好啊！大地才是人类生存的母体。

野三坡在古代是京城通往塞外的重要关隘，素有“疆城咽喉”之称。如今以其雄奇的自然景观和古老的历史文物及清凉气候，深受海内外游人的青睐。遗憾的是2012年7月21日遭受有气象记录以来最大的一次降水，事发后，北京铁路局加开百里峡至北京临客列车，免费疏通旅客一万人有余。

庙山坞

庙山坞是距浙江富阳市区8公里的黄公望隐居处。

中国古代书画巅峰之作，一是《兰亭序》，据说至今尚封存在陕西李世民的墓中；二是黄公望的《富春山居图》，清初遭火焚后，前半段称《剩山图》藏于浙江省博物馆，后半段称《无用师卷》藏于台北“故宫博物院”。历经361年的分离，63年的隔海相望，终于于2011年6月1日在台湾合璧展出。这无疑是件享天美举。一时间媒体争相报道，精明的富阳人就着手创建号称全国最美最清洁的风情小镇了。2012年“五一”小长假，黄公望纪念馆尚未开放，但黄公望森林公园的游客已蜂拥而至，游众中大有来放松身心的。这倒把原只746户农家，总人口2458人的山村“农家乐”打造了出来。沿路而建的“农家乐”很多，那些漂亮的民居高挂红灯笼，喜庆祥和。玩累了，随导游入住早就联系好了的酒庄饭馆。吃饱喝足了，一声“走”，拍拍屁股立起身就是了，单早就有人买了。

进庙山坞的游步道依溪延伸，道的两边是茂密的竹林，山显阳刚，水显阴柔，令人称奇的是进入林间约3里处有一豁然开阔处，俗称“筲箕肚皮”，意为一只反扣的筲箕，筲箕是农家用竹编制的淘米洗菜工具。那空旷处潺潺的鸿宾泉就是筲箕肚皮山上淌下来的山泉，真乃水清境雅，难怪宋时的大诗人苏东坡为官杭州时，趁公务之暇也曾多次前往。真羡慕黄老先生远离尘世后觅到如此一个安身地。

泉上的小园全由石坎、围墙隔离，进小石桥内有高低错落的三座平房，其中两屋长廊相接，还有用木柱、木架搭成的茅草房，场内还有一处茅亭。走进一扇小门，临岩而建是南楼，楼内桌上放着笔筒、毛笔、纸张、书籍，看来是画桌吧！室内还有桌椅等家具。南楼的对面是“小洞天”，这是黄公望生活起居处。灶台、柴火、水缸、小桌，屋内还有木床、木箱、衣柜，一应俱全。我心下想似乎太逼真了些吧！

已是79岁高龄的黄公望，耗时7年，创作出这幅传世国宝。《富春山居图》以长卷形式表现了富春江两岸的旖旎风光和田园阡陌的景色，作品以富春江为原型，全图用墨淡雅，山水布局疏密有致而又极富变幻。

《富春山居图》系山水画巅峰之作。中国古代绘画艺术的两个高峰期，一是宋，一是元，而元则是中国传统文人画的成熟期。黄公望本身学识渊博，工书法，通音律，能诗文，曾得赵孟頫等名家指点，与吴镇、倪瓒、王蒙并称“元四家”，并居其首。他为创作此画，足迹踏遍富春山水，况他本身久居在这青山绿水间。

《富春山居图》系发愤之作。黄公望生于1269年，卒于1354年，本姓陆，名坚，平江常熟人，幼年父母双亡，过续给常熟虞山小山头的永嘉黄氏作为嗣子。中年曾任中书省平章政事张闾属下小吏，因张闾引发民乱，黄公望被牵连入狱，出狱后的黄公望便立誓不仕。人的命运往往要受历史的左右。众所周知，元朝是中国历史上由少数民族（蒙古族）建立的帝国。黄公望的晚年正处在元帝国行将走向穷途末路的年头。自古雄才多磨难，在经历如此坎坷人生后，他万念俱灰入道隐居。

《富春山居图》系赠礼之作，是黄公望为郑樗和尚（无用师）所绘。试想有几个会拿最佳之作送人呢，足现两人交情非同一般，以及黄公望之人品。况此画点墨时黄公望已是79岁的高龄，可想谈何体力植粱种菽呢！内中也少不了寺院接济，而古人最懂滴水之恩的相报。凡真正的艺术都是远离功利的，当今咖啡店里夸夸其谈者皆是伪艺术家呀！

作完了《富春山居图》，没过几年，黄公望便溘然长逝了。星陨长夜，悲怆不已，此画终成了先生的绝笔。后家人将其葬于虞山北麓小石洞附近，墓前立有元黄公望石碑。也有说黄公望古墓在庙山坞一处山崖平台上，这兴许是为了增加神秘色彩吧。历史不怕缺失，怕的是添加与杜撰。

黄烧纸

老余杭出南门的中泰那片土地旧时被称为“南乡”，南乡出产一种土纸，这种纸很厚，颜色是黄的，人们便称之为“黄烧纸”。

南乡田少，山多，盛产苦竹，制黄烧纸的原料正是这种苦竹。黄烧纸可是那时山民的重要经济来源，然做黄烧纸的活是很苦的。

入冬后，山民上山将苦竹斫回来，到水碓里舂碎，打捆浸入池塘。来年将池里竹捞起，投入现化开的生石灰窖里煮，此时窖里的生石灰浆是沸腾的。清朝林则徐在广州虎门焚烧鸦片就是将鸦片投入这极高热的石灰池。然后再将煮过的竹整齐划一地堆叠起来，这道工序称为“擂烤竹”。擂烤竹场景颇为壮观。有年村上擂烤竹时，适逢一名讨医疗钱的城里人来村，他好奇地近前看一下，不料钱讨不到却溅了一身灰浆回家。次日，这条新闻口传方圆十里。

山民忙完田里的活，便将发酵后的烤竹放到溪里洗去沾在竹上的石灰浆渣，晾干后运到水碓里去舂成细末子。这舂料工作一般是妇女干的，尤其是雨雪夜间，碓里只一盏荧荧煤油灯，碓外是伸手不见五指的黑夜，那水碓又安放在村口路野，拨料的妇女孤身一人，寒风刺骨，真是苦不堪言。旧时谚语曰：有女不嫁南乡岙。

舂细的竹料，放入水槽，用竹帘掏起压榨后的纸是湿的，趁有太阳的日子将它晒干。晒干的纸磨平后再一捆捆地包装打件，你看看做黄烧纸的工序是多么繁复啊！照理说，件打好了，总算大功告成了，且慢，那时没有运输工具，那打好件的纸，还得从山里一直挑到老余杭山货店里卖。妈告诉我，小叔才16岁就挑黄烧纸了。小叔是爷最小的儿子，甘蔗梢头了，自然个小力少。挑着四块纸，路上七撞八冲，打好件的纸被撞得七歪八斜的。爷向老板赔笑求情说他人小，老板说：“去，去，去，挑进去。”试想16岁的小个子，从中泰到老余杭，就是空手走也够呛了。对于当今周末被恭候在校门口多时的小车接回家的孩子来说，这挑黄烧纸的事简直是天方夜谭呢！

至于这种黄烧纸有何用，我问过爷，爷说是做迷信用品的。用这种纸的下角料做煤头纸可是我奶奶的绝活。奶奶只要将那纸往火坑里一塞，甚至冬天铜火炉盖都不打开，只要向孔里一插，抽出来轻轻一吹，先是烟，后便是火了，再吹两三口，那星星之火，便可以燎原了。这不是变魔术，这是实打实吹出来的火呀！那时根本没有打火机，尤其是雨季，整座老屋墙上都冒出水泡了，火柴盒上的硝磨完了也点不着火，奶奶便用黄烧纸来生火做饭。奶奶有时也用黄烧纸给我们揩屁股，因这纸太硬了，揩得我们直叫痛。

那时爹、妈白天均外出干活，我们便一天到晚围着奶奶转。帮奶奶切猪草，不小心手出血了，奶奶便去门挡上撮点灰给包上，第二天伤口便合上了。发痧了，奶奶用手刮几下，出点汗就生龙活虎了。肚痛了，奶奶泡碗端午拔来的紫苏喝下便又武松打虎了。

黄烧纸终于在20世纪50年代末唱出了挽歌的最后一个音符，无须感慨，更不用哀叹。现代人就是从先民制黄烧纸的浸、酵、擂中得到启示，剥离内中元素，传递非作秀能量，生发出更具新能量的元素来。当今尖端的运载火箭就可溯源至中国祖先绑在椅子上的火药。试想当初义乌小商品市场里的小商品，极大多数是出于个体作坊，继而扩大成生产线，如今已进行二次、三次技术改革了。人类社会就是这样一步一步提升生产力而向前发展的。

径山茶宴

江南四月，繁花似锦，惠风和畅，茶香四溢。4月17日由余杭区人民政府、杭州市旅游委员会主办的第八届中国茶圣节在余杭双溪精彩启幕。各界来宾和数千名群众一同赶庙会、品香茗、观茶礼，感受径山禅茶文化，是一场兼具民俗性和国际化的盛会。

皇苑中的草虽然被人锄去了，可驿路的桃花照样被人欣赏。上径山虽有直通车道，可仍有很多人喜登古道。这古道从洞桥村入口，经半山亭、望江亭拾级而上，山道弯弯，5里山径的每块卵石的纹路上似乎都涂抹着一个梵符。山巅古柏挺拔苍劲，溪水淙淙，山峦重叠，径山寺被环抱在群峰之中，蔚然深秀。

唐天宝元年（742），江苏昆山法钦禅师尊其师嘱“乘流而行，遇径即止”，便泛舟苕溪，在径山结庐，筹资建寺，后历受官方护佑，径山寺被列为皇家官寺，名震天下。宋元时曾以“江南禅林之冠”著称。极盛于宋嘉定年间，当时禅房千间，僧侣盈千，晨钟暮鼓，庙宇轩昂。

宋徽宗、宋孝宗、清圣祖均来此封禅，宋孝宗御笔“径山兴圣、万寿禅寺”，石碑如今依然立于道口。苏东坡曾三游径山，他任杭州刺史时将径山寺的住持由自袭制改革为招募制。此外白居易、陆游、徐渭、蔡襄、范成大均留有不少题咏。世局鼎沸，喧嚣千年。

宋理宗开庆元年（1259），日本南浦绍明禅师来径山寺求学取经，拜径山寺虚堂禅师为师。其学成回国时，日本正逢武士阶层执掌权柄，与旧教相悖，竭力想引进中国佛教，日本三大佛教派之一的“临济宗”便发源于径山寺。

径山又是茶文化的圣地。当时径山寺有一种茶宴，是一种以茶论道的“清规”，说白了就是一种以茶代酒宴请上宾的仪式。茶宴设在堂内，室内悬挂名人字画，摆设时新鲜花。冲茶的水要现烧，宴请前要生好炉子，宴请开始，邀客人上座，在客人坐席前摆好瓜子、果品。在茶碗（一般是盖碗）里放入茶叶，也有说是用小竹管撬入半管茶末子的。水沸后沏茶，此时有人便将茶恭恭敬敬端上放在每位客人面前。碗中水不能冲满，只半碗。这时主人起身敬茶，客人们便喝茶，这喝又不能大口喝，只能喝半口，称为“品茶”。难怪乎《红楼梦》书中，妙玉对宝玉说的：一杯为品，二杯即是解渴的蠢物，三杯便是饮牛饮骡了。如此三四次后再观茶色，闻茶香。客人们自然会说“好茶”，主人也便谦虚性表态，而后便交谈有关事项。若来客少的话，主人便就地再邀请几个上赏陪同。通过这种仪式，达到平心静气的状态，宾主皆心平气和地论事、论佛，与佛道结合。

唐代茶圣陆羽在径山麓的双溪岸边隐居著书，写就《茶经》。一部《茶经》终被誉为“茶事百科全书”，千秋传诵。

日本禅师们来径山寺取经回国时把径山茶宴也一同带回日本。如南宋端平年间的日本圣一国师来中国师从径山寺无准法师，在径山期间不仅苦修佛学，还学习种茶制茶。回国后带回《禅苑清规》一书。此外，了然法师也曾到径山寺学佛习茶。

茶宴传到日本后称为“茶道”。日本茶道也是一种通过品茶接待宾客、交谊、恳亲的特殊礼节。日本的茶道不仅要有幽雅的自然环境，而且规定有一整套煮茶、泡茶、品茶的程序。显而易见，日本茶道形式比径山茶宴更具规格，可实质与内容却是相同的。径山的茶宴，日本称茶道，再演变成时下的茶艺表演，一脉相承。就连那时冲茶的“天目碗”也被日本僧人一同带回了日本，日本的博物馆里至今还收藏着这种茶具，从中折射出我们中华民族的智慧、文化。那茶碗在异域时空岁月里仍从容泛出清雅自然的色调，似古筝奏出的唐宋韵律，似编钟遗落的余音，穿越漫长的时空，漂泊到如今，显示出径山茶文化的博大精深。难怪乎日本茶道中来径山寻根的人越来越多了。是的，在日本凡学术或修行上涉猎佛教的人都知道径山寺。

径山寺几经沧桑，除一次遭兵毁外，其余六次均毁于火灾。现径山寺是在1995年重建的，重建时在地下挖掘出一铁鼎，鼎上书写着“径山北天目大殿”字样。笔者曾到过西天目、东天目、南天目，就不知有无“北天目”，想必径山就是多人问及的北天目吧！究竟是铁鼎变成了历史的证物，还是历史物化成了铁鼎？

径山属天目山系，是天目东北高峰，海拔769米，因此地处浙东南丘陵带及杭嘉湖平原的径山首受海洋性气候影响，况径山又处在五峰环抱之中，空气湿度大，故而雾多。独特气候很适宜茶叶生长，制成的径山茶以真绿、真香、真色、真味著称。尤其是夏季，众多人来径山避暑，径山正以其独特的文化内涵和秀丽的景色吸引着众多的中外游客。

望月同三界，双桥共一溪

老余杭的新桥凉亭上有一副对联曰：望月同三界，双桥共一溪。

此联内涵是：一轮满月（望月）似一面硕大的明镜，银浆泻在天界、人界、地界。新桥与下游的通济大桥星光灿烂，交相辉映，苕溪静静地流淌在双桥之下。静能省心，通济桥有它的悠久历史，新桥自有它的新潮，物如人乎。一切留待世人、后人、历史来评定吧！由不得一两个人说了算数的。

楹联是一种文字艺术，而艺术之特质，贵具体，忌抽象，要因时适地，方能将其意藏在联后。面对双桥共溪，上是一轮明月高挂，下是一条澄江如练的溪水缓缓地流经桥下，安谧静美，构成一幅立体的画面，本身就充满诗情画意呀！用眼下景象表达情感，这便是以实代虚，扩大艺术容量，诱发观者，只有这样才能引人共鸣。

这是一副五字联，众所周知，文字少比多好，淡比浓好，含蓄比直接好，少笔墨表达显得精当，自然难度要稍大点。此联仄起平收，且名词对名词，数字对数字，也算得上符合规矩。凡文忌直露，宜含蓄，其答案是多元的，三界并非只对五行，这硬性对岂非成了学生做填空练习了。而三界也绝非只指佛教用语的欲界、色界和无色界。更有人说有四桥为何只写双桥，这么说那苕溪上的桥何止万千呢！无诗不夸张，含蓄永远是最美的。

清代王夫之在《姜斋诗话》中云:“无论诗歌与长行文字，俱以意为主。意犹帅也。无帅之兵，谓之乌合。”草木虫足，寓意则灵。诚然作为楹联，字数、对仗是有其严格要求的，即将概念相同或相对立的词语放在相对的位置上，尽量促其并列。可形式毕竟是为内容服务的，故有时不必太固守规定，但并不否定形式的重要性，在内容上还是要互救的。倘真的没办法，也尽量使其宽对吧，哪怕是流水对，若用得巧的话也如同高山流水吧！失对失粘皆语病，雷同合掌便不工。有时出于内容的需要，不得不做出突破格律的举措。如辛弃疾《贺新郎》中的“柳暗清波路。送春归、猛风暴雨，一番新绿”。“绿”字作上去声用，这在古今文学史上是举不胜举的。以服从内容之需应变，对作者来说应谨慎，对他人来说则不应枉论瞎评。注重形式又不为形式所囿，形式为内容服务又不能远离规则，形式与内容二者兼顾，便能创作出意想不到的绝句来，道出常人心中欲道而不能道之言。以意为主，这是古往今来创作的一条重要准则，若两者皆具则更佳。

文章千古事，下笔重如山，难啊！人只有学习、学习、再学习，加强自身修养，开阔胸怀，增长见识，才能写出点如双桥下静静流淌的水般的文字来。

碰　瓷

那日我去古镇西的露天停车场，准备将车开回家。我见场地两旁停满了车，无法将车调头，眼看只得从中间道上慢慢地将车倒出去。好在此时又无其他车辆进出，这正是倒车的最佳时机。然正当我小心翼翼慢慢地倒了中间道一半多时，我感觉到我的车好像被顶住了。于是我下了车，发现我的车被一辆车死死地顶住。正在这时，后车那驾车的大声叫喊道："我按喇叭你怎么没听见，你有后视镜怎么会看不到我的车，难道……"

我下车一看，我那辆车的右尾部正被他车前的车牌死死顶住，我还发现他的车牌是用加厚的特殊橡皮做的，他的车一点也没问题，可我的车右尾部被他加厚的车牌死死地顶进了一大块凹洼，我真心疼得一时说不出话来。可那个驾车的还一直没完没了地大叫：你倒车负全责！负全责！！我要报警了！！！

接着，从他们车里一共爬出四个人来。顿时袭来一阵凉气。眼下，我又只身一人。原来他们在车里已恭候多时了！谁纵有千里眼，也不知两旁的车哪辆有鬼！好汉不吃眼前亏，于是我对那驾车的说："你的车一点也没问题，可我的车右尾部却陷了那么深的坑呢！"

此时那驾车的在打"110"电话，我被这突如其来的一着真的搞蒙了！到此时我也全方位地看清了他，充其量雅痞一个。也罢！我只得无奈地等"110"了！我整个人就像一只搁浅的河蚌，真无力呼吸似的。和懂道理的人可以讲道理，和不懂道理的人是无话可言的。

大约过了一刻钟，来了个人大声说："你们谁打'110'电话的，我就是来处理事故的。你们双方把行驶证、驾照都拿出来，让我看。"我看驾车的那位随即将两证交了，我也只得无奈地将自己的两证交给了那位"110"了，这也算是相沿成习的惯例。可"110"还要我报我的身份证号和手机号，见他很快地将号码输入他手机，他还要我在他的手机上签上我的名和姓。然后那四位及"110"各自钻进他们的车就走了。想必同一类鬼才为同一类罪行搀腰的吧！

我尚未完全反应过来，这时另外过来了几个人对我说："你的车被撞成那样子了，到我们店里去修吧！"我随即说："今我很忙，没时间。"

过了个把钟头，我到家了，手机响起，对方自称是保险公司的，说你今天出车祸，车被撞了，要我保险公司理赔吗？那请你将材料报来吧。真乃此地无银三百两也！于是我回答道：“谢谢你的来电。”我越来越觉得事发蹊跷，于是去了那辆多年来一直参保的保险公司经理办公室，向他说起了这次奇遇的事件。

三日后，我接到本地车辆保险公司电话说：“你的事，我们商量过了，你那辆爱车，劳你找家好点的车辆修理部去修理一下吧！然后你拿上发票直接到我公司一楼一号财务部直接去报销吧！”

乡贤老谢

一

老谢还是小谢时，那些来自四乡八路的乡下同学来古镇上中学，午休、晚自学前，尤其是周末，交了食堂里的米，付了搭伙费，口袋里便没几个子儿了，没去处就去这个谢同学家聊，聊的无非是我们省城真美，四季分明，不像有“四大火炉”之称的重庆、武汉之类的话。总之一句话，瘌痢儿子自家好。对自家省城也只是说说而已，其实去趟省城这三毛钱的车费也不是桩小事。小谢的爹娘从不厌烦这些乡下孩子，当初的老老谢也是从绍兴那边来古镇的。城市嘛，本来是一群一群外来人员扩张起来的。眼下的城里人往上推三代，大多是农民出身。

而今老谢的爹娘早已作古了，老谢家更是当年这四乡八路同学们的“集散中心”了。老谢有两个儿子，老谢叫老大为“谢天”，叫老小为“谢地”。有人问老谢，你怎么会给自己的儿子取这么俗的名字。老谢说：“名字本来就是一个人的代号而已，况万物总是离不开天与地的。”老谢有时也会想，是有不妥之处，毕竟天在上，地在下。

老谢因初为人父，自然对谢天关怀有加，管教也更严。谢天高中毕业的那个暑期，老谢托山里一户亲戚，特地让谢天去山里干了三天砟竹子的活，四天清石宕的工。谢天回来的那天，简直成个非洲人了。为此，老谢老婆还和老谢狠狠地吵了一架，世上没有你这么个黑心肠的爸。世上哪个父亲不心疼自己的儿子，为此老谢特地叫谢天与他上了趟馆子。席上，老谢叫谢天谈谈这七天的感受。谢天说：“背竹时，有段山路是陡坡，得走稳每一步，若跌倒的话，那可不得了，整捆竹要压在你身子上，弄不好还要从你身上滑下去，若是竹节梗划在肚子上等于外科医生开大刀呢！因此说走这段路好像走到了所有路的尽头似的。还有清石宕，整个人暴晒在毒日下，阳光照在石板上，反射到身上更像铁浆泻地似的灼热。只能靠山里大妈给我一早烧好的那一木桶‘六月霜茶’猛喝才能活命。”谢天说到这里，老谢的眼泪也出来了。谁知老谢带谢天上饭馆的事被谢地知道了，为此谢地还直指老谢做事不公平，为什么上馆子不叫我。其实老谢对谢地则宽松多了，就算俩孩子拌嘴，老谢也以谢天是哥为由，言辞要重许多。

日月如梭，白驹过隙，转眼间谢天、谢地都长大了，老谢对长子的关还是把牢的，每月要叫谢天上交一张牙（100元钱），说我不是要你的打饭费，我只是给你代管，日后你派用处，可拿回去的。

桃李园刮起了春风，中国社会走上了改革开放的路子。谢天上了年把朝九晚五的班，社会变化愈加迅猛，他便辞职自谋生计去了。当时老谢曾对儿子说：“单位里毕竟旱涝保收，少风险，你要想好。”谢天说：“我早就想好了，我是从你身上找影子的，你第一次工资爬到第二次时，前后足足横跨了三个五年计划（15年），真旷日持久呢！靠单位这点工资只有吃不饱、饿不死的份，况且捧别人的碗，受别人的管；捏别人的筷，听别人的喊。一味只图上班落班的人，永远只能是一般职场的人，我是不安于如此生活下去的。”谢天平日里本就不太多话，说了就下海了。

此时，谢天已结婚成家了，小两口志同道合，先从摆地摊开始。老谢第一次去看小两口摆地摊那天，给谢天小夫妻带了一张竹席，顺便将谢天当年存放在他手里的那笔钱如数归还给了儿子。谢天小两口每天一早将货物摆出来，晚上又将货物收起来放进所谓的“仓库”里。天热谢天不怕，比这更热的天气谢天都感受过了，穿了双拖鞋跑东过西的，可苦于下雨，怕货被淋湿，于是小两口去商场租了个摊位，这比起原来室外营业不知惬意了多少倍。人算不如天算，谁知，开年刚租下摊位不久，闹“SARS”了，谢天因进货去了趟广州，说这列车上有一位是带“SARS”病毒的乘客，为此谢天被隔离了半个月之久。单说谢天首次去广州进货的经历，谢家是刻骨铭心的，临行前晚，老谢夫妇千叮咛万嘱咐，不要随便同陌生人说话，尤其不能接陌生人的烟。临走那天的凌晨，谢天娘将自己舍不得穿的那双长统袜狠心剪开，缝起来，将两万元钱放在袜子里，亲自帮儿子围在裤腰处，还不放心，再贴肉穿上棉毛衫，当时广州的天气，这穿着棉毛衫的滋味只有谢天自己知道。

这“SARS”一闹半年时间就过去了，到了年末摊位费还是借钱交上去的。也罢，第二年再干，尽管小两口省吃俭用，付了房租、摊位费、水电费，算算毛利是有几个，可总见不到钱，毛利还在空运的包里。不管干哪种行业，要赚钱谈何容易，特别是想要赚大钱的。当初那些蜂拥而往的淘金者，干得汗流浃背的，七七八八一扣，所剩无几了，有的甚至死在异国他乡。矿山上，倒是几个先卖矿泉水的喝上了“头口水”。谢天在经营上确实动了一番脑筋，他看电视剧时，注意剧中男女主角的服饰，善于捕捉这稍纵即逝的画面。服饰生意谁先投放市场，谁就赚钱，人家跟风，你也无奈，服饰类无专利的。“头口水”总算给谢天喝上了。临近冬天，看那些“若要俏，骨头冻得嘎嘎叫”的女人们，谢天便买厚绒料叫厂家定制超短裙，又来了跟风的，可这半个月的“头口水”又被谢天喝上了。光有“枪”不行，得换“炮”，小两口便想方设法地投资起店铺来了。先是投了两处，结果一处因架天桥，要拆除这小商场，投资款总算拿回来了，可那么多精力付之东流了。糟糕的是另一处，是私营的，因违章被拆掉了，老板逃得连个人影也见不着，一句话，那投资款打水漂了，所幸投入金额不多。

夏季本就酷热难耐，市场里人迹罕至，空荡荡的。小两口抱着孩子来度夏，老谢看出了名堂，摸出谢天那本银行存折，只有三万余额。老谢对谢天说：“谢天，这么些年下来，你只有这点钱，你的钱到哪里去了？”谢天低头不语，这时谢天老婆一听，上来就抬脚重重地向谢天踢去，幸亏媳妇手里还抱着儿子谢俊，不然夫妻俩会打起来呢！老谢立马将儿子拉开，又叫老婆将儿媳拉走。老谢深知这个儿媳，脾气急躁，心是不毒的，说穿了缺文化。小两口是自由恋爱，况谢俊也三岁了，老谢早已对小两口的生活不做过多干涉了。这天晚上老谢与谢天吃了很长时间的酒。这些年下来，父子俩很少交谈了。今谢天对父亲说：“只怪我嫌钱来得慢，被赌徒一拉就去赌场了。开始倒是赢几个，可我血管里流淌着你的血，哪会想人家有诈，后来就输了，眼下又碰到市场这么惨淡。”老谢说：“你还年轻，振作精神干，来日方长呢！”

那夏天的一个午后，谢天小两口下河游泳，见一孩子在水中挣扎，看着不对劲，急忙游过去把那孩子抱上岸。小两口回家时告诉老谢救了孩子的事。老谢说：“这当然是善事，要去出事水域处放几挂鞭炮消消灾。放过了鞭炮，度过了这个夏天，小两口又出发了。

有了买店铺的经验，吃一堑长一智，咬咬牙，谢天去银行贷来款，去一家有前途的商场租了一个大店铺，问题是大商场也不是一下子人气就旺的呀，得靠守。商场明文规定：即使生意清淡，也不能打烊关门，天天照章按时开门、打烊。人是一日三餐要吃的呀，有很多经营户，还要去别处干活来养活一家人。于是邻近摊位都要叫小两口帮忙。每天一早，谢天叫老婆站自家店铺，自己身背两大串钥匙，将附近的店铺一家一家地打开门，傍晚了，再一家一家地把那些铺拉下、上锁，本就有点内向的谢天做起事来更加严谨。慢慢地，那大商场人气真旺了，兴许苍天有眼，凑巧租给谢天铺子的老板要出境开大公司，熟人总是好说话的，于是小两口便将那铺子买下了。第二年，整个商场门庭若市，谢天这店铺即使自己不做，光出租费一年足可顶两个正教授的年薪了。两小口从春一直笑到了夏，要不是室外酷热，小两口还会一直笑到秋冬呢！从此谢天赚到了真正意义上的第一桶金。有了钱的谢天并没有马上要改善衣着、口福，而是买房了，继而是买车。可谢天买房、买车又不同于人家，只付了个首金，其余款项全是按揭的。所以尽管物价怎么涨，始终涨不到谢天的账上，他的账是与时俱进的。谢天是买店铺发家的，继而他又买了第二个、第三个，两个出租，小两口自己经营一处，谢天也成了真正意义上的谢老板了。谢天买首套房时钱毕竟有限，那房面积不大，户型也欠佳，而今谢天要住改善房了。随着房价高涨，原来那套房尽管住了那么多年，而且内部设施也日趋老化，可卖价比起当年买价不减反而上升，谢天那套房等于是白住了那么多年，且又赚了一笔不菲的收入。这当然也有谢天当时买房挑地段的眼力。

谢天看到店铺与房子的发展与时俱进。谢天卖掉了第一套房，那新买的豪宅不就成了首房，照样可按揭。大多房产商，新楼盘刚开售时为刺激销售，价格上会打折，搞优惠。

谢天夫妇新近又买了一幢景区别墅，果不其然，开盘一周后，销售部经理打电话给谢天说：“恭喜你买的那套别墅三天就涨了近百万了，我也得到了十万好处费。”财神爷好像围着谢天转似的。日月如梭，时光荏苒，近不惑之年的谢天已华丽转身，名下岂止香车、豪宅，还有乡村别墅了。

二

再说谢地吧！他当年看哥下海，也心痒了，于是开了家溜冰场，这在本地当时尚属第一家，一下子是把周边的少男少女都吸引过来了，那个生意真当旺啊！不多时赚了几万，这个数在当时足可购一套房呢！老谢看看老小，心想老小当初读书比不上老大，可做生意本领不比老大逊色呢！于是谢地单位里的那点工资索性不管了，也不用像老大当初那样交一张牙的代管费，只要把溜冰场的钱管牢就是。谢地看钱来得那么容易，便辞掉了单位那份工作，失去了单位的约束，老谢又放松了管教，这谢地便忘乎所以了。打个架，谢地因手里有钱朋友帮手有的是，纵然进了派出所，托个人花点钱就消灾了，这在当年是司空见惯的。社会上跟风是必然，审批溜冰场这种手续虽要时日，但是没多久这地区就一下子冒出了好多家溜冰场。谢地溜冰场的溜冰鞋一个晚上少了几十双，后老谢亲自去勘查，偷鞋的是里外接应的，场内将鞋抛出，场外有人捡鞋，这种鞋是昂贵的，久而久之谢地的溜冰场熄火了。

当初，谢地的所有工资，老谢都没有管，结果谢地看人家吃山珍海味他也吃，本地名吃尝个遍。面对辞职和亏损的境遇，谢地也只得学谢天去经商了。侥幸的概率本不多，老天会给你一次机会，但不会次次都给你。机会来了，得好好把握住，否则过了这个村，就没有下一个店了。万里江山一点墨，大凡要上台阶的人，成事前要补脑，成事后更要补脑。凡志短者，受不起折腾，一挫便会一蹶不振。这个谢地谈何补脑，谢地对老谢说我要二次创业，于是分三次将当初开溜冰场赚的那笔积蓄取得殆尽，去KTV、台球室，好吃的食物一餐也不肯落下。

那天，二伯死了，谢地说是去奔丧，一进门，去灵堂插了一根香就喊肚子饿了。猴急地等到晚饭，一下就冲上了首席，一碗酒下肚，向服务员要烟，烟来了又要啤酒漱漱口，喝了还嫌这啤酒太低档，邻桌的人都在笑他。执事的落得做个人情，有得吃，就是好。谢地这桌发了烟酒，邻桌也只得发，二婶是气得直咬牙！房价、物价猛涨，谢地谈何买房，总算求爹爹拜娘娘去社区申请了一套经济适用房，这经济适用房的首付还是借的。

一次，老谢夫妇难得去短途旅游了三天，回来见自家门上有法院封条，说欠银行贷款。老谢一时蒙了，我一辈子也不欠人家一分钱，还是老婆提醒说：“谢地说办企业曾向一家小银行贷过款，是用你那房作抵押的，那房产证还扣在银行里呢！”这下把老谢听蔫了！老谢在想，同一个天，同一个地，同一个父母生的，同一个国家政策，同样公平竞争。是不是我当初给两个儿取的名字欠妥，眼下两个儿子的日子，真的是一个在天上，一个在地下。这下，老谢醒悟了，该管管谢地了。

老谢在想，谢地那么大了，已错失管他的最佳时期了。对了，老谢有主意了，可以物色个好媳妇来管谢地。亡羊补牢，犹未迟也。前几年，谢地曾带回家一个女的。那是一个冬天的晌午，老谢听到门铃声去开门。一打开门，可让老谢打了个寒颤，这么冷的天，谢地带回来的那个女的竟穿着超短裙。老谢在想，这么嘶冷嘶冷的天，竟穿短裙，这么不怕冷的。也罢，来的都是客，老谢出门去买菜，临走，那女的说："叔叔，鱼不用买了，我来时顺便从家里拿来一条，我爸是捕鱼的。"

不一会儿，老谢急匆匆地买回一篮菜，急匆匆地七七八八烧了一桌，因见那女的送的那条鱼大，便只烧了半条。席间，老谢见那女的总有些别扭，第一次上人家家里吃饭，竟会因有自己喜欢的菜，把主人已荤素搭配好的菜盘移来摆去。吃好了饭，连自己的碗筷也不拿去厨房，只管黏在谢地身上，继而去谢地房间里了。那几天老谢家，正在将厨房的塑封顶改换钢化顶，厨房与谢地房间那墙拆下的几块砖还未装好。老谢分明听见那女的对谢地说："你爸是个精巴鬼，一条鱼也要省省吃上两餐，竟然只烧了半条。"收拾好，老谢去楼下散步，碰上了对面楼的汪大妈，汪大妈说："我看到了你家上门媳妇了。"老谢说："哪有这么快可算媳妇的。"如是来了几次，老谢总觉那女的不好，趁女的不在时，老谢问谢地："你俩是怎么相识的。"谢地不说话，老谢又问了一句:“你俩是不是同学?”此时，谢地说:“是舞厅里跳舞跳出来的。”又有一次，对面楼的汪大妈说:“老谢，新媳妇感觉这么样?”老谢说:“像醋混入酱油那个味。”这时那汪大妈便大声说了:“有你这句话，那我直截了当说，你儿子带来那女的，我认识，她就住在我娘家那边，那女的是个老道儿了，我娘家那条街人人皆知的，也不知打过多少胎了。”又有一天，老谢问谢地:“那女的是什么人你知道吗?”这时谢地说:“开始我也不知道，后来有同学告诉我，那女的原来好好的，可她姐姐是个坐台的，经常带她去歌舞厅，结果变了。”于是老谢严肃地说:“这种人你怎么能带到我们家来?正经姑娘怎么可能常去暧昧的地方?”后那女的也看出老谢不欢迎她，就不来了。

后来谢地去了广州，老谢但凡与谢地通电话，总要说上一句，生意是要做的，可结婚也要顾牢，这是每个人的必经之路。谢地是一百个的“晓得!晓得!”回家过年了，谢地又带回一姑娘，老谢见姑娘一副大城市派头。招待规格较前上了一个台阶，过完了年两人双双回广州了，临走老谢还给姑娘一个大红包。后来老谢与谢地通电话问起那姑娘时，谢地有意将此事绕过去。老谢听出了问题，于是带了老婆去广州。从房东处了解到，那姑娘吹了。房东看出老谢是个实在人，很直率地告诉老谢:“问题出在你儿子身上，是你儿子太误事了，乱花钱，常酗酒，我是问起过你儿子，你有多少钱?你儿子回答我，原来是有钱的，现在钱快用完了。那姑娘人照样还在广州，就是不愿见你儿子，而且那姑娘也知你儿子没钱。”于是老谢把谢地叫到人少处问道：“过年你带回的那姑娘呢？”谢地回答说：“她回老家去了。”老谢说：“姑娘老家在哪里？”谢地说：“大概是上海吧。”老谢直截了当地说：“你以为天天水饺，她稀罕吗？那姑娘人照样在广州，只不过在回避你。”这下谢地方如梦初醒。于是老谢对谢地说：“广州是个高消费的地方，不适合你待。人可不能过着生孩子、数日子的平庸生活，无聊的下一步就意味着堕落，还是跟我们回去吧！”于是老谢将物色小儿媳妇的事，提到了紧急的议事日程上来。

三

老谢当年还是小谢时，小谢父母是双职工，那年月既在城镇上、又是双职工的可算得上中产阶层了。再加上小谢眉清目秀，谈吐得体，行事干练，很惹人喜欢。因此，小谢下乡的生产队、大队甚至公社有人来镇上办事时，总有事没事来谢家蹭饭。尤其是小谢的房东、大队、公社来的人，小谢爹娘均用白木耳招待。白木耳在当年的食材中可算上等货，吃过的人虽只对家人说说而已，可这些家人也引以为豪的。下乡几年，小谢几乎没干过重的体力活，生产队均安排他当民办教师。小谢读书时擅长数学，又喜欢搞无线电，因此小谢教出来的学生都优于他人。有这样的背景，小谢在这个公社里是第二批上调回城的。听说原本是第一批，两个经办的说，还是让小谢再多教一段时间，我们可多吃上几次白木耳呢！

小谢回城时，被安排在一国营企业任会计，会计在当年是很吃香的。小谢不是那种人走茶凉的人，更不会去做上屋抽梯、过河拆桥的事，而且还是个热心肠。连当年下乡的地方的人跑来他办公室，找他想办法去酒厂开糟渣买回去喂猪，甚至还有人找他去环卫站找领导买大粪运回去当肥料，凡这些，谢会计统统有求必应。老谢有次说："凡与我交往过的人就像一根根无形的线，每一根线头都牢牢地牵动了我美好的记忆，人是天底下最具情感的高等动物嘛！"谢会计有两个绝活：一是书法；二是算盘。各种地方上的算盘技能比赛，谢会计总稳操胜券。奖杯堆积如山，家里、单位里分开放上一些。如果一个人能把简单的事做到出彩，把卑微的活儿干到极致，就非常不错了。至于书法，老谢更淡定了，说"有人凭音乐修炼灵魂，我借写字清心养性"。

智者千虑，必有一失。有一件事令老谢啼笑皆非。老谢在单位里的为人甭说了，一句话：刀切豆腐两面光。什么先进奖、工会奖、金鸡奖，这奖那奖，反正老谢均能得到。单位新宿舍区竣工了，新春伊始，大家喜气洋洋地乔迁进新居。大家凑在一起的时间更多了，凡见到老谢的人均向他笑，老谢在单位里是好同志，在家里也是把好手，买菜、换煤气瓶，还有那一床一床的被单往阳台上挂……

这一下，老谢成了全宿舍区女同胞的热门话题，有几个泼辣一点的女人还把自己的男人拉到阳台上指着老谢的背影说："你给我看看人家老谢呀！"榜样的力量是无穷的，宿舍区是出了谢二、谢三的，有提篮的，有拎衣桶的，可这些人脸拉得很长，一副不情愿干活的样子。谢二、谢三们一见到老谢，那脸色便顿时少云转多云了，似乎对老谢有着一股无名之火。是年年底，后勤科评的文明奖、劳模奖，老谢连半个都捞不上。这对老谢来说可是第一次呢，老谢愕然。

清官难断家务事，单位基层单科独室的事本身是说不清、道不明的。单位有单位的说法，可社会自有社会的公论，不是吗？谢会计走在路上与镇长碰面，总是镇长先客客气气地叫上一声谢会计。更有一件不但整个古镇，而且连古镇辐射出的十里八乡皆知的大事给老谢办成了，而且办得既激动人心，又恰到火候。

谢会计家世代生息的这个古镇，至今还有古风可寻，一条清澈见底的龙溪，青澜碧绿得宛如一条玉带。每当晨曦拂面时，朝霞映入溪水，那画面楚楚动人。这时的龙溪似一位端庄娴静的少女，迈着轻盈的步伐，一头撞入了古镇的怀抱。千百年来，这古镇上的人们，不管入仕的，还是平民百姓，均是喝着这龙溪水长大的。可近年来，这条龙溪常年呈酱油汤色。龙溪流域虽广，可最受苦的莫过于这古镇上的人们。一时间，去附近上班的人自行车后总装着左右两只盛水壶，早上是空桶出门，下班是满桶水进门。除此之外，老百姓吃水唯指望古镇上那些点缀各处里弄巷口的千年古井了。那些古井，单单吃的水倒还可将就，可问题是平头百姓普遍不富裕，有的连洗衣服、洗菜都挤到井台四周，甚至还端来大盆、水桶。来打水还得等，要上班的，要接送孩子的，还有要上医院探病人的，等久了连尿也等急了。急了，便骂人了，曾几何时，口水像忘记关掉的水龙头，口舌之争猛于虎也！

生于斯、长于斯的老谢，看在眼里，记在脑里。他跑镇里，镇长叹官太小之苦；跑县里，说溪上游县是兄弟县，平级，用不上行政手段；跑市里，市里说吃水这点小事找县就可以了。活像球场上的足球，踢过来，又踢过去。老谢真心郁闷啊！早些年有人提议，让老谢弄个政协委员当当，说话可气粗些。可老谢的大伯伯曾任过伪保长，读高中时的老谢因此连当兵都通不过政审。如今老谢也日渐年长了，沧桑了，毫无官意了。

为水而背水一战，老谢在街上摆了一排长桌，桌上铺上白布，桌旁立一告示：还我一江龙溪签名……只6万余常住人口的古镇，一天就签下了10万大名，外来务工的、外来读书的、外来公干的……都加入了签名大军。老谢和经营中巴车的个体老板协商好，又去社区动员了五六百位退休人员，就这样中巴车拉着他们。每个老人手里拿着一只塑料矿泉水瓶，瓶里盛着龙溪里似酱油汤的水，然后打着横幅，横幅上写着：给我一杯清水喝喝。人们在市区主要街道上游行，从头到尾只喊一句口号：给我一杯清水喝喝！简练，弄太复杂的话，老头老太记不牢。

这举动先是惊动了该县的父母官，后是惊动了市长。县长、市长都到了现场，市长一到指着县长说："你弄得好吗？弄不好的话，我来弄！"结果连市长也弄不好，因为游行继续进行！于是市长下令全市所有公安民警，这天全员上岗，首要任务是竭力保护好这支游行队伍中的老爷爷老奶奶，务必不能伤害一人，若有老者出事，拿市公安局长是问。结果游行队伍到达指定地点，老谢又叫中巴车队老板，将这些老人平安送达古镇。现实版的游行活动将古镇的当天夜排挡、夜宵店搞得彻夜长明。为什么？庆祝游行，为老百姓叫屈，一边喝啤酒，一边唱：“嘿，咱老百姓啊，今儿个真高兴！”老百姓的那个高兴劲儿如井喷似的呀！人民其实是最善良也最容易满足的。

这游行既不伤一位老人，又合情合理。而且中巴车队老板这天大多是亲自驾驶车辆，又是免费的。倒是这天古镇上去省城上班的人上不了中巴车，但内心也十分支持活动。

事后污染源——上游十几家化工厂所辖地龙溪上游县的县委书记被上峰点名批评，调任市农水局长，红头文件上还指名道姓地写上一条款：责令其治理好龙溪的污水。

这下老谢的大名本地人人皆知了，还有不少群众想听听老谢的讲座，生活中其他方面的讲座铺天盖地，可就是没有和老谢这次经历相似的讲座。大家都想听听老谢是怎样为人处世的，也好作为自身的行事准则。

老谢不是那种稍做出点成绩就夸夸其谈的人，视情况、看场合是断断续续地传播了一些：“我除了普通还是普通。我也曾有过远大的抱负，想干一番辉煌的事业。结果在不断重复且单调的生活中把那个所谓的“理想”冲淡了，也明白了我是谁，我是干什么的。既与富贵无缘，也就无须防范暗算，不用在人前瞻前顾后、察颜观色。我干的是会计这营生，以平常之心处世，以真诚之情待人，随着岁月的流逝，我越来越适合时宜了，日暮凭栏，回首往事，别有一番人生的感悟。我喝的茶，一般是谷雨后一两日的本土龙井，这时茶价剧降，可其汁水正浓，味清香纯正。不像上千元一斤的明前雀舌茶，二水过后其茶味荡然无存了。至于洋茶，包装尽管十分精美，却总是喝不惯它那股味儿。我喝的土白酒，是乡下老伯用糯米酿的，假若多抿上几口，更有一番醉眠人生的超然。市场上的瓶装酒没有多少真货，随时可碰上冒牌货。孩子花几百上千元钱买的进口皮鞋穿得双脚既大汗淋漓，又脚趾奇痒。孩子看我那双不盈百元的鞋既穿得脚如青云，又不臭不痒，便问其中原委。识货的人回答的是：我买的是皮鞋，而你买的是人造革。”

“我吃的米饭是责任田出产的杂交稻，过年的鸡鸭是母亲养的家孵鸡和呆木佗鸭，其肉鲜嫩无比。冬日保暖鞋是老外婆指点下请内行人缝的内充棉花的蚌壳棉鞋，不但保暖，去年还风靡一时呢。看的书是纯文学，写的字是自由体，还频频获过奖呢！干的职业是会计，还去老年大学兼职。妻子是原配，儿子连走路也像我的样。今天是昨天的憧憬，明天是今日的光环。人过多累于物欲、金钱，就不可避免使其正义感和道德感变得迟钝而麻木。我生活虽清淡，但我活得充实。”

真情告白，一派率真！

四

老谢有意在业委会换届改选那日与朋友们去爬午潮山。下午2时，社区主任打来电话：老谢，你选票第一，你人不在现场还能高票当选业委会主任，实属罕见，这个业委会主任非你莫属了，还肉麻一句：德高望重嘛！臭！老谢回敬后便关了机。

老谢心下思忖，我不像人家那样争名于朝，争利于市，可人活着本身就得为社会做点事，为家人着点想。也罢，恭敬不如从命，再自我臭一下，体现人生的价值吧。

老谢有了上次处理龙溪的污水事件的经验，这次上任业委会主任就显得游刃有余。上任后先处理了小区原房产商讨回遗留款，接着又更换了小区的物业公司，给全体业主营造了一个安全、干净、整洁的生活环境。面对被污染的龙溪，勇敢刚毅；面对社区琐碎、杂乱的事情，细心温柔。谁曾想到这老谢还能刚柔相济呢！

俗话说，无气之人为人做媒，有气之人给人抬材（旧时抬棺材）。老谢素有一颗不肯媚俗的心，故先天无撮合男女好事之能耐，可有一回竟鬼使神差地给人当了一回红娘。

起先，小伙子的爹跑来找老谢说："我与你同系桑梓，给我儿子做回红娘吧，这点脸面子总要赏的。"姑娘的母亲又与老谢说："咱俩同一单位，这杯酒你总是要喝的。"小两口已恋爱三载。这件事，家人们说："因按习俗，总要有一个调定人的，这是成人之美的行为。"邻居说："老谢'木佗'，这十三只半蹄髈为何不吃？"朋友们说："你极缺少这种生活，为何不体验？"单位同事说："你既兼了工会主席，这是你义不容辞的职责，有何理由可推诿？"前三者，老谢视为擦边球，单位同事这一招倒是实质性的，于是老谢权且担当此任了。

老谢煞有介事地着手调查研究起来。老谢问他们，“你俩素昧平生，两地相距甚远，这根红线是如何串拢来的”。小伙子毫无顾忌地说：“一次，我骑车不小心撞倒了姑娘店门口的煤球炉子，可炉子不言，车自成蹊。”其实，生活何处不逢缘。老谢心想，车和炉都有情，何况人乎，于是老谢暗下决心，要干好这件事。

俗话说，好事多磨。小两口虽有三载浪漫史，可人是怪物，久了，便会生疙瘩，便有口角。其间，老谢便充当“法官”角色，从中调解了不少零星琐事，经过起伏的恋爱期，两人终于要计划步入婚姻的殿堂。

接下来，便是挑日子、定婚期，林林总总的事，介绍人都要列席会议。一切筹措停当了，新郎家开着浩浩荡荡的迎亲队伍到达新娘家门口时，只见“城门”紧闭，幸亏早有准备，从“猫洞”里塞进两条喜烟、两斤喜糖，随即有一位边拍腿、边大笑着打开了“城门”。老谢与新郎姐夫说：“怎么会有这么多花样。”那姐夫说：“这户女方家庭还算知书达理的，麻烦的大有人家呢！”

将新人送入洞房，老谢回到书房，掩面沉思，老谢想想蛮开心，第一次当红娘，一当就成功。老谢在思忖：是的，凡事不必一一推诿，虽不能一一给人带路，总要为人指条明路，而且与这些黛绿年华的小年轻干干杯，也算得上一种超脱。我们那时是信息闭塞，可眼下不必一味把自己再往套子里装，扭乾坤、留芳名的人毕竟是凤毛麟角的，对大多数人来说，活着就要活得开心。

五

老谢有了这次成功的红娘经验，总是想着自己的小儿子谢地的婚事。无意中得来一信息：本镇上一户单亲家庭的姑娘，人秀气文雅。老谢托人走访，这姑娘，芳名“颜文琴”，原来还是谢地的小学同学，只不过这文雅姑娘是个“宅女”，平时很少抛头露面。不数日，一切进行得很顺利，而且所托者将姑娘直接带到了谢家。文琴不但很中老谢夫妇的意，而且与谢天夫妇也相处得很融洽。一年一度去山里扫墓，那是谢家的惯例，谁知，清明那日，文琴一早来到了谢家。老谢说：“文琴你今天这么早就来了。”文琴说：“谢地告诉我今天要去山里扫墓，我与你们一起去扫墓呀！”老谢虽口头上说不好意思，要爬山的，可心里真乐开了花似的。于是老谢一双，谢天一对，连同谢地俩，一共六人高高兴兴地在那个连露水也带着甜味儿的早晨出发了。去山里扫墓，所带的祭品，丢掉可惜，带回麻烦，于是就在山间找个有花草、有山泉、可休憩的平整的地方野外午餐，这是谢家的惯例。这个季节的风景真是秀色可餐，绿色的人间四月天，万物蓬勃，这季节地上插根筷子都会发芽的。美丽的春天已经到来了，大自然一片繁花似锦，惠风和畅，山间的空气清新得带有一丝甜味。餐间，老谢还絮絮叨叨，一味嗔怪谢地：“连个招呼也不打一声，怎么好让这么个未过门的媳妇来爬这么高的山呢！”接着老谢还特意问：“文琴，这么高的山还是第一次爬吧！”文琴笑着点点头。

下了山，上了车，全家人平安抵家，离晚饭时间还早呢，谢家的晚饭一般由老谢来烧。老谢老婆大概爬山累了，便脱衣睡下了，其实文琴也累了，一进屋便坐着不动了，见谢地娘睡下了，她也立马钻进了谢地娘的被窝里，而且一躺下便像个娃娃似的，睡得挺香呢！老谢从门缝里窥见两个同一被窝里的女人倒是挺开心的，看得出这还是个初恋的少女，从心底流淌出来的是最纯真的情愫。

那天，文琴一早出门，到晚上才回来，平日里文琴身上是一尘不染的，可今日脱在门口的鞋却那么脏。文琴娘便问，你今去哪儿了？这时的文琴如实回答，去谢家祭墓了。文琴娘在想，我家姑娘一惯本份行事，能去上人家祖坟一定有情况。于是文琴娘问文琴说：“你那恋人是谁？”文琴也很爽快地说：“叫谢地。”文琴娘说：“哪个谢地？”文琴回答说：“直街老谢的小儿子。”文琴娘一听是直街的老谢，便也不说话了，只说了一句：“死丫头，这么大的事连娘也不透一点风。”文琴抿着嘴笑笑顾自走了。

文琴亲爹车祸死了，文琴娘现任丈夫还带来一儿子，这样的家庭，四口子生活在一起总不十分默契。尽管母女俩关系不错，但做娘的也看出些微妙。文琴娘听到是本镇的老谢家，老谢在本地可是人品佳、声望高的人，而且谢地还有一个混得很好的哥呢！我女儿嫁到谢家可是高攀了。父贵子亦贵，父贱子难尊，相亲看门风，相马看槽头。此时文琴外婆还健在，文琴娘便第一时间去告诉了娘，文琴外婆自然也十分高兴地说：“好啊！我能吃上文琴的喜酒了，说不定我还能做上外婆阿太呢！我还要给文琴一只镯呢！是上等的老玉！”

这个清明节后，老谢也很高兴，文琴这姑娘，人品相貌俱佳，还愿嫁我家谢地，自觉谢地配不上文琴呢！老谢对小儿子这桩婚姻是很重视的。但老谢十分清楚小儿子是个糊涂虫。结婚当晚，送走了客人，老谢、老谢老婆把文琴、谢地叫到一起，老谢是下了死命令的，开宗明义道：这个新家定要文琴来当，管得越紧越好，谢地的零花钱由文琴发放。老谢似乎还不放心，再对文琴补充一句：若谢地还要犟头犟脑，你执行过程中碰到困难的话，随时可告诉我。

这可谓老谢家的中兴时期。这年夏，老谢夫妻俩，谢天夫妇还有儿子谢俊，再是谢地和文琴，合家七口看海去了。

虽路不远，但对谢家而言尚属首次。清晨，全家在其乐融融的氛围下出发了，车轮一转，便笑声四溢。

本同一家，但毕竟七个人众口难调。伙食上，谢天喜面食，谢地非米饭不可；游景点，一个垂爱风光，一个偏赏古迹。可老谢自会调停，长幼认可，这是老谢的本事，本事来自钱，都是他出的嘛！

来海岛，必下海，当日下午，全家就奔海而去了。那海的感觉就是海的感觉，老谢躺在海边正出神时，不料看到谢天、谢地一个从左方游来，一个从右方游来，还相互打着手势。老谢看出了苗头，俩小子要使坏，于是立马向海边沙滩“逃窜”。老谢毕竟上了年岁，被俩小的追上，那左右泼来水，弄得老谢连眼睛也睁不开，幸亏老谢老婆出面制止：“你爸腰骨痛！”这俩小的才消停。老谢还争面子地说：“我早就看出你俩不怀好意，否则我要吃尽苦头了。”老谢老婆开玩笑地说：“看你们兄弟仨。”

海岛旅游一趟，一切烦恼丢于脑后，每到一处，老谢买票，找住处，他们管行李，还有一个中心工作是逗谢俊，反正全家默契配合。国是家的集合体，试想家都搞不好的，谈何管集体。而举家出游，又是一次温暖的碰撞，使一家子的心碰撞在一起。尽管这种跳动的旋律有时并不一定被人接受，但能使人受到某种潜意识的震撼，身处异地，举家团坐，把盏临风，侃侃而谈，海风夹带万千风情岂不是人生一大乐事。一静万事通，人还在返程的车上，下次的旅程已开始酝酿。

不过话又说回来，谢地虽是糊涂虫，可生在老谢这样的家庭，人品还是正的，尤其是很听老婆的话，有时文琴说“我要打死你”，可说完自己倒先笑了。问题还是老问题，谢地那吃娇贵了的一张嘴，是一餐也不肯落下的。有时还会回家来，厚着脸皮对老谢说：“省城有六家名餐馆，我已光顾过五家了，当真好吃，而且色香味齐全，还有一家，未上过，老爸什么时候陪我上那第六家呀！”老谢说：“我没空，近来我很忙，找我办事的人很多。”那餐馆去不了，可谢地人回来，尤其是还带着儿子谢飞来，老谢见了孙子，骨头都酥了，会七七八八烧出一大桌来。谢地自斟满满一碗酒，左手点着一支烟，对儿子说：“谢飞，你长大了，也要像我这样孝顺爷爷，你看我陪爷爷吃吃酒，多孝顺啊！”老谢无奈地摇摇头。酒足饭饱后的谢地出门去了，老谢在收拾桌子时发现，今买的那鹅肝特别大，中餐切了半块，但因菜太丰盛了些，鹅肝吃不光。老谢舍不得倒掉，待到晚饭时，老谢先将中餐未切的那半只鹅肝切好，顺便将中餐剩下的那几块铺在上面，老谢还特地放上几根葱。谁知留下的几块鹅肝仍是中餐剩下的那几块，新切的倒是被谢地吃了。此时的老谢，只得随手将剩下的那几块鹅肝放进自己的嘴里，其实老谢并不是爱吃鹅肝的。

六

人无远虑，必有近忧。老谢对谢天家从无半点忧和虑，真可谓无忧无虑了。但对谢地家倒是有几许忧虑的，不止一次地对谢地说要早赚点给儿子上大学的钱。可谢地也不止一次地回答："儿子上大学担什么心，那时我没钱的话，借也要借来给儿子上大学的。"

老谢在想，不说是我的责任，说了不听那是你的事。求人不如求己，于是老谢给谢地儿子买了份"鸿运人生"学费保险：每年交一次，为期十年，十年间期期交足的话，从孩子上大学那年算起，大一、大二、大三、大四可连续拿四次，足可解决读本科时的一半生活费了，还可享受24足岁那年几万的结婚金。尽管谢天家有钱，但老谢在给谢地的儿子买保险时，也一视同仁，同样给老大的儿子买了份"鸿运人生"险。

十年一觉扬州梦！十年为期的"鸿运人生"险到期了，

老谢给小的那份保单不到谢地儿子上大学是不会给谢地的。老谢是深知谢地心思的，可对小媳妇及小孙子倒是早告诉过买那份保险的事。老谢对谢天则不同，是放一百个心的，老谢到银行打完给谢俊最后一期保费的次日，就将整份保单交给了谢天，并告诉谢天："这份十年期保单我全交清了，而且我这十年间，连红利也没取出一分。尽管现代人寿命很长，可人总有个百年之后的，这保单虽给你，但享受是第三代的孙子辈享受的，到时拿一百万是不在话下的。"谁知第三天，谢天买来一些东西，还叫老谢夫妇去一家新开业的餐厅吃饭，餐毕，老谢说："谢天，谢谢隆重款待了！"谢天说："谢什么，还不是吃你老人家的，今我花的钱就是你给我那保单的红利呀！吃的还是红利的小部分呢！"老谢心痛地说："这！这一百万不就……"谢天说："怎么了，眼下物价上涨得那么快，我就宁要今日的蛋，不要明日的鸡。"是晚，老谢想想谢天说的也有道理，难怪谢天能跟上时代，用这红利，不是谢天顾近利，而是图实惠，这是谢天的行事方式。但对谢天的有句话始终想不通，一次，老谢对谢俊说："孙子，你为什么始终不主动给爷打电话，凡电话总是爷先打给你的。"不料，一旁的谢天说："现在社会上，总是老的打给小的。"这一说，老谢很快悟到了：傍晚放学时分，校门口众多白头攒攒的，不都是来接"祖宗"的。

老谢在想，我们那年代上班也自顾不暇了，孩子只要吃饱穿暖已不错了。他想到自己的长孙谢俊，小时候像糯米汤圆似的，粉嘟嘟的，要多可爱就有多可爱。因家有钱了，尤其是谢天媳妇，用钱大手大脚，派头也更大了。谢俊上初一那次生日派对，儿媳竟然包了一家宾馆，那次来庆生的家长还吵了起来。老谢几次想开口，想想还是少说为佳。只能以“儿孙自有儿孙福”开释，况他仨住在省城，眼不见为净。长孙学业平平，可心比天高，非要越洋就读。夜深人静，老谢心想：难道富真的不出三代，那个红顶子巨商，自己从学徒到伙计，再从伙计直至富可敌国，但到儿子手里已现倾颓，到孙辈手上连宅院也卖了。

有次周末，老谢去谢地家看孙子，中餐后听孙子与他娘说：“妈，学校又要交秋季服装费了。”文琴说：“我明天给你，现手里钱不多。”母子的谈话，被老谢听到了，于是老谢问：“谢飞，服装费多少，爷给你。”说着老谢立马给了谢飞一千元钱，还问了一句：“够不够？”谢飞说：“够了，还多了一元。”老谢笑笑：“现在价位真噱头，听听是九九九，不上千，其实不就是上千吗？”文琴马上说：“爸，真不好意思，又要你破费了。”老谢说：“自家人，怎么可说这种话的。”谢飞接着对娘说：“妈，还要交二百元班会费。”文琴立即将谢飞拉进厨房，还有意开起脱排油烟机，小声对谢飞说：“小声点，不要让你爷爷听到。”又嘟囔着，“七钱八钱，真是逼死我们贫困户人家。”

就在那天饭后，老谢问谢飞：“今天是星期天，我一早去买菜，你那个住在我们四楼的同学怎么去上课了。”谢飞说：“那是吃小灶，去课外上补习班。”老谢说：“你那个同学学习成绩不是很好吗？”谢飞说：“他上的是补习班，这种比较普遍。而我们班长下学期还要去读贵族学校呢！那些私立学校，光学费一学年就要几十万。”老谢说：“贵族学校我们上不起，但补习班你去问问四楼的同学吧，打听他们补习什么内容。”谢飞回答道：“有同学告诉我，他周末补习的内容其实与我们目前上的内容是同步的，只不过老师的水平很棒，有的老师本身也是从全日制学校跳槽出去的，因私立学校工资高，而且老板照样给他买好全日制学校老师那些养老保险金。所以这些老师将基础知识扩容，拓展知识面。将书本后面的练习题再超强、拔高，提升层面。再是大量引进社会上各类竞赛题型，与竞赛接轨。”老谢听了谢飞这席话，更器重这个孙子了。于是老谢说：“贵族学校我们上不起，但这类补习班我们还是上得起的，钱爷爷来出。”谢飞说：“爷爷，不用了，我会学好教材上的内容，至于扩展书本上的东西，我已在本镇找到最大的一家文化教育用品商店，样式俱全，内容丰富。时间久了，老板很关照我，就是断货，他也会去想办法，千方百计给我搞到。老板还告诉我，他认识我爷爷，所以也很关心我。”老谢说：“要么爷给你去补一门物理吧！”谢飞回答说：“我就补这门课，只这一门。”

儿孙自有儿孙福，不为儿孙作牛马，像老谢这样的人难道不知道吗？要使孩子成器：一要有个虎妈（不是打孩子，而是盯孩子）；二要有个慈父（父母角色可互换，即一个唱红脸，一个唱白脸）；三是全家总动员；四是要有一定的经济基础。老谢在想：凡人不能改变时局，只能顺应时局，那我权且在第三、四条款上做足文章吧！

小孙子谢飞高考发榜了，被香港大学录取了。老谢真是心潮澎湃，可表面上依旧不疾不徐地走自己的路。只管自己买自己的菜，他很环保，凡买菜总自带个篮子，可今天的菜买得特丰富又很考虑谢飞的喜好。菜端到桌上，谢飞说：“爷爷你以后买菜平常点就是了。”谢飞看出今天的菜多是他平时喜欢吃的。吃完了饭，老谢将当年那份“鸿运人生”保险单交给小儿媳、小孙子。文琴对老谢说：“爸你放着吧，反正谢飞录取通知书上说，可享受20万奖学金，谢飞平日里不怎么花钱的，这下倒绰绰有余了。”正当老谢再次内心激动不已时，谢天打来电话说儿子谢俊涉嫌吸毒还涉嫌少量贩毒。说在国外读书，结交一些不三不四的所谓小兄弟，不精学业，只为混取文凭。老谢一下子瘫坐在沙发上，这时谢飞端给爷爷一杯茶，老谢看茶杯上那热气，思绪随那热气飘忽：国外留学，人家不但赚你昂贵的学费，而且还赚你吃的、住的、用的一切开销，等同于人家开了一家巨型无烟工厂呢？那思绪继而飘忽：“三十年河东，三十年河西”难道是真谛吗？老谢更进一步飘忽出难道儿子的基因是由母亲遗传概率居多吗？

林清源

当凡人认识到生活的真相时，还真挚热爱生活，那他就不凡了。

林清源当年还是个“老三届”的高中毕业生，大学停招便回乡了，任何时候，多读点书总是占便宜的。林清源回乡不满三个月就被征用去了。人生也总逃不过娶妻生子，林清源婚后有了个可爱的孩子，挺雪白粉嫩的。可当年这个家，林清源下有两弟两妹，吃饭时，林清源娘盛出的一桶饭，一圈轮下来便桶底朝天了，一碗新摘下的菜，几个小的一下就抢光了，林清源老婆识相，有时还站着吃。林清源娘面对此，对林清源说：“我们分家吧！”林清源说：“这……这……这！”此话正被林清源老婆听到，他老婆一把拉他过去说：“还这，这什么这。”分家那天，林清源娘说：“眼下正五黄六月间，也只能给你一小袋米，一条干肉，但有一点，我还有四个小的，而你只有一个小的，你的结婚债，可要你自己还。”说完便从衣袋里摸出一张某某5元，某某10元，共计300余元的账单给了林清源。

一袋米、一条干肉倒是实在，尤其是林清源的儿子，只要抬头看见那条肉，便一味地嚷：阿午肉，阿午肉。但那300多元的婚债在那年月可是笔巨款呢！

林清源选定了的职业就按这个职业所要求的最好状态去努力，哪怕风雨也兼程。正因如此，当上面给单位仅一个吃皇粮的指标时，领导给了林清源，1970年元月林清源第一次拿到工资，桑皮纸信封里的钱抽出来只有26.5元，林清源连倒了三次，没有了。这举止被旁边的领导看见了，领导笑眯眯地告诉他：“小林，好好干，一年后转正了就有30.5元。”自打这26.5元拿到手的第一个月起，林清源就交给父亲4元钱作为零用，此后林清源凡加薪给父亲的月钱也与时俱进，而且从不拖延一次。他先是用两年多时间还清了那300多元婚债，当林清源还清最后的一位“至交”时，林清源对“至交”说：“欠了那么久了，真不好意思！”说完一千个对不起的回家路上，林清源感觉无债一身轻啊！

林清源一年转正后，领导调他去异地，他便将家搬到古镇上营生了。娘是个戏迷，凡古镇上演好戏，娘总会用根竹扁担，前是瓜，后是薯，来林清源家宿上一夜，顺便看场戏，次日起早赶回去上工。

原来家的概念转换成客的模式了，林清源下面是林大妹，再下是大弟林务源，再是小弟林小源，末梢是林小妹。大妹要出嫁了，娘告诉林清源说：“你代我们给大妹送子孙桶、脚盆、面盆、热水瓶，就是挑在送亲队伍最前面的那担行头。”林家这次的婚事办得还是体面的，林清源亲耳听抬嫁妆的说：“丝棉被也是成双的。”

当男家婚宴落下帷幕，林清源向大妹道别时，大妹泪流满面。其实大妹只比林清源小了三岁呀！

孩提时，林清源就要帮父母割四只兔子、两只羊吃的草。一天，林清源去割草，大妹非要跟着去，林清源只得顺从她意愿。林清源带妹去村口庙后的山坡上，见草很茂盛，正当两兄妹割得很兴奋时，不料，大妹大叫了起来：“哥，我被蛇咬了。”这下可把林清源急坏了，这可怎么办呀！理智告诉他：爷曾经说起过，若被蛇咬上，要将咬人的那蛇打死，用那蛇的血涂在被咬的伤口上就可医治了，这叫以毒攻毒。想到此时的林清源，也不知哪里来劲，随手抓起一块石头，向蛇头部砸去，这一下正被林清源砸中。林清源见那蛇在地上剧烈扭动，他冲向蛇，就用手中那镰刀对着蛇猛砍，没几下，那条蛇就被林清源砍得鲜血淋漓。于是林清源便用那蛇血涂在妹被蛇咬的脚上。这时的大妹吓得大哭大喊，林清源一边给妹涂血，一边安慰妹说：“不要怕，不要怕，蛇血涂上就好了。”

也许是妹命大，也许是这条蛇毒性不大，也许是蛇血真的能以毒攻毒，最终是林清源连背带拖地将妹带回，林清源将此事告诉了爹娘，并说了句我用蛇血给妹涂了。爷知道了，在林清源的头上摸了摸，以赞许的目光看了看这个长孙。爹又叫村里的一个赤脚医生来看看，那医生也说没问题，只要用碘酒给伤口消消毒，再涂上点药膏就行。这时，林清源猛然跑出门，再去庙后拿回那只竹篮和那把镰刀。

大弟林务源结婚，弟媳提出娘家人要用车接送，另外嫁妆多，还要一辆大卡车。那时林清源在单位里带“长”了，借车只得在正席前晚的夜间去落实。那时林清源自己的坐骑也只是自行车，也没有移动电话，农村夜野外是漆黑漆黑的。次日正席后，林清源的舅舅看到新娘子送亲钻进中巴车（那时农村用中巴送客，用卡车载嫁妆还鲜有呢）时，对林清源心疼地说：“你可要注意休息，看你晚上没睡觉似的。”林清源说：“谢谢舅舅关怀，没事的。”林小妹上古镇来打工了，爹娘已上年岁了，因此小妹的租房，直至婚房全是林清源落实的，就说林小妹结婚那天的婚车，虽是辆“桑塔纳”，但那时也算得上有档次了。唯小弟林小源的婚事不用林清源操心，因小源行的是闪婚，来得快，去得也快。林清源为弟妹们回老家办理这一件件的事，而今对他而言，意味着回故乡了，只有离开故乡的人才能够谈“故乡”两字。

大弟林务源、小弟林小源虽与林清源同出一个母体，可为人处世一点也不像。林清源人虽在古镇，间或耳闻父母太宠溺他俩。林务源第一年高考落榜，娘跑来林清源家要求给务源找个复读班，夜间也住在林清源家，可节省一笔住宿钱。次年高考一结束，林清源总认为务源回老家去了，等娘寻到林务源时已是一个星期后了，这时高考成绩揭晓，林务源五门总分加在一起也只有二百五十分。爹对务源说：“你怎么考了两年只考了这么点分，你大哥连大学也没上一天，今天做得那么好。”谁知，林务源说：“大哥那时读书人少，工作好寻，不像现在大学生多，你懂什么！一天到晚大哥大哥的，我真不想他回来，害得我难做人。”林小源呢，爹娘叫他读高中，谁知林小源说：“务源考了两年还是个‘二百五’，读书有什么用呢？”这俩从小就香烟横咬，尤其是林务源的大脚裤管口大得像喇叭口似的，世上流行什么，他林务源就跟什么。钱不会赚，花销却蛮大。一次娘在无旁人时对林清源说：“这个家其实是给务源败光的，连说也不说，务源自己随便写一张借条，就到队里去借钱了。”随着社会的快速发展与融合，一些年轻人面对社会重压还不振作，便会导致心灵的异化和畸态。林清源看这两个弟弟不学好，好多次想对他俩说：无聊的下一步就意味着堕落。可纵然说了，他俩也听不懂。要他们照自己这样做事，反被他俩说：“你干了那么多年了，一月才千把块钱！”想想父母健在，又想想自己苦干了这么多年，只上了一个台阶，也就无言了，非但无言，反倒有时心下思忖：能在青涩时做青涩的事，也是人生一大幸事呢！这也许是对年轻人的宽容。

后来，林清源托人送林务源去一家电器公司做推销员。可那推销费又不好好积蓄，有一次，林务源看到货多，干脆将货私下交易，将巨款纳入囊中，从此便浪迹天涯，东躲西藏了九个年头。连林清源家的座机也受厂方监听了两年。那公司请的律师也向公司方提出，这对林清源是不公正的，他可是人大代表，带“长”的，这两人虽同出一母体，可人品相差十万八千里，后才撤销了对林清源家那台座机电话的监听。最终林务源在离家不远的一个乡村道上被逮捕了，结果被判刑九年。试问人生有几个九年，况且这两个九年正是林务源的人生黄金时期。这就苦了大弟媳，要养育个儿子，每月一次向老板请假去探监。然更惨的，还是林清源娘，熬吃省俭，向众兄妹凑钱去探林务源的监，此时行走在探监道上的娘已是两鬓白发飘零了（娘是因愁而过早长出白发的）。有时，到林清源家宿上一夜，间或看场戏，以解心中块垒。娘又是个闲不住的人，家里总有做不完的事。倒是林务源的儿子很乖巧，认真读书，对林清源更是大伯伯长、大伯伯短的，相处得十分融洽。

林务源逃了九年，又被羁押了九年，人生中最能接受新生事物的岁月白白地流逝了，谋生存高不成低不就，尤其是有污点之人，好的单位哪能容你。爹娘问："务源，你去哪家厂子干活？"林务源说："我会去小厂小铺挣这点钞票！"此话正被他妻子听到，其妻耸耸肩，苦笑了一下。

后大弟媳来找林清源说："大哥，你劝劝务源，给他找份事做做，好补贴这个家。"于是林清源就给林务源安排在一家小学食堂卖馒头、油条。钱是好赚的，课间学生们纷纷去买馒头、油条，孩子们特喜欢这热乎乎的食物。可这下学校原有那家小店生意一下少多了。于是小店主找到林清源，从未被人非议半句的林清源也招唾了，于是林清源交给弟媳一些钱，劝退了林务源。

一天，一女子来到林清源的办公室，对林清源说："我来找你弟。"林清源说："你是怎么寻到我办公室来的？"那女子说："当初你弟说他有个很牛很牛的哥，今天看来你也确实大名鼎鼎，找你确实很容易，可你弟却人间蒸发了。”林清源说：“我也不知他去向，他连儿子也不管的。”那女子说：“天呐！他有儿子？”林清源说：“已上学了。”那女的一边敲自己的头，一边用脚蹬地说：“我上当了，钱被他骗光了。有一次我问他，你为什么要晚婚，他还说年轻人要以创业为重，等事业有成，再结婚才两全俱美呢！”林清源说：“这种情况，你是第三个了。”

林务源间或也回自己家，不干什么实事的，煞有样子端坐在电脑桌前，大弟媳说：“儿子学校要交什么费买什么书，你总要找个工作赚点钱回来过日子。”林务源说：“我炒股很忙，股市行情瞬息万变。”大弟媳说：“你说你是中国第一代股民，可你抛下去的血本全亏。”林务源眼一瞪，大声道：“你给我闭嘴。”大弟媳在万般无奈之下办理了离婚手续，从此母子俩相依为命。好在这个儿子非常争气，弟媳含辛茹苦熬到儿子考上大学，造起了房子，也给儿子娶进了媳妇，上下三村无人不称赞她。

再说林小源吧！林务源总算读过高中，也上了两次高考考场，可小源连高中都没读，他看二哥如此过日子，也去小偷小摸了。一个冬夜，趁人不备，小源吃饱了酒，纵身跳入人家珍珠河蚌塘里偷河蚌，虽则只偷了一麻袋河蚌，可论罪却是按每只河蚌的价论的呀！他被判了三年零八个月的刑。这个林小源真的是不懂事啊，一家人不能两次同栽一条河里的。

人可真是个怪物，爹明知三个儿子中最有出息的是清源，可清源唯事业为重，哪有时间闲下来与爹闲聊，于是爹心里认为清源不贴肉，有时竟也吐出“你长翅膀了，看不起我这个乡下爹了，你弃我投你岳父了，你也未免太清高了吧！”这倒让林清源犯难了，想不到我这个老实巴交的爹会说出这话来。林清源唉了一声，看来“人难做”这三个字随你调换位置都是有意思的。林清源脑海里永远想不通这个谜。自己一生总是小心谨慎地做人，也不贪图他人的钱财，但总逃脱不了莫名的干系：稍提了个职，同级的便恨你入骨；你干事利落，受人赏识，便遭来那大肆巴结上司的贿赂者，排你，挤你，碍你，避你，好像触痛了他的哪根神经似的。谁叫自己父母无半点儿根基，自己是家中第一个走出大山的人，全靠自己的跌、爬、翻、滚，才硬拼硬闯出来的。在家里眼看儿孙辈们花大把大把的钱买回来的衣服，只穿了一水就丢了！购回那么多高档食物稍变质就扔掉，可一边又高喊没钱了，还阴阳怪气说你抠门，不拿出点来让他们花花呢！这些林清源难道不明白：这叫德高致谤、才深致妒、财旺生恨！

也罢！江山易改，本性难移，明知为人难做，然林清源足立得正，问心无愧，起码这一辈子的觉是睡得挺香的呢！林清源最看重时间，不负每个晨昏，惜时如金。白天干本职工作，夜间写论文。正因如此，林清源是本地区首批被聘为教授级高工的。

林清源爹对留在身边的两个儿子，内心那杠杆自然又偏向小源了。有时清源难得回来一次，爹会对清源说：“还是小源老实，务源连我也不说一声，自己会开张借条去队里拿钱。”这叫林清源说什么好呢，俗话说，清官难断家务事。林小源出事后着实给爹当头一大击，还急出了病，最明显的是手脚会发抖，然最苦的还是娘，再度拿着熬吃省俭的钱行走在似曾相识的那探监的黄沙道上。关押林小源的这个监狱正是关押过林务源的监狱，好在路熟，娘晕车不像原来那么厉害了！

务源、小源刑满释放时，爹已去世了，留下一大一小两间房，大的是间木结构老房，小的是间三间平房。林清源早已离开故土，在他脑海里根本没什么房产、家财概念，唯有“义务”两字而已。直到次年清明林清源去故土扫墓，方知务源卖了老屋。林清源扫墓回来拖着疲惫的身躯，在老屋基地边上仅留的那间猪棚门槛上坐了一坐。连林清源的儿子也笑着说了句：“一个堂堂的教授竟坐在猪棚的门槛上休息。”那三间平房还在风雨中飘摇。林清源临走时问他们：“你们以后怎么生活呢？”小源说：“我在鸽石卖石灰，路到桥头自会直。”务源更是振振有词：“农村有啥好待的，我们向你看齐，也要做个城里人。”两人把逃离故土当时尚，离弃乡亲成荣耀，人的价值成了城市的附属品。林清源想想娘还健在，岂能越俎代庖，祭毕便与儿子回家了。这俩弟弟，时不时还来林清源家蹭上几顿饭。

相比较而言，大弟连小弟也不及，大弟除了骗外，似乎无门路可走。小弟在眼下这个鱼龙混杂的世道里还能卖石灰、开足浴店来营生。就是钱来得快，去得更快。小源嗜赌，手头稍有点钱，手就发痒。人落战场，钱落赌场，有去无回。为此，林清源好几次与小源说：“凭你这烂牌技，你能走赌道麦城。”

林小源听了大哥这番肺腑之言，看到那贫困地区的人纷纷来江浙地区，打工大军如千军万马，尤其是过年返乡大军一票难求。可就在这人口大流动之际，却有富裕地区的人去贫困地区，租房租地价格低，招工招员工资廉。于是林小源也去西部做老板了，是的，只要好好经营，天涯何处无芳草。林小源承包了一家县城旅馆，还承包了一项工程。林小源想，旅馆这行业，往往是现金流，没自己人不放心，于是林小源便叫林务源去管理，用自己人放心，何况是自己的二哥。林务源一到，即亮出一身新装，可是一年有四季，四季更替，林务源首先配齐了“行头”。现金掌控在自己手里，又挑旅馆里最好的套间当卧室，林务源第一次住上县城级旅馆，蒙眬间看到白色的天花板，还认为自己处在遥远的天堂呢！饱食思淫欲，林务源便盯上旅馆那些“打工妹”了。这民营小微企业，很难受法律约束，也有小姑娘还真把林务源认作大老板的哥呢！甚至林务源也把自身当老板了。他询问哪个姑娘漂亮，带着选出来的美女今天去桂林，隔日去海南。等传言到了林小源耳里，林小源一查账是赤字连连，非但如此，那张蒙着灰尘的桌上满是水厂、电厂的催款单，林小源顿时气得直咬牙。林小源好不容易找到林务源说：“我叫你来帮我，这么长时间经营下来，不但赚不到钱，还欠水厂、电厂的钱。”谁知林务源回答道：“是你叫我来的，早知这鬼地方这么贫困，我会来吗？”林小源说：“你给我滚回去！”林务源说：“是你叫我来的，本来我可以去大公司应聘的，现在叫我一时三刻能找得到工作吗？在我找工作期间你得每月付给我五千元钱，直到我找到工作为止。”林小源无奈，每月五千“养老金”付了整整一年。

还是林小源跑去找林务源，见着面，林小源说：“整整一年了，难道要我养你一辈子吗？”林务源说：“我原来那家公司南迁了，如今你总要给我点活干干，早知今日，就不该来这种鬼地方，过去的一笔勾销，这回我好好地干。”大凡这种人你问他问题，他自然会把问题抛还给你。林小源自上次事件后，做事防着点心，说：“本地有个石场你去经营，我只提供场地，且免税，至于如何运作，后期的经费要你筹集。”林务源听到心里还是窃喜的。人分三类：有的人行事专一，这是第一类人；有的人行事对人对己同时考虑，这是第二类人；第三类的人行事只考虑自身。其实林务源这次也不虚此行，这种人的脑袋长偏的。林务源玩女人好像掌握了公式似的，猎个女人如小菜一碟，新近有个女的还说要与林务源结婚呢！结果这事被那女的哥知道了，那哥亲自来石场看了林务源便对妹说：“他是个人渣，你再和他瞎闹的话，那我不认你这个妹了。”那妹听了哥的话便离开了石场，可林务源已用了那女的30万元，他哪有钱还，临走那女的只拿到一张30万元的借据，结果这个石场缺乏资金，无法运作，一句话，倒闭了。

岁月荏苒，林清源克勤克俭，生活上购房、买车，超越了同时代国人的水平。学识上正向时代的至高点奔，他深知人生的过程，就是一个梦想连着下一个梦想。林清源更审时度势，该享受的享，不该享的毫无非分之念，认认真真行事，清清白白做人，让自己的双脚踏在结结实实的大地上。一日，林务源来到林清源家，从林清源手上接过一杯茶，马上把茶往茶几上一放，便直奔主题说："我有一箱古董，内有绝世珍品，大哥你人脉广、见识深，要不是我手头紧，房租什么的越涨越高，我也舍不得忍痛割爱。在我眼里，你是我最尊敬的一个人了，你帮我在你朋友圈里推销推销。"林清源心想文物这东西，可不是其他物品，说卖就可卖的，随即他在脑袋里搜索起收藏文物的朋友。就在林清源搜索时，林务源又说道："大哥你得拉我一把呀！"两只眼直盯住林清源不放。林清源想到朋友圈中有两个收藏甚广的，于是答应先联系联系。次日晚上，林清源打电话给林务源。林务源接起电话的第一句便说："大哥，我正要打电话给你，我以为你贵人多忘事。"林清源说："我已联系好一位收藏甚广的朋友，明天正好周末，将你的东西拿到国货路8号让他看看。"次日，林清源带着林务源到达国货路8号，这位肖老，已收藏了几千件文物，见多识广，他看了林务源那箱"宝贝"，悄悄对林清源说："除了一套古籍有点价值外，其余书画都是水印品，那些瓷罐没一件上50元的。"林清源看已到中午了，便叫肖老去附近一家颇气派的饭店用餐，餐毕各自打道回府。后林务源紧催林清源不放，说你认识收藏的人总不至于只有这位不识货的肖兄吧！于是林清源又带林务源去见了一位年轻的收藏爱好者，这位收藏者毕竟年轻，积蓄不厚，他不说要买，也不说不买，但看在林清源的面上也一同进了林务源的馆藏室。事后林清源同样招待客人吃饭，这家饭馆设在二楼，清静，林清源结餐费时分明听到务源与那位收藏者一同带来的一个老板大谈起《易经》来了，竟还把自己被羁押、吃软饭等不光彩之事描述成经受过风浪。不料那后生只几句问话便使务源瞠目结舌了。在回程的车里，林清源对林务源说："人家书一本一本地写出来，他们是世上极顶聪明的人，你与他们扯谈什么呀！"说完，顾自开车走了。

林清源一日接到一张同学会的邀请函，因林清源年轻时曾任过培训班教师，还任他们的班主任，这倒非去不可了。召集人是林务源的酒常客，酒过三巡，林务源说："我当年也是在这个班的，也曾是我哥的学生。"此言一出，当场有位现任乡干部发话："你记错了，你根本不与我们同班。"接着还有一位同学也附和说："你是记错了，我们并无半点关系。"弄得林清源也无地自容，托辞早早告退。可林清源心下思忖：一个犯事者，纵然可瞒法官，可不能对他的辩护律师说假话呀！平时从不发火的林清源一到家就打电话给林务源说："你想打我的旗号，在同学会设借钱的圈套，真把我的老脸也丢尽了，我是一辈子也会不干这种事的。"谁知电话那头，林务源不耐烦地说："那就算了吧！"林清源立马悟到了：好人不一定做的会是好事，好心也保不准会变成歹意，说不定还会弄得个上屋抽梯、过河拆桥的境遇呢！

一日，林务源凭二叔身份来到林清源儿子家里，仍背来那只古董箱，直奔主题，说："我要造房子，想借钱。"林务源见侄儿不言，便说：“今我用这箱文物做抵押。”侄儿说：“二叔，我与你走的不是同一条道，我哪懂文物，我眼下产业转营有资金缺口，哪有钱可借，待我度过眼下困境再说吧，至于这箱子你是非拿走不可的。”林务源见此，只能背上那箱子，走出门时重重地踢了一脚，嘴里念念有词，忿忿地走了。林清源儿子随即打电话告诉他爸，那边林清源说：“我最赏识你的这一着：叫他将那只破箱子背走。你成熟了，若你把那只箱子留下，哪怕留个把时刻，待他转身返回，胡说箱里什么什么没了，你纵有一百张嘴也说不清了。”说完便不发一语。于是儿子说：“爸，多保重身体！再见！”

这位仁兄务源，外界已臭名远扬了，如今骗侄儿也难。同村人家的住宅是添砖加瓦，增楼添宇，更有的是房前屋后，花坛假山林立。十年一觉扬州梦，林务源除了窝居场角一简易房外，四周仍是白地一块。

可他林务源毕竟是读过高中，上过两次高考考场的，老脸总要一张的，于是他想到他玩过的女人还有一张借据，他印堂顿时发亮，这倒是真凭实契呀！

次日，林务源手持那借据，找到了林小源，说我是全身心投在你叫我经营的那石场里了，经营那石场时，总要启动金的，我向朋友借了30万元钱，喏，这就是那借据。我好端端地从公司辞了职，千里迢迢去那鬼地方为你打工。这么多年了，按当初八厘利息，连本带息，人工费，看在弟兄面上，100万是不能少一个子的。林小源对林务源所作所为是一清二楚的，小源三年级时曾穿了一天务源的球鞋，务源说把他鞋弄脏了，一定要小源去给他洗干净，结果小源洗鞋时不留意，另一只鞋被水冲走了，到年底还要小源用压岁钱赔他。林小源认为对付这种人走为上策，可当今是信息时代，日日电话，时时短信，小源避到哪，务源就追到哪，尤其是逢年过节逼得更甚。小源只要被他碰到，便只得两万三万地打发他。其时林小源自己也债台高筑，欠人家的工程款要还，水电费也在催，汽车无油干脆不动。小源对人说，要是地上有个洞可钻，该有多好啊！一次小源在一家乡间路边小饭铺吃闷酒，这酒也只是啤酒而已，不料被林务源逮着，林务源便大吼道："欠钱不还，躲在毛坑饭店里吃酒！"小源碍于脸面说："眼下叫我到哪里去弄钱，有钱总会还你的。"这下林务源想，这不等于他承认有那100万欠账了吗？于是林务源对林小源说："既然如此，我看在弟兄份上，你一时拿不出那么多钱，但口说无凭，那你给我写下来。"林小源出于无奈，只图应付眼下局面，随口说了句那就30万吧！林务源又暴跳起来了，这么多年拖下来的，利息也不知多少了。这下林小源干脆不说一句话，随你叫，随你暴，但苦于走不脱，便说了句："那再写张30万借条，连同你上次骗来那女的30万，共60万，这下你总该满意了吧。"林务源先是一愣，后便急向小店老板要来纸和笔。林小源见状，问了小老板饭钱多少，然后在柜台上写了张30万借据，留下饭钱和那借据，顾自走了。

一周后，林务源来林小源家，也不与哥姐们商量，先将娘的养老金银行存折拿到手，后将生病在床的娘私自带回自家简易房里去了。不久，林小源收到法院的传票，要他归还林务源两张借据共60万借款。在开庭前的民事调解期，林小源尽管多次申述全不起作用，两张30万的借据白纸黑字，具有法律效力。林小源万般无奈之际，只得将古镇上唯一的那套房子由法院出面拍卖了280万。因林小源另外还有债户要还，此房还欠银行几十万按揭款要抵，最后只剩下120万。这时林小妹也跳将出来，说近年来娘与她也一直住在这房的，所以林小源也欠林小妹的钱。于是林务源与林小妹对分法院结算后的那120万元，也就是说林务源与林小妹各得60万元，就这样林小源成了个无产阶级了。三日后，林小源妻带着儿子走了，林小源真成了个孤家寡人。到此时，林小源方如梦初醒，因有生病老人在住，法院是不能强制拍卖房子的，所以林务源要事先将娘带走。这样，既可要法院拍卖房子，又图个孝子美名。林小源大叫一声：“阴险啊！真是丧尽天良！”

树要皮，人要脸，拿到钱的林务源总算在荒了十多年的白地上造房子了。房子造了一个冬天，造了一层半便停工了。农村建房不能和城镇相比，时下城镇房价是高得离谱，而农村只要是无房户，只须审批手续到位，其实造价并不高的。想必林务源从林小源那里强占到手的60万元还抵了些债呀！纵观林务源这辈子忙来忙去只忙在卖祖宗老房和卖自己亲弟房子上，除此外就是吃软饭而已！生物都有自己的品格和底线，最低的，大概也在人类中。

一日，林清源收到林务源发来的短信，说娘年纪大了，病重了，我也有病，娘护养费每月4千元，我们四人分，你出1千元。林清源立马意识到：说这4千元，其实除了我这1千元是每个月实出，其他都是虚的。林务源已将小源财产诈光了，再无油水可诈了，想必不到一年连娘的养老金卡也给他刷光了，看来如今这把刀砍到我的头上来了。

林清源随即回了他一短信。

老二：

我是1970年元月元日拿工资的，当时每月工资只二十六元五角，就从那时起，我每月给爹四元零用钱，一年后我转正定级为三十元五角，我就每月给爹五元，以后凡加薪就逐渐增加，直到如今每月八百，在半个世纪中，月月兑现，什么时候发薪自己立即送或托人带往，从不拖延。娘平时勤俭且身体强健，平生只短住院了三次。第一次你还在关押，小源不知去向，所有费用都由我出，我还不放心，在安顿好娘后，小妹夫来娘病榻调我看护，我临走还在娘贴心处放了一个红包。第二次，你刑满了，我与你对分。第三次，老小出来了，我照老小出的数给了娘。当年大妹出嫁，父母健全，礼单照妈的吩咐备了迎亲队最前面的那副行头。你结婚我不敢向单位多请假，因其时我是单位领导，我赶到家，连桌也不上，随便吞了几口饭，那时还没移动电话，我连夜用自行车去给你调了辆中巴接弟媳娘家人（当时中巴尚属高档），再调了辆大卡车接嫁妆。调这两辆车的情，也是我多年后去还的。小妹在古镇打工时的租房、结婚时的婚房全由我安排，我也从未要小妹一分钱。结婚那日我还调了辆“桑塔纳”（这在当年已够档次了）。再说我自工作后就离家异地去谋生了，所谓的分家娘只分给我一袋米，一条干肉。娘还说她要养四个小的，而我只养一个小的，所以三百多元的婚债要你自己还。那时期，我凡夏日去单位食堂打饭，餐餐打三分钱冬瓜，冬天是两分钱青菜，熬吃省俭用了两年之余总算还清了婚债。

娘年轻时是何等勤劳、能干，可我从未向娘要点什么，白手起家。只要古镇演好戏，我总捎信叫她出来看戏。如今娘老了，抚养金、医疗费我是钱出得最多的一个，你还想要我做什么呢？而后你是铺天盖地发短信，小源早关照过我，他是饱尝过你这种苦头的。他说最好方法是索性不看，干脆立马删掉，你若看一条，不是气疯，就是气吐血。因你回复他一条，他以为你还把他当人看，那你就有得苦了。于是我就采纳了小源雅言，凡你的短信，我是立马按删除键的。

即此

安康！

愚哥

即日

短信一发出，林清源便后悔了，和懂道理的人可以讲道理，和不懂道理的人是无法沟通的。

眼下此境，林清源心想我这辈子也从未碰到这样的人，还是个男人呢！简直比泼妇还要泼三分。无奈之下，林清源就将此情况打电话给侄儿（林务源离婚时儿子是判给他妻的）。这个侄儿很不错，系娘血统，与林务源截然不同，很受人赏识。侄儿立即打电话给林务源说："世上有几个像大伯伯这么人品学养俱佳的人了，你为什么还要贬低他，来找自身的存在感呢。再者，你已害了小叔还不够吗？靠如此手段造房子纵然造好，我也不会踏进你家一步的。房子造得起造，如此无赖还是不造好。"侄儿这个电话真管用，此后林务源的短信骚扰消失了。

林清源想到眼下日子最难过的是林小源，他还有一个刚上初中的儿子，他与妻是离婚了，可这个儿子是判给林小源的。有时林清源去看娘，特地先开车去把林小源接来，再一同前往，并告诉他："你只要人同往就可以了，至于给娘买吃的，不用你操心了。"林清源与林小源聊的最多的话是："你也老大不小了，钱你是会赚的，可你就犯赌这坏习性，凭你这赌手，能赢得了吗？现在有些人为什么活得这么粗鄙，就是因为不会玩呀！至于那些拼搏的人，你能看得见吗？对你而言，悬崖勒马，适当寻个正经的会生活的女人，再续个家。人是很快会变老的，眼下最要紧的将儿子带在你身边，要时刻关怀他，让他健康成长。你这个儿子脑袋瓜极灵，天赋极高。我也会时时关注他的，正像大侄儿当年上学时我也如此关注他一样，所以直到如今他还是大伯伯、大伯伯地叫。人呀！不必去刻意做出一番要让世人对你刮目相看的事。”

一天，林小源特意上林清源家说：“大哥，我对不起你的儿子，我的侄儿。我没钱，硬拉侄儿入股，结果使侄儿惹上官司。”林清源说：“你以为我不知，其实我早已知道内幕了，可你与务源人品不同，亲情这底线还把牢的，务源是只顾自家门前雪，哪管人家瓦上霜的。我图什么，我图我们林家第三代两个侄儿来改变世人对他们爹（指林务源、林小源）的看法，图我们这个大家庭的形象。这就是我做老大的义务。”

鸟栖身也要在树杈上筑个窠，林小源在古镇上那房给林务源卖了，只得重回东山坞爹在时买的三间平房里栖身了。说起这三间平房，原是当年生产队堆放杂物的，后生产队撤并了，队长说3千，还说了句，你林老头要买，再便宜一点，2千8就卖给你。林老太当时还年壮，次日，林老太上山干活，地点离弟弟家不远，于是歇工后直接去娘家向弟借钱。回家路上，天已黑了，这时突然闯出一野汉，搜林老太身上有没有钱物。幸亏林老太将钱藏在内裤里，没被歹徒搜到，那人看看没东西，就放林老太走了。于是林老太便发疯似的摸黑逃回了家。林小源重回东山坞安身在三间平房里，自然招来村民们茶前饭后的闲言碎语。这言语不光针对林小源，林务源也逃脱不了干系，因林务源喊了那么多年造房子、造房子，到如今也只造了一层裸露的房子。

这连累了林清源，林清源原去探望娘很省时，无论从家出发，还是办事中途去看娘，都十分便捷。如今即使从古镇出发到东山坞也得花上个把钟头。逢到堵车真烦死人呢！然烦归烦，林清源每月三四次去探望娘总是少不了的。

后来，东山坞轮到土地被征用，因一条干线要通过东山坞村，村民为此沸腾了！拆迁款是按人头分配的，林老太亦分得人均的12万元。因林小源这次需修缮那三间平房，添置家具，林老太先拿出3万补贴林小源，其余9万元委托林大妹存于银行。

就这么相安无事地过了些时日，林老太刚过了八十大寿，房屋拆迁开始了。

当时的拆迁政策是：被拆房屋按质量补偿，即房屋造价多少，经济补偿就多少，另外按人口住房安置费每人66+30个平方米住宅房分配，其中66平方米，被安置者需按每平方米800元付款；另33平方米按每平方米3500元付款，如果放弃，这96平方米政府回收，政府支付被安置者35万元。

林老太因年事已高，就不要安置房了，遂领取政府回购房35万元。林老太把钱交予林大妹转存银行，这下引起了林务源、林小源两人的不满。国人在家中尽管有利益冲突，但凡面对外侵便会按一下暂停键，等外侵过后再内战。这暂时的冷却，看似缓兵之计，实乃是这号人一时还反应不过来而已。

尤其是林务源非常不满，争论中，林小源为林老太帮了几句腔，林务源就把火发到林小源身上，总认为林小源得了林老太的好处，还怪林老太不公。

一天，林大妹回来看望娘，林务源家人连同林小源与林大妹理论，说什么也不容林大妹来插手娘的钱财。一分钟一个观点、两分钟一个立场的林小源又一下认为儿女一样，由大妹来保管母亲的财钱无多大事，这让林务源那眼珠几乎凸到鱼缸里了。双方争执不下，险些动手打起来。再说林务源带来的儿女，也不是省油的灯，大凡这种人，好的时候，一好百好，一旦翻脸，就恩断义绝，纷纷指责起姑姑插手奶奶的钞票，想独吞奶奶的财产，言语十分不敬。这下林老太为难了，闷闷不乐，整日愁眉苦脸，眼泪鼻涕一大把，心想还是早先一人时好，给人家翻翻丝棉，收点小钱，黄酒一碗，睡个午觉，神仙似的！最后还是邻居出了个主意：存折交予林务源，密码告诉大妹，取钱时各方到场。

事情虽一时平息了，但姐弟间的矛盾就此埋下了。然林务源心下认为这是小源从中搞的鬼，于是记恨在林小源身上。

林务源总觉得老母亲不公，偏向林大妹和林小源，认为林小源骗娘，从娘那儿得宠捞好处。再说林小源那三间平房，是父亲在世时买的，是兄弟们共有的财产，凭什么让林小源占为己有。

一天傍晚，林务源领着儿女及一群人气势汹汹地砸开林小源的家门。只见林务源的女儿双手叉腰，因那腰太长，显得腿特短。她指挥几个人把林小源近来修过的平房上的瓦片“哗”地向下扒了一大片。林小源闻讯赶回和林务源扭打在一起。林老太见状，当场气晕，瘫坐在椅子上，幸亏众人扶起林老太。林小源寡不敌众，自然吃了亏，被打得鼻青脸肿。

第三日，来了几个城管，把林小源叫走了，原来林小源看见已征用的土块上的小桂花、小樟树等树苗，便带往别处卖掉，城管收到举报（还不是林务源干的好事），核实后就把林小源扭送到看守所关押了三个月。

林老太见儿女们争吵打闹，背着沉重的心理负担，能活得好吗？便病情加剧。林清源闻此，将其送医院治疗，但已无回天之力。林老太弥留之际曾留言：自己那拆迁款，30万应归老大林清源，说最亏欠的是清源，余下的办丧事用。因老大早就分家立业了，不但家产一分也拿不着，而且连婚债也是由他自己还的。虽然他搬家出门时我曾给他300元钱，可后来我去探务源、小源的监时清源给我的盘缠、探监费远远超过当初那300元的十倍百倍了。他爹活着时给他爹，他爹死后给我的月钱，长达五十年，从未缺一个月的，而且是每月都准时交到我手里的，即便他出差，他也叫他老婆、儿子送来。而且家里出的那么多事都是老大去摆平的呀！世上还有这么当老大的人啊！

林老太人已走了，弥留之际说到了的弟弟。说起这个弟弟，即林清源的舅舅曾问过林清源，为什么务源、小源与你同出一母体，他俩一点儿也不像你。林清源环顾四周，见旁无一人，于是对舅说："小时候一次我带我后来夭折的大弟务茂去屋前魏家屋边玩，务茂见魏家前篱笆上长着一条黄瓜，非要那瓜不可，我死活拖他走，可务茂非要那瓜不可，于是我也只得顺从务茂帮他摘了那瓜。谁知魏老头骂到我家，结果爹顺手脱下一只鞋就打我屁股。那日外公恰来我家，外公先让爹打了我一下便立即护我走开了。”于是舅对我说：“你外公原是个师塾老师，也许是所谓的隔代母系长子基因遗传吧！”

林家舅舅宣读了遗嘱，宣读完还向大家举起来说：“你们看，上面还有我姐姐的印章呢！”

此时，林清源走到舅舅面前说：“舅舅，这30万元钱，暂由你保管，作为小源儿子上中学后的费用，小源儿子是读书的料。我想让这孩子和大侄俩来改观他们父辈形象以提升我林家的整体形象。娘的遗书由我保管，那上面也是父母辈的历史呀。”

人民的眼睛是最亮的

一晃三年过去了，孙泉初涉教坛所带的首个初中毕业班，上中专的16名学生明天就要去体检了。临走的前一天，老校长说："这是你三年心血的结晶，你代我去领队，这份风光，也只有你才能享受呢！"那时不如现在，当年"农转非"这具有魔力的三个字可改变一个人的阶级身份，比眼下考取211大学的还风光呢！

次日，中专体检中心处站满了人。一般一个学校只有一两个学生跟在校长或教导主任身后一个程序一个程序地体检下去，能有三个学生参与体检的，现场的家长、老师就都侧目驻足了。而跟在孙泉后面的学生如海面上的鱼似的一长串，整个体检中心的人目光齐刷刷地盯着孙泉，均是啧啧地称赞："这么年轻的校长！"

第三天，沉浸在兴奋中的东湖中学老校长正在会议室布置学期结束的工作，孙泉从会议室窗户老远看见自己娘背着他儿子走来。孙泉快步跑上去将娘背上的儿子抱下。娘说："你儿子从昨天起就一直高烧不退，你爹老毛病又发了，家里还有一大堆的事，我先回去了。"孙泉悄悄向老校长说了情况，于是老校长立马对众老师说："今天会议就到此结束，按照刚才说的，各自去忙吧！我也要与孙老师送他儿子去医院了，他儿子病得不轻。"

孩子检查后被诊断为乙型脑炎，送医院晚了一步，属重型，需住院观察。当晚老校长又特地买了包糕点来病房看孩子。孙泉不好意思地对老校长说："白天您怎么可以因为我孩子突然中止教师会呢！"老校长说："这是理所当然的！"

孩子出院后消瘦了很多，考试成绩也下降了很多。孙泉对这孩子总有一种深深的内疚感，同时内心也深深地感激老校长。这次孩子生病，用完了孙泉生平的第一笔积蓄——30元钱，也使他知晓钱的最大功能是可以救急，使他养成了一辈子节俭过日子的习惯。

孩子出院当天晚上，孙泉想到"爹老毛病又发了"这句娘说的话，特地去了老家，谁知爹说："哪有你这种人，晚上来看病人的？只知道工作，连自己的儿子也不顾了，只说忙！忙！忙！学校有多少学生，日后有几个会记住你的。"孙泉只得无奈地笑笑。

新学期到来，孙泉被提升为东湖中学的教导主任了。他不但将全校教学这块安排得井井有条，而且自己这块试验田（自己兼班主任的那个班）各类考试的合格率、优秀率、平均分都遥遥领先。这是当好学校领导的基本功，老师们都是心服加口服的！

一时间，很多来找孙泉的，都要将自己的孩子送去孙泉班插班，致使他任教的班满得连后门都很难打开了，有的还说哪怕安排来东湖中学也好的。最搞笑的是连孙泉那上幼儿园的外甥也说：“我长大了，也要到孙老师那里去读书。”当场就有人问他，“孙老师是谁呀？”孩子说，“我不知道。”还是孙泉妹对他说：“孙老师就是你舅舅呀！”

转眼又是一个新学期，领导便让孙泉任业务校长兼教导主任。孙泉的担子更重了，他兼班主任的那班学生在楼上，学生们从上面看下来说，我们的孙老师走路总好似在小跑。孙泉与全校师生关系融洽，不久学校工会改选，孙泉以全票被增选为委员。

眼下正逢改革开放的经济时代，随之而来有部分人对金钱的追求也变了形。周边学校的校长先生们开始向上春天送茶叶，夏日背西瓜，秋季贡河蟹，冬令朝野味了！可这个孙泉还一味地讲升学率！升学率才是硬道理！为国家多培养优秀人才常挂在口哩！慢慢地，孙泉反而成了另类。甚至连学科的教研员对东塘中学也颇有意见。

后来新调来了一位钱校长，孙泉与钱校长的教育观念格格不入。一次教师会议行将结束时，钱校长突然宣布：”因孙校长职务过多，一人四职，难于顾全，今后学校教务主任这一职由龚老师来担任，望龚老师今后努力工作，不足的地方努力改正。龚老师这个人我是知他脾气的，人是好的，我们从小一起长大，还是赤卵弟兄，小时候还一起在东塘里臬过水的呢！”

这个晴天霹雳将孙泉打蒙了，叫他今后如何开展工作呢！明知龚老师连一个班也管不好，怎么可以去管一个学校呢！学校的教导主任犹如一个国家的国务院总理呀！这叫我今后管也不好，不管也不好。有人格的人，既不愿无端地侮弄别人，也不愿无端地受人侮辱，总要活得像个人的样子。若过度考虑别人，是一种对自己的不认同，别太忽略自己。走为上，于是当晚孙泉就写“请调报告”。

随着新学期的到来，孙泉如愿以偿了，原职解了，可所教的层次上了一个台面，去教高中了。上帝在关上一扇门的同时，也开启了另一扇窗，是金子总会发光的。既然选择了远方，便只顾风雨兼程！孙泉从不打一副纸牌，不搓一局麻将，唯业余爱好的书法也每天只写一条幅练手而已！日日夜夜坚持，总算将六册教材，哪怕是一个标点都钻研了一番。新一轮三年过去了，他所带的那班高考成绩出来了，所带的班和所任的课双丰收。

东湖中学老校长退休了，孙泉调走了，骨干老师借城镇发展的东风也走了几个。这下学校已非昔日辉煌的东湖中学了。当地的老百姓怨声四起，这位钱校长曾多次在上下班的路上遭当年几个遭罪学生的指指点点，这他姓钱的难道不知道吗？可问题是这个钱校长不找自身的主观因素，反倒责怪起孙泉不配合他！好怪不怪还怪孙泉的错呢，还诬告到局座那里去了呢！

一次在省书法家协会的年会上，孙泉碰到了当年那位教研员。他先向孙泉点了点头，后便一直躲躲闪闪的。孙泉突然来了那么一股劲，先主动上去叫了声项老师：“好久不见，看你身体不错吧！”项老师说：“还行！还行！”可那张嘴似有话要说，又欲言又止。孙泉说：“这种会不像工作会议那么严肃，我们找个地方喝杯淡酒吧！”一开始项老师说：“这不必，不必了！”孙泉说：“我们好久未谋面了，天气又那么好，难得啊！”在孙泉的诚邀下，项老师答应了：“那我就恭敬不如从命了！”于是随孙泉去了一家清静的小酒店。刚一坐下，项老师就说：“孙老师，你的名字已上‘百度’了，厉害！厉害！字像人，看了你的字，字字像你的人品学养呢！”孙泉说：“其实我也平平的，只不过写得多了。也许是我教了一辈子书，除了一次特例外，几乎没打骂过一个学生，是这些学生瞎捧的吧！”项老师说：“你说除一次外，那这一次是什么呀！”孙泉说：“那次我在公交车里，有个军人向我敬了一个礼，我当时愣了一下。那军人说，孙老师，你忘了吗？我就是当年午睡时自己不好好午睡，还用毛笔给一个熟睡的同学画眼圈的捣蛋鬼呀！正被你巡查时发现，你在我头上敲了一下，不过是很轻地敲。听完我就哈哈大笑起来，对他说，看来我们当老师的是要注重自身的形象，我教了一辈子书，几乎没打骂过学生，唯独这次给你碰上了呢！”

两人说着说着，项老师说：“我真对不起你呀！那年你的职称评定，内中有一项是所任学科的教研员听一堂课并打分，我只给你打了68分呀！此事被局里那年到你们东湖中学处理家长闹事事件的薛主任知道了，他对我说，我是十分清楚孙泉人品学识的，他孙泉评不上高职，那我们县还有谁评得上，做人要有德性，要有基本底线，你可要认真加慎重地处理这事呢！于是我将你上报的档案袋里那纸撕掉，重填了一份，将68分改成98分。”“噢！原来还有这么回事呀！我还以为是轻松解决掉的，一次性就审批成功了。这最后一关是专家面试，面试只有三句话。主考问：‘百度’词条里的孙泉就是你吗？我说是的。去年获全省百篇优秀论文奖的孙泉是你吗？我说就是我。去年你带的那个高考班考得好吗？我说除两位未上线，读了大专，其余均上了211的本科线。主考说：好的，你可以走了，静侯佳音即可！我向三位专家鞠了一躬，离开了面试室。”

说到这里，项老师一连叫了三个“惭愧”呀！“那时我正碰上我先生要调到同单位，我孩子又逢择校，这两项都要靠局里帮忙，于是昧着良心听局长说你不配合姓钱的校长，钱收不上，自然就少了东湖中学的这份‘朝贡’了，所以局里有人要我压低你那堂课的分数呢！大家都在贪，不贪的那个就破坏生态了。后来我幸好听了薛主任的话，否则我是死不瞑目的呀！古时县令只称‘七品芝麻官’，为什么这些连九品也算不上的要如此作弄人呢？”孙泉说：“我那届高考班后，正搭上高校扩招这趟车，与大学生们混在一起了。人民的眼睛是最亮的，如今我走在大街上，路上叫我的可以说是应接不暇呀！”

文华之江·第一辑　王学海　主编

三省集

吴虚谷　著

浙江工商大学出版社·杭州

图书在版编目(CIP)数据

三省集 / 吴虚谷著. -- 杭州 : 浙江工商大学出版社，2025. 3. —（文华之江 / 王学海主编）. — ISBN 978-7-5178-6439-4

Ⅰ. I227

中国国家版本馆CIP数据核字第2025MR3140号

三省集
SAN XING JI
吴虚谷 著

责任编辑 沈明珠
责任校对 胡辰怡
封面设计 宇 声
责任印制 祝希茜
出版发行 浙江工商大学出版社
（杭州市教工路198号 邮政编码310012）
（E-mail：zjgsupress@163.com）
（网址：http：//www.zjgsupress.com）
电话：0571-88904980，88831806（传真）
排 版 杭州宇声文化艺术有限公司
印 刷 杭州良诸印刷有限公司
开 本 889mm×1194mm 1/32
总 印 张 37
总 字 数 788千
版 印 次 2025年3月第1版 2025年3月第1次印刷
书 号 ISBN 978-7-5178-6439-4
定 价 268.00元（全5册）

目　录

凋零的玫瑰

流浪的星光

梦中的炊烟

心底的余韵

凋零的玫瑰

欠你一抹夕阳

那天清晨我们在海边的沙滩
你突然跑过来问我
如果我没到一百岁就老去
那你可怎么办
你紧紧抱着我的胳膊
生怕我会像霞光一样消散

那时你只担心失去我
就像担心天空会失去太阳
你应该没有料到
你的天空还有明亮的月光
那些星星可以作证
月亮总在暗夜出现在你身旁

今晚我拄着一根拐杖
迷迷糊糊地走向垂暮的青山
肯定是看不到你的月亮出现了
也不在乎星星的是非短长
你给我的朝霞已经消失
留在天边的是我欠你的那抹夕阳

衢州·柯城

秋　分

秋分是一座桥
你在桥的彼岸远去
我却被河流困在了孤岛

不知道会在岛上囚成没毛的鸟
看到水中的倒影
把自己吓得灵魂出窍

已经忘了春分的味道
梦里见你跨过那座独木桥
你张开双臂让我误会
那就是久久期待的青鸟

你是否飞回夏天已不再重要
我要留一点念想给雪花
写一串孤独的爪印直到变成冰雕

杭州·西湖

世界仿佛空了下来

是不是只有万念俱灰
才愿意抛下执念
风中凌乱
整棵树一瞬间老去
明白时总是太迟
那些飘零的落叶又怎能怪秋风
蝼蚁与蛀虫
有牙齿的或者没有的
他们早就把根掏空

成长时拼尽全力
百媚千娇只为一声喝彩
每一片叶子都会谢幕
这满山红叶却把最爱的错过
谁误了谁的青春
都是匆匆过客
秋风的寂寞谁懂
世界仿佛空了下来
他的孤魂在山梁上嚎哭

2023-09-05　衢州 · 柯城

处　暑

太阳藏进狮子座 150 度狩猎
残月气息奄奄留在镜前
蝉鸣划过额角的白发
掉落满地春风留下的皱纹

暑热终于藏起了野心
不情不愿地把刀锋插入鞘壳
喷涌而出的秋雾
遮掩住迷离的双眼

塌陷在深海的巨大坚冰
慢慢地释放着寒意
昨晚窗外的心事
只在树叶上流下几滴清泪

久久等待的那封信
是不是错寄给了浮云
巴山依旧不停地飘着夜雨
那只青鸟会不会带回李商隐

2023-08-22　绍兴·诸暨

内　伤

那种无法自舔的伤口
总会在夜深人静时疼痛

在幽暗深邃的海底
沉淀着厚重浑浊的记忆

究竟有没有互相拥有过
为什么会撕裂出血淋淋的沟壑

既然冷漠已经冻结成荒原
万年冰川却在一瞬间崩塌

白昼远去的背影
原来都落到了黑夜的梦乡

是谁的刀胡乱挥舞
把一片痴情斩成稀巴烂

杭州·拱墅

被凌迟的拜伦

没有任何理由相信
拜伦是在黑夜被凌迟的
隔壁房间他的惨叫我听到了
没有锋利的尖刀割下一片片肉
就绝不会发出那么凄厉的叫声
动手的一定是个绝望的女人
每一刀都有她怨恨的咒语
她说自己是瞎了眼了
拜伦就叫着天哪我的眼睛
女人又问为什么我的话你不听
拜伦就大喊我的耳朵啊耳朵
女人数落了半夜
拜伦一定已经鲜血淋漓
最后听到女人哀怨的哭泣
她说你到底有没有良心
只听拜伦凄厉的一声惨叫
就再也听不到一点动静
是心被剜出来了吗
拜伦为什么不叫我的心啊我的心
这一夜我无法安睡
早晨把自己吓得胆颤心惊

镜子里的我两眼乌黑
不知道昨夜的我是不是被凌迟的拜伦

2023-02-20　杭州·文晖

夏　至

夏至的前方有一片雨幕
乌云忽而在西忽而又往东
像舞台剧刚刚结束
故事还在幕后零零落落
你背着我
低头缓缓地往前走
我在你肩上
看着天空的颜色
乌云并没有完全消退
通往老家的路泥泞而潮湿
就把我放到转弯处的短松冈吧
我想十年后听你朗诵苏东坡

2023-06-20　衢州·柯城西垄

端午之夜

没有前奏也没有高潮
从入夜直到黎明

当年逼疯了屈原的大雨
是不是也如此地喋喋不休

这里是医院住院部的十楼
我不需要忧谗畏讥

我的爱化作雨中悠悠的羽毛
从窗口向虚无黑暗处放飞

留在手中的长长检测报告
肿瘤抗原超标了十几倍

别责备生命只余三两轻
你抽走了刻骨铭心的灵魂

我可以握住你熟悉的手
却再也握不住你酣睡中的黎明

2023-06-23　衢州·柯城

送　别

渐渐地远去
像风中的花瓣
长发、彩裙
以及精致的脚后跟

记得那天初见
也是长发、彩裙
以及优雅的脚尖
还有你从扶梯口露出的笑脸

我在地铁的高处接受审判
如果回眸或许保留希望
可叹你已随波漂远

只怪今天风大
我的双眼吹进细沙
模糊的城市像梦一般虚幻

2023-05-20　杭州 · 文晖

直到月色如水

我已经忘了你的脸
柔情迷濛成这个湿漉漉的春天
就连我们一睁眼就看到的千里岗
也消失得仿佛从没出现

黑夜用钝痛的雨滴
一刀一刀划过心尖
村口路灯把雨丝放大成网
却网不住哭泣的梦魇

窗外忽然有窥视的月光
原来今晚是十五的夜
努力睁开渴望的眼
才发现你一直就躺在我身边

那件白玉兰的短袄里面
是海棠般娇嫩的容颜
于是所有的桃花瞬间开放
追着光追着少年直到月色如水

2023-04-06　杭州 · 文晖

飞鸟与新酒

飞鸟从平静的心湖掠过
追逐着自己的倒影
翅膀轻盈而优雅
双眼又锁定了下一个目标

泥醅的新酒香气氤氲
小亭在湖岸站成了风景
琴声一直追随着飞鸟
烟波中却听不到一声回应

芦苇在寒冷的风中凌乱
翻动着一堆旧羽毛
那些不堪回首的陈年往事
悠悠然在湖面飘零

拣尽寒枝终究无处落脚
无人品尝的新酒已苦涩成冰
心湖悄无声息地缩成了泪滴
隐藏进无穷无尽的记忆

2023-01-25　衢州 · 巨化

为谁而笑

你到哪里去了
为什么不让我知道
昨晚的梦没有一个完整
每一次醒来都增添一份心焦

墙角躺着冷冷的箱包
花花绿绿的粘满各种贴标
我不敢打开你设的密码
害怕曾经的记忆会伤害大脑

我猜你已经攀上了那座山峰
只是没想到登顶就是悬崖
寒风嘲笑破碎的岩石
你却犹豫要不要转身逃跑

没人比我清楚被欺骗的味道
走错了路总会有挥不去的迷茫
你喜欢的春天就要来了
万紫千红中你会为谁而笑

2023-01-21　衢州·柯城

错过的约会

说好的年底前我们约会
终究是因为头昏目眩搁在路半
心里想着你会执着
可你风轻云淡地回答可以可以
你是生我气了吗
还是原本就不在意
往常即使走路我也要到你窗前
看看你还是不是那张笑脸
今天抬头望望空旷的街
忽然觉得虽然同城也像天边
努力走到冷冷的地铁口
发现像极了重症病人昏沉的喘息
转身就逃回家里
呼吸急促地连连咳嗽
弯腰看到窗外的白玉兰
毛绒绒的有了些花骨朵的模样
吔，明天就是姹紫嫣红的新年啦
原来春天一直在约会的路上

2022-12-31　杭州 · 文晖

冬至夜

窒息而令人恐惧的疼痛难道不应该尖叫吗
并没有
因为那无形的刀已经无声无息地插进了咽喉

冬至夜的夕阳极短暂
似乎就是罪恶的刺客那鲜血淋漓的刀光一闪
然后进入黑暗隧道漫长地挣扎

城市的高楼睁着惊慌失措的眼睛
垂死者一边吐血一边张大嘴拼命呼吸
空洞的街道驶过迟到的救护车
像被施了魔咒般的穿行在殉葬者和医院之间

黎明无限期被推迟到群山背后
那个得意忘形的刺客狞笑着在乡村肆虐
老人的脸吓得变成一张张年历
他们手里握着的刀枪剑戟完全没有抵抗力

整夜没有听到狗叫甚至包括呜咽
只有白毛乌骨鸡还在半夜三更打鸣
成千上万颗脑袋从魔咒般的长夜中忽隐忽现

也许再跑快点
就能摆脱这个血腥而冷酷的冬夜

2022-12-22　杭州·拱墅

关于那个青春的傍晚

那一条河流缓缓流淌
沉淀的鹅卵石写满郁闷和忧伤
水草无力地挣扎
他已无法向前
只能在原地摇摇晃晃

岸边的那个人仰着头
他的双眼抑制不住热泪盈眶
那一刻天空乌云密布
风却悄悄地躲藏
没有人听到压迫着胸膛的嘶吼呐喊

你的声音在身后响得很突然
蓦然回首，浅笑嫣然
你的注视忽闪忽闪
单纯的脸上洋溢着青春灿烂

划过一道闪电还有雷声炸响
狂风呼啸着暴雨倾盆
你拉起他的手飞一般奔跑
再回头看
天空撒下一缕阳光

2022-12-11　丽水·南明湖

印　象

昨夜我梦到桃花了
并不在白露横江的水岸
那处山坡比心还荒凉
点点星染，羞涩
像初春少女的脸庞
似写意花鸟错用了色彩
一抹绿叶风中招展
是故意减淡灼灼花红吗
柔弱而生机盎然
却让我有点心慌意乱
仿佛看到你一袭绿纱裙
衣袂翩翩，走过
云霞万朵的秋水长天

大　雪

乌云凝聚成巨大的扫帚
笼罩整个天空
他想干什么

在凌厉的寒风中
黑暗似乎受到了惊吓
浑身颤抖

应该有很多令人胆寒的感觉
藏进了大地的深处
或者就藏在天空

不确定是圆的还是方的
但一定比垃圾还肮脏
自己都无法面对

大雪无声无息地掩盖一切
填满随处可见的不平
用苍白修饰纯洁

2022-12-05　杭州·文晖

沉　溺

为什么在子夜的梦里
我会失足在你的眼睛
无论我怎么挣扎
还是不断地沉溺

眸中的湖水五彩缤纷
有时像蝴蝶的翅膀
有时像被追逐的狐狸
散发着青春荷尔蒙的气息

从遇见你的那一刻
已陷入万劫不复的旋涡
心脏的活塞迅速加快
听到波浪拍岸的酣畅淋漓

明白靠近了吞噬的黑洞
内心却开始感觉狂喜
当犹豫与恐惧被撕成碎片
终于赤裸裸地融为一体

2022-10-11　杭州・文晖

秋　晚

今晚微雨，风凉
水波无声荡漾
梧桐枯叶静静飘落
有时在手心，有时
又在头上
像那些无法忘记的往事
不经意间，爬上眉梢
湿漉漉的，无法舒展

那对打伞的年轻人
笑声，莫名其妙
又肆无忌惮
在半池残荷前指指点点
憧憬明年夏天的模样
缠绵悱恻的北山街
陪伴慢慢昏暗的湖光
一起期待或许出现的月亮

2022-10-08　杭州 · 西湖

梦里做一阵风

无法相守在你身旁
命运注定我流浪
那天上飘落的红丝带
是相思织成的祝愿

今夜或许没有月亮
我梦见你娥眉的忧伤
戈壁不只是黄沙
是你我红尘遇见的地方

等待千年是怎样的寂寞
吹皱一池斑斓的问候
你的落叶若想念我
相信三生石上不会错过

流沙埋没多少因果
我就会抹去多少沧桑
轻轻吻着你的双眼
唤醒你沉睡的青春渴望

2022-09-25　杭州·文晖

易碎品

夜，拉住白昼
温柔地藏在怀里

纠缠从黄昏的红唇开始
慢慢地由浅入深

白昼的喘息高昂
直到半夜依然无法平静

黑夜如此温润
每一滴汗都那么晶莹

他们确定自己是玉器
为了爱，可以牺牲自己

挤压以及反复撞击
终于听到碎裂的声音

传说中的神圣融合并没有发生
白还是白，黑依旧黑

尖锐的棱角互相伤害
无数的刺痛只留下后悔

时间用恶毒的目光
打扫着满地的易碎品

2022-08-22　杭州·文晖

羽　毛

沉重的肉身倒下
魂魄的轻烟化作羽毛飘荡
努力想要摆脱引力
借着微风的桨
在空气中划下划上
有一种嘲笑　吸附羽毛
罪孽的躯壳
还没完成救赎
岂能乘坐白羽之船
抛下三千红尘
无心无妄　羽毛
幻化白色的天堂

杭州·文晖

因为悲伤

最锋利的刀刃
却是无形
那种痛，撕心裂肺
让你浑身颤栗

躲藏在最黑的夜里
考虑窗帘几层
必须遮挡住所有光
包括偷窥者恶意的视线

发现无法宣泄情绪
嘴巴张大到极致
呐喊或者哭泣都已无声
唯有双眼满溢出恐惧

绝望能拯救哀愁吗
你最终学会的只是放弃
双手交叉抱紧自己
直到冻僵早已麻木的灵魂

杭州 · 拱墅

水岸夏夜

海的呼吸依然急切
裸露着白花花的胸怀
夏夜迟迟不来
放纵了男男女女的欲念

有时你走得近了
浪花会摸一摸你的脸
刚刚觉得有点甜蜜
却想起往事原来那么咸

沉溺在海的故事里
融化的心不由自主沦陷
不依不饶追着笑声
仿佛还是十七岁的少年

夏夜拉起深蓝的天幕
晚风听到一声叹息
多少无法割舍的爱恋
渐渐隐没在黯淡的天际线

2022-06-27　海南 · 三亚

蝉　鸣

不用告诉我树梢的理论
我只有简单的一声
究竟是知了还是痴了
懂的人一定曾伤心

埋葬在树下的岁月
无数黑暗与冰冷
那些高高在上的花朵
怎知每一缕阳光的可贵

还有那些螳螂与黄雀
他们自以为聪明
无法理解悍不畏死
才会不在乎他们的算计

给我发声的时间太短
这一生的使命还未完成
我要看最美的风景
唱出红尘嘹亮的歌声

2022-06-26　海南·琼海

孤岛书

忽然涌上的潮水
淹没我的脚背
一瞬间淹过我的眼睛

为什么在这样的孤岛
我谁也不想
却偏偏忍不住想你

看到美女在波浪中舞蹈
男人呵护不停
仿佛看你我的前世今生

用南海的碧波与晚霞
写成了给你的信
却再也找不到你的地址

2022-06-25　海南·三亚

见诗如面

天色渐渐暗了
怎么突然出现了悬崖
不是说还有彼岸的吗
那里有棵高高的树
开着五彩斑斓的希望之花

脸模糊成了一滴泪
声嘶力竭地呼唤
已经分辨不出你的声音
杂乱的脚步
传到荒草丛生的山冈

生命像山中的水
不会留恋多么美的给予
被风撕碎的一片云
你何必在意
他消失在哪里

只有这些滴血的诗句
火中燃烧的灰烬
喷溅出一生的悔恨

无法触碰的遗憾
灼伤千疮百孔的灵魂

杭州·西湖

第一次抱你

新年的镜子里
数不清又多了几许白发
忽然想起与你白头偕老的诺言
是在那年泥泞的春节
你红色的高跟鞋陷进了泥里
我第一次抱着你进村
吻干你脸上的泪水
却忽略了那苦涩的滋味
只顾着一厢情愿地表白
发誓会把我最好的都留给你

今天脸上的皱纹里
泛滥着纵横交织的泪水
奇怪的是抽泣的鼻子
还会清晰地嗅到当时你的香气
有件事我一直瞒着你
那断了的红鞋跟
和从你头上剪下的青丝

好好地珍藏在那个旧箱底
找一个云淡风清的日子
送还你，或许可以再抱抱你

2024-02-10　衢州·柯城西垄

月亮的碎屑洒落大地

隔离间的窗外
月亮被栅栏切成碎屑
无法拣拾的思念
藏进半明半暗的波纹

院前走过的那只小花猫
无声无息地贴近墙根
她自由自在地游荡
喵喵地嘲笑关在楼上的人

看不清岸边一树繁花
在无风的夜晚纷纷飘零
月色是太沉重了
放不下她轻轻的叹息

杭州·文晖

春天离去的夜晚

春天离去，月色沉重，弥漫朦胧中花枝坠落
风，打着流氓惯用的唿哨
在村头油菜地里，留下沉甸甸的果实

青山如黛，连绵起伏的曲线
描绘出柔美动人的轮廓
漂着花瓣的溪水，潺潺
流过，村庄胭脂色的酥胸

那只发情的公猫鬼哭狼嚎
拉上了留守少妇心痒难耐的窗帘
乌鸦，掠过她骚动的梦境
以及藏在隐秘处的双眼

春天离去的夜晚，田野
充满无法抗拒的浪漫
城市，整夜红着眼窥望
却再也嗅不到春天特有的体香

2024-04-24　衢州・柯城

夜，纵容了我的刺

黑夜是一袭黑色的长袍
破空的锐器随着风声尖啸

泪水飞溅而下却并非因为疼痛
锥心刺骨只因突然被柔软的回忆袭扰

那些只在子夜梦醒溃疡的伤口
有时会觉得三魂七魄早已出窍

明明知道这根刺拔掉就好
后背的位置却怎么努力都够不着

听说患有背痛的人都曾中箭
但没人看见箭从哪个方向击中目标

夜，纵容了我的刺
点燃整颗心，或许可以将它烧掉

杭州 · 文晖

星辰与大海

想给你碧波蓝天
却在泥浆与岩火中深陷
烧灼的疼痛让我无法忍受
匍匐在地的屈辱逼迫着扛起双肩
顶天立地是多么残酷的折磨
这样的日子我却过了一万八千年
隆起的山脉是最强的脊梁
奔腾的河流使我血液澎湃
雷电暴风是愤怒的咆哮
潮起潮落证明我博大的胸怀
当我倾尽所有
满天的繁星就是我成神的双眼
终于看到了你的娇美
那是我用命换来的碧海青天

2023-12-12　台州·临海

我们之间

最初的发现
我是岸边的芦苇
你是水中清纯的倒影
我随风摇曳
你才能荡起涟漪

后来我以为自己是山
而你只是一片云
你在我身旁飘来飘去
是因为我的巍峨
才增添了你的光彩

终于成了一种煎熬
河水熬出狰狞的沙砾
我在风中凌乱
想要找回你的倒影
才明白你只是一个梦境

最后山峰被乌云遮蔽
就连雷电也看不清真相
唯有滂沱大雨才能洗净尘埃

山洪发出愤怒的咆哮
责问我们之间为何无法相互成全

2023-11-05　杭州·文晖

遥远的事物

今夜又下着秋雨
檐头的雨滴弹着古老的竖琴
寂寞冷冷飘散
我收紧潮湿的衣领
只是害怕那些遥远的事物
无声无息地又钻进心底

朦胧中看到你的背影
分不清是不是我们初次相遇
那一头乌黑浓密的秀发
曾经轻轻地为你绾起
握住你冰凉的小手
藏进怦然心动的怀里

这触手可及的距离
却一辈子都无法再靠近
走近你的每一步

都会发出呐喊的声音
我只能默默闭上眼睛
品尝这秋雨咸涩的滋味

2023-10-10　衢州·柯城

陌上花开

雨一直在下
滴滴答答

米粒大的花蕾
趁着夜色
贪婪地呼吸
互相小声地说话

她们有个共同的秘密
不能告诉东风

东风很好奇
在阡陌间一遍一遍
撩拨　抚摸　有时亲吻

桃花受不了了

第一个睁开眼睛
梨花紧跟着笑出了声
樱桃羞答答地
张开了小嘴

2022-02-22　杭州·西湖

你不过是每一个孤独的瞬间

清晨不是挣扎着起床的场景
人生也不过是一串孤独的瞬间
昨夜梦里山冈上放牛的伙伴
谁还认得出谁的模样
山水由远及近渐渐隐去
花朵凋零期待重新盛放
你的故事只留存在自己的记忆中
那些孤独片段会一点点剥落遗忘
就像你童年走过的那条小巷
总有墙面掉下风化了的砖瓦
你还记得自己第一颗脱落的牙齿吗
现在的你为什么已经没有了头发
在每一个活着的瞬间
我们总是无奈地被改变
窗外的天空突然飘起了雪花

是不是孤独的灵魂需要瞬间安慰

2022-02-17　杭州·文晖

你是忘却

努力长成一枚甜橙
让你喜欢
看一眼就想尝
口舌滋润
把我捧在手上

剥开我
包括内衣
薄薄的白纱小衬衫
第一口果汁淋漓
是不是有点酸
我要让你记住这个味
和别人不一样

你却那么急
咬一口，吸一口
连指间的残汁也舔干
我的心上有细细的纹路

每一瓣都有种子包含
想要你轻轻拿捏
含在嘴里
慢慢地品尝

你把我剥成碎片
吸成残渣
还把种子唾弃在地上
爱
是我一厢情愿
哪一刻记起我吧
别让我知道
你是忘却

2022-01-23　杭州·九莲

落在水里的雁鸣

今夜下着淅沥小雨
我要经过你在的城市
曾经牵手听过雁鸣的江岸
你的身影若有若无

雨刮不肯承认心痛

一团团惆怅无法抹去
忍不住打个电话
忙音提醒你不在服务区

桥上灯火的倒影
是多么完美的修辞
为什么我们站过的地方
像爱情用错了成语

落在水里的雁鸣
浸透无法打捞的孤独
把夕阳与鸿雁都留给你
悄悄地带走所有的忧愁

温州·鹿城

夜风如酒

他回来了，从窗户的缝隙中
吹着刺耳的口哨

那盏等着他的油灯开始打颤
仿佛知道，他会
无法无天地胡闹

灯光左摇右晃，躲避
他靠过来的恋爱脑
还有如影随形的拥抱

他开始吹牛，从地上
直到房梁
灰尘旋转着捧腹大笑

厨房有碗碟被摔碎了
每次他生气，总是
嫌弃家里没啥美味佳肴

房门砰嘭作响
直到被豪饮的分分秒秒
不在手里，也不在无人策马的江山

2021-11-27　衢州·柯城

一只放下天空的鸽子

算了吧，天空
也无非是一场虚幻
曾经的狂热逝去
山峰终会吞噬可怜的太阳

狂妄自大的优越感
何曾把山川大漠放在心上
追随着天南地北
老翅几回寒来暑往
羽毛飞扬
告别前最后一次点赞
所有的精彩
都将隐匿进越来越浓的黑暗

衢州·柯城

两个月亮

你在天上徜徉
却把我丢在井里

你享受无数仰望与赞美
留给我的却是无情的遗弃

多少人为你的美丽倾倒
而我只能为自己的无知自卑

那只冲动的猴子
喊出了惊慌失措的声音

他们的拯救行动
也只能是一个千年的笑柄

我依然会付出寂寞的长夜
苦苦等待你回头的一瞬

2021-11-06　台州·金清

指　纹

“一箩空二箩富
三箩做酒磨豆腐……”
弯弯绕绕围成一座城
从生到死无法逃脱的命
一条绳连接着远古
每一个都有独特的基因
沉浸在起起伏伏的山水
荒芜或者天堂般的风景
命运长着粉红色的翅膀
越过灾难寻觅着幸运
谁可以用目光扫一扫
识破你的箩或者箕筐

2021-10-31　杭州·九莲

擦肩而过的名字

那一池秋水
盛满了静静的回忆
发黑的底片　沉淀
一层层粘稠的淤泥

模糊了清晨还是黄昏
你惊鸿一瞥
高傲地落在池边的芦苇上
翅膀打湿了蓝天彩云

你优美地引吭高歌
成为记忆中最甜蜜的声音
有时不经意间
会在暗夜里突然响起

池边的百花开了又谢
夕阳与残月萧瑟了背影
苍天都老了　为什么
你的笑脸还那么年轻

衢州·柯城石梁

月　亮

发现你的注视
是影子孤独地踽躅
时淡时浓，若隐若现

不用抬头寻觅
一直都明白你的心意
哪怕长久不见

信安湖畔的倾诉
那稠浓到化不开的哀愁
默默相对却已无言

善妒的乌云
一次次地想要抹黑
你偶尔露出惨淡的笑脸

圆满或者残缺
都不再有任何抱怨
活着，就是最好的成全

杭州·下城

不速之客

——新冠病房记事

傍晚，医院的走廊
悄无声息地多了两行猫爪印
卫生阿姨嘟嘟囔囔说
哪来的猫哪来的猫

查卫生的人一会儿到了
咦，你们地上怎么还有猫爪印
卫生阿姨气坏了
刚刚才擦掉我刚刚才擦掉

卫生阿姨决心逮到猫
她一直追到重症监护室
出来一个粉雕玉琢的小姑娘
我妈想见她了你别生气好不好

病房里面静悄悄
床边一只可爱的小花猫
卫生阿姨眼含泪水点点头
没事的没事的她想咋跑就咋跑

诗　殇

一地玻璃碎了
诗的白骨无处收存

最初认识你是在山野
因为不事雕琢而单纯

一刀一刀地刻划
只想让你出落得至臻完美

内心的伤痕终究无法成就梦想
早知结果将会面目全非

突然发现心碎了
再好的粘合剂也无法弥补裂缝

灵魂已然出窍的诗
再华丽的词藻只不过试图描绘画皮

2021-08-21　衢州·柯城

非幻觉

清晨，七点
手术室的移动车
哗啦哗啦地
从病房那头响起
传说中的无常
手中抖动的铁链
是不是也这样令人恐慌
手术室的麻醉师
是一个穿黑衣的姑娘
她美丽的脸庞
有一种温柔的恐怖模样
听着身边医疗器械稀里哗啦响
分明感觉到一寸一寸逼近的绝望
我努力撑大眼睛
不能让它阖上
可是眼皮有千斤之重
让我无法阻挡.

迷糊中我回了故乡
抬头望见山谷上白云徜徉
白云间有很多双眼睛
那些祖先长得都很像

爷爷赤脚在田里骂着他的牛
姑姑唱着歌在山坡放羊
一个我熟悉的身影来到面前
他的笠帽挡不住那恼火的目光
他说儿女还没养大你来干啥
不由分说就给了我一巴掌
我睁开眼问现在几点
医护人员很亲切
现在是傍晚，七点半

2021-08-28 杭州·同德医院

当我爱你

在别人的微信群看到你的笑容
仍然会无法克制地为你心痛
仿佛有一百只猫在心窝乱窜
挠得五脏六腑颠三倒四
最恨那个群主
他凭什么品头论足
难道他把你夸上了天
你还能真的变成嫦娥
还有那几个嘲讽者
躲在角落对你指指戳戳

他们哪里会知道
当我爱你
你完全不必逢场作戏

2021-08-12　杭州·九莲

我们进入的城市似醒非醒

一觉醒来，听到隆隆的雷声
这是你去天堂的马车走了吗，如此轰轰烈烈
在高楼屋檐下的阳台
无数双眼睛，看见
天使甩动金色的长鞭
黑暗为你凿穿一条隧道
以光的速度飞行
这座似醒非醒的城
发出一声叹息
伸出霓虹细长的手，想抓住
那些你不舍的爱与亲情
稚嫩的肩膀以及消瘦的背影

暴风骤雨里，奔跑的人
追赶着你滚烫的灵魂
天空被如椽巨笔扫过，刻画

一颗狂放不羁的雄心
街道溅起一串串湿漉漉的往事
关于你留下的事业
还有和一些人的约定
这个无法入睡的夜晚
在轰隆隆的雷声中似醒非醒

2021-05-15　杭州·文晖

诱　惑

——写给小白兔狸藻

肤白肌嫩　一掐出水
你是那么迷人
装出小白兔的模样
吸引
那些心怀不轨的登徒浪子
贪婪美色的眼睛
其实是瞎了
看不见暗藏的杀机
一个接一个
撞进你的怀里
他们死也不明白

有一种美丽
叫作诱惑

2021-04-24　杭州 · 九莲

我喜爱一切不彻底的事物

岸边的花
是为我开的吗？
美艳妖娆
正是我想要的模样
我没来时
路，已在花下
想看或想摘的
我不是第一个吧？
停留，久一点
沉醉在令人迷恋的
香
虽然无法彻底
却喜爱
这水波荡漾里的
一瞬

2021-03-26　杭州 · 西湖

流浪的星光

太阳系的坠落

我们一直奔向的远方
银河系中心位置那片明亮的灯光
太阳系追不上光的时候
我们就总是被黑洞牵着疯狂

死亡，就在黑洞等着
像草原上张开咽喉的凶恶狮王
他可以藏在深草丛中一动不动
只等着猎物慢慢靠近他身旁

人类计算着太阳系坠落的日期
有如蚍蜉想弄清雪花的秘密
上一轮公转已经过了 2.5 亿年
那时主宰地球的还是恐龙

谁知道 50 亿年后地球会怎样毁灭
137 亿年后宇宙爆炸是什么情景
不要争论 60 岁和 100 岁死去的差别
我们都是微不足道的尘埃

2024-03-13　杭州·拱墅

高　处

想到高处去看看
不该只是因为好奇
像满山遍野的树都在往上生长
麻雀和鹌鹑努力地向上飞翔

我还有身边的同伴
花衣裳的妹妹们背上流汗
白发萧萧的君子高贤
也一样积极地向上登攀

清音寺是不是有大雄宝殿
戏台的两边排出观礼堂
摆放祖先的宗祠为什么也有佛像
抬头看到有求必应才算了然

总有一些现实万般无奈
祖宗和神佛一样都有灵验
不要问我内心期盼着什么
背后的芭蕉叶也选择了沉默

2023-10-05　台州·仙居

磨　石

医院的阳台秋风柔软
晚霞透过少女优雅的颈项

她伫立着悄悄地拍照
浑然不觉父亲怜惜的目光

霞光在发梢间穿梭来往
母亲脸上的忧愁缓缓地流淌

少女忽然转身微笑
逆光的肩膀像弧形的磨石

2023-09-26　衢州·柯城

无语的长江

选一个风和日丽的清晨见你
带着最崇敬的朝圣心情
让初升的朝霞点缀你的沧桑
抚平亿万年冲刷的皱纹

哦，长江，你是我的至亲
我的身上带着你的基因
五千年前祖先从昆仑而下
沿着你的波浪直到东海之滨

当我背靠清风
长江扑面而来
我在朝阳里读出你的唇语
那波涛滚滚的东海是我们子孙繁荣的梦

2023-08-23　安徽·安庆

立　秋

空无一物的天地间
是谁点染了地平线
一排黑点远远地出现
再等几天
群山会七彩尽染
天空掠过唱歌的大雁

那个仰着头的小不点
是你吗
原来你也被画进了
立秋的风景线

2023-08-08　金华 · 兰溪

消夏记

隐龙谷继续往前
钱江源依然无始无终
浑身湿透不再因为汗水
山峦间缥缈的雾霭忽隐忽现

你走进自己的曾经了吗
那突然出现的小桥老树
流水人家
岩上小屋的窗户会不会突然打开
露出一张我梦想看到的纯真笑脸

彼岸的山道歪歪扭扭像根麻花
这是谁家的大嫂端来了消夏的西瓜
咬一口甜到了心坎上
这大嫂怎么比梦想的姑娘还好看

据说龙涎潭有飞瀑流泉
到了那里才算找到了钱江源
假如你可以忘却山外的红尘
这里的每一块石头都可以送你清凉

2023-07-24　衢州·开化

芒　种

微雨迷蒙的小巷
熟悉的栀子馥郁芬芳
只是找不到你究竟在什么地方

转角处以为遇见了月亮
你浑身散发着洁白的光芒
即使凋零的落花也是美的模样

当年是谁种你在墙上
难道不在乎风霜冰雪的摧残
或许只是为了证明生命的顽强

今夜你悄悄地开放
不为晚风，也不为月光
只为梦中人的抬头仰望

2023-06-07　台州·临海

星星印象

今夜星光璀璨
我急切地仰望西方
五彩斑斓的晚霞
银色的飞机流星般从天而降

窗外，雨骤风狂
撕裂的天空闪过星星的光芒
讲台上的你平静而温润
像镶嵌在天空的蓝钻

从遥远的石器叮当
到嗨哟派的歌唱
我们目不暇接地感受历史
却为消逝的田野与炊烟忧伤

当你掠过余西的土地和天空
卷曲的长发流淌着芬芳的诗行
你的眼睛像遥远的恒星
留给我们滚烫的激情和燃烧的希望

2023-04-23　衢州·柯城

谷　雨

去南方西南的高铁上
穿行于雨雾迷蒙的丘陵群山
密封的玻璃隔绝了布谷鸟的鸣声
一畦一畦的水田映照春光

目不转睛地往外看
我想发现蓑笠翁和老牛的形象
或者有收割油菜的场面
有成群的人弯腰插秧

让我发现一个陶渊明吧
或者一个赵树理和他的山药蛋
我想写一首谷雨节气的农民诗
却找不到曾经熟悉的诗歌意象

幸好还有河流山川
无人机播种也很有美感
只要这片土地在我们脚下
所有的美好都会在雨露阳光中生长

2023-04-20　江西・南丰

孤独的形式

上天竺的钟声萦绕
香火在微风中轻轻飘摇
梦里见你总觉得你形单影只
没想到这里会如此热闹
穿着唐装汉服的少男少女
却在为西方的情人节发烧
佛门不该是清净之地吗
怎么会有熙熙攘攘的江湖味道

你的灵位静静地坐落
问你什么你也只是沉默
你的周围有成千上万的灵牌
各自都有自己的供奉香烛
告别的时候我脊背长出了鱼鳍
硬邦邦发僵而且冰冷
心一直往下沉往下沉
品尝到了孤独黑幽幽的滋味

杭州 · 下城

春　分

老柳树的躁动
一直憋着无法表白
东风问他心事
是不是想见的人还没来
春江的鸭子衔着他
嘎嘎嘎地邀请他离开
他也只是在水面画个圈
轻轻地把老腰摆了摆
谁知道只不过一场春雨
突然就嫩绿绽放喜笑颜开
哦，春分
你才是老柳树的密码
是他苦苦等待的爱

2023-03-18　衢州·柯城

浅时光

我的二月在春雨中招摇
短短的尾巴像一把剪刀
寻觅着记忆中衔泥的老屋
水田倒映出杨柳细腰

屋檐的水滴吊坠
让古老的天井珠光宝气
石板缝隙里的苔藓
慢慢地爬上清凉的墙脚

村口那一棵绿盈盈的樟树上
聚集了成千上万的小鸟
树下的奶奶生气了
怎么就剩下这些鸟东西聒噪

小河轻轻地唱他自己的歌
每一块鹅卵石都应和着曲调
绕过下一座青山
梨花会以一场飞雪演绎三月的时光

2023-03-03　衢州·柯城西垄

二　月

在北上的高铁上
我被寒冷淹没在河里
咣当咣当地摩擦
仿佛河水从岩石摔落的声音

据说我半张着嘴迷糊了
呼吸不知不觉消失
灵魂正追逐着游龙
迷茫的梦境穿越华北平原

二月嗞嗞地剪开山峦田野
我像北极的海豹浮出人群
梦境中的冰天雪地呢
还有传说中温情的北极熊

那个叫春风的姑娘
穿着杨柳色的外套露出笑容
北京的阳光像瀑布倾泻而下
瞬间融化了南方带来的寒冰

2023-02-16　山东·淄博

拾得巍峨的卑微

没有理由地相信
拾得被遗弃的那个冬天早晨
或许有严霜、大雪
遮盖了他父母离去的足印

古老的寺门打开
丰干一定听到了孩子的哭泣
那堆杂草里的婴儿
脸上是不是绽放出阳光般的笑容

没人知道拾得如何吃着饭还与佛争论
却因此被罚去厨房修行
门外饥寒交迫的寒山
从此可以等待一竹筒的残羹

寒山问拾得，世人
谤我欺我辱我笑我轻我贱我恶我骗我
如何处治乎
这是多么辛酸的人生

拾得答寒山，只要

忍他让他由他避他耐他敬他不要理他
再待几年你且看他
这又是多么卑微的回应

谁会想到他们是文殊与普贤的化身
当时也没见过伟大的李白与孟浩然
那个“和合”二仙的称号
其实和他们相隔了一千年

慈悲是最巍峨的丰碑
这才是天台四万八千丈
走过国清寺前的芸芸众生
多少人虔诚地把你的卑微仰望

2022-12-13　台州·天台

神话布袋坑

分不清在黄岩的哪个方向
传说离花果山不太远
那个大闹天宫的孙悟空
被二郎神的三尖两刃戟拍在后脑勺
骨碌碌从天而降
他一脚踩碎了几座山

留下这个布袋般的深坑

猴子们眼中的美猴王
这一刻灰头土脸好难看
他一眼看到了九天瀑
张口就像喝美酒
他又一头扎进碧水湾
从此多了个沐猴潭
吃几颗野果充满能量
再采一朵野花插在头上
任你二郎神将我打下天界
且看我摇身一变
又成了打不死煮不烂的美猴王
即便当年摔个跟头
也成为人间千年流传的神话

2023-02-22　台州·临海

百丈漈

多年以后我再想起
这一次和你的突然相遇
是应该会心一笑
还是痛哭流涕

我在文成游来逛去
多少次听闻你惊艳绝伦的美
转过那道石阶，猛然抬头
你身披霓裳羽衣
从天而降
那一瞬，我还是瞠目结舌，许久
才能张开双臂

为什么不在我青春年少时，与你相识
你的优雅高洁、万丈柔情
可以激发雄心壮志
或许我早已仗剑天涯
成就了一番男人的荣誉

多么想就这样留在你身边
每一个清晨都能看到你从朝霞中醒来的脸
满山的红叶告诉我
我只是一个过客

百丈漈，百丈漈
我会一直轻轻想呼唤你
在远方的窗前
那些寂寞风起的黄昏

2022-10-15　温州·文成

腊月南山路

总是有一些美好的诺言
隐藏在年终的南山路旁边
一定是春天时经过这里留下的种子
想要在冬季岁末时实现

小雨滴答，黄叶飘零
这只是春夏秋的回应
那些盛开过的时光
沿南山画一笔优美的曲线

开启青春画卷的模式
需要一个热烈而个性的起点
西湖召唤的春天
离腊月南山只在一步之间

所有的灯火都为你点亮
音乐的节奏敲响最强的鼓点
空旷的街道正是放纵的理由
踩一脚油门
从旧年飚到新年

2022-12-29　杭州 · 西湖

相　遇

穿过桃江十三渚
你突然以花的形象与我相遇
是我迅速地扑进你怀里
还是你一瞬间占据了我的眼眸
晚霞温柔地微笑
似乎料定我会与你悱恻缠绵
那一垄接一垄的花丛中
珍藏着多少不为人知的秘密
你成长的那些点点滴滴
写满了一页又一页的笔记
我只是偶然一回头
掉进了你一池春水的往事
海风我带不走
就如我带不走你，以及你的浅笑安然
或许某一个的傍晚
我会突然在海风中醒来
想起这样一次鲜花晚霞中的相遇

2022-11-10　台州·临海

安福寺出神

绕过安福寺右门，直行
左转，我错过了达照禅师讲经
慕白的背影晃了一晃不见了
天界踩着凌波微步
你会觉得他无处不在却难见真容
我穿过灵山宝殿
虚空的台阶上飘过许多身影
菩萨、罗汉，还有沙弥
他们有的去了藏经阁
不明白他们是不是也追求功名
有的却化入弥勒佛的肚脐里
佛祖的微笑是如此的慈悲
我匍匐在高高在上的菩萨面前
卑微得甚至不敢仰望
只觉得这一生荒唐可笑
有太多的过错值得忏悔
忽闻天界一声召唤
拉着出神的我依旧半梦半醒
走在前面的慕白佛光护顶
绕过安福寺左门，直行
昂首阔步再入红尘

重　生

在那棵不朽的枯树下徘徊
细看凌霄花攀附到树顶
青翠的枝叶风中摇曳
这算不算一种重生

周围那些文人墨客的字迹
赞美堆积成山，压迫着瘦弱的刘基

急匆匆赶了六百四十多年
盘古驿站前，我梦到了归乡的先生
他满头大汗
看不出有没有胆颤心惊

九龙山有点摇晃
阡陌小道延伸出急切的心情
他左手放下了帝师
右手放下了王佐
却不敢放下皇帝的碎碎念
“先生叱去归何处，朝入青山暮泛湖”

当年背上行囊的少年

能够倚仗的只有三百个南田饼
乱世的夹缝中
生命草菅般卑微
他可以胸怀天下苍生
却无处安放“三不朽”的梦想

一定要回到南田
才能找到那个神秘的密码
在六百四十多年后的阳光下
启动万民安康的钥匙
摒弃虚荣与攀附
获得这一次千年不朽的精神重生

2022-10-16　温州 · 文成

谷　雨

夏天在一滴雨水中醒来
慵懒地把头甩一甩
哗啦啦满世界
无数的花朵
被同一个密码点击盛开

衢州 · 柯城

清秋变奏曲

秋天铺展无边的晴空
让大雁奏响序曲
那一串高亢嘹亮的音符
标注了热烈的基调

满山遍野的枫叶
渐渐地染红了山野
像渐入佳境的美妇
焕发出少女没有的风韵

也会有小桥流水人家
在夜半钟声客船
长笛的和声伴着提琴
默默将往事诉说

银杏在细雨西风中舞蹈
所有的音部进入高潮
纷飞旋转的金色
奏响清秋生命的辉煌

2022-09-17　杭州 · 文晖

不留背影的风

总会有一片水中的云
化成鱼的样子
穿行在蓝天
直到明白什么是空旷

对面飘浮着的青山
习惯了默默不语
并不是天生表现矜持
是相信你一定会懂

岸边粗大的木桩
系住了游轮深情的梦
别再为过往忧伤
你依然在我的风景中

只是我凌乱的背影
躲藏在秋的梧桐里沉重
就让我留下逆光的微笑吧
且听晚霞静静地诉说

2022-08-25　杭州 · 千岛湖

被黑夜追赶的人

华灯初上的都市天空
忽然降下两道彩虹
是白昼想留住凡人的脚步
还是追赶着黑夜的美梦

匆匆过客穿戴沉重面具
高楼大厦点亮灯火
手指在键盘上飞快拨动
有如蝴蝶翻飞在草丛

究竟是怎样诱人的魅力
会让年轻人痴迷夜色
梦想薄如蝉翼
需要涂抹七彩的奋斗

被黑夜追赶的人
隐藏了自己的疲惫
他们眼中有闪闪的星辰
和跨越昼夜的彩虹

杭州 · 西湖

江湖注解

一杆杏黄旗高悬山头
一阵紧一阵　秋风
荒草丛生
从不同的方向汇聚
表情一样的愤怒与痛恨
手中的刀枪剑戟
滴落鲜血染红的冤魂
脚下踩着的枯骨
发出地狱召唤的声音
替天行道嗡嗡作响
那些面孔却模糊不清
刺客侠客剑客豪气冲天
庄主寨主盟主满腹经纶
一伙一伙交头接耳
谁把聚义堂改作忠义厅
枪林箭雨你来我往
血流成河尸横遍野
无数头颅飘曳
找不到自己的野心
杏黄旗倒了
凛冽寒风　荡平
白茫茫的大地

行　囊

我的行囊太瘦了
她长出四只脚
爬出了墙

我们需要春天的滋养
西湖的桃红柳绿
龙井的茶香

蜜蜂在油菜花中歌唱
杏花娇嫩的腰肢
倒映在对岸

田野翻滚着无边麦浪
风中溢出麦饼的味
无法自拔的馋

夏秋冬成了浪费的虚妄
在春天老去之前
我的行囊已满

2022-03-26　杭州 · 九莲

春　分

睁开眼睛
黑与白如此分明

柳梢鸟雀呼晴
泥土却在释放着寒冷

城市忽然被按了暂停键
街道从未有过的安静

季节伸出了一道杠
这一刻催眠所有乡镇

门关住一级响应
窗外看到一队队逆行人

淅沥的雨水记住这个春分
阳光终将普照病后的柯城

2022-03-18　衢州 · 柯城

河流的内部

今夜我与月色同行
你默默陪伴
我波澜不兴
唯有江上渔夫的双桨
撩拨我内心的平静
薄雾中的渔火
把心事隐藏得朦朦胧胧
偶尔掠过岸边的惊鸿
高亢地喊出回声
清风只在芦苇中摇摇头
并不责备他的无知
那遥远的记忆
从山间点滴出发
经历一场场暴风骤雨
奔腾激荡
裹挟着尘埃巨石
一泻千里
哪怕前方是悬崖绝壁
也敢纵身跃下
虽粉身碎骨
也化作天际雷鸣

管他什么是非浮沉
无非是百折千回
只要世间不平
就会激励我勇敢前行
明月为我作证
我要穿越迷茫的岁月
奔向东方
迎接崭新的黎明

2022-10-26　丽水·龙泉

千江月

春风吹皱千江水
月如舟
从谁的心上驶过
当年杨柳
江畔依依手牵手
指点水中月
誓言坠落波中草
纠缠不休
月映千江何罪
人心叵测
美人如水波易碎

一声长叹
红尘黄昏残梦

2022-02-27　杭州·九莲

晚　霞

天堂着火了吗？

我知道你就在天上
要不怎么我每看一眼云
你都会热情地对我闪耀光芒

飞在我车前的火凤凰
你是不是特别为我把黑夜抵挡

青山双肩如铁，硬杠
穿行过一座山，一座山，又一座山

无处可逃，我卑微的影子装进铁笼
你的温柔却是穿透车窗的霞光

衢州·柯城西垄

我们的距离如此忧伤而美丽

昨夜的梦
我生命的二维码
刷了又刷
却再也没有你
飘逸的长发

那场长着流言翅膀的雨
将两颗血淋淋的灵魂
打湿　移动　渐渐隔断
再也听不到耳边的呼吸
或者心跳的动静

偶尔也会有感应
比如压抑而细微的哭泣
黑夜给了我一面镜子
仔细一看
那个哭的人是我自己

但我不想去东方
黎明会让梦境破碎
至少我还有你的气息

在无止境的梦里
我们的距离如此忧伤而美丽

2022-03-03　杭州·九莲

石　头

当初的愿望是火热的
内心充满柔情
你冰冷的目光冻结了
五彩斑斓的梦境
自暴自弃随着河流翻滚
放弃所有可能的选择
肯定已成不了钻戒
无法挂在胸前
即使偶尔拣起
也逃脱不了被你拿捏的命运

衢州·柯城西垄

痛风的午夜

午夜在疼痛中醒来
像从热锅里捞出的一根挂面
雾气腾腾却软绵绵地无法站立
一条腿长一些，另一条腿瑟瑟地弯屈

慢慢地挪到镜子前
发现一张梵高画的脸
牛头马面上，长着惊恐的独眼
吓得连滚带爬到了窗边

幸好今晚月色如洗
让我想起嵊州的约会
看到诗人的飞花令随着餐桌旋转
听到朗诵者抑扬顿挫的声音

也许我再睡一觉就能见到王羲之
童年的他会不会也一样有趣而顽皮
也许明天醒来我就长出了翅膀
高高地盘旋在浙东的山山水水

2024-05-25　杭州·文晖

向上的野草

东风悄无声息地穿越冬夜的桎梏
呼出心中积郁的忧愁
柔软的雾，让枯瘦的群山朗润
大地渴望一场起死回生的细雨

野草的种子听到了春雷的召唤
深埋尘埃的躯体爆发出洪荒能量
从泥土中、岩壁上、巨石下
挣脱一切束缚与枷锁

太阳用神的目光俯视
野草仰望着天空拼命生长
那骤然降临的蹂躏与碾压倾刻间粉碎了他的梦幻

无数次挣扎着重新生长
不明白雨露阳光为什么无法均沾
我不是太阳和大地的孩子吗
只要活着，我就要坚强地向上、向上

2024-05-11　衢州 · 柯城西垄

路过春分

在蓝天和大地之间
选择一片油菜田
那沁人心脾的花香
带来蜂蜜和菜油的甜美
那个穿粉色衣裙的美丽女孩
是否知道我一直想看她桃花般的笑脸

在大海和山峦之间
选择一条有码头的河流
文天祥在这里下海
拼命想保住南宋一脉
戚继光却在这里筑了城
炮口对准倭寇嚣张的海面

在寒冬和炎夏之间
选择这个春天
冰冷和酷热都不是爱
左边是春天右边也是春天
站在春分的这一刻
我愿意为你彻底沦陷

2024-03-20　台州·临海

莲花峰顶

一根白色的线越来越细
钱江源辗转到了莲花峰顶

苍松在绝壁上俯瞰群峰
云雀却飞入碧云间唱出最高音

对面山崖上白雾悠悠
它从不问我是哪里的客人

带一杯酒问醉
可不可以忘记所有回忆

醉卧，模仿释迦如来的姿态
忽然感觉自己很小很轻

洒两滴冰凉的眼泪还给凡尘
往后余生再没有功名贵贱是非爱恨

衢州 · 开化

活在每一个瞬间

翻越括苍山脉的陡坡
春雪突然吻着车窗
雨刮器怎么都赶不走
一而再再而三不管不顾

你是可怜我长路孤独
还是乞求我不要舍你而去
山道两旁都是沟壑
人生不能像春雪那样飘逝

我的车终于越过了曲折的北坡
紧握方向盘的手还在颤抖
阳光穿透浓重的乌云
身后的山峰像圣女一样柔情注视

那一刻泪水淹没了双眼
速融的春雪为我带来神谕
这世上什么都不属于我
唯有雪花般活过爱过的每一瞬

2024-02-22　台州·临海

那钟摆

没有听到钟摆咽气的声响
却再也无法从左到右地晃荡

一直以来都很牛的模样
决定着生老病死日月流转

猴子畏惧着时间的流逝
他们互相牵引着去捞月亮

今晚偶尔抬头看了看
发现月亮好端端地洒下银光

有人把习惯当成信仰
其实太阳从不在乎人间冷暖

唉，那钟摆却原来在玩自嗨
没了它星辰大海还不是照样转

2024-01-20　杭州·文晖

借着屋顶飞翔

陡峭的悬崖上
有一处红屋顶的小矮房
想逃避尘世喧嚣的人
和杂草一起享受自由的时光

有一些杂草也想飞翔
借着屋顶或许会飘得更远
这条黄河大峡谷
一直通向祖先埋骨的地方

让我站在屋檐给你吹笛吧
渭城朝雨西出阳关
也算你陪伴我一个轮回
以青草的形象演绎离合聚散

春风把你从峡谷的东方带来
你的嫩芽慰籍我的旧伤
西风又把你轻轻带走
他并不知道思念有多重的份量

不留你是相信缘分的力量

大自在总有因果循环
哪一天我也会化作尘土
借着屋顶飞向祖先所在的方向

台州·黄岩

路漫漫

第一次在岁月中迷失
心里的绝望蒙住了双眼
天黑了，夜黑了，雪也黑了
那么确定的山梁也成了一种欺骗

后来掉下了悬崖
浑身疼痛到连呻吟都带着伤
当苦难风干了最后一滴眼泪
内心的勇气喷发出呐喊的力量

无法把四季定格在时钟里
不如把沿途的艰险都当风景欣赏
无论你攀爬还是坠落
留下的脚印才是你人生的印章

2023-12-08　杭州·文晖

花声翻合着日子

岁月，被裹在山坳里
那些薄雪，她的玻璃心脆弱成梅花的嫩蕾

水中的青山
蘸着我们的青春
浓墨重彩画出繁花似锦

那些凋谢在冬夜的梦境
东风吹一曲相思
红尘，又随春草遍地

云翻越苍桑的山岭
只是带给你一个消息
花声翻合着又一度轮回

2022-02-05　湖州·德清

水到绝境是风景

没有尽头的高速公路
那条鳟鱼
一直努力逆水洄游

你也从海边回来了吗
去那个深潭歇口气
密密麻麻地挤爆加油站

鳟鱼们疲惫不堪
张大嘴巴呼吸
用各种方言抱怨

不留恋秀丽山川
竭尽全力越过重重阻碍
执着地认定一个方向

当水到浅滩绝境
只牵挂你
是否找到了最初的梦想

2022-01-29　衢州・柯城西垄

光线折断的声音

就在一瞬间，刀锋
划过时光脆嫩的心尖
缝隙，鲜血喷涌
城市的七彩霓虹闪烁

妖魔鬼怪见光隐匿
魑魅魍魉化为灰烬
黑夜叹息着转身
留下越来越模糊的背影

大幕拉开尖锐的三角
新生的舞台标识出中轴线
山川大地在黎明前重生
飞禽走兽占据全新的空间

最后登场的是一张张人脸
趾高气扬地写下傲慢与偏见
以为可以永恒霸占舞台
神的刀锋只允许一幕短剧

2022-01-01　杭州·拱墅

纸上阳光

一堆旧稿，昏睡
在旮旯里很久
那些落满灰尘的梦
甚至忘记了自己当初的面目
你推开窗户，倾泻
阳光的瀑布
那些重生的文字飞溅
原来梦想一直都在
只是需要一点
你目光流转的温柔

衢州 · 柯城

游　戏

一场细雨
可以开启一场游戏
滴滴答答的雨点

让大地张开了眼睛

江河奔流
草木瞬间覆盖
连绵的山川平原

温度控制节奏
可以南极冰雪融化
也可以澳洲烈焰森林

人类都想做赢家
并不在乎五谷丰登
算计着可怜的情仇爱恨

那个隐形的操盘手笑了
他拂一拂衣袖
一局游戏就已暂停

杭州 · 文晖

带上一条河行走

在陶朱山的余脉
突然遇到了一条河
薄薄的寒霜掩盖着历史

越王剑深埋于河中的泥淖
奔腾而来的河水
疑是呐喊的复仇者的脚步
河对岸的少女在笑什么
还有谁能明白当年西施的哀愁

男人的江山和尊严
为什么需要美人去牺牲
哪有多情的范蠡
只听说智计太过的文种

翻看这条河的每一块卵石
却找不到勾践和胜利者
站在夕阳下的水边
遍地野草并不在乎谁赢谁输

绍兴·诸暨

片刻的宁静

金山陵外的酒香
飘过整条河岸的芦荡

苇杆骨子潜藏着锋芒

震慑着河滩的荒凉
似手握刀剑的汉子
宁静中有醉酒的张狂

芦花和晚霞交织
白色火焰将天空点燃

宛如穿旗袍的美人
窈窕的身姿肆意奔放

远山挺拔出饱满
炊烟像乳汁一样流淌

水中的野鸭摇摇晃晃
享受这酒醉后宁静的时光

台州·黄岩

雨声葱茏　草木兼程

橙色预警信号　瓢泼大雨滞留无数脚步
我在火车东站出口化成鱼

红色预警信号　倾盆暴雨

凌乱不堪的车辆
急着回家的公交车沙滩搁浅无序

闪电追逐着乌云
他们的扭打与嘶吼滚动着喧嚣的浪涌

那些在街上奔跑的兔子
湿透的超短裙
娇羞的欢笑瞬间绽放浪花朵朵

突然活过来的杨柳
腰肢婀娜
她们与这座城市所有的草木一起被洪流淹没

2021-07-31　杭州·九莲

海浪咏叹

最宽广的舞台
才能演奏最华丽的咏叹
黑色的大地琴键　碰撞
白色的海浪
声部　层层排列
一直延伸到遥远的湛蓝

清澈透明没有杂质的海滩
正在排练童声合唱
牧笛似的晚风
缓缓地轻轻吹响
孩子们赤着脚追逐
母亲的目光闪烁着慈祥

而那突然出现的礁石
爆发出惊雷般的力量
各个声部此起彼伏
指挥的节奏眼花缭乱
这是青春的大海　冲动
以及不计后果地释放

当完美和梦想都碎成浪花
旋转的循环成为涌浪
深沉的男低音响起
那些看不见的鲜血流淌
夜晚的月光舔舐
一道道难以启齿的暗伤

黄昏无法躲藏
越过浅黄碧绿来到墨色的深蓝
所有的主题都渐渐虚幻
无字的吟唱更能表达沧桑
有内涵的岁月沉入海底
长长的尾音分不清是豁达还是不甘

海南·博鳌

盲　症

上天给了我明亮的眼睛
却让我患上了夜盲症

在你恰巧走过的那个夜晚
我默默地等着你来临

夜风吹乱我的长发
你说看不清我的表情

在我面前站了许久
而我却没有一点反应

不知道自己是怎么瞎了
但我明白你擦肩而过的用心

今夜的雨洗净心的阴翳
该不该怀疑你是戴着假面的妖精

2021-06-12　杭州 · 拱墅

最大化的虚拟

出生三天，那个老和尚
穿着芒鞋，拄着竹杖
开始闭着眼睛说瞎话
最大化地虚拟我的命相

额头贴着劳碌命，轻飘飘的
却让我背负一生的辛酸
头破血流，东奔西撞
生命激流中一条无舵的船

更离谱的是我的前生
莫名其妙欠了许多美人账
这一生捧着一颗心去爱
却一次次血淋淋地受了伤

老眼昏花打了个盹
看到来生许多人围着我转
美梦被一个喷嚏打醒
才发现自己坐在了轮椅上

2021-06-04　衢州·柯城西垄

不明物体

悲哀涂了毒液
射中最脆弱的泪腺
睁大眼睛
却看不见它的身影
忧伤的泪水
洗不去一波波的涟漪
那些无声无息的
会给你最深的伤害

2021-04-10　杭州·九莲

梦中的炊烟

我准备了一场醉

只想回到那个遥远的山村
听到流水潺潺的声音
不！这不是清泉
是我灵魂深处的玉液琼浆

说什么山外青山
离别的小路荆棘丛生
城市在村口山峰的远眺里
像少年梦中绝色的美人

七彩的霓虹点燃青春
却淡忘了朝霞从哪里升起
膨胀的高楼露出魔幻的表情
压迫着渐渐脆弱的神经

谁愿意陪我步履蹒跚
跪倒在菊花飘香的明月潭
掬一捧甘泉斟满空酒杯
和久违的少年准备一场醉

2023-08-12　衢州·凤栖

我们称为命运的东西

那是一九六〇年的初春
老老少少都饿得像鬼
我听到了自己降生的哭声
老人却说那是不祥之音

长舌妇说我是哪吒投胎
母亲预产期过了一个月还没动静
我果然是连着胎盘滚落在地
吓得接生婆连连倒退

村外来了个算命先生
一定要给我算命运
他说我一生居无定所颠沛流离
说我最好摒弃尘缘遁入空门

如今我已直奔古稀
仍然到处奔波像个混混
尘世给过我浮华与喧嚣
记忆中最深刻的却是惨痛的欺凌

然而我依旧自以为是

率性而为六根不净
我不入空门是不是为了反抗
那些称为命运的东西

2023-08-06　贵州·遵义

落　叶

当花朵枯萎，黄叶纷纷飘零
我没有挽留，因为什么也留不住
独立寒秋，我还有夕阳
以及远方孤鸿的歌唱
不用担心我夜不能寐
也不要以为我一直在为谁流泪
如果你看到清晨风中我潮湿的心
那不过是昨夜梦中的秋霜
孤独如此美丽
不妨静静地拥有

2023-09-17　杭州·拱墅

时间之船

我在乡下，你在城里
中间隔着一条险恶的衢江
童年进城，劈波斩浪
摇着水亭门的那条小船

我在江北，你在江南
衢江常常涨洪水
少年踉跄，铁链锁船
那座浮桥一直在记忆里摇摇晃晃

我在外地，你在故乡
那年第一座大桥跨越了两岸
青年骑车，叮铃铃响
笑那江上小船只能从桥下往返

如今老矣，白发归乡
此处筑成了信安湖
车过新桥，彩虹灿烂
水上的游船传来动听的歌唱

2023-08-12　衢州·柯城

遗珠之憾

从医院回到家
有一种喜悦叫作熟悉
打开柜子想找一个靠枕
却发现存放贵重物品的保险柜不翼而飞

不是说这个时代小偷失业了吗
你偷啥不行为啥搬我的保险柜
难道你早就知道我的柜中空空如也
只有那只不足与外人道的结婚钻戒

当年奔着一辈子戴上它
却不料半辈子已然光芒黯淡
锁着它就锁住了几十个春天
这是我滚滚红尘中唯一的祭奠

今晚的我站在昨夜的窗口
从监控中看着小偷的背影
他偷走了我无法割舍的过去
却让我领悟一片了无痕迹的遗憾

2023-07-07　衢州・柯城西垄

我体内有钢筋水泥

一片洪荒之地
风云搅动着混沌
雷电交加演绎声光影

圣经说了上帝
古兰经说了安拉
东方相信玉皇大帝

罗马不是一天筑成的
耶鲁撒冷造了不止一千年
没有一座城可以围住野心

只要筑起高台
安放一把黄金装饰的座椅
功名利禄包裹着无数的阴谋诡计

面具下的你不是你
手握长枪你挑落敌人
被丢弃的却是自尊与真诚

最后的城市长成了钢筋水泥的森林

春夏秋都已死去
森林冻成了白茫茫的坚冰

台州·天台

墙上的钉子

那面泥墙上的洞
像不像独眼的祖宗

原来的窗棂腐朽了
跌倒在屋檐下的那条沟

窗台下只剩了横写的一字
却找不到熟悉的桌子

哦，等一等再走
我看到你了

墙上挂油灯的钉子
一如当年那个黑不溜秋的我

2023-06-18　衢州·柯城西垄

母亲的清明

母亲拿起我身边的香烛
像表决心
我却不愿意带着这个 88 岁的人
祖宗埋骨的山坡算不上很高
却是一路坎坷崎岖
母亲的脚步飞快
我只能追着她的背影

我们到了爷爷的墓前
母亲跪下轻轻地把枯草拔净
嫁给你爸我才 17 岁
你爷爷整天夸我是响当当的当家人
那时全家 20 多口
他教会我待人处事的很多本领

跨过沟沟来到老太墓地
我蹲下清理着杂草与蔓藤
母亲忽然去一旁采了几朵花
认真地插在坟前的两边
你的老太一向很爱美
我常常采了花插在她两鬓

母亲一路问候许多祖宗
仿佛他们一直都活在心里
回到山下母亲忽然又下跪
我也老了以后来不了别怪罪
我扶着母亲双眼湿润
暗暗地向祖先表达了自己的决心

2023-04-02　衢州·柯城西垄

被光阴穿透的人

昨天 CT，射线衍射
增强 CT，射线穿透全身
骨骼肌肉五脏六腑无处遁形

今天全麻，胃肠镜整套
进内镜中心前侧头看了一眼窗外的风景
天空下着最美好的雨

醒来，四周一片漆黑
奇怪为什么连一点梦的残渣都没有留下
听到白衣天使们在走廊谈笑风生

明天会不会有什么结论

并不在乎这一种或那一种疾病
我想找回被光阴穿透的尊严和灵魂

杭州·上城

小　满

那天下着雨，有时大有时小
父亲扛着犁赤着脚
走过村头湿漉漉的小木桥

左边田里的油菜割了
麦浪却在风中翻滚
有时低，有时高

右边山上的溪水下来好快
小河漫过我的脚背又漫过膝弯
一条河分成两半，一半清一半浑

老牛迟疑着不肯过河
小牛却一蹦三跳上了对岸
父亲和叔伯们打着招呼，小满了小满了

2023-05-21　衢州·柯城

斜　坡

说好了我们顺着岁月往前走
你却突然消失在一道斜坡
翻过甲子年这座山梁
你就可以坐着笑看花开花落
即使今后一直走下山的路
沿途的风景一定会有花团锦簇
哪怕出现曲折坎坷
我们也准备好守望相助
你却选择了春暖花开的日子
离开你爱的和爱你的一切
今夜的月色很美
春风却带着丝丝凉意
我仰头忍住热泪
却找不到天上的星星
我看到你办公窗口的灯光
还听到你在楼上喊我的声音
你似乎并没有远离
明天我又会看到你矫健的身影

2023-03-09　衢州·柯城

窗　外

窗外，你会从对面的火车过来
我的高铁以时速 305 公里飞奔
速度足够快
却无法到达你的所爱

我猜你应该也会选临窗向外
你的双眸是否依旧明亮
不是为我
是你欣赏美景的习惯难改

一定会有一个瞬间
我们交汇在那条铁轨两边
风驰电掣般地擦肩而过
却来不及辨认彼此的容颜

也许你也会看到这一群大雁
优美地在天空画出弧线
你还会像从前那样笑吗
双眸泛起青山依旧的涟漪

2022-11-15　杭州 · 拱墅

生活启示录

一木箱的旧书信
你边看边流泪
多少尘封的往事
突然又回到了眼前

是谁把心事折成燕尾
当时丢弃得太随意
走进生命的身影
沉淀了厚厚的怨恨

风雨斑驳的岁月黄页
总会有些值得珍惜
无意中嘴角上扬
是否想起曾经的荒唐事情

古镇老街的黑白子
无法判定青春与爱情
借一缕阳光，点燃
未来人生的灿烂旅程

2022-10-07　衢州·石梁

种　子

是谁在梦中召唤
像潺潺的春水一样
柔柔地渗透厚重的土地
给你蓬勃的激情和强大的力量

是该抛弃冬天了
埋在冰冷深处的黑暗
那些堆积着似是而非的委屈
以及压抑着无法伸展的埋怨

你需要一声惊雷
炸裂所有向上的愿望
不管压迫的是泥土还是岩石
别想挡住你娇嫩的小身板

也许成长不仅仅是快乐
风霜雨雪都可能让你遍体鳞伤
但你传承着大地的基因啊
种子的天空永远阳光灿烂

或许你终将长成一棵大树

带给你的祖先自豪与荣光
如果你只是一根藤蔓
那就往上长吧，在最高处绽放你的芬芳

2023-02-03　杭州·拱墅

儿子又开学了，不知道该嘱咐什么。写首小诗吧，期待春暖花开。

我们不能从夕阳中折返

一眼望尽云天
这条路就剩下黑线

海水，沐浴新生
每一滴羊水，都穿刺出纯净

戴花头巾的启明星
那个笨拙的接生婆
匆匆一晃就躲得不见踪影

变幻的云狮影象
在我的辇车两侧呈现
装点着我的童心

森林、草原，以及河流甚至戈壁
我所到之处无不顶礼膜拜

生存与死亡，权柄
放射金色的光芒
赋予我无所不能的假象和飞扬跋扈的勇气

忘记自己也是宇宙之子
一个可怜的注定衰亡的生命

黑暗，张开深不见底的咽喉
我们一样面对无能为力的终极恐惧

2022-09-07　衢州·柯城

五个葫芦娃

——献给5个当兵的小学同学

当年一根藤上的瓜
长成五个葫芦娃
自从跨出了学校的门
就分别进了部队的家

训练场上摸爬滚打
风吹日晒又算得了啥
最怕夜深想娘的时候
看到床前明月光

在西北严冬的冰雪里放哨
在南海寂静的潜艇中站岗
祖国是我脚下的边境线
母亲是我身后澎湃的力量

离开部队种下的树
一直在心里茁壮成长
葫芦娃无论在哪根藤上
时刻听从祖国的召唤

2022-02-08　衢州·柯城

灌浆的麦穗

——献给亲爱的老师

春风静静地拂过钱塘
西湖荡漾着温暖的阳光

亲爱的老师！

一朝沐杏雨，一生念师恩
您三年的播种、浇灌，
三年的培育、滋养，
让我们像麦苗一样
感悟着生根、发芽的快乐，茁壮成长

我们的根扎进每一页教科书
我们的叶子在洁白的作业本上沙沙作响

亲爱的老师！

是您甜甜的笑靥
点燃我求知的渴望

您黑板前的潇洒
引领我的人生扬帆起航

您在我耳边的细语
曾令我热泪盈眶

亲爱的老师！

别在意我们的嘈杂与喧嚣
那是我们拔节的声音

别在意我们是否饱满圆润

灌浆的时光也会有扎眼的麦芒

亲爱的老师！

只要有您在
我们就可以找到母校
无论时光改变什么
都记得曾经爱过的地方

明天，我们将奔向远方
我们的眼神
瞄准了星辰大海
我们的心中
带着您点燃的万丈光芒

2022-06-21　杭州·三台山

妈妈，端午粽

我要赶快回家
年近九旬的妈妈
三天打给我十个电话
反复问端午粽要吗

最初我挺有耐心
告诉她近来我在忙啥
关于粽子并不在乎
您想干啥就干啥

后来就说糯米已买了
粽箬也洗净晾干
又说发现手指使不上劲
无法把粽子捆紧扎

现在埋怨大妹嫁得太远
二妹工作又实在太忙
三妹出差在外
你老大不回来我怎么办

昨晚我梦见童年的粽子
兄妹围着锅台转
忽然妈妈从粽子里蹦出来
“扑通”一声化成江上小船

我擦干浑身冷汗
才明白自己有多么荒唐
端午粽系的红线
是千年不弃的亲情呼唤

2022-06-02　杭州·九莲

方　言

那年在孤独的重庆
小饭馆点着油灯
埋头吃面的我
忽然被一声方言震惊

那个在打公用电话的人
大声喊着“爹、娘”
我一口面条喷到桌上
他那腔调太像我的兄弟

我把他拉进了小店
又点了一大碗酸辣面
讲了几句家乡腔
原来他就住隔壁村

讲着讲着就大笑
店里人都说我们发神经
你的寂寞越可怕
就越希望他乡遇故知

2022-07-15　杭州 · 文晖

旧　信

老家的房子拆了
还挖了门前的鸡爪梨
没人告诉我树根在不在
有没有看到一封信

四十年前的那个清晨
我决定去你家求婚
黄昏后独自回来
口袋有你不肯收下的信

我把信埋在深夜的月色里
流泪种下那棵鸡爪梨
每年尝到那种酸涩的滋味
青春就在心里碎成粉

真想再去看看你
哪怕遇到你满堂儿孙
那封信已刻在心上
我只想轻轻地念给你听

衢州·柯城

最后的军功章

弥留之际的呼吸
带出鸭绿江和战友的姓名
石头、樟树，还有不老、长生
呼啸的炮弹以及你们冲锋的杀声

当年战火中消失的生命
以他们年轻的灵魂
寄宿在你的血肉
无数遍撞击你脆弱的心

不愿回忆那些残酷的过去
甘心默默地做个农民
那只被遗忘的木盒
锁着你立下的辉煌功勋

粘满了斑斑血迹的军功章
述说你曾经是特等功臣
为什么你不肯早点拿出来
任何一块都可能改变命运

你用最后一丝清醒
嘱咐你的子孙

死后坟墓的方向
要朝着战友们长眠的东北

衢州·柯城

写给父亲的诗

今天很早，晨光初晓
兄妹群就叮叮当当

原来弟弟买了一块肉
说要去墓前
送给父亲炒年糕

父亲生前一直埋怨
男人为什么没有三九节老爷节
至少可以吃一顿饱

当年您弟兄们百般挣扎
追求的无非是温饱
如能喝一点酒
总会高兴到大哭大笑

父亲，我要为您写首诗

写全您想吃的美味佳肴
您的儿女现在完全能做到

就算您担心会饿死的老独户
也早享受到村里的低保
他的冰箱里也常放着猪肉
还有吃不完的年糕

2022-06-18　衢州·柯城西垄

温水煮青蛙

有一件古怪的事
发生在一座很古怪的城
三只妖怪抬着一口聊斋大铁锅

一勺刚舀入大锅里的水
沿着锅边不停地摇晃又摇晃
然后又一勺水
追着前面还没平静的浪
在满是波纹的锅里摇晃再摇晃
只听“扑通”一声
那只长着一张人脸的青蛙小丑
惊惶失措地被扔进了锅里

好大一口锅
一只青蛙无论怎么也跳不出去的锅
这口正被火焰烧灼着的大锅
它让众人去拾柴
慢慢地架上去
火焰高哇
让水温渐渐地升上来
好戏刚刚开场
围观欣赏

青蛙小丑无助迷茫
他划着水挣扎着
为什么
这是为什么

野鸭怪阴森森嘎嘎大笑
大头怪晃动癞痢不屑言表
白布怪双眼被鬼火点亮
一条河冲出了他肮脏的口腔
你两百年前在这条河里拉过屎
你五百年前在那条河里撒过尿

惊恐万状的青蛙想逃
踩着凌波微步在锅中乱跑
他还一头扎到锅底
瞬间烫焦了一块头皮
绝望的青蛙张大了嘴巴
苦海哪里有边
回头哪里是岸

青蛙煮熟了
仍然鼓着他悲惨的双眼
铁锅依旧高高架着
等待着下一个小丑的表演

2024-04-02 衢州 · 柯城

像一阵无声的阳光

这片初冬的山梁
静静地坐落在大海前方
所有的山坡沐浴着斑斓七彩
仿佛在倾听阳光的歌唱
有高吭的红枫引领
平时沉默的乌桕树也激动得满面红光
道路两旁的银杏站得笔直
他们发出黄钟大吕般的主题音响
那些山顶上的松柏
演奏着重低音炮的轰趴
每一片叶子都用色彩表达
像一阵无声的阳光

2023-11-25 台州 · 三门

走进三月

灵魂可不可以是棵小草
我妈其实并不知道
预产期过了很久还不生
估计神当时还在睡觉

我渴望长成一棵大树
在风的抚慰下招摇
享受万人瞩目
满足各种卑微的需要

可是我只能长成野草
接受牛羊的践踏
即使长在草原
也免不了被鼠类啃咬

众生哪有什么公平公正
至少拥有空气阳光
能和小草一起走进三月
每一个生日都为自己骄傲

2022-03-07　杭州 · 文晖

立　春

背影是渐远的梧桐殿
我喝完了冬天最后一壶酒
前方的道路越走越宽广
你去吧，整个季节都属于你

山坳里的积雪在坐禅
佛祖隐藏在山顶云雾端
穿红棉袄的小妹嫁了
她欢笑着追逐城市的富丽堂皇

细雨绵绵画出怀旧风情
牛已听不懂犁耙召唤的声响
山谷中冲出的泉水比牛更倔强
迫不及待要汇入浪潮拍岸的钱塘江

那一天我们相约出海
发现这地球没有想象那么圆
不管你追逐的夏秋冬风景多美
最后都会想回梧桐殿看看

2024-02-04　衢州 · 柯城

那一树腊梅

伫立在我的梦境
一次又一次
你和情人的眼睛
绽放成故乡满天的文曲星
有万人仰望
只与我一个擦肩而过
年复一年

生长在那个陈旧的角落
暗香穿越水亭门
寂寞而淡定
高贵成这座古城的勇敢气息
那些城墙下排队的人
期待花开的腊八
摆渡灵魂

衢州·柯城

昨天与明天

——2024 元旦快乐

昨天黏在我背上
我够不着他
他也甩不了我

想把昨天忘了
他裹着黑夜的羽毛
像幽灵一般躲在背后

有时发现了一些踪迹
一转身再看
又潜入了神秘的记忆深处

也许穿过整个黑夜
黎明会突然降临
抬腿就能踏进明天的大门

杭州 · 拱墅

冬　至

奶奶有心事了
额头的皱纹像小蚯蚓在爬
远方的孙子想吃粽子
说只有奶奶的大肉粽最解馋

冬至只剩两天
村头卖糯米的小贩还没出现
奶奶的火气烧着了
哼哼，想当年我一季收了十二担呢

小粮商拉着糯米进村
奶奶却在家里精心洗刷粽叶
她跑到村头已迟了
就把剩下的几十斤全买回家里

奶奶的小院一片欢腾
半个村的能手都相约来帮衬
土灶里的柴火熊熊燃烧
大肉粽的香味弥漫着整个小村

2023-12-23　衢州·柯城西垄

耳　语

——献给村头的红高粱

轻一点，再轻一点
要像晨雾从耳边飘过

你把我从沉睡中唤醒
嫩绿的春天撒满村头的山坡

拔节的痛与快乐
总是在夜晚万籁俱寂的时候

我孕育的是酒的种子
朝霞与夕阳的馈赠

等着你重新回到山坡
轻轻地，轻轻地
像月光一样对我诉说

2023-10-22　衢州·柯城西垄

巷口的老人

上营巷、下营巷
抵不过巷口一个“詹”
谁还在唱
那支远去的民谣

老人拄着拐杖
把青石板敲得哒哒响
他想敲醒早已逝去的亡魂
让巷子深处的祖先作证

芳村航埠水亭门
一条水路出黄金
墨炭、红橘、黄裱纸
满畈乌桕做蜡烛

老人从巷尾唱到巷口
夕阳紧紧在他身后跟随
那年这条巷子正在拆除
夜色淹没老人浑浊的眼睛

2023-10-07　衢州·柯城

镜子是凝固的时间

——下坦小学 73 届同学会

一座宗祠映照着时间
像一口深井
太阳　月亮　或者风雨
五十年
慢慢地串成岁月
塌陷
五十个生龙活虎的小伙伴
在这面镜子里演变
喧闹的顽劣以及一些不堪的秘密
今天被一个聚会的桶
从深井里提取
滴滴答答的回忆
湿漉漉的爬过白发褶皱
沟壑纵横的老脸
立春给我们一场酣畅淋漓的大雨
那些深埋在心底的种子胀痛着开裂
说不定哪一天拱出芽
撑破已经凝固了的时间

2022-02-08　衢州 · 柯城下坦小学崇德堂

我的山水只有一种姿色

向下、向前、向低处流
在平缓处转个头
大山的影子一直追
不能停，融入潮水才是归宿

衢州·柯城

树

风刀，霜剑，细雨
绵绵不绝的流言

披挂上阵，一身
黄金甲的光芒四射

不需要委屈求全了

腰杆挺立，出击
凋零，满地狼藉
创伤累累寒风止步不前

残枝败叶，断舍离
或许隐藏着下一个春天

2021-12-11　金华·兰溪

曲　木

咦，究竟是怎样的挫折与磨难
才把你委屈成这样
当初立下的雄心壮志
是不是也梦想成为庙堂栋梁
如今藏身在蓬蒿荆棘
甚至都算不上江湖之远
哪一棵种子不企求水土肥沃
而你却被扔在了沙砾之上
哪一片叶子不企求阳光雨露
而参天大树的阴影总让你无法舒展
面对风刀霜剑你痛不痛
长夜漫漫你怕不怕
生命的魅力在于无法预测

每一个春天都认定要茁壮成长
看你枯枝上又发了新芽
这是对生命奇迹的讴歌与赞扬
什么样的艰难与挣扎
都不如顽强地活出自己的模样
你可以虬枝百曲
但永远都蓬勃向上

2021-10-23　杭州·九莲

习　惯

睁开眼睛，左边是窗
晨曦正出现在东方
不用看钟表
凌晨醒来已成习惯

聒噪的蝉鸣消失了
秋虫却在草丛中叫得欢
即将在秋风里死去
他们仍热烈讨论冬天的景象

半梦半醒的幻想
给予我羽毛和翅膀

每一次我都会变成那只青鸟
让晨曦托举我飞到你在的地方

2021-09-11　衢州·柯城西垄

锁　孔

隐藏在这个空间
光芒　收敛起毛孔和黑白
有一些心绞痛是因为喧嚣
现在需要安静或者自爱
也许阳光会带着毒刺
偷情后的月色斜倚着倦怠
幔帐在风中凌乱
赤裸裸的诱惑不想胡猜
无非是意淫的蝴蝶
躲开隐私的伤害飞去又飞来
锁孔之内的风景是否很精彩
其实钥匙一直都在
摸一摸胸口的良心
无地自容时记得把过去赶紧掩埋

2021-07-17　衢州·柯城西垄

七月流香

七月，再茂密的森林也挡不住热情似火的太阳
海上的风，骄傲地旋转着并不在乎你是不是欣赏
青蛙王子放开喉咙正在为自己的爱情歌唱
鸟雀叽叽喳喳说个不停
是为新生的鸟蛋紧张
红蜻蜓在荷塘中飞来飞去轻轻地收敛起翅膀
就连一向冷静的月亮
也好奇地钻出云端
田野里，碧绿的水稻悄悄地拔节灌浆
就连溪边迟开的栀子花也毫不吝啬馥郁芬芳
这是一个生长的季节
生命的韵律充满了所有的诗行

2021-07-20　温州·雁荡山

一条旧路绾成绳索

抖一抖，再抖一抖
两个不同的命运
绾成一条麻花似的绳索

脚下往回看二十年
翻翻腾腾地在尘世的大油锅里熬煎

最初的田畦已被忘却
所谓的乡愁，鹅卵石铺就的小路
印记着淳朴与怀旧

方向一直是远方的钢筋混凝土
这个巨大的森林，充满欲望以及成长的冲动

那些碰撞的疼痛
在油锅里炸开的善良的花朵
还有藏在锅底时刻灼烧良心的过错

麻花般的这条旧路
两颗灵魂追求着不同的完美幸福
相生相克，难解难分

交织着煎熬成了面目全非的颜色

2021-07-25　衢州 · 柯城西垄

黄昏挂在门上

半缕阳光温暖
问候尘土与风霜
听说你突然离开宠溺
难道终于明白有爱就会受伤

那年你在门前
小腰袅袅像勾环
我一口吞下你的饵
从此天天成为你的笑谈

离开不是因为不再爱
你的目光只有他的光彩
那支射出去的箭
用月夜的流星追回来

虚掩的岁月满目苍凉
红花绿叶展示着各自的非凡
这个夏天你会不会再来

黄昏无力地挂在门上

2021-07-09　海南·三亚

端午的屈原

那一夜你一定是醉了
才会毫不留恋地投入汨罗江
香草、白芷、蕙兰……
多像你年少时爱过的姑娘
在月色的波光中
美人的喘息
在敌人的狂笑里
一浪一浪地拍打着江岸

这就是你的楚国
让你撕心裂肺、痛苦不堪
你把所有的爱都点亮
但包围你的依然是黑暗
那一个高台上的位子
像一块腐肉万人争抢
卑鄙龌龊的内斗
无所不用其极的鬼魅伎俩
谁在乎美人被蹂躏

百姓被摧残

你的《九章》《天问》
像要熄灭的火炬
已无法为亲爱的祖国《招魂》
只能把愤怒化作《离骚》
让自己像一把利剑
狠狠地刺穿绝望的汨罗江

2021-06-18　杭州·拱墅

给孩子的一封信

六月苦苦挣扎着少年的痛楚
窗外期待着最后的赌注

教室的空气凝聚着烈焰
谁掷一句话就会着火

你本该是叮咚的清泉
竹林间自由自在吹过的风

无边的天空如此蔚蓝
却连看一眼的时间都奢侈

不要让梦想压碎孩子的肩膀
并不是所有的小苗都能长成大树

让所有的花朵都绽放吧
祈祷每一颗心灵都享受阳光雨露

2021-06-06　杭州·西湖

心底的余韵

鹊桥仙·乌溪江畔

三衢水暖，乌溪江畔。万壑千山迎揖。婺星高照烂柯天，碧云岸、青霞红日。　　四十二载，几番聚会？今又共商雅集。秋来再去看钱源，层林染、鱼翔鹰击。

2023-05-30　金华衢州部分同学小聚

踏莎行·贺雅南书院揭幕暨吴氏宗祠竣工

半月山前，练溪南下，春丝正向东风聚。雅南书院几番梦，重调琴瑟迎归渡。　　传统光芒，文明支柱，高瞻远瞩从来处。杜鹃声里诵诗篇，远峰崔崒留人驻。

2023-03-02　丽水·遂昌

思佳客·醉鹿鸣

相聚疫后最动情，鹿鸣酒客竞飞觥。眉开眼笑喜相拥，雨过天晴庆众生。　　天之气，地之灵。知交从此不零丁。今宵揖别三衢道，他日功高满目星。

注：新春伊始，忽接友电，诚邀相聚，大喜。天下苦疫久矣，知交零落，何不借酒一扫颓靡之气乎！

踏莎行·晨

序：壬寅立秋，合岭游学。晨起已迟，师兄师姐于湖光山色间，正拍摄精美绝伦之作品，颇有孔圣踏春之风。填词以记之。

秋日初阳，荷香远送。鸥飞云外醒晨梦。吴门弟子正悠闲，山花茅舍堪撩弄。　　诗海行舟，词山舞凤。清音国学英贤众。黄钟大吕铸文心，富春赢得江潮涌。

酒泉子·夜宴

晚月送凉，闲欲邀朋鼎畔。住同城，难相见，叹穷忙。

三杯两盏尽酣肆。一任由它醉。待酒醒，鸿雁寄。且珍藏。

注：2023 年 7 月 8 日，应姜立宏先生邀约，赴升鼎楼头，于钱塘江畔一聚。相逢不易，填词记之。

忆秦娥·师道

相见切，萧萧华发心高洁。心高洁，当时少年，戏说顽劣。　　立身正道师传诀，为民戒毒心如铁。心如铁，千回百转，风光奇绝。

注：五月三日聆听方老师布道，并分享师兄方洪亮投身戒毒事业的精彩创业故事。

华清引·贺浙吴会重启

长叹两载疫情伤，水阻山障。百忧含泪相聚，斯人久已殇。　　举旗又见少年郎，岂为风雨彷徨。浙吴齐出发，从此铸辉煌。

2021-10-18　杭州·华辰凤庭

长相思

赣水流，浙水流，卷入东风起浪头，西施最媚柔。
利悠悠，名悠悠，事了拂衣春梦休，范君宜小舟。

注：在诸暨巧遇两位江西宗长，说西施范蠡事，叹建功立业难。然范君虽可乘舟去，却未必觅得温柔乡。遂奉白居易韵，作东施效颦之词。

2024-05-12　绍兴·诸暨

浪淘沙・谁的江山

远眺上高山，路险且难。悬崖深壑最惊寒。绝胜云端山岫出，偏爱追欢。　　云顶立碑轩，花事阑珊。芸芸众口笑谈喧。温岭乐清休问也，谁的江山？

注：谷雨采风，直上黄岩云顶山。路窄弯多，同伴开车，两股战颤。及至山顶，眺望青山云海，杜鹃匝地，心旷神怡。再看新立三面碑，所谓温岭、乐清、黄岩者，不觉一笑了之也。

2024-04-20　台州・黄岩太湖山庄

满宫花・富春山居

沐晚风，邀皓月，且看水天相接。富春山色正秋浓，渔火旧愁红叶。　　少年郎，云鬓雪，蓠菊余香清绝。相逢何必限三杯，醉后高歌瑶阙。

注：癸卯初冬，余受邀瑞众，入住富春山居。新朋旧友相聚，山光水色相映，不由感慨人生苦短，不觉已大醉矣。

2023-11-28 杭州 · 富阳

满庭芳 · 茅奖

序：今年茅盾文学奖回归茅盾先生故居桐乡乌镇，颁奖之夜，星光璀璨。翌日，我等集浙省青年作家，在崭新的浙江文学馆前排队等候5位茅奖得主莅临。一场见面会，正气满满，以文学的名义，复兴民族文化，共铸大中华之魂。

星耀桐乡，奖归乌镇，昨宵紫气茅门。今晨奋棹，杭越引金尊。三百俊才多幸。正翘首、排队纷纷。朝阳外、笑谈风韵，文采盖新村。　　复兴，谁至圣？本巴宝水，回响天垠。谩赢得、江山千里名存。更有雪山大地，西北望、忠烈留痕。高潮处，掌声不断，共铸中华魂。

2023-11-21 杭州 · 之江饭店

行香子·霜降

霜降重阳，又上衢柯，四十二载叹蹉跎。同窗执手，泪眼婆娑，恨仙难求，情难诉，福难多。　　既而登顶，何妨纵目，看斜阳横照东坡。世棋常变，好事多磨，愿天无过，地无错，水无波。

注：时逢重阳后，恰好霜降日，浙师院金华分校 78（2）班毕业 42 年同学会相约在衢城举办。重登烂柯山，夕阳余晖中，部分同学合影留念，而那些未参加的同学或已逝去，或染重疾，或有尘世杂事缠身。呜呼，人生苦短，世事无常，能不发天地之大愿兮？

2023-10-24　衢州·烂柯山

别恩师

五十年来承大恩，今朝一别愧师门。
三生若是再相遇，碧落黄泉伴旧魂。

注：毛标海老师是我初中的班主任，他当年给我的高

度信任和肯定，是我一生中最大的幸运。斯人已逝，风也呜咽，雨也含悲。

2024-08-13　衢州·柯城西垄

山村晚吟

水浅蛙称大，池清天自高。
晚霞浮碧浪，松下听林涛。

2023-07-20　衢州·柯城西垄

登灵鹫山

烟花三月上灵鹫，杜宇迎宾入云秀。
寺庙初成彰德高，法师渐瘦显宽宥。

2023-04-26　衢州·柯城

三月三

竹篙一点起波浪，苗寨赛歌三月三。
萍水相逢难再聚，青山不老唱正酣。

2023-04-21　广西・桂林

邀　诗

题诗邀约数增魁，携月扶风归映辉。
孝子贤孙尊泰伯，人间四月话芳菲。

注：一入梅村，即看微信。增魁映辉正话行程。余亦群中接话，即去餐厅。回房一翻微信，已被邀作快诗一首。

江苏・无锡

过北山街

灼灼桃花映疏柳，熙熙人海赛江流。
登楼眺望空春色，何处可将孤梦留？

注：癸卯年闰二月初五日暮，余从保俶路转北山街，看断桥人潮似海，孤山车流如织。其间桃花灼灼，华灯初放，如幻如梦。

杭州 · 西湖

赏梅有感

——致浙吴会 2023 年常委会

争奇斗艳引群蜂，人面梅花又相逢。
十里香魂人共赏，千年根脉本同宗。

2023-02-13　杭州 · 西湖

朝晖诗社入社感恩

浅寒酥雨润初春，老圃馨香度故人。
风雅清音存志远，朝晖高韵守诗真。

2024-02-10　杭州·文晖

夜雨寄友

寒雨三更伤别绪，西风一夜问归期。
休言少小离家早，但恐霜华剪烛迟。

注：岁馀年末，挚友询归。别时青葱少年，再见两鬓霜侵。归去来兮。

杭州·拱墅

国清寺记游

国清寺里说三生，弥勒座前悲旧情。
从此禅光送归客，江山无限正晴明。

台州·天台

游南湖

伍胥塔影水空濛，烟雨楼横气自雄。
应颂红船多远见，江山百代赖新功。

2022-12-01　嘉兴·南湖

雪夜宗亲会

黄叶随风去，雪花迎面来。
一杯陈酿酒，满座笑颜开。

2022-11-30　嘉兴·秀洲

夜半惊雷

夜半炸雷声，谁家不梦惊？
晨来寒雨后，黄叶满杭城。

2022-11-29　杭州·拱墅

孤山即景

谁言西子恨冬天，池上芙蕖花正鲜。
杨柳不辞春水色，梧桐情愿沃荷田。

2022-11-22　杭州·孤山

桃渚怀古

九战倭奴戚继光，凄凄荒草伴残阳。
可怜忠勇擎天柱，不肯归田守海疆

2022-11-10　台州·临海

沪上立冬

喜看窗前半绿黄，三秋桂子一城香。
海风沪上吹正劲，敢教立冬着夏装。

注：大疫之年，进博会热度不减，以诗贺之。

上海·浦东

芭　蕉

知音难觅上清湖，雨打芭蕉与君诉。
闲看今生几缕霞，也宜明月也宜暮。

2022-10-03　衢州·江山

壬寅秋日邀师莅衢即次吾师与玉琴女士酬唱韵以迎

华诞正逢金桂开，庭除洒扫贵宾来。
浙西词派清音会，縠水城头诵玉台。

附：吴亚卿先生原玉

应竹甫仁棣之邀赴衢途中获诵玉琴女士佳吟即次元韵

秋色晴明云雾开，驱车渐近縠江来。
诗人雅兴欣酬唱，具见襟怀契玉台。

附：毛月琴女士原玉

壬寅秋晚亚卿老先生一行自钱塘来衢即兴

縠江岸上柚香醅，一片卿云携日来。
心待师朋嘉友会，诗风习习满秋台。

八月十九感怀

六十三年叹命舛，流离颠沛太辛酸。
信安江畔秋萧瑟，抬望云天月已残。

2022-09-14　衢州·柯城

青　春

青春何为贵？成长赖求知。
仁和花几朵，他年果满枝。

注：儿子刚上高一，学校为家长上传课堂视频，面对青春年少，不由感慨。

杭州·西湖

梦灵鹫山

释迦座下意何求，灵鹫峰前云自游。
半世浮沉名利计，余生抛断六尘愁。

注：清明临近，大疫难去。忽梦释迦在灵鹫云中，遂抛乡愁而得心安。

衢州 · 柯城

寄　友

——正月十七收康祥七律问平安，因步其韵奉和

雪絮冰心落半池，手伤无计问春丝。
腊梅庭后着花早，台柳门前染绿迟。
忆昔少年嫌长日，抚今霜鬓聚何时。
凭君好梦皆如愿，绿水青山终有期。

2022-02-19　杭州 · 文晖

附：康祥原玉

元宵后雪雨又临，思世国，获屏传掌伤，感念有寄。

寒风又起柳边池，雪雨飘窗牵冷丝。
夕夜匆匆年去早，月宵拳拳信来迟。
游蘋惯转秋凉日，散绪常归云暮时。
屏上掌容伤泪眼，凭君安好独相期。

2022-02-17　衢州·柯城童村

凌云亭

壮怀激烈，凭栏望月吟楚韵。
盛世峥嵘，把酒听涛诵吴风。

注：珊塘吴氏，自宋以降，代有英才。为国为民，志存高远。今修凌云亭，撰联以记之。

衢州·柯城

送友水一行之龙游

昨宵山外沐新雨，今夕溪头涤旧尘。
落尽繁花君独在，一声吴语满园春。

注：昨晚衢州宗亲刚刚聚会，今夜雨中又迎友水并诸宗亲莅临。匆匆一宵，未及长谈，今朝复又去龙游。春花虽谢，果实已存，不亦乐乎？

2024-04-16 衢州·柯城凤栖

半醉轩迟桂

流离颠沛竟何忙，暮雨海州心彷徨。
半醉轩前仙子俏，方知迟桂为谁香。

2021-10-21 台州·临海

重　阳

一天四县衣正单，街角饥餐味也香。
忽听娘亲问安否，方知今日是重阳。

2021-10-14　台州·椒江

灵川古桥吟

百载吴祠笑口开，旧桥修罢客新来。
秋山晚水灵川吟，地厚天高美德栽。

2021-10-08　衢州·柯城

新　书

新书初定秋茶老，久雨尽辞愁病消。
但愿红尘三两客，随风莫笑二弦谣。

注：新书既出，久病初愈，岂不快哉，与君同乐。

2021-09-17　杭州·九莲

病中吟

脚伤未愈加痛风，结石刚除又囊肿。
三顿不沾油辣鲜，但将新药换几种。

衢州·柯城

雁荡行

久欲凌云去，今朝雁荡行。
层岚浓翠处，父子比肩情。

2021-07-20　温州·雁荡山

和康祥兄因梦吟

久病方知情最真，无言唯盼梦常新。
身衰门外三千杖，白发花前几度春。

2021-07-08　杭州·拱墅

因梦寄虚谷兄

昨夜又梦君，却为少年时，既醒慨然，遂吟寄之

山月初沉幻不真，湖边柳浪可啼新？
人生美好追年少，霜鬓总牵梦里春。

2021-07-07　衢州·柯城童村

挽道富会长

相识缘何只三载，当初约定难重来。
西湖泼墨谁挥笔？吴山低头我默哀。

挽　联

厚德追泰伯　桃花流水杳然去
才学满宗门　明月清风几处留

吴虚谷敬挽

2021-05-14　杭州·西湖

贺亚卿老师八十华诞

缘起梅村论史经，弘扬泰伯至遐龄。
诗书大雅标清誉，品德高风颂美馨。
立派开宗香不断，答疑解惑笔无停。
吴门弟子庆华诞，东海南山贺寿星。

甲辰年二月十六日　杭州·西子湖畔华侨宾馆

甲辰正月初八应方达伉俪邀约访童康祥先生，席间分韵“新年好”领“好”字

往梦少年今已老，乡村歧路车迷道。
门前碧水云如烟，墙内黄梅香作宝。
百盏佳肴话韵章，千杯美酒醉怀抱。
三君送别约明天，花更芬芳人更好。

甲辰年正月初十　衢州·柯城西垄

附：童康祥先生原玉

甲辰正月初八方达兄伉俪并虚谷兄清驾惠顾，席间分韵得“年”字

淑气催蒸正月天，腊梅欲堕却留连。
春风着意迎清驾，棠萼无心问友贤。
谈兴何需杯酒烈，盘蔬只道味蕾偏。
谊真岂计余霞晚，流水高山又一年。

甲辰年正月初九　衢州·柯城童村

附：方达先生原玉

胜日乡间气象新，情深不避衣沾尘。
方塘粼碧映朝日，长案书香伴雨神。
闲伴梅兰弄风月，宾同诗赋话骚人。
刘郎陋室铭心志，童友康祥瑞气真。

甲辰年正月十三　衢州·柯城航埠

除夕吟

序：除夕清晨，九旬娘亲早早起床，洒扫庭除，拳拳之心，只为能看的一年一度儿孙归来的大团圆。

小院山茶未及开，满坡翠竹如新裁。
娘亲扫净迎宾路，只盼儿孙接踵来。

2024-02-09　衢州·柯城

又上烂柯

世事纷纷谁免俗，烂柯几度赏棋局。
是非成败皆浮云，黄叶萧萧伴野鹄。

注：烂柯，小山也。世人慕其名，欲登山而展鸿鹄之志，定输赢之计，谬也。

衢州·柯城

游钱江源大峡谷

独游几度访钱源，何似同窗溯峡关？
潭上墨池凝雪魄，岩端飞瀑漩弓弯。
高歌欢笑浮天外，岚影雅怀映目间。
莫道别情难再聚，明朝归去待春还。

2023-10-26　衢州·开化

为方土福老师点赞

谁将耄耋赛青年？香港北京飞满天。
不为金钱做奴隶，但求自在做神仙。

注：重阳节前，忽接方老师邀约。言昨日京归，明日去港，今晚西湖山庄一叙如何？真是神人啊！

杭州·西湖

月牙泉

历史残留的泪滴
戈壁遗落的一声驼铃

黄沙漫漫无法释怀
试图掩盖的恨

佛陀睁开一只慧眼
恩怨因果化作云淡风清

游客爬满传奇的沙坡
想要逃脱轮回

2021-04-17　杭州 · 九莲

蝴蝶兰

因为憧憬幸福
你化成蝴蝶的模样
翩翩起舞，幽谷
摇曳生姿左顾右盼

那个早晨我们相遇
露珠晶莹着你的脸庞
捧起你栽种到窗前
我是真心想与你相伴

快乐像清泉一样纯净
晴天或下雨都与你分享
谁能料到狂风的纠缠
他摔碎了你从此一去不返

2021-04-10　杭州·九莲

清　明

——写给父亲

镜子里的人越来越模糊
像十三年前的大雨
告诉我疼痛就是命运

那些梦里石碑上的青苔
从镜子里长出来。我乱草般的头发
与父亲的大胡子，重叠忧伤

一定是坟前的杜鹃开了
似乎是那样的蓬勃
渐渐靠近　您的
灵魂

2021-04-02　杭州·九莲

注：前不久摔伤，今年清明回不了家了。父亲却在梦里出现，早上起来照镜子，发现自己已经和梦里的父亲重叠了。

文华之江·第一辑　王学海　主编

悟世慧言

肖绍夫　编

浙江工商大学出版社·杭州

图书在版编目(CIP)数据

悟世慧言 / 肖绍夫编. -- 杭州 : 浙江工商大学出版社，2025. 3. --（文华之江 / 王学海主编）.
ISBN 978-7-5178-6439-4

Ⅰ. G792

中国国家版本馆CIP数据核字第2025ES6324号

悟世慧言

WU SHI HUI YAN

肖绍夫 编

责任编辑	沈明珠
责任校对	李远东
封面设计	宇　声
责任印制	祝希茜
出版发行	浙江工商大学出版社
	（杭州市教工路198号　邮政编码310012）
	（E-mail：zjgsupress@163.com）
	（网址：http：//www.zjgsupress.com）
	电话：0571-88904980，88831806（传真）
排　　版	杭州宇声文化艺术有限公司
印　　刷	杭州良诸印刷有限公司
开　　本	889mm×1194mm　1/32
总 印 张	37
总 字 数	788千
版 印 次	2025年3月第1版　2025年3月第1次印刷
书　　号	ISBN 978-7-5178-6439-4
定　　价	268.00元（全5册）

自　序

“人这一生，一定要有别人拿不走的东西。你读过的书，就是其中之一。”在浩如烟海的名著巨作中，古今中外的哲人圣贤留下了无数传世格言。本人在数十年的读书成长历程中，积累和感悟了不少慧言慧语，从中获得了宝贵无价的精神财富。如今编集成书，我以“悟世慧言”名之，分享给读者，希望本书能为你的人生带去与我一样的开悟和领悟。

记得在 2002 年，我读到《方与圆》一书。那时我在溪口风景区蒋母墓道景点内上班，墓地东侧有一方一圆的两口水池，它们由蒋介石授意修建。工作日，我每天都在水池边经过，有时一天好几次，却对它们视若无睹。直到我读到此书，才恍然大悟，原来意思是做人要“中规中矩”，做事要“处世圆熟”。“方”与“圆”藏匿着中国人为人处世的深邃哲理。在博览群书时，我常常感觉自己在与一个个伟大的灵魂交朋友，这些朋友在指点我的人生。例如读卢梭的《忏悔录》，我就反思、忏悔过去的愚念，洞察自己的内心，从而觉醒未来。

我年少时虽仁慈，但为人幼稚，又胸无点墨。中专毕业走上工作岗位，尤其是到国家AAAAA级旅游景区——溪口风景区工作后，方知“书到用时方恨少”。自此我一得闲便去书店。沉浸在书海中，心境就会变得很平静很安宁，甚至还有些许超然；阅读让我的心智渐渐成熟，逐步由低层向高层迈进。读书让我变得更有智慧和品位，更为通达包容，有了收放自如的自信与从容、得舍释怀的安然与淡泊。明白了生命中的那些遗憾，其实都是以往认知浅薄的结果。坚持不懈的学习，激励着我不断进取，让我的心性得到了修炼。由此，也感知到自己是个晚熟的人。

新近十年间，阅读占据了我的大部分业余时间，过眼的书也就多了起来。我阅读的书比较庞杂，有历史的、哲学的、艺术的、文学的、佛教的、人物的。并且养成了一个习惯，那就是阅读过程中做一些札记，尤其是读到一些美妙的句子，便信手摘录下来。如此不断地摘录先贤的人生智慧之言，终于累积成上千句的悟世慧言！

将这些慧言慧语编书成册——我在当初摘录时并未有此打算。只是每每看到札记本中的它们，便视为珍宝，于是我萌发了把它们结集成书的最初冲动。2022年，我用近一年时间，把札记手稿输入电脑，共计一千四百多句。当时，在我同事、奉化文化学者裘国松先生的鼓励、指导下，遂立意编书出版。我的阅读札记，都是按阅读先后摘录的。为了读者阅读方便，这次编书时，对札记进行了归类划分，共分为四个部分：国外名人名言篇、国内名人名言篇、其他名言篇、百首古诗词赏析。在此需要特别说明的是，古诗词也是我的喜好之一，因此特将我拜读过的百首古诗词也收录于后，并对部分经典诗词（句）做了赏析。

《杨绛传》中写道：“年轻人有说不完的烦恼，或许是你书读得太少，而想得太多。”是的，书籍蕴含着做人处世的智慧和能量，它能丰盈你的心灵，消除你的迷茫，开阔你的视野，是提升你认知水平的良师益友。本人在几十年的阅读中记录了许多深邃的悟世哲理，例如康德说的“自由不是让你想做什么就做什么，自由是教你不想做什么就可以不做什么”，翁同龢的“每临大事有静气”等等。每次阅读都深受启发。阅读高度决定了一个人的认知高度，在阅读中逐步形成自己正确的人生观。相信每位读者读罢此书都会有所裨益。另外，大家在阅读之后，可以向你们的朋友推荐此书，分享自己的阅读心得。

由于我的读书札记时间跨度较大，个别名人语录或存在出处或文字录入的错误，敬请读者批评指正。本书在策划、编写、修改过程中，得到了宁波市奉化区溪口旅游集团有限公司领导、奉化文化学者裘国松先生、溪口博物馆原馆长周金康先生、古玩爱好者竺夫国先生以及油画收藏家徐增飞先生等社会各界人士的鼓励、支持和指导。闻本书即将付梓，中央文史研究馆馆员、故宫博物院书法家董正贺女士，中国佛教协会副会长、雪窦寺方丈怡藏大和尚，当代古画收藏家黄柏林先生欣然献墨，使得本书大为增色。在此，谨向他们表示由衷的感谢！

肖绍夫

2025 年早春

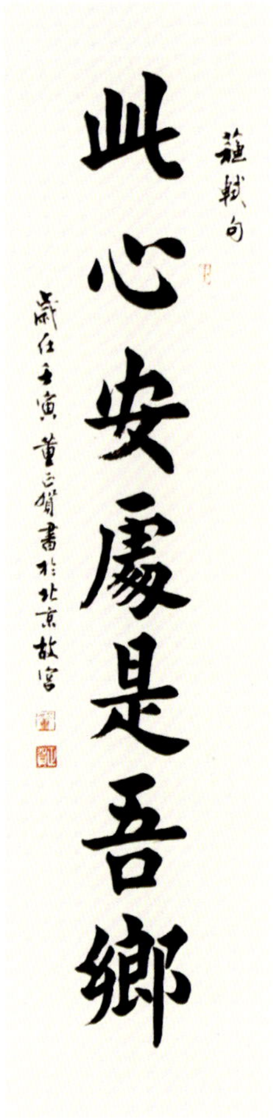

董正贺老师为本书印行书写墨宝：苏轼『此心安处是吾乡』

董正贺，1951 年生于北京，故宫博物院著名书法家，中国书法家协会会员，故宫书画馆、石鼓馆、金银器馆、国家图书馆等匾额书写者。以欧体楷书名于世，兼习篆隶行草诸体及泰山《金刚经》，师从徐之谦，曾得康雍、刘炳森等先生指授。2020 年 8 月 19 日，受聘为中央文史研究馆馆员。

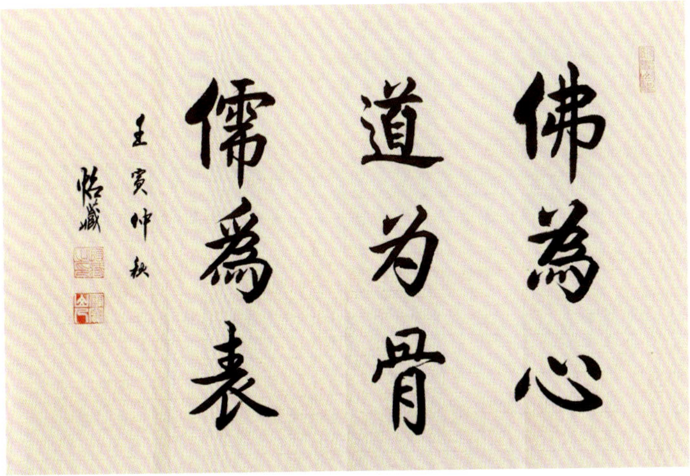

怡藏大和尚为本书印行赠墨宝：

南怀瑾大师“佛为心，道为骨，儒为表”

怡藏大和尚，中国佛教协会副会长，宁波溪口雪窦寺方丈。

收藏大家黄柏林先生为本书印行挥笔泼墨并题款孟浩然诗句

黄柏林，笔名黄琳，号四明野史。生于1959年8月，浙江慈溪人。20世纪90年代初进入书画行业，主要研究中国古代书画鉴定及书画创作。其作品曾展出于中国人民革命军事博物馆、中国美术馆，发表于《美术报》等报刊。多篇中国古代书画研究论文发表于《中国文物报》及《美术报》，并被多家艺术机构和多位学者检索引用。2014年与浙江省博物馆合作，主编个人藏品集《见大草堂藏古代书画选》，并展出于浙江省博物馆。此大型藏品集入藏全球各大博物馆及众多名牌院校，为弘扬、传承中华传统文化和古典艺术贡献了慈溪力量。2015年被艺典中国评为“2015年影响全球中国艺术品市场风云人物TOP100”。其业绩被编入《浙江古今人物大辞典》。

丽水（荷兰籍）实业家徐丽敏董事长
为本书印行赠送倪东方“厚德载物”石章一对

倪东方，1928 年 10 月出生，浙江青田人。第一批国家级非物质文化遗产项目青田石雕代表性传承人，著名青田石雕艺术家，高级工艺美术师，中国工艺美术大师。

安徽省书画院冯张云作画幽兰，并题款：幽兰生于深谷，久而不闻其香，不以无人而不芳，不因清寒而孤寂。

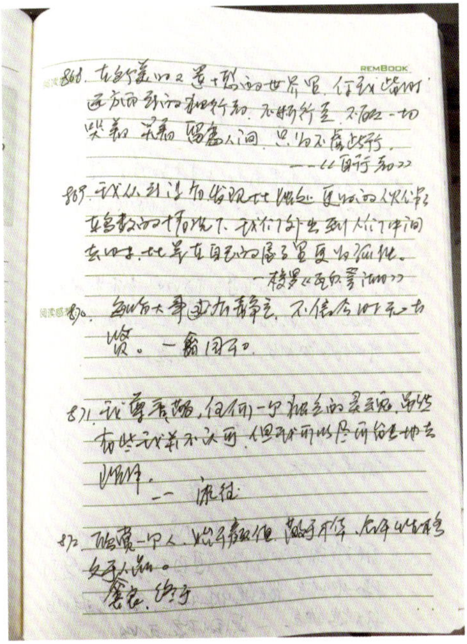
REMBOOK

868. [illegible]的世界里，[illegible]
——《[illegible]》

869. 我从来没有发现过比孤独更好的伙伴，在多数的情况下，我们外出到人们中间去时，比单在自己的屋子里更为孤独。
——梭罗《瓦尔登湖》

870. 每临大事有静气，不信今时无古贤。——翁同龢

871. 我尊重每一个人，任何一个独立的灵魂，虽然有些我并不认可，但我可以尽可能地去理解。
——[illegible]

872. 欣赏一个人，始于颜值，敬于才华，合于性格，久于人品。
[illegible]

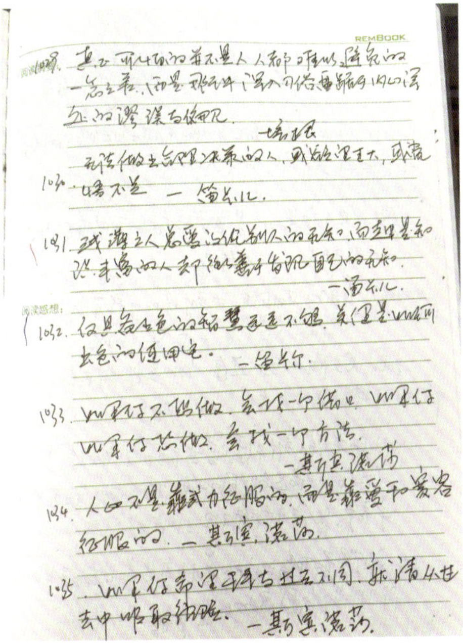
REMBOOK

1029. 真正[illegible]的并不是人人都[illegible]的一般主义，而是那些深入到[illegible]内心[illegible]的[illegible]。
——[illegible]

1030. 无法做出选择决策的人，或者欲望太大，或者悟性不足 —笛卡儿.

1031. 我们之人总是以为别人的无知，而真正无知的人却很善于发现自己的无知。
—笛卡儿.

1032. 仅仅具有良好的智慧是远远不够的，关键是如何去良好的运用它。—笛卡尔.

1033. 如果你不想做，会找一个借口，如果你想做，会找一个方法。
—斯宾诺莎

1034. 人心不是靠武力征服的，而是靠爱和宽容征服的。—斯宾诺莎.

1035. 如果你希望现在与过去不同，就请从过去中吸取经验。—斯宾诺莎.

作者手札

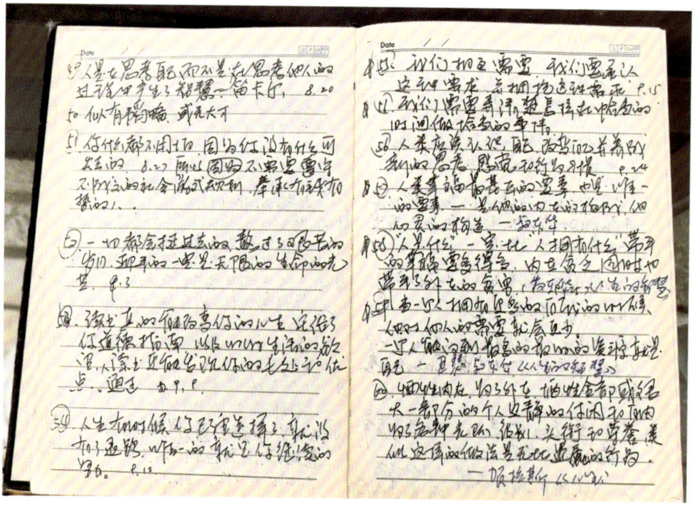

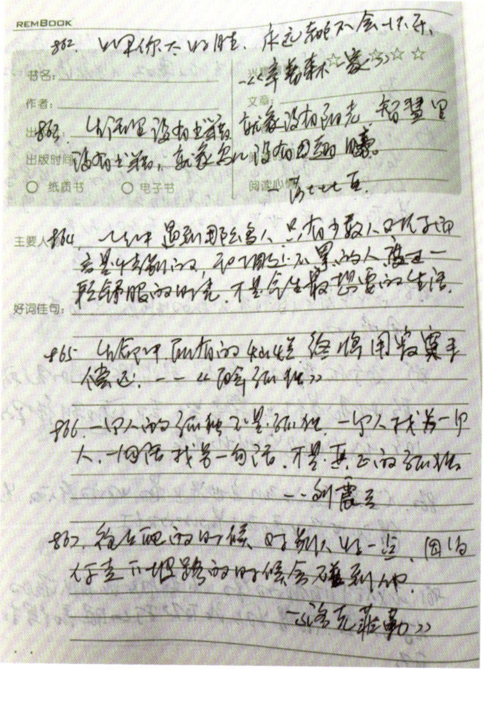

目录

第一部分
国外名人名言篇

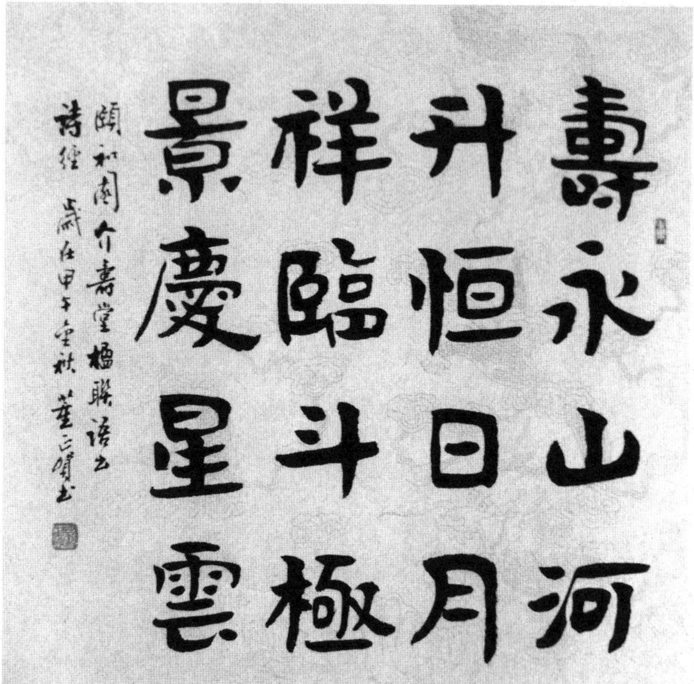

董正贺老师书法

赫尔曼·黑塞（Hermann Hesse，1877—1962），瑞士作家，诗人。著有《荒原狼》《东方之旅》。

世界上任何书籍都不能带给你好运，
但它们能让你悄悄成为你自己。

——[瑞士] 黑塞

命运总是爱捉弄向他挑战的人，
但它捉弄的过程也促使这个人更加顽强。

——[瑞士] 黑塞

思维先于言语，
能解决 90% 的难题和 100% 的误会。

——[古希腊] 苏格拉底

当许多人在一条路上徘徊不前时，
他们不得不让开一条大路，
让珍惜时间的人赶到他们的前面去。

——[古希腊] 苏格拉底

最有希望的成功者，并不是才华出众的人，
而是那些最善于利用每一时机去挖掘开拓的人。

——[古希腊]苏格拉底

苏格拉底（Socrates，前469—前399），古希腊时期的思想家、哲学家和教育家。

认识自己的无知就是最大的智慧。

——[古希腊]苏格拉底

改变的秘诀是集中你的所有能力，
不是摧毁旧的而是建筑新的。

——[古希腊]苏格拉底

真正高明的人，
就是能够借助别人的智慧来使自己不受蒙骗的人。

——[古希腊]苏格拉底

逆境是人类获得知识的最高学府，
难题则是取得智慧之门。

——[古希腊]苏格拉底

最简单而高贵的方式，不是压榨别人，而是提高自己。

——[古希腊]苏格拉底

我之所以比别人聪明，是因为我知道自己的无知。

——[古希腊]苏格拉底

不要在意你们的身体，或者你们的财富，
而是要努力“使灵魂达到最佳状态”。

——[古希腊]苏格拉底

柏拉图（Plato，前427—前347），古希腊伟大的哲学家，也是整个西方文化史中最伟大的哲学家和思想家之一。柏拉图和老师苏格拉底、学生亚里士多德被并称为“希腊三贤”。著有《苏格拉底的申辩》《理想国》。

智者说话是因为他们有话要说，
愚者说话则是他们想说。

——[古希腊]柏拉图

在一个由骗子和傻子组成的社会，人们痛恨的不是说谎者，而是揭穿谎言的人。

——[古希腊]柏拉图

凡属于自然的东西，
我们不要在天性已经败坏的人身上去寻找，
而应在行事合乎自然的人身上去寻找。

——[古希腊]亚里士多德

所谓的幸福就是把灵魂安放在适当的位置。

——[古希腊]亚里士多德

亚里士多德（Aristotle，前384—前322），世界古代史上伟大的哲学家、科学家和教育家，堪称希腊哲学的集大成者。著有《形而上学》《工具论》。

人生最终的价值，
在于觉醒和思考的能力，
而不在于生存。

——[古希腊]亚里士多德

得不到你所一心想要的东西，
与什么也得不到几乎一样令人遗憾。

——[古希腊]亚里士多德

我们不能将所有的感觉都看作智慧。

——[古希腊]亚里士多德

很多时候我们经常在错误的地方寻找快乐，
带来某种快乐的事物产生的烦恼是快乐的数倍。

——[古希腊]伊壁鸠鲁

让我们富裕的是我们所享之物，而非我们所拥之物。

——[古希腊]伊壁鸠鲁

一个人想要幸福，
第一步就是消除自我中心的问题。

——[古希腊]伊壁鸠鲁

活着只要不受伤，不生病就好，
想要获得幸福，只要排除不幸就好。

——[古希腊]伊壁鸠鲁

没有知识的人总爱议论别人的无知，
知识丰富的人
却时时发现自己的无知。

——[法国]笛卡儿

勒内·笛卡儿（René Descartes，1596—1650），法国哲学家、数学家、物理学家、生理学家。著有《方法论》《第一哲学沉思集》。

仅仅具备出色的智慧远远不够，
关键是如何出色地使用它。

——[法国]笛卡儿

无法做出合理决策的人，
或欲望过大，或觉悟不足。

——[法国]笛卡儿

人是在思考自己而不是在思考他人的过程中产生智慧。

——[法国]笛卡儿

习惯真是一种顽强而巨大的力量，
它可以主宰人生，因此，
人自幼就应该通过完美的教育去建立一种好习惯。

——[英国]培根

弗兰西斯·培根（Francis Bacon，1561—1626），第一代圣阿尔本子爵（1st Viscount St Alban），英国文艺复兴时期散文家、哲学家。著有《新工具》《学术的进展》。

由智慧养成的习惯，能成为第二天性。

——[英国]培根

世界上有许多做事有成的人，
并不一定因为他比你会做事，
而仅仅是因为他比你敢做。

——[英国]培根

易怒是一种卑贱的素质，
受它摆布的往往是生活中的弱者。

——[英国]培根

真正可怕的并不是人人都难以避免的一念之差，
而是那种深入习俗、盘踞于内心深处的谬误与偏见。

——[英国]培根

读书不是为了雄辩和驳斥，也不是为了轻信和盲从，
而是为了思考和权衡。

——[英国]培根

超越自然的奇迹，总是在对厄运的征服中出现的。

——[英国]培根

唯独在这些孤独和沉思默想的时刻，
我才是真正的我，
才是和我天性相符的我，我才既无烦忧又无羁束。

——[法国]卢梭

让－雅克·卢梭（Jean-Jacques Rousseau，1712—1778），法国启蒙思想家、哲学家、教育学家、文学家，民主政论家和浪漫主义文学流派的开创者，启蒙运动代表人物之一。著有《论人类不平等的起源和基础》《社会契约论》。

活得最有意义的人，并非年岁最长者，
而是对生活最有感受的人。

——[法国]卢梭

教育的终极目的不是把所有的孩子都教育成伟人，
而是让每个孩子都具备承受痛苦的能力。

——[法国]卢梭

人身份的不平等是所有不平等的根源，
而所有的不平等最终都可归结为财富不平等。

——[法国] 卢梭

人之所以犯错误，有时并不是因为他的无知，
而是他自以为知。

——[法国] 卢梭

人对获得尊重的渴望，更甚于获得金钱的渴望。
这不仅是一种对精神财富的渴望，
更是对自己兢兢业业付出的合理回报。

——[法国] 卢梭

智者往往能对生活中一切状况存在理智的清醒的认识，
从而轻易战胜他们过去认为不能面对的悲剧。

——[法国] 卢梭

愿意承认我有问题，是一切美好的开始。

——[法国] 卢梭

金无足赤，人无完人，即使最好的人也都犯过错误，
倘若没有大量错误做台阶，
也登不上最后正确结果的高处。

——[法国]卢梭

自由不是让你想做什么就做什么，
自由是教你不想做什么就可以不做什么。

——[德国]康德

伊曼努尔·康德(Immanuel Kant，1724—1804)，德国哲学家，德国古典唯心主义创始人。著有《纯粹理性批判》《实践理性批判》。

一个人说出来的话必须是真的，
但他没有理由把他知道的都说出来。

——[德国]康德

我尊重任何一个独立的灵魂，
虽然有些我并不认可，
但我尽可能地去理解。

——[德国]康德

一个人的道德性不取决于它的结果，
而是仅仅取决于该行为背后的意图。

——[德国]康德

发怒是用别人的错来惩罚自己。

——[德国] 康德

格奥尔格·威廉·弗里德里希·黑格尔（Georg Wilhelm Friedrich Hegel，1770—1831），德国哲学家。著有《精神现象学》。

真正有价值的悲剧，并不是产生在善与恶之间，
而是出自正确的两难之间，是两种合理性的深刻的碰撞。

——[德国] 黑格尔

凡是合乎理性的东西都是现实的，
凡是现实的东西都是合乎理性的。

——[德国] 黑格尔

亚瑟·叔本华（Arthur Schopenhauer，1788—1860），德国哲学家。著有《作为意志和表象的世界》。

一种儒雅乐观的气质，
一个完美健硕的身体，
一个智慧明晰的头脑，
一种敏锐深邃的洞察力，
一种谦逊的绅士风范，
还有良知，这些都是不可弥补不可替代的财富。

——[德国] 叔本华

卓越的领导者和平庸的领导者的区别恰恰在于是否因为解决核心问题很难，就退而去解决更容易的表面的问题，从而达到暂时缓解和表面繁荣。

——[德国]叔本华

牺牲内在，为了外在，

牺牲全部或很大一部分的个人安静的休闲和自由，

为了各种光环、级别、头衔和荣誉，

类似这样的做法是无比愚蠢的。

——[德国]叔本华

你应该把你所有的私人事情当作秘密，

即使是关系很好的人，除了他们所观察到的，

不要告诉他们任何事。

因为随着时间的迁移、形势的变化，

你会发现他们对你的事情无所不知是一件不利的事情。

——[德国]叔本华

在这世上，除了极稀少的例外，我们其实只有两种选择：要么是孤独，要么是庸俗。

——[德国]叔本华

如果我是明智的，
我们就会在想法和说话之间保持恰当的距离。

——[德国] 叔本华

人生在世，个人必须具备两种能力，
即前瞻能力和宽恕能力，
前者可以帮助我们免受损伤，
后者可以帮助我们
远离人事纷扰。

——[德国] 叔本华

当一个人拥有更多自我的时候，他对他人的需求就会更少，
一个人能得到最多最好的资源就是自己。

——[德国] 叔本华

人生一个最特别的弱点，
就是在意别人如何看待自己。

——[德国] 叔本华

人类幸福最基本的要素，
也是唯一的要素，
是他内在的构成，他灵魂的构造。

——[德国]叔本华

人类所能犯的最大的错误，
就是试图用健康去换取其他身外之物。

——[德国]叔本华

我们常常忽略自己所拥有的东西，
却对得不到的东西念念不忘。

——[德国]叔本华

“人是什么”一定比“人拥有什么”
带来的幸福要多得多，
内在贫乏同时也带来了外在的贫穷。

——[德国]叔本华

弗里德里希·尼采（Friedrich Nietzsche，1844—1900），德国哲学家，唯意志论和生命哲学代表人物。著有《查拉图斯特拉如是说》《善恶的彼岸》。

一个人如果知道自己为什么而活，
就可以忍受任何一种生活。

——[德国]尼采

更高级的哲人独处着，这并不是因为他们想孤独，
而是因为他的周围找不到他的同类。

——[德国]尼采

我感到难过，不是因为你欺骗了我，
而是我再也不相信你了。

——[德国]尼采

谁终将声震人间，必长久深自缄默；
谁终将点燃闪电，必长久如云漂泊。

——[德国]尼采

每一个不曾起舞的日子，
都是对生命的辜负。

——[德国]尼采

人生就像弈棋，
一步失误，全盘皆输，
这是令人悲哀之事；
而且人生还不如弈棋，
不可能再来一局，也不能悔棋。

——[奥地利] 弗洛伊德

对于成功的坚信不疑，时常会带来真正的成功。

——[奥地利] 弗洛伊德

只要脚还走得动，
人生还有过不去的坎吗？
每当天亮了你能睁开眼睛，
你就有希望去创造财富的奇迹，
无论人生经历了什么，
只要脚还走得动，
就会点燃起生命的力量。

——[奥地利] 弗洛伊德

灵魂和身体总要有一个在路上。

——[奥地利] 弗洛伊德

生活永远不会因为环境而无法忍受，
只会因为缺乏意义和目的，
没有人可以消除生活中的痛苦，
但我们可以在痛苦中找到目标和意义。

——[奥地利]弗兰克尔

人的内在力量可以改变其外在命运。

——[奥地利]弗兰克尔

人生中遇到的所有的痛苦，其实都是来度你的。

——[奥地利]弗兰克尔

一些不可控的力量，可能会拿走你很多东西，
但它唯一无法剥夺的是你自主选择如何应对不同处境的自由。

——[奥地利]弗兰克尔

你无法控制生命中会发生什么，
但你可以控制面对这些事情时自己的情绪与行为。

——[奥地利]弗兰克尔

不要因为睡懒觉而感到自责，
因为你起床也创造不了价值。

——[英国]罗素

伯特兰·罗素（Bertrand Russell，1872—1970），英国哲学家、数学家、逻辑学家，反对侵略战争，主张和平主义。著有《哲学原理》《西方哲学史》。

在一切道德品质中，善良的本性是世界上最需要的。

——[英国]罗素

这个世界的问题在于聪明的人充满疑惑，而傻子们坚信不疑。

——[英国]罗素

乞丐并不会嫉妒百万富翁，
但他肯定会嫉妒收入更高的乞丐。

——[英国]罗素

有时候放弃自己想要的东西，
是幸福生活不可或缺的一部分。

——[英国]罗素

人生下来的时候只是无知，
但并不愚蠢，愚蠢是后来的教育造成的。

——[英国]罗素

一个人可以不相信自己的感觉，
但不能不相信自己的信念。

——[英国]维特根斯坦

能够说的都能够说清楚，
凡不能谈论的就应该保持沉默。

——[英国]维特根斯坦

但丁·阿利基耶里（Dante Alighieri，1265—1321），意大利诗人。著有《神曲》《帝制论》。

道德可以弥补智慧的缺陷，
但智慧永远弥补不了道德的缺陷。

——[意大利]但丁

人家的窃窃私语与你何干？
走自己的路，让人家去说长道短，
要像一座卓立的灯塔，
不因为风暴而倾斜。

——[意大利]但丁

容易发怒是品格上最为显著的弱点。

——[意大利]但丁

我们唯一的悲哀是生活在愿望之中而没有希望。

——[意大利]但丁

一个具有天才的人——具有超人的性格，
绝不遵循通常人的思想和途径。

——[法国]司汤达

理智的人面临危险，会急中生智，
可以说，比平时更聪明。

——[法国]司汤达

维克多·雨果（Victor Hugo，1802—1885），法国作家，浪漫主义文学的重要代表。著有《巴黎圣母院》《悲惨世界》。

世界上最宽阔的是海洋，
比海洋更宽阔的是天空，
比天空更宽阔的是人的胸怀。

——[法国]雨果

脚步不能到达的地方，眼光可以到达；
眼光不能到达的地方，精神可以飞到。

——[法国]雨果

人生在世，并非遂己所有，而是尽己所能。

——[古希腊]米南德

思而后行，以免做出愚事，
因为草率的动作和言语，均是卑劣的特征。

——[古希腊]毕达哥拉斯

托马斯·卡莱尔（Thomas Carlyle，1795—1881）英国作家、历史学家。著有《法国革命史》《论英雄、英雄崇拜和历史上的英雄事迹》《腓特烈大帝传》。

思想是人类行为之本，感情是人类思想的起源；
而决定人类身躯和存在的乃是人类无形的精神世界。

——[英国]托马斯·卡莱尔

没有长夜痛哭过的人，不足语人生。

——[英国]托马斯·卡莱尔

生命充满劳碌，但依然要诗意的栖居，
因为生活远比诗精彩。
无论艰难还是平淡，
富贵还是落魄，都不应失去希望，
要努力把这首诗写完。

——[德国]海德格尔

自由的极致就是不惧失去喜欢的人和事，
可以离开任何不喜欢的人和事。

——[法国]萨特

人不是被事物的本身困扰，
而是被他们关于事物的意见困扰。

——[古罗马]爱比克泰德

实际上，我们对世界上发生的事情只有很有限的控制。

——[古罗马]爱比克泰德

人类应该认识自己，
改变自己并养成新的思考和行为习惯。
——[古罗马]爱比克泰德

到人们发现自己的力量之时，
就不会被外界所左右，就能生活得自得其乐。
——[古罗马]爱比克泰德

人生最重要的两天，
是你出生的那天和你明白为何活着的那天。
——[美国]马克·吐温

每当你发现自己和大多数的人站在一边，
你就应该停下来反思一下。
——[美国]马克·吐温

马克·吐温（Mark Twain，1835—1910），原名萨缪尔·兰亨·克莱门斯（Samuel Langhorn Clemens），美国作家、演说家。著有《百万英镑》《汤姆·索亚历险记》。

即使闭起嘴看起来像傻瓜，
也比开口让人家确认你是傻瓜来得强。
——[美国]马克·吐温

信仰的力量是神奇的，
它可以使千万的老弱信徒和衰弱的年轻人
毫不迟疑、毫无怨言地
从事那种艰苦不堪的长途跋涉，
毫不悔恨地忍受因此而来的痛苦。

——[美国]马克·吐温

不要轻易和别人争辩，你穷的时候，
连呼吸都是错的。

——[美国]马克·吐温

我们来自同一个世界，看到的却是
不同的世界。

——[法国]福柯

亚历山大·谢尔盖耶维奇·普希金（Александр Сергеевич Пушкин，1799—1837），俄国诗人，俄国近代文学的奠基人，19世纪俄国浪漫主义文学主要代表，被誉为“俄罗斯文学之父”。著有《自由颂》《致大海》《致恰达也夫》。

在你孤独、悲伤的日子，
请你悄悄地念一念我的名字，
并且说：这世上有人在怀念我，
我活在一个人的心里。

——[俄国]普希金

有两种模糊：一种源于思想感情的贫乏，
只能用语言来替代思想感情；
另一种源于语言的贫乏，
语言不足以表达丰富的思想感情。

——[俄国] 普希金

你什么都不用怕，
因为你没有什么可失去的，
所以，不需要遵守不成文的社会游戏规则，
奉承有钱有势的人。

——[古希腊] 第欧根尼

如果要让别人尊重你，首先你要尊重别人。

——[英国] 席勒

一个国家的道德状况、社会风尚和文明礼仪，
很大程度上是由该国的政治状况、制度安排和政府行为塑造的。

——[法国] 孟德斯鸠

面对诱惑动不动心并不重要，
重要的是为了诱惑而动摇自己的良心。

——[法国]孟德斯鸠

发生在我们身上的事情也许不是我们的错，
但是如何看待它是我们的责任。

——[英国]贾纳斯

我们需要弄清楚怎样在恰当的时间做恰当的事。

——[希腊]普鲁塔克

有两件事我最憎恶：
没有信仰的博才多学和充满信仰的愚昧无知。

——[美国]爱默生

品格是一种内在的力量，它的存在能直接发挥作用，
而无须借助任何手段。

——[美国]爱默生

庸人之所以平庸，
就是因为他们的思想过于固执。

——[美国]爱默生

当一扇门关上时，另一扇就会开启；
但我们常常会长时间地留在关闭的门前，
而没有看到另一扇为自己打开的门。

——[美国]海伦·凯勒

开口说话前，先想想你说的这句话，
是不是比沉默更有意义。

——[美国]海伦·凯勒

高贵并不在于比其他人优越多少，
真正的高贵在于比以前的自己优越。

——[美国]海伦·凯勒

生活对任何人都非易事，我们必须有坚韧不拔的精神，
最要紧的还是我们自己要有信心。
我们必须相信，我们对每一件事都是有天赋的，
并且无论付出多大代价都要把这件事完成，
当事情结束的时候，
你要问心无愧地说：“我已经尽我所能了。”

——[法国]居里夫人

我只惋惜一件事：
日子太短，过得太快。
一个人从来看不出做成了什么，只能看出还应做什么。

——[法国]居里夫人

为了比别人先有所作为，我们就要先人一步洞察发现。

——[日本]松浦弥太郎

真正成熟的人说话时都会慎重地措辞，
通常被信赖的人都是守口如瓶的人。

——[日本]松浦弥太郎

如果不想在世界上虚度一生，那就要学习一辈子。

——[苏联]高尔基

马克西姆·高尔基(Максим Горький，1868—1936)，原名阿列克赛·马克西姆维奇·彼什科夫，苏联作家。他出生在一个做木工的家庭，从小生活经历颇为艰辛，做过学徒、码头工、糕点师等，在俄国到处流浪，走遍了大片俄国土地，经历非常丰富。著有《童年》《在人间》《我的大学》。

尽管你还不知道别人为什么那么做、那么说，

可是你慢慢地都会明白的。

——[苏联]高尔基

激情会让你更加优秀。

——[美国]莫琳·希凯

许多领导对于非正统的做法感到紧张，

他们规避风险，毫无远见，

无意中扼杀创新精神。

——[美国]莫琳·希凯

女性不能让身体吸引力过于张扬。

——[美国]莫琳·希凯

比勤奋更重要的是深度思考的能力。

——[美国]莫琳·希凯

我们需要深度思考去获得更多更清晰的自我觉悟。

——[美国]莫琳·希凯

任何艺术都有颠覆性。
在创作、改造和超越规则时，
任何艺术家都带着敏锐的颠覆意识。

——[美国]莫琳·希凯

我是一个非常内向的人，这没什么值得大惊小怪的。
多年来，我一直努力“管理”着我的羞怯。

——[美国]莫琳·希凯

不是缺乏理智，但是他们的理智有缺点，
他们的头脑浑浊不清。

——[英国]查尔斯·里德

我研读历史，历史告诉我们，
只要你撑得够久，事情总会有转机的。
——[英国] 丘吉尔

你战胜了苦难，它就是财富，
你被苦难战胜了，它就是屈辱。
——[英国] 丘吉尔

这个世界上没有永远的朋友，
也没有永远的敌人，只有永远的利益。
——[英国] 丘吉尔

为了获得自己内在最好的那部分，
学会从自己的思想和行为中，
剔除掉一切与自己目标无关的东西。
——[美国] 沃尔特 · 拉塞尔

那些知道如何忍受打击而没有被不幸吓到像狮子的人，
在面对恐吓时会咆哮，
而不会像其他胆小的人一样要逃跑。
——[葡萄牙] 约瑟夫 · 德拉维加

错误的解释源于错误的描述。

——[美国]伯努瓦·曼德尔布罗

知识碎片化及其导致的混乱，
并非这个真实世界的反映，
而是学术界自身造成的结果。

——[美国]爱德华·威尔逊

当你认为事情不再前进时，它的轨迹就加速，
在这样的世界里，成功的表现需要灵活的思想。
在一个迅速变化的环境里，
灵活的思想总是能够超越僵硬而绝对的思想。

——[美国]罗伯特·哈格斯特朗

如何思考要比思考什么更重要。

——[美国]罗伯特·哈格斯特朗

不要试图去启蒙愚蠢，因为愚蠢不接受启蒙。

——[德国]迪特里希·朋霍费尔

我们已经尝惯人世的悲欢苦乐，
因此无论面临何种突如其来的变故，
都不会像女人一样软下来流泪哭泣。

——[古希腊]爱比克泰德

杰出人生的秘诀，在于懂得如何控制情绪这股力量，
而不是被这股力量控制。

——[美国]安东尼·罗宾

产生恐惧是因为自己不够强大，
是因为自己缺乏信心。
只有当你发现自己真的拥有了无限的力量时，
当你通过实践证明了，
自己足以凭借思想的力量战胜任何的不利因素，
从而自觉地认识到这种力量的时候，
你就没有什么可恐惧的了。

——[美国]查尔斯·哈奈尔

所有的成就和财富，都是建立在认知的基础上，
所有的收获都是不断积累的结果，
而认知的中断或意识的分散会使你事倍功半。

——[美国]查尔斯·哈奈尔

非凡和平庸的人的主要差别不在于是否拥有强建的体魄，
而在于人的思想与精神，在于人的心智。

——[美国] 查尔斯 · 哈奈尔

我们的思想才是能力和力量的源泉，
因为依靠外在的帮助会使我们变得柔弱，
只要你愿意，
你就可以成为帮助别人的强者而不是被别人帮助的弱者。

——[美国] 查尔斯 · 哈奈尔

内心世界是诞生一切生命和能力的源泉。

——[美国] 查尔斯 · 哈奈尔

最迫切的想做的事，就是教你识别机遇，
加强你的推理能力，坚定你的意志，
赋予你抉择的智慧，理性的同情，
拥有主动进取、坚韧不拔的精神，
并且教你如何尽情地享受高质量的生活。

——[美国] 查尔斯 · 哈奈尔

当你越是专注地对待一件事情，
结果就越会超乎你的想象，
因此，对于那些希望获得成功的人而言，
培养意念集中应该是他首要的功课。

——[美国] 查尔斯 · 哈奈尔

在你行动之前，你一定要明确地知道你的目标在哪里，
知道你应该朝哪个方向前进，你将会明白，
未来为你准备了什么，
千万不要在没考虑清楚的情况下盲目行动。

——[美国] 查尔斯 · 哈奈尔

智慧并非只存在于人的大脑中，
当人类智慧诉诸人类行为时，
我们即可以领略到人类的智慧就像能量和物质一样无处不在。

——[美国] 查尔斯 · 哈奈尔

世界以痛吻我，
要我回报以歌。

——[印度] 泰戈尔

拉宾德拉纳特·泰戈尔（Rabindranath Tagore，1861—1941），印度作家、诗人、社会活动家。著有《飞鸟集》《吉檀迦利》。

孤独是一个人的狂欢，
狂欢是一群人的孤独。

——［印度］泰戈尔

只有经历过地狱般的磨砺，
才能练成创造天堂的力量。

——［印度］泰戈尔

你今天受的苦，吃的亏，
担的责，扛的罪，忍的痛，
到最后都会变成光，照亮你的路。

——［印度］泰戈尔

人到中年会放弃虚伪的世界和不切实际的欲望，
总是把它局限在自己力所能及的范围之中。

——［印度］泰戈尔

未经生之痛，何来生之醒。
一个人的成长总是伴随失去与遗憾。

——［南斯拉夫］卢卡·苏里科

每逢你想要对别人评头品足的时候，
要记住世上并非所有的人，都有你那样的优越条件。

——[美国] 菲茨杰拉德

你学过的每一样东西，你遭受的每一次苦难，
都会在你一生中某个时候派上用场。

——[美国] 菲茨杰拉德

人生的成功诀窍在于经营自己的个性长处，
经营长处能使自己的人生增值，
否则，必将使自己的人生贬值。

——[日本] 松下幸之助

东野圭吾（ひがしのけいご，1958—），日本推理小说作家，著有《白夜行》《神探伽利略》。

人性最大的恶，
是见不得别人的好。

——[日本] 东野圭吾

人都是半人半鬼的，
凑近了没法看。

——[日本] 东野圭吾

他们平庸没有天分，
碌碌无为，于是你的优秀，
你的天赋，你的善良和幸福，都是原罪。

——[日本] 东野圭吾

人们常常纠结于一些小事情，
而失去了做其他更有意义的事情的可能性。

——[日本] 清水胜彦

每个人身边都有一个磁场环绕，无论你在何处，
磁场都会跟着你，你的磁场也吸引着磁场相同的人和事。

——[澳大利亚] 朗达・拜恩

没有人回到过去重新开始，
但每个人都可以从现在开始，创造全新的未来。

——[加拿大] 彼得・罗宾森

人们解决世上所有的问题，
是用大脑、能力和智慧，
而智慧则来源于日常知识的积累。

——[美国] 爱因斯坦

提出问题往往比解决一个问题更重要，
发现问题也是一种能力，
一种可以从外界众多的信息源中，
发现自己需要的，有价值的信息的
能力。
——[美国]爱因斯坦

阿尔伯特·爱因斯坦（Albert Einstein，1879—1955），美籍德裔物理学家。著有《广义相对论的基础》。

一个人的兴趣爱好极其深邃，
以致他同别人多少有点疏远，
这也是件好事，因为不是这样的话，
就很难保持这种生活的乐趣。
——[美国]爱因斯坦

傻瓜的心在嘴里，聪明人的嘴在心里。
——[美国]富兰克林

沉默并非总是智慧的表现，
但唠叨却永远是一项愚蠢的行动。
——[美国]富兰克林

本杰明·富兰克林（Benjamin Franklin 1706—1790），美国政治家、科学家、印刷商和出版商、作家、发明家。

永远不要正面违拗别人的意见。

——[美国] 富兰克林

人生不是一场物质的盛宴，
而是一场精神的修炼。

——[美国] 富兰克林

让我们焦虑的，从不是事情本身，而是在空想中内耗。

——[美国] 富兰克林

如果你能够将自己的努力始终集中在你的目标和最重要的事情上面，
坚持在一定时期内做一件事，
就没有什么东西能够阻止你了。

——[美国] 博恩 · 崔西

做什么事情最容易？向别人提意见最容易。
做什么事情最难？管理好自己最难。
珍惜那些对你好的人，他们原本可以不那么做。

——[美国] 拉尔夫 · 泰勒

当别人指出自己的错误时，无论是恶意还是善意，
都要虚心接受并努力改进，
只有这样才能增加自己的才干，
不断地提高自己的能力，
同时还可以赢得更多人的理解和尊重。

——[英国]拜伦

凡是历尽人间辛酸的人，
都是靠他的经历而不是年龄来领悟人生的真谛。

——[英国]拜伦

欧内斯特·海明威（Ernest Hemingway，1899—1961），美国作家、记者，被认为是20世纪最著名的小说家之一。著有《老人与海》《永别了，武器》。

一个人学会说话要用两年，
学会闭嘴却要用一生。

——[美国]海明威

生活总会让我们遍体鳞伤，
但到最后，那些受伤的地方一定会
变成我们最强壮的地方。

——[美国]海明威

居伊·德·莫泊桑（Guy de Maupassant，1850—1893），是法国文学史上短篇小说创作数量最大、成就最高的作家。著有《项链》《羊脂球》。

生活不可能像你想象的那么好，
但也不会像你想象的那么糟。

——[法国]莫泊桑

世界上最美丽的情景，
出现在我们怀念母亲的时候。

——[法国]莫泊桑

除了生病以外，你所感受到的痛苦，
都是你的价值观带给你的，而非真实存在。

——[捷克]米兰·昆德拉

人一旦迷醉于自身的软弱之中，便会一味地柔弱下去，
会在众人的目光下倒在街头，倒在地上，倒在比地面更低的地方。

——[捷克]米兰·昆德拉

从现在起，
我开始谨慎选择我的生活，
不再轻易迷失在各种诱惑里，
我心中已听到来自远方的呼唤，
再不需要回头去关心身后的种种是非和议论。

——[捷克] 米兰 · 昆德拉

比起有人左右情绪的日子，我更喜欢无人问津的时光，
一个人最好的状态就是独处的时候，
安静、自在，不用考虑别人的情绪，
也不必刻意判断他人的心思，回归一个真实的自己。

——[哥伦比亚] 马尔克斯

生命中所有的灿烂，终将用寂寞来偿还。

——[哥伦比亚] 马尔克斯

你那么憎恨那些人，和他们斗了那么久，
最终却变得和他们一样，
人世间没有任何理想值得以这样的沉沦做代价。

——[哥伦比亚] 马尔克斯

我们累却无从止歇，我们苦却无从回避。

——[哥伦比亚] 马尔克斯

我们这一代人年轻的时候，对生活都太贪婪，
以致身体和灵魂都忘记了对未来的期盼。

——[哥伦比亚] 马尔克斯

你不能解决问题，你就成为问题。

——[美国] 埃尔德里奇 · 克里弗

青春在人的一生中只有一次，
青年时代要比其他任何时代更能接受高尚和美好的东西。

——[俄国] 别林斯基

创造并指导着文明的，
一直就是一小撮知识贵族，
从来就不是各种群体，
群体的力量只表现在破坏性上，
他们的规律总是退回到野蛮时代。

——[法国] 古斯塔夫 · 勒庞

当思想通过各种不同的过程成功地渗透进群体的精神世界的时候，
它具有一种势不可当的力量。

——[法国] 古斯塔夫 · 勒庞

运动是一切生命的源泉。

——[意大利] 达 · 芬奇

肯尼 · 罗杰斯（Kenny Rogers，1938—2020），美国乡村歌手、摄影师、唱片制作人、演员、企业家、作家。

越来越老并不可怕，
可怕的是让人觉得越来越老。

——[美国] 罗杰斯

我们的生命过程就是做自己、成为自己的过程，
一个人的生命意义就在于选择。
我们只有不断地为自己的人生做出选择，
才算真正活过。

——[美国] 罗杰斯

我爱你 / 不光因为你的样子 /
还因为 / 和你在一起时 / 我的样子 /
我爱你 / 不光因为你为我而做的事 / 还因为 / 为了你 / 我能做成的事
我爱你 / 因为你能唤出我最真的那部分……

——[爱尔兰] 罗伊 · 克里夫特

约翰·沃尔夫冈·冯·歌德（Johann Wolfgang von Goethe，1749—1832），德国著名思想家、作家、科学家，著有《少年维特之烦恼》《浮士德》。

你若失去了财产——你只失去了一点儿；
你若失去荣誉——你就丢掉许多；
你若失去了勇敢——你就把一切都失掉了！

——[德国] 歌德

谁要是游戏人生他就是一事无成，谁要是不能主宰自己，就永远是个奴隶。

——[德国] 歌德

无论你出身高贵或低贱，无关宏旨，
但你必须有做人之道。

——[德国] 歌德

能在自己的家庭中
寻求到安宁的人是最幸福的人。

——[德国] 歌德

一个目光敏锐，见识深刻的人，
倘若又能承认自己有局限性，
那他就离完人不远了。

——[德国] 歌德

一切痛苦并非来自厄运、社会不公或是神祇的任性，
而是取决于每个人心中的思维模式。

——[以色列] 尤瓦尔・赫拉利

假如你有天赋，勤奋会使它变得更有价值，
假如你没有天赋，勤奋可以弥补它的不足。

——[英国] 乔舒亚・雷诺兹

习惯形成性格，性格决定命运。

——[英国] 凯恩斯

不要去同那些没有任何东西可失去的人竞争。

——[西班牙]格拉西安

亚历山大·仲马(Alexandre Dumas，1802—1870)，人称大仲马，法国浪漫主义作家。著有《三个火枪手》《基督山伯爵》。

发一次怒对于身体的损害，
比发一次热还厉害，
所以一个常常心怀不平的人不能得到健康的身体。

——[法国]大仲马

如果一个目的是正当而必须做的，则达到这个目的必要手段也是正当而必须采取的。

——[美国]林肯

一个没有任何个性的人，只能做出一般的产品。
只有在工作中发挥个性，
才能有新的点子，找出新的方向。

——[日本]大松博文

坦率地承认自己的错误，意味着对思考永不厌倦。

——[日本] 大前研一

列夫·尼古拉耶维奇·托尔斯泰（Лев Николаевич Толстой，1828—1910），俄国批判现实主义作家、政治思想家、哲学家。著有《战争与和平》。

人的信仰越是坚决，其生活越不致动摇。

没有信仰的人的生活，无非是动物的生活。

——[俄国] 托尔斯泰

幸福的家庭都是相同的，不幸的家庭各有各的不幸。

——[俄国] 托尔斯泰

如果世界上还有比痛苦更坏的事，

那就是怀疑。

——[俄国] 托尔斯泰

人不是因为美丽才可爱，

而是因为可爱才美丽。

——[俄国] 托尔斯泰

衡量一个人的成功标志，
不是看他登到顶峰的高度，
而是看他跌到谷底的反弹力。

——[美国] 巴顿

最要紧的是，我们首先应该善良，其次要诚实，
再其次是以后永远不要互相遗忘。

——[俄国] 陀思妥耶夫斯基

世界上没有比说真话更困难的事了，
但也没有比阿谀奉承更容易的事。

——[俄国] 陀思妥耶夫斯基

我认为克服恐惧的最好办法，理应是：
面对内心所恐惧的事情，
勇往直前地去做，
直到成功为止。

——[美国] 罗斯福

幸福不在于拥有金钱，
而在于获得成就时的喜悦以及产生创造力的激情。

——[美国] 罗斯福

聪明的人总是在今天为自己的明天做好准备，
他不会冒险把所有的鸡蛋放在一个篮子里。

——[西班牙] 塞万提斯

哪怕你不渴望好的生活，你也要不断提升价值，
因为成长是生存的必需。

——[美国] 瑞 · 达利欧

所有的真话并不是在所有时候都可以说的。

——[美国] 富勒

没有弄清对方的底细，
决不能掏出你的心来。

——[法国] 巴尔扎克

奥诺雷·德·巴尔扎克（Honoré de Balzac，1799—1850），法国小说家，被称为“现代法国小说之父”。著有《人间喜剧》。

苦难对于天才是一块垫脚石，
对于能干的人是一笔财富，
对弱者是一个万丈深渊。

——[法国] 巴尔扎克

挫折是能人的无价之宝，
弱者的无底之渊。

——[法国] 巴尔扎克

夫妻间是应由相互认识而了解，
进而由彼此容忍而敬爱，
才能维持一个完满的婚姻。

——[法国] 巴尔扎克

你欲保留的秘密，不要告诉人，
尽管那人是你的心腹。
因为，肯为你保守秘密的，除你而外，没有别人。

——[波斯] 萨迪

你不能凭梦想形成自己的个性，
你一定要千锤百炼为自己构成个性。

——[法国] 夫鲁德

丧失一个好名声，比从来没有过好名声更使人蒙羞。

——[古罗马] 小普林尼

情绪心态之健全，比一百种智慧更有力量。

——[英国] 狄更斯

吃别人不能吃的苦，忍受别人不能忍受的委屈，
做别人不能做的事，就能享受别人不能享受的一切。

——[法国] 拿破仑

我相信任何事情都不会不留痕迹就过去了，
对现在和将来的生活来说，
我们所走的最小一步都是有意义的。

——[俄国] 契诃夫

投资人必须像职业棋手那样具备良好的性格，
从而提高决策的稳定性，
否则像赌徒那样狂赌，一次重大失误足以致命。

——[美国]巴菲特

投资中情商比智商更为重要。
做投资，你不必是一个天才，但你必须具备合适的性格。

——[美国]巴菲特

我们之所以要不断地学习，来弥补自己的不足，
发挥自己的优势，
就是为了让自己拥有丰富的知识储备，
来应对层出不穷的问题。

——[美国]巴菲特

学习无非有两个重要目的：
一个是提升自己的优势，
让自己的优势更加明显；
另一个就是弥补自己的劣势，
让自己和别人的差距变得更小。

——[美国]巴菲特

任何时候不要在气头上说话或行动，
遇事发怒是不明智的一种选择。

——[美国]巴菲特

伴侣是人生中最好的投资，伴侣的好坏，
决定了你今后人生的走向，婚姻不单是感情的结果，
更是彼此思维、认知、格局以及生活方式的碰撞。

——[美国]巴菲特

要培养镇定从容的气质，
首先就要学会有意识地控制自己的情绪。
任何时候都不要图一时之快发泄心中的喜怒，
也不要把自己的情绪写在脸上，
这样才能慢慢地把自己培养成一个遇事沉着镇定的人。

——[美国]巴菲特

物质上的攀比往往都是心理上的不平衡制造的种种压力和借口。

——[美国]巴菲特

一个人一生如果想要获得过人的成就，
注定与读书和终生学习形影不离。

——[美国]巴菲特

你需要强化这样的信念：
起点可能影响结果，
但不会决定结果。

——[美国]洛克菲勒

我坚信我们的命运是由我们自己的行动决定的，
而绝对不是完全由我们的出身决定的。

——[美国]洛克菲勒

约翰·D. 洛克菲勒（John D.Rockefeller，1839—1937），美国实业家、超级资本家，美孚石油公司（标准石油）创办人。

我不能用财富埋葬我心爱的孩子们，
愚蠢地让你们成为不思进取、
只知道依赖父母的果实的无能之辈。

——[美国]洛克菲勒

要在获取利益的猎场上成为好猎手，
你需要勤于思考，做事小心，
能够看到事物中一切可能存在的危险和机遇。

——[美国]洛克菲勒

机会永远都不会平等，但结果却可以平等。

——[美国]洛克菲勒

没有智慧作为基础的知识是没有用的，
但更令人沮丧的是，即使有知识和智慧，
如果没有行动，一切仍属空谈。

——[美国]洛克菲勒

一个人不可能只靠运气成功，他必须付出努力的代价。
我们不妄想靠运气获得胜利，
所以我们集中全力去发展自我，
修炼出自己变成“赢家”的各种特质。

——[美国]洛克菲勒

引导我们发挥聪明才智的思维方式，
远比我们才智的高低重要。

——[美国] 洛克菲勒

你不该让那些偏执的观念锁住你有力的双手，
你该花时间让自己富起来，因为有了钱就有了力量。

——[美国] 洛克菲勒

遇到困难和问题，我们应该学会改变思路。
思路一转变，原来那些难以解决的困难和问题，
就会迎刃而解了。

——[美国] 洛克菲勒

善于思考和善于行动的人，
都必须去除人性中的傲慢与偏见，
要知道永远不能让自己的个人偏见妨碍自己的成功。

——[美国] 洛克菲勒

我一直视“努力工作会致富”为谎言，
从不把别人工作当作积累可观财富的上策，
相反，我非常笃信为自己工作才能富有。

——[美国] 洛克菲勒

盲目地努力工作很可能在付出巨大艰辛之后仍一无所获，但是，如果把替老板努力视为铸就有朝一日一切为自己效劳的阶梯，那无疑就是创造财富的开始。

——[美国] 洛克菲勒

往上爬的时候要对别人好一点儿，
因为你走下坡路的时候会碰到他们。

——[美国] 洛克菲勒

如果你不去主动明确地制定自己的目标，
那么你就会被动或不自觉地选择其他目标，
这样做的结果很可能会导致你丧失掌控全局的能力。

——[美国] 洛克菲勒

我的目的是要在每位手下身上找出我所重视的价值，
而不是那些我所不乐见的缺点。

——[美国]洛克菲勒

能带给孩子一生幸福的不是金钱，
而是完整的人格、强大的内心、精神上富足和良好的生活习性。

——[美国]洛克菲勒

你不能靠运气活着，尤其不能靠运气建立事业生涯，
有趣的是大部分人对运气坚信不疑，
我想他们错把机会当运气，没有机会就没有运气。

——[美国]洛克菲勒

你要修炼自己管理情绪和控制感情的能力，
要注意在进行决策制定时不受情绪左右，
而是完全根据需要来做决定，要永远知道自己想要什么。

——[美国]洛克菲勒

稻盛和夫（いなもり かずお，1932—2022年），日本经营之圣，世界著名实业家。

意志是人格的重要的组成因素，
对人的一生有重大的影响，人们要获得成功，
必须要有意志力做保证。

——[日本]稻盛和夫

苦难是人生的必需内容，
它为我们提供了一个磨砺自我的机会，
因为人的心
往往由挫折和苦难
得到更大的淬炼和提高。

——[日本]稻盛和夫

我们应该始终相信，
命运不是上天注定的，
每个人都可以改变自己的命运，
前提是你必须做一个强者。

——[日本]稻盛和夫

人和事业的成功需要保持正确的思维方式，
充满热情，提升能力，
持有正确的思维方式显得极其重要。

——[日本] 稻盛和夫

人性总是让我们容易拜倒在金钱和荣耀的脚下，
容易屈服于本能的欲望和周围的环境。

——[日本] 稻盛和夫

我们无法选择出生于什么样的年代，
我们也无法改变整个社会和所有人；
但是，我们可以选择对待生活的态度，
我们可以改变自己的思考方向。

——[日本] 稻盛和夫

绝妙的机会总是在最不起眼之处，
只有强烈渴望自己目标的人才能看见。

——[日本] 稻盛和夫

人生有无限种可能，
很多时候幸与不幸在生活中是很难避免的。
不论你是遇到幸运还是不幸的事，
最重要的是努力不懈地活下去，
总有一天会遇到好的转机。

——[日本]稻盛和夫

人生是为心的修行而设立的道场，
人生的目的就是在灾难和幸运的考验中磨炼自己的心志、磨炼灵魂，
造就一颗美丽的心灵。

——[日本]稻盛和夫

永远不要去责怪一个妈妈的脾气不好，
因为你不知道她一个人撑过多少黑暗的时刻；
也不要去要求一个妈妈心胸大度，
因为你也不知道，她无助的时刻有多可怜。

——[日本]稻盛和夫

成功不要有无谓的情绪，即使你抱怨再多，
委屈再大，当下最要紧的一件事就是先把工作做好，
这才是一个成熟人该有的心态。

——[日本]稻盛和夫

人追求的当然不全是财富，
但至少要有足以维持尊严的生活，
使自己能够不受阻挠地工作，
能够慷慨，能够爽明，能够独立。

——[英国]毛姆

威廉·萨默塞特·毛姆（William Somerset Maugham，1874—1965），英国小说家、剧作家。著有《人性的枷锁》《月亮和六便士》。

自律是解决人生问题最主要的工具，
也是消除人生痛苦最重要的方法。

——[美国]派克

人生是一个不断面对问题并解决问题的过程，
问题可以开启我们的智慧，激发我们的勇气，
为解决问题而努力，
我们的思想和心灵就会不断成长，
心智就会不断地成熟。

——[美国]派克

纪伯伦（Khalil Gibran，1883—1931），黎巴嫩作家，被称为“艺术天才”“黎巴嫩文坛骄子”，是阿拉伯侨民文学的主要代表作家。著有《泪与笑》《先知》。

和你一起笑过的人，你可能会把他忘掉；
但和你一起哭过的人，你却永远不忘。

——[黎巴嫩]纪伯伦

命运对我们最大的眷顾，
是让我们跌倒，
而且我们每次跌倒的时候都能爬起来。

——[英国]史密斯

当坏事发生的时候，
人们总是试图找一个清晰而简单的理由去责怪别人。

——[瑞典]汉斯

一个人生活中的快乐，
应该来自尽可能减少对于外来事物的依赖。

——[古希腊]埃皮科蒂塔

我们知道我们现在是什么样的人，但我们不知道我们可能成为什么样的人。

——[英国]莎士比亚

威廉·莎士比亚(William Shakespeare，1564—1616)，英国文学史上最杰出的戏剧家，也是欧洲文艺复兴时期最重要、最伟大的作家，全世界最卓越的文学家之一。著有《哈姆雷特》《仲夏夜之梦》。

生活里没有书籍，就像没有阳光。智慧里没有书籍，就像鸟儿没有翅膀。

——[英国]莎士比亚

充满了声音和狂热，里面空无一物。

——[英国]莎士比亚

一个人宁愿听一百句美丽的谎言，也不愿听一句直白的真话。

——[英国]莎士比亚

自由的前提是自律，自律的顶端是享受孤独。

——[英国]莎士比亚

萧伯纳，全名乔治·伯纳德·萧（George Bernard Shaw，1856—1950），爱尔兰剧作家、小说家。著有《圣女贞德》《伤心之家》。

明智的人让自己适应世界，
不明智的人则坚持让世界适应自己。

——[爱尔兰]萧伯纳

贫穷不是一件浪漫的事，
贫穷是最可怕的恶魔，
是最严重的罪行。
如果你没有穷过，
就永远不能体会穷能带来的撕心裂肺。

——[爱尔兰]萧伯纳

我们都在阴沟里，但仍有人仰望星空。

——[爱尔兰]王尔德

在我年轻的时候，曾经以为金钱是世界上最重要的东西。
现在我老了才知道，确实如此。

——[爱尔兰]王尔德

过自己想要的生活不是自私，
要求别人按自己的意愿过生活才是自私。

——[爱尔兰] 王尔德

人类的自我意识，自我约束，毅力和全情投入等能力，
对一个人一生的影响比智商更重要。

——[美国] 戈尔曼

一个没有原则和没有意志的人，
就像一艘没有舵和罗盘的船一般，
他会随着风的变化而随时改变自己的方向。

——[英国] 斯迈尔斯

成功者的目标，不是让别人相信自己是对的，
而是弄明白谁是对的。

——[美国] 查理·芒格

不论有多么出众的才能和力量，
不论有多么高明的见识，
一旦卧床不起，人生就将化为乌有。

——[日本] 池田大作

你要确认自己的价值观，
思考迈向自己所定义的成功的道路，
而不仅仅是接受别人给你的生活，
接受别人给你的选择。

——[美国]德莱塞维茨

戴尔·卡耐基（Dale Carnegie，1888—1955），美国著名人际关系学大师，美国现代成人教育之父。著有《人性的弱点》《语言的突破》。

人与人之间的交往，
是以互惠为原则。

——[美国]卡耐基

不要在人前炫耀，
也别太高估你与任何人的关系。

——[美国]卡耐基

一个人的成功，只有15%是由于他的专业技术，
而85%则要靠人际关系和他为人处世的能力。

——[美国]卡耐基

火气甚大，容易引起愤怒的烦扰，
是一种恶习而使心灵向着那不正当的事情，
那是一时冲动而没有理性的行动。

——[法国]阿伯拉德

一个人身边的一切，
都是由他内在的想法和特质吸引而来的。

——[澳大利亚]朗达·拜恩

决定人生的并不是你选择了什么，
而是你选择放弃什么。

——[美国]克林顿

成功的秘诀，
就是懂得怎样控制痛苦和快乐这股力量，
而不会被这股力量所反制。

——[美国]安东尼·罗宾斯

罗曼·罗兰（Romain Rolland，1866—1944），法国思想家、文学家、音乐家、社会活动家，1915年诺贝尔文学奖得主。著有《名人传》《约翰·克利斯朵夫》。

懒惰是很奇怪的东西，
它使你以为是安逸、是休息、是福气，
但实际它所给你的是无聊、是倦怠、是消沉，
它剥夺你对前途的希望，割断你和别人之间的友情，
使你心胸日渐狭窄，对人生也越来越怀疑。

——[法国]罗曼·罗兰

和太强的人在一起，我会感觉不到自己的存在。

——[法国]罗曼·罗兰

人生最沉重的负担不是生活，而是无聊，
生活最大的危险，就是一个空虚的心灵。

——[法国]罗曼·罗兰

快乐和幸福不能靠外来的物质和虚荣，
而要靠自己内在的高贵和正直。

——[法国]罗曼·罗兰

一个人要帮助弱者，应当先让自己成为强者，
而不是和他们一样变成弱者。

——[法国]罗曼·罗兰

世界上只有一种英雄主义，
那就是看到世界的真相后，依然热爱它。

——[法国]罗曼·罗兰

注意你的习惯，因为它们将变成性格，
注意你的性格，因为它们将决定你的命运。

——[英国]撒切尔夫人

不要从特殊的行动中去估量一个人的美德，
而应从日常的生活行为中去观察。

——[法国]帕斯卡

平庸的人用热闹填补空虚，
优秀的人在孤独中成就自己，
所有那些独处的时光，
决定了我们成为什么样的人。

——[美国]奥普拉

我喜欢三种人；
一种比我优秀的人，
一种使我优秀的人，
还有一种是愿意与我一起优秀的人。

——[英国] 奥黛丽 · 赫本

世上一切不利的影响中，最能使人功败垂成的，
往往就是过度的情绪。

——[德国] 胡夫兰德

虽然时光不会倒流，无人能够从头再来，
但人人可以从现在做起，开创全新的未来。

——[英国] 卡尔巴德

整天只知道为琐碎的小事忙碌的人，
必然成不了大器。

——[法国] 拉罗什富科

大多数的人，都生活在平静的绝望中。

——[美国] 梭罗

时间决定你会在生命中遇见谁，
你的心决定想要谁出现在你的生命里，
而你的行为决定了最后谁能留下。

——[美国]梭罗

亨利·戴维·梭罗（Henry David Thoreau，1817—1862），美国作家、哲学家，超验主义代表人物，也是一位废奴主义及自然主义者，有无政府主义倾向，曾任职土地勘测员。著有《瓦尔登湖》《论公民的不服从义务》。

我们每天努力忙碌，用力生活，
却总在不知不觉间遗失了什么。
面对不断膨胀的物欲，我们需要的是一颗能静下来的心。

——[美国]梭罗

书籍是人类最古老亦是最珍贵的财产，
它自然也应该被放在各家各户的书架上。
它并非要为自己谋求福利，而是要启蒙读者。

——[美国]梭罗

年长并不一定都好，
长者有时甚至连指导年轻人的资历都不具备，
因为他们在岁月里失去的比得到的更多。

——[美国]梭罗

如果你希望未来与过去不同，
就请从过去中吸取经验。

——[荷兰] 斯宾诺莎

只有目的有价值，达到目的的手段才有价值。

——[英国] 休谟

愚昧之人总以为物以稀为贵，殊不知，
上帝总是把最有用的东西造得极为普通。

——[英国] 贝克莱

如果要让别人尊重你，你首先要尊重别人。

——[英国] 席勒

你或许拥有无限的财富，
一箱箱的珠宝与一柜子的黄金，
但是你永远不会比我富有，
我有一位读书给我听的妈妈。

——[美国] 吉利兰

外表的美只能取悦人的眼睛，
而内在的美，却能感染人的灵魂。

——[法国] 伏尔泰

使人疲惫的不是远方的高山，而是鞋子里的一粒沙子。

——[法国] 伏尔泰

如果你看不惯某种东西，那就改变它，
如果你无法改变它，那就改变你自己的态度，不要抱怨。

——[美国] 安杰卢

记住该记住的，忘记该忘记的，
改变能改变的，接受不能改变的。

——[美国] 塞林格

人生只有具备成熟的心智，才能理解整个生活的乐趣。

——[美国] 克莱恩

学会关上你的大门，
不要让任何不能给你的未来带来明显益处的东西
进入你的心灵，你的工作，你的世界。

——[美国] 亚当斯

奥古斯特·罗丹(Auguste Rodin，1840—1917)，法国雕塑家。代表作有《青铜时代》《思想者》。

这个世界从不缺少美，
而是缺少发现美的眼睛。

——[法国] 罗丹

多少人的不幸，
并非源于他们过于软弱，
而是因为他们过于强大，
强大到忽略了上帝。

——[丹麦] 克尔恺郭尔

世界上最大的罪恶，都是愚昧无知造成的，
即使是一个善良之人都是如此。

——[法国] 加缪

一切伟大的行动和思想，都有一个微不足道的开始。

——[法国] 加缪

我并不期待人生可以一直很顺利，

但我希望碰到人生难关的时候，自己可以是它的对手。

——[法国] 加缪

贫穷不是收入低，

而是丧失了从这个社会获取资源的能力。

——[孟加拉国] 尤努斯

不要站在道德的制高点上俯瞰别人，

也永远别去考验人性。

——[丹麦] 芬森

不因幸运而故步自封，

不因厄运而一蹶不振，

真正的强者善于从顺境中找到阴影，

从逆境中找到光亮，

时时校准前进的目的。

——[挪威] 易卜生

我对生命的全部的了解，
仅在于活着总是非常有趣的。

——[美国] 门肯

人与人之间最大的差距，
不是他的地位、贫富、学历，或者美与丑，
而是价值观。

——[美国] 卡伦 · 霍妮

当思想改变你的思想，那就是哲学。
当上帝改变你的思想，那就是信仰。
当事实改变你的思想，那就是科学。
当一个人既没有思想，又不信宗教，
还罔顾事实的时候，那就尽量离开他们。

——[美国] 李 · 斯莫林

只考虑金钱的婚姻是荒谬的，
不考虑金钱的婚姻是愚蠢的。

——[英国] 简 · 奥斯汀

友谊永远不能成为一种交易，
相反，它需要最彻底的无利害观念。

——[法国]安德烈·莫洛亚

理解自身生活中的局限，
并最大程度地活出精彩，
然后看看怎样才能超越这些局限，
具备这样的生活态度是非常重要的。

——[印度]萨古鲁

很多人并不缺智慧，不缺忍耐务实的性格，
他们真正缺少的是人格和良知。

——[美国]明恩溥

查理·罗伯特·达尔文（Charles Robert Darwin，1809—1882），英国博物学家，进化论的奠基人。著有《物种起源》。

脾气暴躁是人类较为卑鄙的天性之一。

——[英国]达尔文

无知比知识更容易让人产生自信。

——[英国]达尔文

全世界最精彩的演出，
就是出错的那一次。

——[英国] 卓别林

永远不要把自己看得太重要，
没有你，事情一样可以做得好。

——[美国] 迈兹纳

人拥有的东西没有比光阴更贵重更有价值的了，
所以千万不要把今天所做的事拖到明天去做。

——[德国] 贝多芬

每个人的心中都有一块属于自己的领地，
每当痛苦、失望或消沉时，就需要缓解情绪，
寻找内心的平静和安慰。

——[爱尔兰] 菲奥诺拉 · 莎莉

我们需要弄清楚怎样在恰当的时间做恰当的事。

——[希腊] 普鲁塔克

反省是一面镜子，
它能将我们的错误清清楚楚地照出来，
使我们有改正的机会。

——[德国]海涅

事有所成的秘诀，是永远懂得当个初学者。

——[日本]铃木俊隆

暴风雨的愤怒，持续时间往往不超过 12 秒，
爆发时可以摧毁一切，但过后却风平浪静，
如果控制好 12 秒，就能排除负面情绪。

——[印度]罗纳德

穷人不了解社会运行的规则，
被桎梏在疲于奔命的模式里，只能原地踏步。

——[美国]班纳吉

很多感觉被嵌入我们的血统，
它能够很好地服务我们的祖先，
却不一定总能符合我们当下的利益。

——[美国] 赖特

孤独是生命必有的黑暗，
它无法穿越，也不可战胜。

——[美国] 耶茨

塑造你生活的工具不是偶尔做的一两件事，
而是一贯坚持做的事。

——[美国] 罗宾

杰出人生的秘诀，
在于懂得如何控制情绪这股力量，
而不是被这股力量控制。

——[美国] 罗宾

微小的习惯有巨大的力量，
养成有益的习惯，能带来更正面的改变。

——[美国] 纳文斯

人这辈子最要紧的，不是有没有人爱你，
而是你有没有学会爱自己。

——[英国] 夏洛蒂·勃朗特

千万不要轻易去依赖一个人，
它会成为你的习惯，当分别来临，
你失去的不仅仅是某个人，
而是你的精神支柱。

——[日本] 宫崎骏

指责型人格的人，
会让你压抑得看不到自己的价值，
最终活成一个低价值感的人。

——[美国] 艾利斯

所有失去的，都会以另一种方式归来。

——[美国] 肖尔斯

善良给了错的人，会变成一种负担，
给得越多，负担也越多。

——[德国] 克雷辛西

大多数人都不愿承认自己的无知，
还会努力为自己的无知做出合理化的解释。

——[美国] 埃利奥特

一切都是不确定的，这是唯一能够确定的事。

——[泰国] 阿姜查

第二部分

智者慧言篇

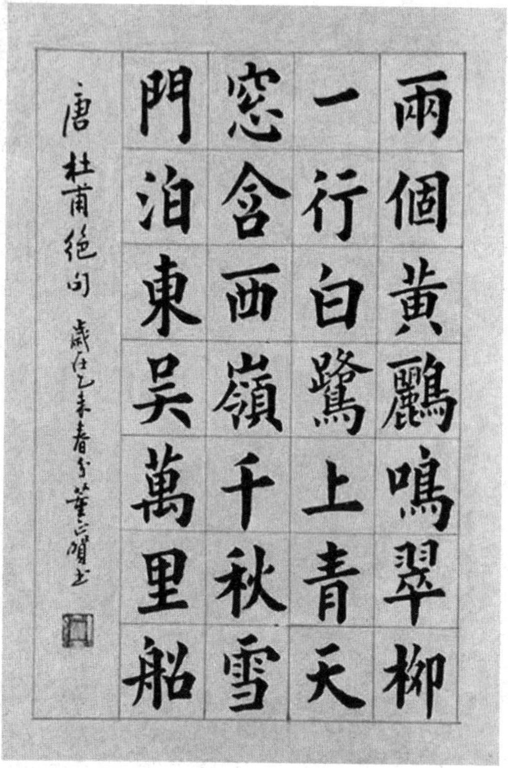
兩個黃鸝鳴翠柳
一行白鷺上青天
窗含西嶺千秋雪
門泊東吳萬里船
唐 杜甫绝句

董正贺老师书法

每个大人物的成功都有一个外部的环境，
这个外部环境像运气一样，绝不可少，
人类历史上怀才不遇的人多如过江之鲫。

——度阴山《知行合一王阳明》

人的理想和站立的位置有关，
一个身陷囹圄的囚犯不可能想去建功立业。

——度阴山《知行合一王阳明》

彷徨和痛苦是天才的共性。

——度阴山《知行合一王阳明》

人的力量永远来自你的心灵。

——度阴山《知行合一王阳明》

任何一个伟大的圣贤都要经历一番非比寻常的困苦环境。

——度阴山《知行合一王阳明》

“心灵的自由”才是人生的真谛，
一个人只要把内心的善完全唤醒，
就能体会到圣贤的滋味。

——度阴山《知行合一王阳明》

非常之事必有非常之人。

——度阴山《知行合一王阳明》

无论面对什么样的处境，都应宠辱不惊，
不因得失而动心。

——度阴山《知行合一王阳明》

人如果面对事情有侥幸心理，必定失败。
即使真有人能躲过，但大多数的人一定是躲不过的。

——度阴山《知行合一王阳明》

但凡哲学家，出身贫困的极少。

——度阴山《知行合一王阳明》

一个人如果用心诚意，天下就没有难事，
因为心外无事，一切事都是心上的事，就看是否用心。

——度阴山《知行合一王阳明》

人生在世唯一可倚仗的就是自己。
靠山山倒，靠河河枯。
你越倚仗什么，那个“什么”就会越让你失望。

——度阴山《知行合一王阳明》

一个没有信仰支撑，纯靠利益结成的团队，
一旦灵魂人物消失，它就像多米诺骨牌一样，势必倒塌。

——度阴山《知行合一王阳明》

从众心理是一种非常复杂的社会心理和行为。

——张文成《墨菲定律》

所谓“习得性无助”，
本质上是长期积累的负面生活经验
使人丧失了信心，继而丧失了追求成功的驱动力。

——张文成《墨菲定律》

有许多人一生无所建树，
不是因为他们的能力不足，
而是他们给自己的目标不足以释放出全部的潜能。

——张文成《墨菲定律》

他们以无所谓的态度应付着工作，
对于自己身上的潜力无动于衷，永远满足于现状，
宁愿始终待在原地也不肯花点心思向上攀登。
就这样一辈子碌碌无为、敷衍了事，过一天算一天。

——张文成《墨菲定律》

时刻保持危机意识，
才能在危机来临时全身而脱。

——张文成《墨菲定律》

心理暗示所拥有的力量，有时大到超乎我们的想象。

——张文成《墨菲定律》

安逸、舒适的生活足以毁灭一个天才。

——张文成《墨菲定律》

人在面临抉择而无法取舍的时候，
应该选择自己尚未经历过的。

——张文成《墨菲定律》

在人们的社交行为中，
“满足他人的自重感”是项重要原则，
每个人的骨子里都渴望别人尊重自己的想法和意愿。

——张文成《墨菲定律》

人与人之间的交往，
归根到底是一种自我需求的满足。

——张文成《墨菲定律》

人是不可能没有任何缺点的，别人看不到缺点，
只能说明这个人的缺点隐藏得太深了。

——张文成《墨菲定律》

这世界上没有绝对的善人，
也没有绝对的恶人，
善与恶同时潜伏在人性的深处，
在不同的环境中轮流出场。

——张文成《墨菲定律》

在极端情况下，
人类所谓的良知居然如此脆弱，
甚至不需要通过威胁或者利益诱惑，
只需要一道无可置疑的命令，
就可以让许多人放弃善恶的判断和对良知底线的坚守。

——张文成《墨菲定律》

努力没用，一直努力才有用。

——张文成《墨菲定律》

莫见乎隐，莫显乎微，故君子慎其独也。

——《礼记·中庸》

大行不顾细谨。

——《大学·中庸》

中是天下之正道，
庸是天下之定理。

——《大学·中庸》

知止而后有定，定而后能静，
静而后能安，安而后能虑，虑而后能得。

——《大学》

不要试图去改变或改造对方，那是在作践自己，
自讨苦吃。忍受不了，就改变自己。

——《禅院文集》

品性这东西，今天缺个角，明天裂个缝，
也就离塌陷不远了。

——《天道》

小人以己之过，为人之过，
每怨天而尤人。君子以人之过，
为己之过，每反职而责己。

——《佛光菜根谭》

人能碎千金之璧，不能无失声于破釜；
能搏猛虎，不能无变色于蜂虿。

——《苏轼传》

人生的轨迹不一定按你喜欢的方式运行，
人不以自己的喜恶而去断定事物。
——唐浩明《曾国藩（上、中、下）》

在人之上要把别人当人，
在人之下要把自己当人。
——唐浩明《曾国藩（上、中、下）》

曾国藩（1811—1872），初名子城，字伯涵，号涤生，宗圣曾子七十世孙。中国近代政治家、战略家、理学家、文学家，晚晴湘军的创立者和统帅。

生为庸人应当以勤补拙，
生为才人应当谦虚稳重。

——《曾国藩家训》

人类关系决定着做事平台，
而做事的平台又决定着一个人人生抱负的施展。
——郦波《郦波评说曾国藩家训（上）》

“不为圣贤，便为禽兽”。
下定决心要改变自己的缺点，
改掉自己身上的坏毛病，
要告别旧我，重塑新我，
要远离过去那个面目可憎的自己。
——郦波《郦波评说曾国藩家训（上）》

唯天下之至拙，能胜天下之至巧。
——《曾国藩家训》

择友乃人生的第一要义，
一生之成败皆关乎朋友之贤否，不可不慎也。
——郦波《郦波评说曾国藩家训（上）》

势不可使尽，福不可享尽，
便宜不可占尽，聪明不可用尽。
——冯梦龙《警世通言》

天地之道，刚柔互用，不可偏废，
太柔则靡，
太刚则断。

——《曾国藩家训》

人之气质，由于天生很难改变，
唯读书则可以变其气质。
古之精于相法者，
并言读书可以变换骨相。

——郦波《郦波评说曾国藩家训（上）》

发上等愿，结中等缘，享下等福；
择高处立，寻平处坐，向宽处行。

——左宗棠

不在同行中锋芒太露，化解可能产生的敌意，
做事不要落痕迹。

——胡雪岩

与幽人言自生悟，得静者相能永年。

——李鸿章（摘自《雪窦寺》）

不要争夺眼前的利益而破坏已经存在的某种秩序或关系。

——林浩波《李鸿章全传》

不与俗人争利，不与文士争名，不与无所谓人争闲气。

——张之洞

梁启超（1873—1929），字卓如，一字任甫，号任公，又号饮冰室主人、饮冰子、哀时客、中国之新民、自由斋主人。清朝光绪年间举人，中国近代思想家、政治家、教育家、史学家、文学家。戊戌变法（百日维新）领袖之一，中国近代维新派、新法家代表人物。

少年胜于欧洲，则国胜于欧洲，
少年雄于地球，则国雄于地球。

——梁启超

每日所读之书，最好分两类：
一类是精熟的，
一类是涉览的。

——梁启超

凡人常常生活于趣味之中，
生活才有价值。

——梁启超

不乱于心，不困于情，
不畏将来，不念过往。如此，安好。

——丰子恺

既然无处可躲，不如傻乐；
既然无处可逃，不如喜悦；
既然没有净土，不如静心；
既然没有如愿，不如释然。

——丰子恺

不多心，少烦恼，不多言，少是非，
不多事，少麻烦。

——星云大师

虚骄自大者败之媒，卑飞使用翼者击之渐。

——康有为

康有为（1858—1927），原名祖诒，字广厦，号长素，广东省南海县丹灶苏村人，人称康南海，中国晚清时期重要的政治家、思想家、教育家，资产阶级改良主义的代表人物。光绪二十四年（1898）开始进行戊戌变法，变法失败后逃往日本。

一人独学，不如群人共学；
群人共学，不如合百亿兆人共学。
学则强，群则强；
累万亿兆皆智人，则强莫与京。

——康有为

蔡元培（1868—1940），字鹤卿，又字仲中、民友、子民，乳名阿培，并曾化名蔡振、周子余，浙江绍兴山阴县（今浙江绍兴）人，原籍浙江诸暨。革命家、教育家、政治家。民主进步人士，国民党中央执委、中华民国国民政府委员兼监察院院长。中华民国首任教育总长。

若无德，则虽体魄智力发达，
适足助其为恶，无益也。

——蔡元培

要有良好的社会，必先有良好的个人，要有良好的个人，就要先有良好的教育。

——蔡元培

独立之精神，自由之思想。

——陈寅恪

三军可夺帅也，匹夫不可夺志也。

——孔子

我们有钱的时候，
用几个钱不算什么，
直到没有钱，
一个钱都有它的意味。

——鲁迅

鲁迅（1881—1936），原名周樟寿，后改名周树人，浙江绍兴人。著名文学家、思想家、革命家、教育家、民主战士，中国现代文学的奠基人之一。

当我沉默的时候，
我觉得充实，
我将开口，
同时感到空虚。

——鲁迅

不满意于现社会，
却又无可奈何，
只想跳出这个社会去寻找一种超出现社会的理想生活。

——胡适《我们所应走的路》

胡适（1891—1962），曾用名嗣穈，字希疆，学名洪骍，后改名适，字适之。思想家、文学家、哲学家。

天下大乱的原因，
就是由于空洞的言辞泛滥，
而切实的行为却衰败了。

——胡适《文学改良刍议》

一个肮脏的国家，如果人人讲规则，而不谈道德，
最终会变成一个有人味儿的正常的国家。
如果人人都不讲规则，则大谈道德，
最终会堕落成一个伪君子遍布的肮脏国家。

——胡适《道德与规则》

我们今日的种种苦痛都是从前努力不够的结果，
所以我们将来的恢复与兴盛决没有捷径，
只有努力工作一条窄路，
一点一滴的努力，一寸一寸的改善。

——胡适《读书与做人》

你想有益于社会，
再好的法子莫如把自己这块材料铸造成器。

——胡适《易卜生主义》

我们对国家民族的信心，
不能建立在歌颂过去上，
只可以建筑在“反省”的唯一基础之上。

——胡适《我们所应走的路》

人生的最高境界，
是“佛为心，道为骨，儒为表”。

——南怀瑾

学问越高，思想越复杂。
高学问而变成单纯专一的人，
那是天下第一人，由高明而归于平凡。

——南怀瑾

真正的修行不在山上，不在庙里，而在社会中。
当你把人品修好了，所有的好运和惊喜都会如约而至。

——南怀瑾

林语堂（1895—1976），福建龙溪人，中国现代著名作家、学者、翻译家、语言学家，新道家代表人物。

当闲情逸致和柔情蜜意存在之时，
家居生活才能成为一种艺术和享受。

——林语堂

人生不过如此，且行且珍惜，
自己永远是自己的主角，
不要总在别人的戏剧里充当着配角。

——林语堂

读书，开茅塞，除鄙见，得新知，
增学问，广识见，养性灵。

——林语堂

苏轼最大的魅力不是让内心被环境吞噬，
而是超出环境，以内心的光亮去照亮生活的路。

——林语堂

人生在世还不是有时笑笑人家，有时给人家笑笑。

——林语堂

智者阅读群书，

亦阅历人生。

——林语堂

季羡林（1911—2009），山东省聊城市临清人，字希逋，又字齐奘。国际著名东方学大师、语言学家、文学家、国学家、佛学家、史学家、教育家和社会活动家。

和一个不相干的人无休止纠缠不相干的事，

这是一个不好的开始，与烂人纠缠，

为烂事操心，是最不明智的生活态度。

——季羡林《心安即是归处》

好多年来，我曾有过一个“良好”的愿望，

我对每个人都好，也希望每个人对我都好。

只望有誉，不能有毁。最近我恍然大悟，

那是根本不可能的。

——季羡林

人间万千光景，苦乐喜忧，跌宕起伏，
除了自渡，其他人爱莫能助。

——季羡林

一个人年纪变大了，最怕思想僵化。

——季羡林《季羡林谈人生》

木心（1927—2011），本名孙璞，字仰中，号牧心，笔名木心。中国当代作家、画家。

从前的日色变得慢，车、马、邮件都慢，
一生只够爱一个人。

——木心

没有自我的人，自我感觉都特别良好。

——木心

没有审美力是绝症，知识也救不了。

——木心

人与信仰的关系，
高于人与人的关系，
高于人伦关系。

——木心《木心文学回忆录》

有些人只能陪你走一段路，迟早要分开，
过了这段路你会遇见新的人，过新的生活。

——贾樟柯

一个人万不可得意忘形，更不可失去应有的警惕；
凡事取之实难，失去却在一夜之间。

——岑文本《贞观政要》

我相信用一生一世暗恋你，
总好过一个美好的开始配上一个糟糕的结局。

——闫晗《仓央嘉措诗传》

爱一个人，不可悲；
被爱人背叛，也不可悲；可悲的，是失去了自我。

——胡子雯《李清照》

年轻人有说不完的烦恼，
或许是你书读得太少而想得太多。

——吴玲《杨绛传》

优雅的人有包容万物宽待众生之胸怀，
有博览群书知书达理之风范，永不褪色的优雅。

——《杨绛传》

杨绛（1911—2016），本名杨季康，江苏无锡人，中国著名的作家，戏剧家、翻译家。

我们曾经渴望命运的波澜，到最后才发现，
人生最曼妙的风景，竟是内心的淡定与从容。
我们曾如此期盼外界的认可，
到最后才知道，世界是自己的，与他人毫无关系。

——杨绛

人生最重要的一步就是选择配偶，
如果这一步选错了，
那往后余生每一步都是错。

——杨绛

无论什么时候，
你都要相信，真正能治愈你的只有自己。

——杨绛

延伸了一辈子无法用言语来诉说的疼，
也许，沉默是最彻骨的爱！
说与不说，她都在那里，不离不弃。

——江晓英《张爱玲传》

多少楼台，曾经五百年相思回眸。
此去不相逢，问苍穹，
或不作了言语。

——江晓英《张爱玲传》

无论我们最后生疏成什么样子，
曾经对你的好都是真的，
如果能回到从前，我会选择从来都不认识你，
不是我后悔，是我不能面对现在的结局。

——张爱玲

张爱玲，1920年出生在上海，中国现代作家，原名张允偀，又名煐，原籍河北丰润，一生创作大量文学作品。

于千万人之中，
遇见你要遇见的人，
于千万年之中，
时间的无涯的荒野里，
没有早一步，也没有晚一步，
刚巧赶上了，
那也没有别的话可说，
惟有轻轻地问一声：
“噢，你也在这里吗？”

——张爱玲

我要你知道，在这个世界上总有一个人是等着你的，
不管在什么时候，不管在什么地方，
反正你知道，总有这么个人。

——张爱玲

人到中年的男人，时常会觉得孤独，因为他一睁开眼睛，
周围都是要依靠他的人，却没有他可以依靠的人。

——张爱玲

就算我再喜欢你，你去碰了其他异性，
我就会立刻离开你。我不怕孤独，只怕辜负。

——林徽因

林徽因（1904—1955），中国著名女建筑师、诗人和作家。

这个世界上没有不带伤的人，
你若拥我入怀，疼我入骨，护我周全，
我愿意蒙上双眼，不去分辨你是人是鬼，
你待我真心或敷衍，我心如明镜，
我只为我的喜欢装傻一程，
我与春风皆过客，
你携秋水揽星河，
三生有幸遇见你，
纵使悲凉也是情。

——林徽因《你是人间四月天》

如果你身处底层，就很容易陷入一种互害模式，
大家你踩我我踩你，
由于我们把大量的精力用于伤害对方，
没有精力去提升，谁都没有办法逃离，
最后集体陷入一种沦陷之中。

——孙立平《底层沦陷》

三毛（1943—1991），本名陈懋平。中国台湾当代女作家、旅行家。

好孩子，
刻意去找的东西，
往往是找不到的。
天下万物的来和去，
都有它的时间。

——三毛

朋友之间再亲密，分寸不可差失，
自以为熟，结果反生隔离。

——三毛

在这个城市里，
我坚持地相信
一定会有那么一个人，
想着同样事情，
怀着相似频率，
在某站寂寞的出口，安排好了与我相遇。

——杨千嬅《写给城市的诗》

没有资本就穷，这是一个非常客观的问题，
但更重要的是没有经营资本的意识，
这才是根本原因。

——连山

施予人，但不要使对方有受施的感觉。
帮助人，但给予对方最高的尊重。

——刘墉

能忍人之不能忍，乃能为人所不能为。

——胡林翼

当你无力惩治一个强大的对手时，
唯一的解释就是让时间来帮助你。

——曹明华

傅雷（1908—1966），字怒安，号怒庵。中国翻译家、作家、教育家、美术评论家。

人的发展总是波浪式的，和自然界一样：
低潮之后还有高潮再起的可能。

——傅雷

得势时把别人当人，告诫自己有所不为。
失势时把自己当人，提醒自己终有所为。

——钱锺书

婚姻是一座围城，城外的人想进去，城里的人想出来。

——钱锺书

这个世界正在狠狠惩罚不读书的人。

——田北辰

世间数百年，旧家无非积德，天下第一等好事还是读书。

——姚文田

在三维的世界里，如果一直用二维的思考方式，
永远只会活在自己的世界中，
这就是惯性思维的可怕之处。

——张俊《逆转思维》

衡量一个人是否进步的标准，
从来都不是看他做了多少工作，
而是看他的工作有多大的不可替代性。

——张俊《逆转思维》

人生最大的悲哀是你犯了错，而别人不告诉你错了，
让你错误一辈子，这是对你最好的惩罚。

——张俊《逆转思维》

努力不是优势，让你变优秀的是思维，
身体的勤奋弥补不了思维的懒散。

——张俊

决定一个人能够走多远的，往往不是你的能力，而是格局，
格局不够再努力也没有用。

——张俊

人生中不如意的事十之八九，
多用逆向思维换个角度看问题，
你会发现失去也是另外一种拥有，
失意也会变成诗意。

——张俊

人生最大的遗憾，不是把时间浪费在别人身上，
而是总相信能在别人身上看到未来，
从而忽略了自己内心深处找回希望。

——张俊《逆转思维》

但知行好事，莫要问前程。

——冯道

真正的贵人，不是有钱人，不是有权人，
不是遇事能帮你平事的人，
而是在你没有方向的时候，像灯塔一样给你光的人。

——冯唐

穷就穷在幼稚的思维，穷在期望救主、期望救恩的文化上，
这是一个渗透到民族骨子里的价值判断体系。

——豆豆《遥远的救世主》

我现在已经不和别人争吵了，因为我开始意识到，
每个人只能站在自己的角度去思考问题。

——豆豆

有些人你就算没有得罪他，
他也会嫉妒你，诋毁你，甚至想毁灭你。

——扇子木

读一些无用的书，做一些无用的事，花一些无用的时间，
都是为了在一切已知之外保留一个超越自己的机会。
一些很了不起的变化，就是来自这种时刻。

——梁文道

人应该要求自己变得更好，
而不应该总是自以为是。
学会谦卑，才能让人走得更远。

——李尚龙

不为人知的封闭狭隘，
低劣和丑陋及互踩互害，
贫穷到极致的生活，太容易暴露人性中的恶。

——苏希西

平庸的人用热闹填补空虚，
优秀的人以独处成就自己。

——冯骥才

中年的妙趣，在于认识人生，认识自己，
从而做自己所能做的事，
享受自己所能享受的生活。

——梁实秋

大声说话是本能，小声说话是文明。
一个人说话的音量里藏着他读过的书，
走过的路，体现着一个人的修养。

——梁实秋

没必要让所有人知道真实的你，
或者是你没必要不停地向人解释其实我是一个什么样的人。

——陈丹青

我在很多时候都是无知的，
所以我从来不敢随便指点别人。

——陈丹青

莫言，本名管谟业，1955 年 2 月 17 日出生于山东高密，中国当代著名作家。

一个人要知道自己的位置，
就像一个人知道自己的脸面一样，
这是最为清醒的自觉。

——莫言

当你的才华还撑不起你的野心的时候，
你就应该静下心来学习。

——莫言

当一个人不尊重你的时候，收起你的大方，
不要去沟通，不要去交流，
也不要去愤怒和难过，你只需无视远离。

——莫言

当有一天你尝尽了社会的无情，
金钱的压力，爱情的不堪，你终会明白，
别人的屋檐再大，都不如自己有把伞。

——莫言

情商高的人，并非指不发脾气，
而是指要合理地发脾气，
让自己的情绪可以顺畅地表达。
舒服地做自己，才能让自己和世界都开心。

——蔡康永

人生不能寄希望在别人身上，
不管别人是恶意还是善意，
都不要寄希望在别人身上。

——蔡康永

过于热情不是一个维持良好关系的方法，
与人相处最好冷淡一点，与外界保持一定的距离感。

——蔡康永

读书就是在一切已知之外，
保留一个超越自己的机会。

——蔡康永

我们讲情商高低时，
一般说一个人能够认识自己的情绪，
了解自己的需要，
知道自己的情绪变化与这种需求的关系，
这是情商高的表现。

——宋广文

不同的年龄阶段，对生活状态有着不同的体会，
当四周弥漫着无尽的喧嚣时，
我们需要为内心留一片栖息之地。

——木华子

如果你已经认识到自己的固执，
除了刻意地提醒自己及时反省，
最有效的办法就是读书学习，
与优秀的人交流，努力提高自己的认知。

——清悠

简单是一种智慧，
是一种经历复杂之后更上一层楼的彻悟；
简单也是一种美，
是一种智者所具有的高品质的境界。

——蔡雪莲

当你什么都不在乎了，
你的人生才会真正开始，
无能为力叫顺其自然，心无所谓才叫随遇而安。

——蔡雪莲

在这个美好又充满遗憾的世界里，
你我皆是远方而来的独行者，不断行走，不顾一切，
哭着、笑着，留恋人间，只为不虚此行。

——高翔

一个人跌倒了再爬起来并不难，
难的是从高处落到最低谷，还能走得更远，
这不是一般人能做到的，这才是见过大世面的人。

——冯仑

一个人真正的伟大，不是领导别人，
而在于管理自己。

——冯仑

我们应该常做的是举手之劳，
而不是踮起脚尖的托举。

——李筱懿

情商是指一个人感受、理解、控制、
运用和表达自己及他人情感的能力。

——李筱懿

“先谋生，再谋爱”。成年人最大的安全感，
是身有余钱，心有闲情，别矫情，别伤感，
好好赚钱，再去悲春伤秋。

——李筱懿

处于困境的人，往往只关心自己的问题，
但是解决问题的途径，
通常在于你如何解决别人的问题。

——苏世民

在人世间，有些路是非要单独一个人去面对，
单独一个人去跋涉的。

——席慕蓉

我们的认知是一把无形的尺子，
它丈量着你对外界判断的结果。

——张涔汐

一个人真正成熟的标志，
就是发觉可以责怪的人越来越少。
理由很简单，人都有自己的难处，
而你不一定懂他们的生活。

——亦舒

不需要向别人证明你是好人。

——狼道

看人不顺眼是自己的修养不够。
把一颗心修好，看什么都顺眼。

——向日葵

你对别人的好和善意，最后成全的都是你自己。

——冷莹

不要太把自己当一回事儿，要把事情当一回事。

——樊锦诗

每个人的身体都是一个能量场，
当能量被消耗完，你的生命也就结束了。

——武小王

很多人成不了大气候，不是能力不行，
机会不够，而是过早地选择了安逸。

——吴军

读书到了最后是为了我们更宽容地去理解这个世界。

——梁文道

朋友的圈子，其实就是你的人生的世界，
你的朋友圈代表了你的审美和生活的层次。

——郭祥传

做人一定要懂得“外圆内方”，
圆是处世之道，方是立身之本。

——金雪莲《方与圆》

对于可控的事情保持谨慎，对于不可控的事情保持乐观。

——罗翔

一个人只拥有此生此世是不够的，
他还应该拥有诗意的世界。

——王小波

善良从来不是一件容易的事，
错误的善良，不会给他人带来天堂，
只会拖累你掉进地狱。

——王小波

人们往往会倾向于把自己的学识、工作、
财富、伴侣等同于自身价值。

——张德芬

以清净心看世界，以欢喜心过生活，
以平常心生情味，以柔软心除挂碍。

——林清玄

人不需要活太多的样子，
你认真做好一件事，会解释所有事。

——樊小纯《不必交谈的时刻》

永远不要相信苦难是值得的，
苦难就是苦难，苦难不会带来成功，
苦难不值得追求，磨炼意志是因为苦难无法避开。

——余华

在你的价值未有效建立之前，不要浪费精力在圈子上，
若自身没有交换价值，一切的社交都是无效的。

——王世民

读书的目的，不在于取得多大的成就，
而在于，当你被生活打回原形，陷入泥潭时，
给你一种内在的力量。

——梁晓声《人世间》

最好的家风，一定是有读书传统的家风。
书架，应该是一个家庭最好的不动产。

——梁晓声

同善良的人交往，
不是图他可以好到什么地步，
而是他不会坏到什么地步。

——王朔

一切需要时间沉淀的美好，
都值得我们耐着性子去等待。

——朱光潜

贫穷是一种思维障碍，
而不是一种经济状态。
富人最大的资产不是他账户上的数字，
而是他与众不同的思考方式。

——华星

周国平，1945 年生于上海，中国当代著名学者、作家、哲学研究者。

人无法支配自己的命运，
但可以支配对待命运的态度，
平静地承受落在自己头上不可避免的遭遇。

——周国平

人生最好的境界是丰富的安静，
安静是因为摆脱了外界的诱惑，
丰富是因为拥有了内在的宝藏。
这样的境界唯有独处才能抵达。

——周国平

婚姻不仅仅是包容、接纳对方的所有，
自己也要跟着婚姻一起改变，
共同成长。

——周国平

茫茫人海里，
你遇见了这些人而不是另一些人，
这决定了你在人世间的命运，
你的爱和恨、喜和悲，顺遂和挫折，
这一切都是因为相遇。

——周国平

对于智者来说，
只要是守护着人类最基本的精神价值，
即使天下无一人听他，他依然是一个智者。

——周国平

人是唯一寻求意义的动物，
没有意义也要创造出意义，
于是就产生了哲学、宗教、艺术。

——周国平

最重要的不是在世人心目中占据什么位置，
和谁一起过日子，
而是你自己究竟是一个什么样的人。

——周国平

人与人之间的关系的亲疏，
并不是由愿望决定的，
而是由有关的人各自的心性及其契合程度决定的。

——周国平

在义与利之外，还有一种更值得一过的人生。
这个信念将支撑我度过未来吉凶难卜的岁月。

——周国平

我始终相信，我读过的所有书都不会白读，
它总会在未来日子的某一场合，
帮助我表现得更加出色。

——董卿

没有人有义务，
透过你邋遢的外表去发现你优秀的内在。

——杨澜

人生在世，不可太把自己当回事，
更不可不把自己当回事，
但千万别搞不清自己是咋回事。

——苏引华

虽然大家都在经营同一行业，
但是思考的维度已经不是同一世界了，
最高境界的营销，就是改变别人的思维模式。

——苏引华

管理最怕被平庸的中层干部绑架，
而优秀的基层员工主动流失，
负面的中层不换掉，优秀的基层就上不来。

——苏引华

这个世界没有谁离不开谁，
只是合作会让彼此更有成就。
这个世界上最愚蠢的人就是自以为是，
觉得别人没有自己不行的人。

——苏引华

没有一个员工会永远忠诚于一家企业，
也没有一家企业客户会永远忠诚于一家公司。
只有持续不断地让别人在你身上占到便宜，
你才能让别人永远跟随你。

——苏引华

最好的薪酬机制一定是让观望的人动起来，
让优秀的人富起来，让懒惰的人慌起来。

——苏引华

比坚持更重要的是懂得及时止损。

——宗宁

不要觉得自己认识什么人很厉害，
很厉害的人需要你，你才厉害。

——宗宁

人生的竞争是一种综合竞争，
你必须把你可以驾驭的资源全都用上。

——宗宁

人重要的不是理想，而是自知之明，
知道自己能干什么比知道自己想干什么更重要。

——宗宁

聪明人与别人做事总能保全自己的眼前利益，
而智者更看重的是长远利益，智慧是 30% 的聪明加上 70% 的格局。

——宗宁

贫穷不是不赚钱，
而是丧失了从这个社会获取资源的能力。

——宗宁

盲目的相信和盲目的不信都是不聪明的表现，
一定要加入自己的思考过程，
对错不重要，起码要有符合逻辑的理由。

——宗宁

聪明是一种生存能力，而智慧是一种生存境界。

——宗宁

一个资源不是很充裕的社会里，
肯定有人得到，有人得不到，
有人得到很多，有人一无所有，
千万不要把自己的无能，归咎于制度的不平等。

——宗宁

当欲望大于能力，人往往会力不从心；
当能力大于欲望，自然可以怡然自得。

——宗宁

人类是唯一会接受暗示的动物，
唯有相信，才有可能。

——宗宁

人脉的真正价值在于，有人想干什么的时候，
能迅速找到专业的人帮他去干，而且还便宜靠谱。

——宗宁

格局是指一个人的眼界、胸襟、胆识等
心理要素的内在布局，人没格局比没钱更可怕。

——宗宁

有人靠天赋逆袭，有人靠身份逆袭，
如果你什么都没有，也许只有靠格局。

——宗宁

能力是一回事，位置是另一回事，
很多人都说自己的能力如何如何，
觉得社会不公，其实还是偏执了，竞争永远是综合的。

——宗宁

在这个世界上，不是所有合理的和美好的，
都能按照自己的愿望存在或实现。

——路遥

每一个人都有一个觉醒期，但觉醒的早晚，
决定了个人的命运。

——路遥

一个人若能把自己的世界安排得井井有条，
那他就是人生的赢家。

——路遥

当你没有达到更高层次的时候，人脉是不值钱的，
只有等价的交换才能得到合理的帮助，
虽然很残酷，但这就是真相。

—— 小野

爱是一个向内寻找的过程。

——素黑

第三部分 其他名言篇

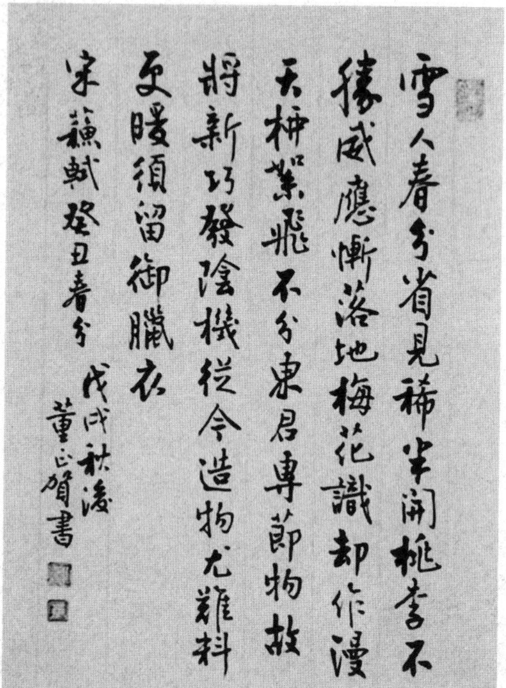

董正贺老师书法

人的一生，一定要有别人拿不走的东西，
你读过的书，就是其中之一。

我们无法改变我们外在的形象，
但我们可以不断地强大自身的内心世界。

脚步丈量不到的地方，书可以；眼睛到不了的地方，书可以。

和一个正能量、充满真诚的人相处，
将提升你的人性；
和一个负能量的人交往，
会干扰你的思想，弱化你的能量。

善于未雨绸缪也不是一件简单的事，
人无远虑，必有近忧。

人性都是相通的，
当善良的人遇见善良的人就会有双赢。

我们不仅要拥有财富，更要拥有思想和灵魂，
你拥有的思想，比你拥有的财富更胜一筹。

人的思想可以决定人的一生，
一个不敢想的人，永远无法得到他所希望的结果。

爱一个人很简单，要经营好这份爱就不简单，
除了用心还有很多。
真正的爱人是在黑暗里，
陪你一起等到天亮的人。
所有的成功不在于你坚持多久，
而是你能否继续坚持。

穷不读书，穷根难断。福不读书，福不长久。

任何一个家庭，
只要出现一个认知狭隘，性格自私，
个性强势、嚣张跋扈的蠢人，
那么这个家在这一代手中一定会家道中落。

心底善良的人，会越来越有福报，
你明白自己吃亏了，你就成熟了，你的福报就来了。

这个世界上没有平平淡淡的成功，
也不是所有付出都会成功，但成功必须付出。

人与人的差距表面上是财富的差距，
实际上是心智与认知的差距。
认知决定了他所看到的世界和他思考问题的方式，
认知也是人与人之间难以逾越的鸿沟。

磁场相同的人，都会具有某种特殊的思想默契，
磁场不合的人，即使朝夕相处也终究不是一路人。

不要因为有自己不能左右的因素就放弃努力，
更不能因为自己已经努力了，
却最终失败而怨天尤人。
让你放心的人，
你但凡遇到重要的事，一定会想起他，
因为不用担心，
你的事他一定会尽心尽力。

人生不可以预计未来，
淡然看待人生的得与失，
做好自己，修炼自己，简单明白地安然享受生活。

把无聊的时间用来做有意义的事，
充实自己，使自己强大，回头看看，
所有的磨难都在让自己成长，所有的事都是小事。

谋大事的人，
必定有非同一般的眼光与气度，自己着手去做就是，
不与低俗的人商量，
因为他们会动摇你的意志和信心。

机会不可错过，
机会只属于那些能够抓住机遇的，
并有气魄去利用一切可利用机会的人。

生活的快乐，
并不在于我们身处何方，
也不在于我们拥有什么，
更不在于我们是怎样的一个人，
而在于我们的心灵所达到的境界。
一个有修养的人，骨子里透着善良，
从不刻意伪装，
不是春风得意的善举，
而是在失意时灵魂依然释放善意。

容颜始终抵不过岁月，
但岁月带不走的是你内在的气质和智慧。

我们一直为实现自己的梦想而不断地学习，
虽然有时候也停留过，
但从未放弃，灵魂和躯体至少有一个在路上。

很多时候我们常常为一些微不足道的小事或别人的错而纠结，
掐指一算，生命的光阴就几十个年头，
却为了无聊的琐事而浪费太多的宝贵时光。

人生不仅要有目标，还要有目的地，
我不知道能否到达目的地，
但我依然会保持活跃的状态。

身心合一去做该做的事，把心静下来，
就能从身边简单的事物中感受到美好。

在这个戾气遍地的社会，当你遇到那些胡搅蛮缠、
动不动就辱骂别人的人，千万不要搭理，
只要微笑，挥挥手祝他们好运，然后继续走你的路。

凡事主动积极参与，
但以淡泊的心来入世，
在困厄中求出路，在困苦中求挺立。

修身是一种人生的极致的感悟，
极致的平静，是一种更为简单的纯净的心态。

智慧是博爱与仁心，是干练，
是情感丰盈与独立，是不苛刻地审度万物，
更是懂得在得与失之间平衡慧心。

在现实生活中，
你和谁在一起很重要，
它甚至能改变你的成长轨迹，
决定你的人生成败。
最不幸的是由于你身边缺乏积极进取的人，
缺少远见卓识的人，
你的人生变得平庸。

人应该知道自己的弱点，
而且要不断去修正，求得胜利。

读书这项精神功课，
对人有着潜移默化的影响，
使人从世俗的渴望中解脱出来，
让人变得更加有品位和智慧。

不要和不思考的人讨论问题，
尤其是不要和不思考的人争论什么。

尽管有些人生活在同一屋檐下，
但是因为知识的差异，阅读的差异，思考的差异，
已经使彼此之间形同陌路。

聪敏是一种天赋，而善良是一种选择。
善良是世界上最美好的品德，
它或许不能让你得到所有你想要的，
但能让你内心安定。

天下没有现成的人才，
也没有生来具有远见卓识的人，
人才大多是在坚持中磨炼出来的。

人的两种力量最有魅力，
一种是人格的力量，
一种是思想的力量。

切莫一见好事就喜形于色，兴奋得不得了，
一遇坏事则愁眉苦脸，像霜打的茄子一样，蔫头耷脑。
遇事不敢承担，怎样成大器？
大气之人淡定从容，遇事沉稳又积极果断，
老练里却又重视有加，胜不骄败不馁。

假如你认识到自己的能量不足以抵御负能量时，
要先学会远离负能量。

万物有灵，都有自己的能量场，
不要随便去扰动他人的磁场。
相同的能量场，会把具有共性的人紧紧地凝聚在一起。

人到世上走一遭，
总会遇到一些喜欢的人和不喜欢的人，
有些人相处起来很累，就不要继续相处了，
和谁在一起舒服就和谁在一起。

和一个使你变得更好的人在一起很重要，
而和一个能让彼此都变得更好的人在一起更重要。

不管长相如何，锻炼久了，减脂塑形精力充沛，
可以遇见全新的自己。
不论学历如何，读书多了，内心充实，
精神丰富，腹有诗书气自华。

日子久了，与你无缘的自然会走远，与你有缘的自然会留下。
我们无法控制自己的嘴，
但我们可以调整自己的心，
可以抱着一颗淡然的心去看一切纷扰。

行到水穷路自横，坐看云起天亦高，
路旁有路，心内有心，
凭的是眼界与胸怀。懂得转弯才是人生的智慧。

优雅是尊重你内心时，举手投足之间所散发的气质，
散发的自信，散发的魅力，
而不是你华丽的外表。

人成熟的标志之一，就是懂得事情的复杂和多变，
而不是一直用简单又绝对的思维看问题。

万物存在即合理，
你不能苛求别人同意你的观点，
也不能要求别人完全理解你，
每个人都有自己的性格和观点。

在等待中寻找转机，在等待中积蓄能量，
不要期待任何人回应你的希望，没有人为你付出。

善念就像一个源源不断向外发散的磁场，
在给别人输送能量的时候，
也会接受别人传递过来的善意。

这个世界并不因为你的努力，给你相应的回报。
也不会因为你的优秀就一定会脱颖而出，
但你的付出一定值得。

人有兽性的一面和天使的一面，
修炼的目的是使人的灵魂得到锻炼，
克服兽性而转向天使的一面。

和价值观相同的人在一起很重要。
永远不要将自己的想法强加于一个价值观不同的人身上，
可以利己，但不要损人。

人的思维是有层次的，
你眼下的难题往往需要提升一个思维层次来解决。
上一层的思维模式会直接影响下一层的思维模式。

如果你的脑袋里的想法是对的，
那么你的口袋里为什么没有你想要的？

改变事的是方式，
改造人的是思维，
培养对隐藏世界的洞察能力。

不是所有事情都要说清楚，
比说清楚更重要的是，
能担当、能行动、能扭转、能改变、能化解。

人的良知并不会随着一个人年龄的增加而增加，
一个人如果没有与时俱进，
在道德滑坡的年代，
他会变得越来越龌龊。

很多事情你不在其境，便感触不到深处藏着的那种无奈。

爱一个人不是在寻找共同点，而是在尊重不同点。

一个人无论处于什么位置，都不能限制内心的旷达，
男人尤当如此。

只有经历过太多苦难、沧桑和大起大落的人，
才能体会最深刻的天道无常和人情冷暖，
才能体会天地自然变化循环中，
命运剧烈的沉浮与人生的无奈。

人必须隐藏他的光芒，内心深处必须意志坚定，
并且一点都不流露在外。

人生的价值，不在于你的物质，
也不在于你的官位，而在于你灵魂的高度。

人在工作和生活中会养成一种习惯，
当这种习惯被改变时，人的心会产生莫名的变化，
这种变化不是来自你的思想，
而是一种感觉。
生活中每个人都有其私人空间，
这种空间是这个人不喜欢被外人干扰的。

善良一定要有度，当一个人不思进取，
一味索取帮助时，请及时收起你的善良。

未来什么都可以被替代，唯独艺术和娱乐不可能被替代。

很多时候，你所看到的和你所听到的，
与你想象的并不同，不能用直接的感觉去断定，
而需要你的智慧去思考、分析和认定事物的本质和真相。

要用发展的眼光去看待人和事。

你要问心无愧做人，一切自有命运安排，
当你感觉被欺骗、被敷衍，束手无策的时候，
学会淡然一笑，该来的总会来。

人的精神意识是复杂的多面体，
既有崇高、高尚的意念，也有向往卑鄙的欲望，
人走向高尚，如爬山般艰难，
人走向卑鄙，如坐滑梯般容易，
故而，人类社会始终是流氓多于贵族。

艺术是人在生存环境中，
对世界的认识、认知、感知以及对于美的一种表达。

无事不要惹事，有事不要怕事。

很多人都会在利益面前输掉人性，
能够走到最后的一定是你值得付出终生的人。

当人们发现自己的力量之时，
就不会被外界所左右，就能生活得自得其乐。

我一点都不遗憾，没有在最好的时光遇见你，
因为遇到你之后，最好的时光才刚刚开始。

一切都会挺过去的，熬过了艰苦的岁月，
迎来的一定是无限的生命的光芒。

读书真的能改变你的人生，
它给了你道德指南以及对美好生活的渴望，
通过读书，你更能发现自己的长处和优点。

你一旦选择了，就没有退路，
唯一能做的就是继续努力。

在不干扰别人的情况下，
在不给别人带来麻烦的情况下，
我们真的不需要太在意别人的想法。
我们需要弄清楚怎样在恰当的时间做恰当的事。

人类应该认识自己，改变自己，
并养成新的思考和行为习惯。

最悲惨的生活，
莫过于将自己的价值建立在他人的想法基础上。

所谓好的关系，
都源自一个人的包容，
以及另一个人的适可而止。

欲望是所有人的软肋，
如果不能驾驭，就会沦为奴隶。

辛苦地赚钱，不是因为爱钱，
而是这辈子不想因为钱对谁低三下四，
也不想因为钱而难为谁。

逆境与困境能增加你思考的深度。

不同的思维模式导致不同的行为模式，
继而导致了不同的人生和完全不同的命运。

厉害的人就是把自己的思维装到别人的脑袋里，
把别人的钱装到自己的口袋里。

遇见一个对的人，并和他成为一生的朋友，
是人生最宝贵的无形的财富。

在贫穷面前，人性总是脆弱得让人难以想象，
贫穷可以让人丧失理智，扭曲三观，甚至误入歧途。

生命的终极意义就是学习，
每个人都有自己要学的东西，
学习不是为了在某个场合去炫耀自己，
而是为了充盈自己生命的体验，
让自己的灵魂被唤醒。

不善于学习和提升自己的能力，
是一件很危险的事，
千万不要试图驾驭超过自己能力之外的事。

人生真的不必那么焦虑，脚踏实地做好自己，
别人欠你的上天都会补上，这就是天道。

不是每个人都能成为自己想要的样子，
但是每个人都能努力成为自己想要的样子。

你选择不了出生，但你可以选择你要走的方向。

能叫醒一个人的，
从来不是道理和说教，而是痛苦与磨难。

我知道你很累，但无处可退，
愿我们内心坚定，一往无前，你努力生活的样子真的很美。

消费者的消费行为，
不再是为了获取直接的物质满足和享受，
而在更大程度上是为了获得心理上的满足。

读书不一定能改变命运，
但一定能改变思维，思维一变天地宽，
高层次思维能让你和其他人有不一样的格局，
也就有了竞争资本。

读书是智慧的行为，
而这种行为本身却可以引领一个人走向更大的智慧。

很多实践证明，准备得越多，离成功就越近，
准备得越少，离成功就越远，
要知道灵感是从积累中得来的，而非偶然。

走向成功的第一步不是梦想而是行动，
如果你打算做一件事情，
最好的方法就是立刻开始。

不为模糊不清的未来担忧，只为清清楚楚的事努力。

如果一个人影响了你的情绪，
你的焦点应该放在控制自己的情绪上，
而不是放在影响你情绪的人身上，
这样你才能真正地自信起来。

这个世界没有纯粹的幸福或不幸，
就像没有完美无缺的东西一样。

当我们为奢侈的生活疲于奔波的时候，
幸福的生活已经离我们越来越远了。

一个人最好的状态莫过于眼里写满了故事，
脸上却不见风霜，不羡慕谁，不嘲笑谁，
悄悄地努力吞下委屈，
喂大格局，活成自己喜欢的样子。

人生需要选择，也需要舍弃，
关键时刻的舍弃是智者面对生活的明智选择，
只有懂得适时舍弃的人才能再续辉煌。

真正的社交是建立一个坚固的价值网络，
人脉不在别人身上而藏在自己身上，
唯有自己变得强大，才能获得有用的人才。
放弃那些无用的社交，提升自己，你的世界才能更大，
毕竟这是一个信仰实力的时代。

比起无聊的消遣，我更愿意独处读书，
懂得自律才是自由的前提。
人类很难操纵自己的错误，
尤其当有些人非常坚持且抱有某种信仰时。

常与同行争高低，不与傻瓜论短长。

不要把宝贵的精力用在与人谈论八卦上，
人生很贵，别和破事纠缠，
在有限的时间活出无限的快乐，才是你要做的。

认知是错误的，
那么它的结论也一定是错误的。
人有时候会在错误的意识上有着绝对的自信，
如果结论是由自身的性格和情绪所判断引导的，
那么结论往往是致命的。

人生本就不易，你没有必要总是让别人满意。

当初一群人上路，后来需要一个人独处。

任凭世事沧桑，我自坚守内心。

对利益相关者的态度取决于智商和情商，
对不相关者的态度取决于素质和修养。

当你痴迷于你的艺术时，
就会觉得没有什么牺牲是不能承受的。

人应该乐观地看待自己，
而不是悲观地计较得失。

努力不是为了一劳永逸，
而是为了有更多选择的资格，
努力赋予了我们改变的可能，
每一次的选择，都让我们变得更加优秀。

只有曾坠入深渊的人，才能理解他人的痛苦。

不要用自己的尺子丈量别人的生活。
每个人对生活的标准不一样，结果自然也不一样。
你以为微不足道的小事，在别人的眼里可能是件大事。
反之亦然。

其实当你遇到困难和麻烦时，
朋友有没有能力帮你是一回事，
愿不愿意竭尽所能帮你又是另外一回事。

人生最大的遗憾不是你不可以，
而是你不曾为了自己想要的生活，做出努力和争取。

责任心是一个人的灵魂，
一个有责任心的人知道自己该做什么，不该做什么。

人生的每一步都要走得踏实而坚定，
要学会大处着眼，小处着手。
行走于天地之间，尽观万物百态。

生活中从来不缺少温文尔雅的人，
缺少的是能宠辱不惊的人。

生活也许很难，但只要还能努力冲自己笑一笑，
就意味着还有让自己变好的力气。

成年人时刻提醒自己要坚强，
但生活里的崩溃常常来得猝不及防。

要训练自己的心灵，去发现完美的自信，
大勇的自我，并从洗礼中去除一切负面因素。

你前十年的努力，
会影响你后十年的发展，
所以说对于你现在所做的事情，你不能只考虑收获，
更要考虑积累。

动荡时代的最大危险不是动荡本身，
而是你仍然用过去的逻辑在做事。

无论如何都不要透支自己的价值，
因为那是透支自己的未来。

不是所有的努力都会成功，
如果相信努力一定会成功，那你就错了，
但努力付出一定会有所收获。

人只有在独处之时，
方能拨开云雾，心灵游于物外，
与天地精神往来，看清生命的真相。

一切忧郁、恐惧、不自信都是我们内心的自我逃避。
只要我们正视它们，我们就一定能脱出牢笼，
解放自己，走上必胜的坦途。

公平不是大家享受一样的待遇，
而是让有价值的人获得相应的回报。

其实人可以对一些事不在乎，
但不能对什么都不在乎。
短暂地放空是人生的智慧，
长久的无所谓是对生活的麻木。

将别人对我们的期望和自己对自己的愿望分开来，
这才是对自己人生负责的第一步。
隔绝旁人指手画脚的嘈杂，
屏蔽周围好心人的指示，
在静的世界里才更容易找到自己的人生方向。

生命的意义不在于向外寻取，而是向内建立。

读书是建立一个完全属于自己的世界的过程。

不读书的人，是用身体在感知世界，
而读书的人，是用身体和灵魂在感知世界。

唯有身处低谷的人，
才最有机会看到世态人情的真相。

学会隐藏自己的想法，言多必失。
如果一个人只会按照本能去说，
那他就是最无知的。

不要太在意某些人说的话，
因为他们有嘴，不一定有脑。

健全的人格不是来自与别人的比较，
而是来自与“理想的自己”的比较。

"心理高度"低是人无法取得伟大成就的根本原因。

做人之难，
难在从躁动的情绪和欲望中稳定心态。
成事之难，
难在从纷乱的矛盾和利益的交结中理出头绪。

读书不能保证命运可以好好地对待你，
但读书可以保证你能够更好地对待命运。

你只管努力，其他的交给天意，如果事与愿违，
请相信上天一定另有安排。
芸芸众生善于思考者寥寥无几，
大多数的人对思考的尝试皆是浅尝辄止，
他们没有更多的自我观点，
而是人云亦云地过着自己平淡而无为的生活，
以极度柔顺的态度迷信于权威和宿命，
泯灭了创造能力。

一个人对世界的认知与看法，
很大程度来源于自身内心的投射。

你只有懂得宽容自己不可能宽容的人，
才能看见自己胸怀的广阔，才能重新认识自己。

生命是一次次的蜕变，
唯有经历各种各样的苦难，才能拓展生命的宽度。

我们没有必要把自己的想法强加给别人，
但是必须学会从他人的角度思考问题。

大凡成功的人，
都会运用不同的方式去观察、
研究他所要影响的一些人，
然后反过来按照他们的心理需求去满足他们。

言行见人心，慎言善行，言行合一，是做人的涵养。
做人应不轻言妄语，不冲动急躁，凡事三思而后行，
不慌不忙，稳扎稳打。

社交的两种类型：
要么是利益驱动下的人脉构建，
要么是寂寞者的相互取暖。

一个高效能的人士，应该具备出色的自我管理能力，
一个连自己都管理不了的人是无法胜任任何工作的。

你可以着急，但不可以浮躁，
成功之路艰辛、漫长又曲折，
只有稳步前进才能坚持到终点，赢得胜利。

努力的最大动力在于你可以选择你想要的生活，
而不是被生活选择。

习惯的力量是惊人的，
在习惯面前理性往往不堪一击。

你未来过着怎样的生活，
完全取决于你当下的每个选择，
拉开你与别人差距的正是你的课外时间，
今天的放纵和懈怠，就是明天与他人的天壤之别。

凡是让你高兴的东西，
最终都会让你痛苦。
人性有一个弱点，
就是会对那些让我们的精神和身体感到高兴的东西产生依赖。

因无知而蒙昧，因蒙昧而短视，
越无知越恐惧，越恐惧越逃避。

思维层次的差别，就是高度之差，
而高度之差带来的是全方位的差异，
你的思维层次决定了你的人生高度。
提升思维层次，永远是你的首要任务。

一个人真正值得炫耀的东西，
是善良，是教养，是包容，
是见过世面的涵养。
灵魂的高贵与身份无关。

世界上所有的惊喜和恩宠，都来自你积累的温柔和善良。

人生在世，学会“装傻”远比“聪明”要难。

人生最大的愚蠢就是用别人的脑子思考自己的人生。

人类天生倾向屈从于大多数人的意见。
为了与大多数的人保持一致，
大部分人宁愿顺从错误的观点。

人生没有白读的书，
每一本书都会替你打开一扇看世界的窗。

有时候加班只是一种自我感动的狂欢，
所谓的忙碌一直都是低效的挡箭牌。

不同格局的人，是没办法坐在一张桌子上谈事情的。

你读到的每一本书，掌握的每一种智慧，
都会成为改变命运的底牌和资本。

很多人忽略了一点，一辈子都在为他人负责，
却忘了为自己负责，临到生命尽头，
才发现这一辈子没好好活过。

没有实力的愤怒毫无意义，
成功者都是在人生的绝望低谷中崛起的。

人无法预知未来，但你一定要努力地奔跑，
即使回到起点，也依然自信。

我们在人际交往中，只有分辨并拒绝负性社交，
才能得到更多有利于身心的引导。

出类拔萃的是高手，藏锋敛锐的才是高人。

最好的关系是人与人之间能相互滋养，
这样的关系，才能让你走得更远。

相依相伴的不只有生命，还有交融在一起的灵魂。
顺境时，要有淡然处之的清醒；逆境时，要有坦然接受的勇气。

今生得一知己，朝夕相伴、默契十足，
一起读书，一起做学问，无须远行，
在这片小天地中，便已经拥有了一切。

我不再装模作样假装拥有很多友人，
而是回到孤单之中，
以真正的我开始独自的生活。

生活中，没有人能逃过流言的攻击，
被误解是常态，被理解是意外，
外界的诽谤诋毁，你不争不辩，它自然会消散。

思考可以创造一切，改变一切，不去思考的人，
在人生中必将走更多的弯路，
比思考者付出更多的代价，经历更多的艰辛。

有人说，经常读书的人，书一放下就会显现美好的气质，
举手投足都充满着自信与从容。
读书像是一剂温柔的良药，
总能在你迷茫时给你指引，在你困惑时给你答案。

每一个优秀的人，都有一段沉默的时光，
那一段沉默的时光，
他付出了很多努力，忍受着孤独和寂寞，不抱怨，不诉苦。

允许自己与别人不同，让你特立独行，
允许别人与你不同，则让你海纳百川，
不将自己的意志强加于他人，尊重不同点。

嫉妒是根植于人性中的恶，不分年龄，不分身份。

一个人的教养，不在于拥有多少钱财，
不在于有多高的名利地位，
而在于一种无须他人提醒的自觉，是内在的善良，是修为。

愿你我都能保持好心态，既能从容面对生活的无常，
也能拥有对抗平庸的锐气，
把每一天都活成生命中最精彩的一瞬。

一个人想取得成功，
不仅要有字之书，还得以人为书，
不断地吸取别人的优点，
才能让自己的内心澄明，
才能不断地提升自己的认知水平。

择善人而交，择君子而处。

远离无意义的社交，
把时间留给值得相守的家人和朋友，
不怕独处，不人云亦云，不出口伤人，
任何时候都能坚守内心的成熟与坦荡，
温和待人，清白生活。
不要被懒惰控制，不要荒废时光，去钻研有意义的领域，
不断提升自己的实力和才华，尝试学习自己感兴趣的技能。

一切都在变，不变的只有变化。
我们要善于适应变化，
磨练自己的思想，以更宽广的眼界看待世界。

当我们的心胸全部被这些根本不值得计较的小事充斥时，
我们的格局就越来越小。

一个真正的智者，
应该不只懂得抓住人生的机遇，也懂得接受命运的无常。

成年人的世界没有“容易”二字。
有些崩溃沉默无声，却在人的心里引起山崩海啸。

人只有内心清净安宁，才能在宇宙外物的诱惑下坚持本心，
获得“采菊东篱下，悠然见南山”的平静和安逸。

静是一种不慌不忙，游刃有余的从容，
是在内心深处抛下锚，在深海中慢慢地、稳稳地沉下去，
八面来风，不为所动。

生活从来都是智慧的较量，
伤痛和误会都会随时光流逝，
唯有盈盈的微笑会雕镂在岁月的年轮上。

因为我知道，命运给了我一个很低的起点，
所以我要靠自己的努力，书写一个绝地反击的故事。

你要学会独处，
学会将自己的心灵和自己的期望相结合，
这样你内在的潜能就会被激发出来，
形成坚持不懈的精神，
这有助于开发你的独创性、进取性。

生活就是不断探索自我的过程。
我们努力向上，不仅仅是为了让世界看到我们，
更是为了让自己看到世界。

真正的乐观不是盲目相信一切都会顺风顺水，
而是以一种允许失败的心态了解自身的局限，
正视失败的可能，
但仍然选择坚持自己的梦想。

生活中遇到坎坷时，
总有人喜欢用“顺其自然”来安慰自己，
却没有人意识到，
真正的“顺其自然”是竭尽所能后不强求，
而非两手一摊不作为。

永远不要虚度自己的时间，
也不要浑浑噩噩过这一生，
让自己的时间变得有意义，人生就有意义。
我们并不知道，明天和意外哪个先来。
人生中有一种遗憾特别让人痛心，
那就是我们轻易忽视了真正对我们好的人，
而当我们想要去弥补时，却没有了机会。

人生没有唯一正确的答案，尊重每一种生活方式，
接纳自己的不完美，也接纳别人的不完美。

知识越贫乏的人，
越是拥有莫名其妙的勇气和自豪感。

与自己和解，不是对生活认输，
而是听从自己内心的声音，慢慢来，
想想自己到底要什么。

有分寸感的人，说话得体，做事留有余地，
让人感到亲切，不失尊重，
却又不疏远，
达到一种“淡妆浓抹总相宜”的境界。

我们读过的每一本书，都是一种内在的蓄力，
帮我们以更好的姿态，应对生活中的疾风骤雨。

好的习惯如滴水穿石，
在日积月累中，让一个人变得越来越好。

拒绝他人，勇敢地说“不”，
不仅让我们远离胆小懦弱的不良性格，
还能突破自我，成就更好的自己，
所以不要犹豫。

天狂必有雨，人狂必有祸。
人外有人，天外有天。
本事大，比你厉害的人比比皆是，
做人永远别去炫耀自己拥有的一切，
现实会告诉你，
你有多低调就有多幸运。

世界上有多种遇见，
最美好的莫过于在我最美的时光与你相遇，
生命之幸就是在最美的时光，遇到相处最舒服的人。

孤独是最大的自由。
在这个不被任何人打扰的时间里，
和那个久别重逢的自己聊聊天，与生活握手言和。

低质量的社交，不如高质量的独处，
与其整天把自己的宝贵时间，
浪费在这些微不足道的琐事中，
不如利用这些时间，做一些学习上的提升，
努力地充实自己，完善自己，成就更好的自己。

在我们看不见的地方，有人在帮我们挡住黑暗，
他们在黑暗中负重前行，只是为他人掌一盏灯。

极度喜欢的时候，不要许诺给别人东西，
因为喜欢时说的话多数难以兑现，容易失信于人。
极度愤怒的时候，
不要回复别人，
因为愤怒时说的话，
往往不会得体。

一路上，我们所经历的一切都是风景，
所遇见的都是另一个自己。
每个人都是独立的个体，
有自己独特的行为和思想意识。

为人处世不要把话说得太绝对，
守住自己的嘴，除了能给自己留一条退路，
也是对别人的一种尊重。

坚守原则就是要唤醒我们内心深处潜藏的良心，
竭尽所能让我们自己的人生问心无愧。
人这一生总有些事，即使拼尽全力，依然无能为力。

在这个多元化的社会，
充斥着大量繁杂的信息，
千万不要对此感到迷惑和厌烦。

优于别人并非高贵，真正的高贵是优于过去的自己。

不惊扰别人的宁静就是慈悲，
不伤害别人的自尊就是善良，
人活着发自己的光就好，不要吹灭别人的灯。

一个心智成熟的人，
懂得权衡利弊再做决策，
这样才不会因小失大。
选择一意孤行，人生会越来越窄。

人生最大的荒唐，是把本该用来提升的时间，
耗费在不值得的人身上。

洞察力是一种心灵的能力，
它是专属于人类的望远镜，
凭借它，我们能从长远的角度考虑问题、观察形势，
使我们在一切事情中认识困难，把握机遇。

心灵的成长是从本能阶段反思、情绪控制、知行合一、专注、慈悲、开悟，渐渐地由低阶段进入高阶段。

身处低谷时不要打扰任何人，把痛藏好，把嘴闭上。

眼见也不一定为实，
永远不要轻易相信别人传递过来的信息，
要培养自己对世事的洞察力。

人不应该活在绝望里，而是应该活在希望里。
人一旦发现没有了希望，才是真正的绝望。

无缘的人，与他说再多的话也是废话，
与你有缘的人，你的存在就能让他感到惊喜。
境界不是书本，不是经历，不是哲理，
而是穿透红尘之象的感悟。

人生要想启航，
每天必须只与两种人连接，
一是相信你的人，
二是能给你加持能量的人。

有一天蓦然回首，
你会发现那些无数次让你崩溃的时刻你都挺过来了，
活着就好，其余的都是擦伤。

对一个人的私德进行公开羞辱，
实际上是对所有人的尊严进行羞辱。
我们并不希望看到别人的私生活，
同样也不希望自己的私生活被别人打扰。

没有资源的人，只要学会合作，
资源都可以为你所用。
没有能力的人，
只要学会使用人才，
任何有能力的人都可以为你所用。
人生最大的不幸就是才华配不上你的野心。

一个人的能量之所以强，
是因为这个人一直活在自己明确的目标里，
而且持续为自己的梦想和目标在努力地行动。
君子爱财，取之有道。君子爱美，求之有方。

人生必修的课程是绽放自我，而不是讨好他人。

太过于迁就别人，
别人就会变本加厉地为难你，
太过于忍让别人，别人就会得寸进尺地伤害你。

女人需要保养，需要懂得生活，需要一个交心的闺密，
更需要一个困惑时可以指点迷津的智者。

自己成长升级的过程，
就是不断用外在的事物来升级自己的思维的过程。
自己的内心富足后才能往心里装人装事。

读书的意义就是当我们被现实伤得千疮百孔时，
依旧有足够的热情和力气，爱这破碎泥泞的人间。

很多人都渴望吸引优秀的人才加入自己的团队，
遗憾自己身边的人不是人才。
我们只有先把身边的人变得更优秀，
才能吸引更多优秀的人。

这世上之事，
从来都是计较得越多福气越少，
千万不要为了一点微不足道的便宜，
而赔上自己的名誉和人生。
便宜的东西，
你只有在买的那刻是开心的，
用的时候没有一天是开心的。
贵的东西，你付钱的那一刻是心疼的，
但用的时候每天都是快乐的。

不要拿你的价值去衡量别人的实力。
你觉得厉害的东西，
也许别人没兴趣。

永远不要丢掉别人对你的信任，
因为别人信任你，是你在别人心目中有价值。

东方哲学强调修己达人，
由内而外修正自己，
与外界和谐相处，
宏观意识很强。
西方哲学强调修人达己，
由外而内了解外在，
掌握规律为自己所用，
微观意识很强。

一个人的成功，
不取决于开始时你有多好的条件，
而取决于你是否能找到一个适合自己的定位，并且持之以恒。

若不抽出时间来创造自己想要的生活，
你最终将不得不花大量的时间，
来应付自己不想要的生活。

迷茫的时候，先问问自己想要什么，
然后朝着目标一步步去改变，去努力，
也许人生的道路就会徐徐展开，
生活更是充满着无限的可能。

真正的教养，不是往外看的，是往里看的，
往自己身上看，对自己有要求，再把这种要求，
潜移默化成做人做事的准则。

一个人，
需要窗户来看外面的世界，
需要镜子来看自己的内心。
窗户看到外面的明亮，
镜子看到自身的不足。

当我们有能力的时候，不要去为难别人。
我们一个不经意的小小举动，也许能改变别人的一生。

你永远叫不醒一个装睡的人，
也永远无法改变一个不想改变的人，
你唯一能做好的就是使自己强大。

没有员工会永远忠诚于一家企业，
也没有客户会永远忠诚于一家公司。
人无所谓忠诚，忠诚是因为背叛的筹码还不够。
人无所谓正派，正派是因为所受的引诱还不够。

你能成功是因为大多数的人希望你成功。
而别人为什么希望你成功，
是因为他能从你身上得到好处，
你能让多少人从你的成功中获益，
就会有多少人帮助你成功。

基于商业的友谊，
比基于友谊的商业更可靠。
不要说没有永远的朋友，只有永远的利益。
而要说有了永远的利益才会有永远的朋友，
真正的高手会随时随地创造供别人利用的价值。

一个聪明的男人绝对不会让朋友在自己和利益间做选择，
一个聪明的女人也不会试图证明自己的男人坐怀不乱，
而是让男人习惯拒绝除了自己之外的女人来坐怀。

焦虑无助只能让我们困在原地，无计可施。
只有静下心来，转换思维，
才有机会看到别的突破口。

到了一定年纪，
比皮相更重要的是你的精神长相，
比五官更重要的是你的认知与三观。

生活的魅力在于此，无论多糟的经历，
多大的不幸，都将变成昨天的故事。

利益是一面照人性的镜子，在它面前，
一切与道德、伦理有关的人性本质都将现形，
而且一览无余。

沉住气，不慌不忙，才能修炼好自己的心性，
成为更强大的自己，把事情处理得井井有条。

独处是心灵的回归，在一个人的世界里，
把自己安顿好，感受那份自在轻盈，
可以让我们找回内在的力量，
回归自我，回到最本真的生活。

虽然时光无法倒流回去让你弥补当时的伤，
但时间总会成为治愈一切的药。

腹有诗书的人，
不会让自己囿于生活的鸡毛蒜皮。
也不会困于一时的人生低谷。

人生没有白费的努力，
也没有碰巧的成功，
熬过了无人问津的日子，才会有诗和远方。

别让人生停留在当下，
从现在开始改变朋友圈，
改变位置，改变心态和思维，
去发现更好的生活，塑造更优秀的自己。
有思想的人注定孤独，叽叽喳喳的麻雀才成群结队。

遇到问题，改变苛求别人的惯性，
重新塑造思考问题的方式，
换个角度看世界，换个方向看问题，就会豁然开朗。

真正灵魂高级的人，或多或少都会带一点抑郁，
而抑郁过后的本质，就是看透后的善良。

我从没有后悔对别人好，
哪怕看错人，哪怕被别人辜负，哪怕撞南墙。
因为我对你好，
不代表你有多好，
只是因为我很好。
不负光阴，不负自己，不负所爱，不负被爱，
世界五颜六色，我自温暖纯良。

在忙碌的生活中，
抽一点时间让自己摇摆的心安定下来。
目光时常能观照内心的人，
才能找到内心的平静，让思考更深入。

任何事和人都不是一成不变的，
用变化的、发展的眼光去看待人和事，去把握一切。
一个人遇事的反应藏着他的学识、见识、品格和修养，
而这个反应也决定了他的生活品质。

人生在世，与其费尽心思讨好别人，
融入你不喜欢的圈子，不如沉淀下来，
尝试与自己相处，
在独处的时候，你能找到自己生活的真正意义。
专注是一种至高的境界，
让人心无旁骛地做一件事情。
专注能提高效率，专注能使目标明确，成就非凡。

经济基础决定上层建筑。
没有强大的财力做后盾，
任何的理想都显得那么虚无缥缈。

一个人对事物的洞悉能力和感知能力，
常常来源于他的见识。
见识是一个人对事物认知的维度，
即深度、高度、广度。

笑而不语，痛而不言，
淡然面对人生起伏，
并将争辩的时间精力都用来修炼自己。

衡量一个人的人品，从来不看他是否犯过错，
而是看他是否为自己的错误买单。

别人如何待我是因果，你如何待人是修行。

人生如白驹过隙，
我们也许不能改变命运的长度，
但能选择自己的生活。

愤怒是人类顶端的情绪。
一个充满怒气的人，智商基本为零，
而能控制住自己的怒气，是一种难得的修养。

真正有智慧的人，不评价别人，不妄议言行，
深刻反省自己，便会得到别人的尊敬，
人生之路也会越走越顺。

不要把全部的精力都用在对付情绪上，
要学会借助情绪不断做调整和改变，
从而完善我们自身的心态和状态。

当我们遇到不完美的自己时，
不要一味地否定自己，只有当你学会接纳自己，
你才能更好地对症下药，
也才能更好地去面对和处理问题。

没有边界的心软，只会让对方得寸进尺；
毫无原则的仁慈，只会让对方为所欲为。

善良是种美德，永远不要惯着不懂感恩的人。
一定不要和任何人走得太近，
除了你的父母，和任何人走得太近都是一种灾难。
适当保持距离，不是为了疏远谁，
而是为了让自己的心不被别人冷淡。

一个人值不值得交往，
有时候不一定非要看他能帮助你多少，
而是要看他在利益冲突之下，能够把你置于何地。

人这辈子最重要的两件事是读书和赚钱，
前者使人不惑，后者使人不屈。

我们永远活不成所有人喜欢的样子，
但可以变成自己喜欢的样子。

人到中年，不必刻意去经营人脉，
而应花时间和精力，经营好自己的人生。

当一个人不开心时，
首先要做的就是接纳自己，
接纳自己也有不好的情绪，
接纳自己也有不如意的时刻，
而不是强迫自己说我没问题，我一切都顺遂。

一个太过文艺的人，
注定不会太快乐，
心里有爱，有善良，
骨子里住着孩子般的纯真，
但也往往多愁善感。
容易感知美好，也更容易体会悲伤。
喜欢文字，却往往不善言辞，
不是文字少了，而是感受太多。

情绪稳定的背后是实力，也是格局。
优秀的人不是没有情绪，而是会管理情绪。

没有一个人的成功是理所当然的。
比你厉害的人不是智商比你高，
而是他们用正确的方法做了正确的事。

来自低层的需要蜕变，
来自高层的亦如此。
大家要突破出生时戴着的枷锁，
都一样艰难，只不过方式不同罢了。
傲慢与偏见，无知与怨念，都是顽劣。

只有不断沉淀完善，
才能修炼成自己想要的模样；
只有变成更好的自己，
想要的生活才能向你而来。

我们的认知是一把无形的尺子，
它丈量着你对外界判断的结果。
认知太低的人眼界太窄。

其实人生就是一场不断彻底认清自我的过程，
无论你经历了多高的巅峰，最后总会回归最真实的自己。

人这一生总要摒弃杂念，
向内寻找才能活出属于自己的精彩。

极端的偏见，
是一种在前提错误的情形下的偏执。
如果有人能够理智地思考，
把这种偏执用到正确的地方，
那么这种偏执就是执着。

你处于什么层次，就会拥有什么样的人脉。
那些特别急切想结识别人的人，
往往就是别人最不想认识的人。

这个世界没有走不出的困境，只有走不出困境的人。
也没有解决不了的问题，只有解决不了问题的人。

每个优秀的人，都有一段沉默的时光，
那段时光是付出很多努力，
却不看到结果的日子，
我们把它叫做扎根。

要善待你的母亲，因为她下辈子不会再来了，
她的大半生基本上都是为你而活。

我们所有的努力，
不是为了让别人觉得你了不起，
而是为了让自己打心眼里看得起自己。

思想是行动的前提和动力。
如果思想是和谐且具有建设性的，
那么结果大多是美好的。
如果思想是具破坏性的、嘈杂不堪的，那么结果大多是不幸的。

一生中遇到的那么多人，
只有少数人对你而言是特别的，
和相处不累的人度过一段舒服的时光，
才是余生想要的生活。

欣赏一个人，
始于颜值，敬于才华，合于性格，久于善良，终于人品。

每个人的生活都是独一无二的，
不需要复制粘贴他人的生活方式，
只要过得问心无愧，生活就有意义。

一个人最高贵的气质，其实是书香气。
它不只能为单调的日子增添色彩，
还能让人变得优雅而知性。

我们世世代代都爱钱，
是因为一旦遇到灾害，钱能把一家人的命买下来。
钱是一家人最大的保障，
最大的风险抵御能力。

当你埋怨别人爱搭不理的时候，
请先想一想，你有什么价值，值得别人对你另眼相看。

人生有三次成长：
第一次，发现自己是世界中心的时候；
第二次，发现再怎么努力也无能为力的时候；
第三次，接受自己的平凡，并享受平凡的时候。

很多烦恼是因为我们执着于眼前的小事，
在潜意识里把不如意的一面放大了。

无论人生到哪一层台阶，
阶下总有人在仰望你，阶上总有人在俯视你，
你抬头自卑，低头自满，唯有平视，才能看得见自己。

老大不小了，别在家里混日子，
别让年老的父母为了你苦苦哀求，
别等家里需要你的时候，你除了眼泪什么都没有。

智者和愚者最大的区别之一，在于，
智者相信看不见的，而愚者永远只相信看得见的。

专心做好一件事，胜过把一万件事做得平庸。

修行的路总是孤独的，
因为智慧必然来自孤独。
很多时候，人不是因为优秀才变得自律，
而是因为自律才变得优秀。

物随心转，境由心造，烦恼皆心生。

我若用你对我的态度对你，
你未必有我的格局。
我不和你计较，
是我的涵养，并不代表你是对的。

未来的文盲不是不识字的人，而是不勤于学习和思考的人。

人在低谷时，不打扰别人，是留给自己最大的面子。
在这个世界上，没有人愿意跟潦倒之人有过深的交情，
趋利避害是人之通病。

不懂反省的人，
只会从生活的这个坑掉进另外一个坑，
学会总结反思才能在逆境中积累经验，
在顺境中加深幸福。
人生的释怀不是装扮出来的，
而是百千阅历后的淡然，
饱经沧桑后的睿智，
无数沉浮后的淡泊和安然。

如果心软没有底线，注定一文不值，
如果善良没有分寸，注定伤痕累累。
这个世界容易被辜负的永远是心软和善良的人。

朋友不在多，而在于真心。
每一段前行的旅途中，能相逢一二个知己，
能相伴一程，就是莫大的幸运。

世上本无事，庸人自扰之。
有些人之所以活得太累，不过是因为计较太多。

与其争辩，不如沉默。静守内心的纯净，静享安宁的人生。

永远不要轻易论断他人，
因为我们的认知能力是有限的，
很难获得随意道德评价他人所拥有的全部信息。

缺乏教养的人，
整个人的气质不仅是混乱的，
而且是向外扩张的。
偏盛之气扑到别人身上就会给人一种侵凌之感，
让人不舒服，这就是盛气凌人，粗野得令人生厌。

很多时候外界的困难并不可怕，最大的敌人是我们自己。
学会管理情绪，才能面对世间百态。
养成良好的心态，生活才能温柔待你。

如果人与人之间灵魂不匹配，
你连开口说话的欲望都没有。

焦虑不会消除明天的悲伤，它只会消耗今天的力量。

活在这世上，人们不得不伪装成他人需要的样子，
或者他人希望的样子。

当发现环境不适合自己时，最好的方法就是及时止损，
重新选择，找到最合适自己的位置。

人是唯一能接受暗示的动物。
和高层次的人在一起，会激励你不断成长，变得优秀，
低层次的圈子会不断地消耗你，腐蚀你，
直到你毫无斗志。

“美人在骨不在皮”。
外表的容颜之美，总会随岁月流逝而消减，
唯有由内而外散发出的如兰的气质，
才更长久迷人。
用人情交到的朋友只是暂时的，
用人格交到的朋友是长久的，
丰富自己比取悦别人更有力量。

如果你的另一半是一个对的人，
那么即使你在地狱，他也会拉你到天堂。
如果你的另一半是一个错的人，
那么即使你在天堂，他也会拖你到地狱。

创造就是意味着打破一切框架，意味着不受束缚。

在你感到无助时，
一定不要灰心和泄气，拿起书吧，
它会缓解你人生中 80% 的焦虑和不如意。

人生就像一场旅行，不在乎旅游的目的地，
在乎的是旅途的风景以及看风景的心情。

你的负能量越多，就越容易产生垃圾。
人若失去善念，远离善行，
身边的负能量磁场会产生越来越多的情绪垃圾。

我们的每一次选择都不是偶然的，
而是取决于我们以往的思维方式，
我们只能做出我们思想范围以内的选择，
不会有超越思想范围的行为。
每个人的思想以及思维方式，决定每个人的现状和未来。
思维是精神过程唯一的活动方式，
而观念是思维活动的唯一产物。

思想就是力量，蕴含着强大的能量，
这种能量比那些促进物质进步的梦想，
或者能想象到的最辉煌的成就，都更加神奇。

内在的世界不可触摸，
但的确存在，
而且它的强大远远超过你的想象，
这是一个由思想、感觉、力量等要素构成的能动世界。

选择和谁在一起，真的不一样，
有人会成为你的光，有人会把你的光全部熄灭。

我们在工作和生活中处理问题的方式，
大都依靠我们的显意识，而不是依靠潜意识。

孝顺父母是你自己的事，
与兄弟姐妹没有关系。
对父母好，图的是心安理得，
千万不要和兄弟姐妹比较，
否则就是伪孝。
一个家庭想要往上走，
最大的阻碍不是贫穷，而是家庭的内耗。

只要我们的动机是出于仁慈和爱，
那么谎言也是美丽动人的，
比吐露实情更能赢得上天的赞许。

世界因为爱而显得美丽，
爱则因为有了母爱而显得博大，富有内涵。

相比物质和教育的缺乏，穷困家庭更可怕的地方，
在于家长浅薄的已知，往往会限制儿女无限的未知。

并非因为事情难，我们不敢做，
恰恰相反，是因为我们不敢做，事情才难。

每个人身上都藏着无限的潜能，只要充满自信，
充分发挥潜能，你就没有什么做不到的事情。

当浑浊是一种常态，你的清醒就是一种罪恶。

有财富而无智慧，财富是不能永久的，
而有了智慧就不愁没有财富。
有些人的财富装在脑袋里，
有些人的财富装在口袋里。
财富装在脑袋里的，才是真正的富翁，
因为财富的源泉是智慧。

绝对不可热情过度而欲火焚身，毁灭自己，
因为这种热情会使齿轮狂转，恋爱就是其中一项。
喜欢一个人并不是因为他外在的东西，
而是因为他给予了自己别人无法给予的感觉与舒心。

人到了一定年纪，是往回收的，
收到最后，三两知己、一杯清茶，
把生活过成自己想要的样子。

我们不要用太多的时间和生命，
去拯救那些心理不健康的人。

钱虽然不是万能的，
但是钱可以解决这个世界上 99% 的问题，
剩下的 1% 的问题，可能需要更多的钱解决。

女人因优秀而孤独，男人因孤独而优秀，
唯一扛得住岁月摧残的就是你的才华。

就算你有很高的认知，也无法轻易唤醒一个人，
因为绝大部分人活着就是为了睡得更香，
而不是为了觉醒。

常人喜欢用消耗性的方式寻找快乐，
智者喜欢用补充性的方式创造快乐。

一个好的家族，不在于多殷实、富贵，
而是每一代都竭尽所能去托举下一代更上一层楼，
每一代都是阶梯，为了下一代走得更高。

找对象不是找最好的人，而是找一个对你最好的人，
一个愿意为你倾尽所有，为你放下骄傲的人，
一个拼了命也会护你周全，为你融入生活的人，
那才是爱情最好的归宿。

真正让人舒服的人，
都懂得不动声色地释放自己的善良，
给予他人恰到好处的成全。

爱不是寻找一个完美的人，
而是用完美的眼光，欣赏一个不完美的人。

真正能治愈一个人的，从来不是时间，
而是经历，所有的经历，都是一种人生的升华。

如果你能不断释放正面、积极的好情绪，
自然就会产生好气场，吸引好的事物。

管理健康的最好方式，是远离低质量的圈子。

请时刻带上脑子。
一个人最大的愚蠢，就是不愿直面世界的复杂，
停止自我更新的同时，还要求别人和自己一样。

和不同层次的人争辩，是一种自我消耗，
不与有偏见的人辩是非，是对世界的接纳，
也是对自己的放过。

别让消耗你的人接近你，
这不是冷漠，而是一种自我保护。

我以我的方式爱你，也许给你的不是你想要的，
但我已经拿出最好的了。

跳出浮华的社交，把有限的时间花在有价值的事上，
是每个成年人应有的觉悟。

当别人不需要你的时候，要学会收回热情，并礼貌退场。

物质的贫穷能摧毁人的一生，
精神的贫穷能耗尽人几世轮回。

如果一个人不看书，那么他的价值观，
就由他身边的人决定。

你不喜欢我，我一点都不介意，
因为我活下来，不是为了取悦你。

人生最大的遗憾，不是你错过了最好的人，
而是你错过了那个想要对你好的人。

喜欢你的人，你怎么样都行，
不喜欢你的人，你怎么样都不行。
人活着，没有必要委屈自己，讨好别人。

选择伴侣真的很重要，晚一点没关系，
但一定得是对的人，因为他是你后半辈子的光。

附：作者感言

人生总是在不经意的转角处，遇见值得你感恩的人，
因为，那个人的出现改变了你的人生。

生活中理想与现实的距离，
是我们无法跨越的那道世俗的鸿沟。

生活真的非常美好，
如果你觉得不好，
那你的人生一定缺少了美感与艺术的东西。

人总是在理想和现实之间迷茫，
在安静和喧嚣之间，
寻找心灵的慰藉，
需要在自己的灵魂深处找到一个平衡两者的载体。

出去走一圈，你会发现很多，
原来这个世界比你想象的宽阔。

人生在世，永远不要高估人性，
也不要高估自己在别人心里的地位。
更不要以为自己很能耐，
你只不过是偶尔被需要而已。

别把太多的人请进你的生命里，
也别把太多的事搁在心里，
更不能让太多的人来分享你生命中的东西。
否则，你的人生会变得非常廉价。

不是所有的努力都会有结果，努力只是基础，
而结果则需要依靠资源、环境，
还有你的天赋。

在凡尘中，
为自己造一处心灵的桃源，
是我一直没有停止的梦。

旅游是寻找区域文化的差异性，
唤起身心深处别样的精神生活，
是一种孤独者的旅行。

时不我待，大概是一辈子都无法释怀的悲伤，
更是一辈子都无法弥补的遗憾。
有些事情，我们年轻的时候无法懂得，
不知珍惜，
可到我们懂得的时候，却已经不再年轻。

人做不喜欢的事，
往往是为了将来做更多喜欢的事，事情做多了，
你会多了一分无语，少一分应酬。

人性是非常微妙的东西，无法说清楚，
总会有莫名其妙的心境，慢慢去体会吧。

人到中年，应该努力去提升根植于你内在的生命的品质，
而不是纠结毫无意义的身外之事。

人往往用自己的感觉来认定事情的对错，
其实这是你的认知，并非对错。

我们每个人身上，都具有人的劣根性，
我们不能站在道德的制高点，
用道德标准去衡量极其贫穷、极其困难的人，他们人性中的丑陋。

独处是余生最好的心安，和自己对话，
和自然相融，在孤独中找回真正的自我。

第四部分 百首古诗词赏析

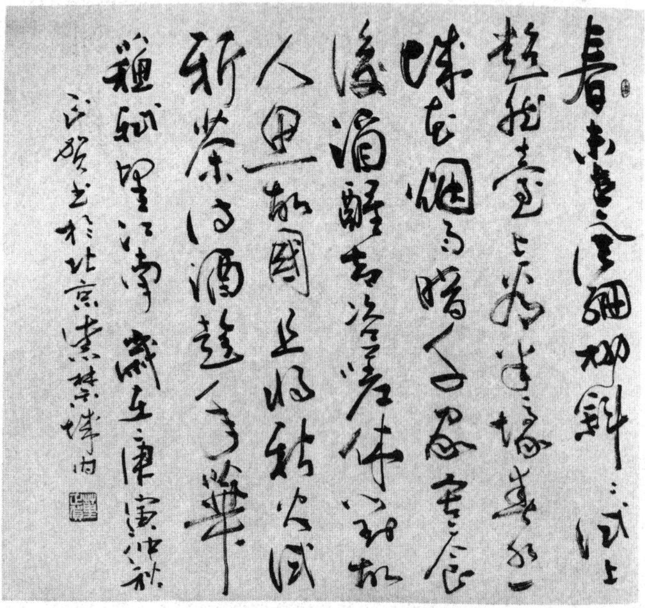

董正贺老师书法

夫君之行，静以修身，俭以养德，

非淡泊无以明志，非宁静无以致远。

——诸葛亮

赏析：出于诸葛亮《诫子书》，指恬静以修善自身，俭朴以淳养品德。意思是作为君子，应当以宁静来修养自身，用节俭来培养自己的品德。

天狂必有雨，人狂必有祸。

——谚语

赏析：出自民间谚语，指为人处世不要狂妄自大、目中无人，要知道做人太狂，必定会惹祸。知道山外有山，人外有人，比你厉害的人比比皆是，水低为海，人低为王，你有多低调就有多幸福。

人生天地之间，若白驹之过隙，忽然而已。

——《庄子·知北游》

赏析：出自战国时期著名思想家庄周的《知北游》。意思是：人生于天地之间，就像骏马或阳光从狭窄的缝隙掠过，不过是一瞬间罢了。

将治大者不治细，成大功者不成小。

——《列子·杨朱》

赏析：出自《列子·杨朱》：“要办大事的不计较小事，成就伟大功业的人不能追究琐事。”一个有远大志向的人，不在小事上花费功夫。

天下熙熙，皆为利来。天下攘攘，皆为利往。

——《史记》

赏析：出自先秦的《六韬引谚》。后出现在西汉著名史学家、文学家司马迁的《史记》。意思是说天下人为了利益蜂拥而至，为了利益各奔东西。指普天之下芸芸众生为了各自的利益而奔波。

静坐常思己过，闲谈莫论人非。

——清·金缨

赏析：出自金缨《格言联壁》。“静坐常思己过”，意思是人们应当静坐反思自己的过错，使自己保持清醒的头脑，确保不犯错误。“闲谈莫论人非”，意思是平时和别人说话的时候，不谈论别人的是非。

君子之交淡如水，小人之交甘若醴。

——《庄子·山木》

赏析：出自《庄子·山木》。君子之交，源于互相宽怀的理解。在这理解中，互相不苛求，不强迫，不嫉妒，不黏人。所以在常人看来，就像白水一样淡。小人之交，却是利益驱使，利益过后，人与人之间如过眼烟云。

生如蝼蚁，当立鸿鹄之志；命如纸薄，却有不屈之心。

——司马迁

赏析：出处西汉司马迁《史记·陈涉世家》。这句话引申自原文中的“燕雀安知鸿鹄之志哉”。意思是，即便出身如同蝼蚁一般低贱，也应当立下远大的志向。

积善之家必有余庆，积不善之家必有余殃。

——《易传·文言传·坤文言》

赏析：意思是凡是做很多好事的人家，必然传承给子孙许多贤德；而多行不善的人家，遗留给子孙的只是祸害。

己所不欲，勿施于人。

——《论语》

赏析：出自孔子《论语·颜渊篇》。最早出自周礼，受到儒家始祖孔子推崇。意思是你不喜欢的事不要施加给别人。

路漫漫其修远兮，吾将上下而求索。

——屈原《离骚》

赏析：出自屈原《离骚》。意思是：在追寻真理方面，前面的道路啊又远又长，我将不遗余力地上上下下追求探索。

欲速则不达，见小利则大事不成。

——《论语》

赏析：出自《论语·子路》。意思是：一味追求速度反而达不到目的，贪图小利就做不成大事。

与其有求于人，不若无欲于己。

——楼钥

赏析：出自楼钥《攻愧集·益阳县丞赵君墓志铭》。意思是：与其向别人求助，让别人小看，不如自己安于贫贱，节制私欲，保持人格独立。

天行健，君子以自强不息。

地势坤，君子以厚德载物。

——《周易》

赏析：出自《周易》。意谓：天（即自然）的运动刚强劲健，相应于此，君子处世，应像天一样，自我力求进步，刚毅坚卓，发愤图强，永不停息；大地的气势厚实和顺，君子应增厚美德，容载万物。

十年窗下无人问，一举成名天下知。

——刘祁

赏析：出自刘祁《归潜志》。意思是：读书人长期攻读诗书，默默无闻。一旦考取功名，就名扬天下。

举世皆浊我独清，众人皆醉我独醒。

——屈原

赏析：出自《楚辞·渔父》。意思是：天下都浑浊不堪，只有我清澈透明；世人都迷醉了，唯独我清醒。

君子和而不同，小人同而不和。

——《论语》

赏析：出自《论语·子路》。孔子说："君子可以与周围保持和谐融洽的氛围，但他对待任何事情都持有自己的独立见解，而不是人云亦云，盲目附和；小人则没有自己独立的见解，虽然常和他人保持一致，但实际并不讲求真正的和谐贯通。"

运筹帷幄之中，决胜千里之外。

——司马迁

赏析：出自西汉司马迁《史记·高祖本纪》。形容雄才大略，指挥若定。

人无远虑，必有近忧。

——《论语》

赏析：出自《论语·卫灵公》。意思是：人没有长远的考虑，一定会有眼前的忧患。它提醒人们看问题应从长远着眼，否则，眼前就会发生困难。包含令人警醒的忧患意识。

勿以恶小而为之，勿以善小而不为。

——刘备

赏析：出自刘备《敕刘禅遗诏》。意思是：你不要因为是件较小的坏事就去干，也不要因为是件小的善事就不去做。唯有贤明和品德能够令人心服口服。

每临大事有静气，不信今时无古贤。

——翁同龢

赏析：来自清朝三代帝师翁同龢的一副对联。可以解释为：每当遇到大事都沉着冷静应对，不相信今日没有古代的圣贤。意思是古今圣贤都具大气度，遇重大事件时，沉着淡定，举重若轻，应对自如。

大勇若怯，大智如愚。

——苏轼

赏析：出自苏轼《贺欧阳少师致仕启》。意谓很有胆量而不露声色，表面上好像胆小，“若怯”深处是“大勇”；很有智慧而不露锋芒，表面看来好像很愚笨，“如愚”背后是“大智”。

弱水三千，只取一瓢饮。

——佛经

赏析：佛经故事中的名句“弱水三千，只取一瓢”，源自佛经中的一则故事，寓意在一生中可能会遇到很多美好的东西，但只要用心好好把握住其中的一样就足够了。也比喻对爱情忠贞、专一。

事了拂衣去，深藏功与名。

——唐·李白《侠客行》

赏析：出自李白《侠客行》，原文为“深藏身与名”。原义是不显露自己的才华和功名。引申义多用来形容那些做完好事、大事却深藏不露、不为人知的人。

不安于小成，然后足以成大器；

不诱于小利，然后可以立远功。

——明·方孝孺

赏析：出自《赠林公辅序》。意思是：不满足于小的成功，才能成就大的事业；不被小的利益所诱惑，才能有远大的功勋。

不可以一时之得意，而自夸其能；

亦不可以一时之失意，而自坠其志。

——明·冯梦龙

赏析：出自明朝冯梦龙《警世通言·卷十七》，意思是不可以因为一时的得意而过于高兴和称赞自己的才能，也不要因为一时的失意而自甘堕落和失去自己的志气。

宠辱不惊，闲看庭前花开花落；

去留无意，漫随天外云卷云舒。

——明·陈继儒《小窗幽记》

赏析：出自《小窗幽记》，又名《醉古堂剑扫》，辑录者是明朝的陈继儒，作者是明代洪应明。这句话原为一副对联。意思是：为人做事能视宠辱如花开花落般平常，才能不惊；视职位去留如云卷云舒般变幻，才能无意。

菩提本无树，明镜亦非台。佛性常清净，何处有尘埃！

心是菩提树，身为明镜台。明镜本清净，何处染尘埃！

菩提本无树，明镜亦非台。本来无一物，何处惹尘埃！

菩提只向心觅，何劳向外求玄？

听说依此修行，西方只在目前！

——唐·慧能《菩提偈》

赏析：原本就没有菩提树，也并不是明亮的镜台。只要性空，哪会有什么尘埃！众生的身体就是一棵觉悟的智慧树，众生的心灵就像一座明亮的台镜。明亮的镜子本来就很干净，哪里会染上什么尘埃！原本就没有菩提树，也并不是明亮的镜台。本来就是四大皆空，到哪里染上尘埃！菩提只是向着内心寻找，何必劳累向外界求取玄机？听说依此修行，西方只在目前！依此修行自身，极乐世界就在眼前！

李延年（？—前87），汉武帝太始年间作古。成就很高的音乐家，中山人（今河北省定州市），出身倡家，父母兄弟妹均通音乐，都是以乐舞为职业的艺人。代表作《佳人曲》。

佳人曲

北方有佳人，绝世而独立。
一顾倾人城，再顾倾人国。
宁不知倾城与倾国，
佳人难再得！

曹植（192—232），字子建，沛国谯（今安徽省亳州市）人，出生于东阳武，是曹操与武宣卞皇后所生第三子，生前曾为陈王，去世后谥号“思”，因此又称陈思王。三国时期曹魏著名文学家，建安文学代表人物。其代表作有《洛神赋》《白马篇》《七哀诗》等。后人因其文学上的造诣而将他与曹操、曹丕合称为“三曹”。

七步诗

煮豆持作羹，漉菽以为汁。
其在釜下燃，豆在釜中泣。
本自同根生，相煎何太急？

陶渊明（365？—427），字元亮，又名潜，私谥“靖节”，世称靖节先生。浔阳柴桑（今江西九江西南）人。东晋末至南朝宋初期伟大的诗人、辞赋家。曾任江州祭酒、建威参军、镇军参军、彭泽县令等职。最末一次出仕为彭泽县令，八十多天便弃职而去，从此归隐田园。他是中国第一位田园诗人，被称为“古今隐逸诗人之宗”，有《陶渊明集》。

饮酒·其五

结庐在人境，而无车马喧。
问君何能尔？心远地自偏。
采菊东篱下，悠然见南山。
山气日夕佳，飞鸟相与还。
此中有真意，欲辨已忘言。

王勃（649 或 650—676），字子安，汉族，唐代诗人。古绛州龙门（今山西河津）人，出身儒学世家，与杨炯、卢照邻、骆宾王并称为“初唐四杰”，王勃为四杰之首。

送杜少府之任蜀州

城阙辅三秦，风烟望五津。
与君离别意，同是宦游人。
海内存知己，天涯若比邻。
无为在歧路，儿女共沾巾。

贺知章（659—约744），字季真，晚年自号四明狂客，汉族，唐代著名诗人、书法家，越州永兴（今浙江萧山）人。少时就以诗文知名。武则天证圣元年（695）中乙未科状元，授予国子四门博士，迁太常博士。后历任礼部侍郎、秘书监、太子宾客等职。

咏柳

碧玉妆成一树高，万条垂下绿丝绦。
不知细叶谁裁出，二月春风似剪刀。

回乡偶书二首·其一

少小离家老大回，乡音无改鬓毛衰。
儿童相见不相识，笑问客从何处来。

陈子昂（659—700），字伯玉，梓州射洪（今四川省射洪市）人，唐代文学家、诗人，初唐诗文革新人物之一。因曾任右拾遗，后世称“陈拾遗”。陈子昂存诗共100多首，其诗风骨峥嵘，寓意深远，苍劲有力。其中最有代表性的有组诗《感遇》38首，《蓟丘览古》7首和《登幽州台歌》、《登泽州城北楼宴》等。

登幽州台歌

前不见古人，后不见来者。
念天地之悠悠，独怆然而涕下！

张九龄（673或678—740），字子寿，一名博物，谥文献。汉族，唐朝韶州曲江（今广东省韶关市）人，世称“张曲江”或“文献公”。唐朝开元年间名相，诗人。西汉留侯张良之后，西晋壮武郡公张华十四世孙。

望月怀远

海上生明月，天涯共此时。
情人怨遥夜，竟夕起相思。
灭烛怜光满，披衣觉露滋。
不堪盈手赠，还寝梦佳期。

王之涣（688—742），是盛唐时期的著名诗人，字季凌，汉族，晋阳（今山西太原西南）人，后徙绛县（今属山西）。豪放不羁，常击剑悲歌，其诗多被当时乐工制曲歌唱，名动一时。他常与高适、王昌龄等相唱和，以善于描写边塞风光著称。其代表作有《登鹳雀楼》《凉州词》等。

登鹳雀楼

白日依山尽，黄河入海流。
欲穷千里目，更上一层楼。

凉州词

黄河远上白云间，一片孤城万仞山。
羌笛何须怨杨柳，春风不度玉门关。

王翰（687—726），字子羽，并州晋阳（今山西太原市）人，唐代边塞诗人。与王昌龄同时期。王翰这样一个有才气的诗人，其集不传。其载于《全唐诗》的诗，仅有 14 首。登进士第，举直言极谏，调昌乐尉。复举超拔群类，召为秘书正字。擢通事舍人、驾部员外。出为汝州长史，改仙州别驾。

凉州词二首·其一

葡萄美酒夜光杯，欲饮琵琶马上催。
醉卧沙场君莫笑，古来征战几人回？

王昌龄（？—756），字少伯，汉族，河东晋阳（今山西太原）人，又一说京兆长安人（今西安）人。盛唐著名边塞诗人，后人誉为“七绝圣手”。

出塞

秦时明月汉时关，万里长征人未还。
但使龙城飞将在，不教胡马度阴山。

芙蓉楼送辛渐

寒雨连江夜入吴，平明送客楚山孤。
洛阳亲友如相问，一片冰心在玉壶。

送柴侍御

沅水通波接武冈，送君不觉有离伤。
青山一道同云雨，明月何曾是两乡。

从军行

青海长云暗雪山，孤城遥望玉门关，
黄沙百战穿金甲，不破楼兰终不还。

崔颢（hào）（？—754），汴州（今河南开封市）人，唐代诗人。唐玄宗开元十一年（723）进士，官至太仆寺丞，天宝中为司勋员外郎。最为人称道的是他那首《黄鹤楼》。

黄鹤楼

昔人已乘黄鹤去，此地空余黄鹤楼。
黄鹤一去不复返，白云千载空悠悠。
晴川历历汉阳树，芳草萋萋鹦鹉洲。

日暮乡关何处是？烟波江上使人愁。

孟浩然（689—740），名浩，字浩然，号孟山人，襄州襄阳（现湖北襄阳）人,世称“孟襄阳”。因他未曾入仕，又称之为“孟山人”，是唐代著名的山水田园派诗人。

春晓

春眠不觉晓，处处闻啼鸟。
夜来风雨声，花落知多少。

宿建德江

移舟泊烟渚，日暮客愁新，
野旷天低树，江清月近人。

王维（701？—761），字摩诘，号摩诘居士。河东蒲州（今山西运城）人，祖籍山西祁县。唐朝诗人、画家。

相思

红豆生南国，春来发几枝？
愿君多采撷，此物最相思。

山居秋暝

空山新雨后，天气晚来秋。
明月松间照，清泉石上流。

竹喧归浣女，莲动下渔舟。
随意春芳歇，王孙自可留。

鸟鸣涧

人闲桂花落，夜静春山空。
月出惊山鸟，时鸣春涧中。

汉江临泛

楚塞三湘接，荆门九派通。
江流天地外，山色有无中。
郡邑浮前浦，波澜动远空。
襄阳好风日，留醉与山翁。

杂诗三首・其二

君自故乡来，应知故乡事。
来日绮窗前，寒梅著花未。

鹿柴

空山不见人，但闻人语响。
返影入深林，复照青苔上。

终南别业

中岁颇好道，晚家南山陲。
兴来每独往，胜事空自知。
行到水穷处，坐看云起时。
偶然值林叟，谈笑无还期。

使至塞上

单车欲问边，属国过居延。
征蓬出汉塞，归雁入胡天。
大漠孤烟直，长河落日圆。
萧关逢候骑，都护在燕然。

九月九日忆山东兄弟

独在异乡为异客，每逢佳节倍思亲。
遥知兄弟登高处，遍插茱萸少一人。

渭城曲

渭城朝雨浥轻尘，客舍青青柳色新。
劝君更尽一杯酒，西出阳关无故人。

高适（约700—765），字达夫、仲武，汉族，唐朝渤海郡（今河北景县）人，后迁居宋州宋城（今河南商丘睢阳）。唐代著名的边塞诗人，曾任刑部侍郎、散骑常侍、渤海县侯，世称“高常侍”。

别董大

千里黄云白日曛，北风吹雁雪纷纷。
莫愁前路无知己，天下谁人不识君。

岑参（约 715—770），唐代边塞诗人，荆州江陵（现湖北荆州市）人，太宗时功臣岑文本重孙，后徙居江陵。岑参早岁孤贫，从兄就读，遍览史籍。唐玄宗天宝三载（744）进士，初为率府兵曹参军。

白雪歌送武判官归京

北风卷地白草折，胡天八月即飞雪。
忽如一夜春风来，千树万树梨花开。
散入珠帘湿罗幕，狐裘不暖锦衾薄。
将军角弓不得控，都护铁衣冷难着。
瀚海阑干百丈冰，愁云惨淡万里凝。
中军置酒饮归客，胡琴琵琶与羌笛。
纷纷暮雪下辕门，风掣红旗冻不翻。
轮台东门送君去，去时雪满天山路。
山回路转不见君，雪上空留马行处。

李白（701—762），字太白，号青莲居士，又号“谪仙人”。是唐代伟大的浪漫主义诗人，被后人誉为“诗仙”。与杜甫并称为“李杜”。李白有《李太白集》传世，诗作多是醉时写的，代表作有《望庐山瀑布》《行路难》《蜀道难》《将进酒》《越女词》《早发白帝城》等多首。

静夜思

床前明月光，疑是地上霜。
举头望明月，低头思故乡。

独坐敬亭山

众鸟高飞尽，孤云独去闲，
相看两不厌，只有敬亭山。

黄鹤楼送孟浩然之广陵

故人西辞黄鹤楼，烟花三月下扬州。
孤帆远影碧空尽，唯见长江天际流。

赠汪伦

李白乘舟将欲行，忽闻岸上踏歌声。
桃花潭水深千尺，不及汪伦送我情。

早发白帝城

朝辞白帝彩云间，千里江陵一日还。
两岸猿声啼不住，轻舟已过万重山。

望庐山瀑布

日照香炉生紫烟，遥看瀑布挂前川。
飞流直下三千尺，疑是银河落九天。

清平调·其一

云想衣裳花想容，春风拂槛露华浓。
若非群玉山头见，会向瑶台月下逢。

月下独酌·其一

花间一壶酒，独酌无相亲。举杯邀明月，对影成三人。
月既不解饮，影徒随我身。暂伴月将影，行乐须及春。
我歌月徘徊，我舞影零乱。醒时同交欢，醉后各分散。
永结无情游，相期邈云汉。

宣州谢朓楼饯别校书叔云

弃我去者，昨日之日不可留；
乱我心者，今日之日多烦忧。
长风万里送秋雁，对此可以酣高楼。
蓬莱文章建安骨，中间小谢又清发。
俱怀逸兴壮思飞，欲上青天揽明月。
抽刀断水水更流，举杯消愁愁更愁。
人生在世不称意，明朝散发弄扁舟。

将进酒

君不见黄河之水天上来，奔流到海不复回。
君不见高堂明镜悲白发，朝如青丝暮成雪。
人生得意须尽欢，莫使金樽空对月。
天生我材必有用，千金散尽还复来。
烹羊宰牛且为乐，会须一饮三百杯。

岑夫子，丹丘生，将进酒，杯莫停。
与君歌一曲，请君为我倾耳听。
钟鼓馔玉不足贵，但愿长醉不复醒。
古来圣贤皆寂寞，惟有饮者留其名。
陈王昔时宴平乐，斗酒十千恣欢谑。
主人何为言少钱，径须沽取对君酌。
五花马，千金裘，
呼儿将出换美酒，与尔同销万古愁。

杜甫（712—770），字子美，自号少陵野老。汉族，祖籍襄阳，河南巩县（今河南省巩义）人。唐代伟大的现实主义诗人，与李白合称“李杜”。为了与另两位诗人李商隐与杜牧即“小李杜”区别，杜甫与李白又被合称为“大李杜”，杜甫也常被称为“老杜”。杜甫在中国古典诗歌中的影响非常深远，被后人称为“诗圣”，他的诗被称为“诗史”。后世称其“杜拾遗”“杜工部”,也称他“杜少陵”“杜草堂”。杜甫创作了《春望》《北征》《三吏》《三别》等名作。

春望

国破山河在，城春草木深。
感时花溅泪，恨别鸟惊心。
烽火连三月，家书抵万金。
白头搔更短，浑欲不胜簪。

春夜喜雨

好雨知时节，当春乃发生。随风潜入夜，润物细无声。
野径云俱黑，江船火独明。晓看红湿处，花重锦官城。

绝句

两个黄鹂鸣翠柳，一行白鹭上青天。
窗含西岭千秋雪，门泊东吴万里船。

江畔独步寻花

黄四娘家花满蹊，千朵万朵压枝低。
留连戏蝶时时舞，自在娇莺恰恰啼。

江南逢李龟年

岐王宅里寻常见，崔九堂前几度闻。
正是江南好风景，落花时节又逢君。

登高

风急天高猿啸哀，渚清沙白鸟飞回。
无边落木萧萧下，不尽长江滚滚来。
万里悲秋常作客，百年多病独登台。
艰难苦恨繁霜鬓，潦倒新停浊酒杯。

望岳

岱宗夫如何？齐鲁青未了。造化钟神秀，阴阳割昏晓。
荡胸生曾云，决眦入归鸟。会当凌绝顶，一览众山小。

佳人

绝代有佳人，幽居在空谷。自云良家子，零落依草木。
关中昔丧乱，兄弟遭杀戮。官高何足论？不得收骨肉。
世情恶衰歇，万事随转烛。夫婿轻薄儿，新人美如玉。
合昏尚知时，鸳鸯不独宿。但见新人笑，那闻旧人哭。
在山泉水清，出山泉水浊。侍婢卖珠回，牵萝补茅屋。
摘花不插发，采柏动盈掬。天寒翠袖薄，日暮倚修竹。

刘长卿（？—约 789），字文房，汉族，宣城（今属安徽）人，唐代诗人。后迁居洛阳，河间（今属河北）为其郡望。刘长卿工于诗，长于五言，自称“五言长城”。《骚坛秘语》有谓：刘长卿最得骚人之兴，专主情景。

逢雪宿芙蓉山主人

日暮苍山远，天寒白屋贫。
柴门闻犬吠，风雪夜归人。

韦应物（约 737—791），京兆万年（今陕西西安）人，田园派诗人。玄宗时，曾在宫廷中任三卫郎，后应举成进士，历官滁州、江州、苏州等地刺史。由于他长期担任地方行政官吏，亲身接触到战火离乱的社会现实，所以写了不少具有一定现实意义的好作品。

滁州西涧

独怜幽草涧边生，上有黄鹂深树鸣。
春潮带雨晚来急，野渡无人舟自横。

张继，生卒年不详，字懿孙，汉族，襄州（今湖北襄阳）人，唐代诗人，他的生平不甚可知。据诸家记录，仅知他是天宝十二载（753）进士。大历中，以检校祠部员外郎为洪州（今江西南昌市）盐铁判官。他的诗爽朗激越，不事雕琢，比兴幽深，事理双切，对后世颇有影响，但可惜流传下来的不到50首。他最著名的诗是《枫桥夜泊》。

枫桥夜泊

月落乌啼霜满天，江枫渔火对愁眠。
姑苏城外寒山寺，夜半钟声到客船。

崔护（？—831），字殷功，蓝田（今属陕西）人。贞元十二年（796）登第（进士及第）。大和三年（829）为京兆尹，同年为御史大夫、岭南节度使。终岭南节度使。其诗诗风精练婉丽，语极清新。《全唐诗》存其诗6首，皆是佳作，尤以《题都城南庄》流传最广，脍炙人口，有目共赏。

题都城南庄

去年今日此门中，人面桃花相映红。
人面不知何处去，桃花依旧笑春风。

刘禹锡（772—842），字梦得，洛阳（今河南洛阳）人。中唐文学家。唐德宗贞元九年（793）进士。参加王叔文集团的进步政治改革，失败后，被贬为朗州（今湖南省常德市）司马，迁连州刺史，在外地二十多年。后入朝做主客郎中，晚年任太子宾客，加检校礼部尚书。

乌衣巷

朱雀桥边野草花，乌衣巷口夕阳斜。
旧时王谢堂前燕，飞入寻常百姓家。

竹枝词

杨柳青青江水平，闻郎江上唱歌声。
东边日出西边雨，道是无晴还有晴。

陋室铭

山不在高，有仙则名。水不在深，有龙则灵。
斯是陋室，惟吾德馨。苔痕上阶绿，草色入帘青。
谈笑有鸿儒，往来无白丁。可以调素琴，阅金经。
无丝竹之乱耳，无案牍之劳形。
南阳诸葛庐，西蜀子云亭。
孔子云：何陋之有？

白居易（772—846），字乐天，晚号香山居士、醉吟先生，在诗界有“广大教化主”的称号。祖籍山西太原，生于河南新郑，唐代文学家。文章精切，特别擅长写诗，是中唐最具代表性的诗人之一。作品平易近人，是继杜甫之后现实主义诗歌的重要领袖人物之一。

大林寺桃花

人间四月芳菲尽，山寺桃花始盛开。
长恨春归无觅处，不知转入此中来。

赋得古原草送别

离离原上草，一岁一枯荣。
野火烧不尽，春风吹又生。
远芳侵古道，晴翠接荒城。
又送王孙去，萋萋满别情。

暮江吟

一道残阳铺水中，半江瑟瑟半江红。
可怜九月初三夜，露似珍珠月似弓。

忆江南

江南好，风景旧曾谙；日出江花红胜火，
春来江水绿如蓝。能不忆江南？

孟郊（751—814），唐代诗人。字东野。湖州武康（今浙江德清）人，祖籍平昌（今山东临邑东北），故友人时称“平昌孟东野”。生性孤直，一生潦倒，友人私谥贞曜先生。诗名甚籍，尤长五古，愤世嫉俗，但情绪低沉，语多苦涩，苏轼将其与贾岛并称为“郊寒岛瘦”。有《孟东野诗集》。

游子吟

慈母手中线，游子身上衣。临行密密缝，
意恐迟迟归。谁言寸草心，报得三春晖。

登科后

昔日龌龊不足夸，今朝放荡思无涯。
春风得意马蹄疾，一日看尽长安花。

柳宗元（773—819），唐代文学家、哲学家，唐宋八大家之一。字子厚。祖籍河东（今山西永济），后迁长安（今陕西西安），世称“柳河东”。因官终柳州刺史，又称“柳柳州”。与韩愈共同倡导唐代古文运动，并称“韩柳”。

江雪

千山鸟飞绝，万径人踪灭。
孤舟蓑笠翁，独钓寒江雪。

杜牧（803—852），唐代诗人。字牧之。京兆万年（今陕西西安）人。出身高门士族，祖父杜佑是中唐有名的宰相和史学家。杜牧晚年任中书舍人，居长安城南樊川别墅，后世因称之“杜紫微”“杜樊川”。

清明

清明时节雨纷纷，路上行人欲断魂。
借问酒家何处有，牧童遥指杏花村。

山行

远上寒山石径斜，白云生处有人家。
停车坐爱枫林晚，霜叶红于二月花。

泊秦淮

烟笼寒水月笼沙，夜泊秦淮近酒家。
商女不知亡国恨，隔江犹唱后庭花。

江南春绝句

千里莺啼绿映红，水村山郭酒旗风。
南朝四百八十寺，多少楼台烟雨中。

李涉（约806年前后在世），唐代诗人。字不详，自号清溪子，洛阳（今河南洛阳）人。早岁客梁园，逢兵乱，避地南方，与弟李渤同隐庐山香炉峰下。后出山做幕僚。宪宗时，曾任太子通事舍人。不久，贬为峡州（今湖北宜昌）司仓参军，在峡中蹭蹬十年，遇赦放还，复归洛阳，隐于少室。

题鹤林寺僧舍

终日昏昏醉梦间，忽闻春尽强登山，
因过竹园逢僧话，又得浮生半日闲。

李商隐（813—858），字义山，号玉谿生，又号樊南生，原籍怀州河内（今河南沁阳），祖辈迁荥阳（今河南郑州荥阳市）。晚唐著名诗人。唐文宗开成二年（837），李商隐登进士第，曾任秘书省校书郎、弘农尉等职。

夜雨寄北

君问归期未有期，巴山夜雨涨秋池。
何当共剪西窗烛，却话巴山夜雨时。

无题·昨夜星辰昨夜风

昨夜星辰昨夜风，画楼西畔桂堂东。
身无彩凤双飞翼，心有灵犀一点通。
隔座送钩春酒暖，分曹射覆蜡灯红。
嗟余听鼓应官去，走马兰台类转蓬。

无题·相见时难别亦难

相见时难别亦难，东风无力百花残。

春蚕到死丝方尽，蜡炬成灰泪始干。
晓镜但愁云鬓改，夜吟应觉月光寒。
蓬山此去无多路，青鸟殷勤为探看。

登乐游原

向晚意不适，驱车登古原。
夕阳无限好，只是近黄昏。

锦瑟

锦瑟无端五十弦，一弦一柱思华年。
庄生晓梦迷蝴蝶，望帝春心托杜鹃。
沧海月明珠有泪，蓝田日暖玉生烟。
此情可待成追忆，只是当时已惘然。

王贞白，字有道，号灵溪，信州永丰（今江西省上饶市广丰区）人。唐末五代十国著名诗人。唐乾宁二年（895）登进士，七年后（902）授职校书郎，尝与罗隐、方干、贯休同唱和。

白鹿洞·其一

读书不觉已春深，一寸光阴一寸金。
不是道人来引笑，周情孔思正追寻。

王安石（1021—1086），字介甫，号半山，汉族，临川（今江西抚州市临川区）人，北宋著名的思想家、政治家、文学家、改革家。王安石历任扬州签判、鄞县知县、舒州通判等职，政绩显著。

梅花

墙角数枝梅，凌寒独自开。
遥知不是雪，为有暗香来。

泊船瓜洲

京口瓜洲一水间，钟山只隔数重山。
春风又绿江南岸，明月何时照我还？

千丈岩瀑布

拔地万重清嶂立，悬空千丈素流分。
共看玉女机丝挂，映日还成五色文。

苏轼（1037—1101），字子瞻，又字和仲，号铁冠道人、东坡居士，世称苏东坡、苏仙。汉族，眉州眉山（今属四川省眉山市）人，祖籍河北栾城，北宋文学家、书法家、画家。嘉祐二年（1057），苏轼进士及第。宋神宗时，曾在凤翔、杭州、密州、徐州、湖州等地任职。元丰三年（1080），因“乌台诗案”被贬为黄州团练副使。宋哲宗即位后，曾任翰林学士、侍读学士、礼部尚书等职，并出知杭州、颍州、扬州、定州等地，晚年因新党执政被贬惠州、儋州。

江城子·乙卯正月二十日夜记梦

十年生死两茫茫，不思量，自难忘。千里孤坟，无处话凄凉。纵使相逢应不识，尘满面，鬓如霜。　　夜来幽梦忽还乡，小轩窗，正梳妆。相顾无言，惟有泪千行。料得年年肠断处，明月夜，短松冈。

水调歌头·明月几时有

明月几时有？把酒问青天。不知天上宫阙，今夕是何年。我欲乘风归去，又恐琼楼玉宇，高处不胜寒。起舞弄清影，何似在人间？　　转朱阁，低绮户，照无眠。不应有恨，何事长向别时圆？人有悲欢离合，月有阴晴圆缺，此事古难全。但愿人长久，千里共婵娟。

题西林壁

横看成岭侧成峰，远近高低各不同。
不识庐山真面目，只缘身在此山中。

定风波·南海归赠王定国侍人寓娘

常羡人间琢玉郎，天应乞与点酥娘。尽道清歌传皓齿，风起，雪飞炎海变清凉。　　万里归来颜愈少，微笑，笑时犹带岭梅香。试问岭南应不好，却道：此心安处是吾乡。

念奴娇·赤壁怀古

大江东去，浪淘尽，千古风流人物。故垒西边，人道是，三国周郎赤壁。乱石穿空，惊涛拍岸，卷起千堆雪。江山如画，一时多少豪杰。　遥想公瑾当年，小乔初嫁了，雄姿英发。羽扇纶巾，谈笑间，樯橹灰飞烟灭。故国神游，多情应笑我，早生华发。人生如梦，一尊还酹江月。

记承天寺夜游

元丰六年十月十二日夜，解衣欲睡，月色入户，欣然起行。念无与为乐者，遂至承天寺寻张怀民。怀民亦未寝，相与步于中庭。庭下如积水空明，水中藻荇交横，盖竹柏影也。何夜无月？何处无竹柏？但少闲人如吾两人者耳。

饮湖上初晴后雨二首·其二

水光潋滟晴方好，山色空蒙雨亦奇。
欲把西湖比西子，淡妆浓抹总相宜。

春宵

春宵一刻值千金，花有清香月有阴。
歌管楼台声细细，秋千院落夜沉沉。

和董传留别

粗缯大布裹生涯，腹有诗书气自华。
厌伴老儒烹瓠叶，强随举子踏槐花。
囊空不办寻春马，眼乱行看择婿车。

得意犹堪夸世俗，诏黄新湿字如鸦。

定风波

莫听穿林打叶声，何妨吟啸且徐行。竹杖芒鞋轻胜马，谁怕？一蓑烟雨任平生。

料峭春风吹酒醒，微冷，山头斜照却相迎。回首向来萧瑟处，归去，也无风雨也无晴。

蝶恋花·春景

花褪残红青杏小。燕子飞时，绿水人家绕。枝上柳绵吹又少，天涯何处无芳草！　墙里秋千墙外道。墙外行人，墙里佳人笑。笑渐不闻声渐悄，多情却被无情恼。

惠崇春江晓景二首·其一

竹外桃花三两枝，春江水暖鸭先知。

蒌蒿满地芦芽短，正是河豚欲上时。

浣溪沙·细雨斜风作晓寒

细雨斜风作晓寒，淡烟疏柳媚晴滩。入淮清洛渐漫漫。

雪沫乳花浮午盏，蓼茸蒿笋试春盘。人间有味是清欢。

陆游（1125—1210），字务观，号放翁，汉族，越州山阴（今浙江绍兴）人，南宋文学家、史学家、爱国诗人。

游山西村

莫笑农家腊酒浑，丰年留客足鸡豚。
山重水复疑无路，柳暗花明又一村。
箫鼓追随春社近，衣冠简朴古风存。
从今若许闲乘月，拄杖无时夜叩门。

春雨

细雨吞平野，余寒勒早春。未增豪饮兴，先著苦吟身。
幽径萱芽短，方桥柳色新。闭门非为老，半世是闲人。

钗头凤·红酥手

红酥手，黄縢酒，满城春色宫墙柳。东风恶，欢情薄。一怀愁绪，几年离索。错、错、错。

春如旧，人空瘦，泪痕红浥鲛绡透。桃花落，闲池阁。山盟虽在，锦书难托。莫、莫、莫！

林升，生卒年不详，字云友，又字梦屏，平阳县荪湖里（今属浙江苍南）人，《水心集》卷一二有《与平阳林升卿谋葬父序》。大约生活在南宋孝宗朝，是一位擅长诗文的士人。事见《东瓯诗存》卷四。《西湖游览志余》录其诗一首。

题临安邸

山外青山楼外楼，西湖歌舞几时休？
暖风熏得游人醉，直把杭州作汴州。

杨万里（1127—1206），字廷秀，号诚斋。汉族江右民系，吉州吉水（今江西省吉水县黄桥镇湴塘村）人。南宋著名文学家、爱国诗人、官员，与陆游、尤袤、范成大并称“南宋四大家”“中兴四大诗人”，代表作有《晓出净慈寺送林子方》《小池》《宿新市徐公店》《闲居初夏午睡起》《新柳》《舟过安仁》等。

晓出净慈寺送林子方

毕竟西湖六月中，风光不与四时同。
接天莲叶无穷碧，映日荷花别样红。

朱熹（1130—1200），字元晦，又字仲晦，号晦庵，晚称晦翁。祖籍徽州府婺源县（今江西省婺源），生于南剑州尤溪（今属福建省尤溪县）。中国南宋时期理学家、思想家、哲学家、教育家、诗人。

春日

胜日寻芳泗水滨，无边光景一时新。
等闲识得东风面，万紫千红总是春。

观书有感

半亩方塘一鉴开，天光云影共徘徊。
问渠那得清如许？为有源头活水来。

叶绍翁（1194—？），南宋中期诗人，字嗣宗，号靖逸，处州龙泉人。祖籍建安（今福建建瓯），本姓李，后嗣于龙泉（今属浙江丽水）叶氏。曾任朝廷小官。其学出自叶适，他长期隐居钱塘西湖之滨，与真德秀交往甚密，与葛天民互相酬唱。

游园不值

应怜屐齿印苍苔，小扣柴扉久不开。
春色满园关不住，一枝红杏出墙来。

文天祥（1236—1283），字宋瑞，号文山，出生于江西庐陵（今江西吉安南）淳化乡富田村的一个地主家庭。

过零丁洋

辛苦遭逢起一经，干戈寥落四周星。
山河破碎风飘絮，身世浮沉雨打萍。
惶恐滩头说惶恐，零丁洋里叹零丁。
人生自古谁无死？留取丹心照汗青。

李煜（937—978），南唐中主李璟第六子，初名从嘉，字重光，号锺隐、莲峰居士，汉族，祖籍彭城（今江苏徐州铜山区），南唐最后一位国君。北宋建隆二年（961），李煜继位，尊宋为正统，岁贡以保平安。

虞美人

春花秋月何时了？往事知多少。小楼昨夜又东风，故国不堪回首月明中。

雕栏玉砌应犹在，只是朱颜改。问君能有几多愁？恰似一江春水向东流。

相见欢

无言独上西楼，月如钩。寂寞梧桐深院锁清秋。

剪不断，理还乱，是离愁，别是一般滋味在心头。

范仲淹（989—1052），字希文。祖籍邠州（今陕西彬州），后移居苏州吴县（今江苏苏州）。北宋初年政治家、文学家。范仲淹幼年丧父，母亲改嫁长山朱氏，遂更名朱说。大中祥符八年（1015），范仲淹苦读及第，授广德军司理参军。后历任兴化县令、秘阁校理、陈州通判、苏州知州等职，因秉公直言而屡遭贬斥。皇祐四年（1052），改知颍州，在扶疾上任的途中逝世，年六十四。累赠太师、中书令兼尚书令、楚国公，谥号文正，世称“范文正公”。

苏幕遮

碧云天，黄叶地，秋色连波，波上寒烟翠。

山映斜阳天接水，芳草无情，更在斜阳外。

黯乡魂，追旅思。夜夜除非，好梦留人睡。

明月楼高休独倚，酒入愁肠，化作相思泪。

柳永（约 987—约 1053），原名三变，字景庄，后改名永，字耆卿，因排行第七，又称柳七，福建崇安（今福建武夷山市）人，北宋著名词人，婉约派代表人物。柳永出身官宦世家，少时学习诗词，有功名用世之志。

雨霖铃

寒蝉凄切，对长亭晚，骤雨初歇。都门帐饮无绪，留恋处，兰舟催发。执手相看泪眼，竟无语凝噎。念去去，千里烟波，暮霭沉沉楚天阔。　　多情自古伤离别，更那堪，冷落清秋节！今宵酒醒何处？杨柳岸，晓风残月。此去经年，应是良辰好景虚设。便纵有千种风情，更与何人说！

蝶恋花

伫倚危楼风细细，望极春愁，黯黯生天际。草色烟光残照里，无言谁会凭阑意。

拟把疏狂图一醉，对酒当歌，强乐还无味。衣带渐宽终不悔，为伊消得人憔悴。

晏殊（991—1055），字同叔，抚州临川（今江西抚州）人。北宋著名文学家、政治家。生于宋太宗淳化二年（991），十四岁以神童入试，赐进士出身，命为秘书省正字，官至右谏议大夫、集贤殿学士、同平章事兼枢密使、礼部刑部尚书、观文殿大学士知永兴军、兵部尚书。

浣溪沙

一曲新词酒一杯，去年天气旧亭台。夕阳西下几时回？
无可奈何花落去，似曾相识燕归来。小园香径独徘徊。

欧阳修（1007—1072），字永叔，号醉翁、六一居士，汉族，吉州永丰（今江西省吉安市永丰县）人，北宋政治家、文学家，且在政治上负有盛名。因吉州原属庐陵郡，以“庐陵欧阳修”自居。官至翰林学士、枢密副使、参知政事，谥号文忠，世称“欧阳文忠公”。后人将其与韩愈、柳宗元和苏轼合称“千古文章四大家”。与韩愈、柳宗元、苏轼、苏洵、苏辙、王安石、曾巩一起被世人称为“唐宋散文八大家”。

生查子·元夕

去年元夜时，花市灯如昼。月上柳梢头，人约黄昏后。
今年元夜时，月与灯依旧。不见去年人，泪满春衫袖。

秦观（1049—1100），字少游，一字太虚，号淮海居士，别号邗沟居士，高邮军武宁乡左厢里（今江苏省高邮市三垛镇少游村）人。北宋婉约派词人。秦观少从苏轼游，以诗见赏于王安石。元丰八年（1085）进士。元祐初，因苏轼荐，任太学博士，迁秘书省正字兼国史院编修官。秦观善诗赋策论，与黄庭坚、晁补之、张耒合称“苏门四学士”。

鹊桥仙·纤云弄巧

纤云弄巧，飞星传恨，银汉迢迢暗度。金风玉露一相逢，便胜却人间无数。

柔情似水，佳期如梦，忍顾鹊桥归路。两情若是久长时，又岂在朝朝暮暮。

李清照（1084—1155），号易安居士，汉族，齐州章丘（今山东章丘）人。宋代女词人，婉约词派代表，有“千古第一才女”之称。

声声慢

寻寻觅觅，冷冷清清，凄凄惨惨戚戚。乍暖还寒时候，最难将息。三杯两盏淡酒，怎敌他、晚来风急！雁过也，正伤心，却是旧时相识。

满地黄花堆积，憔悴损，如今有谁堪摘？守着窗儿，独自怎生得黑！梧桐更兼细雨，到黄昏、点点滴滴。这次第，怎一个愁字了得！

一剪梅·红藕香残玉簟秋

红藕香残玉簟秋。轻解罗裳，独上兰舟。云中谁寄锦书来？雁字回时，月满西楼。

花自飘零水自流。一种相思，两处闲愁。此情无计可消除，才下眉头，却上心头。

醉花阴·薄雾浓云愁永昼

薄雾浓云愁永昼，瑞脑销金兽。佳节又重阳，玉枕纱厨，半夜凉初透。

东篱把酒黄昏后，有暗香盈袖。莫道不销魂，帘卷西风，人比黄花瘦。

一上高城万里愁，蒹葭杨柳似汀洲。
溪云初起日沉阁，山雨欲来风满楼。
鸟下绿芜秦苑夕，蝉鸣黄叶汉宫秋。
行人莫问当年事，故国东来渭水流。

——唐·许浑《咸阳城东楼》

杨柳春风今夜闲，一杯浊酒问青天。
为何花有重开日，人却从无再少年。

——宋·黄庭坚《人无再少年》

怒发冲冠，凭栏处，潇潇雨歇。抬望眼，仰天长啸，壮怀激烈。三十功名尘与土，八千里路云和月。莫等闲，白了少年头，空悲切！

靖康耻，犹未雪；臣子恨，何时灭。驾长车，踏破贺兰山缺。壮志饥餐胡虏肉，笑谈渴饮匈奴血。待从头，收拾旧山河，朝天阙！

——宋·岳飞《满江红》

东风夜放花千树，更吹落，星如雨。宝马雕车香满路。凤箫声动，玉壶光转，一夜鱼龙舞。

蛾儿雪柳黄金缕，笑语盈盈暗香去。众里寻他千百度，蓦然回首，那人却在，灯火阑珊处。

——宋 · 辛弃疾《青玉案 · 元夕》

问世间，情是何物，直教生死相许？天南地北双飞客，老翅几回寒暑。欢乐趣，离别苦，就中更有痴儿女。君应有语：渺万里层云，千山暮雪，只影向谁去？

横汾路，寂寞当年箫鼓，荒烟依旧平楚。招魂楚些何嗟及，山鬼暗啼风雨。天也妒，未信与，莺儿燕子俱黄土。千秋万古，为留待骚人，狂歌痛饮，来访雁丘处。

——金 · 元好问《摸鱼儿 · 雁丘词》

枯藤老树昏鸦，小桥流水人家，古道西风瘦马。夕阳西下，断肠人在天涯。

——元 · 马致远《天净沙 · 秋思》

滚滚长江东逝水，浪花淘尽英雄。是非成败转头空。青山依旧在，几度夕阳红。

白发渔樵江渚上，惯看秋月春风。一壶浊酒喜相逢。古今多少事，都付笑谈中。

——明·杨慎《临江仙·滚滚长江东逝水》

人生若只如初见，何事秋风悲画扇。
等闲变却故人心，却道故心人易变。
骊山语罢清宵半，泪雨霖铃终不怨。
何如薄幸锦衣郎，比翼连枝当日愿。

——清·纳兰性德《木兰花·拟古决绝词》

浩荡离愁白日斜，吟鞭东指即天涯。
落红不是无情物，化作春泥更护花。

——清·龚自珍《己亥杂诗》(其五)

劝君莫惜金缕衣，劝君惜取少年时。
花开堪折直须折，莫待无花空折枝。

——唐·杜秋娘《金缕衣》

西风吹老洞庭波，一夜湘君白发多。
醉后不知天在水，满船清梦压星河。

——元·唐温如《题龙阳县青草湖》

少年听雨歌楼上。红烛昏罗帐。壮年听雨客舟中，江阔云低、断雁叫西风。

而今听雨僧庐下，鬓已星星也。悲欢离合总无情，一任阶前、点滴到天明。

——宋·蒋捷《虞美人·听雨》

袖手穷山一少年，何曾有楚到澶渊。
英雄正自无人识，盖世功名却偶然。

——宋·孙应时《巴东秋风亭怀寇公》

富家不用买良田，书中自有千钟粟。
安居不用架高堂，书中自有黄金屋。
出门莫恨无人随，书中车马多如簇。
娶妻莫恨无良媒，书中自有颜如玉。
男儿欲遂平生志，五经勤向窗前读。

——宋·赵恒《劝学诗》

忽有故人心上过，回首山河已是秋。
两处相思同淋雪，此生也算共白头。

——清·龚自珍《己亥杂诗》

海到尽头天作岸，山登绝顶我为峰。
如日东山能再起，大鹏展翅恨天低。

——清·林则徐《出老》

本是后山人，偶做前堂客。醉舞经阁半卷书，坐井说天阔。

大志戏功名，海斗量福祸。论到囊中羞涩时，怒指乾坤错。

——清·丁元英《卜算子·自嘲》

读书不觉已春深，一寸光阴一寸金。
不是道人来引笑，周情孔思正追寻。

——唐·王贞白《白鹿洞二首·其一》

贫居闹市无人问，富在深山有远亲。
谁人背后无人说，哪个人前不说人？
有钱道真语，无钱语不真。
不信但看筵中酒，杯杯先劝有钱人。

——《增广贤文》

长亭外，古道边，芳草碧连天。
晚风拂柳笛声残，夕阳山外山。
天之涯，地之角，知交半零落。
一壶浊酒尽余欢，今宵别梦寒。
长亭外，古道边，芳草碧连天。
问君此去几时来，来时莫徘徊。
天之涯，地之角，知交半零落。
人生难得是欢聚，惟有别离多。

——李叔同《送别》

春江潮水连海平，海上明月共潮生。
滟滟随波千万里，何处春江无月明？
江流宛转绕芳甸，月照花林皆似霰。
空里流霜不觉飞，汀上白沙看不见。
江天一色无纤尘，皎皎空中孤月轮。
江畔何人初见月？江月何年初照人？

人生代代无穷已，江月年年望相似。
不知江月待何人？但见长江送流水。
白云一片去悠悠，青枫浦上不胜愁。
谁家今夜扁舟子？何处相思明月楼？
可怜楼上月徘徊，应照离人妆镜台。
玉户帘中卷不去，捣衣砧上拂还来。
此时相望不相闻，愿逐月华流照君。
鸿雁长飞光不度，鱼龙潜跃水成文。
昨夜闲潭梦落花，可怜春半不还家。
江水流春去欲尽，江潭落月复西斜。
斜月沉沉藏海雾，碣石潇湘无限路。
不知乘月几人归，落月摇情满江树。

——唐·张若虚《春江花月夜》

汉皇重色思倾国，御宇多年求不得。杨家有女初长成，养在深闺人未识。

天生丽质难自弃，一朝选在君王侧。回眸一笑百媚生，六宫粉黛无颜色。

春寒赐浴华清池，温泉水滑洗凝脂。侍儿扶起娇无力，始是新承恩泽时。

云鬓花颜金步摇，芙蓉帐暖度春宵。春宵苦短日高起，从此君王不早朝。

承欢侍宴无闲暇，春从春游夜专夜。后宫佳丽三千人，三千宠爱在一身。

金屋妆成娇侍夜，玉楼宴罢醉和春。姊妹弟兄皆列土，可怜光彩生门户。

遂令天下父母心，不重生男重生女。骊宫高处入青云，仙乐风飘处处闻。

缓歌慢舞凝丝竹，尽日君王看不足。渔阳鼙鼓动地来，惊破霓裳羽衣曲。

九重城阙烟尘生，千乘万骑西南行。翠华摇摇行复止，西出都门百余里。

六军不发无奈何，宛转蛾眉马前死。花钿委地无人收，翠翘金雀玉搔头。

君王掩面救不得，回看血泪相和流。黄埃散漫风萧索，云栈萦纡登剑阁。

峨嵋山下少人行，旌旗无光日色薄。蜀江水碧蜀山青，圣主朝朝暮暮情。

行宫见月伤心色，夜雨闻铃肠断声。天旋地转回龙驭，到此踌躇不能去。

马嵬坡下泥土中，不见玉颜空死处。君臣相顾尽沾衣，东望都门信马归。

归来池苑皆依旧，太液芙蓉未央柳。芙蓉如面柳如眉，对此如何不泪垂？

春风桃李花开日，秋雨梧桐叶落时。西宫南内多秋草，落叶满阶红不扫。

梨园弟子白发新，椒房阿监青娥老。夕殿萤飞思悄然，孤灯挑尽未成眠。

迟迟钟鼓初长夜，耿耿星河欲曙天。鸳鸯瓦冷霜华重，翡翠衾寒谁与共？

悠悠生死别经年，魂魄不曾来入梦。临邛道士鸿都客，能以精诚致魂魄。

为感君王辗转思，遂教方士殷勤觅。排空驭气奔如电，升天入地求之遍。

上穷碧落下黄泉，两处茫茫皆不见。忽闻海上有仙山，山在虚无缥缈间。

楼阁玲珑五云起，其中绰约多仙子。中有一人字太真，雪肤花貌参差是。

金阙西厢叩玉扃，转教小玉报双成。闻道汉家天子使，九华帐里梦魂惊。

揽衣推枕起徘徊，珠箔银屏迤逦开。云鬓半偏新睡觉，花冠不整下堂来。

风吹仙袂飘飘举，犹似霓裳羽衣舞。玉容寂寞泪阑干，梨花一枝春带雨。

含情凝睇谢君王，一别音容两渺茫。昭阳殿里恩爱绝，蓬莱宫中日月长。

回头下望人寰处，不见长安见尘雾。惟将旧物表深情，钿合金钗寄将去。

钗留一股合一扇，钗擘黄金合分钿。但教心似金钿坚，天上人间会相见。

临别殷勤重寄词，词中有誓两心知。七月七日长生殿，夜半无人私语时。

在天愿作比翼鸟，在地愿为连理枝。天长地久有时尽，此恨绵绵无绝期。

——白居易《长恨歌》

壬戌之秋，七月既望，苏子与客泛舟，游于赤壁之下。清风徐来，水波不兴。举酒属客，诵明月之诗，歌窈窕之章。少焉，月出于东山之上，徘徊于斗牛之间。白露横江，水光接天。纵一苇之所如，凌万顷之茫然。浩浩乎如冯虚御风，而不知其所止；飘飘乎如遗世独立，羽化而登仙。

于是饮酒乐甚，扣舷而歌之。歌曰："桂棹兮兰桨，击空明兮溯流光。渺渺兮予怀，望美人兮天一方。"客有吹洞箫者，依歌而和之。其声呜呜然，如怨如慕，如泣如诉；余音袅袅，不绝如缕。舞幽壑之潜蛟，泣孤舟之嫠妇。

苏子愀然，正襟危坐，而问客曰："何为其然也？"客曰："'月明星稀，乌鹊南飞'，此非曹孟德之诗乎？西望夏口，东望武昌，山川相缪，郁乎苍苍，此非孟德之困于周郎者乎？方其破荆州，下江陵，顺流而东也，舳舻千里，旌旗蔽空，酾酒临江，横槊赋诗，固一世之雄也，而今安在哉？况吾与子渔樵于江渚之上，侣鱼虾而友麋鹿，驾一叶之扁舟，举匏樽以相属。寄蜉蝣于天地，渺沧海之一粟。哀吾生之须臾，羡长江之无穷。挟飞仙以遨游，抱明月而长终。知不可乎骤得，托遗响于悲风。"

苏子曰："客亦知夫水与月乎？逝者如斯，而未尝往也；盈虚者如彼，而卒莫消长也。盖将自其变者而观之，则天地曾不能以一瞬；自其不变者而观之，则物与我皆无尽也，而又何羡乎！且夫天地之间，物各有主，苟非吾之所有，虽一毫而莫取。惟江上之清风，与山间之明月，耳得之而为声，目遇之而成色，取之无禁，用之不竭。是造物者之无尽藏也，而吾与子之所共适。”

客喜而笑，洗盏更酌。肴核既尽，杯盘狼藉。相与枕藉乎舟中，不知东方之既白。

——宋·苏轼《前赤壁赋》

环滁皆山也。其西南诸峰，林壑尤美。望之蔚然而深秀者，琅琊也。山行六七里，渐闻水声潺潺，而泻出于两峰之间者，酿泉也。峰回路转，有亭翼然临于泉上者，醉翁亭也。作亭者谁？山之僧智仙也。名之者谁？太守自谓也。太守与客来饮于此，饮少辄醉，而年又最高，故自号曰醉翁也。醉翁之意不在酒，在乎山水之间也。山水之乐，得之心而寓之酒也。

若夫日出而林霏开，云归而岩穴暝，晦明变化者，山间之朝暮也。野芳发而幽香，佳木秀而繁阴，风霜高洁，水落而石出者，山间之四时也。朝而往，暮而归，四时之景不同，而乐亦无穷也。

至于负者歌于途，行者休于树，前者呼，后者应，伛偻提携，往来而不绝者，滁人游也。临溪而渔，溪深而鱼肥；酿泉为酒，泉香而酒洌；山肴野蔌，杂然而前陈者，太守宴也。宴酣之乐，非丝非竹，射者中，弈者胜，觥筹交错，起坐而喧哗者，众宾欢也。苍颜白发，颓然乎其间者，太守醉也。

已而夕阳在山，人影散乱，太守归而宾客从也。树林阴翳，鸣声上下，游人去而禽鸟乐也。然而禽鸟知山林之乐，而不知人之乐；人知从太守游而乐，而不知太守之乐其乐也。醉能同其乐，醒能述以文者，太守也。太守谓谁？庐陵欧阳修也。

——欧阳修《醉翁亭记》

庆历四年春，滕子京谪守巴陵郡。越明年，政通人和，百废俱兴，乃重修岳阳楼，增其旧制，刻唐贤今人诗赋于其上，属予作文以记之。予观夫巴陵胜状，在洞庭一湖。衔远山，吞长江，浩浩汤汤，横无际涯，朝晖夕阴，气象万千，此则岳阳楼之大观也，前人之述备矣。然则北通巫峡，南极潇湘，迁客骚人，多会于此，览物之情，得无异乎？若夫霪雨霏霏，连月不开，阴风怒号，浊浪排空，日星隐曜，山岳潜形，商旅不行，墙倾楫摧，薄暮冥冥，虎啸猿啼。登斯楼也，则有去国怀乡，忧谗畏讥，满目萧然，感极而悲者矣。至若春和景明，波澜不惊，上下天光，一碧万顷，沙鸥翔集，锦鳞游泳，岸芷汀兰，郁郁青青。而或长烟一空，皓月千里，浮光耀金，静影沉璧，渔歌互答，此乐何极！登斯楼也，则有心旷神怡，宠辱皆忘，把酒临风，其喜洋洋者矣。嗟夫！予尝求古仁人之心，或异二者之为，何哉？不以物喜，不以己悲，居庙堂之高则忧其民，处江湖之远则忧其君。是进亦忧，退亦忧。然则何时而乐耶？其必曰“先天下之忧而忧，后天下之乐而乐”欤！噫！微斯人，吾谁与归？时六年九月十五日。

——范仲俺《岳阳楼记》

豫章故郡，洪都新府。星分翼轸，地接衡庐。襟三江而带五湖，控蛮荆而引瓯越。物华天宝，龙光射牛斗之墟；人杰地灵，徐孺下陈蕃之榻。雄州雾列，俊采星驰。台隍枕夷夏之交，宾主尽东南之美。都督阎公之雅望，棨戟遥临；宇文新州之懿范，襜帷暂驻。十旬休暇，胜友如云；千里逢迎，高朋满座。腾蛟起凤，孟学士之词宗；紫电清霜，王将军之武库。家君作宰，路出名区；童子何知，躬逢胜饯。时维九月，序属三秋。潦水尽而寒潭清，烟光凝而暮山紫。俨骖騑于上路，访风景于崇阿；临帝子之长洲，得天人之旧馆。层峦耸翠，上出重霄；飞阁流丹，下临无地。鹤汀凫渚，穷岛屿之萦回；桂殿兰宫，列冈峦之体势。披绣闼，俯雕甍，山原旷其盈视，川泽盱其骇瞩。闾阎扑地，钟鸣鼎食之家；舸舰弥津，青雀黄龙之舳。虹销雨霁，彩彻云衢。落霞与孤鹜齐飞，秋水共长天一色。渔舟唱晚，响穷彭蠡之滨；雁阵惊寒，声断衡阳之浦。遥吟俯畅，逸兴遄飞。爽籁发而清风生，纤歌凝而白云遏。睢园绿竹，气凌彭泽之樽；邺水朱华，光照临川之笔。四美具，二难并。

穷睇眄于中天，极娱游于暇日。天高地迥，觉宇宙之无穷；兴尽悲来，识盈虚之有数。望长安于日下，目吴会于云间。地势极而南溟深，天柱高而北辰远。关山难越，谁悲失路之人？萍水相逢，尽是他乡之客。怀帝阍而不见，奉宣室以何年？呜乎！时运不齐，命途多舛。冯唐易老，李广难封。屈贾谊于长沙，非无圣主；窜梁鸿于海曲，岂乏明时？所赖君子安贫，达人知命。老当益壮，宁移白首之心？穷且益坚，不坠青云之志。酌贪泉而觉爽，处涸辙以犹欢。

北海虽赊，扶摇可接；东隅已逝，桑榆非晚。孟尝高洁，空怀报国之情；阮籍猖狂，岂效穷途之哭！勃，三尺微命，一介书生。无路请缨，等终军之弱冠；有怀投笔，慕宗悫之长风。舍簪笏于百龄，奉晨昏于万里。非谢家之宝树，接孟氏之芳邻。他日趋庭，叨陪鲤对；今兹捧袂，喜托龙门。杨意不逢，抚凌云而自惜；钟期既遇，奏流水以何惭？呜乎！胜地不常，盛筵难再；兰亭已矣，梓泽丘墟。临别赠言，幸承恩于伟饯；登高作赋，是所望于群公。敢竭鄙怀，恭疏短引；一言均赋，四韵俱成。请洒潘江，各倾陆海云尔：滕王高阁临江渚，佩玉鸣鸾罢歌舞。画栋朝飞南浦云，朱帘暮卷西山雨。闲云潭影日悠悠，物换星移几度秋。阁中帝子今何在？槛外长江空自流。

——王勃《滕王阁序》

浔阳江头夜送客，枫叶荻花秋瑟瑟。主人下马客在船，举酒欲饮无管弦。醉不成欢惨将别，别时茫茫江浸月。忽闻水上琵琶声，主人忘归客不发。寻声暗问弹者谁，琵琶声停欲语迟。移船相近邀相见，添酒回灯重开宴。千呼万唤始出来，犹抱琵琶半遮面。转轴拨弦三两声，未成曲调先有情。弦弦掩抑声声思，似诉平生不得志。低眉信手续续弹，说尽心中无限事。轻拢慢捻抹复挑，初为《霓裳》后《六幺》。大弦嘈嘈如急雨，小弦切切如私语。嘈嘈切切错杂弹，大珠小珠落玉盘。间关莺语花底滑，幽咽泉流冰下难。冰泉冷涩弦凝绝，凝绝不通声暂歇。别有幽愁暗恨生，此时无声胜有声。银瓶乍破水浆迸，铁骑突出刀枪鸣。曲终收拨当心画，四弦一声如裂帛。东船西舫悄无言，唯见江心秋月白。沉吟放拨插弦中，整顿衣裳起敛容。自言本是京城女，家在虾蟆陵下住。十三学得琵琶成，名属教坊第一部。曲罢曾教善才服，妆成每被秋娘妒。五陵年少争缠头，一曲红绡不知数。钿头银篦击节碎，血色罗裙翻酒污。今年欢笑复明年，秋月春风等闲度。弟走从军阿姨死，暮去朝来颜色故。门前冷落鞍马稀，老大嫁作商人妇。商人重利轻别离，前月浮梁买茶去。去来江口守空船，绕船月明江水寒。夜深忽梦少年事，梦啼妆泪红阑干。我闻琵琶已叹息，又闻此语重唧唧。同是天涯沦落人，相逢何必曾相识！我从去年辞帝京，谪居卧病浔阳城。浔阳地僻无音乐，终岁不闻丝竹声。住近湓江地低湿，黄芦苦竹绕宅生。其间旦暮闻何物？杜鹃啼血猿哀鸣。春江花朝秋月夜，往往取酒还独倾。岂无山歌与村笛？呕哑嘲哳难为听。今夜闻君琵琶语，如听仙乐耳暂明。莫辞更坐弹一曲，为君翻作《琵琶行》。感我此言良久立，却坐促弦弦转急。凄凄不似向前声，满座重闻皆掩泣。座中泣下谁最多？江州司马青衫湿。

——白居易《琵琶行》

海客谈瀛洲，烟涛微茫信难求；越人语天姥，云霞明灭或可睹。天姥连天向天横，势拔五岳掩赤城。天台四万八千丈，对此欲倒东南倾。我欲因之梦吴越，一夜飞度镜湖月。湖月照我影，送我至剡溪。谢公宿处今尚在，渌水荡漾清猿啼。脚著谢公屐，身登青云梯。半壁见海日，空中闻天鸡。千岩万转路不定，迷花倚石忽已暝。熊咆龙吟殷岩泉，栗深林兮惊层巅。云青青兮欲雨，水澹澹兮生烟。列缺霹雳，丘峦崩摧。洞天石扉，訇然中开。青冥浩荡不见底，日月照耀金银台。霓为衣兮风为马，云之君兮纷纷而来下。虎鼓瑟兮鸾回车，仙之人兮列如麻。忽魂悸以魄动，恍惊起而长嗟。惟觉时之枕席，失向来之烟霞。世间行乐亦如此，古来万事东流水。别君去兮何时还？且放白鹿青崖间，须行即骑访名山。安能摧眉折腰事权贵，使我不得开心颜！

——李白《梦游天姥吟留别》

永和九年，岁在癸丑，暮春之初，会于会稽山阴之兰亭，修禊事也。群贤毕至，少长咸集。此地有崇山峻岭，茂林修竹，又有清流激湍，映带左右，引以为流觞曲水，列坐其次。虽无丝竹管弦之盛，一觞一咏，亦足以畅叙幽情。是日也，天朗气清，惠风和畅。仰观宇宙之大，俯察品类之盛，所以游目骋怀，足以极视听之娱，信可乐也。夫人之相与，俯仰一世。或取诸怀抱，悟言一室之内；或因寄所托，放浪形骸之外。虽趣舍万殊，静躁不同，当其欣于所遇，暂得于己，快然自足，不知老之将至。及其所之既倦，情随事迁，感慨系之矣。向之所欣，俯仰之间，已为陈迹，犹不能不以之兴怀，况修短随化，终期于尽！古人云："死生亦大矣。"岂不痛哉！每览昔人兴感之由，若合一契，未尝不临文嗟悼，不能喻之于怀。固知一死生为虚诞，齐彭殇为妄作。后之视今，亦犹今之视昔，悲夫！故列叙时人，录其所述，虽世殊事异，所以兴怀，其致一也。后之览者，亦将有感于斯文。

——王羲之《兰亭集序》

晋太元中，武陵人捕鱼为业。缘溪行，忘路之远近。忽逢桃花林，夹岸数百步，中无杂树，芳草鲜美，落英缤纷，渔人甚异之，复前行，欲穷其林。林尽水源，便得一山，山有小口，仿佛若有光。便舍船，从口入。初极狭，才通人。复行数十步，豁然开朗。土地平旷，屋舍俨然，有良田、美池、桑竹之属。阡陌交通，鸡犬相闻。其中往来种作，男女衣着，悉如外人。黄发垂髫，并怡然自乐。见渔人，乃大惊，问所从来。具答之。便要还家，设酒杀鸡作食。村中闻有此人，咸来问讯。自云先世避秦时乱，率妻子邑人来此绝境，不复出焉，遂与外人间隔。问今是何世，乃不知有汉，无论魏晋。此人一一为具言所闻，皆叹惋。余人各复延至其家，皆出酒食。停数日，辞去。此中人语云："不足为外人道也。"既出，得其船，便扶向路，处处志之。及郡下，诣太守，说如此。太守即遣人随其往，寻向所志，遂迷，不复得路。南阳刘子骥，高尚士也，闻之，欣然规往。未果，寻病终，后遂无问津者。

——陶渊明《桃花源记》

古今中外62位哲学家及主要著作

古代哲学家

苏格拉底，前469—前399年，古希腊

柏拉图，前427—前347年，古希腊，著作:《苏格拉底的申辩》《理想国》

亚里士多德，前384—前322年，古希腊，著作:《形而上学》

伊壁鸠鲁，前341—前270年，古希腊，著作:《论自然》《论生活》

芝诺，约前490—约前425年，古希腊

西塞罗，前106—前43年，古罗马，著作:《论老年》《论责任》

佛陀（释迦牟尼），生卒年不详，古印度

孔子，前551—前479年，中国

孟子，约前372—前289年，中国，著作:《孟子》

老子，中国

庄子，约前369—前286年，中国，著作:《庄子》

近代哲学家

奥古斯丁，354—430 年，古罗马，著作：《上帝之城》《论自由意志》

托玛斯·阿奎那，约 1225—1274，意大利，著作：《神学大全》

皮科·德拉·米兰多拉，1463—1494 年，意大利，著作：《论人的尊严》

马基雅弗利，1469—1572 年，意大利，著作：《君主论》

笛卡儿，1596—1650 年，法国，著作：《方法论》《沉思集》

斯宾诺莎，1632—1677 年，荷兰，著作：《伦理学》《笛卡儿哲学原理》

莱布尼茨，1646—1716 年，德国，著作：《单子论》

培根，1561—1626 年，英国，著作：《新工具》

洛克，1632—1704 年，英国，著作：《政府论》《人类理解论》

贝克莱，1685—1753 年，英国，著作：《人类知识原理》

休谟，1711—1776 年，英国，著作：《人性论》

帕斯卡，1623—1662 年，法国，著作：《思想录》

卢梭，1712—1778 年，法国，著作：《社会契约论》《论人类不平等的起源与基础》

康德，1724—1804 年，德国，著作：《纯粹理性批判》《实践理性批判》

黑格尔，1770—1831 年，德国，著作：《精神现象学》

叔本华，1788—1860 年，德国，著作：《人生的智慧》《作为意志和表象的世界》

现代哲学家

边沁，1748—1832 年，英国，著作：《道德与立法原理导论》

穆勒，1806—1873 年，英国，著作：《论自由》

威廉•詹姆斯，1842—1910 年，美国，著作：《实用主义》《信仰的意志》

杜威，1859—1952 年，美国，著作：《哲学的改造》《民主主义与教育》

马克思，1818—1883 年，德国，著作：《资本论》

克尔恺郭尔，1813—1855 年，丹麦，著作：《致死的疾病》《非此即彼》

尼采，1844—1900 年，德国，著作：《查拉图斯特拉如是说》《善恶的彼岸》

胡塞尔，1859—1938，德国，著作：《现象学的观念》

海德格尔，1889—1976 年，德国，著作：《存在与时间》

雅斯贝斯，1883—1969 年，德国，著作：《理性与生存》

萨特，1905—1980 年，法国，著作：《存在与虚无》《辩证理性批判》

梅洛•庞蒂，1908—1961 年，法国，著作：《知觉现象学》

列维纳斯，1906—1995 年，法国，著作：《总体与无限：论外在性》

阿兰，1868—1951 年，法国，著作：《幸福散论》

弗洛伊德，1856—1939 年，奥地利，著作：《梦的解析》

荣格，1875—1961 年，瑞士，著作：《自我与潜意识》《原型论》

阿德勒，1870—1937 年，奥地利，著作:《自卑与超越》

阿多诺，1903—1969 年，德国，著作:《启蒙辩证法》

哈贝马斯，1929—，德国，著作:《沟通行动理论》

索绪尔，1857—1913 年，瑞士，著作:《普通语言学教程》

克洛德·列维·斯特劳斯，1908—2009 年，法国，著作:《亲属制度的基本结构》《忧郁的热带》

福柯，1926—1984 年，法国，著作:《词与物》《古典时代疯狂史》

利奥塔，1924—1998 年，法国，著作:《后现代状况》

鲍德里亚，1929—2007 年，法国，著作:《消费社会》

德勒兹，1925—1995 年，法国，著作:《反俄狄浦斯》

德里达，1930—2004 年，法国，著作:《声音与现象》《论文字学》

阿尔都塞，1918—1990 年，法国，著作:《读〈资本论〉》

汉娜·阿伦特，1906—1975 年，德国，著作:《极权主义的起源》

罗兰·巴尔特，1915—1980 年，法国，著作:《流行体系》《符号帝国》

本雅明，1892—1940 年，德国，著作:《巴黎拱廊街》

内格里，1933—，意大利，著作:《帝国》

罗尔斯，1921—2002 年，美国，著作:《正义论》

弗兰克尔，1905—1997 年，奥地利，著作:《夜与雾》

罗素，1872—1970 年，英国，著作:《哲学原理》

维特根斯坦，1889—1951 年，奥地利，著作:《逻辑哲学论》

古今中外阅读书籍选录

哲学经济

《苏格拉底》	[古希腊] 柏拉图
《哲学简史》	[英] 罗素
《和伊壁鸠鲁一起旅行》	[美] 丹尼尔·克莱恩
《别笑，我是正经哲学书》	[日] 富增章成
《东方之旅》	[德] 黑塞
《神曲》	[意] 但丁
《形而上学》	[古希腊] 亚里士多德
《苏格拉底的申辩》	[古希腊] 柏拉图
《国富论》	[英] 亚当·斯密
《道德情操论》	[英] 亚当·斯密
《沉思录》	[古罗马] 马可·奥勒留
《人生的智慧》	[德] 叔本华
《第一哲学沉思录》	[法] 勒内·笛卡儿
《查拉图斯特拉如是说》	[德] 尼采
《权力意志》	[德] 尼采
《深度思考》	[美] 莫琳·希凯

《孤独，是与生俱来的幸福》 [法] 卢梭
《实用主义》 [美] 威廉·詹姆斯
《活出生命的意义》 [奥] 维克多·弗兰克尔
《论人类不平等的起源与基础》 [法] 卢梭
《忏悔录》 [法] 卢梭
《一个孤独漫步者的遐想》 [法] 卢梭
《灵魂与身体总有一个在路上》 [奥] 弗洛伊德
《不能承受的生命之轻》 [捷克] 米兰·昆德拉
《认知失调理论》 [美] 利昂·费斯汀格
《哲学的慰藉》 [英] 阿兰·德波顿
《生活的哲学》 [美] 朱尔斯·埃文斯
《被讨厌的勇气》 [日] 岸见一郎
《洞见》 [美] 罗伯特·赖特
《原则》 [美] 瑞·达利欧
《人类群星闪耀时》 [奥] 斯蒂芬·茨威格
《自卑与超越》 [奥] 阿德勒
《乌合之众》 [法] 古斯塔夫·勒庞
《全新思维》 [美] 丹尼尔·平克
《偷走睡眠的人》 [波斯] 鲁米
《贫穷的本质》 [印度] 阿比吉特·班纳吉
《查理·芒格的智慧》 [美] 罗伯特·G. 哈格斯特朗
《不抱怨的世界》 [美] 威尔·鲍温
《少有人走的路》 [美]M. 斯科特·派克
《中国人的性格》 [美] 明恩溥
《看得见的与看不见的》 [法] 巴斯夏
《日本第一》 [美] 傅高义

《目标中国》 [美]威廉·恩道尔
《无常》 [泰]阿姜查
《成功与运气》 [美]罗伯特·福兰克
《第五项修炼》 [美]彼特·圣吉
《世界上最神奇的24堂课》 [美]查尔斯·哈奈尔
《墨菲定律》 张文成
《人生哲思录》 周国平
《方与圆的人生智慧课》 文娟

历史书籍

《中国通史》1—4册
《资治通鉴》 (宋)司马光
《史记》 (汉)司马迁
《水浒传》 (明)施耐庵
《西游记》 (明)吴承恩
《三国演义》 (明)罗贯中
《红楼梦》 (清)曹雪芹
《官场现形记》上下 李宝嘉
《鲁迅文集》1—6册 鲁迅
《道德经》 (春秋)老子
《庄子》 (战国)庄子
《罗织经》 (唐)来俊臣
《大学 中庸》 (春秋)曾参
(战国)子思
《闲话中国人》 易中天
《独立评论》 胡适

《读书与做人》	胡适等主编
《我们所应走的路》	胡适
《读点民国史》	高敬
《淮南子》	（西汉）刘安
《应物兄》	李洱
《传习录》	（明）王阳明
《文学回忆录》上下	木心
《曾国藩全集》1—4册	（清）曾国藩
《世界百科全书》1—4册	
《智囊全集》	（明）冯梦龙

名著传记

《基督山伯爵》	[法]大仲马
《悲惨世界》	[法]雨果
《飞鸟集》	[印度]泰戈尔
《茶花女》	[法]小仲马
《瓦尔登湖》	[美]梭罗
《欧·亨利短篇小说精选》	[美]欧·亨利
《简爱》	[英]夏洛蒂·勃朗特
《巴黎圣母院》	[法]雨果
《呼啸山庄》	[英]艾米莉·勃朗特
《堂吉诃德》	[西班牙]塞万提斯
《傲慢与偏见》	[英]简·奥斯丁
《百年孤独》	[哥伦比亚]加西亚马尔克斯
《肖申克的救赎》	[美]斯蒂芬·金
《罪与罚》	[俄]陀思妥耶夫斯基

《钢琴教师》	［奥］埃尔夫丽德·耶利内克
《了不起的盖茨比》	［美］菲茨杰拉德
《战争与和平》	［俄］列夫·托尔斯泰
《老人与海》	［美］海明威
《男人来自火星，女人来自金星》	［美］约翰·格雷
《线》	［英］维多利亚·希斯洛普
《寂静的春天》	［美］蕾切尔·卡逊
《朗读者》	［德］本哈德·施林克
《沙乡年鉴》	［美］利奥波德
《社会心理学》	［美］S. E. T. aylorL. A. Peplou
《如何阅读一本书》	［美］莫提默·J. 艾德勒
《浮生六记》	（清）沈复
《白鹿原》	陈忠实
《晚熟的人》	莫言
《平凡的世界》	路遥
《幽梦影》	（清）张潮
《帝国的终结》	易中天
《沉默的大多数》	王小波
《傅雷家书》	傅雷
《仓央嘉措诗编》	（清）仓央嘉措
《你是人间四月天》	林徽因
《三毛传》	金文
《陆小曼传》	张庆龙
《萧红传》	于蔚丽
《吕碧城传》	程悦
《李清照词传》	随园散人

《李煜词传》	蕴玉
《辛弃疾词传》	鸿雁
《纳兰词》	（清）纳兰性德
《苏轼传》	王水照　催铭
《呼兰河传》	萧红
《郑板桥传》	韩红
《林徽因》	赵一
《孟小冬传》	李清秋
《杨绛传》	吴玲
《德兰修女传》	华姿
《王映霞自传》	王映霞
《李鸿章全传》	林浩波
《王安石传》	安开学
《李白传》	王慧琴
《易卜生传》	[英] 埃德蒙·葛斯
《福泽谕吉自传》	福泽谕吉
《知行合一王阳明》	度阴山
《人心至上：杜月笙》	雾满拦江
《翁同龢》	谢俊美
《中国人的精神》	辜鸿铭
《人心与人生》	梁漱溟
《我们这个时代的怕和爱》	陈丹青等
《季羡林谈人生》	季羡林
《章太炎国学论著二种》	章太炎
《悲欣交集：弘一法师》	弘一法师
《朱自清散文精选》	朱自清

《徐志摩精选集》	徐志摩
《遥远的救世主》	豆豆
《复活》	[俄] 列夫·托尔斯泰
《大卫·科波菲尔》	[英] 狄更斯
《红与黑》	[法] 司汤达
《汤姆叔叔的小屋》	[美] 斯托夫人
《三个火枪手》	[法] 大仲马
《雾都孤儿》	[英] 狄更斯
《少年维特的烦恼》	[德] 歌德
《父与子》	[德] 埃·奥·卜劳恩　绘
《福尔摩斯探案集》	[英] 柯南·道尔
《秘密花园》	[美] 伯内特
《居里夫人自传》	[法] 玛丽·居里
《绿野仙踪》	[美] 弗兰克·鲍姆
《哈姆莱特》	[英] 莎士比亚
《夜莺与玫瑰》	[英] 王尔德
《莎士比亚悲剧喜剧集》	[英] 莎士比亚
《人性的弱点》	[美] 戴尔·卡耐基
《百万英镑》	[美] 马克·吐温
《牛虻》	[英] 伏尼契
《猎人笔记》	[俄] 屠格涅夫
《王子与贫儿》	[美] 马克·吐温
《月亮和六便士》	[英] 毛姆
《骆驼祥子》《四世同堂》	老舍
《名人传》	[法] 罗曼·罗兰
《鲁滨孙漂流记》	[英] 笛福

《飘》	[美] 米切尔
《格林童话》	[德] 格林兄弟
《安徒生童话》	[丹麦] 安徒生
《高老头》	[法] 巴尔扎克
《莫泊桑短篇小说精选》	[法] 莫泊桑
《汤姆·索亚历险记》	[美] 马克·吐温
《一千零一夜》	[阿拉伯] 佚名
《古希腊神话与传说》	[德] 施瓦布
《欧也妮·葛朗台》	[法] 巴尔扎克
《契诃夫短篇小说精选》	[俄] 契诃夫

策划：裘国松
指导：周金康
编辑：丁珍儿　李巧芬

文华之江·第一辑　王学海　主编

乡村遗影

胡文炜　著

浙江工商大学出版社·杭州

图书在版编目（CIP）数据

乡村遗影 / 胡文炜著 . -- 杭州 : 浙江工商大学出版社，2025. 3. --（文华之江 / 王学海主编）.
ISBN 978-7-5178-6439-4

Ⅰ. K928.5-64

中国国家版本馆 CIP 数据核字第 2025JC0554 号

乡村遗影

XIANGCUN YIYING

胡文炜 著

责任编辑 沈明珠
责任校对 杨 戈
封面设计 宇 声
责任印制 祝希茜
出版发行 浙江工商大学出版社
（杭州市教工路 198 号 邮政编码 310012）
（E-mail：zjgsupress@163.com）
（网址：http：//www.zjgsupress.com）
电话：0571-88904980，88831806（传真）
排 版 杭州宇声文化艺术有限公司
印 刷 杭州良诸印刷有限公司
开 本 889mm×1194mm 1/32
印 张 37
字 数 788 千
版 印 次 2025 年 3 月第 1 版 2025 年 3 月第 1 次印刷
书 号 ISBN 978-7-5178-6439-4
总 定 价 268.00 元（全 5 册）

前　言

如果你的家在乡村，不论是交通不便的山村还是河湖环绕的水乡，也许这里有些图片就摄自你家附近。如果你是城镇人，那么在这里一定能见到你从未涉足的原生态景观，其中许多景观已经消失。

最近50年里，我国的乡村面貌发生了前所未有的巨大变化，延续千百年的传统建筑、传统设施，通过拆迁、改造和美化不断改变，村民的日常生活发生了根本的变化，生活质量得以迅速提高。乡村的传统道路、历史建筑，拆除的拆除，改变的改变，出现了一次历史性的大变化。50年时间并不长，在历史长河中只是短短的一瞬，从这个角度看，乡村的改变不是渐变，而是突变，这种改变不是发生于几代人的生活中，而是就出现在一两代人的面前。

以本人所在的原绍兴县（今越城、柯桥两区）为例，1980年有自然村2600余个，到现在整村消失的已有570多个，消失比例超过1/5。现存的2000多个自然村中，整体保存历史面貌的古村落已经几乎没有了，南部山区有个别小村虽然至今不通车路，但也有重建重修的房子，重修时所用的材料都是新的。更多的老房子因不再住人，已十分破败，有的一栋房子中只有一间住着老人，不住人的几间便残破坍塌。通车的村里的旧居十有八九被改建或翻建成新房，能保存一半老房子的村子已经很难找，大多数村落只剩少量低矮的老屋。

乡村面貌改变的原因是经济发展，村民收入增加。随着时代的进步，能住上宽畅明亮的房子成为人们的向往。相比之下，老房子大多低矮局促，光线幽暗，多缝隙，会漏雨，易积灰尘，不利安装空调，而新房能绝鼠蝇、拒风雨、少蚊子。毫无疑问，新一代年轻人已不想长守老房。所以一旦家庭经济条件许可，便会将老房翻成新房，老房子也就在传统的村落中逐渐减少、消失，现在仍然留存的少量老屋基本上只有中老年人住在那里。

村民致富的主要途径：一是村级经济壮大，包括集体房屋出租、土地承包经营；二是村民自主创业，开办家庭工厂作坊承包土地；三是外出打工、创业、就业。当有了一定的积蓄后，能够批地基的择地建新房，受地基制约的便翻建原来的老房。不少人在外面发展后留在外地买房定居，有的把父母老人接走，老屋关空甚至遗弃。有的老人因为不习惯城里生活而留守在原地，能再住几年算几年，到一定时候再出去，老屋也是能用几年算几年。农村青年考上大学后，除少数回乡创业的，一般总是在外地就业。留在农村的年轻人，不论是回乡，还是本来就没有出去，到结婚年龄后要准备新房，他们可以在老屋祠堂内办喜酒，而居住总要重建新房或翻修老房，即使利用老房也要重砌墙，加修露台，重新做门，地面浇水泥铺地砖，室外挂空调外机，屋顶安装太阳能热水器。

由于老房子越来越少，剩下的也就有了另一种利用价值，那就是兴办农家乐，开办民宿，建成供参观的场馆。由于越来越多的城里人利用假日到乡村旅游、度假、租房，他们对传统老房会有特殊的兴趣。老房子被利用后不会再破败下去，但事先得做一番修理。以前建房、修房用的是木材、砖瓦、石灰，现在木材可以有，砖瓦也能仿制，但石灰早已退出历史。经过修理，结构与样式是恢复了，只是墙面经过粉刷、木结构重施油漆，从而失去了斑驳的古意，少了一层“包浆”。

由于现在农村多采用复合肥，垃圾增多，加上曾经有一段时间管理不到位，不少乡村的环境越来越差，村内村外这里搭个棚竖个桩，那里堆一垛砖叠几捆竹木，河坎边桥脚下垃圾随意倾倒，任其慢慢落入河道中。许多村落住着外来户，个别外来户不够注意，加剧了环境的变差。自创建美丽乡村后，环境得到有效整治，基本上村村配备保洁员，设有垃圾转运站，各种违章搭建和堆积物一一被清除，河坎、道路重砌的重砌，修补的修补，装栏杆的装栏杆。高低不平的石板路被改成平整的水泥路，个别村还铺浇沥青，划分左右道。有的私家院子清除杂物后也种养花草。有条件的村办起了敬老院，设了家宴中心。与此同时还美化房屋墙面，对外墙进行统一粉刷勾边，看上去显得整齐漂亮，使人心情舒畅，神清气爽。所有这些都大大提升了农村的文明程度，提高了住户的生活质量。当然村落的美化对于历史面貌来说也难免有所变移，看上去是一个新的村庄。

除了房屋外，道路桥梁也发生了重大变化。以前平原水乡村与村之间、村与集镇之间全由蜿蜒曲折的石板路相连，这种路宽的约三尺，窄的一尺多，走在后面的人要超越前面，或给对面来的人让路，需侧身而过，现在这样的路已很少了。为方便农民耕作，曲折的石板路代之以可通行拖拉机的机耕路，开始是砂石或泥砂石路，后来有条件时浇上水泥平整。为灌溉需要，大田中砌起一尺多宽的小水渠。由于道路的改变和行驶自行车、摩托车的需要，村里的石级梁桥有的改成平桥，有的保留老桥另建钢筋水泥桥梁。以前乡野间的小路上往往设有凉亭，供路人歇脚避雨，现在这种亭子在山区还能看到，平原上已经难寻了。过去个人的公益支助以修桥铺路造凉亭为主，现在重点是支助贫困、慰问老人等的人文关怀，个人出资为村里办事的虽然也有，但总体上已与过去有所不同，助修的路已不再是传统的石板路。

山区建起盘山公路，除个别村外，几乎村村通了汽车，剩余几个车辆不能到的村，住户大都搬了出去，老房子拆除后大多是旧物利用，有的干脆被遗弃。地基有的被承包人用来搞养殖种植，有的因交通不便恢复为自然生态，几年下来连道路都布满柴藤，人不能进。

许多乡村往往有公共建筑，不少是集体经济时期留下的，那时农村叫大队，村民叫社员，劳动记工分，收入一年分配一次。大队的公共建筑主要有大会堂、医疗室、小学校舍、知青屋、粮食加工场、集体办的小工厂等。现在实行行政村管理，一个行政村下辖多个自然村，因交通快捷方便，教育、医疗水平大大提高，学校和医院分别整合资源进行扩建新建，优化设施。大会堂有的修理后重新利用，那些不再使用的集体房子或者由村里出租给个人，或者拆除，少量还保存着原样。这些建筑的历史虽然不长，但也是一种文化印记，有着一代人的乡愁。村落中往往会有宗祠和庙宇，其中少部分保存历史原貌，大多经维修或重建，这也是乡愁的一种，有的村落拆除了，有的庙宇还在原地，也有的是易地重建。

时代在发展，乡村不可能停留在 50 年前 100 年前，那些黄泥墙房必然要被住户淘汰。现在无论是平原还是山村，道路上摩托车、汽车来来往往，种植蔬菜、瓜果、花卉的白色塑料大棚大片大片搭建在村外的平畴上，一座座工厂、一幢幢高楼矗立在拆迁后的地面，袅袅炊烟只有在山区的老屋上偶尔还能看到，传统的游戏、儿歌、传说、顺口溜，已逐渐消失在人们的生活中。由于生活水平的提高，人们的观念也在发生变化，生活已不再追求吃饱穿暖，而是要有更多的情趣。于是农村不再仅仅是提供粮食蔬菜的乡下，而是城镇人向往的休闲与观赏胜地，到乡村酷玩、采摘走进了人们的生活。除了农家乐、民宿，大田上种起了诸如波斯菊、万寿菊、鲁冰花、太阳花、硫华菊、向日葵等花草，还种上了彩色水稻。山区建造小木屋，办起书吧、养殖场，开发漂流、攀岩项目，小水库边的空地上有年轻人在那里野餐烧烤。村里建起供休闲的小型公园，建造活动场所、廊亭，设置标语墙，安装健身器材，四周花木扶疏，给人眼前一亮的感觉，这无疑是进步，进步必然带来改观。但是，如果历史的遗存都消失了，原来的面貌全改了，有可能造成文化断层，那无论是今天的人们还是后人，都难免会产生失落感。

乡村继续在快速地发展，中老年人继续在向城镇转移，传统建筑在不断减少，为此，国家有关部门和当地行政部门采取了不少措施，如公布不同级别的历史文化名村和传统村落，对有价值的历史建筑及设施加以维修，收购拆迁中的旧木料、旧石料及那些基本完整的构件，必要时予以利用，对有价值的老屋在征得住户同意后置换下来做保护性利用，有的宗祠设为文化礼堂，请老年人管理。那些老房子经修理后虽然面貌有所改变，但毕竟能起保护作用，当然这是局部的有限的，总体来说传统面貌还是在不断地改变着。

多年来我关注地方历史文化，经常寻找遗存的历史古迹，并在报刊上发表了一系列有关文章。在这过程中总会对乡村传统面貌的记录产生一种紧迫感，往往前一次去过，一段时间后再去便发现与以前不一样了，甚至认不出来了，各种砖混建筑和仿古建筑正在快速取代传统建筑。于是我产生了一个念头，用图片和文字对乡村面貌做一个定格，且不是只记录一个村两个村，而是全面走访有代表性的区域。

作为古越国的中心绍兴县（今越城、柯桥两区），南部是连绵的群山，有数不清的山头，那里坐落着大大小小 1000 多个自然村，北部有许多孤丘和宽广的水乡平原，直达海边，这里曾有 1600 多个自然村。2010 年开始，我对这一区域进行全面走访，之后扩大到上虞、诸暨、嵊州和新昌，即绍兴全市。出于对地方文化越文化的爱好，这些年我所走的地方并不限于绍兴，也不限于浙江，只要与越文化有关的，我都要到实地去踏看，如浙东唐诗之路研究，整条线路的有关景点我全部去过。

迄今为止，我徒步翻过 100 多条山岭古道，穿过 100 多条古街，到过 2500 个自然村，走村串户徒步超过 1 万里，写下了 80 万字的行程记录。原绍兴县南部山区的所有自然村我全部走到过，包括只有一人或一家两人的深山村落，还到过住户全部搬迁后的村落遗址。那些地方非常偏僻，连石级山路也已布满杂草和枯叶，而且极大多数是一人出行。行走时曾经在山上迷过路、摔过跤，曾在雨雪天打着伞走村串户，在寒冬季节赤足涉过冰凉刺骨的溪水，在暑夏的烈日下徒步在长长的乡野小道，有时近一个小时见不到人影，目的是去欣赏并拍摄乡村不同季节的景观面貌。至今为止，绍兴全市国家级省级历史文化名村和传统村落我全部到过，这样的村落大多在偏远的山区，不少处在与邻市交界或两县的交界，公交车班次很少，有的地方到公交站还要步行不少路。

走访中我常常惊叹于那些偏僻的、以前交通不便的小村竟有一进又一进的深宅府第，不少普通人家的房屋建筑也镶有精美木雕，许多大门上方镌着诸如世守耕读、贻厥孙谋、永继吉召、燕翼诒谋、螽斯衍庆、庭涵余庆这样的门额。同时又感叹于许多宅院、建筑正在衰落、破败，需知当初建造时不知耗费了多少时间与精力，看那些门额的文字，主人是多么希望能够久久长长地延续下去。不知当初是什么原因使他们选择交通如此不便的深山安家，且不是一家两家，而是散布在连绵的群山之中。他们有的在山岙，有的在坡上，有的在溪边，各种地形都有人居住，有的是很多户人家密集地聚居在一起，有的是一家一户分散居住。那时这样的深山人家要进一趟城非常不容易，有的人一生都没有进过一次城。如今时代发展了，留住在老宅的人往往会说，这种破房子这种旧东西有什么用，他们见我拍照，会问我从哪里来，照片拍去干什么，既然老房子好，那什么时候给他们来修一修。

这些年来，我虽然写了多篇与乡村有关的稿子在报刊发表，电视和报纸对我做过多次报道，我还在浙江农林大学参加过全国乡村振兴智库论坛，出版《绍兴山岭古道记略》等著作，但都有侧重性，而且多数以文字为主，更多的图片记录仍保存在电脑中。为此，我试着把所拍的照片系统整理出来，结果数量非常浩瀚，仅古门额就有300多方，门额是固定在建筑上的，房子一拆就不存了，所以只会越来越少。已找到原绍兴府（包括萧山、余姚两地）的全部古牌坊，有的处在荒山中，是请人带路才找到的。游客在景区看到装有乌篷的小船，现在习惯称作乌篷船，但以前还有白篷船，还有铁皮材料的篷船及内河载客的小客轮，这样的船只由于已退出实用，很难再见到且即将消失，而以前水乡常见的用木材制作的手拉渡船和夜航船已经见不到了，非常遗憾。

我所保存的图片中还有各种样式的门和台阶，各种样式的道路与桥梁，各种样式的窗户、窗台和廊檐，各种样式的河埠。还有各种形状各种格式的墙面，有正在暗淡剥落的壁画标语，有大量同中有异的戏台、宗祠和庙宇，等等。绍兴的地域或许并不很大，但无论地形地貌、建筑形式、生活习惯等都是丰富多样的，不同的地形就有不同的生活状态。我在走访中拍下了许多当地村民的生活图片，每一张都是“抓拍”，没有对他们提出任何要求，他们生活的院子，他们的家里，都是在没有任何准备的情况下进去后拍摄的，对各种物品没有做任何移动，全都是自然状态。随着时间的推移，他们的生活很快将会改变，有的早已改变，这些图片都可以单独成为系列，作为21世纪第二个十年乡村历史面貌的见证。

有些图片虽然在别的场合也能看到，但无法从整体上反映一个地域的面貌，遂以一本书的篇幅选取各种最原始面貌的图片，加上简要的文字说明，使后人较全面地了解乡村曾经是这个样子的。范围是绍兴市内以原绍兴县为主，作为一个缩影。

由于时代发展很快，照片中有的实物面貌已经退出历史，有的正在退出历史，都是21世纪第二个十年乡村遗存当时的面貌，其文化内涵可以作为研究乡村历史演变和民俗民风的材料，希望能对乡村振兴起一点推动作用。由于只能限于一本书，无法容纳那么多“系列”，许多图片挑选出来后又不得不一一删去，只选择了有代表性的几幅，如300多方门额只选了2幅，古牌坊也只选了2幅，正褪色中的店招、壁画和标语文字也只选了少数几幅，代表是有了，但以后一旦消失就再也看不到了。

时代在快速发展，在享受现代生活的同时，如何记住乡愁，留存传统风貌，避免文化断层，我们还可采用更多的方法和措施，如视频、模型等形式，以尽可能减少历史性的遗憾。

2024年6月25日

以上综合本人撰写的《近五十年绍兴乡村面貌变化状况》（收入绍兴文理学院2018年《越文化暨越国史学术研讨会论文集》）、《绍兴乡村面貌实勘》（收入绍兴市乡土文化研究会编《乡土绍兴》总第十辑2018年12月）、《乡村振兴的第三个台阶》（收入浙江越秀外国语学院2022年《诗路文化与古代文学研究的新视野》）、《近五十年乡村面貌变化记略（摘要）》（收入浙江农林大学2022年《第五届乡村振兴智库论坛论文摘要集》）

目录

村落

群山中不同位置的村落（2015）

群山中安家（2012）

群山包围中的村落，传说为古越人的聚落之一（2013）

背靠大山（2011）

群山之中（2011）

在山间找
落脚地（2017）

在深山中立足（2019）

村在山怀中（2019）

山坡上安家（2011）

两个山岙分岔（2018）

山岙深处（2011）

山岙上面的村落（2016）

山坡上的小聚落。深山遥遥一条路，几栋小楼拒风雨。理罢园圃采柴薪，养禽易粮有盈余（2011）

山坡小村（2011）　　各自择地，天天能见（2012）

不通车路的岭上村落，住户已陆续搬离（2011）

不通车路的谷底村落，直拉电线（2016）

不通车路的高山村落（2011）

交通不便的深山小村，村民大多已经搬迁（2016）

靠步行上下山的山窝聚居（2012）

山村，生活着的人已不多（2015）

溪深坡陡（2020）

家在山林最深处（2016）

村后一户（2014）

岭顶人家（2011）

深山民居，出行不便（2015）

已有新家，即将撤离（2012）

村落的边上（2016）

仅存一户，不愿撤离。家在深山幽僻处，一条小径接田庐。包厢雅座饕珍馔，不若门前采果蔬（2018）

单独居住，似在世外。似雾似云似纱层，远山时显又时隐。村民曾言闻仙乐，为探秘境又一程（2011）

留恋故土，坡上老屋翻建。山前安家勤农耕，四时阳光照院庭。日出门前理庄稼，晚餐露台话收成（2018）

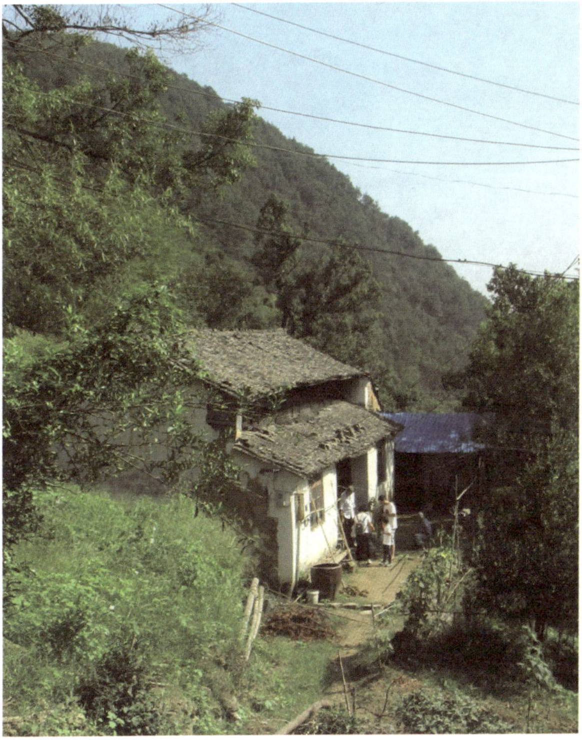

一人住在山上，节假日子女来探望。山高坡不陡，路窄无碍行。岩泉煮白米，细盐拌鲜笋。泥墙挡风雨，翠竹列画屏。园鸡与鸡蛋，假日待儿孙（2016）

一户一村（2012）

已在山下安家，老屋留着，打理庄稼时上午上山下午下山（2011）

虽有新家，不舍老屋，有时来居住一段时间（2016）

老屋门口叠
着柴草（2012）

交通不便，出产少，
全村另安新家（2018）

已有新家，老屋遗弃。前辈安家不辞苦，而今残垣藏野兔。若问主人去何方，已在山下住别墅（2019）

四围青翠，中有民居（2017）

家住水源（2011）

溪流过村（2016）

前面树木后面竹林（2016）

门前溪水长流（2013）

连成一排，面溪居住（2020）

砌坎留通道水道（2014）

砌高坎建房（2019）

一条山溪，两边建房（2011）

伴着溪水声居住（2019）

隔溪相望（2013）

年轻人外出，山村，总是那样的安静（2011）

屋后的搭建（2013）

在自家前面建小屋（2017）

虽有邻里自成小院（2014）

大树护村（2020）

竹林护村（2019）

连排的老屋，翻建、翻修与原状（2013）

隔岙相望（2014）

车路进山建新家（2017）

大山深处有成片的耕地（2014）

屋后青山，屋前农田（2013）

山中台阶式土地（2017）

沿着山脚建村（2016）

山中的一个聚落（2017）

山岙内的村落、溪流与农田（2019）

公路进山，村落面貌焕然一新（2019）

下雪天的山村分外宁静（2011）

山中农田阡陌交错（2014）

长长的沿山村落（2019）

山村的水田（2016）

山前村外的水田，撒谷长苗（2019）

大山中肥沃的农田（2011）

山区春耕。村前水田山倒影，农家传承勤耨耕。游客不知稼穑事，布谷声中观春景（2011）

山区的水村（2019）

丘陵间的村落。仰望高山飞思绪，山里风物费猜详。登上山顶瞰大地，曲江绕村是何方。放眼遍览景历历，凝神细看雾茫茫。人生时时在寄旅，奔走憧憬度时光（2013）

平原边上的村落（2014）

春水浩荡出山去。昨夜响雷惊山岙，遍山翠竹萌新条。道道清流出壑来，若耶溪水涨春潮（2011）

背后是山面前是江（2014）

村前江水映天蓝（2018）

远山近水（2013）

水面宽阔（2017）

水村（2017）

村落仿佛在水面上（2017）

水乡村落（2020）

傍水人家的养殖与垦种（2016）

远离城镇的村落，年轻人外出打工创业，村中一片宁静（2020）

水乡渔村（2014）

开门见水，家家河埠（2018）

除了打工创业，仍有人靠水吃水（2014）

近水人家的种植（2019）

环水居住（2020）

河流拐弯，两面临水，称汇头（2021）

河流拐弯处的人家（2013）

沿拐角砌坎建房（2017）

房与岸齐（2014）

村中水道（2013）

河边人家的中间通道（2015）

桥脚下的人家（2014）

沿河建村（2018）

周围环水的村落（2018）

四十年前沿新开河建的新村（2014）

两地交界的平原村落，少有陌生人来（2019）

一边是古老的河岸，一边是新建的车路（2017）

沿河人家（2017）

即将拆迁（2014）

住在街河边的人家（2020）

开过店的人家（2012）

村内通道的两边（2013）

住在街上（2012）

老街老屋（2013）

老街邻里（2012）

街店（2014）

老街人家（2020）

老街，人走房在（2013）

老街中的危房（2

路的一边是老房另一边在改建（2015）

车路边的村落（2012）

村中的出租房（2015）

部分改建成平房（2013）

村中仅剩的老屋（2017）

住平房的人家（2013）

出租的平房（2014）

俯瞰村落（2015）

平原上阡陌纵横（2015）

平原上的一处聚落（2020）

大堤内的村落（2013）

建筑

整幢联体建筑（2012）

乡村大宅（2020）

大宅小门（2019）

一座精致的老台门（2015）

不同的墙面不同的格式，中间开窗（2018）

一院一户左右对称（2014）

新开门窗，中间是影壁（2020）

门前影壁，旁边一间是后来加建的（2015）

背水起墙（2015）

垒石到顶的楼房（2019）

就地取材垒石为墙（2015）

精致的水磨砖墙（2014）

将砖墙墙面涂成黑色，以前很常见，现在不再有了（2010）

宅院的大门，显得气派（2018）

庄重而内敛的大门。深宅大院已闭户，门外木柴来守护。欲知主人去何处，邻家告知迁新居（2014）

简洁的门框，配精致的雕刻，显示出主人的情趣（2019）

大门上雕刻门额，木门已倾斜（2018）

宅院的两道石库门不呈直线（2014）

进出的两道门不正对外面的路（2015）

门框上的商号“源兴号文明彩轿出贯”，可见以前山区的婚嫁风俗（2019）

精致的门楼（2014）

垒石门框（2018）

二门的一种结构（2013）

砖墙门框（2018）

大门内的院子（2015）

门的两边设窗（2018）

门的两边木板（2016）

门的两边钉竹条（2015）

刻花的四扇大门（2019）

气派的砖木外门斗（2019）

以门为墙，必要时可敞开或卸下（2020）

两门相邻成角（2019）

两门一前一后（2019）

精致的门窗（2020）

1. 窗台外拓（2018）
2. 窗外设窗，可拆卸（2012）

刻字的门（2014）

院内厅堂的门及柱上的构件（2019）

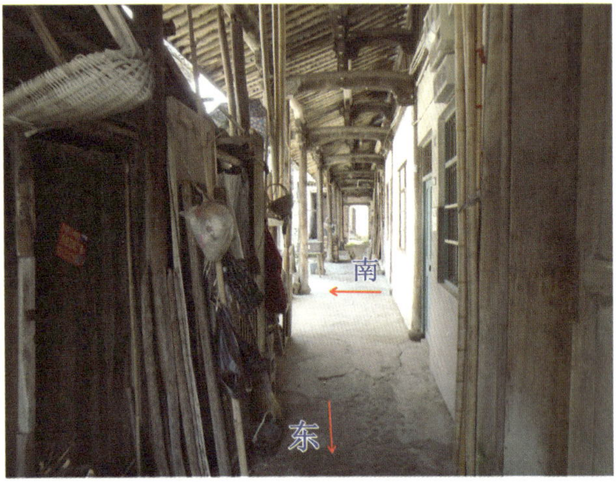

台门内的一进，东西向的是边门，正门朝南，可知规模宏大（2020）

进出的两道大门（2013）

两道门，石框与木框（2020）

门边留小动物进出的洞（2014）

门前的靠椅（2020）

门前的小桥（2009）

门前的铺设（2017）

台门内的甬道（2015）

二门的门楼和里面的道地（2019）

台门内的道地（2011）

室内的小天井（2012）

院落内的侧屋（2014）

长满杂草的天井（2020）

院内连排的窗槅（2017）

二楼的走马楼走廊（2015）

二楼的封闭开窗（2017）

另一幢走马楼的拐角（2017）

屋顶上的老虎窗，原建时一般不设，后来加开（2014）

外伸的二楼（2015）

二楼废了，一层仍在住人（2014）

侧屋与正屋不相连（2020）

正屋与侧屋相连（2012）

两边侧屋改建前后（2015）

二楼下陷（2015）

上面是窗下面为墙（2013）

气派的大厅，边屋有老人住着，正飘出炊烟。台门深深一进进，几间旧屋住老人。当年大宅多衰落，时代篇章已翻新（2015）

屋脊的造型（2015）

大厅与后院的分隔设置（2017）

大厅的雕花柱础与地面（2017）

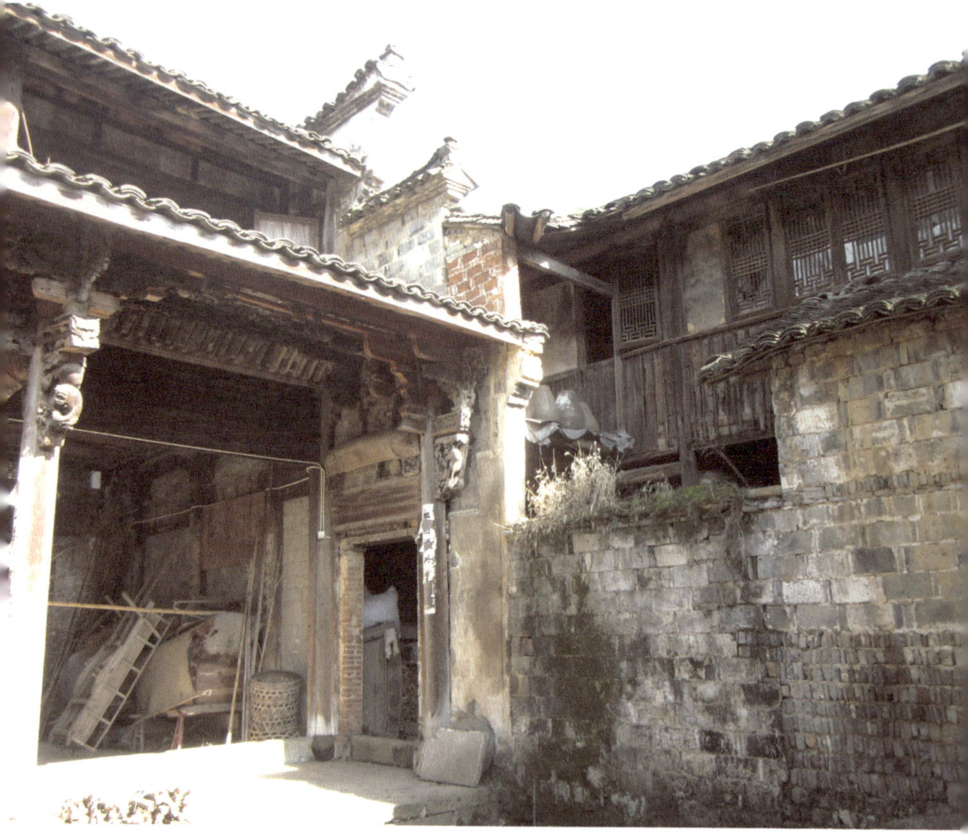

正屋的马头墙，一层用门与侧屋连通（2014）

简洁的窗槅（2013）

一楼走廊的拐角与扶栏（2013）

连体民居的结构之一（2020）

连体民居的结构之二（2020）

泥墙小院内（2019）

大门内的居室（2016）

院内进出大门的必经台阶（2013）

院内过道的楼梯（2015）

院内天井的楼梯（2013）

进门通道的楼梯（2016）

院内屋间的楼梯（2013）

小通道旁的楼梯（2012）

居室内的楼梯（2013）

厨房间的楼梯（2016）

三道门前的小厅（2012）

台门内的一边外拓（2013）

台门通道两边不对称（2013）

台门通道进出（2012）

台门口的阁楼（2015）

弄堂两边的木门（2016）

台门斗的地面。这是一座大宅第，外有围墙，围墙中间的门框是原来的，围墙内是水池（2015）

台门的一边改建（2016）

弄口的阁楼，弄堂两边的墙面不一（2013）

通道上的阁楼（2020）

通道的青砖墙面（2020）

庙宇前的通道（2018）

通道口连接桥梁（房屋已随村拆除，只剩桥梁）（2012）

通道的扶梯与阁楼（2013）

通道的廊（2020）

院落天井的屋顶（2020）

老屋的阳台（2015）

老屋阳台设窗（2015）

二层上下齐平（2019）

二楼外伸，下面成走廊（2019）

二楼外伸开窗，一楼扩展（2016）

二楼外伸成廊檐，由构件支撑，对面为邻居墙面（2012）

街面二楼的阳台（2015）

街面二楼阳台设窗（2015）

以楼为墙（2013）

二层齐平中
间设屋檐（2016）

过道加建（2020）

宅院内的廊檐，顶棚拼花（2020）

包脚廊檐（2015）

廊檐的弯柱（2019）

石柱廊檐（村已拆除）（2012）

设在二楼中间的屋檐（2020）

街面房的屋檐（2017）

前面为老屋，后面翻建（2013）

廊前搭建的小屋（2013）

房屋前搭建的小屋（2019）

台阶进出，两边加建（2014）

门前向一边的台阶（2018）

通道下的台阶（2019）

门前的小桥与台阶（2019）

房屋间的台阶通道（2015）

台门台阶与通道台阶（2014）

台阶上的建筑（2013）

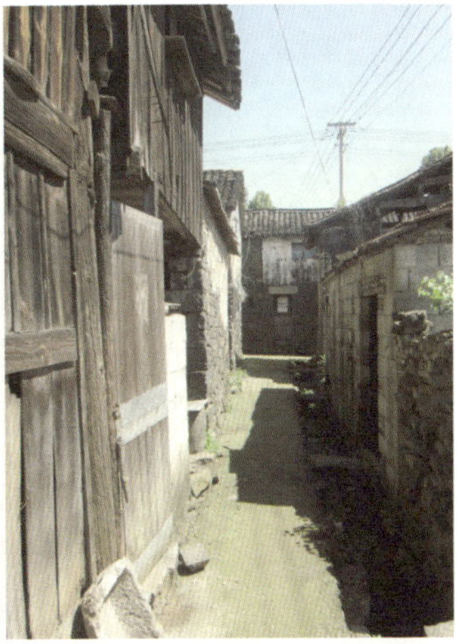
家门前的路（2015）

民居间的小弄（2018）

村落中间的通道（2013）

家门口对弄，弄口石库门，上镌“孝义古里”，即常言的“里弄”（2013）

民居中间的长弄（2019）

石墙长弄（2017）

已成单独的楼屋（2017）

单独的小楼屋（2017）

单独择地建房（2017）

山前溪边单独居住（2019）

山前水塘边
单独居住（2013）

山前路边单独居住（2019）

搭建在溪流上的小屋（2010）

搭建在道路拐角处的小屋（2016）

修理前（2011）
修理后（2015）

成排老屋中间翻建新宅，老屋依旧（2016）

台门内翻建的新居（2016）

两边翻建，中间维持原状（2014）

边上一间曾经翻建过（2011）

老屋外加柱。原来的木架材料粗大结实，有精致的雕刻，已很难修复，除非翻建、重建（2012）

加立柱子加固（2014）

屋檐加柱（2017）

竹子柱（2019）

石块柱（2018）

外墙顶石拄，墙面已外鼓（2013）

外墙顶木拄，对防止倾斜有一定效果（2011）

石板护墙。以前仅行人，不会损伤房子，有摩托等车辆后会磕碰，便加了石板（2012）

已成危房的老宅（2020）

一边翻成新楼，一边已拆除（2013）

中间倾斜严重，两边墙重砌继续居住（2014）

屋架完好，墙面半剩，继续利用（2015）

墙面完好，二楼垮坍，修复有难度（2016）

未经维修的老屋，瓦片也是原来的（2016）

老屋前搭丝瓜棚（2016

门窗维修，屋顶翻修（2014）

廊檐翻修（2014）

屋顶翻修（2014）

保存完好的宗祠（2012）

闲置的宗祠（2014）

乡村土谷祠，修旧如旧（2013）

村中水阁（村已拆，水阁经重修单独保留）（2014）

大嶕岭下的大蕉庙，古代越人活动的地方（2017）

深山中的轩辕庙（2011）

深山中的尧王庙（2019）

深山中的舜王庙（2010）

山区中祀大禹的彼苍庙（2012）

社庙（2012）与社戏台柱子（2014）。另有三社庙、四社庙、五社庙、六社庙、十三社庙、中社庙、西社庙及头社、二社等

韩妃江边金岩下的金岩殿（2020）

三江口的靠山建筑（2013）

水池上的建筑（2013）

曹娥江边岩石上的建筑（2013）

山下水库边的建筑（2012）

农田中的建筑（2019）

水乡村中的戏台（2018）

深山庙宇内的戏台（2011）

庙宇内的戏台及看楼（2012）

戏台聚声的“鸡笼顶”，用香榧木做成，边上的看楼已翻修（2012）

中间台板可以拆卸的戏台（2013）

水乡的西式建筑（2014）

西式大门的关圣殿（2015）

山村的西式民居（2015）

深山中的洋楼（2016）

乡村有诸多名人故居，这是弘一法师居住过的小楼（2012）

过街门楼（2012）

老街的电影院（2020）

老街的影剧院（今已不存）（2014）

小水电站,发出的电输入电网,可作为集体收入(2012)

以前山区的公交首末站，多条线路在这里往返，邻村人候车时相遇交谈，现已另建新站(2011)

山区的村办公房(2012)

水乡待拆的村办公房（2013）

一层开门这间的二楼为20世纪70年代大队办公房。大队改村已40年，当地人仍常称大队（2013）

当年的区公所（2018）

当年的区公所办公楼（2018）

当年的公社办公楼（2019）

水村的岸边渔舍（2013）

河道中的渔舍（2013）

作为渔舍的船屋（2017）

江心的一个“渡”（2018）

设施

坡度较缓的石级路（2019）

毛石块垒的山路（2015）

荒芜的石级。竹倾倒、茶树老，青壮打工创业去，白发村中度时光，荒山养水能聚宝。民谚“地荒出草，山荒出宝”（2019）

零乱的石级（2016）

片石山路（2012）

加固防止坍化（2016）

山路被溪水冲垮（2015）

处在荒芜中的山路（2015）

设有防滑木的山路（2017）

驻跸岭上荒芜的石级，传说赵构自温州返回越州在此驻跸。谷幽林密路半废，草木深深露未晞。千年往事已远去，传说至今称驻跸（2016）

采药径，传说阮肇、刘晨遇仙路上（2012）

少有人再翻岭，路亭残破（2013）

峡谷中的古道与古桥。山花缀古道，溪水奏苍岩。翠竹摇清风，黄叶向陂田（2011）

山坡杂树中的路（2011）

长满青苔的山路。树从岩隙出，泉自草丛来。新竹梳清气，初阳覆藓苔（2011）

上的险路（2016）

岩石边的路（2016）

岩石上开凿的路（2015）

石级的起始处（2011）

山路边的小庙（2013）

盐帮古道 1.（2013）
2.（2020）

古道上的桥梁（2015）

山路与桥梁的岔口。残阳笼薄雾，飞鸟隐远树。留恋山野景，迷失来时路（2011）

荒山中的路与残墙。远望古道设城门，近前方知是废亭。杂树布阵瘆过客，林隙恍若隐疑兵（2016）

古道穿过峡谷（2011）

少有人过，倒在路上的树木未清理（2014）

峡谷中的路。小路蜿蜒谷底过，长风受阻穿峡来。溪水奔流不停息，进山大门两边开（2011）

古道与车路在
垭口交汇（2011）

山地中间的路（2010）

山腰中的路（2011）

秦望山一侧的覆釜岭，唐代萧翼从云门翻过此岭后，一路通向越州城区（2011）

山地中的路与亭（2012）

与溪流相依的古道（2020）

山中的机耕路（2017）

水库边填石块的机耕路（2013）

砂石机耕路（2015）

农田中的机耕路（2019）

硬化后的机耕路（2012）

农田中的石板路（2016）

水乡的石板路曾是交通要道，现在仅为农家耕作时用（2018）

农田中的石块小路（2018）

河道边的石板路（2019）

建在河道上的塘路（2019）

水乡纤路，另有国家级文物保护单位古运河边的古纤道（2014）

河道边的过村路（2017）

家门前的石板路（2016）

以前的连村大路（2019）

溪上的小桥与溪边的路。山村如今通车路，古道伴与青草处。溪水依然恋旧邻，天天桥下来低语（2019）

溪上的两孔石板桥（2011）

溪上的竹跳板（2011）

谷底的小桥。日落风生壑，泉喧鸟隐林。筱丛迷岔口，幽谷传回音（2016）

山岙农田中的两孔平桥（2015）

溪上的多架木平桥（2012）

溪上的多墩平桥。阳光洒进枫香岭，溪水清清山倒影。微风缓移水底云，长长溪桥过行人（2013）

溪上的多孔木架梁桥（2012）

村中的两脚平桥（2019）

家门前的小拱桥（2017）

洪水后山区的多孔平桥（2019）

溪滩上的低墩桥（2012）

深山荒谷中的溪桥（2017）

风雨桥（2012）

新路避开古驿道上的古桥（2022）

山区朱熹访友的访友桥（2012）

迎仙桥与惆怅溪，传说阮肇、刘晨在此遇仙及不能再遇（2012）

唐代司马承祯应诏赴京时在此产生悔意下马的司马悔桥。春离琼谷多颠蹇，曲指京城在伏天。此地嘉林能避暑，溪边高卧自成仙（2012）

两边设亭的双孔拱桥（2020）

便于过溪的毛石矴步（2013）

石块矴步与梁桥并存（2019）

就地取材垫石过溪（2012）

古树与古桥（2012）

被水冲垮的矴步（2013）

古道上的文物保护单位进龙桥（2017）

残桥中仅存的独梁已有百年历史（2013）

之字形桥梁（2014）

弧形梁桥（2014）

多墩梁桥（2010）

堤墩结合的长桥（2017）

行人往来频繁的多墩梁桥（2017）

钢梁与石梁结合的梁桥（2014）

高低结合的梁桥（2017）

桥下设亭（2015）

水乡常见的桥梁，锯齿形桥栏供休息闲坐，特别是夏天，桥上乘凉是水乡一大习俗，既是休息也在此互通消息（2015）

因已失去交通作用，桥梁的一端已阻，这样的桥见过多座（2013）

农田承包人搭建的便桥（2016）

抬高水位的弧形水坝（2015）

村中为保存老桥，边上建新桥，这种方式常有见到（2015）

扩建新路保存老桥（2015）

用于防洪的金刚堤，称石砩，上面晒的是稻谷（2017）

农田中的堤埂（2011）

保护河岸（2019）

运河上的水利设施，国家级文物保护单位，船过坝时要用人力或牛拖（2015）

山区的水库，大多建于20世纪70年代，仅原绍兴县（今柯桥越城）山区500立方米以上的山塘水库有1500座（2015）

曹娥江上的拦河坝（2012）

海塘（2017）

挡潮与蓄排水的曹娥江大闸。闸前巨浪挟惊雷，闸后微波接琼台。闸外潮神闸里仙，相邀大闸观沧海（2017）

新闸建造前的重要水利工程，建于明代的三江闸。神工镇扼三江口，外拒狂潮内节流。风雨千年山会路，越乡清水写春秋（2013）

以前海塘上的水闸（2017）

内河的水闸（2013）

山区溪流上的水闸（2015）

水渠与水库（2016

山腰上建起的水渠（2012）

地上水渠（2014）

渠底铺石块的水渠（2018）

机耕路与水渠相并（2019）

农田中的灌溉渠（2019）

山村中的双眼古井（2019）

山区农田中用于灌溉的蓄水井（2012）

虞姬井，传说项羽在十里外隐居时驯马到这里与虞姬相识，那里现有村名项里（2017）

地头的蓄水井（2018）

20 世纪 70 年代建的山区蓄水井，又称地下水库（2014）

水池与水井（2011）

后门开出的河埠（2015）

村中的河埠（2014）

桥梁建造前，渡头的休息亭（2018）

田野中古道
上的古亭（2014）

河道边的古亭（2019）

岔路口的
指路牌，古代
名胜地名在此
交集（2016）

山区的指路牌，当年的要道，今天旅友的寻胜处（2019）

当地传说的秦始皇登山处。砂石零残山摧嵬，秦皇马迹费疑猜。探明史事不停步，踏破巉岩上道来（2012）

国务院置的界碑

. 山上 1997 年设立（2011）

. 海塘（2011）年设立（2014）

1. “木窝尖”上，三部门设立的测量标志（2015）
2. “龙头顶”上，诸暨、嵊州、绍兴三地界碑（2016）

运送货物的缆车（2020）

家庭取水管（2013）

引水竹槽（2011）

山村的储水塔（2014）

1. 山上的水文监测装置（2022）
2. 山区的地质环境监测装置（2020）

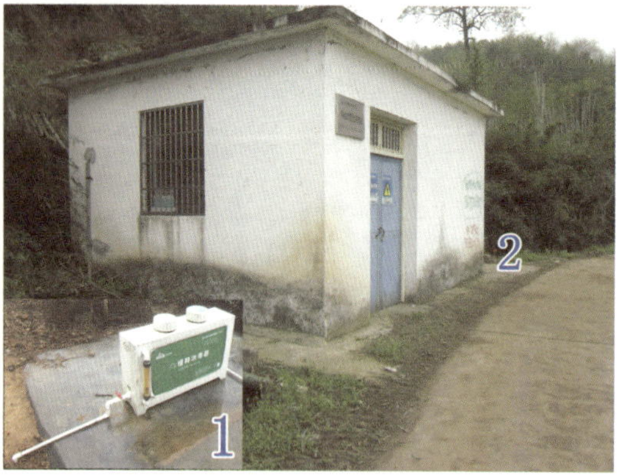

山区用水设施 1. 消毒器（2015）
2. 泵站（2014）

山区废水处理设施（2015）

甬绍金衢成品油管道工程测试桩（2020）

东白山上的风力发电装置，处会稽山脉最高处，直径可对照旁边的车辆和行人（2013）

湖泊上船只避风的避风塘（2014）

老屋的电线（2014）

火车来前的行人停留处，人工管理（2014）

1. 杭甬运河里程桩（2017）
2. 大运河遗产界桩（2013）

运水渡槽（2012）

抽水机埠（2013）

电力抽水，向农田输水（2016）

固定的河埠抽水机（2018）

柴油抽水机机船（2017）

跨河的自来水输水管（2013）

古代水利工程分水尖（2021）

“五水共治”，在路下埋设水管，将生活废水集中处理（2016）

宅院内的排水沟（2019）

村里统一的雨水排放口（2015）

村中池塘水面的净水植物（2015）

河道水面的净水植物。水乡春水与岸齐，村埭倒映云影里。江面一望无行舟，偶有白鹭过庄西（2018）

养鱼的箔簖。渔箔一道绘风景，岸树两行缀天镜。水鸟数声无影踪，小船轻移波不兴（2018）

河道上的渔箔（2014）

江边泊船用的泊位（2018）

生活

水乡小划船。现在景区装有乌篷的船以前叫小船，不载客农用或渔用的则常称小划船，不设篷 2021

划小船捞鱼网（2019）

小划船一般不用橹摇，这是经过改装的小船（2014）

扒螺蛳的小划船（2019）

用新材料制作的小划船（2019）

机动的载客渡船，以前水乡用木材制作由乘客自己拉绳过河的渡船现在已绝迹，遗存也无。改建桥梁后，这种机动的渡船也很少了，不少地方仍保留着“渡船头”的地名（2013）

渔民整理渔钩。现在水乡捕鱼人往往同时从事别的工作（2017）

骑着单车去地头劳作（2014）

老人拄杖去看庄稼（2010）

立夏，当地风俗要吃豆，老人在地头摘罗汉豆（2019）

老人割麦（2011）

田间一人劳作（2016）

夫妻地头劳作（2016）

地头劳作回家（2016）

拉车过桥（2015）

背竹下山（2013）

各上背竹（2018）

小路上背木头（2016）

挑笋下山（2019）

拄杖挑担的老人（2015）

挑稻谷上坎（2016）

扛石头的妇女（2011）

扛竹的妇女（2011）

挑担的路上暂歇（2011）

在地头摘毛豆。毛豆，学名大豆（2016）

在家摘毛豆（2016）

山民准备中餐（2016）

坐在门口缝补（2013）

老人整理燃料（2016）

老人理竹筱（2010）

坐在家门口剥笋（2017）

做圆件的木匠，圆件指桶、盆之类（2012）

脚踏弹花。用这种方法加工棉花已很少见（2020）

手工弹棉花，当地叫胖花（2020）

旧棉胎翻新，也制作蚕丝被，偏远乡村中常能见到外地人开车来，在村里待上好几天，吃住都在车上（2019）

制作钢钎，主人是非物质文化传承人（2020）

烘用来扎扫帚的竹筱（2015）

装满一车准备外运（2019）

专心劳作（2017）

大雨后在溪滩中捕鱼（2012）

放羊（2012）

榨菜籽油（2015）

老屋理瓦（2011）

做年糕（2018）

大田上机器喷雾（2016）

寒冬在村外的溪滩洗衣，地上还有积雪（2011）

在村中的溪滩洗衣（2019）

在河道洗衣，上虞玉水河（2012）

在村中溪滩洗菜（2014）

家门口洗衣（2019）

在村外溪滩洗菜（2020）

家门口晒笋干，不用人看管。村底，平时没有陌生人和车辆进来（2017）

在农田中摊晒（2018）

村前场地上摊晒，全是不加干菜的纯笋干（2019）

晒萝卜干（2017）

晒红薯干（2019）

晒藕粉（2018）

摊晒鱼干、干菜（2020）

挂晒鱼干（2013）

临时菜场的早市（2015）

乡村景区的摊点（2009）

庙会设摊，摊位有统一规格，需事先登记（2016）

公路边崖壁下的车摊（2020

路边售山货（2011）

卖竹器（2014）

风景点卖小食品（2012）

风景点看摊。登山或有迷茫人，虚位待客在树荫。居家无事上山来，赚个小钱度光阴（2016）

挑担穿村售卖（2019）

挑货下山售卖（2011）

向进村设点的收货人出售青茶叶（2020）

货车进山（2020）

深山售货，一间房子已换新式瓦（2017）

摩托车进山上门售货（2011）

果农路边售卖，下雨天也在等顾客（2020）

路边售卖的水果车（2020）

手工白铁店（2015）

小卖店（2013）

老式茶店（2015）

街头茶店（2020）

承包户的工棚（2019）

养殖户的工棚（2019）

养殖人家。除特定环境外，乡村已不再散养家禽（2018）

山区蜂场，地上晒的是花粉（2011）

农家的土蜂桶（2011）

土地利用，在屋边坎上种植（2018）

在废宅种植，但一般不散养家禽（2015）

在溪滩上搭棚种植（2015）

在河道边搭棚种植（201

在废船上种植（2018）

耕作在山下的农田（2011）

山岙中的水田（2013）

溪流边的耕地（2017）

小山岙里开垦的土地（2016）

山岙中的梯田（2015）

崖边小块开垦地（2012）

深山香榧树——“中国香榧王”（“大香林”景区内有“中国桂花王”）（2020）

珍贵树种红豆杉（2016）

板栗树上的板栗，
成熟后自动落下（2011）

成片的茶园（2013）

桑树（山区有的地方有养蚕传统）（2011）

玉米

1. 逢连续干旱枯萎（2013）
2. 已成熟（2014）

新引进的吊瓜（2011）

棉花，本地种植不多（2012）

烟叶，本地很少种植（2012）

芝麻（2016）

山地蔬菜（2010）

依次是水稻、
荸荠、慈菇（2011）

廊下的柴禾（2014）

台门口的木柴（2014）

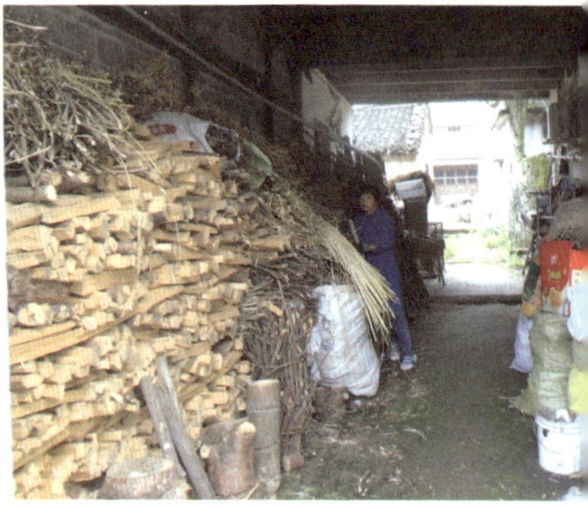

台门内的燃料（2020）

乡村厨灶（2012）

农家灶间（2013）

上山打理庄稼时使用的灶台（2018）

室内的炊茶装置（2018）

老大伯老大妈二人的中餐，偶然进入他们家，平时住在山下，季节性上山打理一下不舍的庄稼（2018）

保持着室外吃饭的习惯（2012）

端着碗在室外吃饭闲谈（2020）

管山人用餐（2012）

老人室外用餐（2017）

老人用餐毕小坐，家有来历（2015）

民工用餐（一边是售卖车）（2017）

民工用餐，自带（2017

民工在寺院吃素餐，偶遇（2011）

寺院里的素食，偶遇（2014）

在过道上摆酒席（2014）

村里的酒席（2021）

山村喜事。房前通道搭彩棚，路边小车排成阵。山村今日有喜事，公交过境慢慢行（2014）

祠堂内办酒席（2013）

老人饭后休闲（2013）

饭后台门口休闲（2017）

饭后下棋（2014）

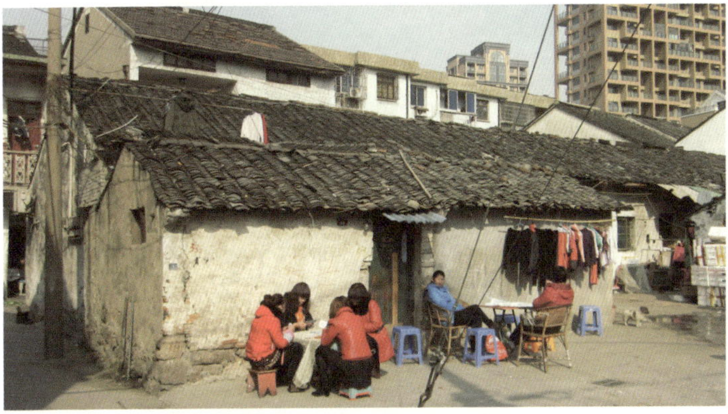

出租房前
休闲（2013）

在出租房
带孩子（2020）

管山人休息。盛世亦需管山人，提醒游客守文明。无事整日安静坐，手捧茶杯到黄昏（2015）

门前休息（2019）

难得有陌生人经过，老人出门来看（2011）

树荫下闲坐（2011）

大树下纳凉（2018）

闲坐时见到陌生人（2013）

墙脚下休闲（2020）

屋檐下闲坐（2014）

屋前独坐晒太阳（2013）

台门内休闲时见到陌生人（2013）

闲坐闲说（2013）

老人院内闲坐。旧屋亦曾有青春，百年风雨已破损。白发老人坐门口，整天无事想儿孙（2012）

出租房打工者的书法（2018）

一位僧人的功课余（2020）

老人在家门前阅读（2014）

老人廊下专心读报（2019）

宅院内带孩子（2012）

小孩池塘洗水果（2013）

山区孩子的假日（2011）

假日里快乐的孩子（2014）

在外读书的学生假日回村（2017）

深山老人赶集回村（2011）

乘坐公交车回村（2012）

假日水库垂钓（2016）

河边垂钓（2014）

暑假嬉水（2013）

走向大山探寻奥秘（2017）

旅友探山（2012）

行走在大山中。无心飘落的秋叶，随意飘零的秋雨，山野中寻路的行人，你要走向何方，走向何方。岁月留在身后，思考写在眉上，夕阳映照你执着的身影，晴空穿过你曾经的歌声。清泉洗去了疲劳，山风吹走了喧嚣，来的道历历在目，去的路总有阳光。天边不断飘过浮云，地上难免会有岐路，既然踏过了无数崎岖，便不在乎迷惑的坦途。水是寒的，血是热的，路是险的，心是坚的，夏天虽然过去，生命依然燃烧。无需预料，无需寻找，在短暂的休息中，响起你新的乐章（2013）

野炊遗迹（2013）

村落拆迁前的议论（2013）

回祖宅寻旧（2017）

折迁前搬遗物（2020）

收购来的折迁房木料（2014）

在折迁村收古器（2020）

勘测（2011）

到乡村租地（2013）

人离开，货物放在路边（2015）

遗在山道边的木头，已有较长一段时间了（2016）

存放在路边的木头和柴捆，上面搭一块布表示有主人，原始的风俗（2018）

山区骡队。昨夜何人洒碎银，遍地霜花迎朝暾。冬日幽谷如止水，忽有骡队过山村（2013）

檐下两架梯子，其中一架叫蜈蚣梯，摘香榧用（2015）

曾经使用过的电视信号接收器（2017）

传统的年糕压榨法（2018）

成立班子编修家谱（2014）

回到祖宅办喜事（2013）

看社戏。见惯俯首看手机，亦有抬头观社戏。莫道同时两重景，村外还有垂钓迷（2013）

修路暂阻（2020）

医疗下乡（2020）

义工（2020）

村民休闲（2020）

棚下的鱼鹰，已很少见（2015）

渔场（2013）

母鸡带小鸡（现在小鸡一般由专门的哺坊孵化，很少有家庭孵养小鸡，这里是偏僻的高山村落）（2012）

为大树让道（2016）

遗存

人力独轮车（2012）

人力水车（2020）

脚踏轧稻机（2020）

扇谷的风箱（2020）

谷箩背篮与土箕（2017）

囤稻谷或大米的车箩及土箕（2021）

脚踏的石碓（2020）

电动碾米机（2020）

石碾（2020）

捡茶机（2020）

力揿压式水龙（2009）

1. 官帽式木椅（2020）
2. 取暖用坐具（2020）

关门的方式 1.（2016）
2.（2020）
3.（2020）

院内的拼花门（2015）

支撑屋檐的“牛腿”（2014

支撑二楼的“牛腿”（2020）

支撑檐廊的“牛腿”（2012）

院内撑檐的“牛腿”（2020）

雕花的顶梁（2012）

雕花廊檐（2013）

雕花檐梁（2012）

雕花卷棚（2013）

雕花横梁（2013）

内门上的砖雕及木雕（2017）

大门的砖雕（2014）

嵌在墙上的石刻（满文）（2014）

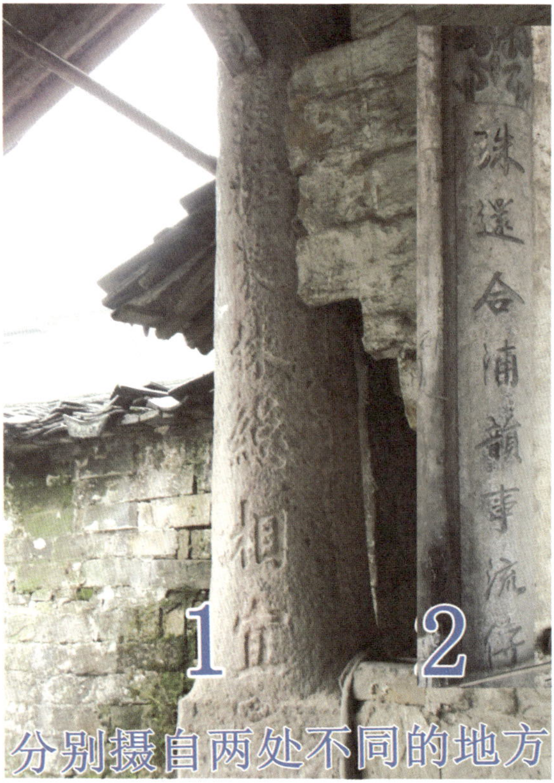

石柱上的联语 1.（2016）
2.（2014）

1. 刻在地上的一种棋盘（用于娱乐，以前很多，现已退出历史）（2013）
2. 别处携来砌墙的石刻雕饰（2020）

1. 移来砌在桥上的石刻文字（2018）
2. 移来砌墙的石刻文字（2019）

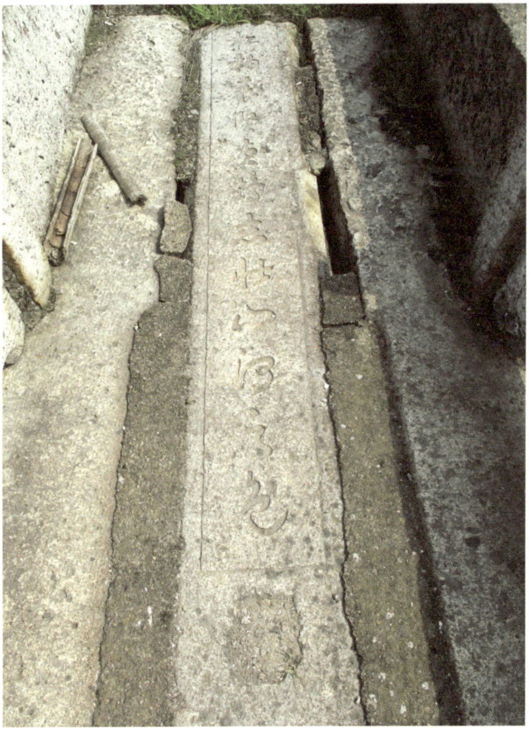

移来用作铺桥梁的柱子“松柏表坚贞鹄志壮山河之色”（2017）

遗存的旗杆石 1.（2014）；2.（2018）；3.（2017）；4.（2019）

被遗弃在山村的石磨。以前山区人家以玉米糊为主食，几乎家家都有石磨，现主食已是大米，玉米作为饲料，有的景区收有许多废弃的石磨用作装饰(2011)

拆迁收来的石构件（2012）

拆卸下来的木构件（2017）

大厅墙上的壁画（2015）

廊檐墙上的壁画
及石刻联语（2012）

已显模糊的壁画（2011

破壁上的壁画（2013）

外墙檐下的壁画（2018）

大门上的壁画（2018）

生产队办食堂时留下的墙画（2014）

六十多年前留下的壁画（2015）

墙上的标语（2011）

生产队社员外出轮流次序（2017）

生产队的护林公约（2018）

互助组时期留下的“农具合作社”字样（2018）

1. 用电安全标语（2017）
2. 墙门内禁堆杂物公告，摄于公共通道（2014）

办厂时留下的标语（2017）

折迁房墙壁上的警告语（2013）

1. 保护河道的宣传标语（2015
2. 保护环境的宣传标语（2014

保护土地资源的宣传标语（2013）

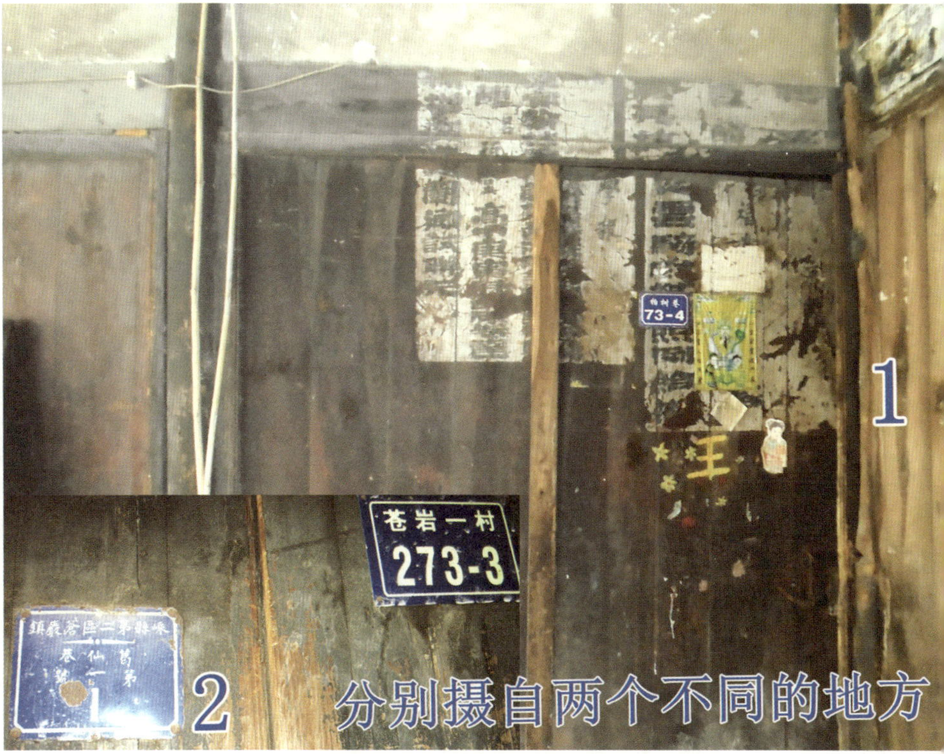

1. 科举时代贴在堂屋的捷报（2020）

2. 20 世纪 50 年代初的门牌（2014）

老屋大门上面的匾（已拆迁）（2013）

深山建筑上的标语（2013）

大门上的门神（2012）

戏台看楼墙上的文字（2011）

木牌坊及下面的护脚石件（均已移建别处）（2013）

造纸作坊遗址，主要生产一种鹿鸣纸（2011）

牌坊遗址，犹存门牌名称。牌坊，当地称行牌（2017）

宅院内的水池，有多种作用（2012）

惜字亭，有字的纸不能扔，须专门焚化（2012）

墙界 1.（2017）
2.（2013）

可以代办长途直拨的公用电话房屋遗址（2018）

1. 代售寄信邮票的遗址（2018）
2. 一家已停用的村邮站（2012）

1. 以前的村标（2011）
2. 农村消费维权投诉箱（2012）

炒茶灶（2015）

白篷船（乌篷船景区常见，白篷少有）（2014）

以船代桥过河（2020）

从船边与木桩上过河（2020）

水乡停用的船只，其中一艘以铁皮代篷（2014）

水乡内河的载客轮船，有固定航线，20 世纪 80 年代后期停用（2015）

以前的店招（2013）

贸易服务部遗址（2013）

计划时期的粮油供应站（2013）

老街的家电钟表维修店（2013）

老街的药店（2015）

老街的书屋（2015）

老街的服装加工店（2013）

老街的棕棚店（2013）

山村小卖店遗址（2016）

山村小店遗址（2017）

山村的修理店遗址，20 世纪 80 年代出现在乡村，后逐渐退出（2012）

山村的美发店遗址（2011）

老街的榨油厂（2013）

老街的工艺木雕厂（2020）

山村的丝织厂遗址（2013）

山村的服装厂遗址（2014）

山村厂房遗址（2012）

深山已废茶厂（2018）

老街的煤饼厂遗址（2020）

山村电力加工厂遗址（2016）

山村加工厂遗址（2020）

20世纪六七十年代的粮食、饲料加工场，一般每个大队都有。一台碾米机，一台饲料粉碎机，专人操作，记工分，年终与社员一同分配（2019）

山村茶茧站（2016）

公社时期的山林队用房（2014）

当年的山林队用房（2012）

山区管山房（2011）

管山房及附屋（2012）

乡村保健站遗址，当年一般每个大队（村）都有，后集中到新建的医院（2016）

保健所遗址（2017）

20 世纪 70 年代设在茶场的师范校舍遗址（2015）

山村校舍遗址，年轻人外出安家，生源减少，乡村学校逐渐停办（2011）

水乡校舍遗址，教育资源整合（2015）

村社坛遗址，曾用作下乡知识青年住房（2013）

山村供销社门市部遗址（2013）

山村供销社遗址（2015）

客运汽车站遗址（2012）

深山公交站遗址，这是一条线路的终点。公路优化后，除新建的首末站，乡村公交车已不在村里过夜（2017）

水乡老年活动室遗址（现另换新址）（2015）

国家粮食仓库遗址，乡村以前多为民房改建，现在择地新建标准化大型粮库（2011）

国家稻谷收购站遗址，水乡投售时用船，岸上有较大的场地（2014）

原基层粮食管理所办公用房，粮食不再计划供应后撤销（2014）

村里的国家粮食供应站遗址（2014）

粮食管理所办公楼遗址，一楼办公二楼宿舍三楼会场（现已拆）（2015）

金矿开采管理遗址（2016）

山坡上的凉亭（2016）

山岙中的亭子（2011）

农田中的亭子（2012）

景区遗屋（2016）

村落即将拆除，将开挖成河道的道地及房屋（2013）

水乡村落边缘人家（2018）

半废的老屋（2012）

老屋炊烟（2014）

暂住的出租房（2011）

中间长久未使用先破残（2017）

空置的老屋（2016）

被支撑着的危房（2019）

半废的台门（2015）

整村搬迁后仅存一户暂住（2013）

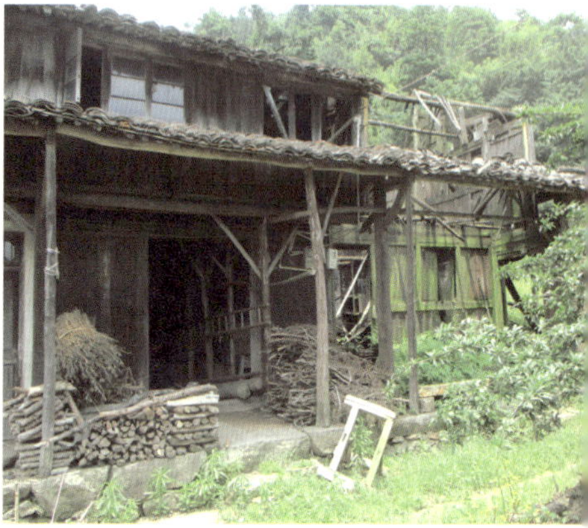

村落搬迁，已有新家，仍有老人留恋老家。室内余粮盈数瓮，檐下木柴列似阵。时鲜果蔬甘如饴，清泉烹茶提气神（2018）

山村废屋。深山独行迷方向，忽见竹林隐院墙。紧步上前唤主人，但见荒草遍废房（2015）

水乡被遗弃的废屋（2014）

未修、修理与翻建并存（2015）

局部修理后又陆续撤离（2015）

山区被遗弃的老屋，许多被遗弃的老屋都仍有主人（2019）

遗弃已久（2012）

已废的院子（2019）

天井的杂草（2015）

老房子失火后的场面。以前火灾很多，有的不久重建（2021）

山村废墟（2014）

书法培训，人去屋空（2012

孑立的二楼（2015）

村落搬迁后留下的房屋（2011）

遗存的工棚（2015）

整村搬迁，被遗弃的门框。当年热土无人影，老宅犹存一道门。风雨有心荣草木，阳光不弃旧山村（2019）

搬迁后遗存的公屋。寒山有声唯溪喧，废宅失主遗家件。沉睡古道绿苔生，任性茶树高过肩（2019）

村落搬迁后经清理的地面（2019）

拆迁遗留（2018）

宗祠的地基（2018）

遗存的宗祠屋顶及柱子（2020）

残存的庙宇屋架（2011）（2019 年倒坍）

遗存的石灰窑（2016）

遗存的砖窑（2017）

中间二楼有露台的曾是村中最显目的楼房，有来历（2017）

晚清太平军攻下村撤退以后从各地赶来收拾掩埋的遗址（2012）

清代姚家的帅府台门遗存（2017）

20世纪农会遗址（2020）

20 世纪农民协会旧址（2019）

20 世纪 40 年代农场遗址（201

姚家祖屋（主人于民国时赴沪）（2020）

村里的消防间，只要发现火情，无论远近都会相救，现在基本改为消防车（2016）

消防龙局遗址（2015）

村里的邮电局遗址（2015）

塘管局遗址（2020）

20世纪40年代学堂遗址（2020）

村里的食堂遗址（2020）

20世纪70年代的村建粮仓（2020）

村里的酒厂遗址（2017）

电视剧拍摄地遗址（2012）

本山开山第一人遗迹（2011）

掩在草木丛中的石坊（2020）

村中遗存的华表（2019）

村中遗存的大墓（2012）

塔一般建在山上，
这座塔建在平原（2013）

古驿道上的天姥
寺遗址（2020）

陆游故居遗址（现建成公园）（2014）

东汉王充墓，旁边有纪念性建筑（2012）

全国重点文物保护单位越窑遗址（2013）

原四周环水的环水亭（2014）

沿海保境安民的所城遗址（2013）

遗存的古海塘，现已处在内陆中（2013）

春秋时期的坝址，为史载的范蠡养鱼池（2020）

战国时期的塘坝，不远处有一条古城岭。古城岭上山花开，允常史迹费疑猜。勾践戈剑遗溪壑，残塘犹证二千载（2012）

神秘的若耶溪边铸铺岙，传说越王铸剑处。文献记载，传说铸此剑时，赤堇之山破而出锡，若耶之溪涸而出铜，雨师扫洒雷公击橐，蛟龙捧炉天帝装炭。周围尚有锡山、日铸岭、炭灶岭、上中下三灶及20世纪开采的铜矿金矿铁矿等遗址（2018）

东汉回涌湖遗址，出现朝南暮北风的地方。会稽群山岭连岭，岩壑处处藏仙境。千年樵风隐若耶，仍有后人来问津（2020）

地下出土不久的木料（2011）

重要地质遗迹（2011）

地下文物埋藏区（2018）

越国贵族墓群（2018）

省级文物保护单位古代石室墓（2011）

秦望山南，传说古越国的越人活动区。秦望山南峰挽岭，处处谷地可农耕。东接若耶西古博，许是从前大越城（2016）

六千年前的文化遗址（2013）

古代采石遗址（2015）

山中佚记的刻石（2013）

遗存在山中的石件（2019）

元代水晶矿开采题记（2013）

禁碑 1.（2011）
2.（2012）

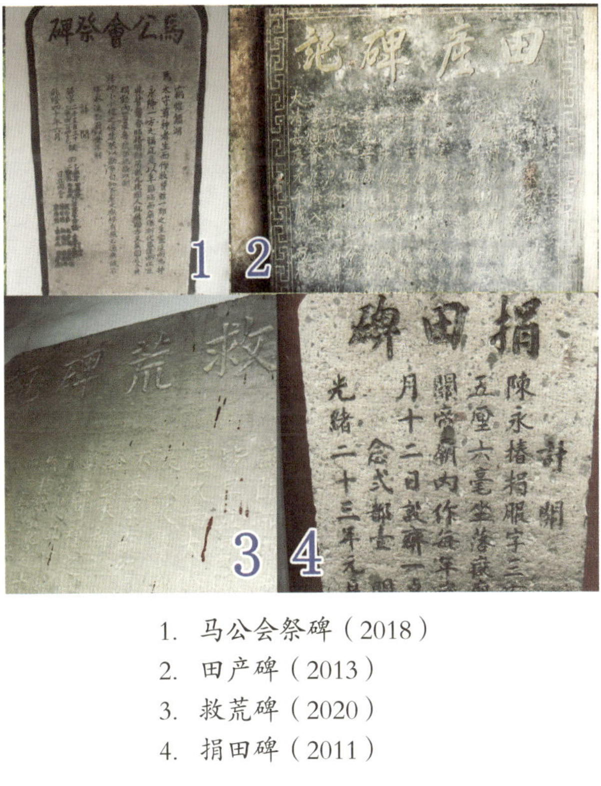

1. 马公会祭碑（2018）
2. 田产碑（2013）
3. 救荒碑（2020）
4. 捐田碑（2011）

乐善好施碑（2012）

村里的孝子碑（2013）

1. 县界指路碑（2020）
2. 村界指路碑（2011）
3. 桥脚的指路碑（2020）
4. 岭上的公界碑（2010）

1. 水库界桩（2017）
2. 水库库界（2012）
3. 社田桩（2012）

天姥山碑（2012）

天姥山青云梯登山道碑（2012）

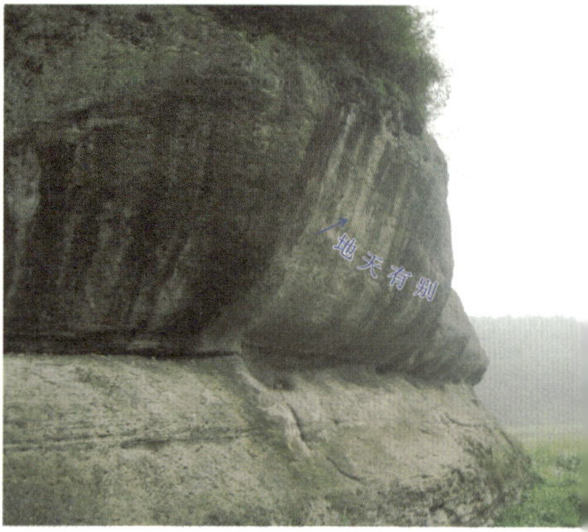

古道边岩石上的“别有天地”刻石（20

古道上的“会墅岭”刻石（2012）

抗日战争时期留下的刻石（2012

古道上的刻石（2013）

附：景观

会稽群山。会稽群山似大海，波涛层层天际来。未见樵风吹行舟，偶有车辆过浪间。秦皇霸气盖世雄，于今早失李斯碑。踏遍峰峦寻古迹，往事遥遥不可追（2015）

刻石山上遥望古若耶溪（今水库）（2012）

高出群山的秦望山，秦始皇南巡在此立碑。秦望拔地破苍穹，山巅四季沐罡风。羲和驾车碍通途，高木摧折过六龙。狐兔敬畏不安家，鹰隼垂翅避崖洞。范蠡新城仰高标，无余旧都失草丛。秦皇登临扬威武，刻石终竟销山中。旅友攀爬何所见，慨叹无从识真容。寒冰炎暑去复来，远蓝近翠葆葱茏。飓风挟电雷万钧，坦荡镇定静如钟。世事代谢散浮尘，阅尽沧桑气贯虹。青山长存水长流，越地秦望万世雄（2011）

耶溪深处（2011）

神秘的幽谷（2015）

峡谷中（2015）

松枝倒挂倚岩壁（2011）

岩花（2019）

一杆高标天地间，一千八百岁的古柏树（2011）

嵌有贝壳的岩壁（2013）

玄武岩（2020）

象鼻岩（2012）

蜂窝状岩石浮石（2016）

石浪（2013）

穿岩（2012）

大山中雪压翠竹（2019）

溪水泻入峡谷（2015）

万壑争流（2012）

水源（2012）

溪水奔流。历尽冰霜离岩隙，千回百转路疑迷。浩荡东风来相助，冲出山峦润大地（2015）

溪流拐弯，一边冲刷一边堆积（2012）

名胜涤巾涧（2012）

水库源头（2013）

水库上游（2017）

东山上望曹娥江。曹娥江畔御风来，谢宅蔷薇一夜开。仙子扫清寻药径，绕山穿峡到琼台（2012）

沃洲山上望长诏水库（2020）

崿浦绝壁（2013）

若耶溪边的射的山（2018）

山地的构造（2011）

层台式山地（2012）

围海造田中的一条路（2014）

塘外的垦地（2017）

安静的水乡。塘路长长水茫茫，极目天际是何方。几株疏树添景色，一曲江湾避风浪（行走时会想到一些句子，都是顺口而出，随手记录，大多不合格律。曾在有关博客、公众号等平台发布过）（2019）

丰收在望（2020）

胡文炜：浙江绍兴人，会计师职称，是中国红楼梦学会第八届理事，浙江省作家协会会员，绍兴市越文化研究会第三届副会长，绍兴文理学院越文化研究院兼职研究员。

已正式出版著作《贾宝玉与大观园》《红楼梦欣赏与探索》《红楼梦后四十回的作者是曹雪芹》《赵之谦家世》《会稽山志》《绍兴历史文化之谜》《绍兴文史纵横》《绍兴山岭古道记略》《越地咀华》，另外参与写作多部图书。

在七十多家报刊发表过作品，包括《红楼梦学刊》《红楼研究》《明清小说研究》《中国地方志》《人民日报·海外版》《文学论衡》《普陀山佛教》《中国建设报》《寻根》《谱牒文化》《越地春秋》《绍兴学刊》《野草》《财务与会计》及多家高校学报，总计纸质字数三百五十万。2010 年开始，从山区到平原沿海，到过两千五百个自然村，以图文形式记录乡村面貌大变动时期的基本状态。

参加各种学术研讨会，包括全国红学研讨会、大禹文化与上古文明研讨会、国际吴语研讨会、唐诗之路研究论坛、吴越文化论坛、宋韵文化的传世价值研讨会、全国乡村振兴智库论坛、灵隐山文化国际论坛等数十次。获全国“书香之家”“全国职工读书自学活动积极分子”“浙江省职工自学成才奖”“绍兴市学习之星”等奖项数十次。